Dieses Buch ist der unveränderte Reprint einer älteren Ausgabe.

Erschienen bei FISCHER Digital

Hedderichstr. 114, D-60596 Frankfurt am Main

Printed in Germany
ISBN 978-3-596-31781-3

Kontaktadresse nach EU-Produktsicherheitsverordnung:
produktsicherheit@fischerverlage.de

Fischer

Weitere Informationen finden Sie auf
www.fischerverlage.de.

Horst Bosetzky

Brennholz für Kartoffelschalen

Roman eines Schlüsselkindes

Scherz

www.fischerverlage.de

Zehnte Auflage 2006
Erschienen bei Scherz,
einem Verlag der S. Fischer Verlag GmbH,
Frankfurt am Main 2007

Druck und Bindung: Clausen & Bosse, Leck
Printed in Germany
ISBN-13: 978-3-502-11024-8
ISBN-10: 3-502-11024-7

Für meine Mutter, die mir – wie vieles – auch dieses Buch verzeihen wird, denn:
»Wer seine Mutter liebt, ist nie ein böser Mensch.«
(Alfred de Musset)

Paß auf deine Schlüssel auf!

Manfred Matuschewski zog seine Wohnungsschlüssel aus dem Hemd und prüfte, ob die Strippe noch in Ordnung war. Aus einer Art braunem Packpapier zusammengezwirbelt, löste sie sich immer auf, wenn er übermäßig schwitzte.

Nein, heute hielt sie mal. Als er in sein Hemd hineinsah, bemerkte er, daß sich die Haut gerötet hatte. Das passierte öfter, wenn ihm die Schlüssel unters Hemd rutschten und dort scheuerten.

Die Deutschstunde bei Frau Fahlenberg war nicht übermäßig spannend, und nach einiger Zeit hörte er gar nicht mehr hin, sondern polkte den Schmutz aus den Rillen seiner beiden Schlüssel und träumte dabei von Schmöckwitz, wie es wohl sein würde, mit dem eingemotteten Boot seiner Eltern, der *Snark*, über den Seddin-See zu paddeln.

Da bist du noch zu klein zu!

Die war'n ja blöde alle! Bald war er neun Jahre alt und hätte mit einem Faltboot die ganze Spree rauf- und runterfahren können.

»Manfred, träume nicht schon wieder!«

»Ich hab ja zugehört!«

»Was haben wir denn gemacht?«

»Die lustige Geschichte aus dem *Telegraf* mit den ganzen Karten ...«

Frau Fahlenberg sah ihn an. »Kannst du das bitte noch einmal wiederholen ...?«

»Also, da war mal ... nein ...« Manfred bekam einen roten Kopf. Er hatte ganz sicher den Ehrgeiz, zu den besten Schülern zu gehören und überall Erster zu sein, aber es fiel ihm schwer, aufmerksam, ergeben und fleißig zu sein, ein rechter Stolz der Lehrer, und sich beim Lernen zu quälen, das schaffte er nie. Entweder etwas flog ihm zu, oder er ließ es eben bleiben. Hausarbeiten waren etwas für die, die zu dumm waren, es auf Anhieb zu kapieren.

»Ihr solltet doch zu Hause aufschreiben, was ich gestern vorgelesen habe ...«

Manfred starrte auf seine nackten Zehen, die alle zehn vorn aus seinen abgelatschten braunen Halbschuhen herausschauten. Die Kappen waren abgeschnitten worden, damit er sie den Sommer und den Herbst '46 über noch mal tragen konnte. »Das hab ich vergessen ...«

»Diese Schlüsselkinder«, stöhnte Frau Fahlenberg. »Aber, Manfred, merk dir mal: Nur wer immer strebend sich bemüht, den werden wir erlösen. – Bimbo, du ...!«

»Der Küchenzettel.« Peter Stier, den sie alle Bimbo nannten, weil er sie an einen kleinen Elefanten erinnerte, hatte natürlich am Vortage alles schön brav und sauber zu Papier gebracht und las es jetzt fehlerfrei ab. »Man macht mit der Kohlenkarte ein mäßiges Feuer, nimmt die Fettkarte, brät damit die Fleischkarte und schlägt – sofern vorhanden – die Eierkarte hinzu. Kartoffel- und Gemüsekarte werden abgekocht und dazu gereicht. Zum Nachtisch brüht man die Kaffeekarte heiß auf, süßt mit der Zuckerkarte und taucht die Brotkarte hinein. Danach wäscht man sich die Hände mit der Seifenkarte und trocknet diese mit eventuell vorhandenen Bezugsscheinen ab.«

»Bravo!« sagte Frau Fahlenberg, doch Manfred wußte genau, daß Bimbos Eltern bei dieser Geschichte kräftig mitgeschrieben hatten. Das klang alles ganz nach Bimbos Vater, der Schupo war. Manfreds eigener Vater hätte das, wäre er denn dagewesen, sicherlich viel besser gemacht.

Die Klasse döste vor sich hin, und Frau Fahlenberg schüttelte den Kopf. »Gott, wenn ich euch sehe, dann muß ich immer an meinen Garten denken: wie da ein Haufen Schnecken unter einem Kohlblatt sitzt.«

Das war die richtige Assoziation für Jünne, der stets den meisten Hunger hatte. »Kohldampf!« schrie er.

Und die Götter schienen nur auf dieses Stichwort gewartet zu haben, denn plötzlich wurde – ohne daß vorher angeklopft worden wäre – die Tür aufgerissen, und sie hörten das, wovon sie schon seit dem Morgen immer wieder geträumt hatten:

»Die 3c zum Nachschlag!«

Ein langer Latsch hatte das in ihr Klassenzimmer geschrien, ohne sich im mindesten um die Lehrerin zu kümmern. Und ehe Frau Fahlenberg auch nur einmal Atem holen konnte, war die Meute ihrer fünfunddreißig Jungen auch schon losgebrochen und stürzte auf den Flur hinaus. Wild schwärmende Hummeln waren sie jetzt, keine Schnecken mehr. An der Spitze die beiden, die bei solchen Sachen stets den richtigen Animus hatten, Kuki und Dieter Purwin, das Kochgeschirr in jeder Stunde griffbereit. Hinterhertraben hingegen mußten Opa Waller, Bimbo und einige andere, die ihre Behältnisse an den gußeisernen Garderobenhaken hängen hatten.

Manfred hatte seinen *Essensträger* neben sich auf dem Fensterbrett stehen gehabt und steckte jetzt mittendrin im dicksten Haufen, trat anderen in die Hacken, als sie die Treppen hinunterfegten, und wurde getreten, konnte zwar Krücke mit einem Ellenbogenstoß am Überholen hindern, wurde aber selber wenig später von Hotte Rüscher so weit nach außen abgedrängt, daß er den schmalen Eingang zum Essenskeller verfehlte und hilflos an der Stahltür kleben blieb.

Es war nicht ratsam, zu den Letzten zu gehören, denn oft verschätzte sich Frau Pahl unten am Kübel in der Menge des noch zu vergebenden Essens.

Die Schulspeisung, im Herbst 1946 von den Besatzungsbehörden ins Leben gerufen, war in jenen Jahren das Schönste, was es in und an der Schule gab, und wenn zum Nachschlagfassen aufgerufen wurde, dann war das so, als wären Weihnachten und Ostern auf denselben Tag gefallen.

0,15 Reichsmark täglich für einen halben Liter Essen.

Gries mit Trockenfrüchten gab es heute, und Frau Pahl rührte den himbeerroten, blassen Pamps mit einer langen Kelle mehrmals um, um das Dicke nach oben zu holen, die halben Aprikosen. Himmlisch roch das, und die Jungen leckten sich die Lippen wie die Pawlowschen Hunde, stießen fast den Kübel vom Hocker, so heftig kämpften sie.

»Richtig hinhalten!« schrie sie und meinte die Behälter der Acht-, der Neunjährigen, die immer wieder, wenn ein weiteres Gefäß scheppernd in die Lücke fuhr, auseinandergetrieben wurden wie die Kugeln beim Lochbillard.

Kukis Vater war schon aus der Kriegsgefangenschaft zurück, und sein Sohn hatte dessen Wehrmachtskochgeschirr geerbt. Dieter Purwin dagegen streckte der Pahl eine alte Sammelbüchse hin, Winterhilfswerk 1941 (»Und Dein Opfer für's WHW?«), in die sein Opa oben zwei Löcher gebohrt und ein Stückchen Strippe hindurchgezogen hatte. Olle Krücke war mit seiner stark angerosteten »Kasttrolle« erschienen, einer Kasserolle, Opa Waller mit einem henkellosen Milchtopf und Vietzich (Horst Mühlich, der es nicht schaffte, die Zahl 40 richtig zu sprechen) mit einem in der Hasenheide gefundenen Stahlhelm, den sie ihm zu Hause ein wenig zurechtgehämmert hatten.

Manfred war stolzer Besitzer eines Essensträgers aus dünnem und mit schwarzen Pockennarben übersätem Aluminiumblech, das seine Kohlenoma neulich bei einem AEG-Arbeiter gegen eine dochtlose Petroleumlampe eingetauscht und ihm geschenkt hatte. »Da, du alter Scheesenbeutel!«

Welch Manna da im schäbigen Kübel! Die meisten hatten nichts weiter im Magen als eine Scheibe klitschigen Brotes, zu Hause auf der Herdplatte geröstet und eßbar gemacht, allerhöchstens eine Messerspitze Margarine draufgestrichen, oder aber einen Teller voll Roggenmehlsuppe, Tapetenkleister. Und nun dieser herrliche Brei hier, der süß war, der schmeckte, der satt machte. Sie alle hätten baden mögen in dieser rosa Pampe, gespendet von den Amerikanern, denselben womöglich, die ihnen zwei Jahre vorher als Air-Force-Flieger Bomben auf den Kopf geschmissen hatten.

Heute war ein Glückstag, und alle kriegten noch was ab. Die einen fraßen alles gleich in sich hinein, Jünne zum Beispiel, Günther Hahn, mit zehn viel älter als sie und weitaus stärker, immer bedrohlich, oder Kuki, der ihr Kleinster war und so gerufen wurde, weil er, Pech für ihn, Kukowski hieß. Andere wieder teilten sich planvoll ein, was sie im Napfe hatten. Ein paar Löffelvoll gleich im Keller runtergeschlungen und das andere dann im Verlaufe ihrer letzten Stunde. Die dritte Gruppe wiederum hatte Weisung von zu Hause, den Nachschlag mitzubringen; meist gab es da eine Oma, die sterbenskrank auf irgendeinem Sofa lag, oder einen großen Bruder, einen Vater oder Onkel, die halbverhungert aus dem Krieg gekommen waren und nun wieder hochgepäppelt werden mußten.

Bei Manfred war es so, daß seine Mutter heute ihren ersten Arbeitstag hatte, zum erstenmal nach Ende des Krieges wieder am Schalter ihrer Krankenkasse saß, der VAB. Mit einer Mohrrübe aus Schmöckwitz war sie morgens losgezogen sowie einer Klappstulle, die ein wenig nach Melasse schmeckte. Da hatte er ihr hoch und heilig versprochen, seinen Nachschlag mitzubringen, wenn es denn welchen geben sollte.

In der nächsten und letzten Stunde mußte Frau Fahlenberg zum Impfen. Alle mußten sie sich ständig impfen lassen, schrecklich. Der Rektor selber machte Unterricht, Herr Schaller.

»Achtung, Kohlenklau kommt!« schrie Dieter Purwin, den sie an der Tür als Wache aufgestellt hatten.

Den richtigen »Kohlenklau«, den kannten sie alle noch von den Plakaten her, die den Krieg überdauert hatten. Es war ein kugelrundes schwarzes Männchen, unrasiert und häßlich wie die Nacht, ein Rattengesicht mit zwei riesigen Raffzähnen, einem eklig weit aufgerissenen rechten Auge, zwei Riesennasenlöchern mit einem unappetitlichen Bart darunter, einer Schiebermütze auf dem Kopf und einem Rucksack rechts über der Schulter. Die mit dem besten Gedächtnis, Riese & Rose beispielsweise, kannten noch den Text:

DA IST ER WIEDER!
Sein Magen knurrt, sein Sack ist leer,
und gierig schnüffelt er umher.
An Ofen, Herd, an Hahn und Topf,
an Fenster, Tür und Schalterknopf
holt er mit List, was Ihr versaut.
Die Rüstung ist damit beklaut,
die auch Dein bißchen nötig hat,
das er jetzt sucht in Land und Stadt.
FASST IHN!

Schaller also mit seinem Bulldoggengesicht war für die Kinder nur »der Kohlenklau«, hatte es schwer mit ihnen, war ein gänzlich unbegabter Pädagoge, nach oben gekommen, weil ein Teil der Kollegen entweder gefallen war oder aber noch in ferner Kriegsgefangenschaft weilte und der andere aufgrund seiner ehemaligen NSDAP-Mitgliedschaft aus dem Schuldienst entlassen worden war. Hilfslehrer und Hilfslehrerinnen gab es viele, doch Schaller schaffte es schnell, ihnen ihr großes Engagement wieder zu nehmen, zumal wenn sie sich nicht jetzt schon von den Kommunisten distanzierten.

Kohlenklau hatte die Angewohnheit, die meisten seiner Sätze mit einer schwer wiederzugebenden Silbe zu beenden, einem Ausruf, der die Kinder wohl aus ihrer Lethargie hochreißen sollte, aber zugleich auch eine Frage war, ob sie wohl – »Gut aufgemerkt!« – den Sinn seiner Worte mitbekommen hätten.

»Groß-Berlin hat zwanzig Bezirke – né ...!? Zwei im französischen Sektor, vier im britischen, sechs im amerikanischen und acht im russischen – né ...!? Wir hier in Neukölln, wir sind im vierzehnten Bezirk und im amerikanischen Sektor – né …!?« Das *né*, ein verschlucktes »nicht wahr«, kam so heraus, als würde er nett oder Nemesis sagen wollen, aber mittendrin im Wort schlagartig haltmachen müssen. »Bis 1912, né, da hieß unser Neukölln, na …?«

»Rixdorf!« rief Werner Riese, mit Wolfgang Rose zusammen, Riese & Rose, Musterschüler der 3c.

»Rixdorf, né …!?« echote Manfred.

Schaller gab sich alle Mühe, es noch nicht zu hören, und fuhr mit seiner Heimatkundestunde fort, indem er vom Hermannplatz aus, einem dicken Punkt an seiner Tafel, mit einem letzten Kreidestrich zwei breite Linien ostwärts zog. »Hier haben wir unsere beiden Hauptstraßen – né …!?«

»Die Sonnenallee, né …!?« sagte Manfred zu Dieter Purwin, der, trotz der Hungerjahre dick und rosig, neben ihm döste.

Diesmal hörte Schaller es und schrie sofort: »Das war doch wieder dieser Matuschewski, né …!?« Und er kam auf Manfred zugeschossen, packte und beutelte ihn. »Du schreibst zu Hause hundertmal: Ich soll meinen Lehrer nicht nachäffen!«

»Ja«, sagte Manfred mit der nötigen Demut, um dann wirklich ganz kleinlaut zu fragen: »Aber kann ich nicht lieber 'ne Stunde nachsitzen dafür …?«

Da bekam er so furchtbar eine geballert, daß sein Kopf bis zu Dieter Purwins Schulter rüberflog, denn der Rektor hatte Manfreds unbewußtes *'ne* nicht als die landesübliche Verkürzung für »eine« – eine Stunde –, genommen, sondern als eine erneute und noch viel schlimmere Provokation einer Amtsperson.

»So was Dreibastiges, né …!?« schimpfte Schaller, als er wieder vorne war. »Aber ich werd' euch schon wieder auf Vordermann bringen!«

Manfred rieb sich die schmerzende Backe. »Ich wollte doch nur …«

»Auch noch Widerrede! Los, ab in die Ecke!«

So verbrachte Manfred den Rest der Stunde in der Ecke vorne rechts, zwischen Klassenschrank und Tür, den Rücken zur Klasse, das Gesicht, das voller Tränen war, an den gefährlich losen Putz gepreßt.

Aber das Absurde war, daß er liebend gerne bis zum Abend hier gestanden hätte, denn dieses kleine Elend ließ ihn um so stärker an das viel größere denken, das ihn bald erwartete: nach Hause in die leere, in die dunkle Wohnung zu kommen. Er hatte eine Wahnsinnsangst davor.

Er war zu beliebt, als daß die anderen ihn gehänselt hätten, auch war es, wenn Kohlenklau einen von ihnen erwischte, wie die Verleihung einer Nahkampfspange, und dennoch weinte er. Seine Mutter! Wenn die davon erfuhr, war wieder Polen offen.

Mach nur weiter so, solange Vati noch weg ist!

Womit hab' ich das nur verdient!?

Wenn du dich nicht besserst, kommst du eben in die Erziehungsanstalt!

Er hatte im Luftschutzkeller gesessen, als nebenan die Häuser in sich zusammengestürzt waren, er war auf dem Dorfe, als man sie evakuiert hatte, von Tieffliegern angegriffen und beschossen worden, er hatte die letzten Kämpfe und den Einmarsch der Roten Armee überlebt, doch das alles war an sich kaum schrecklich für ihn, auch nicht, daß sie noch immer nicht wußten, ob der Vati noch lebte, voller würgendem Schrecken war allein diese Drohung: *... dann kommst du eben in die Erziehungsanstalt.* Er wußte nicht, was das war, aber ahnte er es? Hatte er es unbewußt mitbekommen, wenn sein Vater BBC hörte und dann sagte, daß sie, bei den Anteilen jüdischen Bluts, das sie hatten, die nächsten wären, die die Nazis ins KZ stecken würden?

Die Erziehungsanstalt, eine maßlose Angst.

Die Schulglocke, das Schrillen, es erlöste ihn, der Lärm der Kameraden, die mit ihren schäbigen Ranzen nach draußen drängten.

»Manne, spielste mit?«

»Watten?«

»Köppen!«

»Habtan Ball?«

»Nehm wa olle Krücke seinen.«

»Der is kaputt!«

»Meina is noch beim Hausmeesta, den hatta mir doch inne jroßen Pause abjenommn!«

»Los, jehn wa'n holn!«

Manfred wurde von Bimbo und Kuki in die Mitte genommen, und ab ging es zur Wohnung des Hausmeisters, der einarmig war und mit Kohlenklau unter einer Decke steckte.

Diesmal aber bekamen sie ihren Ball anstandslos zurück, denn Frau Fahlenberg war schon unten gewesen und hatte zu ihren Gunsten interveniert.

Ein Ball war ein unglaublicher Wertgegenstand. Einen zu haben, war mit einem hohen Maß an Seligkeit verbunden. Manfred hatte seinen Tennisball bei seiner Tante Gerda in einem alten Schrank gefunden. Seine Lieblingstante, die hatte immer so schön nach Parfüm geduftet, und vor dem Krieg war er morgens immer zu ihr ins Bett geklettert.

Was v. Chr. und n. Chr. hieß, wußte Manfred nicht, und es hatte auch nicht die geringste Bedeutung für ihn, die einzige Zäsur, die für ihn zählte, war »vor dem Krieg« und »nach dem Krieg«. Vor dem Krieg, da war hier alles noch ganz gewesen, und alle hatten genügend zu essen und zu heizen gehabt. Vor dem Krieg, da hatten alle noch in schönen Häusern gewohnt und waren verreist. Vor dem Krieg, da hatten auch alle noch gelebt. Onkel Gerhard zum Beispiel, Tante Gerdas Mann. Der war Journalist gewesen, und Tante Gerda hatte ausgesehen wie 'ne Schönheitskönigin. Sogar Tennis hatten die gespielt!

Jetzt war der Onkel Gerhard tot, gefallen, und Tante Gerda war irgendwo da hängengeblieben, wo jetzt die Polen waren. Ausgebombt worden war sie auch, und der Rest ihrer Sachen und Möbel stand draußen in Schmöckwitz, in der Laube und im Schuppen. Und da hatte er auch den Tennisball gefunden.

Sie spielten *Köppen*, und zwar zu viert. Kuki und er in der einen, Jünne und Uwe in der anderen Mannschaft. Sie standen jeweils zu zweit in einem Tor, dessen Pfosten ihre aufgetürmten Ranzen waren. Abstand voneinander sechs Meter etwa. Nun galt es, den kleinen Ball mit einem kräftigen Kopfstoß ins Tor der anderen zu befördern, die natürlich versuchten, den Einschlag mit allen Mitteln, sprich Körperteilen zu verhindern. Da der Ball vom Angreifer nur mit dem Kopf getroffen werden durfte und der hier bei den Neuköllner Jungen nichts anderes war als der »Kopp«, hieß das Spiel bei ihnen eben Köppen. Man konnte es ebenso als Einzel wie auch als Doppel spielen, wobei ihnen letzteres im allgemeinen mehr Spaß bereitete, weil es, wenn sich zwei zugleich nach dem heranzischenden Ball warfen und den dann auch noch verfehlten, immer mächtig turbulent zuging. Wenn man den vom Gegner geköpften Ball zurückköpfen konnte, gab es eine Art Elfmeter, das heißt, man durfte sich, war man selber mit dem Köppen dran, schon an der Mittellinie aufstellen.

»Los, anfangen!«

Uwe warf den Ball einen guten Meter hoch in die Luft und riß dann, als er wieder nach unten kam, den zurückgedrehten Kopf mit einer derart abrupten Bewegung herum, daß Manne und Kuki der schmutzig-grauen Filzkugel nur noch staunend hinterhersehen konnten.

»Tooor!«

»Neun-sieben!« schrie Uwe Bachmann, denn es kamen gerade ein paar Mädchen vorüber, und er war doch der Schönste von allen. Acht, neun Jahre später sollten sie sich streiten, mit wem er denn wohl mehr Ähnlichkeit hätte, mit Curd Jürgens oder Jean Marais. Kein Wunder allerdings, daß er weit weniger spillrig und spack aussah als all die anderen, nicht so *wie Braunbier mit Spucke*, vom Purwin mal abgesehen, denn er war mit seinen Eltern gerade aus dem britischen Sektor gekommen, aus Spandau, und da hatte es eine große Verschickungsaktion nach Ostfriesland gegeben, die »Aktion Storch«.

Manfred und Kuki begannen sich zu streiten.

»Du holst jetzt den Ball!«

»Nee, war doch uff deine Seite, wo'a drinne wa'!«

»Los, da hinten am Zaun liejta!« Manfred stieß Kuki in die angegebene Richtung. Doch der hatte sich schon wie ein Terrier in Manfreds blauen Pullover verbissen und wollte ihn, den Kopf als Rammbock nutzend, zu Boden bringen.

»Los, Manne, ran, jib's ihm!« schrien Uwe und Jünne.

Doch Manfred stand nur da wie gelähmt, denn ausgerechnet jetzt mußte die Karrassen an ihrer Schule vorbeikommen, Frau Karras, auch aus der Ossastraße 39, und wenn die auf der Treppe seine Mutter traf, dann gab die das sofort weiter, daß er sich wieder mal rumgeprügelt hatte.

Mach deine Sachen nicht kaputt, es gibt jetzt nichts zu kaufen!

Nach der Schule kommst du sofort nach Hause und treibst dich nicht wieder rum!

Was wußte er von den Ängsten und Nöten seiner Mutter? Nichts.

Mach nur weiter so!

Da keifte die Karras auch schon los, daß sie alles seiner Mutter erzählen werde, wie er die Kleineren wieder verprügelt hätte, ihr eigener Enkel traute sich ja kaum noch in die Schule.

Manfred machte sich von Kuki los und holte den Ball, war so wütend, daß er drei Tore hintereinander köpfte und sie doch noch zehn zu sieben siegten.

»Wat machen wa nu?«

Sie standen in der Rütlistraße, nahe ihrer Schule, und hatten die ganze Straßenbreite, die Bürgersteige wie den Fahrdamm zum Spielen, denn ein Auto kam hier kaum vorbei, Menschen auch nicht viele, denn rechts gab es bis zur Ossastraße hin nichts als Lauben und links lediglich den Bretterzaun vor einem »Autohof«, der zur Zeit total verödet war.

»Mein Schlüssel, Mann ...!?«

Automatisch war sein Griff zum Hals gegangen, wie alle zehn Minuten, doch diesmal war die alte braune Strippe, an dem sie eben noch gehangen hatten, nicht mehr da.

Panik.

Schlimmer als damals, als Tiefflieger sie beschossen hatten.

Suchende Blicke aufs Kopfsteinpflaster runter. Lieber Gott, laß ihn da liegen! Doch keine Spur von seinen Schlüsseln.

Paß auf deine Schlüssel auf! Verlier nicht immer alles!

Wenn das so weitergeht mit dir, kommst du eben in die Erziehungsanstalt!

Da stand er da und heulte, und seine Klassenkameraden lachten nicht einmal, denn sie alle waren auch schon wegen irgendwelcher verlorengegangener Sachen fürchterlich verdroschen worden. Adolf Feiler zum Beispiel hatte sich gar nicht mehr nach Hause getraut, als ihm neulich auf dem Schulhof sein Essensträger geklaut worden war.

Manfred wünschte sich nur noch das eine, daß sich die Welt in dieser Sekunde zu drehen aufhörte, alles Leben einfror, ein Ende hatte.

Sein Freund Werner Ritter war es dann, der die Rettung brachte.

»Mensch, kiek doch mal uff'm Bauch nach ...!«

Und richtig: Im ausgebeulten Hemd, vom Gürtel am Herabrutschen gehindert, steckten die Schlüssel, der längliche für das Türschloß oben und der kurze dicke, der Drücker.

Manfred machte einen weiteren Knoten in seine Strippe, und die Schlüssel kamen wieder um den Hals.

Inzwischen war eine Horde etwa gleichaltriger Jungen vom Schulhof gekommen, von Kohlenklau vertrieben, der das Geknödle herzlich haßte, und wollte ausgerechnet da ihr Fußballspiel fortsetzen, wo die andere Gruppe gerade beim Köppen war.

»Los, macht 'ne Fliege!« rief Wölfchen Karras, Enkel der Karrassen aus Manfreds Haus. »Wir sind zehne, ihr nur viere!«

Die beiden Parteien formierten sich schon, die Schlacht mußte jeden Augenblick beginnen. Die Folgen waren abzusehen: blutige Nasen, zerrissene Hosen, Dresche zu Hause. Andererseits: Wer sich nicht dauernd mit anderen prügelte, der war kein richtiger Junge.

Es ging los, indem man sich gegenseitig verhöhnte.

»Ihr seid ja zum Scheißen zu dämlich!«

»Und ihr könnt nich weiter denken, als 'n Bulle pißt!«

Und plötzlich hatte Kutte Lehmann einen grauen Pflasterstein vom Boden aufgehoben und schmiß ihn in Richtung Manfred, Uwe, Kuki und Jünne. Der Stein prallte aufs Pflaster, sprang mehr als einen Meter hoch und verfehlte Manfred nur um Haaresbreite.

Jetzt mußte es losgehen, doch da wurde Kutte von hinten gepackt, herumgerissen und kräftig gebeutelt.

»Du hast wohl den Verstand verloren, was!«

Frau Fahlenberg, vom Impfen zurück, hatte im letzten Augenblick Schlimmes verhindert.

»Könnt ihr nicht alle zusammen was spielen?«

Sie versprachen es und einigten sich nach einigem Hin und Her auf *Wer hat Angst vorm schwarzen Mann*. Frau Fahlenberg sah zu.

Kutte war der »schwarze Mann« und stand in der Mitte der Straße, während sich die anderen alle am Rinnstein aufgebaut hatten und warteten.

»Wer fürchtet sich vorm schwarzen Mann?« schrie Kutte.

»Niemand!« brüllten sie.

»Und wenna kommt?« fragte Kutte.

»Dann kommta ebent!«

Damit liefen alle zum gegenüberliegenden Bürgersteig, und Kutte versuchte, einen von ihnen dadurch zu fangen, daß er ihm mit der Hand einen Schlag versetzte, irgendwohin. Ausgerechnet Manfred erwischte es als ersten, und er mußte beim zweiten Versuch mit Kutte zusammen den Jäger machen. Sieger wurde schließlich Jünne.

Beim zweiten Mal spielten sie das Ganze in der Variante *Fischer, wie tief ist das Wasser*, wobei Frau Fahlenberg Manfred zum ersten Fischer bestimmte.

»Fischer, Fischer, wie tief ist das Wasser?« schrien die anderen.

»Hundert Meter!« rief Manfred, wobei die Zahl keine Rolle spielte.

»Wie komm wa'n rüber?«

»Auf einem Bein hopsen«, bestimmte er und bemühte sich im folgenden, einen der Hopsenden zu fangen und zu seinem Gehilfen zu machen.

Die meisten fanden aber, daß sie für diese Spiele schon zu groß waren beziehungsweise daß das eher etwas für die Mädchen war, und kaum war ihre Klassenlehrerin wieder verschwunden, ging der Streit von neuem los, denn die große Frage war, wer mit wem in welcher Mannschaft spielen wollte, spielen sollte. Fußball natürlich, watten sonst!? Jeder wollte gewinnen, jeder versuchte, mit den Stärksten in einer Mannschaft zu spielen, mit Kutte etwa, Jünne, Klaus Zeisig oder Krücke, vielleicht noch mit Manne, Dieter oder Hotte Rüscher, auf keinen Fall jedoch mit Bimbo, Vietzig, Werner Riese oder Pille Schönlein, denn die waren zwar sehr willig, aber dennoch große Flaschen, was das Fußballspiel betraf.

Schließlich kam man dahingehend überein, Kutte Lehmann und Krüger – olle Krücke – wählen zu lassen. Die stellten sich nun auf, reichliche fünf Meter voneinander entfernt, und setzten, abwechselnd immer, ein Bein vors andere. *Tip-top* hieß diese Art der Mannschaftswahl und war eine sehr bewährte Art, Konflikte zu lösen, hatte aber, so geregelt sie schien, dennoch zwei erhebliche Mängel. Zum einen blieben die nicht am *Tip-top* beteiligten Jungen für ein, zwei Minuten unbeschäftigt, und es gab immer einen unter ihnen, der sich den Ball jetzt blitzschnell untern Nagel riß und mit einigen anderen unkontrolliert zu kicken begann.

Diesmal war es Günther Halke, und dessen Versuch, zu Opa Waller zu flanken, endete damit, daß Krücke angeschossen wurde und strauchelte, das *Tip-top*-Verfahren also neu eröffnet werden mußte.

»Du Arschloch, du!« schrie Kutte, der sich schon als Sieger gewähnt hatte. »Ball her!«

Er griff sich den Ball, der entgegen seiner landläufigen Definition alles andere war als rund, fast nur noch aus grob aufgenähten Flicken bestand und furchtbar eierte, insbesondere wenn er länger als fünf Minuten nicht frisch aufgepumpt beziehungsweise aufgeblasen worden war. Blase und Lederhülle waren noch getrennt voneinander im Handel, das heißt, die Blase aus rotem Gummi, die aussah wie eine Wärmflasche, mußte durch einen länglichen Schlitz in die Lederhülle gesteckt und dann mit Hilfe eines angegossenen *Schniepels* aufgeblasen werden. Das konnte natürlich per Luftpumpe geschehen, aber an einer solchen fehlte es zumeist, so daß der Mitspieler mit dem größten Lungenvolumen in die Pflicht genommen werden mußte. Kutte oder Jünne Hahn zumeist. War die Blase ausreichend mit Luft gefüllt, wurde der Schniepel abgeklemmt, mit einer kleinen Strippe zugebunden und in den Ball bugsiert, dessen Lederhülle zu guter Letzt mittels eines Lederriemchens von Schnürsenkelstärke und -länge wie auch einer Schusteraale zugeschnürt wurde. Diese Prozedur dauerte gut und gerne zehn Minuten, machte sie aber alle auf das Spiel erst richtig heiß. Der Ball stammte, obwohl manche das bestritten, sehr wohl aus dem laufenden Jahrhundert, hatte aber schon – so um 1905 herum – bei der Gründung des ersten BBC Südost eine Rolle gespielt. Manfreds früh verstorbener Großvater war dabeigewesen und hatte ihn mit nach Schmöckwitz genommen und dort als Reliquie seiner Jugendzeit gelagert – bis ihn sein Enkel bei der Verfolgung einer flüchtigen Jungratte durch Zufall entdeckt hatte.

Es folgte ein neuer Versuch der beiden ausgewählten Mannschaftskapitäne, sich das Recht der ersten Wahl per *Tip-top*-Sieg zu sichern. Nun schafften sie es tatsächlich, sich ordnungsgemäß bis auf eine Distanz von etwa anderthalb Metern zu nähern; Kutte mit seinen ausgelatschten Stiefeln Marke Kindersarg und olle Krücke mit seinen weinroten Mokassins, von seiner Oma aus dem dünnen Leder selbst genäht, das sein Bruder vor Tagen aus einem U-Bahnsitz herausgeschnitten hatte.

Jetzt aber wurden sie sehr heftig mit dem zweiten Problem konfrontiert, das nun mal im *Tip-top*-Ritual verborgen war: Nur ganze Füße oder auch halbe? Sieger war nämlich der, der seinen Schuh als letzter in die Lücke setzen konnte, die zwischen den beiden Kontrahenten zwangsläufig blieb.

Kutte hatte seinen rechten Stiefel vor den linken gesetzt, den Hakken fest gegen dessen Spitze gepreßt, und olle Krücke mußte nun versuchen, seinen linken Mokassin noch dazwischenzubekommen.

Ging aber nicht, was so klar wie Kloßbrühe war.

»Nimmste 'n halben, det jeht noch!« schrie Manfred, der ganz auf Seiten von Karl-Heinz Krüger war.

»Det war nich ausjemacht vorher!« protestierte Wölfchen Karras, der Kuttes Parteigänger war.

Krücke Krüger schaffte es zwar, seinen Schuh quer in die Lücke zu zwängen, doch Kutte weigerte sich strikt, dieses hinzunehmen. Eher neigte er dazu, die große Schlacht endlich zu schlagen.

Doch die Mehrheit der Jungen wollte dann doch lieber Fußball spielen als sich kloppen, und so wurde nach langem Palaver mehrheitlich entschieden, daß nun beim nächsten Anlauf auch halbe Füße zählen sollten, aber keine viertel, also nicht die senkrecht aufgestellten Schuhspitzen.

Jetzt klappte es tatsächlich, Kutte gewann und wählte sich Jünne dazu, dabei schon in Jubel ausbrechend, denn sie galten als ungemein gefährliches Duo.

Manfred hoffte, daß sich Krücke nun bei seiner ersten Wahl für ihn entscheiden würde, und war dann ziemlich traurig, als er nach langem Zögern Klaus Zeisig zu sich rüberzog. Fehlte bloß noch, daß er jetzt bei Kutte spielen mußte.

Laß dich bloß mit dem nicht ein! Was der immer für Ausdrücke hat! Und sein Vater, das ist vielleicht 'n Schubiak!

Doch Manfreds Angst war gänzlich unbegründet, denn Kutte entschied sich zuerst für Wölfchen und dann für Uwe, während Krücke ihn dann doch, wenn auch erst nach dieser Pflaume von Werner Riese, in seine Mannschaft berief.

Immerhin war es ihm erspart geblieben, als einer der letzten bedript herumzustehen, dem Spott der anderen preisgegeben, denn irgendwann einmal kamen die beiden Kapitäne zu dem Schluß, nun stark genug zu sein und keinen mehr zu brauchen, wußten aus leidvoller Erfahrung, daß manche Klassenkameraden, spielten sie mit, den eigenen Sieg aufs höchste gefährdeten, ihnen bei ihren Slalomläufen ständig im Wege standen und Mal für Mal nichts als Selbsttore schossen.

So rief denn Kutte auch bald: »Den Rest, den könnta ham!«

Doch Krücke tippte sich nur an die Stirn. »Du hast se wohl nich mehr alle!«

Nun ging der Streit schon wieder los, diesmal um die Verteilung der Übriggebliebenen, als da waren: Bimbo, Vietzig, Halke, Pille Schönlein und Opa Waller.

Bimbo löste das Problem auf seine Weise, erklärte, nicht mehr mitspielen zu wollen, und trottete fröhlich nach Hause, mochte lieber Schularbeiten machen und auf seinem Harmonium neue Lieder üben. Mit seinen schlabbernden Hosen aus grünem Wehrmachtstuch verschwand er hinten in der Weserstraße – ein liebenswertes Elefantenbaby.

Die anderen vier blieben hartnäckig dabei, mitmachen zu wollen, und wurden nach längerer Debatte beiden Mannschaften zu gleichen Teilen zugeschlagen.

Nachdem auch noch die Frage geklärt worden war, wer denn den Anstoß haben sollte (»Wir natürlich!« – »Nee, mittem Fennich!«), konnte es endlich losgehen.

Kutte zu Kuki, der zurück zu Wölfchen, Paß zu Uwe, Flanke und

Kopfballtor durch Kutte. Jubel bei den einen, Wutausbrüche bei den anderen.

»Werfen mußte dir!« schrie Krücke seinen Torwart an, Horst Rüscher, der Kuttes »Bombe« nur noch verdattert nachgeblickt hatte.

Das war das Kriterium dafür, ob ein TW, Torwart also, gut war oder nicht: Stand er bloß herum und streckte seine Arme aus, wenn ein Ball aufs Tor geflogen kam – oder hechtete er der heraneiernden Kugel mutig entgegen? Tat er es, so hatte er neben dem Beifall seiner Kameraden in der Regel auch noch zerschundene Knie und Ellenbogen zu verzeichnen, Schürfwunden, die dann fürchterlich eiterten und seine Mutter zur Verzweiflung brachten.

Hotte also hatte sich nicht zu werfen gewagt und mußte nun zur Strafe bis weit hinten zur Weserstraße traben, um den durchgelassenen Ball wieder zu holen.

Abschlag vom rechten Pfosten, einem Gebilde aus Krückes und Manfreds Schulmappen sowie ihren noch gefüllten Essensträgern.

Gegenangriff durch Krücke Krügers Mannschaft. Manfred schlug den Ball zu Werner Riese, und der ließ ihn nur abtropfen, so daß Krücke zu einem seiner berühmten Dribblings ansetzen konnte. An Kuki zog er elegant vorbei, dann an Wölfchen und Uwe, schaffte es sogar, Kutte auszutricksen, indem er ihm den Ball schnell durch die weitgespreizten Beine spielte, doch dann kam überraschenderweise Opa Waller auf ihn zugelaufen, die größte Krampe weit und breit, und schlug den von Krücke leicht gelupften Ball mit seiner rechten Hand ins Aus, das heißt in die angrenzenden Lauben hinein.

»Elfer!« schrie Kutte.

»Quatsch, das is doch unsa Torwart!«

»Aba nich so weit vorm Tor, da isset Hand!«

Was tun, einen Schiedsrichter hatten sie ja keinen. Krücke beharrte auf seinem Elfmeter, Kutte dagegen wollte nichts anderes hinnehmen als einen Einwurf.

Manfred schaffte es schließlich, Kutte dahin zu bringen, für diesmal nachzugeben.

»Mensch, gönn uns doch den Elfer, ihr seid ja sowieso die Stärkeren!«

Da Opa Waller das nicht schaffte, mußte Wölfchen statt seiner über den Zaun klettern, um den Ball zurückzuholen, und entging dem Krückstock eines erbosten Invaliden, der um seinen Grünkohl fürchtete, nur durch schnellen Rückzug.

»Ick sach det euerm Rektor, da könnta Jift druff nehm'n!«

Unbeirrt von diesen und ähnlichen Zurufen, hämmerte Krücke dem Gegner den Ball zum 1:1 ins Tor; da nutzte es auch nichts, daß man Opa Waller schnell herausgenommen und durch Kutte selbst ersetzt hatte.

Manfred war nicht gerade ein begnadeter Fußballer. Schnell war er zwar, aber ziemlich ungelenk, Turnen Fünf. Selten gelang es ihm, sich bis zur Nähe des gegnerischen Tores durchzufummeln, schaffte er es aber wirklich einmal, dann folgte zumeist keine Bombe oder Granate, sondern nur ein mattes Schüßchen, denn, wie hatte sein Vater immer gesagt: Ein Spatz hat Beene, bloß Waden hat er keene.

Dennoch, heute war schon sein erster Schuß ein voller Erfolg, denn der Ball traf Kohlenklau, der sich gerade, die abgewetzte Aktentasche in der Hand, nach Hause absetzen wollte, mitten ins Kreuz.

»Wer war das!?«

Natürlich keiner. Großes Schweigen.

»Entschuldigung, Herr Rektor!« sagte Werner Riese. Er konnte das tun, denn er war jenseits jeden Verdachts.

»War doch keene Absicht bei ...!« ergänzte Pille Schönlein.

Kohlenklau-Schaller sah sie der Reihe nach an, und sein Blick hakte sich an denen fest, die ihn am meisten an die Hitlerjugend-Zeit erinnerten: Hotte Rüscher, Peter Grau und Manfred auch. Schlanke, blonde Jungen mit kurzen Haaren. Sein Gesicht verzog sich, wurde böse-inquisitorisch, und die drei schwitzten vor Angst, bekamen scharlachrote Flecken am Hals und hinter den Ohren.

»Ach was, ihr könnt doch nichts dafür ...!« sagte Schaller schließlich, drehte sich um und verschwand zur Sonnenallee hin, der früheren Braunauer Straße, zu Zeiten des Führers nach seinem Geburtsort benannt.

Manfred ahnte dunkel, warum der Mann ihn haßte, hing doch alles irgendwie mit den Nazis und dem Krieg zusammen, und er erinnerte ihn irgendwie an seinen Onkel Berthold, der zwölf Jahre im KZ gesessen hatte.

Weiter im Spiel. Zu ihrer großen Überraschung war ihnen ja der Ball nicht abgenommen worden.

Kutte, Jünne und Uwe spielten nun so toll wie ihre Helden von Schalke 04: Kalwitzki, Szepan und Kuzorra. Die, ihren Schalker Kreisel und den legendären 9:0-Sieg über Admira Wien im Jahre 1939 hatten sie neulich einmal in einer alten Wochenschau gesehen.

Sie führten schließlich 9:6, und bis zehn gingen alle ihre Spiele. Nach Zeit zu spielen, ging nicht, denn sie alle hatten keine Armbanduhr, und die große Schuluhr war, ebenso selbstverständlich, noch immer kaputt.

Kutte, der große Sturmtank, war wieder durchgebrochen und von Werner Riese mit einer ungeschickten Bewegung zu Boden gerissen worden. Elfer natürlich.

Man beschloß, Hotte Rüscher aus dem Tor herauszunehmen und an seiner Stelle Manfred einzusetzen, denn der hatte neulich im Spiel gegen die Großen der 4 b glänzend gehalten.

Manfred bezog seinen Posten auf der Torlinie, dem schwarzen Strich, der sich ergeben hatte, nachdem sie mit den Schuhspitzen den Sand und Dreck zwischen den Pflastersteinen herausgekratzt hatten, und er bückte sich katzenhaft-lauernd nach unten.

»Konzentrier dir, Manni!« schrie Krücke. Kuttes Schuß kam, sollte, von Manfred aus gesehen, flach am rechten Pfosten vorbei über ihre Torlinie flitzen, unhaltbar sein. Doch Manfred hatte die richtige Ecke gerochen, kippte gedankenschnell nach unten weg, peng, wie eine Holzfigur auf'm Rummel, ließ zugleich den rechten Arm nach draußen zucken und bewirkte damit dreierlei: erstens daß der Ball abgelenkt wurde und meterweit das Tor verfehlte. Zweitens daß die beiden hingepackten Ranzen mit großer Wucht in Richtung Rinnstein rutschten, und drittens schließlich daß sein Essensträger im hohen Bogen durch die Gegend flog und dann beim Aufprall auf das Stukkerpflaster prompt den stets zu lockeren Deckel einbüßte.

»Nein, nicht doch!«

Im Nu hatte sich der ganze schöne Inhalt auf die Straße ergossen, und wie zum Hohn platschte der zurückprallende Ball auch noch in die nahrhaft-süße rosa Pampe rein.

Manfred blieb da liegen, wo er lag, wollte nie mehr aufstehen. Alles dahin. Nichts für seine Mutter, wenn sie abends ausgehungert von der Arbeit kam.

Werner Ritter war es dann, der ihm wieder auf die Beine half.

»Kriegste meinen Nachschlag, wenn de mir deinen Magneten dafür jibst ...!«

»Ja, mach ick.«

Manfreds Vater hatte, bis er eingezogen worden war, in den letzten Kriegstagen noch, beim RPZ gearbeitet, dem Reichspostzentralamt, und in seiner Freizeit fleißig Radios gebastelt. Von den übriggebliebenen Lautsprechern hatte Manfred inzwischen die Magnete abmontiert, kleine Hufeisen, um dafür begehrte Dinge einzutauschen, zum Beispiel ein paar Schienen für seine Eisenbahn oder geeignete Halmafiguren für seine diversen Fußballmannschaften, die er auf dem Teppich um den Berliner Meistertitel kämpfen ließ. Schmerzlich nun, daß er einen dieser Magneten für Werner Ritters Nachschlag opfern mußte, aber unmöglich für ihn, seiner Mutter nichts mit nach Hause zu bringen.

Tauschen war ohnehin die große Leidenschaft seiner Klassenkameraden wie der Jungen auf der Straße. Erst gestern hatte er erhebliche Teile seines Stabilbaukastens gegen eine alte Ritterburg getauscht. Von den Eltern war das Tauschen in der Regel streng verboten worden, doch das interessierte im Zweifelsfalle keinen, und wenn der Befehl kam: »Los, geh runta, das tauschste sofort wieder zurück!«, dann war das immer verlorene Liebesmüh. Was wußte seine Mutter schon, welchen Wert für ihn ein altes Kugellager hatte: Da waren Dutzende von kleinen Stahlkugeln drin, die sich wunderbar als Bälle für seine hölzernen Teppichkicker eigneten. Mußte sie ihm deswegen eine runterhauen, weil er Dieter Purwin ein solches Kugellager gegen seinen alten Roller abtauschen wollte? Sicher, der war von seiner heißgeliebten Tante Gerda, hatte aber Räder aus Holz, die furchtbar eierten, mehr oval waren als rund. Außerdem waren das ja die allerersten Verse gewesen, die er gelernt hatte: *Tausche abgelegte Braut gegen ein Pfund Sauerkraut.* Oder: *Tausche Pythonschlange gegen Blutwurst, möglichst lange.*

Nun, das Tauschgeschäft Magnet gegen Nachschlag war schnell erledigt, noch bevor Kutte seine Truppe mit dem zehnten Tor endgültig zum Sieg geschossen hatte. Und nun gingen sie wirklich alle nach Hause.

Von seinen Klassenkameraden wohnte glücklicherweise auch Kuki in der Ossastraße, und deshalb war es nicht ganz so gefährlich, an der Jansastraße vorbeizulaufen. Davor hatte Manfred immer einen riesigen Bammel, denn mit der Jansa-Clique hatte sich die Ossa-Clique erst letzte Woche fürchterlich geschlagen; einem aus der Gruppe hatten sie das Schlüsselbein gebrochen. Oder doch das Nasenbein? Egal, die Rache der Besiegten war zu fürchten.

Doch diesmal gab es keinen, der ihnen irgendwo aufgelauert hätte. Sie kamen von der Weser- in die Weichselstraße. Eine Menge Flußnamen gab es hier in Neukölln; dichtebei noch die Fulda- und die Elbe-, die Werra-, Inn- und Donaustraße. Da war es logisch, daß sie die kleine Ossastraße, die zwischen der Weichsel… und der Fulda… lag – das angehängte …*straße* verschluckten sie meist –, nach einem Nebenfluß der Weichsel benannt hatten. Kein Schwein kannte ihn, nur die Ossastraßen-Kinder. So was lernte man bei *Halli-hallo*, jenem sehr beliebten kombinierten Fang- und Ratespiel, wo einer, wenn er an der Reihe war, einem anderen den Ball zuwarf und dabei schnell eine Frage stellte, zum Beispiel: »Ein Fluß in Westpreußen mit O…?« Wenn das Wort geraten war, warf man den Ball so kräftig auf den Boden, daß er hochsprang, und lief dann weg. Wußte einer die richtige Antwort, rief er »Halt!«, und der Fragesteller mußte stehenbleiben und die Hände so vor den Bauch halten, daß sie einen offenen Kreis bildeten. Schaffte der andere es, den Ball in diesen offenen Kreis zu werfen, durfte er als Nächster eine Frage stellen.

Ossa also, Ossastraße.

Obwohl sie keine vier mal hundert Meter maß, zerfiel sie bei den Jungen dennoch geographisch in drei Teile, die allerdings auf keiner Karte so hießen: Die große Ossastraße, das war das Stück zwischen Fulda- und Weichselstraße, und zweimal die kleine Ossastraße, das heißt, die beiden Sackgassen, die sich jenseits der beiden genannten größeren Straßen noch ein Stückchen in die angrenzenden Laubenkolonien hineinschoben. Fulda-/Ecke kleine Ossastraße, da war dann auch, was das Spielen und Stromern betraf, der schönste Spielplatz, den es gab: eine Riesenruine. Zu ihrem Leidwesen fanden sich in ihrer Gegend nicht viele davon, und sie mußten manchmal ganz schön wandern, um mitzuerleben, wenn wieder eine eingerissen wurde.

Sie trabten nun Richtung Ossastraße, machten nur noch kurz halt bei Heidt, dem Laden an der Ecke vor ihnen, wo es Schreib- und Spielwaren gab, vor dem Krieg jedenfalls gegeben hatte. Die ehemaligen Schaufenster waren mit Brettern vernagelt, verglast war lediglich ein Stückchen von Handtuchgröße. Und sosehr man sich auch die Nase an dem bißchen Scheibe plattdrückte, drinnen war nichts als ein staubiges Tuch zu entdecken, auf dem ein paar Schreibhefte lagen, die Kornfelder, Garben und Traktoren zeigten.

Dennoch: Ein Laden war für Manfred das Größte, was es gab. Dazustehen, Dinge zu verkaufen. Zu Hause hatte er einen wunderschönen Kaufmannsladen, von seinem Urgroßvater, der Kunsttischler war, vor Jahrzehnten gebastelt. Der große Traum seines Lebens war es, einmal einen richtigen Laden zu haben, ein Geschäft. Er bewunderte und glorifizierte sie alle: Rausch, den Schlächter, und Tietz, den Frisör, beide noch in der Weichselstraße, oder Kuschel, den Blumenhändler Weichsel-/Ecke Ossastraße, und dann in seiner Straße selber: Frau Scheinert, Zigarren/Zigaretten, Wolter, der Schuster, Kunitz, der Bäcker, mit Vornamen Alfons, Fischer, Obst und Gemüse, Elektro-Krause an der Ecke Fuldastraße. Nicht zu vergessen Kraft, der in seinem Seifenladen die größte Attraktion weit und breit zu bieten hatte: eine elektrische Rolle, und im eigenen Hause Fräulein Krahl, Milch-Butter-Käse.

Er träumte öfter davon, deren Sohn zu sein; es mußte herrlich sein, aufzustehen, nur ein paar Schritte zu gehen und dann gleich vorne im Laden zu sein, ein bißchen Wurst naschen, sich eine Schrippe nehmen oder ein paar Bonbons.

Kuki schlug vor, einen kleinen Umweg zu machen und die Ossastraße quasi von hinten zu betreten, von der Fuldastraße her, denn im Hause an der Ecke, da, wo der Blumenladen war, wohnte Norbert, und der hatte versprochen, sie heute mächtig zu vermöbeln. Norbert nahm einen, den er nicht leiden konnte, preßte ihn gegen die Wand und schlug so lange auf ihn ein, bis er zusammensackte. Seine Eltern waren tot, und seine Oma wurde nicht mehr mit ihm fertig, ließ sich ihren Enkel aber auch nicht nehmen. Norbert quälte sie, schlug sie, klaute ihnen die Spielsachen und machte ihnen alles kaputt, was sie sich bauten, und sie hatten ihm alles zu geben, was er haben wollte: Groschen, Murmeln, Bälle und so weiter.

Doch sie hatten Glück, Norbert war nirgendwo zu sehen.

»Paß uff, der hat sich wieda im Hausflur vasteckt ...«, fürchtete Kuki.

Manfred machte sich klein und hoffte mit demselben Fatalismus, den vor kurzem noch die Erwachsenen im Luftschutzkeller zeigten, daß er noch mal verschont bleiben würde.

Sie kamen glücklich zur Mitte der Straße, zur Nummer 39, und Kuki, der ein paar Häuser weiter wohnte, stob davon; sein großer Bruder schrie bereits nach ihm, wo er denn so lange bliebe.

Manfred stand alleine da, verloren, ein Häufchen Elend.

Seine Mutter steckte in der Krankenkasse, Kilometer entfernt, seine beiden Großmütter noch weiter weg. Sein Vater saß irgendwo in Rußland in der Kriegsgefangenschaft, und das war für ihn gänzlich außerhalb der Welt.

War denn sicher, daß seine Mutter noch lebte? Vielleicht war das auch nur ein Vorwand, daß sie wieder arbeiten wollte, vielleicht saß sie längst im Zug und fuhr weit weg ...?

Er hatte nicht mehr die Kraft, den Hausflur zu durchqueren, mußte sich auf den Rinnstein setzen, den Essensträger abstellen. Ein Stückchen Mauerstein fand sich, und er malte ein Häuschen aufs Pflaster, aus dessen Schornstein viel Rauch nach oben stieg.

Hinter ihm trafen sich vier Frauen vor Fräulein Krahls Laden, begannen zu reden und zu tratschen, versperrten auch den Hauseingang daneben.

»Haben Sie schon gehört«, sagte Frau Lewandowski, »hier in der Fuldastraße hat sich wieder 'ne junge Frau das Leben genommen, einfach Schluß gemacht, den Gashahn aufgedreht!«

»Wennse ma bloß alleene bei druffjehn würden, dann wärt ja jut!« fiel Frau Roggensack ein, ihre Hauswartsfrau. »Aba nee: Da jibt det ja meistens noch 'ne Explosion, und andre jehn mit hops!«

»Wieda een Essa wenija ...«, brummte die Karrassen und klopfte sich auf ihre Hüften. »Man is ja bloß noch Haut und Knochen!«

Manfred staunte. Für ihn war die Olle imma noch janz schön fett.

»Morjen jeh ick bei meine Schwäjerin«, sagte Frau Roggensack. »Die ham 'n Karnickel jeschlachtet; da jibt et endlich wieda mal wat richtijet zu präpeln!«

»Passen Sie bloß auf«, wurde sie von Frau Reinicke daraufhin gewarnt, »man weiß ja nie genau, was man da auf dem Tisch hat: Ist es nun ein Stallhase, oder ist es ein Stück von einem Gaul, der irgendwo notgeschlachtet worden ist ...? Oder ist es sogar einer, mit dem sie gestern noch nach Kartoffeln angestanden haben ...!?«

»Ja, ja ...!« seufzte Frau Lewandowski. »Es soll'n ja Tag für Tag Menschen spurlos vaschwinden, vor allem Kinder ...«

Manfred hatte das Gefühl, daß um ihn herum alles dunkel wurde und von oben, von den Dächern herab, ein großer Rüssel herunterkam und ihn hineinsaugte in ein schwarzes Nichts, dahin, wo nichts mehr war, wo er nichts mehr fühlte, keine Angst mehr und auch keine Freude.

Da gab es kein Entrinnen.

Er wollte aufspringen und Frau Lewandowski fragen, ob er mit ihr mitkommen könnte, doch er traute sich nicht.

Du gehst mit keinem mit!

Warum denn nicht?

Es gibt so viele Menschen heute, die mit Kindern ganz was Schlimmes anstellen!

Kutte hatte heute morgen in der Klasse erzählt, bei ihnen im Block sei ein Junge verschwunden und dann hätten sie ihn in die Wurstmaschine gesteckt.

Manfred beschloß, so lange hier draußen auf dem Kantstein sitzenzubleiben, bis seine Mutter von der Arbeit kam; hier auf der Straße war er noch am sichersten. Zu essen hatte er ja. Und Schularbeiten konnte er zur Not noch später machen. Die Strafarbeit, hundertmal: »Ich soll meinen Lehrer nicht nachäffen!«

Warten mußte er ja sowieso, bis Frau Roggensack verschwunden war, denn an der traute er sich nur im äußersten Notfalle vorbei, seit sie ihn in Verdacht hatte, ihr eine Stinkbombe in den Keller geworfen zu haben. War er aber nicht gewesen, er hatte nur das Stückchen alten Film gespendet, das man dazu brauchte. Sein einer Großvater war mal im Nebenberuf Filmvorführer gewesen, und draußen bei seiner Schmöckwitzer Oma, da lag noch einiges an alten Filmrollen im Schuppen. Man mußte einen halben Meter von diesem Zelluloid nehmen, ganz fest wickeln und dann Zeitungspapier rummachen wie bei einem Knallbonbon. Wenn das dann kurz angezündet und schnell wieder ausgetreten wurde, gab es gewaltig Rauch und Gestank.

An Frau Roggensack konnte er sich also nicht wenden und sie bitten, ihn mit nach oben zu nehmen, auch nicht an die Karrassen, denn die würde ihn nur wieder an den Ohren reißen und dann loskeifen: »Wenn du dich noch einmal an meinem Wölfchen vergreifst, dann schlage ich dich windelweich!«

Blieb also doch nur wieder Frau Lewandowski, die mit ihnen auf einer Treppe wohnte, auf derselben Etage also. Aber die mußte noch zu einer Stelle, wo sie einen Interzonenpaß beantragen konnte.

So saß Manfred mehr als eine Stunde vor dem Hauseingang und hatte Angst hineinzugehen. Garantiert stand da einer und fing ihn weg. Den Arm um den Hals, bis er keine Luft mehr kriegte, und dann ab in die Wurstmaschine.

Das ist doch alles gar nicht wahr!

Wenn nun aber doch ...?

Von unten wurde es nun ziemlich kalt. *Erkält dir nicht die Nieren!* Das war es aber nicht, was ihn schließlich doch zum Aufstehen und Hinaufgehen brachte, es war vielmehr die Tatsache, daß er nun ganz dringend *einen Haufen machen* mußte. An einen Baum *puschen*, das ging ja noch an, aber sich in seinem Alter jetzt hier hinzuhocken und zu kacken, nee! Blieb ihm also nur die Wahl, sich entweder in die Hosen zu machen oder aber nach oben auf die Toilette zu gehen.

Um die Haustür aufzudrücken, mußte er sich mit seiner ganzen Kraft dagegenwerfen. Sie war nicht nur aus schwerem Holz gefertigt, sondern an ihrer oberen Kante auch mit einem Schließzylinder versehen, der sie ständig an den Rahmen preßte und nur schwer zu überwinden war. Das obligatorische *Tür zu!* war eigentlich überflüssig.

Manfred hatte also einige Mühe, sich in den Hausflur zu quetschen. Ein extra Schlüssel war noch nicht vonnöten, den hatte er auch gar nicht, durfte ihn nur abends nehmen, wenn er späte Gäste runterbringen mußte. Das Hantieren mit diesem Durchsteckschlüssel war dann jedesmal eine entsetzliche Sache; aber noch hatten sie ja frühen Nachmittag.

Er schritt also durch den Flur des Vorderhauses Ossastraße 39 und hatte dabei in dessen Mitte fünf, sechs Stufen hinaufzusteigen, eine Art Podest zu erklimmen, von dem aus man die beiden Parterrewohnungen wie auch die Treppe nach oben erreichte. Da hing dann auch der *Stille Portier*, die traditionelle Tafel mit den Namen aller Hausbewohner. Natürlich auch *O. Matuschewski, Gartenhaus, 3 Treppen, Mitte links*. Der Garten, der aus dem proletarischen Hinter- ein gutbürgerliches Gartenhaus machen sollte, bestand aus ein paar räudigen Büschen und einem ewig eingehenden Laubbaum, der von einigen für eine Linde, von anderen wieder für eine Eberesche ausgegeben wurde.

Da hatte doch eben etwas geraschelt ...!?

Manfred verhielt und lauschte. Schon immer hatte er gewußt, daß hinter den beiden Mauervorsprüngen links und rechts jemand auf ihn lauerte. Etwa ein Mann mit einem großen schwarzen Tuch in der Hand. Das bekam er dann um den Kopf geworfen, so daß er nicht mehr schreien konnte.

Laß dich von keinem ansprechen, geh mit keinem mit. Da sind überall Männer, die Jungens mit zu sich nach Hause nehmen und sie ...

Frau Reinicke war es dann, die oben aus der Tür kam und schnell nach unten lief, ihn damit rettete. Er machte artig einen leichten Diener und grüßte so, wie Omas und Mütter es wünschten. »Guten Tag, Frau Reinicke ...«

»Guten Tag, Manni.«

Manfred machte ihr Platz und sprang sogar nach unten, für sie die Haustür aufzureißen.

Hätte er das nicht getan, wäre diese kleine Missetat seiner Mutter bei der nächstbesten Gelegenheit ganz sicher hinterbracht worden und hätte ihm wieder einen Tadel eingetragen.

Aber abgesehen davon, es gehörte sich ganz einfach so, daß man den Leuten aus dem Vorderhaus mit Respekt entgegentrat. Die hatten ja sogar eine Badewanne. Ganz abgesehen mal vom Balkon nach vorne raus. Kein Zweifel, daß sie allesamt was Besseres waren, Frau Zech, Frau Reinicke und wie sie alle hießen.

Ein wenig noch unter Frau Reinickes Schutz schaffte er es dann, den Vorderhausflur ohne Zögern zu durchqueren, kam glücklich auf den Innenhof hinaus, der nichts anderes war als eine enge graue Schlucht. Hinter sich hatte er die rückwärtige Fassade des Vorderhauses, vier Stockwerke plus Parterre, und vor ihm ragte sein Hinter- oder Gartenhaus hoch in den märkisch-blauen Himmel, von genau derselben Höhe. Deutlich erkannte er die letzten Tomaten oben auf ihrem Balkon, ganz rechts außen, da wo schon der Giebel des Quergebäudes vom Nachbarhaus begann. Der schloß ihren Hof nach Osten hin ab, während man in der anderen Richtung, da es dort keine Seitenflügel mehr gab, über viele Grundstücke hinweg bis zur Weichselstraße blicken konnte.

Da die vier eckigen Müllkästen für die zwei Dutzend Mietparteien nicht reichten, glich der Hof in seinem hinteren Teil, da wo es zu den Kellerräumen ging, so ziemlich einer kleinen Müllhalde.

Kein Grund für Dieter Zettgries, den Jungen in der Wohnung unter ihnen, nicht auf einem der Müllkästen zu sitzen und S-Bahn zu spielen. Täuschend ähnlich ahmte er das immer höher werdende Brummen der anlaufenden Motoren nach, bis er dann, nach einer gewissen Leer- und Auslaufphase, seinen *Vollring* dadurch zum Stehen brachte, daß er am Griff des benachbarten Müllkastens riß und gewaltig Bremsluft herauszischen ließ.

»Neukölln! Neukölln! Ring über Treptower Park, Ostkreuz und Schönhauser Allee. Nach Grünau 13 Uhr 10 vom selben Bahnsteig. Einsteigen, bitte!«

Manfred ließ sich das nicht zweimal sagen und sprang auf den äußeren der Müllkästen, nahm es sogar hin, für diese Fahrt einen eisernen Reichspfennig bezahlen zu müssen.

Dieter Zettgries war die Rettung! Die leere Wohnung oben, unheimlich und drohend. Aber wenn er Dieter Zettgries zum Spielen mitnahm, dann war ja alles halb so schlimm.

Du bringst mir keinen mit rauf, wenn ich nicht da bin!

Ach was!

Doch es wurde nichts mit seinem schönen Plan, denn wenig später kamen Dieter Zettgries' Eltern, um ihn mit aufs Feld zu nehmen, wie sie ihren kleinen Garten in einer Britzer Laubenkolonie immer nannten.

Manfred nahm jetzt seinen ganzen Mut zusammen, um nun auch noch den zweiten Hausflur zu passieren. Solange er auf dem Hof unten stand, war er sicher, denn da hörten ihn die Leute, wenn er schrie. Wenn er nun die Tür zum Hinterhaus, die viel popliger war als die vorne an der Straße, mit einem kleinen Hölzchen festklemmte, dann konnten sie es auch hören, wenn er oben auf der Treppe war. Er tat es, und es machte ihm die ersten Schritte in den dunklen Schlauch hinein wesentlich leichter.

Ein schneller Druck auf den Schalter, und es knackte auch irgendwo in der Wand, doch da die Glühbirne oben an der Decke natürlich wieder mal im Eimer war, nutzte es wenig.

Vor ihm auf halber Treppe war ein kleines Fenster offen, und dessem Lichtfleck strebte er entgegen. Links und rechts hinter den Türen hörte er Stimmen und Schritte, und er war sich eigentlich sicher, daß eine von ihnen gleich aufgehen mußte. Da wohnten Leute, die seiner Mutter sehr suspekt vorkamen. Da gab es Andeutungen, die ihn an die Schauergeschichten aus Grimms Märchen erinnerten.

Wenn die Tür aufging, packten sie ihn und zerrten ihn nach drinnen, um ihn zu schlachten.

Er kriegte keine Luft mehr, wie ein Taucher tief unter Wasser. Oben das rettende Licht.

Er stolperte und fiel, gab sich schon verloren, raffte sich noch einmal hoch und erreichte das Fenster, steckte schweratmend den Kopf ins Freie hinaus.

Nun war das Schlimmste überstanden, vorerst einmal, denn im ersten Stock wohnte zwar Frau Karras, doch die war ja weg, und außer ihr noch Dehnhardts, die er nicht zu fürchten brauchte. Mit Horst Dehnhardt spielte er des öfteren, und Uschi war seine Freundin vom Luftschutzkeller her; sein Bärchen hieß seitdem wie sie.

Es gab immer vier Parteien pro Treppe, doch die anderen, die noch hier wohnten, interessierten ihn nicht.

Im zweiten Stockwerk residierte die Hauswirtin, und die lauerte immer wie eine Spinne im Netz auf ihn, weil er ständig irgend etwas ausgefressen hatte. Doch die Roggensack war ja ebenfalls noch unterwegs, konnte also nicht herausgeschossen kommen und ihn anbrüllen: *Auf dem Hof wird nicht gespielt!* Oder: *Wenn du noch mal 'ne brennende Zeitung aus'm Fensta werfen tust, dann is aba der Jrüne da!* Womit sie den Schutzmann meinte.

Auf dem Absatz zwischen dem zweiten und dem dritten Stock machte er abermals Pause, denn dicht neben dem Fenster war vor kurzem ein Flatschen Putz von der Decke gefallen, und da galt es nun, die kleinen Brocken nach unten in den zweiten Hof zu werfen, wo die Klopfstangen standen und Piepenburg seine Kaninchenställe stehen hatte. Dahinter kam dann, von einer Mauer begrenzt, ein Hof und, hinten am Weichselplatz gelegen, ein großes Fabrikgebäude aus gelbem Backstein, das Kraatzer oder so gehören sollte, ihrem Hauseigentümer, bei dem sie allmonatlich ihre Miete abzuliefern hatten.

Das Treppenfenster hatte den Krieg ohne großen Schaden überstanden, zeigte sich noch immer fast feudal mit buntem Glas in Blei, war nur rechts oben mit einem Stückchen Drahtglas und unten links mit einem dicken Brett geflickt.

Manfred machte Zielübungen, versuchte, ins schlammige Quadrat des ehemaligen Feuerlöschbeckens zu treffen, und hatte so viel Erfolg, daß er in seiner zweiten Serie den großen Hauklotz anpeilte.

So versunken war er in sein Spiel, daß es ihn fast aus dem Fenster warf, als plötzlich ein paar Stufen unter ihm Frau Roggensack loszudonnern begann.

»Hörste wohl uff, du Drecksack, du! Immer Steine uff die Karnikkelställe schmeißen, wa!? Wenn ick deine Mutta sehe, do, dann kannste aba ...!«

Manfred konnte gerade noch nach oben entkommen, ehe er gleich auf der Stelle 'n paar geknallt bekam.

Frau Roggensack schickte ihm noch einige laute Worte hinterher, die seine maßlose Verkommenheit betrafen, dann zog sie sich in ihre Wohnung zurück.

Auf dem letzten Treppenabsatz stank es fürchterlich, denn Erich Lewandowski saß wieder auf dem Klo und zeigte an, daß er Wirsingkohl gegessen hatte. Immer eine Mietpartei pro Stock hatte nur eine

Außentoilette, und insbesondere die Männer, sofern es welche gab, liebten es, dort stundenlang mit einer alten Zeitung zu sitzen.

Endlich stand Manfred nun vor ihrer Wohnungstür, 3 Treppen, Mitte links. Alle hatten eine Klingel aus Messing, die aussah wie ein antiker Türklopfer. Darüber waren dann die Namensschilder angeschraubt. Ihres war ebenfalls aus Messing, und die Buchstaben O. MATUSCHEWSKI waren sauber eingraviert und mit schwarzer Farbe ausgegossen worden. O-Punkt war sein Vater, Otto. Vorne rund, hinten rund, in der Mitte wie'n Pfund. Das doppelte kleine »t« sah immer aus wie ein Pfundzeichen, wie man es überall noch finden konnte, obwohl sie lieber »ein halbes Kilo« statt »ein Pfund« sagen sollten. So Frau Fahlenberg, bei der sie immer »Mit uns zieht die neue Zeit« singen mußten. Aber sonst war die schon dufte, die Klassenlehrerin.

Gott sei Dank, die Schlüssel hingen vollzählig unterm Hemd.

Zuerst war oben mit dem langen Chubbschlüssel das Zuhaltungsschloß zu öffnen, dann unten mit dem kleinen Drücker die letzte Sperre zu beseitigen. Nun konnte er die mittelbraun lasierte Tür nach innen aufstoßen und über den Korridor hinweg zur Küche sehen.

Er zögerte. In der Küche war nichts zu erkennen, was irgendwie auffällig war. Alles stand auf seinem Platz. Auch keinerlei Geräusche, sosehr er auch lauschte. Dabei hätte er um seine einzige und letzte Weiche wetten mögen, daß hinter der Tür jemand stand und auf ihn wartete. Sicherlich ein Einbrecher, den er überrascht hatte. Mit einem Messer in der Hand oder einer Axt. Oder ... Er erinnerte sich an das, was seine Tante Claire neulich erzählt hatte, als sie sich alle sicher waren, er schliefe schon ganz fest.

»... auf dem Alexanderplatz wird eine junge Frau von einem Mann angesprochen, dem sie beide Beine amputiert hatten. Ob sie nicht so nett sein könnte, diesen Brief bei seiner Mutter abzugeben. Eine Adresse in Kreuzberg, Wrangelstraße. Die Frau ist nie wieder gesehen worden. Das war ganz sicher eine Fleischerei, wo der sie hingeschickt hat, und am nächsten Tag ist sie dann sicher als Rollbraten verkauft worden oder in der Wurstmaschine gelandet. Am besten sollen ja Kinder schmecken ...«

Manfred blieb wie angewurzelt stehen.

Frau Schlicht von über ihnen kam die Treppe herunter und fragte ihn, warum er denn nicht hineinginge.

»Weil meine Schuhe noch so dreckig sind ...«, sagte er.

»Das ist brav von dir!« lobte sie ihn. »Und du bist so tapfer und schaffst jetzt alles ganz alleine ...«

»Ja ...«

Nun konnte Manfred nicht anders, als hineinzugehen. Er warf die Tür mit einem lauten Knall hinter sich zu und lief sofort zum Küchenfenster, um es aufzureißen. Wenn er jetzt um Hilfe schrie, hörten sie ihn wenigstens.

Die Mappe flog auf den Kohlenkasten, der Essensträger mit dem Nachschlag kam auf den Gasbratofen.

Ein paar Graupen gab es warm zu machen, doch ehe er sich darum kümmern konnte, mußte er noch seinen Haufen machen. Zum Glück war mal keine Stromsperre, und er konnte sich das Licht anknipsen.

Ihre kleine Toilette lag in dem schmalen Streifen, den die Architekten zwischen ihrer Wohnung und der Wohnung Mitte rechts freigelassen hatten. Über einen abgeknickten Zugang war sie vom Korridor her zu erreichen, faßte nicht mehr als eine alte Kommode und das sehr kompakte, aber immerhin schon freistehende Klosett. In den Seitenflügeln, Hinterhäusern und Quergebäuden zerfielen die Menschen, das hatte er schon lange durchschaut, in drei verschiedene Gruppen: Am niedrigsten standen die, die ihr »Kackhaus« auf dem Hof oder auch auf halber Treppe hatten. Dann kamen die, die zwar eine Innentoilette besaßen, aber sich nur auf ein unförmiges Kasten- oder Plumpsklo niederlassen konnten, und ganz oben in der Wertungstabelle waren jene einzuordnen, die ein freistehendes Klo aus Porzellan vorzuzeigen hatten. Die aber wiederum waren ein Nichts gegen alle Vorderhausbewohner, die ein Badezimmer ihr eigen nennen durften.

Manfred klappte die braune Brille hoch, deren schlecht verleimtes Sperrholz schon manchen Splitter zeigte, und hatte Mühe, seine Bakken so aufkommen zu lassen, daß es nicht piekte. Nach erfolgter Verrichtung blieb er noch ein Weilchen sitzen und las in den alten Zeitungen, die sich vor ihm auf der Kommode angehäuft hatten. Auf Anraten seiner Schmöckwitzer Oma hielten sie sich die *Berliner Zeitung*.

Sieben Kriegsverbrecher waren mit dem Flugzeug von Nürnberg nach Berlin gebracht worden. Rudolf Heß, der Stellvertreter des Führers, Walther Funk, Erich Raeder, Albert Speer, Baldur von Schirach, Konstantin Freiherr von Neurath und Karl Dönitz, der Großadmiral. Einige der Namen kannte er schon, denn seine Mutter und seine

Schmöckwitzer Oma hatten in letzter Zeit stundenlang vor dem Radio gehockt und sich angehört, wie es da beim Nürnberger Prozeß zugegangen war.

Doch Manfred interessierte es viel mehr, was es denn Neues vom Fußball gab. Die alten Vereine waren ja noch immer verboten, und es gab nur Stadtteilmannschaften, die in bunt zusammengewürfelten Staffeln ihre Meisterschaft nach einem System austrugen, das er nicht ganz kapiert hatte. Lange Zeit hatte ja Neukölln in der Staffel D geführt, dann aber hatte es ein Unentschieden gegen Niederschöneweide gegeben und anschließend gegen Prenzlauer Berg-West sogar die erste Niederlage. Manfred hatte fast alle Mannschaften im Kopf. Da waren beispielsweise Reinickendorf-Ost, Friedrichsfelde, Berlin-Schillerpark und Borsigwalde (Staffel A), Gesundbrunnen und Oberschöneweide (Staffel C), Johannisthal, Niederschöneweide, Adlershof, Nordbahn und Weißensee (Staffel D). Der Bezirk Neukölln hatte neben der Mannschaft Neukölln auch noch Rixdorf im Rennen.

Die *Berliner Zeitung* wußte über beide Teams leider nichts Neues zu berichten. Also zerlegte er sie. Einen Teil zerriß er zu handlichen Stücken, gerade groß genug, sich damit den Po zu wischen, den anderen Teil, insbesondere die Ränder, legte er beiseite, um nachher die Strafarbeit auf ihnen zu machen.

Nachdem er gespült und den Deckel wieder zugeklappt hatte, stieg er aufs Klo und zog an einer langen Eisenstange, die man am Rahmen des kleinen Toilettenfensters angebracht hatte. Ihr »Kackhaus« ging nämlich nicht bis zur Außenwand des Hauses durch, sondern hörte eigentlich schon in der Mitte auf, gleich hinter Kloschüssel, Wasserrohr und Drücker. Sein letztes Viertel, hinten unten, war mit einer dünnen Mauer abgetrennt, und der so gewonnene Raum war von der Küche aus zugänglich und diente ihnen als Speisekammer. Durch den verbliebenen Licht- und Lüftungsschacht hindurch war nun mit einer langen Eisenstange, einer Art riesigem Feuerhaken, das Fenster zu öffnen und zu schließen. Das war jedesmal ein aufregender Balanceakt, denn auf der so verbliebenen schrägen Ebene war allerlei Krempel gelagert, alte Tapetenrollen zum Beispiel oder Kartons, und Manfred mußte gehörig aufpassen, den ganzen Zimt nicht auf'n Kopp zu kriegen.

Wieder in der Küche zurück, drehte er den Gashahn auf, um sich seine blassen Graupen aufzusetzen. Beim Gas gab es den Haupthahn, der im Korridor war, dann einen Hahn aus blankem Messing, der gleich hinterm Schlauch angebracht war und alle Kochstellen betraf, und schließlich die wunderbaren Dinger vorn am Herd.

Spiel nicht mit den Hähnen rum! Laß nich so viel Gas ausströmen!

Nun, der Gasanzünder war ein viel zu schönes Spielzeug, um das noch zu beherzigen; faszinierend, wie er da die Funken sprühen ließ.

Laß den Gasanzünder liegen, ich krieg da keinen Stein mehr für!

Nun gut, streute er eben Salz in die Gasflamme und freute sich, wie sich alles verfärbte.

Erst als er Frau Reinicke drüben am Fenster erblickte, schaffte er es, seine Graupen aufzusetzen. Die war von seiner Mutter gebeten worden, über den Innenhof hinweg ein bißchen auf ihn aufzupassen.

Er aß dann auch und stellte seinen schmutzigen Teller brav in den Abwaschtisch. Das war ein ausziehbares Gestell unter ihrem Küchentisch, in dem zwei Emailleschüsseln eingelassen waren.

Was jetzt? Auf die Straße runtergehen, spielen? Um diese Zeit war garantiert noch keiner unten. Schularbeiten machen? Keine Lust. Also beschloß er, erst einmal auf den Balkon zu gehen, um dort Straßenbahn zu spielen.

Dazu allerdings war es nötig, durch den Korridor und ins Wohnzimmer zu gehen. Er zögerte. Wenn sich der Einbrecher nun unterm Bett versteckt hatte oder in einem der Schränke? Außerdem stand ihr kleines Zimmer leer, das, wo seine Eltern mal ihr Schlafzimmer gehabt hatten. Seit seine Kohlenoma wieder ausgezogen war, warteten sie tagtäglich darauf, eine neue Untermieterin zugewiesen zu bekommen, doch bis heute hatte sich keine gemeldet.

Im Vertrauen auf Frau Reinicke wagte er es schließlich, zum Balkon vorzustoßen. Das war ein winziges rechteckiges Gebilde, das sie wie ein Schwalbennest an Mauer und Giebel rangeklatscht hatten. An der einen Schmalseite hatte er hinter den Blumenkästen mit den vertrockneten Tomatenpflanzen ein Brett angebracht, in dem eine »Kurbel« und eine Handbremse steckten, die beiden wichtigsten Instrumente eines Straßenbahnfahrers. Die Kurbel, das war der Griff einer alten Kaffeemühle, und die Bremse ein abgebrochener Quirl aus dem Küchenschrank seiner Mutter. Dazu kam noch, außen am Balkon hängend, ein Besenstiel – das Gerät zum Weichenstellen.

Bimmeln und Abklingeln konnte er mit der verrosteten Glocke einer ausgeschlachteten Türklingel, die vor ihm auf dem Boden lag.

Heute versah er seinen Dienst auf seiner Lieblingslinie, der 95.

Abklingeln der Schaffner der Reihe nach, erst die beiden Beiwagen, dann der Triebwagen. Lösen der Bremse. Langsames Anfahren. Ruckweise drehte er die Kurbel auf die höchste Fahrstufe. Heftiges Treten mit dem Fuß auf die Klingel: immer wieder Kinder, die auf den Schienen spielten. Auf Null schalten und ausrollen lassen. Die erste Haltestelle: Mehringdamm.

Weiter ging es, und die wichtigsten Haltestellen kannte er alle: U-Bf. Hallesches Tor, Blücherstraße, Urbanstraße, Hermannplatz, Sonnenallee, Baumschulenstraße, Bf. Baumschulenweg. Hier beschloß er, seinen Zug enden zu lassen; sie waren ja nur 'n »Einsetzer«. Das Umdrehen des Rollenstromabnehmers spielte er noch, dann war ihm alles langweilig geworden.

Da! Was war denn das gewesen ...? Ein seltsames Geräusch im Korridor hinten. Als wenn die Wohnungstür ins Schloß gefallen wäre. Mensch, er hatte ja nicht unter den Betten nachgesehen! War der Einbrecher jetzt abgehauen ...? Oder war gerade erst einer gekommen ...?

Manfred beschloß, den Balkon nicht mehr zu verlassen. Hier konnte ihm keiner was tun. Es war ziemlich kühl, aber immer noch besser, ein wenig zu frieren, als drinnen abgemurkst zu werden.

Er ließ sich in den Korbstuhl fallen und lauschte. Die Fenster standen allenthalben offen, und da alle in der Ossastraße eine ziemlich laute Stimme hatten, bekam er eine Menge mit. Hauptthema im Vorder- wie im Hinterhaus war die Ernährung.

»Möchtest du noch 'n Teller Wildkräutersuppe?« fragte Frau Reinicke.

»Ja, gerne«, antwortete ihr Besuch. »Man kann auch Bouletten draus machen – und Salat aus Nachtkerzen dazu, aus den Wurzeln. Hast du mal probiert: Gebäck aus Kastanienmehl und Tee aus Fichtennadeln ...?«

Frau Zech dagegen erklärte jemandem, daß man in Neukölln die aufgerufene Schokolade auf Abschnitt K 3 bekommen würde und nicht auf K 1.

Ihr Bruder oder Schwager – oder wer auch immer – beschwerte sich, daß er statt Tafel- nur Bruchschokolade für seine Kinder erhalten habe. »Sechzig Gramm auf IV A, IV B und IV C... Und ein Stück Körperseife nur im Monat pro Person – wie soll'n wir'n da die Kinder sauber kriegen?«

Das war für Manfred kein Problem. Wenn er der liebe Gott gewesen wäre, hätte er den Menschen sogar verboten, sich zu waschen. Es war unnütz, denn man wurde ja doch immer wieder schmutzig.

Fräulein Kirsch im Vorderhaus oben erzählte ihrem Vater, daß das Kino am Hermannplatz, also an der Hasenheide, das »Quick«, ganz wunderbar geworden sei und sie mal hingehen müßten. Herr Kirsch schwärmte vom Circus Blumenfeld, der im April '46 sein Zelt auf dem Innplatz aufgeschlagen hatte. »Raubtiere, echte Indianer und richtig wieder Tschingdetarassassa!«

Auf dem Balkon des Nebenhauses saß einer und erzählte von einer Massenversammlung der Neuköllner SPD in der »Neuen Welt«. »Dr. Ostrowski hat gefordert, alle ehemaligen Nazianhänger vom Wahlrecht auszuschließen.«

»Find' ick richtich!«

Manfred schrak zusammen. In der Wohnung drin hatte es irgendwo geknackt. Jetzt klauten sie ihnen wahrscheinlich den Maisgries aus der Speisekammer oder suchten im Kohlenkasten nach verstecktem Schmuck.

Plötzlich klingelte es.

Manfred hielt den Atem an.

Du machst auf keinen Fall auf, wenn ich nicht da bin, hörst du!?

Es klingelte Sturm, doch er dachte gar nicht dran, durch den Korridor zu laufen und zu öffnen. Sicherlich ein Trick, um ihn in die Stube zu locken und dann ...

Das Klingeln brach ab, aber dafür hörte er kurz darauf unten auf dem Hof die Stimme seiner Kohlenoma.

»Warum machst du denn nicht auf, du alter Scheesenbeutel!? Manniii ...!«

Er eilte hinunter, sie nach oben zu holen. Doch sie hatte wenig Zeit heute, war dabei, sich Arbeit zu suchen.

»Meinen Kohlenkeller krieg ick ja nich wieda!« Sie war in Kreuzberg ausgebombt worden, in der Manteuffelstraße 33.

»Bis Mutti da is, könn wa doch so lange Mensch-ärger-dich-nich spieln ...!«

»Andermal, heute nich. Ick wollt euch nur schnell zwee Eia bringen ...« Sie hatte einige davon aus Werneuchen bekommen, von Pate Pauline.

Manfred wurde ein Einkaufsnetz überreicht, in dem ein alter Kaffeewärmer steckte, ganz schön fleckig schon, und in dem waren nun die beiden Eier versteckt. Alles an seiner Kohlenoma, auch dieser Kaffeewärmer, roch noch immer nach Braunkohle, nach Briketts.

Sie nahmen Abschied voneinander, und Manfred sprang wieder nach oben, glücklich, seiner Mutter nun nach dem mitgebrachten Nachschlag einen zweiten Leckerbissen präsentieren zu können.

Doch, o Gott, er hatte die Schlüssel in der Küche vergessen, kam nun nicht mehr in die Wohnung hinein.

Wenn du noch mal was vergißt, dann ...!

Kannst du dich nich mal konzentrieren auf was!?

So geht das nicht mehr weiter mit dir!

Aber ich hab doch die Schlüssel nicht verloren, sie liegen doch noch auf'm Küchentisch!

Mußt du immer das letzte Wort haben!?

Er setzte sich auf die Treppe und dachte nach. Vielleicht an der Regenrinne hochklettern? Das wäre schon gegangen, bloß: Er konnte nicht klettern. Oder aufs Dach rauf und sich dann an einem dicken Seil auf'n Balkon runterlassen? Nein, auch nicht! Vielleicht aber mit'm Stücke Draht das Schloß aufmachen? Das schon eher. Da, wo unten der Putz von der Wand gefallen war, konnte man vielleicht den Draht darunter abpuhlen.

Er tat das auch, doch der dort gewonnene Draht erwies sich dann als erheblich zu dünn. Manfred war den Tränen nahe. Das Ganze war zwar noch nicht sonderlich tragisch, doch wie stand er denn da, wenn seine Mutter kam: als Flasche doch, als Krampe.

Solange Vati nicht da ist, bist du der Mann im Hause und mußt mir immer helfen!

Und dann das. Sich selber ausgesperrt haben.

Schließlich war es Erich Lewandowski, der ihn erlöste. Wieder mal auf dem Wege zu seiner Außentoilette, versprach er ihm, nach Ende seiner Sitzung mit einem Dietrich zu kommen und ihm die Türe zu öffnen.

Das tat er dann auch, aber nicht ohne einen schnellen Blick auf Manfreds Kaffeewärmer zu werfen, als er fertig war.

»Wat hast'n da ...?«

»Von meiner Oma was ...«

»Von deine Oma wat – watten ...?«

»Zwee Eia ...«

»Na, da jehört jetzt eens mir von!«

Was blieb Manfred weiter übrig, als den verlangten Preis zu zahlen.

Gerade wieder in der Wohnung angekommen, hörte er unten auf dem Hof jemanden schreien. »Manni, kommste runta, spieln?«

Er rannte zum Balkon und sah Kuki unten stehen. »Watten ...?«

»Schlachball!«

»Nachher. Ick muß erst noch die Strafarbeit für Kohlenklau machen!«

Die Schularbeiten selbst konnten noch bis abends warten; sah seine Mutter wenigstens, wie fleißig er war. Aber nicht die Strafarbeit, das hätte bloß wieder eine schlimme Gardinenpredigt gegeben. *Das fällt doch wieder alles auf mich zurück, warum hast du mir das denn antun müssen?*

Also holte er sich die zurechtgelegten Zeitungsränder vom Klo und begann mit seinem viel zu harten Bleistift.

Ich soll meinen Lehrer nicht nachäffen!

Hundertmal.

Um den Stumpfsinn des Ganzen etwas zu mindern, schrieb er auf jedem Stückchen Rand immer nur die erste Zeile durchgehend aus, dann aber immer dasselbe Wort von oben nach unten.

Ich soll meinen Lehrer nicht nachäffen!
Ich soll meinen Lehrer
Ich soll meinen
Ich soll
Ich

So weit war er gekommen, als unten auf dem Hof mit Getöse die fast kopfgroße Messingglocke ertönte, kraftvoll geschwungen von einem Rudower Bauern, der dazu noch mit Schornsteinfegerstimme jene Worte schrie, die sie alle in Alarm versetzten:

»Brennholz für Kartoffelschalen!«

Und alle rafften sie nun ihre Eimer und Körbe zusammen und stürzten nach unten, denn kam man zu spät, hatte man dem Wagen nicht nur bis zur nächsten Ecke hinterherzuhetzen, sondern lief auch Gefahr, für seine Schalen nichts mehr zu bekommen.

Manfred ließ alles stehen und liegen, um mit ihrem abgestoßenen weißen Emaille-Eimer nach unten zu flitzen, nahm sich aber trotz aller gebotenen Eile diesmal die Zeit, an seine Schlüssel zu denken. Doch nicht nur das: Auch der Weisung, auf alle Fälle abzuschließen, kam er nach. Schon im eigenen Interesse, denn oben auf dem Dachboden stand sicher schon der Einbrecher oder Kindermörder, der nur auf solchen Augenblick gewartet hatte.

Die beiden Schlüssel kamen unters Hemd, dann ging es ab nach unten. Natürlich war der Gummiwagen mit dem halblahmen Brauereipferd davor schon zur Ecke Weichselstraße weitergezogen. Gummiwagen, das war ein Ausdruck, den er aus Groß Pankow mitgebracht hatte, dem Dorf in der Prignitz, in dem sie anderthalb Jahre lang evakuiert gewesen waren. Er meinte einen hölzernen Wagen mit Autoreifen dran; im Gegensatz zum Leiterwagen, der nur hölzerne Räder mit Eisenreifen hatte.

»Brennholz für Kartoffelschalen!«

Die Tatsache, daß der Bauer noch immer bimmelnd auf die Hinterhöfe ging, machte ihm Hoffnung, auch noch etwas abzubekommen. Jede Kartoffelschale wurde sorgsam gesammelt, und jedes Stückchen Brennholz liebevoll in Keller oder Korridor gestapelt, denn es gab nur wenig zum Heizen, und ein langer, kalter Winter wurde erwartet.

In der Schlange der Wartenden erkannte er Spiel- und Klassenkameraden ebenso wie die eine oder andere Mieterin aus der Nummer 39, Frau Karras zum Beispiel oder die Frau Roggensack. Da war es ganz gut, daß fünf, sechs andere vor ihm waren.

Oben auf dem Wagen stand die Bauersfrau, Königin auf einem Throne, aufgeplustert dick mit ihrer Trainingshose, ihrer Kittelschürze, und wenn er ihren Kopf und ihre Haare sah, dann wurde Manfred stets an Olga erinnert, die größte Sau im Stall von Martin Blumenhagen, also da, wo sie das Kriegsende über gewesen waren.

Ohne jede Regung griff sie sich Eimer auf Eimer, Korb auf Korb und kippte die Schalen gegen die Bretter, die in Hüfthöhe Ende und Lehne des Kutscherbocks bildeten. Dann fuhr ihre ungeschützte rechte Hand in den Stapel des kleingehackten Holzes, packte trotz der vielen Splitter sechs, sieben der kaum daumendicken Kiefernscheite und warf sie mit sichtbarem Widerwillen in die Körbe und Eimer, die noch immer feucht waren von den teils angefaulten Schalen. Man sah ihr an, daß es ihr leid tat um jeden Span, den sie hergeben mußte.

»Heh, Sie, Volksgenossin!« schrie denn auch Frau Karras. »Det kann doch wohl nich schon allet jewesen sein, die paar kleenen Streichhölza da! Ick hat 'n vollen Eima, wa ...?« Sie blickte sich um, und das Gemurmel der anderen bestätigte sie.

Wortlos gab die Bauersfrau zwei Scheite dazu.

Die sparte sie bei Manfred wieder ein, instinktiv wissend, daß der es nicht wagen würde, lauthals loszuschimpfen. Tat er auch nicht. Einmal war sein Naturell nicht so, und zum anderen hatten sie ja, so schien es ihm, genügend Kienäppel und Kohlen im Keller, um gut über den Winter zu kommen.

So nahm er, was ihm gegeben wurde, und trabte nach Hause zurück, die Stimme seiner Mutter wie immer im Ohr:

Das Brennholz bringst du gleich in den Keller, hörst du!?

Das war nun für ihn die größte aller bisherigen Mutproben, denn ihr Keller war eine einzige Schreckenskammer für ihn. Vom Hof her führte eine steile Treppe hinunter, eine Schlucht, begrenzt von lockerem Putz und zwei eisernen Geländern, von denen Dieter Zettgries sagte, daß sie manchmal unter Strom stünden. »Dann bleibste dran kleben und wirst langsam geschmurgelt!«

Die Tür war übersät mit Totenköpfen aller Art, Zetteln, daß hier Rattengift lag.

Manfred stieß sie nach innen auf und packte seinen Eimer mit dem Brennholz fest wie eine Waffe. Fiel ihn jetzt wirklich jemand an, konnte er ihm den sicher an den Deetz donnern.

Elektrisches Licht gab es hier unten nicht mehr. Seit ihnen auch die dritte Glühlampe innerhalb einer Woche geklaut worden war, hatten es Hauswartsfrau und Hausbesitzer aufgegeben. Wohl dem, der eine Taschenlampe hatte. Manfred hatte keine mehr, die funktionierte, woher denn auch die Batterien nehmen, und ihre Petroleumlampe durfte er nicht mehr anzünden, seit er mal bei seinen vielen Experimenten den kostbaren Zylinder runtergeschmissen und zertöppert hatte.

Er lauschte. Aus der dunklen Höhle kam nur das Rauschen einer Wasserleitung. Dann ein ungewisses Huschen. Die Ratten wahrscheinlich. Von denen hieß es ja auch, daß sie einen bissen, wenn sie hungrig waren. In Groß Pankow war einer der Knechte angefallen worden, als er auf dem Klo gesessen hatte, einem Riesenbrett mit drei runden Löchern über einer großen Grube. Den Sack hätten sie ihm abgebissen, lachten die Leute und sprachen dann mit hoher Fistelstimme weiter.

Manfred wagte sich ein paar Schritte in den Gang hinein, der nach hinten zum zweiten Hof führte, zur Klopfstange und zum Feuerlöschbecken. Von ihm aus erreichte man die Abzweigung zu den Kellern der einzelnen Mieter, Verschlägen aus grob gehobelten Latten, allesamt aber mit ein bis zwei Vorhängeschlössern gesichert. Das

Unheimlichste hier unten war jener Bereich, den man im Krieg als Luftschutzkeller hergerichtet hatte. Da gab es einen Wald von Pfählen, scharfkantig aus Beton gegossen, die die Decke abstützten, Sandsäcke vor den Fenstern und nur notdürftig wieder zugemauerte Durchbrüche zu den beiden Häusern nebenan. Damit man, wenn man verschüttet wurde, noch gerettet werden konnte. Hier hatte er viele Nächte zugebracht und meistens Straßenbahnschaffner gespielt, war mit einem imaginären Schnellwechsler vor der Brust durch die Reihen der Mieter gezogen: »Noch jemand ohne Fahrschein?«

Da gegenüber lag ihr Keller, und wenn er Glück hatte, fiel gerade ein seidengrauer Lichtstrahl auf ihr Vorhängeschloß; ansonsten mußte er endlos lange Sekunden danach tasten, riß sich in seiner Angst und Hast sicher wieder Splitter ein, verlor womöglich noch den kleinen Schlüssel. Und das war dann die größte Katastrophe: schwitzend vor Angst auf dem dreckigen Boden nach ihm suchen müssen.

Manfred riß sich von neuem zusammen und schaffte es mit ein paar schnellen Schritten bis zur Mitte des Hauptganges hin, getragen vom Licht, das hinten durch die andere Hoftür kam, vom Ende des Tunnels. Hier hatte er noch immer eine Chance des Entkommens, wenn wirklich etwas passierte, wenn eine Hand nach vorne schnellte, ihn ins ewige Dunkel zu reißen. Aber nicht mehr, wenn er erst im Seitengang war. Da würde dann sicher die schwere Stahltür zuschlagen und ihm jeder Fluchtweg abgeschnitten werden.

Da stand er nun, war sicher, diesmal nicht davonzukommen, hatte aber Dutzende von Stimmen im Ohr: *Du bist doch schon ein großer Junge, das wirst du doch schaffen!*

Knappe zehn Meter ins Dunkel hinein. Ging er, war er verloren, ging er aber nicht, dann ebenso. Alle würden ihn auslachen, wenn sie das hörten.

Also zog er seinen Kellerschlüssel aus der Hosentasche und tastete sich in die Höhle hinein. Ein paar Meter über ihm, das versuchte er sich immer wieder klarzumachen, waren ja Frau Karras und Frau Roggensack beim Saubermachen, saß Erich Lewandowski auf dem Klo. Doch zugleich waren sie auch weltenweit entfernt von ihm, würden keine seiner Schreie hören, wenn er jetzt *dran glauben* mußte.

Was sollte er tun: ganz leise gehen, um den zu täuschen, der da auf ihn lauerte, ihn schlachten wollte, oder gerade viel Lärm machen, um ihn abzuschrecken, und mit ihm die Ratten?

Er entschloß sich für die zweite Möglichkeit und kam auch Schritt für Schritt zu ihrer Kellertür, die nochmals in einer kleinen Nische lag. Schnell aufgeschlossen, den Eimer hinein, wieder zu und ab.

Draußen war gerade die Sonne durch die Wolken gebrochen, und es drang so viel Licht durch die Löcher und Ritzen in den weithin zugemauerten Fenstern, daß er ihr Schloß beim ersten Zugriff fassen konnte.

Bevor er den Schlüssel hineinsteckte, spitzte er nochmals die Ohren. Nichts. Irgendwo oben spülte jemand im Klo. Schritte auf dem Hof, doch die verhallten wieder.

Ihr Vorhängeschloß war klein wie eine Zündholzschachtel, und er beugte sich ein wenig nach unten, das Einsteckloch zu finden. Da huschte ein Schatten über den Gang, und eine tiefe Stimme ertönte:

»Halt! Keine Bewegung!«

Manfred ließ Eimer, Schloß und Schlüssel fallen und warf sich mit der ganzen Panik eines gehetzten Tieres herum, prallte aber nur gegen den Körper des Menschen, der hinter ihm stand. Zwei Hände schlangen sich um seinen Leib, preßten seinen Brustkorb schmerzhaft zusammen.

Dann ein höllisches Gelächter, und eine Taschenlampe flammte auf.

»Na, haste dich erschreckt ...!?«

Peter Lewandowski, etliche Jahre älter als er, hatte hier nach Buntmetall gesucht oder auch nur Kohlen holen sollen.

Manfred taumelte zurück, konnte aber gar nicht anders, als nun hervorzustoßen, daß das ein toller Scherz gewesen sei und er sich noch nie im Leben so erschrocken hätte. Jetzt loszuflennen und zu sagen, daß er alles seiner Mutter melden würde, hätte ihn nur, das wußte er genau, zum Deppen seiner Straße gemacht, zum Fußabtreter, zum Prügelknaben. »Da kommt ja unser Ma-ma-Söhnchen!« Ma-ma kam von Manfred Matuschewski her. »Geh nach Hause, Mammi will dir 'n Bauch waschen!« Wer hätte ihn da noch in seine Mannschaft gewählt? Keiner mehr.

Also schluckte er alles hinunter und bat Peter Lewandowski, ihm zu leuchten, damit er sein Brennholz wieder aufklauben und den Eimer in den Keller stellen könne. Der tat das dann auch bereitwilligst.

Peter Lewandowski war von seiner Mutter zu seinem großen Vorbild aufgebaut worden.

Guck dir den mal an: Immer wie aus dem Ei gepellt!

An dem kannst du dir mal ein Beispiel nehmen; was der für 'ne Schrift hat: wie gestochen! Und deine Klaue dagegen!

Insgesamt war Manfred aber froh, das Abenteuer Keller wieder einmal ohne größere Verluste überstanden zu haben, doch nach oben in die Wohnung zurück wollte er nicht mehr. Lieber unten auf der Straße bleiben, bis es dunkel wurde, da war er nie allein, und wenn wirklich Schlimmes drohte, konnte er sich immer noch schnell in den Laden flüchten, zu Fräulein Krahl.

»Kommste mit raus?« fragte er Peter Lewandowski.

Doch der lehnte ab, wollte lieber seine Schularbeiten machen.

Draußen spielten sie Schlagball. An sich ein deutsches, aber längst vergessenes Spiel, das erst durch ihr Zuschauen beim amerikanischen Baseball wieder aktuell geworden war. An schönen Sommertagen pilgerten sie gerne zum Tempelhofer Feld hinaus, zur US Air Force Base, und sahen zu, wie die Soldaten dort trainierten. Zu Hause in der Ossastraße wurde das dann nachgestellt. Es gab zwei Teams, deren Größe von der Anzahl der Kinder abhing, die gerade unten waren; fünf war aber so die Mindestgröße. Einen Tennisball brauchte man, am besten einen abgepellten, und einen Schläger, eine Keule. Meist hatten sie nur einen abgebrochenen Ast oder Besenstiel zur Verfügung, mitunter aber auch ein poliertes Rundholz, ein »Trapez«, das Norbert organisiert hatte, geklaut von der Schaukel seiner kleinen Cousine. Reihum bekam jedes Mitglied einer Mannschaft den Schläger in die Hand gedrückt und hatte nun in der Regel drei Versuche, den Ball möglichst weit ins Feld zu dreschen. Und während sich die Spieler der gegnerischen Mannschaft bemühten, den Ball zu fangen oder, im Falle des Mißlingens, möglichst schnell wieder vom Boden aufzuklauben und nach vorn hinter die Mal-Linie am Abschlag zu werfen, mußten seine Teamkameraden versuchen, möglichst oft das Spielfeld zu umrunden, gute fünfzig Meter Bürgersteig auf jeder Seite, dazu der asphaltierte Damm. Diese Läufe brachten dann die Punkte. Dabei konnte man allerdings von den anderen abgeworfen werden; was die natürlich auch mit allen Kräften zu erreichen suchten, weil es ihre einzige Chance war, selber in den Besitz des Schlägers zu kommen und ihrerseits zu punkten. Beim Herumlaufen war man »frei«, konnte also nicht mehr abgeworfen werden, wenn es einem gelang, in eines der extra dafür vorgesehenen Rechtecke zu springen. Das waren in der Regel die sandig-huckeligen Zonen, vom grauen Kleinpflaster frei und von schweren Kopfsteinen umgrenzt, auf denen vor dem Krieg einmal Akazien bis zu den Dächern hochgewachsen waren.

Manfred setzte sich auf die oberste Stufe von Fräulein Krahls Milchladen und wartete darauf, daß einer der Spieler plötzlich abberufen wurde, zumeist von Großmutter oder Mutter, mit den harsch nach unten gebrüllten Worten »Kommste endlich rauf!«, oder aber ein weiterer potentieller Mitspieler runterkam, denn das anfangs im *Tip-top*-Verfahren hergestellte Gleichgewicht der Kräfte durfte nicht leichtfertig zerstört werden.

Norbert und Riedmann, das waren die beiden Kapitäne, die streng, aber gerecht, den Zu- und Abgang ihrer Spieler kontrollierten. Von Norbert bekam jeder, der ihm widersprach, sofort eins aufs Maul oder wurde wenigstens bedroht damit, während Riedmann, dessen Eltern irgendwo in der Sonnenallee einen Lebensmittelladen haben sollten, mit subtileren Mitteln, Bonbons etwa, seine Leute bei der Stange hielt. Auf seiner Seite stand auch Peter Wegener, wegen seiner Hasenscharte weithin bekannt, einer der Größeren, der Manfred immer beschützte, weil seine Mutter auch mal bei der VAB gearbeitet hatte, die beiden Mütter also Kolleginnen gewesen waren.

Diesmal war es Sigurd, der Sohn vom Schuster, der reingerufen wurde, und Manfred sprang auf, um seinen Posten einzunehmen. Doch sofort war Norbert zur Stelle und stieß ihn wieder zurück.

»Mit die Pflaume nich. Lieba sind wa eena weniga!«

»So schlecht issa doch ja nich!« rief Peter Wegener.

»Nimm du ihn doch!«

»Denn sind wa ja zwee'e mehr!«

Das ginge nicht, befanden auch die anderen, obwohl Norbert tönte, seine Mannschaft würde auch gewinnen, wenn er alleine wäre.

»Entweder du nimmst den Matuschewski statt dem Siggi, oder ick jeh wieda ruff!« drohte Riedmann, dem der abgeschälte Tennisball gehörte.

»Jeh doch!« höhnte Norbert. »Aber den Ball läßte hier, do . . .!« Mit erhobenem Schläger ging er auf Riedmann zu.

Peter Wegener baute sich vor Norbert auf. »Komm, reg da ab! Matuschewski spielt denn eben bei uns, und du kriegst Kuki dafür!«

»Warum sajsten det nich jleich!?« Norbert grinste. Er wußte, daß Peter Wegener so was wie ihr Mahatma Gandhi war. Wenn er dem die Fresse polierte, heulten alle auf, Eltern wie Lehrer, und machten Jagd auf ihn.

Manfred durfte also mitspielen, und er lief bis zur Fuldastraße hin, um dort Norberts Ball abzufangen, falls er für Peter Wegener, Riedmann und die anderen seiner Mannschaft zu hoch fliegen sollte.

Und so kam es denn auch. Während vorne Norbert und die Seinen schon das Spielfeld umrundeten, versuchte Manfred, den heranhoppelnden Ball mit dem rechten Fuß zu stoppen; doch vergebens. Er sprang an ihm vorbei und rollte weiter Richtung Fuldastraße. Manfred hinterher. Und fast hätte er ihn packen können, wäre nicht gerade in dieser Sekunde das *Wittler-Brot*-Auto um die Ecke gebogen, schwerfällig mit seinem Elektroantrieb. Der Ball verschwand erstmal, und Manfred hatte Mühe, bei seinem Rettungsversuch nicht unter die Räder zu geraten.

So ein Mist! Nur alle Jubeljahre mal kam ein Auto durch die Ossastraße, entweder das gelbe von der Post, auch batteriegetrieben, oder der *Dreikanten* von Bethke, dem alten Knacker von der Kohlenhandlung in der Weichselstraße. Und nun das! Wenn der Ball zerquetscht war, dann schoben sie es ihm in die Schuhe.

Doch Manfred hatte Glück, der alte Tennisball war heil geblieben, lag in der Rille eines Gullis. Er raffte ihn auf und rannte damit in seine Straße zurück.

Seine Mannschaftskameraden beschimpften ihn zwar als Pflaume, Flasche, Krampe, doch er konnte schlimmeren Sanktionen dadurch entgehen, daß er nun wie ein Wilder hinter Kuki herstürzte und ihn mit einem wohlgezielten Wurf ans linke Bein zur Strecke brachte.

Nun waren sie zum Schlagen dran und mußten sich gewaltig Mühe geben, wenn sie die anderen noch einmal einholen wollten.

»Los, du erst!« Riedmann drückte Manfred Schläger und Ball in die Hände.

Manfred fühlte sich gebauchpinselt und ahnte nicht, daß das nur Taktik war: Mit seinen, wie zu erwarten stand, kümmerlichen Schlägen lockte er die fangbereiten Spieler der anderen Mannschaft wahrscheinlich so dicht an die Abschlaglinie heran, daß man sie dann überrumpeln konnte, wenn sich Riedmann oder Peter Wegener schnell den Schläger griffen und den Ball haushoch Richtung Fuldastraße droschen.

Manfred nahm den Tennisball in die Linke und warf ihn eine Lineallänge hoch in die Luft, während er zugleich mit der Keule ausholte.

Die zischte dicht am Ball vorbei, und es war ein schwaches Bild, was er da abgab. Höhnisches Gelächter der anderen.

Erneute Konzentration und der zweite seiner drei Versuche. Diesmal schaffte er es immerhin, den Ball ein wenig mit der Keule zu kitzeln, so daß er senkrecht in die Höhe stieg; zehn Zentimeter etwa.

Dafür war der dritte Schlag ein voller Erfolg. Zu spät und viel zu sehr an seiner Außenseite getroffen, geriet der Ball auf eine völlig falsche Flugbahn, etwa zwanzig Grad vom Abschlagpunkt gemessen, und zischte in Fräulein Krahls Milchladen hinein, ließ dort einiges scheppern.

Manfred und alle anderen standen herum wie Fußballer auf dem Rasen, wenn es 'ne Gedenkminute gab.

Da erschien Fräulein Krahl in der Tür, sofort *auf hundert*, denn Tag für Tag fürchtete sie, die Jungen würden ihr mit ihren Bällen auch das noch zerschießen, was der Krieg an Glas ganz gelassen hatte: ein kaum koffergroßes Stück inmitten eines ansonsten mit Brettern vernagelten Fensters.

»Den kriegta erst Weihnachten wieda!« rief sie und zeigte ihnen ihre Beute.

»Det dürfen Se nich, det is Diebstahl!« schrie Kuki.

»Ick darf noch janz wat anderet!«

Damit zog sie sich in ihr kleines Reich zurück.

Ebenso wutschnaubend wie ratlos starrten ihr die Jungen hinterher. Sie wußten, daß sie ihren Ball erst wiederbekamen, wenn es ihnen gelang, eine ihrer Mütter zur Intervention zu bewegen, und das konnte lange dauern, denn in diesen Zeiten mußte man allen Ladenbesitzern, die mit etwas Eßbarem handelten, mächtig um den Bart gehen, sie hofieren bis zum geht nicht mehr, damit doch einmal ein bißchen mehr abfiel als das, was es auf Karten gab.

Ihr Spiel war also aus, und sie zerstreuten sich in alle Winde. Manfred und Kuki beschlossen, *Einreißen* zu spielen, denn Kuki war es gelungen, seiner Mutter ein etwa drei Meter langes Stück alter Wäscheleine zu stiebitzen. Damit zogen sie nun zur Doppelruine Ossa-/ Ecke Fuldastraße.

Der ganze südliche Teil der Ossastraße bestand aus einem Neubaukomplex. Eine glatt verputzte, absolut schnörkellose Fassade zog sich da in leichtem Bogen von der Weichsel- bis zur Fuldastraße, Hauseingang auf Hauseingang absolut gleich, und alles war im Kriege ganz geblieben. Die Sprengbomben hatten die Altbauten an der gegenüberliegenden Ecke getroffen, in der Fuldastraße, und alles in Schutt und Asche gelegt bis auf die Fassaden und einen Rest der quergestellten Brandmauern. Gelbe Backsteinfelsen waren es, die da aufragten, bizarr und wuchtig, doch zugleich auch filigran, nahm man die großen Fensterhöhlen und die schmalen Stege zwischen ihnen.

Die Kinder liebten Trümmerlandschaften wie diese. Nicht aus ästhetischen Gründen, weil diese Wohnhäuser, gleich griechischen Tempeln, erst als Ruinen ihre volle Schönheit gewannen, sondern als einzigartige Stätten, um richtig zu spielen und auf Abenteuer auszugehen.

Du gehst mir nicht mehr in die Ruinen!

Natürlich hatte Manfred das versprochen, doch nun stand er doch schon wieder mit Kuki am Fuße des nur notdürftig vom Gehsteig hochgeschippten Schuttes.

Sie suchten sich zunächst diejenigen der Ziegelsteine aus den Trümmern, an denen nur noch wenig oder gar kein Mörtel mehr hing; die anderen wackelten zu sehr. Zumeist waren es gelbe Backsteine, die sie hier fanden, rötliche oder gar gänzlich rote gab es nicht viele. Auch keine weißen Kalksandsteine. Die waren beim Einsturz der Häuser alle zerbrochen.

»Mensch, guck mal!« Manfred war auf ein großes Drahtgeflecht gestoßen, aus einer Zimmerdecke wahrscheinlich oder einer Rabitzwand. Schon war er beim Losknüppern und Aufwickeln des Drahtes, denn der war wie kein anderer für sein ausgedehntes Oberleitungsnetz geeignet, mit denen er Teile ihres Balkons überspannen wollte. Oberleitungen, wie sie die Straßenbahn hatte, kunstvoll über die Straßen gezogene Fäden.

Nachdem seine Hosentaschen keinen Draht mehr faßten, half er Kuki beim Aufschichten der Steine. Zwar drohte ihr Turm mehrmals zu kippen, doch schließlich schafften sie es, das Bauwerk auf Griffhöhe zu bringen. Hoch über ihren Köpfen wurde der letzte Stein noch halb über die Kante geworfen.

Nun kam der schönste Teil des Ganzen. Sie schlangen Kukis Tau um den Sockel ihres Turms, gingen dann so weit zurück, wie dessen Länge es erlaubte, und zogen mit Leibeskräften daran. Erst wankte der Bau, hin und her, um dann mit großem Getöse in sich zusammenzufallen. Sie spritzten nach hinten, um nicht getroffen zu werden, und freuten sich, weil es nun mächtig staubte.

Das machten sie einigemal, bis dann Kuki sagte, ob sie nicht wieder in die Hasenheide gehen wollten, wo es die Trümmerbahn gab, bei der man schon mal eine Kipplore losmachen und mit ihr fahren konnte. »Dufte, do!«

Manfred zögerte und dachte an die Mahnungen seiner Mutter. *Du bleibst mir in der Ossastraße und treibst dich nicht wieder rum!* Sie hatte ihn noch daran erinnert, was neulich auf dem Filmgelände in Tempelhof passiert war: Da war ein elfjähriger Schüler beim Spielen in einer Grube von den nachrutschenden Sandmassen verschüttet worden und elendlich erstickt. *Und wenn dir 'ne Trümmerlore über die Füße fährt, dann sind sie ab!* Das war Quatsch, denn ihm passierte so was nicht. Es war schon ein herrliches Gefühl, so auf der Lore zu stehen und den Trümmerberg hinabzusausen, der da im Jahnpark im Entstehen war. Andererseits ... die Loren waren meistens so gut angekettet, daß man gar nicht damit fahren konnte. Dann war der weite Weg in die Hasenheide umsonst gewesen. Außerdem ... Er hatte wieder die Stimme seiner Mutter im Ohr: *Wenn das so weitergeht mit dir, dann ...*

Die Erziehungsanstalt drohte.

Also sagte er nach einer kleinen Pause: »Ick darf nich weg.«

»Dann geh ick wieda ruff!« Kuki rollte seine Leine zusammen.

»Und ich hol mir meinen Roller ...«

Manfred ging in den Hausflur, um ihn zu holen. Das ungeliebte Ding hatte ihm seine Tante Gerda geschenkt, als er fünf geworden war, mitten im Krieg also.

Es war aus Holz, und die Räder eierten gewaltig. Wenn er damit fuhr, lachten immer alle, und es war schon eine Art Selbstbestrafung, sich damit in der Ossastraße sehen zu lassen, zumal zwei, drei andere Jungen und Mädchen richtige Roller hatten, also welche aus Metall und mit Ballonreifen, Riedmann sogar einen Tretroller. Ein Tretroller war Manfreds großer Traum. Man mußte nicht immer wie ein Kleinkind ein Bein am Boden haben, um sich damit abzustoßen, sondern konnte ohne Bodenkontakt durch die Straßen rollen, wie ein Motorradfahrer. Nur auf dem Roller stehen und mit einem Fuß das Trittbrett wieder nach unten bewegen, wenn es die Feder hochgedrückt hatte.

Er spielte 86 und fuhr als Straßenbahn vom S-Bahnhof Grünau über Regattahäuser bis Karolinenhof/Schappachstraße, das heißt bis zu Elektro-Krause an der Ecke Fuldastraße, dann hatte er die Sache über und stellte den Roller mit den eiernden Rädern im Hof an die Mülltonnen. Vielleicht nahmen sie ihn aus Versehen mit.

Jetzt hatte er erst so richtig Langeweile. Er setzte sich auf den Rinnstein und wartete. Es war keiner weiter unten. In dieser Stimmung hätte er sogar bei Spielen mitgemacht, die er ansonsten langweilig fand, zum Beispiel *Mutter, Mutter, wie spät ist die Uhr?*

Er mochte eine halbe Stunde gewartet haben, da kamen Norbert und Kuki aus der Nummer 42.

Norbert zeigte auf die Ruine, an der Manfred vorhin mit Kuki zusammen gespielt hatte. »Wißta, wat da allet drinliegt?«

»Noch Leute?« fragte Kuki.

»Weeß ick nich! Nee, aba im ersten Stock soll'n se 'n kleenen Badezimmerofen aus Kuppa jehabt ham. Mann, wenn wa den finden und vascheuan!«

»Den hat doch bestimmt schon eena jeholt«, meinte Manfred, denn Kupfer kam im Wert gleich hinter dem Gold.

»Denkste! Da liejen ja 'n Haufen Klamotten vor!«

»Woher willsten det wissen?« Kuki sah ihn an.

»Von meinem Onkel, Mensch!«

»Und warum jehten der nich selba?« fragte Manfred. Er berlinerte jetzt absichtlich so stark, wie er eben konnte, weil er Angst hatte, Norbert unnötig zu reizen, wenn er hochdeutsch sprach.

»Mann, der mit seinen eenen Been!«

»Wo willsten det Kuppa vakoofen?« wollte Kuki wissen.

»Ick hab da schon eenen. Kommta mit? Kriegta ooch wat ab.«

»Ick darf nich mehr in de Ruinen«, sagte Manfred.

»Ma-ma, Bauch waschen! Ick lach ma 'n Ast!« Norbert packte Manfreds rechten Arm und drehte ihn so heftig herum, daß es knackte. »Klar kommste mit. Alleene krieg ick die Klamotten da nich weg!«

Was blieb Manfred weiter übrig, als Norbert zu folgen.

Von hinten kamen sie ohne Mühe auf die Trümmer hinauf, auf die kleinen Hügel aus Steinen und Balken; vierstöckige Häuser, in sich zusammengesackt und zum Bruchteil ihres früheren Volumens verdichtet. An den stehengebliebenen Wänden klebten noch immer Tapeten, und oben in der dritten Etage, wo ein Stück Decke oder Boden, ganz wie man wollte, dem Inferno standgehalten hatte, sahen sie eine dunkel gebeizte Anrichte stehen.

»Da müßte man mal ruff!« sagte Norbert. »Wenn da noch silbane Löffel drin sind und sowat ...«

»Ham die doch alle mitjenommen, bevor se ausjebombt worden sind«, sagte Manfred aus der Angst heraus, daß ihn Norbert auch noch zwingen würde, da hinaufzuklettern.

»Du hast ja 'n Arsch offen!« Norbert tippte sich und Manfred an die Stirn. »Weeßte denn vorher, dette 'ne Bombe uff'n Kopp kriejst!?«

Sie arbeiteten sich durch ein Gewirr von Eisenträgern und verschlungenen Drähten hindurch, alles Mist, wie Norbert feststellte, kein Blei, kein Kupfer dabei, und kamen in eine Art Tunnel, offenbar den Korridor einer Wohnung im Hochparterre oder in der ersten Etage. Es roch furchtbar nach feuchtem Mörtel und verkohltem Holz.

Manfred zitterte und wollte wieder hinaus ins Freie, doch ein *Pferdekuß* von Norbert, das war ein überaus schmerzhafter Tritt mit dem Knie an den Oberschenkel, trieb ihn wieder zurück.

»Hierjeblieben!«

Norbert schien den richtigen Riecher zu haben, denn nach weiteren zehn Metern ins Ungewisse hinein sahen sie im Dämmerlicht eine weiße Stubentür, vor der zwar haufenweise Steine lagen, jedoch so mehr oder minder kunstvoll aufgeschichtet, daß das von keiner Bombe herrühren konnte.

»Mensch, da hat eena sein Lager!« schrie Norbert, und die anderen stimmten ihm zu. Alle wußten sie ja vom *Schwarzen Markt* und hatten selbst schon so manche Razzia mitgemacht, wo die deutsche und die Militärpolizei hinter den Schiebern her waren. Und neben abgelegenen Lauben und unbenutzten Industrie-Anlagen waren es besonders Ruinengrundstücke, wo die Schieber ihre Waren horteten.

Fiebernd machten sie sich nun ans Werk, die Barriere beiseite zu schaffen. Norbert riß die Steine hoch und warf sie Manfred zu. Der fing sie und reichte sie weiter zu Kuki, der sie hinten wieder aufstapelte.

»Fertich!« Norbert hatte freie Bahn und konnte sich daranmachen, die Tür zu untersuchen.

»Kriejste se uff?«

»Wat denkst du denn: Is doch bloß 'n einfachet Schloß!« Norbert hatte einen Dietrich dabei, und die Sache war dann auch im Handumdrehen geritzt.

»Kiek ma, do! Mann!«

Im funzligen Schein seiner Taschenlampe sahen sie, daß hier jemand ein ganz schönes Zwischenlager unterhielt. Tüten mit Mehl und mit Gries fanden sie, Dutzende von Glühbirnen, fünfzehn Watt zumeist, Damenschuhe, zwei Volksempfänger, *Goebbelsschnauzen*, vor allem aber eine Unmenge an Messing: ein halbes Hundert Türklinken, Klopfer, Namensschilder und Klingeln.

»Det nehm wa jleich mit!« rief Norbert. »Det läßt sich am besten vascheuan. Hat eena Strippe mit?«

Kuki verwies auf seine Wäscheleine, die er wie einen Gürtel um die Hüften trug.

»Die is doch ville zu dicke!« Norbert sah ihn böse an. »Mann! Aba ditte hier, dit jeht!«

Gemeint war der Bindfaden, den er an Manfreds Hals entdeckt hatte und an dem die Schlüssel hingen.

»Det jeht nich, da hab ick meine Schlüssel dran!« sagte Manfred und versuchte, sich von Norbert wegzudrehen.

»Du jibst die her, sonst ...!« Schon hatte er Manfred gepackt und ihm die Strippe vom Körper gerissen. »Los, Tempo, Mann!«

Die Schlüssel fielen zu Boden und rutschten auf ein Loch im Boden zu, zwei Dielenbretter fehlten da. Manfred schrie auf. Wenn die Schlüssel erst in der Tiefe verschwanden, waren sie so unwiederbringlich dahin wie ein Fahrschein, den man ins Klo geworfen hatte, um ihn runterzuspülen. Es wäre die absolute Katastrophe gewesen.

Er warf sich auf den Boden, und seine Hand schnellte so vor wie bei einem Eishockeytorwart, dem der Puck ins Tor zu flutschen drohte.

Doch vergeblich, er bekam sie nicht mehr zu packen.

Norbert und Kuki hatten sich inzwischen gebückt, um die Messingteile zusammenzubinden.

Plötzlich war über ihnen der Teufel los. Es rummelte zuerst, rumorte, krachte dann, staubte, bebte, donnerte.

»Raus hier!«

Von einer Windböe ums letzte Gleichgewicht gebracht, hatte sich ganz oben ein Mauerbrocken gelöst, hatte im Fallen anderes Gestein losgeschlagen und die schwere Anrichte in der dritten Etage mit sich gerissen, genügend Masse jetzt, gerade eben noch so stehengebliebene Pfeiler und Wände ins Wanken zu bringen. Und als dann einige kippten, brach eine ganze Backsteinlawine nach unten.

Dunkelheit und Nebelstaub, Putzflatschen klatschten Manfred auf die Schultern, scharfes Eisen fetzte ihm die Haut vom Knie. Er stolperte und konnte sich wieder aufraffen, versank, war weg, glaubte, ertrunken zu sein, wie damals im Dorfteich, Groß Pankow, kam wieder hoch, stand auf dem Fahrdamm draußen, Kuki neben ihm. Nur Norbert fehlte. Sie rannten in ihre Straße hinein.

Alle sprachen davon, und natürlich wußte auch seine Mutter Bescheid, als sie von ihrem ersten Arbeitstag um neunzehn Uhr nach Hause kam.

Zuerst haute sie Manfred mächtig eine runter, links und rechts.

Dafür, daß die Schlüssel weg waren.

Dann nahm sie ihn in die Arme und knuddelte ihn.

Dafür, daß *er* noch da war.

Schließlich setzten sie sich beide an den Tisch, den mitgebrachten Nachschlag aufzufuttern.

Und dräut der Winter noch so sehr

»... Matuschewski ...!«

Manfred richtete sich auf und lauschte. Von irgendwoher, vom Hofe unten wahrscheinlich, glaubte er Frau Roggensacks Stimme gehört zu haben, ihren Namen. Er hielt den Atem an und konzentrierte sich auf jedes Geräusch. Nichts. So'n Quatsch man auch! Schließlich war es Sonntag morgen, sieben Uhr, und was sollte die da rumzuschreien haben, diese alte Kuh, die! Träumte er sogar von der, Mensch! Er rutschte wieder nach unten, suchte die Wärme seines Federbetts und griff sich seine Uschi, um sich richtig anzukuscheln. *So'n großer Junge, und noch sein Bärchen!* Es sah ja keiner. So hätte er den ganzen Winter über liegen können, schlafend in der warmen Höhle. Alle sagten sie ja, daß es ein furchtbar kalter Winter werden würde. Aber sie hatten ja genügend Kohlen, Holz und Kienäppel im Keller. Mit diesem tröstlichen Gedanken war er auch schon wieder weggetreten.

Seit ihre Kohlenoma fortgezogen war, in ihren Kiez zurück, SO 36, schlief Manfred im Wohnzimmer auf *dem Scheselong*, der Chaiselongue also, einer gepolsterten Liege mit Kopflehne, in seinem Falle mehreren weichen und dennoch recht stabilen Polsterrollen, die sich herrlich zum Hausbauen eigneten: Decke rüber und fertig. Mit seinem *Scheselong* hatte er es wesentlich besser als ein erheblicher Teil seiner Klassenkameraden, die mit einem Platz in der Küche oder auf dem Flur vorliebnehmen mußten, sich auf ihren Ziehharmonikabetten die Rücken krumm und schief lagen. Auch litt er unter keinerlei Schlafschwierigkeiten, es sei denn, einer der vielen Furunkel, die sie jetzt hatten, ließ ihn vor Schmerz aufstöhnen, wenn er sich allzu heftig umgedreht hatte. Abends in sein warmes Bett, immer etwas im Magen, Mehlsuppe wenigstens mit Klietern, eine Hand, die ihn ab und an mal streichelte, ein paar Sachen zum Spielen und keinen Krach mit Kohlenklau: Mehr brauchte er nicht. Er rollte sich zusammen wie ein Kätzchen, ließ auch einen Brummlaut hören, oder war das sein Bärchen, war dünn und blaß, *Braunbier mit Spucke*, und dennoch voller Wohlbehagen. Nahm, wie jedes Tier, die Welt, so wie sie war, als etwas hin, das unabdingbar vorgegeben war, ganz lakonisch. Alles war so, wie es war, so selbstverständlich wie der Mond am Himmel oder der erste Schnee Anfang November, und er hatte keine Phantasie, sich andere Welten vorzustellen, nicht den Wunsch, woanders leben zu wollen, ein anderer als er zu sein, der Manne, der Manfred Matuschewski aus der Ossastraße in Berlin-Neukölln, ehemals Rixdorf (*In Rixdorf is Musike* ...!), dann umgetauft, um seinen vermeintlich schlechten Ruf vergessen zu lassen (Mietskasernen, Arbeiterviertel, Hochburg roter Revoluzzer).

Am Morgen, wenn es Sonntag war oder aber die Schule bei Schichtunterricht später begann, konnte er stundenlang auf seiner Chaiselongue liegen und an die Decke starren, wo, und das im Hinterhaus, schöne Stuckornamente das Auge erfreuten. An den vier Ecken gab es Kreise mit Rosetten drin, Sonnenstrahlen oder Blütenblättern, alles konnte es sein, und dazwischen meterlange Ranken.

Der Stuckkreis, der am rechten Fenster unmittelbar über ihm war, ließ ihm schon seit Wochen keine Ruhe mehr, denn in der Kerbe, wo der Stuck in die normale Zimmerdecke überging, waren zwei längliche schwarze Punkte oder besser Ovale zu sehen, *Pupse*, wie sie sagten. War das nun lediglich ein wenig Schmutz, irgendwie von der Sommersonne zusammengebacken, oder waren das zwei Kellerasseln, Käfer oder Wanzen, die sich da über seiner Lagerstätte eingenistet hatten und jede Nacht herunterfallen konnten, direkt in seinen offenen Mund hinein?

So fixierte er Viertelstunde auf Viertelstunde die beiden dunklen Flecke. Bewegten sie sich nun, oder bewegten sie sich nicht? Manchmal schien es ihm so, dann wieder nicht. Sicher, er hätte sich die hölzerne Stehleiter nehmen und nach oben klettern können, tat es aber nicht. Wenn sie ihm nun in die Augen fielen, giftig waren? Andererseits: Es war ja auch nicht auszuschließen, daß sich die Viecher plötzlich über Nacht mal lawinenartig vermehrten und sie dann vor ihnen aus der Wohnung fliehen mußten.

So lag er auch an diesem Sonntag im November da und prüfte mit zusammengekniffenen Augen und seinem rechten Daumen als Peilmarke mögliche Bewegungen der beiden mysteriösen Gebilde.

Plötzlich klingelte es Sturm bei ihnen.

Vati ist aus der Gefangenschaft zurück!

Oft hörten sie von solchen Überraschungen, und so war es kein

Wunder, daß er draußen auf dem Korridor mit seiner Mutter zusammenstieß, die ebenfalls aus dem Bett gesprungen war.

Sie rissen die Wohnungstür auf ...

... und starrten in Frau Roggensacks bläulich-lila angelaufenes Gesicht.

»Ick hab schon unten nach Ihnen jerufn, aba ...« Sie mußte mehrmals husten, ihr Asthma, ihre Angina pectoris, bis sie wieder durchatmen konnte und genügend Luft bekam, um ihre Hiobsbotschaft loszuwerden:

»Bei Ihnen in'n Kella ham se einjebrochn; de Kohln, alle weg!«

»Nein ...!« Manfreds Mutter weinte, als sie nach den Kellerschlüsseln griff, um mit ihm und der Hauswartsfrau nach unten zu eilen.

Die beiden Klobenbänder ihrer Kellertür, nur mit viel zu kleinen Schrauben festgehalten, waren abgehebelt worden, und der ganze Lattenrost, mehr war die Tür ja nicht, hing nun lose am Schloß, das unbeschädigt war.

»Mein Gott!«

Ihre drei Zentner Briketts, Zuteilung für den ganzen Winter, schön säuberlich aufgestapelt gewesen, waren verschwunden. Umgestapelt in andere Keller oder weggetragen in die umliegenden Häuser, wer wollte das wissen.

Mitten in einer riesigen Wüste alles Wasser verloren zu haben oder hier in Berlin im kältesten aller Winter ohne Kohlen zu sein, es war dieselbe Katastrophe.

Sie waren zu keiner Bewegung mehr fähig, ihr Organismus betäubte sich selber, knipste sich aus, um sich zu retten. Nichts mehr fühlen, nichts mehr denken, Zeit gewinnen und den Kollaps verhindern.

»Es jibt ja Wärmeräume jetzt«, sagte Frau Roggensack dann. »Für alle, die nischt mehr zu vafeuan ham ...« Und sie nannte ihnen gleich ein paar, die in der Nähe lagen. »Gaststätte Frieda Dreimann in der Finowstraße, Gaststätte Ferdinand Sauer in der Pannierstraße und die Eisdiele Lehmann am Hermannplatz.«

»Dann die Eisdiele!« Auch Manfred fand die Sprache wieder. »Aber wir hab'n ja noch Holz hier und Borke, und'n paar Säcke voll Kienäppel!«

»Komm mal wieder nach oben ...« Seine Mutter strich ihm über die kurzgeschnittenen hellen Haare.

Schweigend saßen sie bei ihrer Roggenmehlsuppe.

»Am besten, wir machen jetzt Schluß ...«, sagte seine Mutter, und

Manfred wußte, was das hieß: *Den Gashahn aufdrehen* oder *Sich die Pulsadern aufschneiden.*

»Und wenn Vati nun zurückkommt, und es ist keiner mehr da ...?«

Es war dieser Satz, der alles entschied.

Eine knappe halbe Stunde später war alles wieder wie gewöhnlich.

»Du ziehst dir heute lange Strümpfe an!«

»Nein, die kratzen so.«

»Willste dir wieder die Blase erkälten!?«

Manfred haßte nichts mehr als sein *Leibchen*, ein selbstgestricktes Gebilde, vorne zuzuknöpfen, das man um Bauch und Hüften trug und das zu zweierlei nütze sein sollte: einmal Bauch, Blase und Nieren vor der Kälte zu schützen, aber das war wohl nur sein Nebenzweck, und zum anderen die *langen Strümpfe* am Rutschen zu hindern. *Kniestrümpfe* tragen zu können, war mit das größte Glück, was es gab, da fühlte man sich groß und stark und chic, während die langen Strümpfe, dieses kackbraune Makkozeug, fürchterlich waren: Wie ein Kleinkind fühlte man sich da, oder wie ein Mädchen.

Und diese ekligen Strumpfbänder, wie das aussah!

»Mein Leibchen ist doch viel zu kurz!« Das war die gängige Ausrede, um den langen Strümpfen noch einmal zu entgehen.

»Quatsch! Die hab ich dir doch gestern abend angestrickt!«

Das Leibchen wuchs mit Manfred mit, Jahr für Jahr, war unvermeidbar, aber immer noch besser als der *Geradehalter*, mit dem sie ihn auch immer wieder quälten; wegen seines krummen Rückens. Ein Geradehalter war eine Art Kinderkorsett, fleischfarben auch noch, das hinten eine stoffgepolsterte starre Blechschiene hatte, gegen die sein Oberkörper dann mit Hilfe einer kunstvollen Verschnürung stundenlang gepreßt wurde. Zum Glück hatte seine Mutter, seit sein Vater weg war, selten die Kraft, den Kampf um diesen blöden Geradehalter mit ihm durchzustehen. Aber beim Leibchen, da blieb sie hart.

Da auch er nicht nachgeben wollte, hieß es kurz und bündig: »Dann gehste ebent nich runta heute!«

»Olle Ziege, du!«

Folgte die obligatorische Backpfeife, dann verschwand er heulend im Wohnzimmer, während sich seine Mutter, ebenso am Weinen, der kleinen Wäsche zuwandte.

Als er dann auf dem Teppich kniete und das Spiel Rixdorf gegen

Borsigwalde mit zwei Elfmetern und einem Schlußstand von 7:2 zum spannendsten Match des Jahres werden ließ, vergaß Manfred schnell den ganzen Ärger.

Dann aßen sie Mittag, und zwar saure Eier mit Quetschkartoffeln. Zu trinken gab es den Stachelbeersaft seiner Schmöckwitzer Oma, das heißt, in ihren Gläsern waren vier Fünftel stark gechlortes Leitungswasser und ein Fünftel Saft gemischt, doch es schmeckte himmlisch.

»Entschuldige bitte ...«, brummte Manfred jetzt, nachdem sie sich das ganze Essen über angeschwiegen hatten.

Seine Mutter war gerührt und hatte Tränen in den Augen, als sie jetzt aufstand, um ihn in den Arm zu nehmen. Er kannte das und wußte, daß die anderen immer spotteten, sie hätte zu nahe am Wasser gebaut.

»Solange Vati nicht da ist, mußt du doch immer artig sein!«

»Ja-ha ...«

Nachdem sie dann abgewaschen und er abgetrocknet hatte, machten sie beide einen Spaziergang den Kanal entlang. Der Neuköllner Schiffahrtskanal, eine den Weg abkürzende Verbindung zwischen Landwehr- und Teltowkanal, war nur knappe zweihundert Meter von ihrer Ossastraße entfernt und bildete mit seinem Bogen die hintere Begrenzung des kleinen Weichselparks. Nach den Ruinen war er im Ermahnungsrepertoire ihrer Eltern die nächstwichtigste Größe.

Wehe, du spielst am Kanal!

Wenn ich dich noch einmal an der Böschung erwische, dann kriegste aber drei Wochen Stubenarrest!

Sie erinnerte ihn daran, daß hinten an der Kottbusser Brücke, am Thielscherufer, im Frühjahr ein Junge seines Alters im Kanal ertrunken war. »Ein Wolfgang ...«

Schwimmen konnten sie ja fast alle noch nicht, und die Böschung des Kanals ging steil nach unten. War man als Nichtschwimmer erst mal ins Wasser gefallen, so war es fast unmöglich, lebend rauszukommen, denn die Spundwände an den Ufern waren hoch und glatt und boten ihren Fingern keinen Halt. Dennoch verging kaum eine Woche, in der sie nicht am Kanal unten gespielt hätten. Man konnte hier jede Menge toter Ratten schwimmen sehen und allen möglichen Dreck. Eine der größten Mutproben war es, mit einem Köpper ins Wasser zu springen und zum Kiehlufer hinüberzuschwimmen. Norbert hatte das geschafft und einer aus der Fuldastraße. Den Kleineren blieb da nur, Stöcke ins Wasser zu werfen oder zu versuchen, mit

Steinen ans andere Ufer zu kommen. Pech für Manfred, daß er so schlecht werfen konnte.

Heute mit seiner Mutter war er natürlich artig. Hatte nun doch sein Leibchen um und seine langen Strümpfe an, sah in seiner grünen Joppe, von seiner Schmöckwitzer Oma aus einem alten Wehrmachtsmantel geschneidert, auch aus wie aus dem Ei gepellt. Und als er Frau Karras nun noch mit einem leichten Diener begrüßte, den Kopf geneigt, die rechte Hand andeutungsweise zur Schläfe geführt, da strahlte seine Mutter.

Das mit den verlorenen Schlüsseln war zwar noch immer nicht vergessen, wurde aber zum Glück nicht mehr dauernd aufs Tapet gebracht. Es hätte ja alles noch viel schlimmer kommen können. Kuki hatte beim Einsturz der Ruine eine Gehirnerschütterung erlitten und Norbert hatten sie ein Bein abnehmen müssen. Bei einem Schlosser in der Weserstraße hatten sie ein Paar Schlüssel für ihn nachmachen lassen können – im Tausch gegen eine Tüte Mehl, das sie aus Groß Pankow hatten.

Ein Schlepper kam vorbeigerauscht, eine Zille im Schlepp, und sie erzählte ihm, daß sein Vater als Schuljunge seine Ferien des öfteren auf solch einem Kahn zugebracht hatte, immer die Oder hinunter, durch diverse Kanäle hindurch zur Elbe hinüber und dann nach Hamburg hoch. Für Manfred war das alles furchteinflößend; da über Bord fallen und dann untergehen, kein schöner Gedanke. Er war schon als Baby im Faltboot seiner Eltern mitgenommen worden und hatte die Schlepper und die Kähne immer als äußerst bedrohlich empfunden: schwarze Massen, die ihn unter sich begraben wollten.

»Und weißt du, wie du immer zu den Fahrgastschiffen gesagt hast …?«

»Nee, weiß ich nich mehr …«

»Menschendampfer.«

Sie gingen dann die Fuldastraße hinunter, kamen an einer von Mietshäusern eingezwängten backsteinroten Kirche vorbei, der Martin-Luther-Kirche, wo er (»Wenn wir bis dahin überhaupt noch leben …«) einmal eingesegnet werden sollte, und erreichten dann Ecke Sonnenallee die Haltestelle, wo sie auf ihre Schmöckwitzer Oma warten wollten, weil die immer viel mitzuschleppen hatte.

Die Sonnenallee hatte einmal, hörte er nun, den Namen Kaiser-Friedrich-Straße getragen, war dann von den Nazis in Braunauer Straße umbenannt worden, dem Geburtsort des Führers zu Ehren, um nun eben ihre Sonnenallee zu sein. Mit einer Promenade in der Mitte und ihren Baumreihen, vier insgesamt, war sie in der Tat eine Allee, eine trotz aller Kriegsschäden noch immer schöne Straße.

Schmöckwitz war ein kleiner Vorort, im südöstlichsten Zipfel Groß-Berlins gelegen, im russischen Sektor, Bezirk Köpenick, und ihre Oma, die Mutter seiner Mutter, hatte erst mit der Straßenbahn zu fahren, dann mit der S-Bahn und von Baumschulenweg schließlich mit der 95 Richtung Neukölln. Klar, daß sie da nur selten pünktlich sein konnte.

Aber während seine Mutter langsam fror und schimpfte, konnte das Warten für Manfred gar nicht lange genug dauern, denn nichts tat er lieber, als Straßenbahnen zu beobachten.

Jeder Triebwagen, jede Bauart hatte ein anderes Gesicht, löste völlig andere Gefühle in ihm aus. Da war der Typ T 24, der war aufgeplustert wie ein Spatz, war breit und gemütlich und erinnerte ihn stets an seine Schmöckwitzer Oma. Auch den TM 36, den Verbundzug, mochte er, weil man bei dem hinten auf dem freien Fahrersitz hocken und die Welt bewundern konnte, wie sie sich ganz eng zusammenzog, bis dann alles in einem Punkt verschmolz. Weniger erfreut war er von den Maximum-Triebwagen mit ihren schmalen Gesichtern; sie sahen so gefährlich aus wie Krokodile.

Die erste 95, die aus Richtung Osten kam, war ein Solotriebwagen vom Typ »Stube und Küche«, so genannt, weil er in der Mitte, zwischen »Raucher« und »Nichtraucher«, eine Tür hatte. Er war etwas geduckt, hatte ein leicht überhängendes Dach vorn, das sein Gesicht wie einen Bubikopf wirken ließ, und erfreute Manfred, wenn er selber mitfuhr, immer wieder durch einen wunderbaren Konstruktionsfehler. Standen nämlich auf einer der Plattformen, vorne oder hinten, wesentlich mehr Fahrgäste als auf der anderen, dann neigte der Wagenkasten dazu, aufs Pflaster zu schrammen. Das ergab jedesmal ein herrliches Geräusch, eine sich anschließende Notbremsung und einen aufgeregt schimpfenden Fahrer, der sich abmühen mußte, die Leute zum Aus- oder Umsteigen zu bringen.

Mit der dritten Bahn kam endlich seine Schmöckwitzer Oma, bepackt wie immer, hatte neben ihrer abgewetzten Hebammentasche noch diverse sack- und beutelartigen Behältnisse dabei, alle Hände voll, kam kaum aus der Tür heraus. Sie halfen ihr auf den Fahrdamm hinunter, und während der Schaffner oben endlich abklingeln konnte, umarmte sie ihre Margot und ihr Mannichen, küßte sie ab.

Die erste Frage war dann, wie immer, an ihre Tochter gerichtet: »Hast du schon was von Otto gehört?«

»Nein.«

»Laß man, wird schon alles wieder werden!«

Manfred erzählte ihr, daß in ihren Keller eingebrochen worden sei. »... und alle Kohlen geklaut!«

»Kind! Was müssen das für Menschen sein, die so was machen!« Sie, die sie immer wieder betonte, an das Gute im Menschen zu glauben, konnte es nicht fassen.

»Es werden welche aus dem Haus gewesen sein – aber find die mal ...«

Manfred fragte seine Mutter nach den Namen, doch sie wollte keine nennen.

»Kriegt ihr was von meinem Holz ab, ich hab ja die große Kiefer am Haus fällen lassen. Es wird schon alles weitergehen: Wir lassen uns nicht unterkriegen! Nun kommt mal ...!«

Als sie in die Ossastraße kamen, sahen sie ihre Kohlenoma schon vor der Haustür auf und ab gehen. Sie wirkte schmächtig, wurde von ihrem dunklen Mantel noch kleiner gemacht als sie ohnehin war, fiel nur auf durch ihr schlohweißes Haar, das zwar schütter war, aber dennoch zu einem Dutt hinten reichte, einer echten *Portierszwiebel*, sowie ihre übergroße, tiefschwarze Handtasche, die sie, als wären Goldklumpen darin, niemals aus den Händen ließ, geschweige denn aus den Augen.

»Na, Annekin!«

»... 'n Tag, Mary!«

Seine beiden Großmütter umarmten sich: Anna, die Kohlenoma, und Marie, die Schmöckwitzer Oma, deren Namen die Familie aus purem Jux ein wenig anglisiert hatten, vielleicht auch, wie Manfred später vermuten sollte, um ganz klammheimlich anzuzeigen, daß man BBC London hörte und wußte, was in Nazideutschland eigentlich geschah.

Großväter hatte er, was er immer wieder beklagte, leider keine mehr; alle drei waren sie, vor Kriegsbeginn noch, eines natürlichen Todes gestorben. Drei Großväter deswegen, weil sein Vater Adoptivkind war. Anna, schön, aber armer Leute Kind, hatte in einem Dorfe an der Oder, Kreis Züllichau/Unterweinberge, Pech gehabt, wie sie das immer nannte, und ihren Otto bekommen, Manfreds Vater. Ihren

Wilhelm aber, Manfreds ersten leiblichen Großvater, hatte sie nicht heiraten dürfen, denn sie hatte ja nichts, und er war Erbe eines großen Bauernhofes, war dann nach Berlin in Stellung gegangen, hatte sich also als Dienstmädchen verdingt und dann eine Abfindung erhalten; eine ganz schöne Stange Geld, wie Manfred vermutete. Mit dem hatte sie dann dem Holzarbeiter Friedrich Matuschewski einen Kohlenkeller in Kreuzberg gekauft und ihn dazu gebracht, mit ihr die Ehe einzugehen. Irgendwann war dann auch der kleine Otto adoptiert worden und zum Namen Matuschewski gekommen.

Dieser Opa Matuschewski war ein paar Jahre vor Manfreds Geburt am Suff gestorben, und am Magenkrebs, und auch der Mann seiner Schmöckwitzer Oma, Oskar, Elektroinstallateur und von allen hochgeschätzt, war im Jahre 1937 in Baumschulenweg draußen beerdigt worden, Opfer einer Blutvergiftung. Das alles wußte Manfred, lauschte den diesbezüglichen Gesprächen der Großen stets mit höchster Spannung, hatte eine Ader dafür. Nur von diesem Wilhelm, dem Vater seines Vaters aus Tschicherzig, Kreis Züllichau/Unterweinberge, war Genaueres nicht zu erfahren. Das mit dem Züllichau hatte er sich ganz besonders eingeprägt, weil hinten in der Hasenheide, in der Züllichauer Straße, ein kleiner Fußballplatz war und sie öfter hinliefen, um zuzusehen. Später einmal sollte der SC Südring dort seine Heimstatt haben.

Auch der Kohlenoma wurde auf der Stelle vom nächtlichen Einbruch berichtet, und daß man ihnen alle ihre Briketts geklaut hatte, doch was sollte sie da machen?

»... ich hab ja keinen Kohlenkeller mehr!«

»Aber du wolltest doch wieder auf'm Kohlenplatz anfangen zu arbeiten ...?«

Manfred spürte genau, welche Hoffnung seine Mutter mit dieser Frage verband.

»... hat noch nich geklappt ...«

»Dann kommt man erst mal rauf!«

Das taten sie dann auch, und Manfred begann sofort, die Taschen seiner Schmöckwitzer Oma durchzustöbern, fand auch ein Glas mit selbstgemachtem Himbeergelee, goldwert in diesem Winter 46/47, und ein paar Bonbons, von ihrer Freundin Else in der Bratpfanne aus geschmolzenem Zucker selber fabriziert.

»Danke, Oma!« Folgte ein Küßchen auf die Backe. Dort einen Landeplatz für seine gespitzten Lippen zu finden, fiel Manfred immer schwer, denn allenthalben gab es kugelrunde Warzen und dazwischen Stellen, wo es ein wenig piekte. Auch mußte er aufpassen, sich nicht mit der Nase oder den eigenen Haaren in ihrem Haarnetz zu verhaken.

Das zweite ihrer Mitbringsel, obgleich x-mal höher im Wert, erfreute ihn dagegen weitaus weniger: eine Latzhose, die sie ihm unter vielen Mühen nächtens genäht hatte. Weinrot war sie, kunstvoll zugeschnitten aus einem Stückchen Stoff, dem Samtbezug eines Sofas, das Erna Kühnemund, ihre andere Freundin draußen in Schmöckwitz, irgendwo aufgegabelt hatte.

Sie strahlte. »Zerreiß sie in Gesundheit, mein Junge!«

»Die zieh ich nicht an!« Manfred war entsetzt zurückgewichen.

»Nun sei nicht undankbar!« rief seine Mutter und holte schon ein wenig aus.

»Warum willst du die denn nicht tragen?« fragte seine Schmöckwitzer Oma.

»Weil ich da wie 'n Clown drin aussehe ...!«

»Lieber frierst du, was!?«

»Ja ...«

Seine Mutter begann zu schluchzen. »Dieser Junge, der ...! Nur, weil Otto nicht hier ist, da ...«

»Wir können sie ja gegen was anderes eintauschen«, schlug Manfred vor. »Gegen 'n paar Zentner Kohlen ...«

Er hatte gehofft, für seine hohe Opferbereitschaft nun von allen belobigt zu werden, wurde aber statt dessen zur Strafe in die dunkle Toilette geschickt.

»Ich will dich hier nicht mehr sehen, undankbarer Bengel du!«

Manfred stampfte mit den Füßen auf. »Ich will die Hose nicht, basta!«

»Aber, Junge!« Seine Schmöckwitzer Oma sah ihn flehentlich an. »Was sagst du denn dazu, Mutter?« Für seine Mutter war die Kohlenoma Mutter und die Schmöckwitzer Oma, ihre eigene Mutter, Mutti.

Seine Kohlenoma saß kerzengerade auf einem hochlehnigen Stuhl, hatte ihre Handtasche auf den steif geschlossenen Knien stehen, die beiden Griffe fest umklammert, und sagte nun mit jener förmlichen Feierlichkeit, wie man sie aus Gerichtssälen kannte, in schönster Berliner Fehlerhaftigkeit ihren altbekannten Standardsatz: »Mir geht das nichts an!«

»Mich!« fuhr seine Mutter sie an. »Wie soll denn da der Junge richtiges Deutsch lernen!«

»Mir und mich kann er ruhig verwechseln; Hauptsache, er verwechselt nicht mein und dein!« fiel nun seine Schmöckwitzer Oma ein.

Worauf seine Mutter mit einem erneuten Tränenausbruch und den Worten »Keiner versteht mich! Wenn bloß erst Otto wieder da wäre!« in der Küche verschwand.

Eine halbe Stunde später allerdings saßen sie dann wieder ganz friedlich im Wohnzimmer um den runden Tisch herum, hatten Malz-Kaffee vor sich in den Tassen und sogar Kuchen auf dem Teller, Roggenmehlquader, hart wie Stein, aber eine Delikatesse, wenn man sich die eingemachten Schmöckwitzer Stachelbeeren raufstrich und ihn ein paar Minuten weichen ließ. Es war urgemütlich. An der Decke hing ihr großer Leuchter, und in den sieben Fassungen steckten sogar noch drei brennende Fünfzehn-Watt-Glühbirnen.

Es war natürlich wieder Manfred, der die Harmonie des Kaffeetrinkens störte, als er zu diesem Leuchter nach oben wies und sagte: »Kacke in der Lampenschale sorgt für gedämpftes Licht im Saale!«

Seine Kohlenoma wollte sich schier ausschütten vor Lachen (»Wo er das bloß wieder aufgeschnappt hat!«), seine Schmöckwitzer Oma, groß geworden im sozialdemokratischen Arbeiterbildungsverein und sehr auf höhere Kultur fixiert, schüttelte mit mildem Tadel stumm betrübt den Kopf, und seine Mutter ließ die flache Hand aufs selbstgestickte Tischtuch niedersausen: »Raus!«

Da saß er nun wieder auf dem dunklen Klo und hatte Angst, die maßlose, traumatische Angst, daß sie jetzt endgültig beschlossen, ihn in die Erziehungsanstalt zu schicken, hörte durch zwei geschlossene Türen hindurch die Stimme seiner Mutter: »Allein werde ich mit dem Jungen nicht mehr fertig ...!«

Sein Bauch krampfte sich zusammen, er hatte Durchfall. Da er eh schon auf der Toilette saß, ersparte er sich die üblichen Probleme: hochrennen und stöhnend schreien: »Mach schnell auf, ich muß ganz dringend!« Und dann das ewige Theater um den braunen Fleck in seiner Unterhose. Es hatte eben alles seine guten Seiten.

Doch mit diesem Galgenhumor war es bald vorbei, plötzlich brach es aus ihm heraus. Sein Schluchzen glich dem Wimmern eines getretenen Tieres. Er weinte deswegen, weil er begriffen hatte, daß er nur dann geliebt wurde und es leicht im Leben hatte, wenn er sich dressieren ließ. Es war die erste ganz schmerzliche Erkenntnis seines Lebens. In diesen Worten hätte er es nicht niederschreiben könnte, aber genau das war es, was er fühlte. Sie wollten ihn anders, als er war, und wenn er so wurde, wie sie es von ihm erwarteten, dann verlor er sich selber. Andersherum verlor er ihre Liebe. Das zu wissen zerriß ihn. Einen Augenblick dachte er daran, einfach wegzulaufen, irgendwohin, wo sie ihn nicht finden, nicht wieder einfangen konnten. Wohin aber? Nur Schmöckwitz fiel ihm ein, der Schuppen da, aber wenn sie nach ihm suchten, dann sicher dort zuerst. Außerdem, das war ihm irgendwie klar, kam er, wenn er einmal als Ausreißer und *Rumtreiber* verschrien war, noch viel eher in die Erziehungsanstalt.

Die Rettung brachte seine Tante Claire, die, ohne vorher Bescheid gesagt oder geschrieben zu haben, nur auf den blauen Dunst hin, wie sie sagte, die lange Gurkerei von Lichtenberg nach Neukölln (»Dreimal umsteigen, stell dir vor!«) auf sich genommen hatte, um zu sehen, ob sie in *New*kölln, sie sprach das, da im amerikanischen Sektor gelegen, halb englisch aus, ob sie in *New*kölln wohl noch alle lebten, passierte ja so viel in diesen lausigen Zeiten. Die Kohlen seien ihnen geklaut worden? »Ja, ja, das Leben ist wie eine Klobrille, da macht man viel durch!«

Tante Claire war eine der beiden Schwestern seiner Schmöckwitzer Oma, mit ihren neunundfünfzig Jahren (»Sehe aber noch wie achtundfünfzig aus!«) zwei knappe Jährchen jünger als diese. Ihr eigentlicher Vorname war schlicht und einfach Klara, aber das war ihr, als sie den reichen Gustav abbekommen hatte, den Herrn Direktor, ein wenig zu poplig gewesen, klang so, als hätte sie in der Fabrik arbeiten müssen, oder nach Clara Zetkin, »dieser Kommunistin!«. Woher sie diesen *Flitz* hatte? Als junges Mädchen war sie Verkäuferin gewesen, hatte in einem Wäschegeschäft in der Nähe der Wrangel-Kasernen, Berlin SO 36, Kreuzberg, die hochmütig näselnden, vornehmen Offiziersfrauen zu bedienen gehabt und sich dann deren Tonfall und Gebaren angeeignet, war verbohrt in den Gedanken, was Besseres zu sein, und konnte über die anderen, den Plebs, immer nur die Nase rümpfen, war aber gleichermaßen liebenswert-schrullig und auch wieder eine Seele von Mensch. Nur wenig größer als seine Kohlenoma, wirkte sie trotz der Hungerjahre ziemlich korpulent, ohne es aber darin mit ihrer Schwester Mary aufnehmen zu können, die früher mal, so hörte es Manfred des öfteren, eine richtige Maschine gewesen sein sollte.

Tante Claire hatte ihnen ein Heißgetränk mitgebracht, irgendein künstliches Gesöff, das nach Punsch schmecken sollte und so giftig rot aussah, daß es keiner trinken wollte.

»Diese Kälte!« stöhnte sie. »Neulich im Kino hatten sich die Leute heiß gemachte Ziegelsteine mitgebracht, damit ihnen nicht die Zehen abgefroren sind.«

Für ihn hatte sie (»... aus alten Wehrmachtsbeständen!«) ein Männeken Piß aus einer weichen Gummimasse mitgebracht, das vor sich einen kleinen Brunnen stehen hatte und hinten mit einer Art Blasebalg verbunden war. Füllte man Wasser rein und drückte hinten auf das weiche Gummibällchen, dann ging vorn das Gewand des Männchens auf, und es begann zu strullern.

»Hat der aba 'n kleenen Pimmel!« lachte seine Kohlenoma.

»Mutter, bitte!«

Manfred horchte auf. Pimmel hatte er noch nicht gehört. In der Schule hieß das Nille, und bei einem besonders großen Pferdenille. Zu Hause hatte er Puscher zu sagen. *Mach die Hose vorne zu, sonst friert dir noch der Puscher ein.*

Tante Claire erzählte, wie sie neulich am Schloß Friedrichsfelde vorbeigekommen war, auch im Bezirk Lichtenberg gelegen, nicht weit von ihrer Wohnung entfernt.

»... und da habe ich so an König Friedrich August von Sachsen denken müssen; da war er doch von Oktober 1813 bis Februar 1815 in Gefangenschaft! Stell dir das mal vor, Mariechen, als König!«

»Hast du denn keine anderen Sorgen, Kind!«

Hatte sie schon, denn ihr Sohn Rudi hatte sich noch immer nicht gemeldet, galt als vermißt. Manfred konnte sich nur schwer vorstellen, wie das ging, als Erwachsener irgendwo vermißt zu werden, hörte allerdings täglich im Radio die Vermißtensuchmeldungen des Roten Kreuzes. Auch das Wort gefallen, sein Onkel Gerhard war zum Beispiel bei Kattowitz gefallen, überstieg sein Vorstellungsvermögen um einiges. Er war ja auch schon oft genug gefallen, hatte den ganzen Sommer über ständig aufgeschlagene Knie, aber war doch nicht gleich tot deswegen, wenn er fiel.

»Helmut hat erst gestern wieder aus Frankreich geschrieben«, sagte seine Kohlenoma. »Im Bergwerk issa jetzt.«

Onkel Helmut war der Halbbruder seines Vaters, sechzehn Jahre jünger, und Manfred hatte noch ein gewisse Vorstellung von ihm, von der Hochzeit vor ein paar Jahren, wo sie oben an einem Besenstiel die Schale mit dem Blitzlichtpulver angebracht hatten. Mann, hatte das gekracht und gequalmt! Der Luftschutzwart war angestürzt gekommen und hatte gedacht, es wären Bomben gefallen, ohne Alarm vorher.

»Gerda geht es soweit ganz gut.« Seine Schmöckwitzer Oma erzählte nun von ihrer jüngeren Tochter, der Tante Gerda, die noch in Polen war, irgendwo im Riesengebirge.

Manfred fragte, ob sie nun nicht endlich spielen wollten.

»Ja, hol mal die Karten!«

Dann saßen sie gute anderthalb Stunden bei seinem Lieblingsspiel: *Schlesische Lotterie* oder *Gottes Segen bei Cohn.* Manfred durfte als erster die Kasse haben und konnte nun von seinen zweiunddreißig Karten den anderen so viel verkaufen, wie die wollten. *Karte 'n Pfennig!* Tante Claire kaufte sich die meisten Karten, wie immer, zehn Stück diesmal, und seine Mutter und seine Schmöckwitzer Oma nahmen je sieben, »weil das 'ne Glückszahl ist!«, während es seine Kohlenoma bei nur drei bewenden ließ.

»Ich hab noch fünwe übrich!« rief Manfred. »Will noch eena eene?«

»Einer eine!« korrigierte seine Mutter ihn. »Nun fang mal endlich an!«

Manfred nahm nun das zweite Kartenspiel, das man zur *Schlesischen Lotterie* benötigte, und mischte es, so gut es ging, noch mehrmals durch.

»In Hamburg hat sich mal eina totjemischt!« sagte seine Kohlenoma.

»Du bist doch kein Mischling!« lachte Tante Claire.

»So!« Manfred drehte den Stapel mit den zweiunddreißig neuen Karten um und zeigte den anderen die unterste Karte, das sogenannte Freilos, Pik As diesmal.

»Hier!« rief Tante Claire und zeigte auf ihr Pik As, die Karte, die sie vorhin aus dem ersten Blatt gekauft hatte. Da nun die unterste Karte unmöglich gewinnen konnte, bekam sie der Gerechtigkeit halber ein neues Los, das heißt, eine der fünf bei Manfred verbliebenen Karten.

Jetzt konnte es losgehen, und Manfred legte die beiden obersten Karten seines Stapels nach- und nebeneinander aufs Tischtuch: die Kreuz Sieben und den Karo Buben.

»Hier!« rief seine Mutter.

»Und ich den Buben!« fügte seine Kohlenoma hinzu.

»... 'ne Karte oder 'n Stück Holz?« fragte Manfred nun, was hieß, daß die Besitzer der beiden zuerst gezogenen Lose wählen konnten zwischen einer neuen Karte, einer seiner vier noch unverkauften Lose, oder aber auch schon einem Pfennig Gewinn.

Seine Mutter entschied sich für das Geld (»Was man hat, das hat man!«), seine Kohlenoma für ein neues Los, bekam die Kreuz Neun.

»Paßt mal auf, da gewinn ich das große Los drauf!«

»Das könnte dir so passen, du Geizkragen, mit deinen drei Karten da!«

»Den Seinen gibt's der Herr im Schlafe.«

»Abwarten und Tee trinken!«

Nun kamen die beiden nächsten Ausspielungen, zweimal zwei beziehungsweise zweimal drei Pfennige, aber das interessierte sie nicht sonderlich; sie spitzten sich vielmehr auf den Hauptgewinn, das große Los: neun Pfennige.

Zuerst aber gab es noch jeweils vier Reichspfennige für die Karo Zehn und die Herz Dame, eingesackt von Tante Claire und seiner Schmöckwitzer Oma.

»Au fein!« sagte die und freute sich riesig.

»Mit so kleinen Summen gebe ich mich gar nicht erst ab«, sagte seine Kohlenoma.

»Kleinvieh macht auch Mist!«

»Mein Manni gibt mir den Hauptgewinn, das weiß ich doch!«

Manfred machte es spannend. »Und nun, meine Damen und Herren ...«

»Sitz gerade!« sagte seine Mutter.

»Ja-ha! Mußt du denn immer ...!«

»Du-hu ...!«

Manfred schmiß die Karten auf den Tisch und rannte aus dem Zimmer.

»Spielt doch alleine, ihr ...!«

Dann weinte seine Mutter wieder, klagte darüber, daß er immer so ungezogen sei, doch die anderen gingen wenig darauf ein, versuchten vielmehr festzustellen, welche der über das Tischtuch verstreuten Karten nun den begehrten Hauptgewinn gebracht hätte.

»Die Kreuz Neun natürlich!« hörte Manfred seine Kohlenoma rufen. »Mein Freilos!«

Es gab noch ein ziemliches Gerangel unter den drei älteren Damen, aber schließlich erhielt sie doch ihre neun Pfennige aus Manfreds Kasse ausbezahlt und kam nach draußen auf den Korridor, ihn zurückzuholen.

»Du hast wieder gepupt, du Ferkel! O du mein himmlischer Herrgott, stinkt das hier!«

»Kann ja gar nich stinken, is ja ganz frisch.«

Da drückte sie ihn an ihr schwarzes Seidenkleid, und er roch zentnerweise Briketts der Marke Troll. »Du bist mein ein und alles!«

Sie spielten weiter, und nach jeweils drei Ziehungen ging die Kasse auf den Nächstfolgenden über, kam schließlich zu seiner Schmöckwitzer Oma, die sie sehr gewissenhaft führte – und damit für die anderen um einiges zu langsam.

»Nun mach doch mal, Mariechen!«

»Damals, als ich für Großvater Schulze die Bücher geführt habe, bin ich auch immer gedrängelt worden ... Ich weiß schon, was ich tue!«

Das Ereignis, auf das sie immer wieder anspielte, lag dreißig Jahre zurück, betraf den Ersten Weltkrieg, wo ihr Schwiegervater, der eine kleine Buchdruckerei sein eigen nennen konnte, eingezogen worden war.

»Da hab ich ihm alles über den Krieg hinweg gerettet, und als er dann gestorben ist, da haben wir keinen Pfennig bekommen!« Alles habe er seiner Geliebten vermacht.

»Wie der Herzog von Windsor!« rief Tante Claire. »Auch alles wegen seiner Geliebten. Ich muß jedesmal weinen, wenn ich das lese!«

»Du bist ja meschugge!« sagte seine Schmöckwitzer Oma und machte eine überaus abfällige Geste. »Meine Schwester Claire ...«

»Wenn du wüßtest, Mariechen, wie schlecht es dem englischen Königshaus geht! Immer weniger an Apanage!«

»Hier, Pik Sieben, dein Hauptgewinn ...! Schick ihnen doch die neun Pfennige hin!«

»Wie redest du denn mit mir!?«

»So, wie es sich gehört! Millionen Menschen frieren und hungern – und du jammerst hier, daß es den Herzögen und den Königen so schlecht ginge!«

Tante Claire stand auf. »Euch tun die Russen ja immer was ins Essen, damit ihr gegen alles seid!«

»Nun schlägt's aber dreizehn!«

»Was sagst du denn dazu, Annekin?«

»Mir geht das nichts an.«

»Kinder, nun vertragt euch doch!« rief seine Mutter, als jetzt alle aufgesprungen waren.

»Liebe Claire, für so töricht hätt' ich dich ja wirklich nicht gehalten!«

»Du weißt doch, Mariechen, was der Dicke immer gesagt hat: Daß man sich mit Kommunisten nicht einlassen soll; auch nicht in der eigenen Familie!«

Manfred staunte. Was denn, der dicke Göring, der sich gerade in Nürnberg umgebracht hatte, der sollte etwas mit seiner Tante Claire zu tun gehabt haben?

»Bei mir zählt nur, was ein Mensch für andere leistet, und nicht, was für Titel er hat und in welcher Partei er ist«, erklärte seine Schmöckwitzer Oma.

Tante Claire wandte sich zur Tür. »Für mich sind das jedenfalls alle Verbrecher, die in die SED reingegangen sind!«

Seine Schmöckwitzer Oma mußte sich an der Tischkante festhalten. »Deine Schwester und deine beiden Brüder wohl auch ...?«

»Ich gehe jetzt ...«

»Dann sind wir geschiedene Leute; aber für immer!«

Da blieb denn Tante Claire doch, und Manfred erfuhr, daß der »Dicke« ihr Mann gewesen war, Gustav mit Vornamen.

Ihre Pechsträhne setzte sich fort, als es nämlich am nächsten Morgen klingelte und eine ältere Dame draußen im Treppenhaus stand, ziemlich schmuddlig und mit penetrantem Körpergeruch. Das war das Ziegenfett, mit dem sie sich, ihres Ischias wegen, reichlich eingerieben hatte.

»Ich bin Frau Meißner.«

Ihre neue Untermieterin, wie sich herausstellen sollte, vom Wohnungsamt geschickt, eingewiesen in das Zimmer, das ihre Kohlenoma kürzlich geräumt hatte, ins Schlafzimmer also.

Sie mußte eingelassen werden, und das erste, was sie auspackte, war ihr Nachttopf, weiß mit blauem Rand, Emaille, mit dem sie von nun an Morgen für Morgen an ihnen vorbeischlurfen sollte, wenn sie sich, noch am letzten harten Brot kauend, im Korridor zum Weggehen rüsteten. Immer war er so gefüllt, daß er überschwappte, wenn sie ihre Zimmertür hinter sich schloß.

Wenig Glück hatte Manfred dann auch, als er sich nach der Schule wieder mal anstellen mußte: Er war erst der Vierzehnte in der langen Schlange vor Fräulein Krahls Laden. Überraschenderweise waren die »Käseabschnitte ohne Mengenaufdruck« aufgerufen worden, und man war zum Bezug von 62,5 Gramm Käse berechtigt – sofern der Vorrat noch reichte.

Natürlich hatte er am Morgen nicht die gesamte Lebensmittelkarte ausgehändigt bekommen, sondern nur die entsprechenden Käseabschnitte. Zu groß wäre das Risiko gewesen, daß er sie verlor oder damit spielte, die bunten Abschnitte für Brot, Fett, Fleisch, Nährmittel, Käse, Zucker, Kaffee-Ersatz, Kartoffeln, E- und Vollmilch gar herausschnippelte und damit Kaufmannsladen spielte. Außerdem hatten sie nur ihre Grundkarten und die *Zusatzkarte N*, die für *Normalarbeiter*; also außerordentlich wenig. Scharf waren die Leute alle, wie er wußte, auf die *Zusatzkarte Sst*, die für *Schwerstarbeiter*, oder die für Kranke. Hatte der normale Erwachsene mit seiner *Grundkarte E* pro Monat nur Anspruch auf 170 Gramm Fett, so kamen beim *Schwerstarbeiter* durch die *Zusatzkarte Sst* noch einmal 650 Gramm dazu. So jedenfalls hörte es Manfred von Frau Roggensack, wie sie es der Frau Karras erklärte, ohne daß er mit diesen Zahlen etwas hätte anfangen können. Beide waren zwar erst Sekunden nach ihm gekommen, hatten sich aber ganz resolut an ihm vorbeigedrängelt.

»Ich war aber eher da als sie ...!«

»Wir sind aber eher losgegangen als du, und das zählt nu mal!« Was könnten sie denn dafür, daß sie älter seien und nicht mehr ganz so gut zu Fuß wie er.

Und wie das Leben nun so spielte: Die Karrassen bekam den letzten Käse ab, genau noch zweiundsechzig und ein halbes Gramm, die andern waren Neese.

Und dennoch wurde es ein Glückstag heute, denn als Manfred nun müde und verdrossen nach oben stolperte, die leere Tasche erst mal zurückzubringen, ehe er sie unten noch verlor, wenn er mit Kuki Köppen spielte, als er nun seine neu gefeilten Schlüssel hervorholte und ihre Wohnungstür aufschloß, da fand er unten auf der Fußmatte das, was sie sich schon so lange herbeigesehnt hatten: ein Lebenszeichen seines Vaters. Daß es eine Karte aus russischer Kriegsgefangenschaft war, wußte er von Exemplaren her, die ihm seine Klassenkameraden mal gezeigt hatten.

СОЮЗ ОБЩЕСТВ
КРАСНОГО КРЕСТА и КРАСНОГО ПОЛУМЕСЯЦА
СССР

Rechts von dieser Überschrift in kyrillischen Buchstaben war ein großes rotes Kreuz aufgedruckt und links ein ihm entsprechender Halbmond, und in der Mitte war mit der Hand das Wort DEUTSCHLAND hinzugefügt worden.

Alles war in so gestochener Druckschrift geschrieben, daß Manfred mit dem Lesen keine Mühe hatte.

Meine Lieben zu Hause! Habe Eure letzten Karten erhalten und weiß nun, daß Ihr am Leben seid. Mir geht es gut. Halte die Ohren steif, meine liebe Margot, und Du, Manfred, bleibe weiter mein kleiner Schlingel und mache allen weiterhin viel Freude! Euer Vati.

Manfred bastelte aus alten Zeitungen und einem Stückchen Strippe eine Art Girlande, die er mit der Karte seines Vaters zusammen mitten in der Küche aufhing, so daß seine Mutter, wenn sie nach Hause kam, ganz überrascht sein mußte.

Erst dann ging er zum Spielen nach unten.

Das war es, was seiner Mutter neue Kräfte verlieh.

Am nächsten Tag fuhren sie nach Groß Pankow. Sie wollten sehen, ob sie ein paar Tüten Mehl und eine große Milchkanne mit Sirup bekommen konnten, die sie dann gegen Kohlen eintauschen wollten.

Als sie in die Bahnhofshalle kamen, zuckte Manfred zusammen: Alles eine riesengroße Ruine, und jeden Augenblick schienen die felsartigen Mauern in sich zusammenzustürzen. Am schlimmsten aber war die Dachkonstruktion. Gänzlich ohne Glas und andere Füllungen, schwarz und drohend hing sie über ihnen, ein Skelett, ein Sieb, und wenn das herunterstürzte, dann wurden sie alle so zerteilt und in Scheiben geschnitten wie bei ihnen zu Hause die gekochten Eier in der Schneidemaschine. Norbert hatten sie ja ein Bein abnehmen müssen, und er lag noch immer, wie die Erwachsenen sagten, auf Leben und Tod. Aber hier auf dem Lehrter Bahnhof war ja seine Mutter dabei, und Tausende von Menschen liefen herum. Alle bleich und elend, grau in grau, mit Mänteln, Joppen und Hosen, die weit und grob wie Säcke waren, glichen sie mit ihren Mützen, Hüten und

Tüchern den Räubern, Vagabunden und Unholden, die er aus seinen Bilderbüchern kannte. In Pappkoffern, Rucksäcken und Persil-Kartons schleppten sie mit sich herum, was sie bei den Bauern gegen etwas zu essen tauschen wollten. Zu Hause hatten sie oft genug erzählt, was die Bauern gerne nahmen: Werkzeuge, Bügeleisen, Kochtöpfe, Teppiche, Leinentücher, Wäsche, Anzüge und Kleiderstoffe. Das konnte er so aufzählen, ohne zu stocken, wie ein Fahrstuhlführer im Kaufhaus; vor dem Krieg, versteht sich. Da hatte er immer darum gebettelt, mal wieder bei *Tietz* in Neukölln mit den kunstvoll geschmiedeten Fahrstühlen nach oben fahren zu dürfen; und so einen Lift zu steuern, war sein Berufswunsch Nummer eins gewesen, noch vor dem Straßenbahnfahrer. Und was sich alle für die Rückfahrt erhofften, wußte er auch: Kartoffeln, Mehl, Eier, Öl und Rübensaft.

Der Zug wurde in den Bahnhof gedrückt, und die ersten Leute sprangen schon auf, als er noch ziemliche Fahrt hatte, versuchten von den Trittbrettern aus, die Türen zu öffnen und ins Wageninnere zu schlüpfen. Andere wieder hoben, als die Lok jetzt deutlich bremste, ihre Kinder auf die Schultern und halfen ihnen, sich durch die offenstehenden Fenster in die Abteile zu zwängen.

Das alles konnte seine Mutter nicht, wagte es nicht, und so bekamen sie lediglich einen Stehplatz auf der Plattform eines Eilzugwagens. Aber immerhin: Sie waren drin, brauchten nicht auf dem Klo zu hocken oder gar, wie man es immer wieder sah, auf den Trittbrettern zu stehen beziehungsweise, noch viel schlimmer, auf dem Schlepptender hinter der Lok oder den Pufferbohlen zu sitzen. Ganz schrecklich aber war es sicher oben auf dem Dach. Wenn da ein Tunnel kam oder eine zu niedrige Unterführung. Die Köpfe abgerissen oder plattgedrückt wie 'ne Flunder. Das war etwas, von dem Manfred jeden Abend träumte. Am besten noch, runtergeschleudert und in 'nen Heuhaufen rein.

Letzte Pfiffe der Lok, dann begann der Zug loszukriechen. Anfangs auch nicht schneller als Manfreds eigener Personenzugwagen, wenn er ihn über den Fußboden schob. Schneller ging es erst, als sie am Bahnhof Putlitzstraße den Nordring erreichten und der Lokführer vorn ein Wettrennen mit einem der S-Bahnzüge veranstalten konnte, die parallel zu ihnen ihre Trasse hatten. Trotz der Schrammen und Beulen und der vielen Fenster, die immer noch mit Holz und Pappe abgedichtet waren, fand er sie schön, diese S-Bahnzüge mit ihrem dunklen Rot, dem Ochsenblut, und ihrem Ockerton, der immer schmutzig wirkte. Durch Siemensstadt hindurch und Spandau ging es dann zur Stadt hinaus, vorbei an ausgebrannten Häusern und Ruinen, an Trümmerhaufen, die einmal Stellwerke gewesen waren, und an Brücken, deren Reste aus Flüssen und Kanälen ragten.

Das Havelland, durch das sie jetzt fuhren, lag in der Dämmerung, und die Abendsonne überzog das endlos-eintönige Graugrün der Wiesen und Luche mit einem rötlichen Hauch, einem goldenen Schimmer.

Beim Halt in Nauen, wo der Zug mit einem Riesenruck zum Stehen kam, wurden die Passagiere derart durcheinandergeworfen, daß Manfred nun sogar ans Fenster kam, das heißt an das längliche Guckloch in einer der dem Bahnsteig abgewandten Türen. Als es schließlich weiterging, hingen seine Blicke an den Telegraphendrähten, die sich längs der Strecke spannten, preßten sich an sie, wie es Pantographen, Stromabnehmer, mit der Oberleitung taten. Auf und ab. Auf und ab. Auf und ab. Welle auf Welle im endlosen Rhythmus. Er verfiel in einen Trancezustand, wie er ihn in seinem späteren Leben nie wieder erreichen sollte, weder mit autogenem Training noch mit Librium. Bahnsteige huschten vorüber, zerschossene Loks, Abstellgleise voller rostbrauner Waggons.

Dieses wunderbare Losgelöstsein von Welt und Körper fand erst ein Ende, als seine Blase ihn zu drücken und dann sogar regelrecht zu quälen begann.

»Ich muß mal puschen ...«

»Kannst du hier nicht: Die Toilette ist besetzt.«

»Ich kann es aber nicht mehr aushalten!«

»Dann muß du es eben einhalten!«

»Ich mach mir jetzt in die Hosen!«

»Wehe! Dann kriegst du hier im Zug den Hintern voll!«

Endlich hielt der Zug wieder, Neustadt/Dosse war erreicht, und er konnte die Tür ein wenig aufziehen und auf die Gleise puschen.

Es war später Abend, als sie Wittenberge erreichten, und ihr Anschlußzug Richtung Pritzwalk war schon abgefahren, so daß sie die Nacht im Wartesaal verbringen mußten. In der Nähe der Toiletten fanden sie ein freies Stückchen Wand, wo sie sich hinlegen und ein wenig schlafen konnten, Manfred mit dem Kopf gegen die Schulter seiner Mutter gelehnt. Sie hatten nichts zum Tauschen mitnehmen müssen, denn bei Blumenhagens in Groß Pankow, wo sie, obwohl

Ende 1944 auch nur zwangseingewiesene Fremde, fast als Familienangehörige galten, bekamen sie auch ohne große Gegengaben viel Nahrhaftes in die Taschen gesteckt, brauchten sich deswegen auf der Hinreise auch nicht, wie viele der anderen, vor Dieben zu fürchten.

Kurz vor sieben kam dann ihr Zug in den Bahnhof gerollt, und sie setzten sich sogleich in eines der wunderbar leeren Abteile, denn die Abfahrtszeit war nirgendwo so richtig zu erfahren. Auch schien sich die Lok wieder auf die Rangiergleise zurückgezogen zu haben. Als Manfred das Fenster öffnen wollte, hatte er enorme Schwierigkeiten, denn der Ledergurt fehlte, sei vermutlich, so seine Mutter, zu Schuhsohlen zurechtgeschnitten worden. Er ging zur Tür und sah hinaus; keine Lok mehr da.

Ein ekliges Nebelnässen gab es hier in der Elbniederung, und Manfred kam es so vor, als gäbe es oben in ungewisser Höhe noch immer diese Fesselballons wie früher im Krieg, von denen jetzt große graue Tücher herabzuhängen schienen und alles abdeckten, was ringsum war. Die hölzernen Sitze waren furchtbar durchgekühlt, und sie froren erbärmlich. Manfred spielte am Hebel der Zugheizung, schob ihn auf »Warm«, doch das war reinste Illusion.

Minutenlang kein Laut, kein Ton. Eine Stille, so total, daß Manfred glaubte, niemand lebte mehr, nur sie beide hier im alten Waggon, noch gebaut von der KPEV, der Königlich-Preußischen Eisenbahn-Verwaltung, die ganze Welt sei verschluckt worden von dieser Riesenwolke aus Wassertropfen und Eis. Alle hatten sich auf einen anderen Stern geflüchtet, und sie saßen hier in Wittenberge als die einzigen Menschen, vergessen von allen.

Endlich, Ewigkeiten schienen vergangen, ging ein Ruck durch ihren Zug, warf es sie von den Sitzen, klatschten Puffer gegen Puffer-teller, schepperten die Haken, pfiff eine Lok, und bald darauf ging es dann los.

Die Stationen kannte er von vielen anderen Fahrten her: Weisen, Perleberg, ein richtiges Städtchen, dann Rosenhagen und Klein Gottschow – und endlich Groß Pankow. Nach Klein Gottschow war er mit den Kindern aus dem Dorf schon öfter gelaufen, um dort in der Stepenitz zu baden, auch hier einmal dem Ertrinken nahe, denn das kleine Flüßchen konnte plötzlich, nachdem es über viele Windungen hinweg ganz flach und harmlos war, gefährliche Löcher aufweisen.

Groß Pankow über Pritzwalk hieß das Dorf, in das sie wollten, bei der Post jedenfalls, und Manfred hatte sich neulich sehr darüber gewundert, denn warum und wie sollte es *über* der nicht weit entfernten Kreisstadt liegen? Die Post ginge immer erst nach beziehungsweise eben über Pritzwalk, wurde er belehrt, und das stünde auch so in den Plänen, damit ihr Groß Pankow nicht mit dem verwechselt würde, das in der Nähe von Parchim läge, Groß Pankow über Parchim also, dreißig Kilometer nordwestlich und schon im Mecklenburgischen, während dies hier noch zur Mark Brandenburg gehörte.

»Steige hoch, du roter Adler, hoch übers Brandenburger Land!« begann Manfred zu singen, hatte dies im Kinderluftschutzkeller gelernt, wo man sie drei Jahre zuvor zu Hunderten zusammengezogen hatte, von ihren Eltern getrennt.

Sofort schnellte die Hand seiner Mutter zu ihm hinüber und preßte sich auf seinen Mund.

»Psst!! Willst du denn, daß uns die Russen mitnehmen!?«

»Wieso'n das?«

»Weil das hier verboten ist!«

»Warum is'n das verboten?«

»Weil's bei den Nazis immer gesungen worden ist.«

Manfred schwieg, verstand das nicht, wollte aber auch nicht weiterfragen, weil er fühlte, daß seine Mutter auch nicht mehr wußte. Er begriff die Welt des Jahres 1946 in etwa demselben Maße wie ein einfacher Sioux-Indianer die des Jahres 1846. Alles war ganz einfach: Vor dem Krieg war Deutschland so etwas wie das Paradies gewesen, und nach dem Krieg war es ein großer Trümmerhaufen. Und schuld daran waren die Nazis, Leute, unter denen er sich nichts Konkretes vorstellen konnte, außer eben, daß sie böse Menschen waren.

Sie standen schon ungeduldig an der Tür, als der Zug ruckweise hielt, stiegen aus und gingen, nachdem sie die Gleise an den Schranken überschritten hatten, die Dorfstraße hinunter, über Sand und hucklige Steine hinweg, märkisch-preußisch karg das Ganze, aber gänzlich ohne Kriegsschäden.

Übermüdet waren sie, taumelig, aber euphorisch wie zwei Nachtschwärmer, die morgens früh nach Hause kamen.

Fast in der Mitte des Dorfes, unmittelbar vor den flachen Backsteinkotten der ehemaligen Gutsarbeiter, Ställen nicht unähnlich, lag Martin Blumenhagens Hof, mit breiter Toreinfahrt und einem Wohngebäude, das fast ein wenig Herrenhaus war, flacher Seitenflügel eines Schlößchens, denn über den beiden Eingängen und den vielen Fenstern waren ebensolche Giebel und Schnörkel zu sehen, wie Manfred sie vom zerbombten Reichstag her kannte oder auch vom Schloß Charlottenburg. Kapitelle also und Säulen mit Akanthusblättern und Kannelüren, große Dreiecksgiebel, Klassizistisches mithin, das vom Schinkelschen Berlin bis hierher in den letzten Winkel Brandenburg-Preußens geweht worden war, jetzt *Sowjetisch Besetzte Zone*, SBZ.

Martin Blumenhagen kam gerade mit seinem Gummiwagen vom Hof heruntergefahren und freute sich sehr, sie wiederzusehen. Rosig war er und gesund, welch Kontrast zu den Gespenster- und Totenkopfgesichtern der Männer in Berlin, der wenigen, die es noch gab. Manfred staunte. Roggenblonde Haare hatte Martin Blumenhagen und etwas so ungekünstelt Fröhliches in seiner Stimme, daß sie sofort wieder auflebten, als er mit ihnen sprach.

»Nanu, wat is'n mit'n Manfred: He sütt ja ut, as wenn he ut'n Geter sapen harr!?«

»Wat sajta?« fragte Manfred seine Mutter – und bekam sofort einen leichten Katzenkopf.

»Wie bitte? heißt das!«

Martin Blumenhagen lachte. »Abers, Fro Matuschewski, de Manfred hier, de is doch ganz manierlich. Krank sieht er aber aus, schlecht ...«

»Ich bin aber ganz gesund!«

»Nur müde und hungrig sind wir ...«

»Det heff ik mi jo all dacht!« Er lockerte schon ein wenig die Zügel, wollte seine beiden Braunen wieder laufen lassen. »Ja ja, fröher is det alls vel, vel beter wesen. Aber geht mal in die Küche rein, da gibt dat Karmelk un Kartuffelbree un Knipp!«

Weg war er, fuhr auf eines der weit verstreuten Felder, die sich bis Kuhbier und Kuhsdorf hinzogen, vielleicht auch auf die Plantage, die langgestreckten Flurstücke mit Johannisbeersträuchern und Apfelbäumen.

Als die Matuschewskis hergekommen waren, hatten sie ihn als den *Ortsbauernführer* kennengelernt, Nazi also, rund um die Uhr damit beschäftigt, die ankommenden Flüchtlinge aus Ostpreußen, Pommern und Schlesien weiterzuleiten beziehungsweise hier im Dorfe zu verteilen. Im Mai 1945 hatten ihn die Russen schon nach wenigen Tagen Haft und Verhören wieder entlassen, weil sich seine russischen Fremdarbeiter für ihn verwendet hatten; sehr menschlich war er mit allen umgegangen.

Frau Blumenhagen gab ihnen zu essen und zu trinken, die Hertha, wie alle zu ihr sagten; und noch dreißig Jahre später hatte Manfred, wenn er im Olympiastadion war und den Namen Hertha hörte und las, Hertha BSC natürlich, Frau Blumenhagen vor Augen, wie sie Brot und Butter heranschaffte, Wurst und Schinken jede Menge und es in ihrer großen Küche wunderbar nach Kuchen duftete, ein Schlaraffenland war und so mollig warm wie in einem Kükennest. Auch wenn er einen alten Fahrradschlauch aufpumpte, mit zuviel Luft belastete und sich an irgendeiner Stelle eine Riesenbeule bildete, ein Auswuchs, eine Wulst, dann fiel ihm wieder Hertha Blumenhagen ein, denn sie hatte einen unwahrscheinlich wuchernden Kropf.

Zu Manfreds großer Enttäuschung war Edith nicht da, hatte noch die Schulbank zu drücken, jüngere Tochter und ein paar Jahre älter als er, in seiner Zeit hier auf dem Hof, von Ende 1944 bis Mitte 1945, gleichermaßen seine Spielgefährtin wie vor allem Schutzpatronin, und später dann auch, mit elf und zwölf, ein wenig mehr, wenn er abends nicht einschlafen konnte und sich seine Phantasie zu entwikkeln begann.

Doch Edith war nicht da, dafür aber Oma Blumenhagen, der absolute Schrecken seiner Groß Pankower Tage. Sie konnte es auf den Tod nicht ausstehen, wenn in ihrem Beritt jemand war, der nichtstuend herumstand, müßig war. Wie ein Habicht schoß sie dann vom leicht erhöhten Hinterausgang in den Hof hinab, schnappte sich den Übeltäter und hatte ihn im Nu zu mehreren Stunden Zwangsarbeit verdonnert. In den großen Ferien hatten die Kinder einen regelrechten Wacht- und Warndienst eingerichtet, um ihr zu entrinnen, denn wer pflückte schon gern den ganzen Tag lang Beeren, anstatt zum Baden zu fahren oder durch die Gegend zu stromern, oder rannte in der größten Hitze mit zwei Topfdeckeln um die Weizenfelder, um mit seinem Klappern die Spatzenheere zu vertreiben.

Schon stand sie in der Tür, klein und schwarz, ein richtiger Dragoner, und wußte sofort, wo Manfred einzusetzen war. Kaum daß sie begrüßt worden waren, kam ihr Befehl: »Du pumpst dann erst mal Wasser bei den Kühen!«

Manfred stöhnte auf. Bei ihrem letzten Besuch hatte er mit Oma Blumenhagen im selben Zimmer geschlafen, und da war sie eigentlich ganz friedlich gewesen, so wie seine Schmöckwitzer und seine

Kohlenoma auch, und so hatte er nun im Stillen gehofft, von ihr erst einmal übersehen zu werden. Denkste, Puppe!

So mußte er denn die warme, heimelige Küche verlassen.

»Mach dich nicht wieder so schmutzig!« rief ihm seine Mutter noch zu.

»Ja-ha!«

»Und zerreiß dir nicht wieder die Hosen!«

»Nei-en!«

»Und paß auf deine Stiefel auf!«

Draußen war er, stand auf einem kleinen Absatz, einem Podest, den ganzen Hof im Blickfeld. Hier, an der Brüstung, wäre er vor anderthalb Jahren um ein Haar zerquetscht worden, als zwei russische Soldaten miteinander gekämpft hatten. Der eine, ganz offenbar in einer guten Absicht, hatte den anderen am Betreten des Hauses gehindert.

Schnell sprang Manfred in den Hof hinunter und mußte sofort kräftig husten. Zu stark und ungewohnt waren für ihn die penetranten Gerüche, die dem riesigen Misthaufen und den langgestreckten Silos entströmten, in denen zentnerweise die Futterkartoffeln garten. Jedesmal machte es Spaß, hier in Groß Pankow alles wieder neu zu entdecken.

Linkerhand zogen sich die Schweineställe hin, flach und aus deutlich gealtertem tiefrotem Backstein, dann kam der Abtritt, der zweigeteilt war: links die Abteilung mit den größeren Löchern, bei denen Manfred immer Angst hatte, durchzurutschen und unten in der Jauche zu ertrinken, rechts der Lokus für die kleineren Ärsche. Ihm folgte, noch immer auf der linken Längsseite des Hofes, der größte Trakt mit den Kuhställen und den Heuböden darüber, während die Pferdeställe als freistehendes Quergebäude, aus gelbem Backstein und später gemauert, den Hof auf seiner Schmalseite begrenzten, bevor dann die Koppeln kamen. Rechts gab es eine Art großer Remise zum Abstellen der Wagen und Geräte und ein flaches Gebäude, das auf ihn wirkte wie ein Wochenendhäuschen, eine Veranda hatte, in der Oma Blumenhagen ihre Enten und Gänse großzog, und eine kleine Wohnung für Mägde und Knechte. Dahinter kam dann der Garten mit den vielen Kräuter- und Gemüsebeeten und den alten Birnenbäumen, und wenn der Wind die Krone der Eichen und Pappeln zur Seite bog, ließ sich in wenigen hundert Metern Entfernung der gelbe Giebel des Herrenhauses, des Schlosses von Groß Pankow erkennen.

Manfred stellte sich vor, der Schloßherr würde herauskommen und ihn als seinen Sohn erkennen: »Dir gehört jetzt alles hier!«

»Na, träumst du schön …?«

Manfred fuhr zusammen. Er hatte gar nicht bemerkt, daß Herr Blumenhagen aus dem kleinen Scheunentor gekommen war.

»Ja, vom Schloß …«

»Da is der Herr Baron ja nu raus«, sagte Martin Blumenhagen. »Aber hast du mal das Wappen oben überm Eingang gesehen …?«

»Nein …«

»Da ist eine weiße Gans drauf, denn das Ganze hat mal den Herren Gans Edle zu Putlitz gehört. Fast tausend Jahre lang, … Schon als Ritter waren die hier. Bis Hitler gekommen ist, und hinterher die Russen alle vertrieben haben. Die Junker und die Großgrundbesitzer alle … Der Baron, der Waldemar zu Putlitz, der ist '45 ums Leben gekommen.«

Manfred staunte und begriff das mit den Gänsen nicht. »Ein Ritter, der soll wie 'ne Gans gewesen sein …?«

»Die Leute hießen früher einfach Gans – so wie ich Blumenhagen und du Matuschewski. Manfred Gans oder Martin Gans. Und um das Jahr 1000 herum, da ist die Familie Gans so reich und mächtig gewesen, daß sie der Kaiser zu Adligen gemacht hat. Als Stammsitz haben sie eine Burg in Putlitz bekommen, 'n bißchen hier nach Norden zu, die Gänseburg. Und so ist das nun gegangen bis 1945 … Der eine Sohn, der Klaus, der ist ja noch mit der Edith zusammen zur Schule gegangen …«

Da fiel bei Manfred der Groschen, und er erinnerte sich an das, was Frau Fahlenberg mal von den Quitzows erzählt hatte, in Heimatkunde. Die hatten gegen den Burggrafen Friedrich IV. von Nürnberg gekämpft. »Jetzt weiß ich wieder: Der Hans von Quitzow, der Dietrich von Quitzow und der Caspar Gans zu Putlitz, die wollten nicht, daß der Kaiser die Hohenzollern herholt hier nach Brandenburg und daß die nachher Kurfürsten werden und Könige, die wollten das lieber selber sein, so was …«

»Nu wird das wohl alles 'ne Kolchose werden«, sagte Martin Blumenhagen und ging zum Pferdestall hinüber. »Und im Schloß, da sind jetzt die Tbc-Kranken drin, vom Kreiskrankenhaus in Pritzwalk.«

Manfred setzte seinen Rundgang durch den Bauernhof fort.

Vor dem hinteren Flügel des Hauses, dem Altenteil, fand sich noch eine kunstvoll gezimmerte Laube, ein Pavillon nach Art höfischer

Lusthäuschen, in dem nach der Ernte die Horden mit dem Obst und dem Spargel aufgestapelt wurden und in dessen unmittelbarer Nähe Manfred in den letzten Kriegstagen von Tieffliegern beschossen worden war, von Edith noch schnell hineingezogen und gerettet.

Da stand nun Oma Blumenhagen breitbeinig mit ihrem langen schwarzen Rock, kerzengerade und rührte sich nicht. Manfred staunte und hielt es zunächst für eine Art Gebet, was sie da machte, bis er dann ein lautes Plätschern hörte. Da fiel ihm auch wieder ein, wie sie nachts immer ihr Geschäft erledigte, das kleine selbstverständlich nur: aufrecht stehend, den Nachttopf zwischen die Beine geklemmt.

Er schlich sich zum Kuhstall und machte ihn auf, hatte immer einen Bammel davor, auf dem schmalen Steg zwischen den Kühen, den Köpfen und Hörnern hindurch zum Ende des Stalles zu gehen, schaffte es aber mit einem mutigen Spurt. Da war nun ein riesiges Faß, ein Bottich aufgestellt, in den man vom Nebenraum aus das Wasser für die Kühe pumpen mußte.

Hoch den Schwengel und mit aller Kraft wieder nach unten gedrückt. Und noch mal: hoch und runter, hoch und runter. Es war schlimmste Sklavenarbeit, und er wünschte sich nach Hause zu seinem Fußballplatz, seinem Stadion auf dem Teppich, hätte zu gern Neukölln spielen und gewinnen lassen. Um das Pumpen wenigstens etwas spannender zu machen, nahm er sich einige Grashalme und klebte sie in regelmäßigen Abständen an die Innenwand des Fasses. Das war dann immer ein kleiner Triumph, wenn das Wasser einen Halm erreichte und zum Schwimmen brachte.

Als seine Kräfte merklich nachließen, fiel sein Blick in die Ecke der nicht eben hellen Kammer, und er entdeckte, halb vom Heu verdeckt, eine alte Zentrifuge, wohl wegen fehlender Ersatzteile hier gelagert. Mensch, das war was! Er ließ den Pumpenschwengel sausen und griff sich die große Zentrifugenkurbel. »Mann, do, det jeht tatsächlich noch!« Er war so begeistert, daß er mit sich selber sprach, nein, wie ein RIAS-Reporter die Sache kommentierte. Da alle Aufsätze fehlten, alle Behälter zum Schleudern der Milch und zum Auffangen der Sahne, hatte er freien Zugang zur Achse, und da die gespalten war, konnte man kleine Holzspäne hineindrücken und denen dann, indem man wie ein Irrer an der Kurbel drehte, eine derartige Geschwindigkeit verschaffen, daß sie wie kleine Geschosse in die Gegend flogen.

Das erste seiner Geschosse traf leider Oma Blumenhagen, die sich unbemerkt zum Kontrollieren angeschlichen hatte, mitten auf die Stirn. Das tat, bei der enormen Länge der Flugbahn, bis in den eigentlichen Kuhstall hinaus, kaum noch weh, jedenfalls längst nicht so wie die Ohrfeige, die Manfred postwendend von seiner Mutter bekam.

»Immer muß man sich über dich ärgern!« Sie war Oma Blumenhagen gefolgt, um von ihr Weisungen zum Zusammentragen von Reisig entgegenzunehmen. »Nun entschuldige dich mal!«

Manfred tat es.

Oma Blumenhagen verschwand wortlos, kam aber gleich darauf zurück, nun mit einer Riesenmenge Bindegarn im Arm, halbmeterlangen flauschigen Bindfäden zum Zusammenhalten der Garben, die nach dem Dreschen angefallen waren.

»Die zupfst du alle auseinander, wenn du mit dem Pumpen fertig bist!« Aus dem Zeug konnte man dann Wolle spinnen und Pullover stricken, wie er wußte.

Manfred nickte ergeben und machte sich wieder ans Werk.

Seine Hoffnung, mit Ediths Eintreffen würde alle Quälerei ein Ende haben und sie konnten endlich Puppen spielen, war leider vergebens, denn erst einmal wurde auch Edith von ihrer Oma eingesetzt.

»Das Paket hier, das bringt ihr zur Post, das ist für Edeltraut!« Edeltraut war Ediths Cousine, auch aus Berlin, und Manfred hatte schon befürchtet, sie auch hier in Groß Pankow zu finden, denn Edeltraut war immer sehr vornehm, sollte auch mal Stewardeß werden, und die beiden Mädchen neigten immer dazu, sich über ihn lustig zu machen. Erst im letzten Sommer hatten sie ihn fürchterlich reingelegt mit ihrem Spiel *Rat mal, wer die meisten Pflaumen hat?* Jeder hatte die gegessen, die er sich gepflückt hatte, bis auf zwei. Zwei lagen bei Edith auf der flachen Hand, zwei bei Edeltraut und zwei bei ihm. Und dennoch hatten die beiden Mädchen steif und fest behauptet, jeweils drei zu haben. »Wieso denn?« hatte er immer wieder gefragt, und mit jedem weiteren Mal hatten sie um so schallender gelacht.

Zur Post also mußten sie und dann mit dem Handwagen raus in Richtung Kuhbier, wo einige Arbeiter dabei waren, einen zerschossenen Lastwagen endlich wegzuschaffen, und ihr Essen haben wollten.

Da Kübel und Korb nur einen Teil des Platzes ausfüllten, konnte sich immer einer von ihnen oben auf den Handwagen setzen und vom anderen ziehen lassen, mit Holterdipolter die asphaltglatte Landstraße entlang.

Edith erzählte ihm, daß in Pritzwalk gegen Ende des Krieges ein Munitionszug explodiert sei, »mit V-2-Raketen drauf«, und die halbe Stadt zerstört habe, und Manfred konnte sich noch gut an den großen Knall erinnern, den sie bis Groß Pankow hin gehört hatten, und an den rot gefärbten Himmel. Pritzwalk, das käme, so erfuhr er weiter, vom wendischen »Priz wolk!« her, »Fort, Wolf!«, denn als man hier gesiedelt habe, sei man immer wieder von Wölfen aufgefressen worden.

Manfred war nicht wohl in seiner Haut, zumal sie gerade durch ein ausgedehntes Waldstück kamen, und er geriet ein wenig in Panik, als Edith zu guter Letzt vom wüsten Räuber Heine Klemen erzählte, der hier vor den Toren Pritzwalks in einer Höhle gehaust und die vorbeiziehenden Kaufleute beraubt hatte.

Auf ihren Handwagen war zum Glück keiner scharf, und sie konnten ihren Auftrag pünktlich erfüllen, stromerten dann noch ein wenig durchs Land, suchten Patronenhülsen und legten den Kopf auf die Eisenbahnschienen, um festzustellen, ob man einen Zug schon hören konnte, wenn er hinten den Bahnhof von Groß Pankow verließ.

Wieder auf dem Hof zurück, mußten sie die Straße vor dem Grundstück harken, denn morgen war Sonntag, und anschließend seiner Mutter beim Graben helfen. Der war eingefallen, daß sie ja bei Kriegsende ihren Fotoapparat im Zwiebelbeet vergraben und später dann vergessen hatte. Er kam auch schließlich zum Vorschein, allerdings total verrostet.

Endlich kamen sie zum Spielen. Edith hatte die Idee, verwilderte Tauben zu fangen und anschließend heimlich in der Scheune zu braten. Zu diesem Zweck kletterten sie auf den Futterboden über der Wagenremise und schnitten dort einen Roggensack auf. Die Körner wurden auf dem Hof unten teilweise aufgehäuft, teilweise aber auch auf einigen Quadratmetern Fläche verstreut, um damit die Tauben an- und in die Falle zu locken. Diese bestand aus einer sogenannten Molle, einem vielleicht meterlangen und muldenförmigen Behälter, bestehend aus einem guten Dutzend schmaler Holzlatten, die mit jeweils einer Fingerbreite Raum dazwischen auf zwei halbrunden Scheiben aufgeschraubt waren. Mit dem einen Ende ruhte ihre Molle auf dem Boden, das andere aber lag oben auf einem etwa dreißig Zentimeter langen Stab, an dem sie eine lange Schnur befestigt hatten. Als dies alles getan war, begaben sie sich wieder auf den Futterboden hinauf und warteten nun, daß eine der vielen herumstreunenden Tauben angeflogen kam und, Futter suchend, unter ihre aufgestellte Molle schlüpfte; worauf sie dann nur an ihrer Schnur zu ziehen brauchten, um das Tier unter der herabfallenden Molle gefangen zu haben.

Doch statt ihrer Taube bekamen sie nur einen gewaltigen Anpfiff und wurden zum sofortigen Hoffegen verdonnert, denn selbstverständlich hatte Oma Blumenhagen ihr Spiel entdeckt.

»Die Säcke mit dem Saatgetreide aufschneiden, ihr Pack ihr!«

Manfreds Mutter kam nun auch herbeigeeilt und beutelte ihn: »Man kann sich ja nirgends mehr sehen lassen mit dir! Immer mußt du so ungezogen sein; hier alles kaputtmachen!«

»Wir haben doch nur ...«

»Du-hu ...!!«

Er mußte sich bücken, um keine gescheuert zu kriegen.

Das war nun schon mißglückt, noch mehr Pech aber hatte er beim Abendessen. Ganz wild war er auf Bratkartoffeln, Rührei und Speck, doch was gab es statt dessen? Schmorgurken.

Wenn er etwas haßte, dann diese. Zwei Sommer lang hatten sie ihn damit vollgestopft, und bei ihm stellte sich schon Brechreiz ein, wenn er nur an diese Schmorgurken dachte.

Natürlich stocherte er jetzt nur in seinem Teller herum.

Martin Blumenhagen sah ihn an. »Segge mal, Manni, ik glöw, du quälst di mit dat Eten af ...?«

Manfred sah ihn groß an.

»Ich meine: Schmeckt es dir nicht?«

»Nee ...«, druckste er und ging sicherheitshalber schon ein wenig in Deckung.

Doch Martin Blumenhagen, der lachte nur. »Ehrlich bit up de Knaken, das gefällt mir an dir!«

Oma Blumenhagen ließ nun ein gefährliches Grunzen vernehmen. »Dor hett sik noch numms ower beklagt!«

Aber das Sagen hier, das hatte ihr Sohn, nicht sie, und so wandte er sich schnell an seine Frau: »Hertha, der Manfred soll wat anners hebben. Wust un beten Swartbrot up'n Teller!«

»Kommt gar nicht in Frage!« ging seine Mutter dazwischen. »Hier wird gegessen, was die Kelle gibt!«

»Dann ess ich ebent gar nichts!«

Sie weinte wieder, denn schließlich waren sie ja hergefahren, um sich mal wieder so richtig satt zu essen.

»Immer diese Mäkelei!«

Man vertröstete Manfred auf die Nachspeise, das eigentlich Nahrhafte, das, was ihn bestimmt noch satt machte: die dicke süße Milch. Manfred jubelte.

Doch zu früh, denn für jeweils drei Esser wurde eine große Schüssel aufgetragen, und auf ihn und seine Mutter fiel dabei ein schlimmes Los, der Zwang nämlich, mit Oma Blumenhagen aus demselben Behältnis essen zu müssen.

Zwar fing jeder erst in seiner Zone an zu löffeln, aber Oma Blumenhagen hielt sich schon sehr bald nicht mehr an die in Gedanken gezogenen Grenzen, tunkte ihren Löffel mal hier und mal dort, mal bei Manfred, mal bei seiner Mutter in die weiße Masse. Das wäre nicht einmal so schlimm gewesen, hinzu kam aber, daß sie mitunter mehr geladen hatte, als ihr Mund zu fassen vermochte, und dann einen erheblichen Rest von ihrer Oberlippe wie ihrem grauschwarzen Damenbart abzukratzen versuchte und in die Gemeinschaftsschüssel zurückbeförderte. Doch das Ärgste war, daß sie einen gewaltigen Speichelfluß hatte. Nach jedem Bissen, wenn sie schmatzte, quoll die Spucke durch ihre schwärzlichen Zahnstummel in die Höhlung des Löffels und wurde von dort in die Dickmilch gequirlt.

»Ich bin schon satt«, log Manfred, würgte es hervor.

»Der ist ja wirklich ganz schön kiesätig, ihr Sohn, Frau Matuschewski!« rügte Hertha Blumenhagen.

»Nein, sein Magen. Hören Sie mal, wie der schon wieder grummelt!«

Manfred sperrte Mund und Nase auf. Das war ja noch nie vorgekommen, soweit er sich zurückerinnern konnte, daß seine Mutter ihn in Schutz genommen hatte. Sie war aber selber voller Ekel und unfähig, trotz des ewigen Hungers noch weiterzuessen.

Das ist das Märchen von der Made im Speck, dachte Manfred, die dennoch verhungert.

Am Abend wurde ihm dann sein Bett in der guten Stube auf dem Sofa bereitet, und als sie glaubten, er schliefe tief und fest, kamen die Erwachsenen herein, nahmen Platz am großen Tisch und sprachen mit gedämpfter Stimme über das, was sie bewegte: Wie sein Vater doch noch eingezogen worden war, weg von der hierher verlagerten Nebenstelle des Reichspostzentralamtes, wie sie den Geschützdonner von der Elbe her gehört und dann im Keller gesessen hatten, um auf die Russen zu warten. Inge, Ediths ältere Schwester, hatte sich auf einem Dachboden versteckt gehabt und war nicht geholt worden, wie sie sagten, die anderen Frauen aber hätten alle dran glauben müssen, auch seine Mutter. Manfred fühlte instinktiv, daß das etwas Schreckliches gewesen sein mußte, das da im Dunkeln direkt neben seinem Bett geschehen war. Stundenlang hatte er einmal auf einer Matratze aushalten müssen, unter der eine Flüchtlingsfrau versteckt worden war, hatte auch noch die Schreie und Gebete der Frauen im Ohr, wußte aber nicht, was sich da eigentlich ereignet hatte.

»Ich wollte euch ja helfen«, sagte Martin Blumenhagen, »aber da stand einer mit der Pistole und hat sie mir an die Schläfe gedrückt ...«

»Schläft der Junge auch?«

»Ja.«

Der schlief nicht, spürte aber, daß die Erwachsenen noch mehr gelitten hätten, wenn sie jetzt merkten, daß er ihnen die ganze Zeit über zugehört hatte, durfte sich nicht rühren, tat es auch nicht, mußte aber bald dringend zur Toilette, wagte es jedoch noch immer nicht, die Augen aufzuschlagen und zu gehen, hatte Angst davor, im Tabu-Land der Großen gestellt und angeklagt zu werden, hatte Angst davor, um die Dinge zu wissen.

Endlich waren alle draußen, und Manfred machte in eine der Vasen, schaffte es auch, sie am nächsten Morgen ungesehen durchs Fenster in den Vorgarten zu leeren.

Nach dem Frühstück ging er mit Edith und einigen anderen Kindern zum Pilzesammeln in den Wald, doch mehr als die gefundenen Maronen interessierten ihn die letzten übriggebliebenen Trümmer eines englischen Jagdbombers, die inmitten einer ausgedehnten Brombeerhecke lagen. Er erinnerte sich daran, daß sie des öfteren vor Blumenhagens Hof gestanden und zum Himmel hochgeschaut hatten, wo kleine Wölkchen aus silbernen Punkten vorbeigezogen waren, alliierte Bomberverbände im Anflug auf die Reichshauptstadt, wie es im Radio immer hieß und im *Völkischen Beobachter* nachzulesen war, der Riesenzeitung mit dem Hakenkreuz darauf, anhand derer er so manches Wort gelernt hatte. Die Flugzeuge oben, und das Ballern einer Flak irgendwo auf einem Berg um Pritzwalk herum. Die Tränen der Berliner, der Evakuierten, wenn sie daran dachten, daß wenig später Brand- und Sprengbomben auch auf Häuser fallen würden, in denen Menschen wohnten, die sie sehr, sehr lieb hatten.

»Tante Friedel und Onkel Paul sind tot«, sagte seine Mutter eines

Morgens. Sie waren in ihrer Laube in Senzig ums Leben gekommen, einer kleinen Siedlung südöstlich Berlins, durch einen Notabwurf eines getroffenen Flugzeugs. »Und ihr Haus in Neukölln, wo sie so Angst gehabt hatten, das hat überhaupt nichts abbekommen. Ich hör' Tante Friedel immer noch sagen: ›Goldenes Papachen, öffne dein Likörschränkchen!‹«

Manchmal war eines der Flugzeuge abgeschossen worden und wie ein Komet zur Erde gestürzt, und sie waren quer durch Wald und Feld gelaufen, um das Wrack, um die rauchenden Trümmer zu sehen.

Es sollte später weniges geben, was bei Manfred solche Angst- und Fluchtreaktionen auslöste wie ein Flugzeug; Flugzeug war immer nur das eine für ihn: Tod und Verderben. Vor den Überresten einer abgeschossenen Maschine stand er mit der archaischen Freude eines Drachentöters: Wieder ein Untier weniger, eine tödliche Gefahr.

Als sie ins Dorf zurückkamen, hörte er seine Mutter schon von weitem schimpfen.

»Wo bleibst du denn so lange, wir müssen doch los!«

Kaum daß er sich von allen hatte verabschieden können, wurde er schon auf Martin Blumenhagens Gummiwagen gehoben, und dann ging es ab zum Bahnhof, der Zug stand schon wartend da. Doch sie kannten ja den Bahnhofsvorsteher, und der ließ ihnen genügend Zeit, erst nach oben ins Abteil zu klettern und sich dann von Martin Blumenhagen alles an Taschen und Beuteln nachreichen zu lassen, was sie schleppen konnten, Mehl und Sirup, Kartoffeln und Schmalz.

Sie bedankten sich noch einmal, doch ihre Worte gingen unter, als die Auspuffschläge ihrer Lok nun immer lauter wurden, der Zug anruckte und dann in Richtung Perleberg und Wittenberge dampfte.

Sie winkten noch lange, Groß Pankow blieb zurück. Zufrieden waren sie, wie Tiere, die ihre Höhle nun anfüllen konnten mit Vorräten für einen langen, langen Winter; das Überleben war gesichert. Alles war gut, mußte wieder gut werden.

Aber noch waren sie nicht wieder zu Hause, noch konnte viel passieren, konnte ihnen irgendeine Polizei alles wieder abnehmen, konnte ihr Zug entgleisen und ihr Wagen ausbrennen.

Und der erste Schrecken traf sie schon in Wittenberge, als sie von anderen Leuten erfuhren, daß die Strecke nach Berlin gesperrt worden sei, aus unbekannten Gründen für heute keine Züge mehr abgingen und auch über die Nebenstrecken Pritzwalk/Kyritz respektive Wittstock/Neuruppin Berlin nicht mehr erreichbar sei.

»Fahren wir wieder nach Groß Pankow zurück?« fragte Manfred, erhoffte sich das aus vielerlei Gründen, Ediths und des guten Essens wegen, aber auch der Aussicht, für ein paar Tage nicht mehr zur Schule zu müssen.

Doch seine Mutter wollte nicht. »Wir können den Blumenhagens doch nicht noch länger zur Last fallen.«

Das hieß, daß sie wieder eine Nacht im Wartesaal verbringen durften, diesmal aber mit gefährlich viel Gepäck. Seine Mutter traute sich kaum auf die Toilette hinaus. Immer wieder kam es vor, daß Frauen verschwanden, irgendwo ermordet aufgefunden wurden. Wilde Gerüchte machten die Runde, und im April des nächsten Jahres wurde dann auch der *Totmacher* Rudolf Pleil verhaftet, der nach vierzig Morden sagte: »Manche spielen gern Skat, ich töte gern Weiber!« Die Angst vor einem solchen Mann, vor Männern überhaupt, Soldaten, bewegte die Frauen, die hier saßen; Manfred nahm es wahr, hatte die Antennen dafür, so ungesagt auch alles war.

So war er dann auch, gerade eingenickt, zu Tode erschrocken, als seine Mutter plötzlich schrie, als ob sie am Spieße steckte.

Eine Ratte hatte sich durch den Stoff ihres Rucksacks hindurchgebissen und am Mehl gütlich getan.

Plötzlich der Ruf: »Der Zug ist da!«

Ein Sturm brach los, ein Kampf, wie er ihn nie vorher erlebt hatte. Er wurde mitgerissen, stürzte, lag am Boden und hatte dasselbe Gefühl, das Wissen, daß nun alles aus sei, wie im letzten Sommer, als er in Groß Pankow, im Dorfteich, fast ertrunken war.

Doch seiner Mutter gelang es noch, ihn irgendwie wieder nach oben zu reißen und auf den Bahnsteig zu zerren, auf ein Trittbrett zu heben. Sie standen schließlich in einem Gepäckwagen, ohne Sicht nach draußen, denn die kleinen länglichen Luken waren hoch über ihren Augen, und ohne Sitzgelegenheit, so eingekeilt, daß es Mühe machte, wenn es einen juckte, mit der Hand zur Nase hochzukommen. Sie hatten im Gedrängel eine ihrer Taschen eingebüßt, die mit den Kartoffeln, waren aber dennoch froh, es überhaupt geschafft zu haben.

Der Entfernung und dem Fahrplan nach hätten sie in gut zwei Stunden Berlin erreichen können, doch sie schlichen nur dahin, wurden immer wieder umgeleitet, mußten warten, bekamen neue Loks davorgespannt, hatten es mit anzusehen, rückwärts auf irgendwelche Abstellgleise geschoben zu werden.

Ein fürchterlicher Gestank erfüllte den Wagen.

»Mensch, wer hat denn da wieder einen durch die Reihen schleichen lassen!«

Kaum einer, der in diesen Zeiten nicht unter Blähungen litt, dem es nicht in den Gedärmen rumorte. Und eine kleine Frau hinten im Wagen hatte es nun nicht mehr halten können, hatte sich in die Hosen gemacht, weinte still vor sich hin. Auszusteigen wagte keiner, lief er doch Gefahr, die mühsam gehamsterten Sachen wieder loszuwerden, wenn er sich irgendwo im Gebüsch niederhockte und der Zug dann unerwartet anfuhr, so schnell an Fahrt gewann, daß man nicht mehr aufzuspringen vermochte.

Dann aber, kurz vor Berlin, war ein so langer Halt vorauszusehen, daß der Zugführer auf die Gleise sprang und ihnen zurief: »Wer mal muß, der kann jetzt! Aber in der Nähe bleiben!«

Manfred blieb oben und pinkelte vom Waggon auf den Schotter hinunter, sah vor sich auf einer strauch- und baumlosen Wiese Hunderte von Frauen hocken und puschen und unmittelbar daneben die Männer, wobei ein jeder versuchte, dem anderen den Rücken zuzudrehen.

Ein Pfiff von der Lok vorn, und alle stürzten wieder zum Zug, schafften es kaum, die Schlüpfer hoch- und die Röcke runterzuziehen, die Hosen zuzuknöpfen, sahen zu komisch aus, wie sie da den Bahndamm hochhasteten, ein Mann dabei, dem der Hemdenzipfel vorne aus dem Schlitz rausguckte, und eine Frau, die ihren Rock hinten in den Schlüpfer reingestopft hatte.

Aber der Zug fuhr noch gar nicht weiter; es war nur ein kleiner Scherz des Heizers gewesen.

Endlich aber ging es weiter, und der nächste Halt war Spandau, Berlin-Spandau, und sie sahen auf der Stadtbahnseite ihre S-Bahn stehen, beschlossen, hier schon umzusteigen, schafften es auch, all ihr Gepäck herausgereicht zu kriegen, schleppten alles zum anderen Bahnsteig hinüber und erreichten dann, mit einmal Umsteigen in Ostkreuz, glücklich Neukölln, den Bahnhof Sonnenallee, und mit der 95 die Haltestelle an der Fuldastraße, waren zehn Minuten später zu Hause in der Ossastraße, konnten aufatmen.

So viel zum Tauschen war nun da, Mehl und Sirup gegen Holz und Kohlen, daß sie keine Angst mehr haben mußten, in ihrer Wohnung zu erfrieren, wenn es draußen über Wochen hinweg starken Frost geben sollte, minus zehn Grad und mehr, wie es alle prophezeiten.

Lieber Gott, mach mich fromm, daß ich in den Himmel komm!

Das mußte Manfred jeden Abend beim Einschlafen beten, und diesmal hatte er auf Geheiß seiner Mutter noch hinzuzufügen: »Und vergelte den Blumenhagens alles, was sie Gutes an uns getan haben.«

Seine Mutter war nicht getauft, aber als sie nun beide in ihren Betten lagen, da war ihnen so, als gäbe es doch noch einmal Licht am Ende dieses langen, langen Tunnels, durch den sie alle hindurchmußten, und sie schliefen leicht und voller neuer Hoffnung ein.

Doch schon um drei Uhr nachts war alles wieder anders, gellte ein Schrei durch ihr Haus.

»Nicht klingeln! Holt mal einer die Feuerwehr!«

Sie stürzten, nur in Decken gehüllt, auf die Treppe hinaus und hörten von Frau Roggensack, daß die Schlichts über ihnen den Gashahn aufgedreht hätten. Wenn jetzt einer klingelte, war das wie beim Gasanzünder: Ein kleiner bläulicher Funke genügte, alles zu entzünden, die ganze Wohnung über ihnen wegzusprengen, sie in einem Trümmerhaufen sitzen zu lassen, ohne Dach überm Kopf.

Die Feuerwehr kam, die Fenster konnten aufgerissen werden, eh alles explodierte, und auf zwei Bahren wurden die Toten nach unten getragen, kamen, mit Bettlaken verhüllt, gerade an ihrer Tür in der dritten Etage vorbei, als hinter ihnen Frau Meißner, ihre neue Untermieterin, mit ihrem vollen Nachttopf zur Toilette hastete.

»So was Pietätloses!« sagte seine Mutter.

Nun wieder einzuschlafen ging nicht mehr, sie wälzten sich ruhelos in ihren Betten umher, und nachher in der Schule hatte Manfred heftige Bauch- und Kopfschmerzen, blieb aber lieber hier in der Klasse, als allein zu Hause zu sein, obwohl ja jetzt Frau Meißner, so blöd sie war, die Gefahren, die ihm drohten, von Einbrechern vor allem, ein wenig minderte. Allerdings sagte Kuki von ihr, daß sie wie eine Giftmischerin aussehe, wie die Hexe Kaukau aus der Fibel, als würde sie Kinder umbringen, in Stücke zersägen und sie dann auf'm Schwarzen Markt als Frischfleisch verkaufen.

Frau Fahlenberg erzählte ihnen, wie gut sie es immer noch hätten. »Unsere Schule hat wenigstens ein bißchen heizen können, wenn auch teilweise mit zerhackten Stühlen aus der Aula, in anderen Schulen müssen Lehrer und Schüler zur Holzauktion fahren, in den Tiergarten oder den Grunewald hinaus. Und wer kann, der bringt morgen bitte wieder eine Kohle mit für unseren kleinen Kanonenofen hier ...«

Sie zeigte in die Ecke, wo er stand. »Denkt doch mal an die Kinder, die im Lager leben müssen, in Baracken, sechs oder sieben Leute in einem Raum! Wenn die Eltern und die Großeltern tot oder vermißt sind. Wenn man seinen eigenen Hund, den man so lieb hat, oder seine Katze schlachten und aufessen muß, weil man sonst verhungern würde.«

»Lieba Kohlenklau, der ist am fettesten«, lachte Werner Ritter.

»Kommen wir nun zu den Getreidesorten, die es gibt. Den Roggen hatten wir schon in der letzten Stunde. Kommen wir nun zu ... Ich hab euch hier eine Ähre mitgebracht ...« Sie hielt sie hoch. »Was ist das wohl?«

Manfred interessierte es nicht sonderlich, daß der Weizen Weizen hieß, er war dabei, mit seinem Banknachbarn, mit Dieter Purwin, um den Gegenwert eines aus Groß Pankow mitgebrachten Apfels zu feilschen.

»Eine runde Schiene und eine gerade!«

»Eine runde und eine halbe gerade ...«

»Na schön.«

Der Handel war perfekt, Handschlag unter der Bank, und er konnte den Schulschluß gar nicht erwarten, um nach Hause zu laufen und dort seine U-Bahnstrecke Richtung Krumme Lanke um einen weiteren Kilometer zu verlängern.

Da er nur über eine einzige Weiche verfügte, von seinem Vater aus Messingblechen selber gebaut und auf dem Deckel einer Zigarrenkiste kunstvoll befestigt, war ihm nur ein begrenzter Nachbau des Berliner Hoch- und U-Bahnnetzes möglich. Er hatte sich dafür entschieden, die Strecke von der Warschauer Brücke bis zum Wittenbergplatz als Hochbahn zu führen, wofür ihm immerhin zwei knappe Meter Blechschienen, H0 mit Mittelleiter, zur Verfügung standen, und dann die besagte Weiche hinterm Bahnhof Wittenbergplatz dergestalt einzubauen, daß der eine Ast nach Ruhleben und der andere nach Krumme Lanke führen konnte, alles zu ebener Erde, das heißt auf dem persisch gemusterten Teppich verlegt, anderthalb beziehungsweise zweieinhalb Meter gerader und gebogener Schienen, allesamt verrostet, eingebeult oder sonstwie beschädigt, aber dadurch ziemlich echt. Was die Hochbahntrasse anbelangte, so waren die Gleise dort auf den verbliebenen Teilen seines Anker-Steinbaukastens aufgeständert. Das ging prächtig, und auch die schiefe Ebene zum Wittenbergplatz brachte keinerlei bautechnischen Probleme für ihn, gab es doch genügend halbe Steine. Daß alles ein wenig schwankte, wenn sein Zug darüber fuhr, war auch nur realistisch und erhöhte noch den Reiz des Ganzen. Für die Bahnhöfe hatte er die Reste seines alten Stabil-Baukastens und eine Vielzahl grellbunter Bauklötze aus seiner Kindheit zur Verfügung. Als Fahrgäste dienten seine Fußballspieler aus der naheliegenden Arena. Daß damit alle seine Menschen Rückennummern trugen, störte ihn wenig, ganz im Gegenteil, es bereicherte sein Spiel. Wenn sich beispielsweise einer vor den Zug warf oder sonstwie auf die Schienen geriet und totgefahren wurde, die Nummer 8 von Neukölln zum Beispiel, dann konnten die Nummern 9 und 10 vom selben Verein gleich alarmiert werden, als engste Angehörige sozusagen, um die Toten zur Beerdigung per U-Bahn nach Ruhleben zu bringen, wo ja in unmittelbarer Nähe seiner Endstation ein großer Friedhof war. Auf die Sache mit den Rückennummern war er schon lange vor den richtigen Fußballern gekommen und er ärgerte sich richtig darüber, daß er das nicht als Patent angemeldet hatte.

Sein Fahrzeugpark bestand aus einem zweiachsigen blechernen Personenwagen, dunkelgrün bedruckt, mit DR-Emblem und unheimlich eiernden Rädern, Folge einer selbst ausgeführten Reparatur, das war der *Nichtraucher,* und einer kurzen rotbraunen Lore, das war der *Raucher*. Da beide Wagen sich, wenn auch reichlich mühsam, aneinander kuppeln ließen, ergab das einen wundervollen U-Bahnzug.

»Zu-rück-bleiben!«

Da kniete er stundenlang am Boden und schob seinen Zug mit der rechten Hand von Bahnhof zu Bahnhof, inszenierte schreckliche Unfälle, ließ Ruinen auf die Strecke stürzen und hatte seine größte Freude an Abschiedsszenen aller Art.

»Paß auf deine Schlüssel auf!«

»Ja-ha!«

»Und wenn dir in der vollen U-Bahn ein Mann am Puscher rumspielt, dann steigst du aus und sagst es dem Stationsvorsteher!«

»Jadoch!«

»Und geh mit keinem mit!«

»Nei-en!«

»Zu-rück-bleiben!«

Er spielte bis in den frühen Abend hinein, bis es wieder mal Stromsperre gab, irgendwo im Kraftwerk was entzwei war, und das Dämmerlicht nicht mehr ausreichte, um einen ordnungsgemäßen U-Bahnbetrieb aufrechtzuerhalten. Außerdem, wie sollte die Bahn denn ohne Strom noch fahren?

Wenn ich nicht da bin, steckst du dir keine Kerze an, hörst du! Sonst steht noch die ganze Wohnung in Flammen!

So saß er denn im Dunkeln, hatte zwar die Stubentür fest verschlossen, zitterte aber doch bei jedem Geräusch. Noch eine gute Stunde bis zur Rückkehr seiner Mutter.

Da hörte er Kuki unten auf dem Hof.

»Manne, kommste runta!?«

Er riß das Fenster auf und schrie hinunter, daß er käme, aber nur, wenn ihn Kuki oben an der Wohnungstür abholte.

»Ich hab was für dich ...«

Das war natürlich nur ein Vorwand, um Kuki nach oben zu locken, der wahre Grund war, daß sich Manfred nicht allein durchs stockdunkle Treppenhaus traute. Überall konnte ja leise eine Tür aufgezogen werden und eine Hand herausschießen, sich auf seinen Mund pressen und dann ...

Paß überall auf! Da machen sie dann ganz schreckliche Sachen mit Jungen in deinem Alter!

Kuki kam auch nach oben gelaufen, klingelte Sturm und wollte natürlich, kaum daß Manfred ihm aufgemacht hatte, wissen, was denn nun für ihn bereitgehalten würde.

Manfred druckste ein wenig herum, konnte aber nun nicht anders, so schmerzlich das war, als sich von einem Stück Spielzeug zu trennen, gab Kuki schließlich einen Pappmaché-Soldaten, einen Wehrmachtsinfanteristen mit gezücktem Sturmgewehr.

Kuki ließ seine Taschenlampe aufflammen. »Dem fehlt aba det eene Been!«

»Is et ebent 'n Vawundeta, und im Liegen kanna imma noch schieß'n.«

Das leuchtete ein, und Kuki war's zufrieden.

Sein Kumpan hatte nicht nur eine Taschenlampe, was Manfred furchtbar imponierte, sondern auch noch eine Schachtel mit abgebrannten Streichhölzern und eine Pfundsidee.

»Weeßte wat!? Die Streichbeene hier, die steck'n wa den Leute unta de Klingel, und wenn et denn wieda Strom jibt, dann wer'n die varückt, wenn et überall klingelt!«

In vielen Mietshäusern hatten sie ja statt eines ganz gewöhnlichen Klingelknopfes eine Art Messingklopfer, einen schön ziselierten Griff in der Art eines großen Tortenhebers, den ein Scharnier an jenem Holzbrett festhielt, an dem auch das jeweilige Namensschild angeschraubt war. Hob man das Ding ein wenig an, löste es den Kontakt der Klingel aus. War nun ein Streichholz daruntergeschoben, so ergab das in den einzelnen Wohnungen einen nervtötenden Daueralarm.

Es klappte auch prima, versetzte die Ossastraße 39, Vorder- wie Hinterhaus, in gehörige Panik …

… allerdings erst und gerade zu dem Zeitpunkt, wo seine Mutter den Hausflur betrat.

»Warst du das wieder?«

Schweigen.

»Ob du das warst?«

Er senkte den Kopf, bekam eine Ohrfeige mittleren Kalibers und zwei Tage Stubenarrest, der aber alsbald auf einen Tag ermäßigt wurde, als er sich, wenn auch schweren Herzens, zur rituellen Reueformel durchgerungen hatte.

Ich will's auch ganz bestimmt nicht wieder tun!

»Na schön!« Seine Mutter war sogar um eine Vertiefung des Friedens bemüht, indem sie sich quasi entschuldigte, sagte, daß es ihr leid täte, nun mal eine lockere Hand zu haben.

So vergingen die Tage, und es weihnachtete schon, als seine Mutter ihm sagte, daß sie am Freitag die erste große Weihnachtsfeier ihrer Kasse hätten und er, da es später werden könnte, die Nacht doch lieber bei der Kohlenoma schlafen sollte. Außerdem sparten sie dabei, langsam war es ziemlich kalt geworden, meistens unter Null, Kohlen.

»Ja, geh ich eben …«

Gleich nach der Schule machte er sich auf den Weg, trabte am Kanal entlang, fürchtete die Stellen, wo die Gitter fehlten und die steinernen Wände steil nach unten gingen, konnte ja nicht schwimmen.

Zunächst blieb er auf der südlichen, der Neuköllner Seite des Landwehrkanals, erst später wechselte er nach Kreuzberg hinüber.

Eine alte Matratze schwamm im grünlich-trüben Wasser. Oder war es wieder so'n Paket? Er hatte nämlich Frau Karras und Frau Roggensack erzählen hören, daß da am Kanal einer wohnte, der Menschen schlachtete und die einzelnen Teile dann, mit Packpapier umwickelt, nach und nach ins Wasser warf.

Außerdem sangen sie ja des öfteren: *Es schwimmt eine Leiche im Landwehrkanal …*

Er kam an einem ausgedehnten Fabrikgebäude vorbei, vergleichsweise wenig zerbombt, und erinnerte sich dunkel an die Nächte, wo seine Eltern ihn hier abgegeben hatten, bevor die Bomben wieder fielen. Hier in der Firma Pfaff hatten sein Urgroßvater August Quade und sein Onkel Albert einmal als Tischler gearbeitet, und während des Krieges hatten die Nazis die riesigen Keller als Luftschutzräume für viele hundert Kinder genutzt. In doppelstöckigen Betten hatten sie gelegen, dicht bei dicht, und wenn man im blauen Dämmerlicht einmal auf die Toilette mußte, war es ein Alptraum gewesen, zu seinem Bett zurückzufinden. Erst nach vielen Minuten der tiefsten Verzweiflung war man von einer der *Tanten* aufgelesen und wieder zurückgeführt worden.

Wenn es nun einen Volltreffer gegeben hätte …?

Manfred rannte mit Höchsttempo zur Glogauer Brücke.

Jetzt kam eine Strecke, wo es wenig zu entdecken gab. Spannend für ihn wurde es erst wieder, als er drüben in Kreuzberg die Wiener Straße, den Spreewaldplatz und den Görlitzer Bahnhof erreicht hatte, einen backsteingelben Klotz, der gar nicht so zerstört aussah. Nur das Dach der Halle war total hinüber, die ganze Eisenkonstruktion.

Er ging hinein und hatte Glück, denn gerade war ein kleines Ungetüm von Tenderlok furchteinflößend vor einem der bizarren Prellböcke zum Stehen gekommen.

Manfred stützte sich mit den Ellenbogen auf ein Absperrgitter und sah den Leuten zu, wie sie sich abmühten, mit Sack und Pack von den hochgebauten alten Abteilwagen auf den Bahnsteig hinunterzuklettern.

»Kannst du mir mal tragen helfen, Kleiner?«

Ein mittelgroßer Mann mit einem breiten Gesicht und einer dicken Brille stand hinter ihm, jünger als die Großväter, die er bei einigen seiner Schulkameraden angetroffen hatte, älter aber, als die Väter üblicherweise waren.

»Natürlich, gerne«, sagte Manfred, denn: *Wenn einer schwer zu tragen hat, dann hilfst du ihm!*

Er bekam eine sackähnliche Tasche zugeteilt, in der Kartoffeln waren, und schleppte sie zum Ausgang, wo sie in einen kleinen Stau gerieten.

Der Mann, der sich ihm als »der Herr Schulz« vorgestellt hatte, kam kurz vor ihm zu stehen und fragte ihn, womit er denn am liebsten spielte.

»Mit der Eisenbahn. Also, mit meiner Hochbahn ...«

»Ah, da mußt du mal mit mir nach oben kommen; da, wo ich wohne, kannste direkt auf die Strecke runtersehen. Und 'n paar alte Wagen hab ich auch noch für dich!«

»Dufte!«

Irgendwo vor ihnen hatte jemand Schwierigkeiten mit der Polizei, und sie mußten weiter warten.

Da spürte Manfred, wie eine Hand seinen *Puscher* anfaßte und zwischen den Fingern massierte. Er fand das nicht schön, aber auch nicht irgendwie zum Erschrecken, nur irgendwie komisch. Auch nicht anders, als wenn er Samstagabend in der Küche stand und von seiner Mutter abgeseift wurde.

Endlich ging es voran, und sie kamen aus der Vorhalle hinaus, überquerten den breiten Spreewaldplatz und bogen in die Wiener Straße ein, sahen vor sich die Hochbahn, wie sie die Straßen überspannte und alle Passanten vor Wind und Wetter schützte, die unter ihr lustwandelten. Der *Magistratsregenschirm*, wie seine Oma immer sagte.

»Ich hab eine Lore für dich und einen Personenwagen«, sagte Herr Schulz. »Du hilfst mir doch noch, die Sachen die Treppe hochtragen?«

»Ja, Herr Schulz.« Manfred freute sich 'n Loch in den Bauch, hatte er doch von morgen ab nun endlich zwei U-Bahnzüge zum Fahren, konnte womöglich sogar daran denken, die Linie vom Wittenbergplatz nach Ruhleben in Betrieb zu nehmen. Vielleicht hatte Herr Schulz auch noch ein paar Halmafiguren für ihn.

»Ich wohn' da gleich um die Ecke in der Skalitzer Straße. Weißt du was, du kannst auch noch mit den Karnickeln spielen, die ich hab.«

Das war der Moment, wo bei Manfred die Alarmglocken schrillten: *Geh mit keinem mit!* Ausgelöst durch eine ganz merkwürdige Assoziationskette: Wo Karnickel sind, sind Ratten, und wo Ratten sind, da mußt du die Flucht ergreifen!

Und das tat er denn auch, schmiß den Beutel mit den Kartoffeln aufs Pflaster und rannte davon.

Noch Jahrzehnte später, wenn er am Haus vorbeikam, wo Herr Schulz angeblich gewohnt hatte, fragte er sich, ob er an diesem Tag denn nun wirklich ermordet worden wäre, und er mußte, so sehr ihn fröstelte, doch wiederum auch schmunzeln, daß sich sein Schutzengel ausgerechnet seiner Rattenphobie bedient hatte, um ihn damals zu retten.

Manfred war also Herrn Schulz entkommen und ging nun im Zuge der Manteuffelstraße mutig unter der Hochbahn hindurch; mutig deswegen, weil er eigentlich immer damit rechnete, daß ein Zug von oben herabstürzte und ihn zermalmte, war doch alles nur mühsam geflickt und schien genauso wacklig wie seine Bahn zu Hause.

Nichts passierte, und die Wagen dröhnten über ihn hinweg, während er seine Kohlenoma hinten, zwischen Naunyn- und Waldemarstraße schon im Fenster liegen und ihm zuwinken sah.

Sie wohnte jetzt im dritten Stock des Hauses Manteuffelstraße 36 und hatte, bis dieses Haus total zerbombt worden war, Nummer 33 ihren Kohlenkeller gehabt. An den konnte er sich noch lebhaft erinnern, an das herrliche Spiel, wenn er mithelfen durfte, die Briketts in die rechteckigen Kästen zu packen, fein säuberlich zu stapeln, bis dann die Träger kamen, Polen zumeist, sich ihre Ledergurte hinten ins Blech hakten, wo zwei Löcher waren, und sie den Leuten nach oben oder in den Keller trugen. Auch seinen Vater hatte er da öfter mithelfen sehen, auch den Onkel Helmut, der jetzt in Frankreich in Kriegsgefangenschaft war. Der, so erzählten sie immer, hätte sich öfter zum Schlafen in den hinteren Teil des Kohlenkellers geflüchtet. Als Junge noch.

»Bis dann mal die Polizei gekommen ist ...«

»Wieso'n das?«

»Weil dein Vati sich von hinten rangeschlichen und seinen Liegestuhl zum Zusammenklappen gebracht hat. Da ist der Onkel Helmut dann auf die Straße rausgestürzt und hat geschrien: ›Mutter, Mutter, Räuber!‹«

Das war Manfred automatisch eingefallen, als er seine Kohlenoma mit ihrem weißen Haar jetzt hoch über sich sah. Aus-dem-Fenster-gucken war ihre absolute Lieblingsbeschäftigung, hatte sie doch dabei alle Leute im Blickfeld, die sie von ihren langen Jahren als Kohlenhändlerin genauestens kannte, genoß das Schauspiel unten auf der Straße wie von einer Loge im Theater aus. War auch verwickelt in vielerlei kleine Zänkereien, grüßte mal diesen nicht, mal jenen, trug manch einer Nachbarin noch immer nach, daß sie vor nun schon über zwölf Jahren ihren Eimer für Briketts, Marke *Troll*, bei Rylskis gegenüber gekauft hatte anstatt bei ihr.

Auch was Manfred seine Mutter so alles über seine Kohlenoma sagen hörte, klang immer ein wenig zwiespältig.

»Kleinlich ist sie ja. Damals zu unserer Hochzeit, als sie noch Geld genug hatte, weißt du, was sie uns da geschenkt hat: Die Kaffeemühle hier, zum An-die-Wand-Hängen! Aber dann war sie auch wieder sehr anständig und hat 'n paar Wochen lang 'ne Jüdin bei sich im Kohlenkeller versteckt gehabt.«

Manfred hörte das stets mit Erstaunen, doch bekam er auf seine diesbezüglichen Nachfragen immer nur zu hören: *Das wirst du erst später verstehen.*

Jetzt also betrat er den Flur des Hauses Nr. 36, Manteuffelstraße, und war verwundert, daß der zwar sehr verloddert aussah und stank, aber eine Größe hatte, die ihn fast an Turnhallen erinnerte, wußte nicht, warum das so war: der preußischen Bauordnung wegen, damit die genormten Feuerwehrspritzen bei Bränden in die Innenhöfe rollen konnten.

Er stiefelte die ausgetretenen Stufen hinauf, immer dicht an der grünen Wand entlang (»Schweinfurther Grün« sagte seine Oma dazu, doch er verstand immer »Schweinfutter grün«), aus Angst, beim Berühren des Notgeländers mit diesem zusammen in die Tiefe zu stürzen.

Drei Namen standen oben an der Tür, zwei nur auf kleinen Pappkärtchen, das MATUSCHEWSKI aber auf einem schönen alten Messingschild, aus der ausgebombten Wohnung überm Kohlenkeller gerettet.

Die Klingel ging nicht, und Manfred mußte klopfen, wurde mit einem eher verhaltenen »Na, Manni, da biste ja endlich, du alter Schieter, du!« empfangen. Küßchen gab es nicht. Ganz anders als bei seiner Schmöckwitzer Oma.

»Bei euch im Hausflur riecht's aber komisch!« sagte Manfred, während er sich mühte, seinen Ranzen vom Rücken herunterzukriegen.

»Ja«, nickte seine Oma und kommentierte das mit einem kleinen Verslein: »Wenn die Pennebacken in die Ecke kacken, und die Bollemeechen uff die Treppe seechen, dann ist Frühling in Berlin!«

»Es ist doch gar kein Frühling ...«

»Haste recht; Nachtfrost ham se angesagt, minus fünf Grad soll's geben.«

»Ihr habt ja Kohlen genug!« lachte Manfred und zeigte auf die vielen Briketts, die die Wände hochgestapelt waren.

»Die müssen für uns dreie reichen!«

Zwei weitere Mieterinnen waren noch da, die Manfred allerdings nie zu sehen bekam, höchstens zu riechen, denn alle benutzten sie das alte hölzerne Kastenklo am Ende des Korridors, der für Manfred immer eine Zeitmaschine war, mit der man ins Berlin des Ersten Weltkriegs reisen konnte. Seit dieser Zeit war er nicht mehr frisch gestrichen worden. Das Weiß der Decke war nun grau wie Anthrazit, und die ehemals mausgraue Wand war richtig schwarz geworden. Die Leitungen und Rohre waren offen verlegt, und oben an der Decke war der Putz so dünn und brüchig, daß mancherorts das Schilf zum Vorschein kam. Die drei Mieterinnen hatten jede einen elektrischen Zähler, der ohne Abdeckung im Korridor hing, und Manfred verfolgte oft mit Spannung, wie schnell sich die silbrigen Scheiben in den kleinen schwarzen Kästen drehten. Daraus konnte man dann schließen, was die Damen gerade machten. Lief die Scheibe langsam um, dann hatten sie nur eine Fünfzehn-Watt-Birne brennen und lasen gerade Zeitung, raste sie aber, dann war wohl wieder mal die elektrische Kochplatte angeschaltet worden, um Klietschbrot zu rösten.

»Dann komm mal, Mittagbrot essen!«

Seine Kohlenoma sagte auch Mittagbrot, wenn es Kartoffeln gab, diesmal war es aber wirklich Brot, was sie aufzutischen hatte. Matschstullen mit einem Aufstrich drauf, der wie Ausgekotztes aussah und in der Hauptsache nach Majoran schmeckte, sich aber Leberwurst nannte. Doch immerhin, er wurde satt.

Während des Essens versuchte er, seine Kohlenoma zum Aussprechen jener beiden Worte zu bringen, die sie partout nicht richtig über die Zunge bekam.

»Sag mal, bist du denn nicht neulich in Lübars draußen gewesen, sehen, ob du noch Kartoffeln kriegst?«

»Ja, war ich.«

»Mit der U-Bahn raus?«

»Nee, mit dem O*n*nibus.«

Da lachte er auf, sie aber auch.

»Du alter Scheesenbeutel, du!« rief sie und nahm sich vor, nicht wieder auf seine Tricks hereinzufallen.

Sie erzählte, wie sie früher, als sie in Stellung gewesen war, für ihre Herrschaft immer gespickten Hasenbraten oder Rehkeule zubereitet hatte und vor allem Pfannkuchen und Mohnpielen.

»Und du hast am liebsten Reis und Eis gegessen?«

»Ja«, antwortete sie, um dann zu singen: »Wer ißt im Winter kaltes Eis? Tante An-na! Wer ißt im Sommer heißen Reis? Tante An-na!«

Als sie das Geschirr abräumte und zum Spülen in die wahrhaft kalte Küche trug, tat er so, als wolle er ein Kreuzworträtsel im *Telegraf* lösen, ihrem Leib- und Magenblatt.

»Oma, sag mal, was ist'n das: Hartes Gebilde im Fleisch ...?«

»Das ist doch der *Ch*nochen!«

»Reingefallen!«

Sie schwor finstere Rache, das heißt ihn beim nun immer folgenden Mensch-ärgere-dich-Spiel pausenlos und kräftig rauszuwerfen. »Und immer dann, wenn de kurz vorm Loch bist!«

Bevor sie sich an ihren Wohnzimmertisch setzten, war noch die blau-weiße Wachstuchdecke abzuwischen, und während sie das tat, nutzte Manfred ihre Abwesenheit, um das zu tun, was er schon lange im Sinn gehabt hatte. Auf ihrem Küchenspind lag eine alte Tüte. Geschwind hatte er sie heruntergenommen, zur Leitung getragen und über dem Ausguß bis zum Rand mit Wasser gefüllt. Das Fenster zum engen Hinterhof stand offen. Manfred drehte die Tüte oben zu und warf seine Wasserbombe mit Schwung hinaus. Die Wirkung war grandios. Ein gewaltiges Krachen. Fenster flogen auf, Männer stießen Flüche aus, Frauen keiften, schuldlose Nachbarn wurden verdächtigt und mit Polizei und Prügel bedroht.

Manfred hatte das Fenster seiner Oma längst zugeschlagen und kauerte unsichtbar unter dem Fensterbrett.

»Was ist denn da los?« fragte seine Kohlenoma.

»Keine Ahnung ... Ich hab gerade meinen Groschen gesucht ...« Manfred kroch über den Boden Richtung Korridor. Erst dort wagte er es, sich wieder aufzurichten.

Seine Oma hatte inzwischen das Fenster wieder aufgerissen, um kräftig mitzuschimpfen. »Wieder dieses Gesockse hier, dieser versoffene Müller der ...!«

Als sich die Aufregung um den Einschlag im Hinterhof gelegt hatte, fingen sie an, Mensch-ärgere-dich-nicht zu spielen, und während sie sich immer wieder, ebenso fluchend wie lachend, mühten, als erster »alle Viere drin zu haben«, erzählte sie ständig von ihren beiden Söhnen, die in Gefangenschaft waren. »Der Otto in Rußland, der Helmut in Frankreich! Und beide waren gegen die Nazis und wollten nich in'n Krieg!«

»Loch frei, du hast noch einen anderen da zum Einsetzen!«

»Ach, du mein himmlischer Herrgott!«

Von ihrem Otto wußte sie zu berichten, daß der ihrem Hund immer die heißen Pferdebouletten weggegessen hatte. »Und eingesegnet wäre er um ein Haar auch nicht worden.«

»Wieso'n nich?«

»Na, weil er in der Emmaus-Kirche drei Pfarrer hatte: Schubrig, Braasch und Böhlig. Und da hat er mal ganz laut gesungen: ›Schubrig, Braasch und Böhlig – Schubrigs Arsch is ölig!‹«

»Und Onkel Helmut?«

»Dem seine Bücher sind ja leider alle verbrannt; was der alles hatte von Karl May! Aber der ist ja sechzehn Jahre jünger als dein Vater; und als der große Otto den kleinen Helmut im Kinderwagen schieben mußte, haben die anderen immer gedacht, das wäre schon dem Otto sein Kind.«

Mutter, du mit deinem falschen Deutsch! Was soll'n da der Junge in der Schule machen!? Manfred hatte wieder die Stimme seiner Mutter im Ohr und zugleich auch die Antwort seiner Kohlenoma: *Hauptsache is, daß einer immer recht tut und nicht Mein und Dein durch'nander bringt.*

Dann, als es draußen dunkel wurde und sie noch kein Licht angeknipst hatten (»Mein Stromkontingent is schon so ziemlich zu Ende ...«), erzählte sie von den langen Winterabenden unten an der Oder, wie sie sich immer gefürchtet hatten: Der Fährmann mit seinem schaurigen »Hol über!«. »Da haben wir immer gedacht, das ist der Tod, und der holt einen von uns aus'm Dorf.«

Manfred konnte nachher gar nicht einschlafen, so gruselig war das alles. Gerade war er eingenickt, da fuhr er auch schon wieder auf, würgte einen Hilfeschrei heraus, denn Herr Schulz stand plötzlich da und wollte ihm endlich, wie versprochen, die Karnickel zeigen.

»Waß machßt du denn da? Kannßt du nicht mal schlafen!«

Seine Oma hatte ihr Gebiß herausgenommen und draußen in der ungeheizten Küche in ein Glas getan, sprach also dementsprechend komisch.

»Doch.« Manfred stellte sich vor, Zugführer in der Hochbahn zu sein, und fuhr nun von Bahnhof zu Bahnhof: Warschauer Brücke, Schlesisches Tor, Görlitzer Bahnhof, Kottbusser Tor, Prinzenstraße, Hallesches Tor, Möckernbrücke, Gleisdreieck ... Von da ab ging es in den Tunnel hinab, und bald darauf war er eingeschlafen.

Um Mitternacht allerdings schreckte er abermals hoch, denn jemand klopfte wie wild an ihrer Wohnungstür und peterte mit einem Schlüssel am Schloß herum.

Manfred erstarrte. Herr Schulz kam, ihn abzuholen und zu schlachten.

Doch es war eine andere Stimme, viel tiefer und gröhlend.

»Mach doch endlich auf, du alte Nutte!«

Seine Oma sprang aus dem Bett, griff sich ihren Schürhaken und stürzte auf den Korridor hinaus und schrie zurück: »Mach endlich, daß du nach oben kommst, du versoffener Hurenbock du! Sonst kastrier' ich dich noch mit'm Feuerhaken!«

Manfred staunte und erfuhr, daß der Mann, der über seiner Oma wohnte, sich wieder mal geirrt hatte, was die Stockwerke und die Wohnungen anging.

»Dieser versoffene Müller wieder!«

Nun hatten sie Ruhe, und erst am Morgen gab es wieder etwas, das er nachher in der Schule rumerzählen konnte: Seine Oma hatte vergessen, das Küchenfenster zuzumachen, und bei dem plötzlichen Kälte-Einbruch war dann ihr Gebiß im Glase eingefroren, hatte erst auf die Kochplatte gestellt werden müssen, bevor sie es wieder einsetzen konnte.

Als Manfred in die Schule gehen wollte und sich noch einmal umdrehte, um zu sagen: »Danke schön, daß ich bei dir schlafen durfte!«, trat er in einen gelblichen See.

»Da hat der Müller, diese Sau, wieder hingepißt!«

Da man es von der Manteuffelstraße bis zum Oranienplatz zu Fuß bequem in einer Viertelstunde schaffen konnte und der Unterricht diesen Mittwoch erst nach der Großen Pause begann, beschloß Manfred, zur Krankenkasse zu laufen und seine Mutter zu besuchen. Zu Hause redete sie ja pausenlos davon, was bei ihr am Schalter passierte. Als Kind hatte er immer gedacht, sie würde an einem Lichtschalter sitzen und dafür sorgen, daß bei ihr im Büro die Lampen an- und ausgeschaltet wurden.

Als er die große Schalterhalle betrat, kam er sich ein wenig komisch vor. Durfte er das überhaupt: seine Mutter bei der Arbeit stören? Sie saß hinter einer großen Barriere und schrieb etwas. Ganz fremd kam sie ihm vor. Das war doch unmöglich dieselbe Frau wie die zu Hause in der Ossastraße. Jetzt rief sie jemanden auf.

»Frau Schlotterhose!«

Alles kicherte. Aus der Schar der Wartenden löste sich eine junge Frau und lief mit hochrotem Kopf zum Schalter hinüber. Manfred setzte sich auf ihren Platz. Es war wie im Wartesaal der Eisenbahn. Er hatte Zeit und sah sich alles an. Kalt war es hier, und die meisten Kolleginnen und Kollegen seiner Mutter hatten ihre Mäntel anbehalten. Einige trugen Handschuhe, bei denen die Finger abgeschnitten waren, damit sie ihre Federhalter und die vielen Formulare besser anfassen konnten. Seine Mutter hatte erzählt, daß neulich sogar die Tinte eingefroren war. Es gab zwar einige Kanonenöfen, deren Rohre durch die Fenster hinaus ins Freie gingen, aber die reichten offenbar nicht aus. Auf den Platten oben röstete seine Mutter immer ihr Frühstücksbrot, damit es nach was schmeckte. An Butter oder Marmelade war ja nicht zu denken. Viele der Männer, Besucher wie Sachbearbeiter, trugen alte Wehrmachtsuniformen, mal eingefärbt, mal nicht, ohne Schulterstücke aber und jegliches Lametta. Es war ziemlich dämmrig hier, denn Glasscheiben gab es nur wenige, die meisten Fenster waren mit Pappe, Holz oder Drahtglas vernagelt. Die Möbel waren alt und zusammengestoppelt. Helle Schränke standen neben dunklen, niedrige Tische neben hohen, und die Stühle sahen allesamt ziemlich wacklig aus.

Manfred stand auf, um seiner Mutter guten Morgen zu sagen, und malte sich schon aus, wie sie strahlen würde, wenn sie ihn erblickte. Doch sie schrak geradezu zusammen und guckte nur strafend.

»Hast du etwa die Schule geschwänzt!?«

»Nein, ich muß doch erst zur dritten Stunde heute, und vielleicht ist auch wieder kältefrei.«

Lenchen, die Kollegin ihrer Mutter, war viel lieber und reichte ihm eine halbe Mohrrübe über den Tresen. Einer ihrer Antragsteller hatte eine Laube und brachte ihnen ab und an etwas von dem mit, was er eingekellert hatte. Darum hießen sie auch *der Mohrrübenschalter*.

Plötzlich ging ein Ruck durch die Reihen der Kolleginnen und Kollegen, und seine Mutter nahm geradezu Haltung an. Wie bei den Soldaten war das. »Der Alte!« zischte Lenchen. Der Chef war wieder mal am Anrollen. Er kam aus seinem Kabuff, wie sie sein Zimmer nannten, das wie eine Laube in den großen Saal gesetzt worden war. Manche sagten auch Glaskasten dazu, weil er durch eine große Scheibe hindurch seine Sachbearbeitertruppe stets im Auge hatte. Jetzt ging er zwischen den Schreibtischen hindurch und gab jedem die Hand. Dazu hatten alle aufzustehen. Wenn er einen absichtlich übersah, war das ein großer Tadel, so schlimm wie in der Schule eine Eintragung ins Klassenbuch. Manfred wußte, daß seine Mutter mächtige Angst davor hatte, morgens nicht mit Handschlag begrüßt zu werden.

»Wen haben wir denn da?« fragte *der Alte*, als er Manfred sah. »Unsern neuen Lehrling?«

»Ich hab ihm nicht erlaubt herzukommen«, sagte seine Mutter, die offensichtlich einen Anranzer befürchtete.

Aber *der Alte* lachte nur. »Ist doch schön, wenn ein Junge kein Stubenhocker ist. Du bist doch der Manfred, nicht wahr?«

»Ja ...«

»Groß geworden, was!? Na, willst du uns nicht ein bißchen mithelfen?«

»Ja ...«

»Dann komm mal mit ... Herr Neutig hat was für dich.«

Manfred wurde zum *Katzentisch* geführt, wo ihm Herr Neutig Karteikarten gab, die er abradieren sollte, damit man sie erneut verwenden konnte. Das machte Spaß, zumal die Leute manchmal wirklich die komischsten Namen hatten. Erna Pusch hieß eine, und er stellte sich vor, wenn seine Mutter die laut zum Schalter rief. Andere hatten es auch nicht besser. Blödel las er, Unsinn, Halbleib und Hinkefuß.

Der Chef kam noch einmal, um Herrn Neutig mitzuteilen, daß die Polizei einen Schieber und Einbrecher suchen würde. »... und wenn der Mannhardt hier auftaucht, um sich sein Krankengeld zu holen, dann halten Sie ihn hin und kommen unbemerkt zu mir, damit wir die Polizei anrufen können. Aber Vorsicht, der Mann ist gefährlich.«

Herr Neutig wurde blaß, nur seine Elefantenohren verfärbten sich und glühten regelrecht auf. Wie ein Stück Steinkohle im Ofen, wenn ein Luftzug kam. Krampfhaft bemüht, ruhig und gelassen zu bleiben, ging er wieder an die Arbeit. Wenn einmal etwas weniger Andrang war, erzählte er Manfred von ihren Schwierigkeiten.

»Papier ist immer noch knapp, aber gleich nach dem Krieg haben wir sogar die Rückseiten von U-Bahnfahrscheinen benutzt, um darauf unsere Akten anzulegen. Klebstoff wurde aus Roggenmehlkleister gemacht, und bevor man einen neuen Bleistift bekam, mußte man den alten Stummel vorzeigen. Ein bißchen besser ist es ja heute schon geworden, aber als ich mir gestern einen Radiergummi holen wollte, hat der Materialverwalter zu mir gesagt: ›Verschreiben Sie sich nicht, dann brauchen Sie auch keinen Radiergummi.‹«

Dann kam Mannhardt, und der sah wirklich so aus wie die Verbrecher, die immer in der *Berliner Zeitung* abgebildet waren, so mit Hut und Mantel und einem verschlagenen Blick.

»Nehmen Sie bitte noch einen Augenblick Platz«, sagte Herr Neutig mit ausgesuchter Höflichkeit und zeigte auf die Bank neben dem Pfeiler. »Ich muß das nur noch abzeichnen lassen.«

»Danke, ich warte hier.«

Manfred zitterte. Wenn der Mannhardt jetzt Lunte roch, auf Herrn Neutig schoß und ihn dabei traf ... Am liebsten wäre er zu seiner Mutter gelaufen und hätte sich unter deren Schreibtisch verkrochen. Aber ihre Reaktion kannte er schon: *Hab dich nicht so!* Um sich abzulenken, radierte er wie ein Besengter seine Karteikarten ab. Herr Neutig kam und kam nicht zurück, und Mannhardt sah schon auf die Uhr.

Da erschienen zwei Polizisten im Eingang und steuerten auf Herrn Neutigs Schalter zu. Mannhardt sah sie zu spät und hatte kein Chance mehr, die Treppe zu erreichen. Da drehte er durch und griff sich einen großen schweren Locher. Manfred warf sich zu Boden, so wie sie es früher bei den Luftschutzübungen immer machen sollten. Der Locher flog durch die Luft und krachte in den Glaskasten des Dienststellenleiters.

»Euch bring ich alle noch mal um!« schrie Mannhardt, bevor ihn die beiden Schupos gepackt hatten.

Von seiner Kohlenoma zurück, stand zu Hause auf dem runden Tisch ein *Care-Paket*, auf den Weg gebracht von ihrer Tante Elisabeth, Cousine seiner Mutter, ausgewandert nach Amerika Anfang 1946. *Die Amerikaner*. Sie konnten alles, sie hatten alles, sie strotzten vor Kraft, und was sie sagten und dachten, war richtig und vom Himmel so gewollt. Und deren Jeeps, Mann! So einen wünschte er sich inbrünstig zum Spielen. Amerikaner zu sein war der größte seiner Träume.

Mehl, Milchpulver, Kaffee und Seife – alles wurde eingeteilt und weggestellt, verplant bis hin zum nächsten Osterfest. Allein eine kleine Büchse, khakifarben, ein Stück aus alten US-Army-Beständen, immer wieder in den Schrank geschlossen und hervorgeholt, wurde schließlich zur Feier des Tages geöffnet.

»Was is'n das?«

»Leberpastete.«

»Kann ich den Deckel ablecken?«

»Ja.«

Manfred tat es, schnitt sich in die Zunge und merkte es nicht.

Messerspitze für Messerspitze, Bröselchen für Bröselchen verspeisten sie die graue Paste, delektierten sich an ihr, wie ihre Schmöckwitzer Oma mit einem alten Ausdruck immer sagte, genossen sie derart verzückt, als wäre es eine geweihte Hostie, eine seligmachende Oblate.

»Der Rest bleibt für Oma!«

Gemeint war die Schmöckwitzer Oma, und für die wurde in der Tat ein Teelöffelvoll übriggelassen, doch die kleine Büchse kam nicht etwa in die Speisekammer, sondern zusammen mit den anderen guten Gaben in ihren Tresor, das heißt, ins abschließbare Fach ihres Wohnzimmerschrankes.

»Und paß bloß auf, daß die Schlüssel nicht rumliegen!«

Frau Meißner, ihre Untermieterin, stand im Verdacht, jeden Tag in der gesamten Wohnung herumzuschnüffeln, immer auf der Suche nach etwas Eßbarem.

»Wenn wir die bloß erst wieder los wären!« seufzte seine Mutter Tag für Tag.

Weihnachten nahte, Weihnachten 1946, und so schwer es war, wiederum ohne seinen Vati feiern zu müssen, so froh waren sie doch, daß er noch lebte. Traurig aber war es schon, daß er das große Krippenspiel der 3c in der Aula nicht miterleben konnte. Frau Fahlenberg hatte es seit Anfang November sehr sorgfältig mit ihnen einstudiert. Geschrieben hatte es ... Manfred selber. Es hieß »Wenn wir das gewußt hätten«, und darauf gekommen war er schon im Sommer nach einem kleinen Disput mit seiner Schmöckwitzer Oma.

»Du, Oma ...«

»Ja, mein Junge ...?«

»Meinst du, Goethe wäre Goethe geworden, wenn alle schon bei seiner Geburt gewußt hätten, daß er mal Goethe wird – er selber auch?«

Seine Oma, die vor der Hitler-Zeit mit großem Erfolg einen sozialdemokratischen Arbeiterbildungsverein geleitet hatte, mußte lange überlegen. »Nein, das hätte ihn gelähmt, und seine Eltern und Verwandten hätten ihn so mit Bildung überfüttert, daß er dran erstickt wäre, nie richtig zum Schreiben gekommen wäre.«

»Und wie ist das bei Jesus gewesen – hat der gleich gewußt, daß er Gottes Sohn ist?«

»Meiner Ansicht nach nicht, und die anderen doch auch nicht.«

Das war Manfred wieder eingefallen, als Frau Fahlenberg gefragt hatte, wer sich wohl zutrauen würde, ein Krippenspiel für die Weihnachtsfeier zu schreiben.

Manfred schnipste mit den Fingern. »Ich!«

Einige Blödiane in der Klasse hatten gelacht, Kuki vor allem, aber dann hatte er seine Idee vortragen dürfen.

»Also, Maria und Josef, die kommen und suchen 'ne Herberge. Keiner gibt ihnen eine. Nur ein Wirt ist da, der ahnt, daß sie Maria und Josef sind, also die richtigen, ich meine, die, die sie jetzt sind, nich ...?« Die Sache war so kompliziert, daß er ins Stottern kam und mehr berlinerte als sonst. »Und da gibt er ihnen 'n Zimmer, weil er denkt, daß ihm Jesus später helfen tut, wenn er ausgebombt ist oder so, was da so Schlimmet passiert bei denen im Heiligen Land.«

Frau Fahlenberg monierte »tut« wie »Schlimmet«, gab aber ansonsten grünes Licht für sein Weihnachtsstück. »Das ist auch schön, um die Wohnungsnot der Menschen zu schildern – auch damals schon gab es das ja.«

Manfred schrieb und schrieb, das meiste mit der gütigen Mithilfe seiner Schmöckwitzer Oma, ohne deren Ghostwriter-Rolle das Stück wohl nie entstanden wäre, und immer wieder verbesserten Frau Fahlenberg und die Klasse sein Werk, so daß bei der Welturaufführung am 17. Dezember 1946 von der ersten Fassung nicht mehr viel übriggeblieben war. Dennoch ...

Um neunzehn Uhr hatten sich die Kinder und Angehörigen aller dritten Klassen in der Aula versammelt, und am Weihnachtsbaum vorn auf der Bühne brannten sogar ein paar echte, selbstgegossene Kerzen. Herr Schaller hielt eine zu Herzen gehende kleine Rede, und der Chor sang alle Weihnachtslieder von *O Tannenbaum* bis *Stille Nacht*, auch Frau Fahlenbergs Lieblingslied *Dona nobis pacem*. Ein Junge aus der 3 a strich das Cello, und Bimbo trug gekonnt Gedichte vor.

In einem kleinen Zimmer warteten die Akteure des Krippenspiels. Bei der Besetzung der einzelnen Rollen hatte es einen ziemlichen Krach gegeben, denn alle wollten Jesus, der Wirt oder einer der Heiligen Drei Könige sein, aber keiner die Maria, die da schwanger war. Mädchen hatten sie ja keine in der Klasse, und jemanden aus der Mädchenschule engagieren, das wollten sie nicht, obwohl die gleich nebenan gelegen war. Schließlich mußte es Kuki machen, weil der die hellste Stimme hatte. Bimbo wurde der Josef, und Manfred als dem Dichter wurde zugestanden, der Wirt Amos zu sein, der wußte, daß Jesus schon als solcher zu ihm kam. Zwei andere, aber hartherzige Wirte waren Pille Schönlein und Uwe Bachmann. Jünne durfte den Kaspar geben, Dieter Purwin den Melchior und Krücke Krüger den Balthasar. Fünf andere – Vietzich, Hotte Rüscher, Klaus Zeisig, Peter Grau und Opa Waller – hatten sich als Hirten verkleidet. Riese & Rose hatten darauf gedrungen, zwei vornehme und machtvolle Menschen zu sein, und Manfred bekam den Auftrag, ihnen noch nachträglich zwei Rollen ins Stück zu schreiben, obwohl es gar nicht paßte: König Herodes und Statthalter Cirenius.

»Ganz ruhig!« Frau Fahlenberg war furchtbar aufgeregt und versuchte, ihre ganz gefaßten Jungen zu beruhigen. »Ich stehe ja hinter dem aufgezogenen Vorhang und sage euch vor, wenn ihr nicht weiterwißt.«

»Wer vorsagt, kriegt 'ne Fünf!« lachte Jünne.

»Bloß nicht lachen«, beschwor Frau Fahlenberg ihre Schauspielertruppe. »Es ist ein ernstes Stück. Junge Menschen, die Eltern werden, haben Angst, daß ihnen das Kind bei der Geburt sterben wird – und die Maria natürlich auch.«

Manfred sprach seinen Text noch einmal leise vor sich hin:

»Meine beiden bösen Kollegen haben euch abgewiesen, aber ich will euch mein schönstes Zimmer geben. Es ist wie in einem Schloß.«

Nachdem er das gesagt hatte, kamen die Hirten vom Felde herbei und machten Jesus für sich geltend.

»Es gehet nicht an, daß dieses Kind hier im vornehmsten Hotel am Platz das Licht der Welt erblickt, es gehört aufs Feld und in die Krippe.«

Nach einigem Hin und Her erschienen dann Riese & Rose als Herodes und Cirenius und untersagten Manfred, Maria und Josef zu sich ins Schloßhotel zu holen.

»Ihr bringt ja die ganze Weltgeschichte völlig durcheinander, wenn Ihr dieses tut. Dies aber läßt das große Rom nicht zu.«

Zum Schluß verhafteten dann die Römer den Wirt und warfen ihn ins Gefängnis, weil er einen schweren Fall von Geschichtsverdrehung begangen hatte, und das Krippenspiel nahm den Verlauf, den alle kannten: Jesus in der Krippe, die Erleuchtung der Hirten und die Huldigung der Heiligen Drei Könige. Die Klasse hatte es mehrheitlich so haben wollen.

Jetzt, Sekunden vor der Uraufführung, fand Manfred das alles furchtbar bescheuert. So'n Stuß! Am liebsten wäre er nach draußen auf die Straße gestürzt.

Reiß dich zusammen!

Es ging los, und Frau Fahlenberg gab ihm einen solchen Stoß, daß er fast durch die Papptür seines Nobelhotels hindurchgeflogen wäre.

Die ersten Minuten verliefen ohne jeden Zwischenfall. Bimbo war ein fürsorglicher Josef und Kuki eine bedauernswerte Maria. Das Kissen, das Mutter Kukowski ihrem Jüngsten untergebunden hatte, ließ allerdings auf Drillinge schließen. Mindestens. Aber es trieb schon einigen der Älteren im Zuschauerraum die Tränen in die Augen, als sie mit ansehen mußten, wie die beiden unmenschlichen Wirte ihnen die Türe wiesen.

Manfred fand, daß er die Begabung zu einem großen Bühnendichter hatte; Gerhart Hauptmann kannte er da. Er kam ja erst als dritter potentieller Herbergsgeber an die Reihe. Seine Mutter hatte ihm das rote und nicht gebrauchte Kopfkissen seines Vaters zur Verfügung gestellt, um es sich unter Hemd und Hose zu stecken, denn der Wirt, den er darstellte, sollte ja dick und fett sein, so richtig berechnend. Und da Manfred von der Figur her eher einem »I« glich als einem »O«, war diese Ausstaffierung schon in Ordnung.

Durch ein kleines Guckloch in seiner Tür sah er nach unten in den Zuschauerraum. In der zweiten Reihe saßen seine Mutter, seine Schmöckwitzer und seine Kohlenoma und dazu noch Tante Trudchen. Mehr Karten waren pro Nase nicht zu haben gewesen. Seine Knie zitterten, und er hatte Mühe, tief Luft zu holen. Der Atem schien ihm wegzubleiben, und er jiepte wie ein Lungenkranker. Er war sich sicher, keinen Ton herauszubringen, wenn es soweit sein würde. Warum mußte er als Dichter auch selber ... Frau Fahlenberg drückte ihm die Daumen, das heißt, sie hob und senkte die geballten Fäuste.

Jetzt klopfte Josef an die Tür seines Nobelhotels und fragte Manfred nach einem Zimmer für seine niederkommende Frau.

Manfred öffnete und setzte an zu seinem großen Dialog über die Menschen, die nach außen hin so gut und edel taten, aber in Wahrheit alles nur aus Berechnung machten.

»Meine beiden bösen Kollegen haben euch abgewiesen, aber ich will euch mein schönstes Zimmer geben. Es ist wie in einem Schloß.«

Unten im Zuschauerraum begannen welche zu kichern.

Manfred verstand das nicht. Es war doch eine sehr ernste Stelle. Das hatte auch Emil gesagt, ihr Religionslehrer, als sie im Religionsunterricht darüber geredet hatten.

»Bitte ...«, fuhr Manfred fort, an Maria und Josef gewendet, »kommt herein.«

»Das ist zu teuer für uns«, sagte Josef erschrocken.

»Nein, das können wir niemals bezahlen!« fiel auch Maria ein.

»Wartet doch nur ab, denn es wird kommen der Tag, wo Ihr ...« Manfred brach ab, denn unten in der Aula lachten sie immer ungenierter – und er begriff noch immer nicht, warum denn um Gottes willen? Verzweifelt sah er zu Frau Fahlenberg hinüber – und erstarrte. Denn Frau Fahlenberg fuhr mit der rechten Hand immer unter ihrem Bauch entlang. Es war, als würde sie sich im Schritt waschen wollen. Manfred brach der Schweiß aus allen Poren. In der Tat, er hatte sich wirklich nicht gewaschen vor der Aufführung hier – aber was hatte das mit seinem Stück zu tun?

»Weiter!« rief Frau Fahlenberg, ohne indes ihre Waschbewegungen einzustellen. Zugleich sah das so obszön aus, daß er einen roten Kopf bekam.

Manfred riß sich zusammen, hatte nun aber prompt den Text vergessen, den eigenen. Beziehungsweise den seiner Oma. Statt dessen sah er sich draußen in Schmöckwitz im Garten sitzen und dies alles ausbrüten. Gott, wäre er doch damals bloß baden gegangen!

»Weiter!« Frau Fahlenberg geriet langsam mehr in Panik als er. Unten war Kohlenklau nahe daran, aufzustehen und auf die Bühne zu stürzen.

Da gab sich Manfred einen Ruck und ließ sich einfach etwas Neues einfallen, den gedruckten Text hatte ja eh keiner vor sich liegen.

»Kommt herein, Maria und Josef, ich will Euch alles zeigen, was ich zu bieten habe!«

Da tobte der Saal, und so viel Heiterkeit hatte es in ganz Neukölln nach dem Kriege kaum gegeben.

»Ich will Euch alles zeigen, was ich zu bieten habe!« kreischte Jünnes Vaters, und andere wiederholten das, während sie sich vor Lachen bogen oder aber Tränen lachten. Tante Trudchen machte sich sogar die Schlüpfer naß.

Und Manfred begriff noch immer nichts.

Da sah er an sich hinunter. Sein Hosenschlitz war aufgegangen, und der dicke rote Zipfel vom nicht gebrauchten Kopfkissen seines Vaters guckte weit heraus.

Er stürzte von der Bühne.

Bis zum Beginn der Weihnachtsferien hatte er mit hohem Fieber – 39,3 waren gemessen worden – im Bett gelegen, nun aber, als der Heilige Abend herangekommen war, ging es ihm schon wieder erheblich besser.

In der Schule waren sie zum Lernen eines Gedichtes gedrängt worden, parallel zu ihren Rollen im Krippenspiel, und Manfred hatte sich für das *Weihnachtslied* von Theodor Storm entschieden, da dieses von allen, die Frau Fahlenberg im Angebot hatte, das weitaus kürzeste war. *Vom Himmel in die tiefsten Klüfte / ein milder Stern herniederlacht ...*

Er lernte es, während er für seine Mutter und seine beiden Omas was bastelte.

»Was wünscht'en ihr euch von mir?«

»Am meisten freuen wir uns doch über etwas Selbstgemachtes.«

So machte er sich denn ans Werk und sägte drei längliche Brettchen zurecht. Für die wurde dann jeweils ein Bogen graues, aber immerhin geblümtes Packpapier zurechtgeschnitten. Ein halber Tassenkopf voll Roggenmehl, aus Groß Pankow, fand sich auch und ergab den damals allenthalben üblichen Kleister. Der klebte zwar kaum, ließ aber wenigstens Manfreds guten Willen erkennen. Im Werkzeugkasten seines Vaters fanden sich dann siebzehn mehr oder minder verrostete Nägel, die er mit kraftvollen Hammerschlägen in die Brettchen trieb; zweimal sechs, einmal fünf.

Und fertig waren die Geschenke: schöne Schlüsselbretter für alle drei. Daß die meisten Nägel krumm und schief waren, störte wenig, war als Absicht zu interpretieren, damit die Schlüssel nicht herunterfielen.

Am Heiligen Abend saßen sie mit Einbruch der Dunkelheit im Wohnzimmer und warteten auf ihre Schmöckwitzer Oma. Einen Weihnachtsbaum hatten sie nicht, nur einen kleinen Tannenzweig.

»Vati wird jetzt vor der Baracke stehen, zu den Sternen hochsehen und an uns denken.«

»Warum ist er denn da in Gefangenschaft?«

»Das verstehst du jetzt noch nicht, das erklär ich dir später.«

Manfred zog die Gardine zurück, um auf den Hof hinunterzusehen, ob seine Oma nicht endlich käme, doch da war ja noch das Drahtglas drin, eine Art milchige Plastikfolie mit eingeschmolzenem Fliegengitter, und es war nichts zu erkennen.

»Sie wird schon kommen ...«

Doch es wurde sechs, achtzehn Uhr also, und noch immer keine Spur von ihr. Auch um halb sieben nicht.

Seine Mutter weinte still in sich hinein. »Nun ist sie uns auch noch genommen worden, paß mal auf. Dann sind wir ganz allein.«

Wie immer rechnete seine Mutter mit dem Schlimmsten. Von ihr angesteckt, sah Manfred seine Schmöckwitzer Oma tot im Garten liegen, von einem plötzlichen Schlaganfall getroffen. Leise rieselte der Schnee auf ihr wächsernes Gedicht. Über ihr kreisten die hungrigen Krähen.

Doch kurz vor sieben hörten sie ihre Stimme unten auf dem Hof: »Margot! Manfred! Kommt mir mal bitte helfen!«

Sie stand da mit einem kleinen Tannenbäumchen, hatte es bei sich nebenan im Wald, in einer Schonung, heimlich absägen wollen – und war dabei ertappt worden. Sie schilderte alles ganz genau.

»Sie als Genossin!« So der Ausruf des Volkspolizisten.

»Gerade als Genossin bin ich gehalten, anderen eine Freude zu machen!«

So war es eine ganze Weile hin und her gegangen, und sie hatte mit zum Revier gehen müssen, ehe man beschlossen hatte, sie wieder laufen zu lassen.

Die Hutsche für das Weihnachtsbäumchen war noch da, ebenso fanden sich ein paar Fäden Lametta, und sogar zwei rote und drei silberne Kugeln hatten Krieg und Evakuierung fast unbeschädigt überstanden.

Sie hatten seit Wochen Stearinreste gesammelt und aus denen zwei neue Kerzen gegossen, und deren Wollfäden wurden nun entzündet, gaben ein mattes, stets flackerndes Licht, blakten beträchtlich und mußten alle paar Minuten mit der kleinen Schere zurückgestutzt werden.

»Freuen wir uns«, sagte seine Schmöckwitzer Oma, »daß Frieden ist und wir gesund hier sitzen.«

»Nun, Manfred ...!« Seine Mutter fixierte ihn wie Kohlenklau. »Dein Gedicht!«

Manfred stand auf, sah die beiden Frauen an, blickte auf den Weihnachtsbaum und die Geschenke darunter, räusperte sich und wollte beginnen: *Vom Himmel in die tiefsten Klüfte* ... Die erste Strophe. *Mir ist das Herz so froh erschrocken* ... Die zweite. *Ein frommer Zauber hält mich wieder / anbetend, staunend muß ich stehn* ... Bis zum Ende konnte er's: ... *ich fühl's, ein Wunder ist geschehen.*

Doch er stand nur da, ohne ein Wort hervorbringen zu können.

Seine Oma lächelte ihm mild und liebevoll zu, soufflierte ihm.

»Vom Himmel in die tiefsten Klüfte ...«

Doch es half ihm auch nicht; er war einfach nicht fähig, den Mund aufzumachen und auch nur ein Wort hervorzubringen. So wie eine Tür, die abgeschlossen ist, einfach nicht zu öffnen geht.

Die beiden Frauen versuchten es mit Güte und gutem Zureden.

»Du kannst es doch!«

»Mach uns doch die kleine Freude, bitte!«

»Vati wäre so stolz, wenn er seinen großen Jungen hier sehen könnte.«

»Und wenn du das Gedicht aufgesagt hast, gibt es auch die Geschenke.«

Doch Manfred wollte nicht, konnte nicht. Da blockierte einfach etwas. Er wußte nur nicht, was. Es war alles so lächerlich. Warum eigentlich sollte er?

Seine Mutter weinte jetzt. »Du bist es nicht wert, daß man sich so für dich abrackert!«

Seine Oma sah ihn tadelnd an. »Mußt du uns denn so viel Kummer machen ...?«

Manfred warf sich auf den Boden und schrie: »Ich will das blöde Gedicht nicht aufsagen, da könnt ihr euch auf den Kopf stellen!«

Worauf seine Mutter aus dem Sessel sprang und ihn nach Strich und Faden vertrimmte.

»Ab auf die Toilette!«

Manfred schrie und wimmerte, obwohl ihre Schläge kaum schmerzten, da war er von Schulhof und Straße ganz andere Hiebe gewohnt, und verbrachte nun erhebliche Teile des Heiligen Abends draußen auf dem kalten, dunklen Kackhaus, wie sie hier in Neukölln ihre Toiletten im allgemeinen nannten, hin und wieder von seiner Oma danach befragt, ob er denn jetzt endlich vernünftig sein würde.

»Nein!«

»Deine liebe Mutti ist doch ganz verzweifelt!«

»Ich will aber nicht!« schluchzte er.

Da saß er auf dem Toilettendeckel und wünschte sich, unten im Olympiastadion in den himmelblauen Jerseys von Schalke 04 auf dem Rasen zu stehen und Tor auf Tor zu schießen.

»Willst du nun endlich wieder artig sein?«

Seine Mutter hatte die Tür wieder aufgeschlossen und das Licht angeknipst, stand völlig verweint in der Tür.

Manfred lief auf sie zu.

»Ja ...«

Neun Uhr war es dann, als er sein Gedicht vortrug und sich danach alle umarmten und küßten und sich »Fröhliche Weihnachten!« wünschten.

Der Weihnachtsmann brachte ihm neben ein paar Keksen, die wie Hundekuchen aussahen und schmeckten, von seiner Oma ein antiquarisches Buch, das er höchst langweilig fand, »Die Biene Maja« nämlich, und von seiner Mutter einen amerikanischen Jeep. Da war er doch noch glücklich.

Nach den Weihnachtsferien kamen sie dann nur in die Schule, um von Kohlenklau, dem Rektor, ganz offiziell wieder heimgeschickt zu werden.

»Bis auf weiteres: *Kälteferien*!«

So schön das auch für Manfred war – keine Schularbeiten auf, nicht mehr vor Diktaten zittern –, seine Mutter sah es als die nächste Katastrophe an. Wie denn, ohne richtig Kohlen zu haben, nun von morgens bis abends Feuer im Ofen haben? Und der Bengel den ganzen langen Tag über ohne jede Aufsicht, wo er doch ständig kokelte und mit dem Strom herumexperimentierte, doch wieder in Ruinen spielte, trotz Norberts schrecklichem Unfall.

So wurde denn beschlossen, die Schmöckwitzer Oma für einige Zeit in die Ossastraße zu holen. »Damit sie auf dich aufpassen kann!« Außerdem sparte sie ja dadurch bei sich draußen auch noch einiges an Feuerung.

Sie kam dann auch, nähte viel und erzählte ihm Geschichten, angeregt von seiner dauernden Fragerei.

Manfreds Eröffnungszug war immer derselbe: *Was macht denn ...?*

»Was macht denn Lottchen Liebetruth?«

Das war die eine Nachbarin in Schmöckwitz, sie ging an zwei Krücken, furchtbar mit dem Körper schlingernd, hatte als Artistin einen Unfall gehabt, war vom Hochseil abgestürzt, wohnte da, wo früher ein Mann gelebt hatte, vor dem er als Kleinkind stets schreiend weggelaufen war, ein Herr namens Fleischfresser.

»Lottchen ...? Mit der bin ich böse.«

»Warum'n das?« Manfred hatte zwar alle Hände voll zu tun, seinen U-Bahnverkehr fahrplanmäßig abzuwickeln, war aber dennoch in hohem Maße interessiert.

»Da war doch neulich Wahl bei uns, und ich war die erste im Wahllokal.«

»Bravo!«

»Ja, und der Wahlleiter hat mir daraufhin einen großen Blumenstrauß geschenkt, als Ehrung.«

Manfred war so spöttisch wie die Leute im RIAS immer. »Vielleicht holt dich Walter Ulbricht mal in seine Regierung rein ...«

Seine Oma überhörte es. »Da kommt Lottchen Liebetruth ins Wahllokal, zwei Minuten nach mir und sagt: ›Du, Mariechen, der Blumenstrauß, das ist aber meiner!‹ – ›Wie denn das?‹ frage ich ganz verdutzt. – ›Weil ich an sich die erste bin, denn ich bin eher von zu Hause weggegangen als du – und nur später angekommen, weil ich als Krüppel nicht so schnell laufen kann wie du!‹«

»Habt ihr euch denn nun um den Blumenstrauß gekloppt und jeder dran gezogen? Lottchen hat die Blüten gekriegt und du die Stiele?«

Seine Oma sah von ihrem Stopfei auf. »Bin ich denn meschugge!? Wenn sie so töricht ist, bitte, sollte sie ihn haben: Der Klügere gibt nach. Aber eigentlich war's ja doch meiner.«

Sie diskutierten lange über die besondere Logik der Dame Liebetruth und konnten sich nicht einig werden, ob Lottchen nun wirklich die moralische Siegerin war oder nicht, wußte sie doch um das Ausmaß ihres Leidens und ihr geringeres Tempo, und sie hätte sehr wohl um einiges früher starten können, um vor allen anderen dazusein.

Abgelöst wurde das Thema Lottchen Liebetruth erst durch den Zorn seiner Oma auf den Altmann, den dicken Gemüsehändler von Schmöckwitz, der, so sie, bei Lieferung eines Zentners Kartoffeln wieder mal mindestens ein Kilo Sand und Steine in den Sack gepackt hätte, »um Schmuh zu machen«.

»Hast du denn alles nachgewogen?«

»Auf meiner kleinen Waage, ja. Und beim Butterschmalz wiegt er das Papier auch immer mit.«

War es die Erinnerung ans Essen, wie auch immer, Manfred rieb sich den Bauch. »Du, ich muß mal! Dringend 'n Haufen machen.«

»Ich hol mal die Zeitung.«

Die Abflußrohre waren eingefroren, rettungslos, bis ins erste und zweite Stockwerk hinauf, waren nicht mehr aufzutauen, auch mit der Lötlampe nicht mehr. Außerdem: Wer hatte schon eine, die ging?

Diese fürchterliche Kälte diesen Winter.

»Der Himmel straft die Deutschen für ihre Verbrechen«, sagte seine Oma.

»Die Nazis? Aber wir sind doch gar keine ...?«

»Das ist eben das Schlimme am Himmel«, lächelte sie. »Und darum kann mir Gott auch den Buckel runterrutschen: Ich bin Sozialistin!«

»Ich weiß aber genau, was du glaubst ...«

»Was denn?«

Manfred machte sie nach. »Ich glaube nur, was ich mit meinen eigenen Augen sehe!«

»Du Strick, du!« Sie zupfte ihn am Ohr.

»Kohlenoma hat Weihnachten auch gesagt, daß sie was glaubt.«

»Annekin – was denn?«

»Daß zwei Pfund Rindfleisch eine gute Brühe ergeben.«

»Das auch.« Seine Oma wurde jetzt ein wenig feierlich. »Nein, ich glaube an die Natur und das Gute im Menschen!«

»Ich mach mir in die Hosen!« Manfred trampelte auf dem nachgemachten Perserteppich herum, war so in Nöten, daß er sogar einen Teil seiner Hochbahntrasse zum Einsturz brachte.

»Du meine Güte, wo ist denn bloß die Zeitung hin?« Sie suchte fieberhaft das ganze Wohnzimmer ab.

»Ich mach sonst auf den Teppich hier!«

»Momentchen noch!«

Wer nur puschen mußte, der hatte es wesentlich einfacher, der nahm sich einfach den weißen Eimer und machte da rein. Nach Verrichtung des Geschäftes wurde die Öffnung mit einem Stück Pappe abgedeckt. War der Eimer schon fast voll, mußte man aufpassen, daß nicht alles rausspritzte, und die Frauen schrien manchmal auf, weil sie beim Hinhocken Spritzer abbekamen. Manfred freute sich, es da besser zu haben. Alle paar Tage kam dann jemand von der Entwässerung, schrie in die Höfe hinein, daß er wieder mal zur Stelle sei, und klappte unten an der Straßenkreuzung einen der runden Deckel hoch, gab den von überall heraneilenden Leuten Gelegenheit, ihre vollgefüllten Pißeimer in die Abflußkanäle zu entleeren.

Doch mit der Kacke ging das nicht immer, die ließ sich nicht so lange zwischenlagern, ohne die Wohnung derart zu verpesten, daß man am eigenen Gestank zugrunde ging.

Also wurde jetzt eine alte Zeitung doppellagig vor dem großen Kachelofen ausgebreitet, und Manfred hockte sich nieder, um endlich abzuprotzen. Abgewischt wurde mit der Seite Feuilleton/Kultur, von seiner Oma in Streifen zerrissen, deren optimale Größe langjähriger Lebenserfahrung entsprach. Sie waren nicht so groß, daß viel Papier verschwendet wurde, andererseits aber auch nicht, wie man es öfter hatte, derart klein, daß man braune Finger bekam.

»Fertig!« Manfred schnellte aus der Hocke hoch und brachte seine Hose wieder in Ordnung.

Seine Oma bückte sich, faltete seine Hinterlassenschaft kunstvoll zusammen und warf alles in den Ofen, mitten hinein in die nicht eben wabernde Glut. Es zischte lange und brauchte ewig, bis es ganz zerfallen war.

Es stank bestialisch, und da dem so war, gingen viele Hausbewohner bei andauernder Kälte langsam dazu über, ihre Pakete nachts einfach aus dem Fenster zu werfen, wo der Inhalt dann bei minus siebzehn Grad recht schnell gefror und am nächsten Vormittag von den Kindern gut als Wurfgeschoß zu nutzen war.

Nachdem sie tüchtig die Fenster aufgerissen hatten und nun kräftig froren, kam seine Schmöckwitzer Oma ganz automatisch auf Großvater Quade zu sprechen, ihren Vater, seinen Urgroßvater, der im harten Kriegswinter 1943/44 auch sehr stark unter der Kälte zu leiden gehabt hätte.

»... und fast wäre er deswegen noch ins Kittchen gekommen.«

»Wieso'n das?«

»Weil er bei uns nebenan im Wald nicht nur die Kienäppel aufgelesen hat, sondern auch die Äste.«

»Ist denn das verboten gewesen?«

»Nein, an sich nicht, wenn man einen *Leseschein* hatte. Aber oft genug hat er auch eine Säge mitgenommen und dem Glück ein wenig nachgeholfen. Förster und Polizei waren schon hinter ihm her, und wir hatten alle Angst, daß sie ihn noch mal einlochen würden.«

Manfred ließ vor lauter Spannung seinen U-Bahnzug mit einer Notbremsung halten. »Und, haben sie?«

»Nein, denn dein Vati hat ihn ja im letzten Augenblick noch zur Vernunft bringen können.«

»Wie denn?«

»Als wir Silvester gefeiert haben, mit Musik aus dem Radio, da wird die Sendung plötzlich unterbrochen, und es kommt eine Ansage. ›Achtung, Achtung, hier spricht die Polizei! Im neuen Jahr wollen wir mit aller Schärfe insbesondere gegen jene Volksgenossen vorgehen, die sich am Deutschen Wald vergreifen, der uns als nordischer Rasse über alles heilig sein sollte. Immer wieder kommt es vor, daß in den Waldgebieten am Rande der Reichshauptstadt von gesunden Bäumen Äste abgesägt werden. Als ein Beispiel für einen solchen verdammenswerten Volksschädling möchten wir den Rentner August Quade aus Berlin-Schmöckwitz nennen!‹«

Manfred lachte. »Haben die das wirklich im Rundfunk durchgesagt?«

»Nein, natürlich nicht: Dein Vati hatte aber den Radioapparat umgebaut und ein Mikrofon angeschlossen. Damit stand er dann nebenan im Schlafzimmer und hat die Durchsage gemacht.«

»Und Großvater Quade, der hat das nicht gemerkt?«

»Nein. Das war aber wirklich ein heilsamer Schock für ihn.«

Es klingelte, und Manfred lief auf den Korridor.

»Wer ist da bitte?«

Das war ihm seit Jahren immer wieder eingetrichtert worden. *Wenn es klingelt, dann machst du nicht auf, sondern fragst immer erst, wer da ist.* Ja, Mutti. *Und du läßt mir keinen Fremden in die Wohnung!* Nein, Mutti.

»Ich bin es! Nun mach doch mal auf!«

Seine Mutter kam vom Dienst zurück.

»Es ist ja kaum noch Glut im Ofen. Komm, wir geh'n mal in den Keller, 'n bißchen Borke und Kienäppel holen!«

Davon hatten sie noch einiges in einer großen Kiste, alles im Sommer in Schmöckwitz gesammelt und in alten Säcken per S- und Straßenbahn herbeigeschafft.

»Haben wir noch 'ne Kerze zum Anstecken?«

»Ja, auf'm Gaszähler.«

Auch mit seiner Mutter an der Seite war ihr Keller für Manfred Schrecknis genug, aber nun war er ja gezwungen, mannhaft und tapfer zu sein.

Um gar nicht erst Angstanfälle aufkommen zu lassen, redete er, ohne Atem zu holen. »Kuki hat seinen alten Schlitten wieder ganz gemacht, und da sind wir den ganzen Vormittag über im Wildenbruchpark rodeln gewesen. Und bei der Schneeballschlacht, da haben wir 'ner alten Oma den Hut vom Kopf geschossen ...«

»Nun schließ doch endlich mal auf!«

Seine Mutter stand mit der selbstgegossenen Kerze, die dauernd auszugehen drohte, neben ihm und wartete, war ungeduldig, wollte so schnell wie möglich wieder nach oben.

»Ich mach ja schon!«

Endlich standen sie in ihrem Verschlag, und seine Mutter hielt den alten Jutesack auf, während es Manfreds Aufgabe war, die bräunlich-staubige Mischung von Kienäppeln und zerfallener Borke mit Händen und Schaufel aus der Tiefe der Kiste nach oben zu fördern. Die hölzerne Kiste war hoch, reichte ihm bis beinahe zur Brust, und oben waren lediglich zwei Bretter gelöst, gab es also lediglich eine schmale, schlitzartige Öffnung, in die er hineinlangen mußte.

Seine Mutter hustete. »Mach nich so viel Dreck!«

»Ich such' ja schon nach Dickerem!«

Irgendwo mußte doch noch ein Stück Stubben in der Kiste sein, eine Baumwurzel mit ein bißchen Holz dran; hatte er doch selber reingeworfen.

Er tastete in der Kiste herum. Die Kerze hatten sie der Brandgefahr wegen unten auf den Boden gestellt, und ihr Licht war viel zu schwach, um ihm beim Suchen helfen zu können.

»Hier! Ich hab die Wurzel«

Manfred hievte das nach oben, was er da gepackt hatte.

Es war aber kein weiches Wurzelwerk, sondern eine tote Ratte.

Seine Mutter schrie auf, und sie ließen alles stehen und liegen und stoben die Kellertreppe hinauf, erstatteten oben in der Wohnung atemlos Bericht.

»Kind«, sagte seine Schmöckwitzer Oma, »das Tier ist doch tot, das tut dir doch nichts mehr!«

Kopfschüttelnd ging sie in den Keller hinunter, legte die tote Ratte auf die Müllschippe und trug sie auf die Straße hinaus, wo die überfüllten Mülltonnen aufgereiht standen, zeigte sie Frau Roggensack, die gerade wieder Schnee vom Gehsteig schippte, und gratulierte der zum offenbar sehr wirksamen Gift, das sie ausgelegt hatte.

Als sie dann beim Abendessen saßen, Mehlsuppe mit einem bißchen selbstgemachter Himbeermarmelade drin, fanden sie, daß es am besten wäre, wenn Manfred die nächsten vierzehn Tage bei seiner Oma in Schmöckwitz verbrachte.

»Dann sparen wir Heizung hier, und ich muß mir nicht dauernd Sorgen um ihn machen.«

So zog Manfred mit in den russischen Sektor, hauste im kleinen Zimmer seiner Oma, das knappe zehn Quadratmeter maß, aber immerhin gut heizbar war. Briketts hatte sie keine, aber Holz genug; von den fünf hohen Kiefern, die ihr Grundstück zierten, war im Spätsommer die zweite abgeholzt worden.

So klein das Zimmer war, so massig waren die Möbel, die seine Großeltern hier aufgestellt hatten, schwarz gebeizte noch dazu, mitgebracht aus der viel größeren Wohnung in der Muskauer Straße am Mariannenplatz.

Ein schwarz-grau kariertes Plüschsofa steckte in einem geradezu pompösen Umbau. Links und rechts gab es bleiverglaste Schränkchen und obendrüber eine Konsole, auf der sich aufgestellte Fotos mit Strohblumen und Kristallvasen abwechselten. Über allem hing noch ein Bild von Reißbrettgröße, eine düstere Kopie eines Hasenclever-Bildes, wo gelehrte Männer in einem Club beim Zeitunglesen waren. Auf dem rechten Schränkchen, gleich am Fenster, stand das Radio, ein kleiner schwarzer Volksempfänger mit einem rausgekratzten Hakenkreuz, an dessem Rädchen Manfred zu gerne spielte. Das Fenster war niedrig, klein und quadratisch, erinnerte an eine Kate.

Desweiteren waren ein Tisch vorhanden, rechteckig und ausziehbar, ein brauner Kachelofen und ein nicht eben kleiner Schrank, auch er tiefschwarz, wenn auch durch gelbliches Glas und einen Vorhang dahinter ein wenig abgemildert.

Zwischen Ofen und Schrank war noch, obwohl theoretisch unmöglich, Platz geblieben für einen riesigen Sessel, auch er mit Plüsch bezogen, mit hoher Rückenlehne und gewaltigen Armstützen versehen.

Das war Manfreds Höhle, hier spielte er tagsüber und schlief er nachts, verkroch sich wie ein Tier im Winterschlaf. Und wenn er mit den Händen in den Tiefen dieses Sessels fischte, dann fand sich mancher Schatz; nicht nur alte Groschen, sondern auch Würfel, Buntstifte und Bauklötze, vor Zeiten mal hineingerutscht.

Viel Wilhelm Busch las er beim Überwintern in Schmöckwitz, kannte alles auswendig von Plisch und Plumm bis Maler Klecksel und nervte alle mit der pausenlosen Wiedergabe.

> Aber was sich nun begibt,
> Macht Frau Kümmel so betrübt,
> Daß sie, wie von Wahn umfächelt,
> Ihre Augen schließt und lächelt.

»Guck mal, Oma, die Frau Kümmel hier sieht aus wie Hete Gödicke!«

Hete (Hedwig) Gödicke wohnte auf dem Grundstück schräg hinter ihnen und wurde von Manfred jeden Abend voller Spannung erwartet. Nicht ihres Kropfes wegen, den sie stets mit einem schwarzen Band aus Samt verhüllt hatte, sondern weil ihre Berichte über das, was sie in der Stadt heute wieder alles für ihren Goldschmuck eingetauscht hatte, immer besser waren als jede Radiosendung.

Sie kam immer hintenherum, nicht vorn von der Straße und durchs Gartentor, sondern durch eine kleine Tür im Zaun, wie sie während des Bombenkrieges von allen angebracht worden war, um im Notfalle schneller auf das andere Grundstück gelangen zu können, aber auch wegen des kürzeren Wegs zum Luftschutzkeller oder -bunker hin.

Ein Klopfen an den Fensterladen, und da war sie auch schon, eine hübsche, schlanke Frau mit dem Kopf einer Queen.

»Na, Hete, wie war's denn heute?«

»Ach, Mariechen!« Hete setzte sich und legte los.

Manfred machte große Ohren, erfuhr das Neueste von den Schiebern und vom Schwarzen Markt.

»Amerikanische Zigaretten zwanzig Stück hundertzwanzig bis hundertvierzig Mark, die Stange tausend bis tausenddreihundert Mark. Markenfreies Brot 35 Mark. Eine vernünftige Kerze – sechs Mark das Stück. Ein Stück Seife vierzig Mark. Eine Gans – tausendvierhundert Mark. Ein Paar Schuhe – tausend Mark. Ein Pfund Schokolade – fünfhundert. Ein Anzugstoff – dreitausend. Ich wollte sehen, daß ich für meine Brosche Zucker und Fleisch kriege, da war aber gerade Razzia, und ich mußte türmen. Kennst du einen, der eine Nähmaschine loswerden möchte und Kartoffeln braucht?«

»Nein ...«

Manfred schlief nun langsam ein, hörte Hete Gödicke aus immer weiterer Ferne ihre Zahlen murmeln und träumte davon, einen langen D-Zug zu haben, Märklin Spur 0, mit einer aufziehbaren Lok davor.

Plötzlich wurde draußen auf der Straße Sturm geklingelt, und alle fuhren zusammen.

»Polizei!« rief Hete Gödicke. »Die kommen mich verhaften!«

»Ich hab's ja immer gesagt: Unrecht Gut gedeihet nicht!«

Die Klingel draußen in der fensterlosen Küche lärmte weiter.

»Ich schlüpfe schnell zu mir rüber!« Hete Gödicke war schon in der Tür.

Seine Oma hielt sie fest. »Nun mußt du auch zu dem stehen, was du da gemacht hast!«

Es half alles nichts, seine Oma mußte auf die Veranda hinausgehen, das Licht anschalten und die Tür aufmachen.

»Wer ist denn da vorne?«

Es waren an die vierzig Meter bis zur Straße hin, und bei der funzligen Beleuchtung allenthalben war unmöglich auszumachen, wer da draußen vor dem Gartentor stand und klingelte.

»Hallo, Mariechen, ich bin's: Claire!«

»Was denn: du ...!?« Seine Oma schlang sich ihren mottenzerfressenen Fuchs um den Hals, griff sich das Schlüsselbund und eilte nach vorn.

»Ich hab's bei mir vor Kälte nicht mehr ausgehalten!«

»Das hast du richtig gemacht, Claire, daß du rausgekommen bist!« Seine Oma umarmte ihre jüngere Schwester.

»Ja ja«, sagte Tante Claire. »Wer heut noch lebt, ist selber schuld. Bomben sind genug gefallen.«

Von nun an kampierten sie zu dritt in ihrem *Kabuff*, wie Tante Claire das große Zimmer seiner Oma nannte (ein noch kleineres lag jenseits der Küche und war beim besten Willen nicht zu heizen), und das Überwintern klappte gut, sah man mal vom Abend ab, wenn es galt, die im kleinen Zimmer drüben klamm und eiskalt gewordenen Betten mit dem eigenen Körper anzuwärmen.

Seine Oma schlief auf ihrem Umbausofa und Tante Claire auf der *Ziehharmonika*, einem gerade so zwischen Tür und Tisch ins Zimmer gequetschten Ausziehbett, und er selber hatte sich in seinem Sessel eingebuddelt, sein Stoffäffchen neben sich in einer kleinen Höhle.

Bis in den Schlaf hinein erfreute Tante Claire sie mit munteren Reden.

»So muß es der armen Königin Luise damals auch ergangen sein, als sie aus Berlin raus mußte und vor Napoleon flüchten nach Memel hinauf. Auch am 5. Januar, am 5. Januar 1807. Schwerkrank in ihrer löchrigen Kutsche, bei Schneesturm unterwegs. O Gott, was die arme Frau da durchgemacht haben muß!«

»Deine Sorgen möcht' ich haben«, stöhnte Manfreds Oma.

»Sei froh, Mariechen, daß du sie nicht hast! Mein Horoskop für diese Woche ist ja so schrecklich schlecht! Hör mal!« Sie zog ihr Lorgnon aus einem mit glitzernden Perlen bestickten Täschchen und nahm eine Illustrierte in die Hand. »Sie werden sich wehren müssen. Notfalls müssen Sie eben verzichten.«

»Auf diesen Unsinn solltest du verzichten, liebe Claire!«

»Die Sterne lügen nicht!«

»Die Sterne sind nichts als ein Haufen von Gasen und Mineralien, die interessiert es nicht im mindesten, was hier auf Erden geschieht.«

Tante Claire sprang aus dem Bett und zog die rechte Hand ihrer älteren Schwester unter der Decke hervor. »Ich mach mir Sorgen um dich, zeig doch mal her ...«

»Da, wo ich mich geschnitten habe, das ist längst wieder abgeheilt ...«

»Nein, Mariechen, aber dein *Saturnfinger*, der macht mir Sorgen ...«

Seine Oma fuhr steil nach oben. »Ist dir nicht gut, Clärchen, bist du nicht mehr ganz bei Troste, Kind!?«

»Der Saturnfinger ist der Mittelfinger und er steht zwischen den Fingern, die der Ichwelt und der Duwelt zugeordnet sind. Und bei dir ist der Saturnfinger sehr lang, das heißt, bei dir liegt ein zu starkes Verantwortungsgefühl vor. Du kümmerst dich zuviel um andere und zuwenig um dich selber.«

»Hör mir doch auf mit diesem Unsinn!« Seine Oma drehte sich unter die Decke. »Gute Nacht allerseits!«

Die hatten sie denn auch, und am nächsten Vormittag waren die beiden ungleichen Schwestern damit beschäftigt, zum Geburtstag seiner Oma morgen allerlei an Brotaufstrich zu kochen, um die vom Bäcker zugesagten zwanzig dunkelgrauen Brötchen damit schmieren zu können. Auch ein Tortenboden war geplant, seine Oma hatte genügend Roggenmehl gehortet, er sollte, wenn er gelang, mit selbstgemachtem Kirschgelee belegt werden. Darauf dann *Schlagschaum* aus Apfelsaft und Mehl, und man hatte *die* Köstlichkeit des Jahres zu bieten.

Während die beiden Frauen in der Küche wirkten, hatte sich Manfred ins kleine Zimmer geschlichen und sein Lieblingsspiel begonnen: Papier und Hölzchen in die Heizsonne zu stecken und zum Entflammen zu bringen. Dieser Heizkörper, das war ein verchromter Parabolspiegel, in dessen Mitte ein Porzellanzylinder festgeschraubt war, weiß-geriffelt, um den sich dann rotglühend die Drähte zogen, oftmals geflickt; und an den Stellen, wo sie miteinander verzwirbelt waren, leuchteten sie zu Manfreds Freude auch schon mal gelblichweiß.

»Bist du denn völlig meschugge geworden, Kind!« Seine Oma hatte ihn entdeckt und am Schlafittchen gepackt. »Uns alles anzustecken hier!«

»Hab ich ja gar nicht!«

»Mußt du denn immer das letzte Wort haben!?« rief Tante Claire.

»Ja! Ich kann ja nicht wissen, daß Ihr nichts mehr sagt.«

»Raus in die frische Luft!«

Da stand er nun im Schnee und hatte Langeweile. Mal nachsehen, was es im Schuppen gab.

Nach einigem Suchen fand er Tante Gerdas alte Skier. Er schnitt sich die Riemen zurecht und machte, noch auf dem Grundstück, die ersten Laufversuche. Ja, das ging ganz gut.

So wagte er sich dann auf die kleine Anhöhe hinauf, gleich drüben hinter der Straße, hochtrabend Karnickelberge genannt. Wegen des wunderbar weißgelben Sandes waren sie der Hauptbuddelplatz seiner ersten Lebensjahre.

Doch nun lag kniehoher Schnee, und er stand oben und wollte durch die Kiefernstämme hindurch zum Reifenwerk hinunter.

»Los!«

Als er wieder zu sich kam, lag er auf seinem Sessel, und Doktor Schuchardt hatte sich über ihn gebeugt und konstatiert, daß es zum Glück nichts Schlimmes sei. »Nicht mal 'ne Gehirnerschütterung, ein bißchen Ruhe nur ...«

Er spielte den ganzen Tag über Eisenbahn, und zwar mit einem dreirädrigen Schlepptender, den Tante Claire für ihn mitgebracht hatte. Der sei noch vom Rudi, ihrem verschollenen Sohn, und die dazugehörige Lok sei beim letzten Bombenangriff irgendwie verschütt gegangen.

Aber auch so war es eine herrliche Sache, zumal sie ihm ja auch einen alten Katalog mitgebracht hatte, Märklin alles bläulich gedruckt, so daß er sich die fehlenden Loks und Wagen dazudenken konnte.

Es wurde ein sehr schöner Geburtstag und ein fröhlicher dazu, denn Tante Claire hatte in den, wie sie sagte, »alten Heeresbeständen des Dicken«, ihres verstorbenen Mannes mithin, einen Rest französischen Rotweins gefunden und den mit viel heißem Wasser und diversen künstlichen Aromastoffen zu einem wunderbaren Glühpunsch gestreckt.

Sie hob ihr Glas. »Das Leben ist wie 'ne Klosettbrille: Man macht viel durch. Freuen wir uns aber, daß die Erde rund ist und wir nicht runterfallen. Es lebe die Liebe, der Leichtsinn, der Suff, der uneheliche Beischlaf, der Papst und der Puff!«

Die Erwachsenen jauchzten. Bis auf seine Oma, die »Aber, Claire!« rief und auf ihren Enkel zeigte. »Was soll denn da der Junge denken!?«

Sie waren in dem engen *Kabuff* so zusammengepfercht, daß Tante Gretes Bemerkung »Wie die Hühner auf der Stange« schon stimmte. Es war furchtbar heiß, aber bei mehr als zehn Grad minus draußen wagte keiner, länger zu lüften. »Besser warmer Mief als kalter Ozon«, wie Onkel Albert meinte.

Zu neunt saßen sie da, wo normalerweise schon vier Menschen der Enge wegen aufgestöhnt hätten. Nur seine Kohlenoma fehlte noch.

»Wo denn Annekin nur bleibt?«

»Es wird ihr schon nichts passiert sein.«

»Wahrscheinlich die S-Bahn wieder mal kaputtgegangen ...«

»Der S-Bahnmörder wieder, huuu!« machte Tante Claire.

Das wußte Manfred auch, daß es da im Krieg einen Mann gegeben hatte, der nachts alleinreisende Frauen aus fahrenden Zügen hinausgestoßen und totgemacht hatte.

»Habt ihr nicht 'n anderes Thema?« mahnte seine Mutter.

Sie hatten.

Seine Oma zählte alle Damen auf, die ihr bereits gratuliert und einen Blumentopf gebracht hatten.

»... und von Elisabeth aus Amerika habe ich auch schon eine liebe Karte bekommen. Riecht bloß mal, dieses Alpenveilchen hier! Von Frau Thuns ist das.«

»Oma hat ein dickes Aroma!« reimte Manfred, der mit dem Schlepptender von Tante Claires Sohn auf dem Tisch hin und her fuhr und sich sauwohl fühlte.

Tante Claire erzählte, wie sie neulich auf dem Weg zum Alexanderplatz plötzlich einen *Durchmarsch* bekommen hatte. »... die flotte Lotte, und alles in den Schlüpfer rein, nichts mehr zu machen. Dieser Weißkohl andauernd. Ich in den nächsten Hausflur rein, alles ausgezogen und da abgelegt. Die Leute werden sich gefreut haben. Und was soll ich euch sagen? Als ich mich wieder auf den Weg nach Hause mache, komm' ich doch da in 'ne Razzia rein. Rauf auf'n Wagen, ab zur Polizei. Und bei der Leibesvisitation merken die, daß ich unterm Rock nichts weiter anhabe, und denken, daß ich so eine bin, die sie da aufgegriffen haben ...«

»Claire, bitte!«

»Ohne Schlüpfer, Mariechen, und ohne Unterrock! Zum Amtsarzt mußte ich noch, mich untersuchen auf Geschlechtskrankheiten, und da treffe ich …«

»Nun ist aber gut!«

»Hör auf deine älteste Schwester!« rief Onkel Berthold.

Wie auf ein Stichwort hin klingelte es nun, und draußen stand die andere Schwester seiner Oma, die jüngste, seine Tante Martha, mit ihrem Mann, dem Onkel Erich an ihrer Seite.

»Erich, würdest du unserem verehrten Geburtstagskind, bitte schön, unser kleines Präsent überreichen!«

Sie sprach das so geziert und durch die Nase aus wie eine echte Gräfin und war auch sonst sehr hoheitsvoll. Dies als Folge ihres hohen gesellschaftlichen Ranges, der ihr als Gattin eines Oberingenieurs des Hauses Siemens fraglos auch zuzugestehen war.

»Bitte sehr, Mariechen!« Onkel Erich übergab das kleine Geschenk, das sehr praktisch war und auch große Freude auslöste: eine Taschenlampe, die eine Art Dynamo war, das heißt, oben auf dem Bakelitkörper war ein Hebel angebracht, den man in schneller Folge niederdrücken mußte, damit die kleine Birne vorne leuchtete.

Onkel Erich sah, wie Manfred fand, genauso aus wie dieser Lenin, den sie überall auf den Plakaten kleben hatten, und wies eine Besonderheit auf, die ihn fürchterlich erheiterte; er hatte nämlich einen respektablen Grützbeutel oben auf der Glatze, so daß es immer hieß: Onkel Erich mit'm Klingelknopf auf'm Kopp!

»Elwe sind wa nu«, stellte Onkel Albert fest. »Fehlt bloß noch Annekin!«

Onkel Albert war ein Ur-Berliner, klein, knorrig und voller Mutterwitz.

»Weil wir immer für den Frieden waren und gegen den Kaiser wie gegen Hitler, hab ich gleich in zwei Kriegen mitmachen dürfen«, erklärte er Manfred. »Als junga Spund im Ersten, als alter Herr im Zweiten Weltkrieg; und beide Male in Frankreich unten. Aba, so isset nu mal, mein Junge: Wenn die hohen Herren hobeln, fall'n wir kleenen Leute nu mal als Späne ab.«

Er war Tischler wie auch sein Vater, Manfreds Urgroßvater, jener August Quade, den sie im Sommer 1945 im Handwagen zum Friedhof gekarrt hatten.

Der jüngste Bruder seiner Oma, sein Onkel Berthold, auch schon um die Fünfzig herum, nickte nur und stieß die Luft mit einem schweren Laut durch die Nase aus. Er war Kommunist, etwas sehr Geheimnisvolles für Manfred, und hatte zwölf Jahre im KZ gesessen, war nun Leiter der Lebensmittelversorgung in Neukölln, im amerikanischen Sektor damit, in Manfreds Heimatbezirk.

Er hatte die größte Kaffeetasse bekommen, den *Pott*, das schönste Gebilde im Service seiner Oma, weißes Porzellan mit blauem Zwiebelmuster, und fast alles übern Krieg gerettet, nur die Tülle von der Kanne ab.

»War das nicht die Tasse ...« Er sah seine Schwester Klara an, während ein neues nervöses Walroßschnauben kam. »... die mal dem Dicken gehört hat?«

»Wem ...?« lachte Manfreds Mutter. »Dem Göring?«

Nein, gemeint gewesen sei Tante Claires Mann, der Herr Direktor, obwohl man bei beiden Dicken wohl dieselbe Weltanschauung hatte annehmen dürfen.

»Das war bei eurer Hochzeit, liebe Claire, da hatte ich gerade meinen letzten Schluck Kaffee aus dieser Tasse getrunken, als mein Schwager, der Herr Direktor, auf mich zukommt und fragt: ›Berthold, du kannst doch Geige spielen?‹ – ›Ja ...‹ – ›Dann spiel doch mal zur Feier des Tages das Deutschlandlied ...‹«

»Und, was hast du gemacht?«

»Mich hingestellt und ihnen die Internationale gegeigt!«

Alle bogen sich vor Lachen, bei Tante Trudchen wurde es so schlimm, daß sie sich, wie immer bei solchen Anlässen, ein wenig in die Hosen machte und zum Wechseln ins kleine Zimmer rüber mußte.

»Was hat der Berthold da gemacht?« fragte Tante Grete, seine Frau, in hohem Maße schwerhörig, aber derzeit ohne Gerät.

»Die Internationale gespielt!« schrie ihr Karlchen, Tante Trudchens Sohn, der gerne Dozent werden wollte und das laute Sprechen ständig übte, ins Ohr.

»Ja ja, als Kind hat der Berthold immer gerne gespielt«, nickte Tante Grete.

Tante Trudchen kam nun mit trockenem Schlüpfer zurück und brachte von draußen das Anstandsbrötchen herein, jene letzte Schrippenhälfte, die sie vorhin, obwohl alle noch hungrig waren, auf der Platte draufgelassen hatten.

»Wir machen jetzt das Licht aus«, sagte seine Oma. »Und auf das Kommando ›Los!‹ grapschen alle danach. Wer's dann hat, der soll's auch essen!«

Zehn Erwachsene hatten, wie immer in diesen Jahren, mächtigen Kohldampf und jieperten nach dieser Schrippe mit dem grünlichgrauen Brotaufstrich, Vogelmiere mit Melasse, und nur das Kind unter ihnen, Manfred, war satt und hatte keinen Hunger.

Seine Oma griff zum Schalter und drehte ihn herum. »Fertig, los!«

Es war ein rein sportlicher Ehrgeiz, der Manfreds Arm nach vorne schnellen ließ; und er wurde der Sieger, hielt die heißbegehrte Schrippe plötzlich in der Hand, wußte nicht wie und was nun. Alle sahen es mit Enttäuschung und Neid, als das Licht nun wieder anging, klatschten aber und wünschten guten Appetit.

»Ich hab aber gar keinen Hunger mehr«, brachte Manfred hervor und streckte ihnen der Reihe nach die Beute hin. »Ihr könnt es gerne haben.«

Doch keiner wollte nun, und man zwang ihn geradezu, hineinzubeißen.

Manfred tat es dann auch, und es schmeckte so scheußlich, daß er noch vierzig Jahre später ein wenig würgen mußte, wenn er an dieses Brötchen dachte.

Bissen auf Bissen schlang er hinunter, was er da gewonnen hatte, und die Erwachsenen verfolgten es mit stiller Trauer.

Wieder schrillte die Klingel, und diesmal war es seine Kohlenoma.

»Wir haben uns ja schon solche Sorgen um dich gemacht, Annekin, was war denn los?«

»Ich hab 'ne Stelle auf'm Kohlenplatz gekriegt und mußte gleich anfangen heute! Hier, Mariechen!« Als Geschenk hatte sie gleich eine Tasche voller Briketts mit nach Schmöckwitz gebracht. »Jetzt kann ich auch für euch alle mal immer wieder 'n paar Kohlen abzweigen!«

Tante Claire riß nun demonstrativ das Fenster auf und machte sich daran, die Eiseskälte zu verspotten.

»Und dräut der Winter noch so sehr / Mit trotzigen Gebärden / Und streut er Eis und Schnee umher / Es wird doch Frühling werden!«

Kommst du auch nach Schmöckwitz raus?

Schmöckwitz, 1375 als Smekewitz im Landbuch Kaiser Karl IV. zum erstenmal erwähnt, war für andere nur eins der vielen Dörfer, die von Groß-Berlin auf dem Wege zur Weltstadt 1920 gierig geschluckt worden waren; für Manfred aber war es das Paradies auf Erden.

Als am Sonnabend mittag Schulschluß war, kamen Dieter Purwin, Kuki und andere Klassenkameraden auf ihn zu und fragten, ob er mit zum Wannsee käme, zum Baden.

»Nee, ich fahr' nach Schmöckwitz raus.«

»Du hastes gut!«

»Warum kommtan nich mit!?«

»Wo issen ditte?«

»Mann, hinta Jrünau!«

»Is ma zu weit; fahr ma alleene!«

Manfred warf sich seinen Ranzen über, nahm sein Kochgeschirr und lief zur Sonnenallee Ecke Reuterstraße, wo die 95 hielt. Das war schon mal spannend, welcher Typ von Wagen heute kommen würde. Neulich war im *Telegraf* ein Artikel über alte Straßenbahnen dringewesen, und den hatte er sich ausgeschnitten und beinahe auswendig gelernt, wußte jedenfalls Bescheid.

Wahrscheinlich kam wieder ein Zug der Typen T 24/B 24, denn die gab es am meisten. Das waren die gedrungenen Wagen mit dem breiten Gesicht, die immer so gemütlich wirkten, so wie seine Schmöckwitzer Oma. Vielleicht aber auch ein Doppeltriebwagen vom Typ TM 36. Hoffentlich kam kein Hawa-Triebwagen, denn die hatten auf den beiden Plattformen vorne und hinten zwei große offene Türen, so daß er immer Angst hatte rauszufallen, wenn es in die engen Kurven ging.

Schließlich war es ein Wagen vom Typ »Stube und Küche«, der vor ihm hielt. Scheiße, denn im unbenutzten Führerstand am Wagenende thronte schon ein anderer Junge, und außerdem war noch ein Anhänger dran, so daß es ohnehin langweilig war, da oben zu sitzen.

Also drängelte er sich, kaum daß die breiten Teleskoptüren aufgeschoben worden waren, ohne Rücksicht auf Verluste vor, um wenigstens vorne neben dem Wagenführer zu stehen und freien Blick auf die Strecke zu haben.

Der Schaffner reckte sich, griff zum Lederriemen oben an der Wagendecke und klingelte ab. Fasziniert sah Manfred zu, wie der Fahrer an der Kurbel drehte und den Motor stufenweise hochschaltete.

»Noch jemand ohne Fahrschein?«

Manfred hielt ihm seinen leicht angerosteten Deutschen Reichsgroschen hin, sah ihn im Schnellwechsler verschwinden und bekam seinen Fahrschein ausgehändigt.

»Ham Se nich 'n Block?«

»Nee.«

Schade, denn ein leerer Fahrscheinblock war ein bei allen Kindern sehr geschätztes Objekt, schier unentbehrlich, wenn man selber Straßenbahn spielen wollte.

Dafür wurde Manfred durch den Umstand entschädigt, daß ein Stückchen weiter an der Erkstraße eine Weiche gestellt werden mußte; ein immer wieder spannender Vorgang, spannend deswegen, weil die Dinger oftmals furchtbar klemmten und die genervten Fahrer dann gewaltig fluchten.

Mal sehen, wie es diesmal ging.

Manfred trat ein Stück zurück, und der Wagenführer, wie er offiziell hieß, kam vom Bock herabgeklettert. Es war ein dicklicher Mann, *ein kleiner vollgeschissener Strumpf*, wie seine Kohlenoma zu solchen Menschen immer sagte, und er hatte schon erhebliche Mühe, das Fenster vor sich aufzuschieben. Draußen nämlich, rechts vorn am Wagen, hing jene Stange, deren Benutzung zu Manfreds großen Träumen zählte: das »Weicheneisen« – ein etwa anderthalb Meter langes Stück Stahl, unten plattgehämmert und oben mit einem breiten Griff versehen, in der Mitte irgendwo ein Querstück angeschweißt, zum Einhängen in die Klaue, die man in der richtigen Höhe am Wagenkasten angebracht hatte.

Der Fahrer griff sich nun seinen Weichenstellhebel, stieß ihn in eine extra vorgesehene Aussparung zwischen Weichenzunge und Schiene und baute auf die Unfehlbarkeit physikalischer Hebelgesetze.

Doch auf die war auch diesmal kein Verlaß, denn die Weiche klemmte.

»Verdammt und zugenäht!« fluchte der Fahrer, in seiner dicken

Uniform schon schweißüberströmt. Nun gab es zweierlei für ihn: entweder auf die Straße hinabzuspringen und es von dort zu versuchen, was ihn immer wieder einiges an Prestige kostete, oder aber nach einem *Ritzenschieber* Ausschau zu halten. Das waren die Männer, die überall mit einem länglichen Besen und einer Gießkanne umherliefen und die Rillenschienen sauber hielten; nach den *Gullitauchern*, den Kanalreinigern also, die unterste Kaste aller Berliner Berufe.

Wenn du dir in der Schule nicht mehr Mühe gibst, wirst du später einmal Ritzenschieber!

Das kam bei Manfred in den Drohungen seiner Mutter gleich nach der so gefürchteten *Erziehungsanstalt.*

Es kam nun wirklich ein Kollege der beschriebenen Art, ein kleines Hutzelmännchen, um Manfreds hochverehrtem Fahrer die nötige Hilfe zu leisten.

Endlich ging es weiter, und Manfred, sonst eher schüchtern, wagte die Frage, wie viele Anhänger denn ein Triebwagen vom Typ »Stube und Küche« wohl ziehen dürfe, ein oder zwei, eine für ihn zentral wichtige Frage.

Doch er bekam die Antwort nicht, hing doch gleich über der Frontscheibe groß und breit das Schild, daß es verboten sei, während der Fahrt mit dem Mann an der Kurbel Gespräche zu führen.

Nun gut, sie waren ohnehin nach kurzer Zeit in Baumschulenweg an der S-Bahn, und Manfred beschloß, schon hier aus- und umzusteigen.

Die S-Bahn, das war nun wieder ein anderes Kapitel, doch ebenso aufregend für ihn.

Schon der Bahnhof Baumschulenweg, für andere eine ganz gewöhnliche Sache, war ein Wunderwerk für ihn, und seit Wochen war er damit beschäftigt, ihn in Schmöckwitz nachzubauen, hatte aber immer wieder Schwierigkeiten mit dem instabilen *Zuckersand.*

Er löste sich seine Karte, Preisstufe 1, und ließ sie vom Knipser in der Wanne vorschriftsmäßig lochen; das Bahnhofskürzel Bsw wurde in die gelbe Pappe gestanzt. Das war auch einer seiner Träume: so eine Knipserzange haben.

Er rannte die Treppe hinauf und kam auf einen der beiden Mittelbahnsteige. Auf dem linken Gleis hielten die Züge, die vom Südring kamen, vom Bahnhof Köllnische Heide her, und rechts von ihm jene, die Grünau mit Spandau West verbanden, den äußersten Süd- mit dem äußersten Nordosten Berlins, also Stadtbahnzüge waren. In der anderen Richtung hingegen, stadteinwärts, hatten sich beide Relationen denselben Bahnsteig zu teilen, und der war, wie Manfred fand, kühn an den Bahnkörper rangeklatscht worden. Schließlich gab es noch einen dritten Bahnsteig, an dem aber nur gelegentlich die Dampfzüge der Görlitzer Bahn Station machten, wenig interessant für ihn.

Die Frage war nun, welcher Zug zuerst einlief und damit, welcher Typ von Wagen. Aus Spandau West waren im allgemeinen »Olympiazüge« zu erwarten, die hatten eine abgerundete Kopfform, waren fast schon stromlinienförmig gestaltet. Anders dagegen die Wagen, die vom Südring kamen. Die hatten kantige Gesichter und viele Nietenreihen, wirkten ruhig und behäbig, krochen heran wie dicke Käfer, dunkelrot und ockergelb, mit Laternen oben auf den Dächern, die sie wie Fühler vorstreckten.

Doch heute näherte sich eine Art Tausendfüßler dem Bahnhof, eine Art Mißgeburt von Zug. Der Kopf zusammengepreßt, zu schmal die Fenster, zu klein die Türen, eckig die Laternen, komisch die Räder.

Manfred staunte, wähnte sich in einer fremden Stadt.

Das war, wie er später herausbekommen sollte, ein S-Bahnzug vom Typ »Bernau«, schon 1924 gebaut und nun infolge Wagenmangels wieder eingesetzt.

Manfred stieg ein, und es wurde ein fürchterliches Gerumpel, denn die Schienen waren abgefahren, und sein Wagen war ein Modell noch ohne Drehgestelle.

»Grünau! Alles aussteigen, Zug endet hier!«

Manfred sprang schon auf den Bahnsteig hinaus, bevor der Zug richtig ausgerollt war. Abspringen nannte man das, und es war ihm strengstens untersagt.

Wenn du mit den Beinen zwischen Zug und Bahnsteigkante kommst, dann sind sie ab!

Dennoch, es war ein Riesenspaß, und sie machten, wenn sie zu mehreren fuhren, einen Wettbewerb daraus, wer sich am ehesten abzuspringen traute.

Auch diesmal war es gutgegangen, und er war als einer der ersten an der Sperre unten, mußte aber dennoch warten, denn der Beamte in der Wanne nahm es sehr genau mit der Kontrolle der ihm hingereichten Karten, prüfte intensiv, ob Datum und Preisstufe denn auch wirklich stimmten.

Manfred durfte passieren und stürmte aus dem Bahnhof hinaus, um schnell die Straßenbahn zu schaffen. Doch die 86 rangierte noch, drüben, jenseits der Straße, wo bereits der Wald begann.

Welch Schauspiel! Manfred jauchzte innerlich. Die 86 E war mit einem Anhänger aus Schmöckwitz gekommen, und der Fahrer sowie Schaffner und Schaffnerin schoben ihn nun über verschiedene Weichen zur anderen Seite des Triebwagens hin. Wahrscheinlich war wieder etwas kaputt, so daß sie das nicht anders machen konnten. Nach dem Ankuppeln folgte dann der Arbeitsgang, den Manfred am allerspannendsten fand: das Herumdrehen der Stange. Die Berliner Straßenbahnen waren in diesen Jahren alle noch mit Rollenstromabnehmern ausgestattet, und die mußten natürlich bei einem Fahrtrichtungswechsel umgedreht werden. Zu diesem Zwecke zog der Fahrer die Stange mit der Rolle von der Oberleitung ab, und zwar mit Hilfe einer Schnur von Wäscheleinestärke, die sich unten in einer schwarzen Trommel immer auf- und abwickeln, also der Höhe des Fahrdrahtes automatisch anpassen konnte. Der Fahrer klinkte also die schwarze Trommel mit der Schnur vom Wagenkasten ab und ging dann mit der nach unten gezogenen Stange einmal um die Bahn herum, um sie auf der anderen Seite wieder festzumachen und zuzusehen, daß die Rolle oben wieder an den Fahrdraht kam, was manchmal eine Fummelarbeit war.

Die Schaffner waren derweilen damit befaßt, die Türen von Trieb- und Beiwagen, die für die Rückfahrt ja auf der anderen Seite sein mußten, herzurichten. Dazu gab es ein ganz spezielles Patent. Die oberen Hälften bestanden aus vierteiligen Fenstern, die sich schnell zur Seite klappen ließen, und die unteren aus einer Art Schott, das heißt einem länglichen Segment aus Holz und Blech, nicht eben leicht, mit einem massiven Griff am oberen und einer geriffelten Eisenplatte am unteren Ende, mit der die Aussparrung für die Trittstufen abzudecken war. Diese Türhälften waren also mühsam umzutragen, zweimal pro Wagen.

Als dies alles abgewickelt war, durfte man einsteigen, und Manfred hatte das Glück, einen jener Plätze zu ergattern, die immer sehr begehrt waren: an einer der halboffenen Türen zur Seeseite hin. Die 86, früher *Uferbahn* genannt, galt in Berlin als die Linie mit der schönsten Streckenführung; nur mußte man wissen, wo man sich hinzustellen hatte.

Krachend voll war es an diesem frühen Sonnabend nachmittag im

Juni 1947, und das erste, überaus kurvenreiche Stück durch den Grünauer Wald schlich sein *Einsetzer* nur so dahin. Nicht, weil die Motorkraft des uralten Maximum-Triebwagens nicht gereicht hätte oder der Beiwagen zu schwer gewesen wäre, sondern lediglich, um den beiden Schaffnern Zeit zum Abkassieren zu lassen. Die hatten allergrößte Mühe, sich mit ihren ewig hinderlichen Schnellwechslern vor Bauch und Brust durch die eng zusammengepreßten Fahrgäste zu quetschen, hinwegzusteigen über Taschen, Körbe, Paddeln und Anglerutensilien.

Der erste Halt war Regattahäuser, und mit dem Fluß, hier Langer See oder Dahme genannt, kamen die Tribünen in Sicht, olympische Regattastrecke 1936. Von seiner Tante Claire wußte er, daß hier schon Seine Majestät Kaiser Wilhelm II. Ruderrennen zugesehen hatte, bei schönstem Sonnenschein jeweils, dem sogenannten Kaiserwetter.

Sportdenkmal, Strandbad Grünau und Bammelecke, nun ging es vergleichsweise zügig voran. Auf der anderen Seite des Wassers erhoben sich bläulich-grün die Müggelberge mit einem schöngeformten Aussichtsturm. Ein Gewitter zog auf, schwarz und höllisch, und Manfred bangte um die Segelboote, die furchtbar schräg im Wasser lagen, reihenweise kenterten, und um die vielen Paddler, die sich ans Ufer flüchten wollten. Doch wohin sich vor den Blitzen retten, die immer wilder zuckten? Nirgendwo eine Brücke, und an den Ufern alles hohe Bäume.

Drüben in Marienlust schlug es ein, dann nebenan in Schmetterlingshorst, den beiden altbekannten und beliebten Sommerlokalen, und das Donnergrollen erschütterte die Wälder von Grünau bis Schmöckwitz hin. Manfred war glücklich, daß er in der Straßenbahn stand, in Sicherheit war, wenngleich auch nicht im Trockenen, denn durch die oben offene Tür sprühte es hinein, als hätten sich hundert Duschen gegen ihn gerichtet. Doch gleichviel, das war das kleinere Übel.

Mitten im dicksten Wolkenbruch wurde Richtershorn erreicht, und Manfred konnte sich das Lachen nicht verkneifen, als er die Leute, die hier aussteigen mußten, zum Gasthaus rennen sah, pitschnaß im Nu, von Blitz und Donner in Panik versetzt.

Es war nun etwas leerer geworden, und Manfred konnte sich ein wenig hinters Fenster drücken, war nun halbwegs vom immer noch hereinpeitschenden Regen geschützt.

Alle dachten schon, das Schlimmste sei vorbei, doch plötzlich gab es über ihnen ein infernalisches Krachen und Zischen, und mit einem grellen Blitz zusammen wurden sie von einer kleinen Druckwelle erfaßt. Die Leute schrien auf, hatten den Krieg und seine Bomben noch lange nicht vergessen, und schrien noch mehr, als es nun eine Notbremsung gab. Sie wurden nach hinten geschleudert und dort zu einer wirren Masse verdichtet, bis sich ihre Leiber wieder Platz verschafften, sich alles in die andere Richtung auszudehnen begann.

Direkt über ihnen war der Blitz in die Oberleitung gefahren, hatte sie zerschmolzen und von den Masten gefetzt.

Alles aussteigen, Ende der Fahrt, zu Fuß drei Kilometer bis nach Schmöckwitz hinein. Die Leute schimpften wenig, kannten dies und waren Schlimmeres gewohnt.

Karolinenhof, wo die Straßen alle Spreewaldnamen trugen, wurde erreicht und durchwandert, immer neben den Gleisen die Vetschauer Allee entlang, erst am Lübbenauer, dann am Radduscher Weg vorbei, bis hin zum Adlergestell, Berliner Straße vordem, der breiten Ausfallstraße Richtung Cottbus.

Zum Endspurt ging es auf eine endlos lange Gerade, doch es hatte aufgehört zu regnen, und als Manfred am Reifenwerk war, brach die Sonne wieder durch die Wolken. Ein schwacher Trost, denn das Gelatsche in den nassen Schuhen war nun alles andere als vergnüglich.

Schmöckwitz, mit langem Ö gesprochen, wie Schmökern, hatte denselben lustvollen Klang wie Schmusen, Schmunzeln, Schmecken oder Schmatzen; für Manfred von Mal zu Mal eine Verheißung.

Seine Schmöckwitzer Oma stand schon vorn am weißen Lattenzaun und war voller Sorge.

»Da bist du ja endlich, mein Junge!«

Sie nahm ihn in die Arme, knuddelte ihn, zog ihn an sich mit ihren kraftvollen Armen, uraltes Bauernblut noch, und er hatte das Gefühl, vom Reck auf eine Matte gefallen zu sein, auf die sie vorher literweise Kampfer raufgekippt hatten. Das war der Effekt ihrer Kittelschürzen, die sie ständig trug, auch im Sommer, immer drei bis vier übereinander, und ihres Einreibemittels, der Ischiasschmerzen wegen.

Manfred erzählte von seiner Wanderung, und sie war voller Mitleid mit den werktätigen Menschen. »Da freuen sie sich nun auf ein schönes Wochenende – und werden erst mal durchgeweicht. Wenn es nach mir ginge, dann sollte immer nur nachts Regen fallen.«

Manfred mußte sich trockene Sachen anziehen und bekam dann

den Auftrag, Erna Kühnemund, einer Freundin seiner Oma, schnell mal die Pese vorbeizubringen.

»Wat is'n dit?«

»Der Treibriemen an der Nähmaschine unten.«

»Wozu braucht'sen den?«

»Sie näht doch zu Hause Hüfthalter und Korseletts und fährt damit über Land ... zu den Bäuerinnen. Und da muß sie bis Montag etwas fertig haben, aber ihre Pese ist entzwei.«

»Na, denn pese ick ma hin!« sagte Manfred, nahm das Tütchen mit dem runden Lederband und machte sich auf den Weg.

Schmöckwitz lag auf einer Halbinsel, umschlossen von drei Seen, dem Langen, dem Zeuthener und dem Seddin-See, war aber mit einer Brücke, im Krieg zerstört und nur notdürftig wieder hergerichtet, mit dem östlichen Ufer verbunden, dem Wald nach Wernsdorf hin.

Nahe dieser Brücke wohnte Erna Kühnemund, und Manfred ging gerne dorthin, war doch in Schmöckwitz immer etwas los, zumindest rumpelten die Straßenbahnen alle naselang an ihm vorbei.

Nach ein paar Metern kamen rechts die gelb-rote Tankstelle, von ihm immer nur *Gestankstelle* genannt, und auf der anderen Seite der nach Eichwalde/Königs Wusterhausen/Cottbus abzweigenden Straße der Konsum, eine hochwichtige Sache. Hundert Meter weiter rechts verlief die Grenze zwischen Berlins sowjetischem Sektor und *der Zone*, wie sie alle sagten, und es gab Schranken und Soldaten und ein schwarz-rot-goldenes Schilderhäuschen.

Manfred blieb auf der linken Straßenseite, wo Lewandowski wohnte, der Installateur. Den brauchte seine Oma öfter, wenn die elektrische Pumpe mal wieder nicht wollte, denn an die städtische Wasserversorgung waren sie nicht angeschlossen.

Nach dem Klempner kam die Bäckerei, und die gehörte der pfannkuchendicken Frau Braun, einer guten Bekannten seiner Oma aus den Nächten, wo sie beim ersten Alarm immer gemeinsam durch den Wald geeilt waren, um rechtzeitig im Luftschutzbunker zu sein, wenn die alliierten Bomberverbände Berlin erreichten. Und in dem Sessel, in dem Manfred sich den schlimmen Winter über eingenistet hatte, war Frau Braun, so seine Oma, des öfteren in sich zusammengesunken, schwitzend und betend.

Heute stand sie wieder hinterm Tresen, in einem fort jammernd, daß es nun keine Buttercremetorten mehr gäbe, keine köstlichen Weiß-

und Graubrote, kein exquisites Gebäck, und daß sie den Laden so schnell wie möglich loswerden wolle.

»Manfredchen, hallo!«

Drüben am Konsum stand winkend Else Zastrow, auch sie engstens mit seiner Oma verbunden, hatte eine Tasche voller murmeliger Kartoffeln erbeutet und Mühe, sie zu schleppen.

Manfred ging hinüber und bot ihr seine Hilfe an, mußte ja ohnehin die Pese zu Erna Kühnemund bringen, und Elsekin war deren Nachbarin.

Else Zastrow war eine Frau, die ihn mit ihrer Kraft und ihrer zupackenden Art immer wieder faszinierte, und wenn er zwanzig, dreißig Jahre später Melina Mercouri im Fernsehen sah, mußte er noch immer an Else Zastrow denken. Sie war Jüdin, hatte durch Krieg und KZ die Eltern und die meisten Geschwister verloren, eine Druckerei dazu, doch Manfred hörte sie niemals klagen oder die Menschen verfluchen; immer war sie fröhlich, spielte gerne Karten, ging baden oder fuhr mit ihrem Kahn umher.

»Schön, daß du mir die Kartoffeln schnell nach Hause trägst!« Sie schenkte Manfred einen Sahnebonbon. »Ich muß noch schnell zu Dr. Schuchardt und nachher noch zur Zahnärztin.«

Letzteres hatte sich Manfred beinahe gedacht, denn Else Zastrow nuschelte gewaltig und schmatzte, ungewohnt bei ihr, wenn sie etwas schneller sprach.

»Was is'n mit Ihren Zähnen los ...?«

»Mein Gebiß ham sie mir geklaut ...!«

Manfred sperrte Mund und Nase auf, hatte ja schon viel gehört von Dieben und Einbrechern, aber doch noch nicht, daß die nun auch schon hinter den Zähnen anderer Menschen her waren.

»Ich hatt' mein Gebiß gestern zum Trocknen aufs Fensterbrett gelegt, aufs Blumenbrett raus, und da is 'ne Elster gekommen und hat es sich geschnappt; wohl weil die Spangen so in der Sonne geblitzt haben ...«

»Das gibt's doch nicht!«

»Doch! Ich hab' sie ja selber mit wegfliegen sehen, zur Brücke hin.«

»Habt ihr denn nich mehr nach gesucht? Vielleicht hat sie's wieder fallenlassen ...«

»Such mal! Zwanzig Mark kriegst du, wenn du's findest!«

»Au ja!« Manfred trabte los.

Linkerhand war jetzt das Wasser zu sehen, das heißt eine sumpfige

Bucht, an der *Sumpf-Schulze* lebte, das Gegenstück zu *Turm-Schulze*, dem Schwiegervater seiner Oma.

Dann kam der Laden von Altmann, später HO, wo er Hete Gödicke traf, die sehr schlecht aussah, sicher Krebs, hatte seine Oma neulich gesagt. Sie bat ihn, doch bitte zu Hause auszurichten, daß sie in Eichwalde drüben jemanden gefunden hätte, der sich für den Außenbordmotor seiner Eltern interessierte.

»Der hat jemanden an der Hand, der euch dafür Fleisch und Butter ablassen kann.«

»Ja, sage ich.«

Auf der rechten Straßenseite gab es jetzt eine Reihe hübscher Landhäuser mit Veranden, Türmchen, Erkern und so, und dahinter kam dann gleich wieder das Wasser, der Zeuthener See mit einer Bucht, die sie die Grimnitz nannten. In einer der Villen saß die Polizei, in einer anderen hatte Küther seinen Laden, Eisenwaren, Haushaltsartikel, Gartengeräte. Da er auch Genosse war, genoß er bei seiner Oma einen guten Ruf, doch wenn sie mal hinkam und ein paar Nägel oder Schrauben brauchte, dann hatte er nichts.

Folgten rechterhand, schon am Beginn des Dorfangers, Feuerwehrwache, Straßenbahndepot und Schule, alles roter Backstein, wilhelminisch, gut erhalten, und dahinter Stubbe. Wieder ein Name, den alle mit Ehrfurcht nannten, denn als Holz- und Kohlenhändler war auch er überlebensnotwendig für alle Schmöckwitzer, und man mußte ihn stets ein wenig hofieren.

Kam schließlich, auf Manfreds Seite wieder, Porth, an dessen Giebel riesengroß RIND- UND SCHWEINESCHLÄCHTEREI geschrieben stand; für Manfred stets ein Ort des Schreckens, war doch hier die Wurstmaschine zu vermuten, in die sie manche Kinder steckten, denn irgendwer hatte ihm, als er drei, vier Jahre alt gewesen sein mochte, mal vorgelesen »Kind- und Schweineschlächterei«, und er hatte ihm Glauben geschenkt.

Vor Manfred dehnte sich nun der Dorfanger, Alt-Schmöckwitz, eine runde Fläche mit niedrigen Häusern, Katen ringsum und der Wendeschleife seiner 86 in der Mitte. Links davon, auf einem kleinen Hügel, lagen Friedhof und Kirche.

Die Straße machte nun, dem Anger wie der Anhöhe ausweichend, einen Knick nach links, um dann im S-förmigen Bogen auf die Brücke zuzulaufen.

Einen Frisör gab es hier, Buggert, wo sie ihm in den Ferien immer den Berliner Einheitsschnitt *Kahle Bomme* verpaßten, und eine Eisdiele, dahinter dann die Drogerie.

Hier traf er mit Trudchen Krummhauer zusammen, auch eine ältere Dame aus der Schar derer, die mit seiner Oma irgendwie zusammenhingen, sei es, daß sie ebenfalls in der SED waren oder im Demokratischen Frauenbund in der sowjetischen Zone, oder auch nur, weil sie miteinander im Bunker gesessen hatten oder seit vielen Jahren, Jahrzehnten teilweise, hier in Schmöckwitz lebten.

Trudchen Krummhauer hatte einen hysterisch-närrischen Hund, der sie kaum zu Worte kommen ließ.

»Melde doch bitte deiner Oma, daß die Verkäuferinnen im Konsum wieder mal keine Häubchen aufgehabt haben!«

»Ja, mach ich.«

Manfred wußte, daß seine Oma im Konsumvorstand Schmöckwitz saß und entschlossen für eine verbesserte Verkaufshygiene kämpfte, insbesondere dafür, daß die Kunden weniger Haare im selbstgemachten Quark vorfanden.

Ein paar Schritte noch, und Manfred war am Ziel, betrat das Postamt an der Ecke Wernsdorfer Straße/Am Seddin-See, ein Gebäude aus Backstein, rot wie Feuerwehr und Schule, das ihn an eine mittelalterliche Stadt erinnerte oder an den Teil einer Burg. Hier wohnten, mit Blick auf Brücke, Zeuthener See und Badestelle, die beiden besten Freundinnen, die seine Oma hier in Schmöckwitz hatte.

Manfred stieg die Treppe hinauf, stellte die Tasche mit den Kartoffeln Else Zastrow vor die Tür, um dann bei Erna Kühnemund zu klingeln und ihr die Pese in die Hand zu drücken.

»Danke, Manni«, sagte sie zwar, schaute aber dennoch traurig drein. »Nun kann ich ja wieder nähen ... Aber ich trau mich doch nicht ...«

»Warum'n das?«

»Weil Else mich sonst hören kann ...«

Manfred starrte sie verständnislos an. Wenn Erna Kühnemund, die sonst nie die Ruhe verlor, dick war wie Buddha und *'n Gemüt hatte wie 'n toter Kater*, so die Leute in Schmöckwitz, wenn die nun schon so trübtassig dastand, na, halloballo, dann mußte sie ja ganz schön was angestellt haben.

»Was is'n passiert ...?«

»Ich hab der Else ihre Dolle verlor'n ...«

Sie brachte das so weinerlich vor wie ein dreijähriges Mädchen, obwohl noch im vorigen Jahrhundert geboren.

Manfred konnte wenig Mitgefühl zeigen, da er nicht wußte, was denn eine Dolle war, wurde aber alsbald dahingehend aufgeklärt, daß es sich dabei um ein katapult- beziehungsweise gabelförmiges Ding handele, das man in den Rand von Booten stecken müsse, um die Ruder einlegen zu können.

»... und da ist mir eine von ins Wasser gefallen, und es gibt doch keine mehr zu kaufen.«

Manfred bot ihr zwar seine Hilfe an, wollte nach der Dolle tauchen, wurde aber mit dem Hinweis, daß er doch Nichtschwimmer sei, abschlägig beschieden.

So sagte er auf Wiedersehen und lief zur Brücke hinunter, um nach Else Zastrows Gebißteil zu suchen; irgendwo würde es die Elster ja verloren haben.

Schmöckwitz, das war etwas für ihn, was sie später eine *Kultstätte* nannten, und die Schmöckwitzer Brücke war inmitten dieses Heiligen Hains nochmals eine ganz besondere Stelle. Zur Jugendzeit seiner Mutter hatte ihr noch eine Zugbrücke gestanden, wie man sie aus Holland kannte.

Manfred stürzte zur östlichen Seite, sah gleich links den märkisch gelben Sand der Badestelle und dann weit hinten am Ende des Sees den Kirchturm von Zeuthen und beugte sich weit übers Geländer nach vorn, um in einen mit Kies beladenen Kahn hinunterzuspucken, wäre am liebsten hinabgesprungen und ein Stückchen mitgefahren, wetzte dann zur anderen Brückenseite hinüber, um das Ganze weiterverfolgen zu können. Fünf Lastkähne, auch Zillen genannt, schwarze Ungetüme, hatte der gewaltig qualmende Schlepper am Haken; Schubschiffe gab es damals noch keine.

Die Riesenwasserschlange krümmte sich nach links, folgte ihrem Kopf, der Kurs nahm auf Grünau, über den Langen See den Müggelbergen entgegen, glitt an der Kaimauer der *Palme* vorbei, dem großen Restaurant, das alle kannten, ließ zwei kleine Inseln in seinem aufschwappenden Kielwasser baden und verschwand dann langsam aus dem Bild, machte Platz für einen weißen Ausflugsdampfer, der von Norden her kam, aus dem Gosener Kanal, nun den Seddin-See durchpflügte.

Manfred machte sich ans Werk, suchte beiderseits der Brücke und im weiten Biergarten der *Palme*, fand auch allen möglichen Müll, nur nicht Else Zastrows Beißerchen. Wahrscheinlich hatten die Elstern sie in eines der großen Nester getragen, die allenthalben in den

Baumspitzen hingen, viel zu hoch für Manfred, insbesondere bei Berücksichtigung seiner nur geringen Kletterkünste. *Du hängst ja da am Reck wie ein nasser Sack*! So Kohlenklau bei einer der letzten Turnstunden, als er Herrn Kwasniowski zu vertreten gehabt hatte.

War also Essig mit Else Zastrows Belohnung. Was blieb ihm anderes übrig, als den Heimweg anzutreten und seinen Schmerz mit frischem Brunnenwasser wegzuspülen.

Eine Mücke stach ihn in den Hals. Auch das noch! Sein Klatschen kam zu spät, das Raubtier war zwar tot, hatte sich aber schon mit seinem Blute getränkt. Er schnipste den Kadaver in die Gegend und begann sich zu kratzen.

Mein Gott!

Er erstarrte.

Nicht, daß ihm plötzlich eingefallen wäre, Bluter zu sein, nun also elendlich verenden zu müssen, nein, viel schlimmer: Seine Schlüssel waren verschwunden, hingen nicht mehr auf der Brust, seine Schlüssel aus der Ossastraße, der Drücker und der Sicherheitsschlüssel.

Paß auf deine Schlüssel auf!

Wenn du die noch einmal verlierst, dann kriegst du so viel Prügel, daß man dich noch in Hamburg schreien hört!

Bis Vati wieder da ist, kommst du doch noch in die Erziehungsanstalt!

Manfred klopfte Hemd und Hose ab. Umsonst. Die Schlüssel hatten sich nirgendwo verfangen. Auch in den Taschen steckten sie nicht.

Ich hab dir ja gleich gesagt, du sollst sie in den Brustbeutel stecken!

Das hatte er, des Spotts der Klassenkameraden wegen, nicht getan, sondern die Schlüssel wie alle anderen auch an einer Strippe um den Hals getan.

Klar, das war ja nur wieder ein Papierbindfaden gewesen, und der hatte sich dann sicher im Regen aufgelöst, als es beim langen Marsch nach Schmöckwitz noch mal losgegangen war mit einem Wolkenbruch, irgendwo zwischen Karolinenhof und Reifenwerk.

Blieb noch die kleine Hoffnung, daß er die Schlüssel, als er sich die nassen Sachen ausgezogen hatte, aus Versehen mit abgestreift hatte.

Er rannte zum Grundstück zurück und suchte alles ab. Vergebens.

Sollte er es seiner Oma sagen? Ja.

»Du, Oma, meine Schlüssel sind weg ...«

Die zuckte zusammen, wußte wie er, welche Katastrophe das war.

Er erklärte ihr, wo und wie es geschehen sein mußte.

»Dann zieh ich mich schnell an, und wir fahren nach Richtershorn und laufen denselben Weg zurück. Vielleicht finden wir sie noch!«

Manfred gab ihr einen Kuß und lief schon mal nach vorn.

Gegen achtzehn Uhr waren sie wieder im Garten und hatten nichts mitgebracht außer Blasen an den Füßen.

Seine Oma sah ihn tröstend an. »Gehst du morgen noch mal mit Tante Trudchen zusammen. Vielleicht habt ihr da mehr Glück. Deine Mutti kommt ja erst gegen Mittag raus.«

»Vielleicht hab ich sie auch zu mir in die Mappe gesteckt.«

»Kind!«

Doch auch da waren sie nicht.

Manfred wurde in den Arm genommen. »Laß man, davon geht die Welt nicht unter; es gibt Schlimmeres im Leben!«

»Nicht für mich!«

»Abwarten und Tee trinken ...!«

Er bekam nun den Auftrag, den Apfelbäumen Wasser zu geben.

»Bei dem vielen Regen noch ...?«

»Das ist doch so sandig bei uns, da kommt das gar nicht durch.«

»Na schön ...« Maulend nahm er den Schlauch und wartete darauf, daß seine Oma die elektrische Pumpe anwarf.

Das war auch so'n Ding für sich. Da war ein museumsreifer Motor, dessen Kraft mit einem ausgeleierten Riemen auf ein halbmetergroßes Rad übertragen wurde, das auf derselben Achse wie die eigentliche Pumpe saß. Das ganze Wunderwerk der Technik ruhte in einem hüfthohen hölzernen Verschlag, der mit einer Art Kiste abgedeckt war, einem aus rohen Brettern zusammengehämmerten und mit schwarzer Teerpappe belegten Dach, das immer erst mühsam abgenommen werden mußte, wenn es ernst wurde. Einzuschalten war die Pumpe nicht einfach dadurch, daß man auf einen Knopf drückte, sondern es war erst ein dickes, oftmals geflicktes und an vielen Stellen mit schwarzem Isolierband umwickeltes Kabel aus dem Verschlag herauszuziehen und durchs Fenster ins große Zimmer zu schieben, wo es eine passende Steckdose gab.

»Verflucht und zugenäht!« hörte er seine Oma rufen, und das war bei ihr der schlimmste aller Flüche.

Manfred ließ den Schlauch wieder fallen und lief zu ihr hin. Der Motor brummte nur dumpf und böse, hatte aber keine Lust, sich in Bewegung zu setzen.

Was blieb ihnen weiter übrig, als das Dach abzunehmen und zu versuchen, das Rad in Schwung zu bringen.

»Nicht mit den Fingern!« schrie seine Oma, als Manfred zupacken wollte. »Nimm den Besenstiel hier.«

Sehr geschickt stieß er nun mit dem Besen in die Speichen des gußeisernen Rades und unterstützte so den Motor, der schon ein wenig zu rauchen begann, jede Sekunde durchschmoren konnte.

»Zieh den Stecker raus!« schrie Manfred, der ihn schon in Flammen aufgehen sah.

Doch ehe seine Oma drin im Zimmer war, begannen sich Motor und Pumpe zu drehen, kam das Ganze rülpsend und stotternd in Gang, pruschte das erste Wasser vorne aus dem Schlauch. Wieder mal geschafft! Manfred jubelte und rannte nach vorne, um zu verhindern, daß der Hauptweg unter- und überspült wurde.

Nun machte es auch Spaß, den Bäumen Wasser zu geben, die ringförmigen Wälle um die Stämme herum wie Stauseen zu füllen.

Manfred stand im vorderen Teil des knapp neunhundert Quadratmeter großen Gartens, wo zwei mächtige Birken aufragten und allem das Wasser entzogen, was in ihrem Umkreis wuchs: ein bißchen Mais, ein paar spillrige Sträucher, Stachel- und Johannisbeeren. Bessere Bedingungen zum Pflanzen und Ernten gab es erst, obwohl auch hier der Boden dünn und sandig war, zwischen den Birken und der hölzernen Laube, mehr ein Pavillon schon, von Großvater Quade eigenhändig gebaut, rot gestrichen und den Erben gewidmet, auf daß sie auch bei regnerischem Wetter zum Mittagessen und Kaffeetrinken draußen sitzen konnten. Mit wildem Wein war sie inzwischen zugewachsen, allerdings kaum noch zu benutzen, da das Dach fast nur noch aus Löchern bestand und drinnen ein Teil der Möbel stand, die Tante Gerda 1944 noch aus ihrer zerbombten Wohnung gerettet hatte.

»Der Helmut hatte mir versprochen, das Dach neu zu decken. Aber da mußte er leider wieder an die Front.« Das hörte er seine Oma immer wieder sagen, wenn sie im benutzbaren Teil der Laube eng beisammen saßen und plötzlich eine *Husche* kam. Onkel Helmut war ja nun in Frankreich und mußte unter Tage Kohle fördern.

Mit der Laube zusammen teilte ein weiteres Bauwerk seines Urgroßvaters das Schmöckwitzer Grundstück, der sogenannte Bootsschuppen, ein sechs Meter langes und knapp meterhohes Gebilde aus ungehobelten Brettern und aufgenagelter Dachpappe, oben auf- beziehungsweise zuklappbar, in dem das Faltboot seiner Eltern ruhte, die *Snark*, mit dem sie vor dem Krieg alle deutschen Flüsse stromab gepaddelt waren. Manchmal klappte Manfred den Bootsschuppen auf, setzte sich ins Boot und spielte die Entdeckung des Amazonas durch Francisco Orellaña, angeregt von einem Buch, das er im Schrank seiner Oma gefunden hatte.

Ganz am Ende des Grundstücks stand, etwas nach links versetzt, das Häuschen seiner Oma, zwei Zimmerchen unten, eine schmale Küche dazwischen, und im oberen Geschoß, zu dem eine steile Treppe führte, mehr eine Heubodenstiege, dasselbe noch einmal, wobei die Vorderfront hier nicht gemauert war, sondern aus einer Balkenkonstruktion bestand, die innen mit Brettern und außen mit roten Dachziegeln verkleidet worden war, auf jeder Seite durchbrochen von gemütlichen Mansardenfensterchen.

Den Eingang zierte eine Veranda, ebenfalls von Großvater Quade errichtet, der ja Tischler, Kunsttischler gewesen war. Rechts hinter dem Haus kam dann der sogenannte rote Schuppen, ein flacher Bau, in dem vor allem Kohlen eingelagert wurden, überragt vom großen Schuppen, der ebenfalls vollgestellt war mit den geretteten Möbeln seiner Tante Gerda, aber auch noch Platz für Harken, Spaten, Schippen, allerlei Gerümpel und den Rasenmäher bot.

Als Manfred an den Rasenmäher dachte, bekam er plötzlich Lust zum Spielen. Er legte den Schlauch auf den Boden, das Wasser fand auch von alleine seinen Weg, und lief zum Schuppen.

Es war ein Handmäher, selbstverständlich, und wenn man ihn verkehrt herum schob und dabei zu rennen anfing, dann gab die Spindel mit ihren wirbelnden Messern ein Geräusch von sich, so dumpf und sirrend, daß es so wie bei einer anfahrenden Straßenbahn klang. So lief denn Manfred mit dem Rasenmäher vor sich her sämtliche Gartenwege entlang, ließ den Sand aufspritzen und spielte 86. Regattahäuser, Strandbad Grünau, Richtershorn, Karolinenhof/Schappachstraße, jede Haltestelle wurde angefahren. Endstation war vor dem Klo, einer nicht eben großen Bretterbude, karbolineumgetränkt, mit einem minimalen Gazefenster drin, ganz in der hintersten Parzellenecke, und zwar der rechten, zu Lottchen Liebetruth hin.

Es traf sich gut, daß Manfred gerade einen *Haufen* machen mußte. Er betrat das Kabinett, klappte den grob ausgesägten Deckel hoch und sah durch ein unrundes Loch auf einen schon gut gefüllten Eimer hinunter, Zink, aber schon ein wenig graugrün angelaufen. Das Brett mit dem Loch, dick und nicht immer glattgehobelt, war recht niedrig angebracht, so daß er ziemlich in die Hocke gehen mußte. Zwischen diesem Brett und dem Boden waren etliche Lattenhölzer klinkerförmig aufeinandergenagelt worden, was zur Folge hatte, daß man mit den zum Kacken hinuntergelassenen Hosen des öfteren hängenblieb. *Also, wissen Se, nee*, sagte Tante Claire immer. Hier hatte August Quade, sein Urgroßvater, ein wenig gepfuscht. War wohl auch sauer gewesen, als einer, der vornehmste Schweizer Hotels und Luxusdampfer in Hamburg mit kostbaren Intarsien ausgestattet hatte, Kunsttischler halt, ein primitives Kackhaus, ein übles Plumpsklo bauen zu müssen, und war nicht davor zurückgeschreckt, den Seinen etwas hinzusetzen, das nichts anderes verdiente als das Prädikat absolute Fehlkonstruktion. Das betraf vor allem die Herren, die hier pinkeln wollten, denn auch bei geringfügiger Streuung war es einfach unvermeidlich, das abdeckende Brett zu benetzen. Nicht jeder merkte dies nun, und manch einer, der es wohl bemerkte, war zu faul zum Wischen oder auch zu empfindlich dazu, so daß es immer wieder vorkam, daß Damen, die zu einer schnellen Landung ansetzten, mit einem lauten Schreckensruf wieder hochfuhren.

Kurzum, es hatte Jahr für Jahr ein gewaltiges Fluchen gegeben, bis Manfred nun zu Pfingsten dieses Jahres eine Idee gehabt hatte, die alle als schlichtweg genial bezeichnen mußten. Er hatte nämlich links vom eigentlichen Lokus für die Männer einen Pinkeltrichter angebracht. Fortan war das Sitzbrett nie mehr bepinkelt, und das Ganze war eine herrliche Sache, wenn auch der Trichter mitunter ziemlich stank, wogegen auch der von Manfred nachträglich angebrachte Dekkel wenig half. Aber das war ja nun wirklich das kleinere Übel.

Manfred konnte sich also dank seiner genialen Idee ohne alle Bedenken niederlassen, kam aufs glatte Holz zu sitzen, denn Urin wie dauerndes Wischen hatten längst alle Spuren von Farbe beseitigt.

»O Gott, o Gott!« schrie da seine Oma draußen. »Manfred, schnell!«

Da, wo sie ihre *Platte* hatten, die Zementplatte zum Sitzen und Essen, war der Schlauch geplatzt. Wieder einmal. Wie immer. Das war ein ewiges Drama. Der Gummi brüchig, die Schellen ausgeleiert, Muffen nicht zu kriegen.

Die Pumpe wurde abgestellt, und nun versuchten sie beide, Großmutter und Enkel, mit Isolierband, das nicht klebte, und Bindedraht, der brüchig war und immer wieder riß, den Schlauch zum x-ten Male zu flicken. Ihm, auf zwanzig Meter Länge aus etlichen mal roten, mal schwarzen Enden mühevoll zusammengestückelt, galt im Sommer ihre ganze Sorge, denn Wassereimer und -kannen schleppen konnte sie nicht, da war ihr dummer Leistenbruch, und ohne regelmäßig zu sprengen, ging ihr alles ein oder brachte nur geringe Ernten. Und das war schlimm, warteten doch so viele liebe Menschen auf Saft und Marmelade von ihr, freuten sich ein Loch in den Popo, wenn sie zum Geburtstag ein Glas Gelee geschenkt bekamen, freuten sich mehr als zwanzig Jahre später über Pelzmäntel oder goldene Broschen.

Doch diesmal wollte alle Handwerkskunst nicht helfen, immer wieder pruschte es an ihrer Schadensstelle los, fetzte ihnen der Druck das Klebeband vom Schlauch, war der Draht nicht fest genug zusammenzuzwirbeln, um den Gummi wirklich wasserdicht auf das hineingeschobene Messingröhrchen zu pressen.

»Verflixt und zugenäht!«

»So 'ne Scheiße!«

Sie fluchten vor sich hin, bis Manfred die Idee des Tages hatte.

»Du, Oma, im Schuppen ist doch noch Gips, und da gipsen wir den Schlauch jetzt ein!« Wie bei seinem Freund Dieter Purwin, als der sich mal den Arm gebrochen hatte. »... 'ne Muffe aus Gips!«

Seine Oma war zuerst sehr skeptisch, spendierte ihm aber immerhin eine alte Mullbinde, die Manfred in den schnell eingerührten Gipsbrei eintauchte, um sie dann fest um die defekte Stelle zu wikkeln, um Schlauch und Draht und Klebeband. Zum Schluß kam noch ein dicker Gipsmantel um das Ganze herum, wurde kunstvoll abgerundet, während Manfred seine Kohlenoma mit einem ihrer Sprüche rezitierte: *Gips gibt's bei Mutter Gips in der Gipsstraße.* Irgendwo Nähe Alexanderplatz.

Während der Gips nun aushärtete, konnte er spielen.

Zuerst Radrennen, und zwar Straßenrennen. Zu diesem Zwecke hatte er sich Ostern vier Rennfahrer aus Blei gewünscht, von der Größe einer Streichholzschachtel etwa, bunt bemalt, Sechstagefahrer eigentlich, denn immer zwei hatten dieselbe Rückennummer, nur der eine schwarz, der andere rot. Und all sein Taschengeld hatte er inzwischen angelegt, um sich neue Radler dazukaufen zu können; acht hatte er bereits. Für die galt es nun, eine angemessen schwierige Strecke zu schaffen. Er überlegte kurz und nahm sich einen großen Spaten, mit dem er dann zwischen Klo und Laube, an Veranda und Pumpe vorbei, eine Art Hohlweg in den Zuckersand zog, also den festen, feuchten Boden darunter freilegte. Nachdem dies geschehen war, mußte er noch Linien ziehen, das heißt alle drei Zentimeter etwa mit dem Spaten quer zur Fahrtrichtung in die Erde stechen, um nachher richtig setzen zu können.

Die Fahrer wurden nun an den Start gestellt, mußten aber noch ein wenig warten, weil er eine passende Unterlage für die Würfel brauchte. Die zu finden war gar nicht so einfach, schließlich nahm er den runden Deckel einer alten Keksdose.

Los ging es, nein, noch nicht, denn seine Oma mußte dringend aufs Klo und bat dann Manfred, ihr doch bitte mal zu helfen, den Kackeimer auf den Kompost zu tragen. Der war hinter dem Bootsschuppen, also ein ganz schönes Stückchen entfernt.

Zuerst war der Zinkeimer aus der Öffnung zu heben und auf das dicke Brett zu stellen, das ihnen hier als Brille diente. Sie schafften es mit vielem Stöhnen, denn immer wieder drohte ihnen das Malheur des Überschwappens. Doch außer einem dicken Spritzer auf das linke Knie ging alles gut diesmal. Nun wurde der Spaten durch den Griff des Eimers geschoben, und gemeinsam asteten sie ihre süße Last zum Kompost hin.

»Das gibt dir nachher die schönsten Tomaten!« sagte seine Oma.

Manfred wusch sich sein Bein unter der Pumpe und lief zum Radrennstart zurück. Dieses Rennen heute war sehr wichtig als Probe für die Tour de France, die er nächstes Jahr veranstalten wollte, wenn ihm erst einmal, so hoffte er, zwanzig Fahrer zur Verfügung standen.

Für jeden Fahrer wurde nun gewürfelt, und Manfred packte ihn dann am Rumpf, um ihn der Zahl der Augen entsprechend auf den Linien seiner Straße vorwärts zu setzen. Nach dem ersten Wurf gab es nun schon einen Spitzenreiter, den Helden der Landstraße, für den Manfred eine Sechs gewürfelt hatte, ein breites Mittelfeld und eine rote Laterne, den Unglücklichen, für den nur eine Eins abgefallen war. Da dies aber Manfreds großer Liebling war, Harry Saager, begann das Spiel für ihn mehr eine Qual denn eine Lust zu werden. Sollte er nun auf die Gunst der Götter hoffen, also daß es für Harry Saager in der Folge nur noch Sechsen gab, oder Fünfen zumindest, oder sollte er ein wenig mogeln? Tat er dies, so war er nicht froh, doch kam sein Liebling unter ferner liefen an, so war der ganze Tag im Eimer.

Er beschloß erst einmal, von nun an mit zwei Würfeln zu spielen, doch beim Passieren der elektrischen Pumpe lag Harry Saager noch immer weit zurück, und vorne fuhr einsam Heinrich Schwarzer umher, den er so gar nicht mochte. Da traf es sich gut, daß Sultan, der braun-weiße Kater von nebenan, plötzlich angefegt kam und seinen ungeliebten Helden von der Piste fegte. So 'n Pech für den, und ab ins Krankenhaus. Doch Harry Saager half das wenig, würfelte der Arsch doch immer nur Zweien und Dreien und war allenfalls Vorletzter.

Es war zum Heulen, und Manfred schimpfte nicht einmal, als seine Oma beim Versuch, den Schlauch nach vorne zu ziehen, einen Großteil seiner präparierten Straße förmlich hinwegfegte, mit Zuckersand bedeckte.

»Ich muß noch weitersprengen, bevor es dunkel ist. Dein Gips muß ja nun hart genug geworden sein ...«

War er auch, und das Reichspatent 401 funktionierte tadellos, kein Tropfen konnte mehr entweichen.

Manfred wurde an die Kittelschürzen gedrückt. »Ich bin ganz stolz auf dich, mein Junge! Wenn das dein Opa sehen würde, was er für'n geschickten Enkel hat!«

Bis zum Abendbrot wurde nun fertig gesprengt, dann gab es zur Feier des Tages Kakao mit Bückling, beides Hete-Gödicke-Geschenke, weil seine Oma ihr so schön geholfen hatte, einen Mieter für ihre geräumige Garage zu finden, einen Schuhmachermeister, der hier eine Werkstatt aufmachen wollte.

Seine Oma sollte später in ihr Tagebuch schreiben: »...und delektierten wir uns an Bückling und Kakao, und aß Manfred, welcher mir beim Flicken des Schlauches so tüchtig geholfen hatte, mit Behagen davon. Danach wusch ich noch ab, und warteten wir auf unsere lieben Gäste zum Rommèspielen, welche sich indessen heute etwas verspäteten, so daß ich Manfred noch alte Alben zum Ansehen gab, da er über Langeweile klagte.«

Immer wieder gerne besah sich Manfred die Seiten, wo der Hausbau in Schmöckwitz dokumentiert worden war. Da gab es eine schöne Tuschezeichnung seines Vater, weiß auf schwarzem Karton, mit Bretterzaun, Schubkarre, aufgehäuftem Mörtel und den ersten Metern hochgezogener Mauer sowie einem Schild:

ERWEITERUNGSBAU SCHATTAN
Entwurf: Oskar Schattan u. A. Grübner
Bauausf.: Göde. Schmöckwitz
Innenausbau: August u. Albert Quade
Malerarb.: O. Schattan u. O. Matuschewski

Oskar Schattan, das war sein Opa, der Elektro-Installateur, der kurz vor seiner Geburt gestorben war, an Blutvergiftung. A. Grüber, da mußte er nachfragen, schrie in die Küche hinaus, wer dann das gewesen sei.

»Tante Trudchens Bruder, der ist Maurermeister gewesen und hat auch unser Bassin gebaut!«

Dieses Bassin war ein aus Kalksandsteinen gemauertes und mit Rauhputz beworfenes Becken von zwei mal anderthalb Metern, das neben der elektrischen Pumpe stand und zum Speichern und Anwärmen von Gießwasser diente, seit Kriegsende allerdings so viele kleine Risse zeigte, daß es kaum noch brauchbar war. Dessenungeachtet bat auch Manfred heute wieder: »Oma, können wir's nicht morgen mal wieder vollassen ...?«

»Mal sehen ...« Sie reagierte so zögernd, weil sie ihrem Enkel kaum etwas abschlagen konnte, andererseits aber auch wußte, wozu er das Bassin benutzen wollte, zu nichts anderem nämlich, als Seeschlacht zu spielen, was nicht in Frage kam, da sie für den Frieden war. Unglücklicherweise hatten sie vergessen, eines der Bücher von Gerhard, ihrem Schwiegersohn, der bei Kattowitz gefallen war, vor Manfred zu verstecken: die dicke Schwarte vom Schiffsjungen Klaus Erichsen, der als Kadett des letzten Kaisers um die Welt gesegelt war und geholfen hatte, Deutsch-Ostafrika zu erobern. Das nun spielte Manfred immer wieder nach, versenkte feindliche Schiffe und ließ Klaus Erichsen in Daressalam die Negerfürsten niederringen. Zu ihrem hellen Entsetzen.

Die Frage der Bassin-Füllung wurde vertagt, und Manfred blätterte weiter im Familienalbum, kam zu Großvater Schulze, von dem der hölzerne Turm stammte, der auf dem Nachbargrundstück stand, auf einem bräunlich-vergilbten Foto festgehalten, als sie gerade außen das Geländer anbrachten.

»Wo hatt'n der den hergehabt?«

»Gekauft vom Flugplatz Johannisthal ... Da ist das 'n Beobachtungsturm gewesen.«

Manfred war sehr angetan von Großvater Schulze, dem Schwiegervater seiner Oma, obwohl das einer der ganz wenigen Menschen war, dem sie nichts Gutes nachsagte. Auf verschiedene Nachfragen hin hatte er nur erfahren, daß sie ihn, den Witwer, bis zu seinem Tode aufopferungsvoll gepflegt hatte, um dann erleben zu müssen, wie sein ganzer Nachlaß in die Hände »dieser Person« gelangt sei.

»Was denn für 'ne Person?«

»Das verstehst du noch nicht!«

Ha-ha, dachte er. Als ob sie auf dem Schulhof oder auf der Straße nicht täglich übers Ficken redeten. Sonderlich interessant fand er das noch nicht, obwohl er spürte, daß das für die Menschen gleich nach Krieg und Bomben kam, was die Wichtigkeit anging.

Das Schönste am Album war aber das Gedicht, das sein Vater und seine Mutter zum Richtfest vorgetragen hatten, und er las es immer wieder.

Wir wollen versuchen, in Versen und Bildern,
Was in Schmöckwitz geschah, kurz und bündig zu schildern.

Hier draußen erwarbt Ihr ein Stückchen Land
Mit Büschen und Kiefern und märkischem Sand.

Bald kamen die Brüder, und es wurde gegraben,
Denn schließlich will man auch mal 'ne Ernte haben.

Bäume wurden gepflanzt, ein Brunnen gebohrt,
Und hinten am Zaun entstand der stille Ort.

Doch kam mal ein Regen oder gar ein Gewitter,
Dann mußtet zum Nachbarn Ihr flüchten, und das war stets bitter.

Da ging Papa Schattan zu Baumeister Haufe,
Und im Juli 1923 hobt Ihr ein Häuschen aus der Taufe.

Es war zwar nur klein, doch der Anfang war gemacht:
Ihr hattet ein Obdach und konntet bleiben zur Nacht.

Doch einer von Euch, der sprach mal: »Ich glaube,
Uns fehlt noch etwas. Natürlich! Die Sommerlaube.«

So wurde gebaut aus silbernen Birken
Die besagte Laube zum fröhlichen Wirken.

Die Jahre vergingen, die Mädels wuchsen heran,
Und bald brachte eine jede 'nen Liebsten an.

Auch diese beiden, Otto und Gerhard mit Namen,
Natürlich zum Wochenende nach Schmöckwitz rauskamen.

Dazu hausten dann noch in der kleinen Bude
Großvater Quade, Onkel Adolf und Tante Trude.

Das war dann abends ein Rücken und Bauen,
Bis ein jeder sich konnt' in die Klappe reinhauen.

Und nachts gab's oft ein seltsam Geräusch und Gestöhn,
Doch alles in allem: Es war knorke und schön.

Die Zeit ging weiter, die Zukunft war mau,
Und doch entschloßt Ihr Euch zum Erweiterungsbau.

Die Räume wuchsen, es dehnt sich das Haus,
Vier Zimmer, eine Küche, so sieht es jetzt aus.

Und aus ist nun auch uns're Reimerei,
Lebt glücklich und froh darinnen, Ihr zwei!

Manfred las das immer wieder, konnte nicht begreifen, daß es vor dem Krieg auch schon eine Welt gegeben hatte, eine ohne ihn und eine ohne Bomben und Trümmer. Unmöglich alles, nur ein Traum! Die Fotos zeigten es, aber er konnte es dennoch nicht glauben. Zorn erfaßte ihn, ungerichtet, aber elementar, Haß auf alle die, die schuld daran waren, daß es hier zwei Welten gab: vor dem Krieg und nach dem Krieg, und dazwischen eine Zeit der Hölle.

Warum war er nicht in Amerika zur Welt gekommen, lebte froh und glücklich auf einer Farm am Mississippi, warum ausgerechnet hier in Deutschland?

Er fragte seine Oma, und die überlegte ein Weilchen.

»Die Nazis«, sagte sie, »den haben wir das alles zu verdanken. Wir waren immer dagegen, weißt du ja, deine Mutti ist unter die Nürnberger Gesetze gefallen und gemaßregelt worden, dein Onkel Berthold hat zwölf Jahre KZ durchmachen müssen – doch die Suppe müssen wir nun alle auslöffeln, auch noch deine Enkelkinder ...«

Es klingelte, und zwei der drei Rommé-Damen kamen durchs Tor, verhielten unten bei der kleinen Pergola gleich hinterm Zaun, labten sich am Duft der wilden Rosen, die hier unbeschnitten rankten.

»O Mariechen!« rief Else Zastrow. »So hab ich mir immer meine Hochzeit erträumt!«

Viermal war sie verlobt gewesen, doch nie hatte sie sich zum letzten Schritt entschließen können.

»Heckenrosen, das war schon immer mein Schwarm!« stöhnte auch Erna Kühnemund, ebenfalls unverehelicht und kinderlos. »Diese Farben! Wenn ich solchen Stoff zum Büstenhalternähen hätte, dann könnte ich mir 'ne goldene Nase mit verdienen ...«

»Unter einer Heckenrose lag des Recken Hose«, reimte Manfred, der in der Laube auf der Lauer saß, auf daß ihm nur kein Wort entging.

»Gott!« lachte Else Zastrow. »Der Junge kommt ja langsam in die Pubertät, daß er da solche Zusammenhänge erkennt!«

Manfred ahnte genau, auf was sie da anspielte, und schämte sich im gleichen Maße, wie er den Gedanken an den Recken, wenn er da mit einem *Steifen* und 'nem Büstenhalter an der Rose stand, kribblig fand.

Man setzte sich ins größere der beiden ebenerdigen Zimmer, und Manfred achtete darauf, ja auf seinen Lieblingsplatz zu kommen, rechts unterm Volksempfänger in der Sofa-Ecke.

Ihr Spiel lief so ab wie ein ritueller Akt bei Eingeborenenvölkern: fröhlich-förmlich-feierlich. Ein jeder bekam sein Schälchen zugeteilt, einen Keksdosendeckel oder eine kleine Kompottschüssel, und begann dann, penibel und akribisch, sein Geld zu zählen, alle Groschen, alle Pfennige. Seine Summe hatte man vor Beginn der ersten Runde Mariechen, seiner Oma also, mitzuteilen, die auf ihrer Kladde alles aufnotierte. Am Schluß des Abends war dann noch einmal Kasse zu machen; und wehe, wenn die per Inventur festgestellten Gewinne respektive Verluste nicht pfenniggenau mit denjenigen übereinstimmten, die sich auf dem Rechenblock ergaben.

Manfred spielte gern, liebte die Erregung beim Aufnehmen der Karten, beim Aufdecken, beim Schlußmachen, bluffte wie ein Poker-Profi, war nicht scharf aufs Geld, sondern auf den Sieg als solchen, machte jedes Spiel zur Probe, ob ihn die Götter liebten oder nicht, gewann auch derart oft und viel, daß damit jede Theorie über Wahrscheinlichkeiten beim Rommé völlig auf den Kopf gestellt wurde. Genoß er wirklich die ganz besondere Gunst der höheren Mächte, oder war er nur der Beste beim Mogeln? Beides nicht, sofern man die Tatsache, daß er den anderen schon mal in die Karten guckte, nicht als *corriger la fortune,* sondern als normales Verhalten ansah. Nein, er konzentrierte sich nur besser aufs Spiel, schwabbelte nicht andauernd, war strategisch überlegen.

Los ging es, und traditionsgemäß war seine Oma die Erste beim Geben, sträubte sich allerdings ein jedes Mal, auch dies ein Ritual, denn sie konnte nicht anders, als ewig zu mischen, und rief damit stets den Unmut der anderen hervor.

»Mensch, Mariechen, in Hamburg hat sich schon mal einer totgemischt!«

»Mach doch mal; du bist doch kein Mischling, Mensch!«

Endlich war sie fertig, doch nun stellte sich heraus, daß Else Zastrow statt der vorgeschriebenen dreizehn nur zwölf Karten hatte.

»Vergeben!« schrie Manfred schnell und hocherfreut, denn er hatte nur ein Mistblatt abgekriegt; nichts paßte zusammen, und kein Bube dabei.

Das nächste Blatt war besser, und er beschloß, laut über seine miesen Karten zu stöhnen, klammheimlich aber für ein anständiges Handrommé zu sammeln, also alle Karten auf einen Schlag auf- und anzulegen.

Erna Kühnemund strahlte übers ganze Buddha-Gesicht. »Ein Joker, zwei Joker! Was bin ich für ein Glückspilz heute! Und weißt du, Mariechen, Else hat mich wegen der verlorengegangenen Dolle gar nicht aus'm Fenster geschmissen; sie hat mir alles verziehen.«

»Den Kreuz Buben brauche ich, den Kreuz Buben!« jammerte Else. »Der Jörg ist nach der Dolle getaucht und hat sie gleich gefunden, war ja direkt am Steg. Denk mal!«

Seine Oma legte auf, Herz Zehn, Bube, Dame, und freute sich schon: »Dreißig Punkte hab ich erst einmal sicher! Kann ich noch irgendwo anlegen ...?« Sie ließ sich lange Zeit zum Überlegen, hatte auch Mühe, mit ihrer Brille mal kurz, mal lang zu sehen.

»Beeilung, Mariechen!«

»Wenn's lange dauert, ist Oma dran!« rief Manfred.

»So, fertig ...«

»Wer ist denn dran?« wollte Erna Kühnemund wissen, hatte gerade überlegt, ob sie bei ihrer nächsten Korsett-Rundreise über die märkischen Dörfer in Bernau oder in Oranienburg beginnen sollte.

»Immer der, der fragt!«

Auch sie legte sofort raus, was sie an Sequenzen hatte, und gab damit natürlich, was Manfred freute, weil es taktisch falsch war, den anderen Gelegenheit, ihre entsprechenden Karten anzulegen und damit loszuwerden. Er hingegen behielt alle Karten in der Hand.

»Mein Gebiß ist weg, mein Gebiß ist weg!« sang Else Zastrow. »Und ich kann immer nur Pappchen essen, bis sie mir ein neues angefertigt haben.«

»Nun, Manfred, kannst du heute gar nicht?« Erna Kühnemund konnte nicht umhin, ihn zu bedauern.

»Nein, nicht mal Sieben, Acht, Neun hab ich!« stöhnte Manfred, der mit Hilfe des Stapels nun schon drei Sequenzen angesammelt hatte und dem nichts weiter als ein Joker fehlte, um fertig zu sein.

»Dabei darf doch bei uns schon mit dreißig Augen angefangen werden«, sagte seine Oma. Mindestens vierzig Punkte, so sagte eigentlich die Regel, seien nötig zum ersten Auslegen, doch sie hatten die Norm herabgesetzt, um zu verhindern, daß sich jemand übermäßig grämen mußte.

»Manfred will wieder Handrommé machen, der Schlingel!« lachte seine Oma.

»Der Spieler wird von Gott verachtet, dieweil er andren nach dem Gelde trachtet!« bemerkte Else Zastrow.

»Wer ist denn dran?« Erna Kühnemund sah die anderen an.

»Immer der, der fragt!« kam wie immer das Echo.

»So, dann bin ich fertig ...« Seelenruhig und in Zeitlupe legte sie alles ab, was sie hatte.

»Scheiße!« Manfred warf seine Karten auf den Tisch, war, alle lachten schadenfroh, nun der Gelackmeierte, hatte der Siegerin vierundzwanzig Pfennige in ihr Schälchen zu werfen.

Das war nicht sein Tag, nein, wahrlich nicht. Ins Gewitter geraten, die Schlüssel verloren, beim Handrommé zu spät gekommen.

Die Schlüssel. Das bedrückte ihn so, daß er Magenschmerzen bekam, aufs Klo mußte, in der Dunkelheit Angst hatte, daß eine Ratte hinterm Eimer saß und hochsprang, um ihm in die Eier zu beißen. So hockte er sich lieber auf den Kompost und ließ sich von den Mücken stechen. Immer noch besser, als von 'ner Ratte gebissen zu werden.

Kaum hatte er sich den Po abgewischt, klingelte es vorn am Gartentor, und die liebe Tilly kam, eine weitere Freundin seiner Oma, an den Wochenenden Unter- oder Aftermieterin, so sie selber, im kleinen Zimmer links.

Sie war schlank und schwarzhaarig, vornehm wie eine Gouvernante oder Stiftsdame, kam aus Lichtenberg und war, wie auch Erna und Else, weder mit Mann noch Kindern gesegnet, auch nicht gewesen, ganz konzentriert darauf, bei ihrer schlimmen Galle immer Diät zu leben, eine Redewendung, die Manfred komisch fand. Ihr Vater war Oberkellner gewesen, ein feiner Mensch, wie sie ständig betonte, und an ihm gemessen, hatte keiner der um sie werbenden Männer vor ihren kritischen Augen Gnade gefunden.

Nun war die Runde komplett, und die liebe Tilly wurde gleich mit der Aufgabe des Gebens betraut.

Wenn ich jetzt ein Kreuz As bekomme, dann finde ich die Schlüssel morgen wieder, sagte sich Manfred, beschwor das Schicksal, ihm eines zu geben. Ist aber 'ne Herz Sieben dabei, dann ist alles vorbei, dann macht mich Mutti zur Minna.

Die liebe Tilly machte ihre Sache bestens, nur eine der fünfundsechzig von ihr zu verteilenden Karten fiel verkehrt herum auf den Tisch, eine für Manfred.

»Herz Sieben!« rief er, wurde bleich und war den Tränen nahe. *Wenn du noch mal die Schlüssel verlierst, ist es aus mit uns beiden! Ich seh mir das nicht mehr länger mit dir an!*

Ihm ging es erst ein wenig besser, als seine Oma eine Runde leicht verdünnten Himbeersaft spendierte. Dies in den Gläsern, die Manfred so liebte: Dickes Glas war das mit Tausenden von eingeschmolzenen Luftblasen und bunt bemalt mit Rennbahnthemen. Jockeys gab es da, Pferde, die über grüne Hindernisse jagten, vornehme Damen mit Riesenhüten, die Sieger auf der Waage und dergleichen. Diese wunderbaren Trinkgefäße durften allerdings nicht rausgestellt werden, wenn seine Kohlenoma kam, denn deren Mann hatte ein halbes Vermögen auf den Berliner Rennbahnen verspielt, in Mariendorf, Karlshorst und vor allem Hoppegarten. Daran wollte sie nicht gern erinnert werden, und man war feinfühlig genug, stets darauf zu achten.

Seine Schmöckwitzer Oma aber hob strahlend ihr Glas und sagte: »Auf euer Wohl, meine Lieben. Und trinken wir auf alle die, die heute noch nicht wieder in unserer Mitte weilen können: dein Vati in Rußland, Tante Gerda in Polen und Onkel Helmut in Frankreich. Mögen auch sie bald wieder nach Schmöckwitz rauskommen können!«

Alle stimmten zu, und nach dieser Gedenkminute ging es munter weiter mit dem Rommésspiel und dem Erzählen. Die liebe Tilly verlor am meisten und klagte, daß es die Ärmsten immer am härtesten träfe.

»Versündige dich nicht.« Seine Oma sah die Freundin tadelnd an. »Du hast zu essen, du hast deine Wohnung, du hast uns.«

»Aber meine Rente!« rief die liebe Tilly.

»Zum Leben zuviel, zum Sterben zuwenig«, lachte Else Zastrow. »Wissen wir doch. Aber wenn de tot bist, sammeln wir alle für'n Kranz für dich.«

Die liebe Tilly zählte auf, was sie bekam. »Zweiundfünfzig Reichsmark Altersrente und sieben Mark fünfzig Mietbeihilfe. Aber für Stube und Küche achtundzwanzig Mark Miete. Gas, Licht und Kochen kosten fünf Mark. Bleiben mir für den Lebensunterhalt neunzehn Mark monatlich oder dreiundsechzig Pfennige pro Tag. Wenn ich alles kaufe, was mir auf Karte III zusteht, bezahle ich vier Mark sechsundvierzig. Meine Schuhe kann ich mir nicht mehr besohlen lassen in dieser Dekade, und eines meiner Fenster ist noch immer mit Pappe vernagelt.«

Manfred kam sich gemein vor, als er ihr in der nächsten Runde drei Pfennige abnehmen mußte. Er schaffte es in den nächsten Runden mit Glück und Geschick, seinen Verlust langsam wieder auszugleichen und sogar ein paar Gewinnsechser in seinem Schälchen anzuhäufen.

So war er richtig böse, als es nun mitten in seine Glückssträhne hinein noch einmal vorne klingelte.

»Na, Mariechen, das ist ja heute 'n gutgehendes Geschäft bei dir«, sagte Else Zastrow.

»Manfred, rennst du mal nach vorne aufmachen?«

»Ja-ha ...«

Er kroch unter dem Tisch hindurch in Richtung Tür, anders kam er nicht aus seiner Ecke heraus, war aber auch froh, so lange zu brauchen, denn zu befürchten war ja, daß seine Mutter doch schon heute gekommen war, und dann war mit seiner Hinrichtung noch vor dem Zubettgehen zu rechnen.

Doch es war nur Tante Trudchen, die da eingelassen werden wollte, und nicht nur der berühmte eine Stein fiel ihm vom Herzen, ein halber Steinbruch war's.

Tante Trudchen kam aus Siemensstadt, also aus dem Nordwesten Berlins, wirkte dort als Reinemachefrau bei Ärzten und Privaten, war so klein, daß sie bei einigen Pumpelchen hieß, hatte unheimlich rachitische Beine und war, obwohl sie bei ihrer kargen Rente immer knapsen mußte, von einer Fröhlichkeit, wie sie sich ein jeder wünschte: Seid fröhlich in Hoffnung … Doch war sie alles andere als fromm, kam aus dem roten Wedding, und wenn das große K-K-K für sie Bedeutung hatte, dann lediglich in der Folge Kino-Küche-Kinder.

»Ich wollte unbedingt noch bei euch kommen!« rief sie und gab Manfred zwei beutelähnliche Taschen zum Tragen. »Nu isses mir ja auch gelungen, trotz die schlechten Anschlüsse.«

Sie ließ keinen Grammatikfehler aus, der sich irgendwie machen ließ, doch Manfred war von seiner Oma längst verboten worden, sie etwa zu verbessern; es käme nicht auf die Sprache eines Menschen an, sondern darauf, daß er Herzensgüte habe.

Tante Trudchen war die Schwägerin seiner Schmöckwitzer Oma, verheiratet gewesen mit Onkel Adolf, einem auf den Fotos sehr elegant wirkenden Koch, dem Lieblingsonkel seiner Mutter.

Im Augenblick aber war Manfred gar nicht gut auf Tante Trudchen zu sprechen, denn nun mußte sie erst einmal von ihren Erlebnissen berichten, und alle ließen ihre Karten sinken.

»Nun macht doch mal …!« maulte Manfred, denn er war ja gerade so schön am Gewinnen gewesen, doch er vermochte sich nicht durchzusetzen.

»Gestern hat mich fast 'n Schupo mitjenommen.«

Alle staunten. »Warum denn das?«

»Weil ich da mit Alfred zusammen die Straße langjegangen bin …« Alfred war ihr Untermieter und ihr Herzensfreund, ein alter Herr, jenseits von Gut und Böse, wie Else Zastrow immer sagte.

»Das ist doch noch lange kein Grund, verhaftet zu werden …«

»Nee, aber wir haben unten imma geklingelt, an die Klingelklaviere da. Und erst ham die Leute gedacht, die Kinda wer'n dit, bisse dann uff uns beede jekomm'n sind.«

»Trudchen, Trudchen!« drohte seine Oma mit erhobenem Zeigefinger. Ihr war es gar nicht recht, daß ihre Schwägerin nun die Rolle einer unwürdigen Greisin zu spielen begann.

»Ich bin klein, mein Herz is rein«, sagte Tante Trudchen und erzählte dann, wie sie vor dem Krieg einmal umsonst in den Zirkus Sarasani reingekommen sei, durch den Hintereingang, und zwar als Riesenliliputanerin, und wie sich neulich Alfred, der sehr kurzsichtig war, auf der Straße nach einem Markstück gebückt habe.

»Und …?« Manfred fand das wenig sensationell.

»Es war kein Geldstück, es war nur 'ne Aule!«

Eine Aule war, wenn jemand kräftig auf's Pflaster gespuckt, *gequalstert* hatte.

»Igittigitt!« rief die liebe Tilly voller Ekel und hätte sich am liebsten schon bei dem bloßen Gedanken daran die Finger gewaschen, wenn das nur mit der Pumpe in der Nacht nicht so schlimm gewesen wäre, draußen so gruselig und dunkel.

»Neulich, da mußte der Alfred mal bei seinem Anwalt gehn, wegen seine Rente, das ist ein Kriegskamerad zu ihm. Und da et plötzlich mächtig warm jeworden war, sagt er zu mir: ›Trude, halt mal mein' Hut, wenn ick jetzt int Haus jehe!‹ Det war da im Bayerischen Viertel, und ick steh da und kucke janz traurig, weil, da is ja allet noch ausjebombt, da kommt 'n jut jekleideter Herr und wirft ma 'n Jroschen in'n Hut. Erst wollt ick ma uffrejen, doch dann bin ick stehnjeblieben und hab weita jesammelt.«

Else Zastrow bog sich vor Lachen, Erna Kühnemund auch, und sogar die liebe Tilly konnte ein gewisses Schmunzeln nur schlecht unterdrücken, nur seine Oma schüttelte den Kopf.

»Trudchen, wie konntest du nur!?«

»Wat kann ick'n dafür, wenn die mir für bedürftig halten?«

»Eine Bettlerin in der Familie ...«

»Nächstens singt sie ooch noch uff'n Hof!« lachte Manfred.

»Wehe!« drohte seine Oma.

»Laß sie doch, Mariechen!« sagte Else Zastrow. »Sie is doch 'n majorenn!«

Manfred war nicht klar, was ein Major Renn damit zu tun hatte und warum gerade Tante Trudchen einer sein sollte, doch er kam gar nicht dazu, mal nachzufragen, denn nun wurde es eine überaus hitzige Debatte, die jedes Spiel unmöglich machte.

»Hier geht's ja zu wie in 'ner Judenschule!« sagte Manfred und staunte, warum es plötzlich still wurde und ihn, mit Ausnahme Tante Trudchens, alle tadelnd ansahen.

»Spielen wir mal weiter«, sagte seine Oma schließlich.

Ein paar Runden ging dann alles gut, und Manfred gelang es, seine Gewinnsumme auf sage und schreibe siebzig Pfennig zu erhöhen, doch dann kam ein Spiel, wo Else Zastrow schnell noch, um dafür nicht zahlen zu müssen, ein As loswerden wollte, als seine Oma schon längst Rommé angesagt und alle ihre Karten ordnungsgemäß aus- und abgelegt hatte. Mit einer geschickten Handbewegung ließ sie es neben einen König gleicher Farbe gleiten, der vor der lieben Tilly ausgelegt war.

Doch Manfred hatte es gesehen und schrie sofort: »Keine jüdischen Sachen hier!«

Seine Oma empörte sich sofort darüber. »Das läßt du bitte hier in Schmöckwitz!«

»Das sagen doch alle ...«

»Du weißt doch, daß Else Jüdin ist!«

»Entschuldigen Sie ...«

Es war totenstill geworden, und Manfred verkroch sich ganz in seiner Ecke.

»Nun macht man weiter«, sagte Else Zastrow. »Trudchen gibt.«

Doch die Stimmung von vorhin wollte sich an diesem Abend nicht wieder einstellen, und so wurde alsbald Schluß gemacht, Bilanz gezogen. Jeder hatte sein Geld zu zählen, mit der Anfangssumme zu vergleichen und das Ergebnis dann seiner Oma zu melden, die nicht vergessen hatte, bei jeder Runde penibel aufzuschreiben, wer was von wem bekommen hatte.

Bei der Schlußrechnung nun stellte sich raus, daß ein ganzer Pfennig fehlte; welch Drama auch!

»Was zu stimmen hat, hat zu stimmen!« beharrte seine Oma, schwer in ihrer beruflichen Ehre getroffen, betonte sie doch immer wieder, wie sie im Ersten Weltkrieg Großvater Schulze bei dessen Fronteinsatz die Bücher geführt habe, in dessen Druckerei in Kreuzberg.

»Keiner verläßt den Saal!« rief Erna Kühnemund.

»Machen wir's stimmend!« sagte Else Zastrow und warf seiner Oma aus ihrem Privatvermögen einen Pfennig hinüber.

»Kommt nicht in Frage, Elsekin!«

Alle mußten nun mehrmals nachzählen, doch der Fehler ließ sich nicht finden. Auch, aber daran hatte ja eh niemand gezweifelt, die Additionen seiner Oma stimmten.

Manfred war es dann, der die Sache klärte.

»Vielleicht issa runtagefallen!?« rief er und tauchte auch schon nach unten, fand den Pfennig schließlich auf dem ewig sandbedeckten Teppich und durfte ihn behalten.

Erna und Else gingen bald nach Hause, und es war Manfreds Aufgabe, sie nach vorn zu geleiten und das Gartentor dann abzuschließen.

Oben an der Veranda brannte eine elende Fünfzehn-Watt-Birne, und die Straßenlaternen des Adlergestells vorne standen weit voneinander entfernt, funktionierten bestenfalls zur Hälfte und waren darüber hinaus auch nur rechte Funzeln.

Kein Wunder, daß Manfred da beim Rückweg echte Gänsehaut bekam, weiche Knie und einen schnellen Puls, getragen lediglich vom Gedanken an Old Shatterhand, der nicht mal zitterte, wenn ihn die Kiowas schon am Marterpfahl festgebunden hatten, geschweige denn beim Anschleichen quer durch einen dunklen Wald.

Gespenstisch ragten die Kiefern in den nachtdunklen Himmel, bizarre Krallen eines Riesentieres, das nach ihm griff.

Quatsch, nur der aufkommende Wind.

Die Sterne, für Manfred nie von großem Interesse, taten das Ihre, ihn zu erschrecken, denn sie funkelten derart, daß es ihn an die eine Nacht im Krieg erinnerte, als sie am Sonntag abend nicht nach Hause konnten, weil die Sirenen heulten, Großalarm war.

»Alle in den Wald, in den Bunker!« – »Das schaffen wir nicht mehr!« – »Dann in unseren Unterstand!«

Neben dem Bootsschuppen hatten die Männer einen tiefen Graben ausgehoben, mit Bohlen abgedeckt, mit dicken Pfählen abgestützt, mit Erde und Rasenplatten bedeckt. Dies nicht nur, weil es angeordnet worden war, sondern auch aus ihrer Angst heraus, ebenso umzukommen wie Tante Friedel und ihr Mann, der Onkel Paul, geköpft zu werden oder zu verbrennen bei lebendigem Leibe.

Einschläge ringsum, man hatte wohl die großen Fabriken in Wildau gemeint und sich ein wenig geirrt, und obwohl es nur knappe zwanzig Meter waren vom Haus bis in den Unterstand, so schien es fast, als würden sie es nicht mehr schaffen.

Ein wahnsinniges Krachen, sie warfen sich zu Boden. Seine Mutter deckte ihn mit ihrem Körper zu. Er hatte Nase und Mund voller Sand, konnte kaum noch atmen.

Doch sie hatten Glück, konnten noch in ihren Unterstand schlüpfen, fanden später einen tannenzapfengroßen Splitter kaum drei Meter hoch in einer Kiefer und einen Riesentrichter nebenan im Wald.

Manfred rannte in die Veranda hinein und warf die Tür hinter sich zu.

»Bitte noch die Tür einhaken und das Licht ausmachen!« hörte er seine Oma vom Zimmer her rufen.

»Ja-ha!«

»Hoffentlich kommen keine Einbrecher!« barmte die liebe Tilly schon wieder.

»Die werden dich schon nicht wegtragen«, lachte seine Oma. »Und wenn, dann bringen sie dich am nächsten Tag wieder zurück.«

»Ja, es wird ja immer schlimmer mit meiner Galle, Mariechen.« Die liebe Tilly stöhnte auf. »Daß du das hier alles allein so schaffst ...!«

Seine Schmöckwitzer Oma ballte ihre rechte Faust. »Du weißt ja: Ich mit meiner Enerschie!«

Sie sagte nicht Energie und auch nicht Drogerie, sondern Droscherie, was wohl auch eine Folge davon war, daß sie es in ihrer Jugend, als Verkäuferin von feiner Damenwäsche, des öfteren mit Offiziersfrauen zu tun gehabt hatte, die vornehm taten und das g französisch aussprachen.

»Husch, husch, ins Körbchen!« Nun wurden sie alle auf ihre Quartiere verteilt. Die liebe Tilly kam ins kleine Zimmer unten links, obwohl es mögliche Einbrecher dort am leichtesten hatten, Tante Trudchen wurde ins Dachstübchen oben links verfrachtet, und Manfred durfte natürlich sein angestammtes Bett belegen, oben rechts.

»Gute Nacht allerseits, schlaft schön bis morgen früh!«

So gut gemeint ihre Wünsche auch waren, sie gingen leider niemals in Erfüllung: Die Mücken waren dagegen. Zwar hingen Gazefenster oben, doch die waren derart löchrig, daß die Mücken über sie nur lachen konnten.

Manfred hatte sich zwar eine *Berliner Zeitung* kunstgerecht gefaltet und bereits vierundzwanzig der blöden Viecher erlegt, bevor er nun ins Bett kletterte, doch kaum war das Licht ausgeknipst, da kamen sie aus allen möglichen Winkeln herangesurrt, so daß er sich ununterbrochen ohrfeigen oder auf die bloßen Beine klatschten mußte. Alles war schon blutverschmiert. Und völlig unters Bett zu kriechen, das ging auch nicht, denn hier oben herrschte eine Bullenhitze, hatte doch die Sonne den ganzen Tag über aufs schwarze Dach geschienen.

Außerdem hatte er wegen der vermißten Schlüssel auch nicht das, was zum ruhigen Schlaf unabdingbar gehörte: das gute Gewissen.

Und war er dann endlich doch mal eingenickt, kam prompt die nächste 86, bremste mit dem ersterbenden *Ööööö...* ihrer uralten Motoren und röhrte auch noch dumpf, wenn ihre Drehgestelle vom Schotterbett aufs Pflaster gerieten, einen anderen Resonanzboden fanden.

Von Eichwalde hinten hörte er das verwehte Rauschen nächtlicher Züge, und ab und zu kam vom Wasser das schaurige Tuten der Schlepper herüber.

Ein schwacher Trost war, daß seine Oma auch nicht schlafen konnte, sicherlich wieder dasaß und ihr Tagebuch füllte.

»... und hatten wir herrliches Wetter mit 32 Grad und viel mit Sprengen zu tun, wobei mir Manfred trefflich half, wofür ihm einen Kuß gab. Kamen dann nacheinander Else und Erna, *die liebe Tilly* und Trudchen, worauf wir Rommé spielten, und mein Manfredchen viel gewann ...«

Mit dieser Melodie im Ohr schlief er endlich ein.

Als er am Sonntag morgen kurz nach sieben Uhr erwachte, schlief noch alles. Er schlich sich leise aus dem Haus, um vor dem Frühstück noch ausgiebig zu spielen.

Noch glitzerte der Tau auf Gräsern und Blättern, noch fror er fast mit seinen nackten Knien, doch die Sonne stieg ungestört von jeder Wolke auf, und es schien ein heißer Tag zu werden. Viele Gäste waren zu erwarten, würden ihm etwas zum Naschen mitbringen oder zum Spielen. Doch das war es nicht, was ihn so erwartungsfroh stimmte; die Menschen selber waren es, auf die er sich freute, was sie auf der großen Bühne Schmöckwitz alles machen und erzählen würden. Auf ihre Geschichten war er gespannt, wie und was sie spielten, auch mit ihm natürlich. Alles, was hier im Kleinen geschah, das spürte er, war, genau beobachtet, schon weithin eine Erklärung des Großen. Er brauchte nur hinhören und zusehen, um das Eigentliche zu begreifen.

Jeder Sonntagmorgen in Schmöckwitz war ein Versprechen auf etwas sehr Schönes. Wohlig erregt saß er im Parkett und wartete, bis der Vorhang sich öffnete und die Akteure ein Stück Leben spielten, das das ihre wie das seine war, voller Tragik und Komik, sentimental und melancholisch, mal schöner Schein, mal garstig-deutsche Wirklichkeit.

Zuerst einmal aber rannte er nach vorne zum Zaun, denn dort, drüben auf dem Radfahrweg, flitzten bunte Schemen vorbei, Rennfahrer, Ausreißer, Verfolger, Hauptfeld und Nachzügler bogen rechts zwischen Konsum und Tankstelle nach Eichwalde/Zeuthen ab, wollten sicher bis zum Spreewald hin, nach Cottbus gar, waren arm dran bei der vorhergesagten Hitze, und er bewunderte sie, zumal es ihm noch nicht gelungen war, selber Rad zu fahren. Und dennoch stellte er sich vor, wie schön das sein müßte, wenn man drüben ein Paket Reißnägel hinstreute und sie dann, wenn sie auf dem Rückweg waren, allesamt ...

Er ging in den Garten zurück und versorgte erst einmal seinen Zoo, goß die Pflanzen, fütterte die Tiere. Es war ein Areal von gut und gerne zwei mal zwei Metern, dicht am Bootsschuppen und unter Haselnußsträuchern gelegen und nach dem großen Vorbild in der Berliner Innenstadt von ihm mit viel Liebe gestaltet. Freigehege gab es da für Löwen, Tiger, Elefanten, Nashörner und Giraffen, so richtig mit Felsen und sandigen Flächen, aber auch feste Häuser aus Stein und hölzerne Stallungen. Die Tiere, von Streichholzschachtelgröße zumeist, waren aus Blei, aber lebensecht bemalt. Viele Wege gab es und einen Eingang, gekrönt von einem hellen Kalksteinziegel, in den er mit Schraubenzieher und Hammer groß das Wort ZOO eingemeißelt hatte.

Was war ein Zoologischer Garten ohne Besucher, und so war natürlich auch der Zubringerdienst zu sichern, in seinem Falle eine Straßenbahnlinie zwischen Bootsschuppen und Pumpe. Mit Hilfe von Schippe und Spaten war die Strecke schnell in den Zuckersand gezogen, und nun mußten nur noch Trieb- und Beiwagen aus dem Schuppen herbeigeholt werden. Er ging in die Veranda, sich die Schlüssel zu holen.

Die Schlüssel, seine Schlüssel, Mist verdammter!

Jetzt war's ihm wieder eingefallen, und seine alten Beklemmungen kamen zurück.

Noch eine Frist von maximal vier Stunden, dann war seine Mutter draußen, und er wußte, daß eine ihrer ersten Fragen die nach seinen Schlüsseln sein würde. Und wenn er sie nicht vorzeigen konnte, kam die ganze lange Litanei:

Immer mußt du mir Kummer machen! Da willst du nun ein großer Junge sein und bist nicht einmal in der Lage, die einfachsten Dinge zu tun! Ich mach das nicht mehr lange mit, diesen dauernden Ärger mit dir!

Dann auch noch seine Oma, ganz sanft und liebevoll, aber dadurch um so schwerer zu ertragen:

Du hattest mir doch versprochen, dafür zu sorgen, daß sich deine Mutti nicht mehr über dich aufregen muß. Sieh doch mal, wie schwer sie es hat, ohne deinen Vati. Die Arbeit bei der VAB und den Haushalt dazu, wie sie sich abrackern muß.

»Ich werd die Schlüssel schon finden! Ich geh nachher noch mal los, mit Tante Trudchen zusammen, die ganze Strecke absuchen.«

So sprach er sich selber Mut zu, während er den großen Schuppen aufschloß, was immer wieder schwierig war, weil bei dem das Schloß verkehrt herum eingebaut worden war; Großvater Quade hatte damals keines für rechts eingehängte Türen finden können.

Die Wagen seiner Straßenbahn standen unter Tante Gerdas altem Küchenschrank, in ihrem Depot also. Es waren allesamt Zigarrenkisten ohne Deckel, von seinem 1937 verstorbenen Großvater vor Urzeiten einmal gesammelt, um darin Schrauben, Muttern, Lüsterklemmen und dergleichen unterzubringen. In die Schmalseiten der Kisten hatte er Löcher gebohrt, durch die man dünne Strippen ziehen konnte, auf diese Art und Weise bekam man richtige Züge.

Auf den Knien kriechend, schob er nun seine Bahn eine gute Weile die Wege entlang, rief Haltestellen aus, ließ Triebwagen entgleisen, weil der Blitz eingeschlagen war, sorgte mit Einsetzern dafür, daß die Fahrgäste nicht allzusehr murrten, und hatte seine Probleme mit jenen Wagen, die als Boden nur dicke Pappe aufwiesen.

So ging es dann, bis seine Oma ihre Fensterläden aufstieß und ihm einen guten Morgen wünschte. Wie im Bilderbuch war das: Ihr weißes Spitzenhäubchen hatte sie auf und ihre blaue Nachtjacke an und sie lächelte so gütig und lieb, daß er voller Wohlbehagen war, eins mit sich und der Welt, brummte wie ein schnurrender Kater; und noch Jahrzehnte später, wenn's ihm furchtbar dreckig ging und er nur überleben konnte, wenn es ihm gelang, sich mit eigener Kraft aus Sumpf und Dreck zu ziehen, dann schloß er die Augen, versuchte er, dieses Bild von Innen her zu projizieren, auf den Lidflächen zu sehen. Und es half ihm immer.

Das erste Ritual dieses Morgens begann mit dem Ruf seiner Oma: »Bringt doch mal die Kissen raus!«, vergleichbar fast mit dem eines Muezzins.

Da die liebe Tilly sich noch die Haare kämmte und Tante Trudchen offensichtlich schon wieder mal um fünfe früh in den Wald gezogen war, Kienäppel zu sammeln, blieb es Manfreds Sache, die diversen Sitz- und Rückenkissen, angejahrt und oft gestopft, zur Platte zu tragen und dort festzubinden. Das war immer ein wenig mühselig, denn die Strippen waren alle morsch und rissen einem andauernd. Auch waren die Stühle – mal Ende der Zwanziger billig beim Konkurs eines Gartenlokals ersteigert – so rissig, daß man sich dauernd Splitter in die Finger jagte. Doch gut, was sein mußte, mußte sein, und an einen Sonntagmorgen in Schmöckwitz ohne bunte Kissen war nicht zu denken.

»Manfred, kannst du mal bitte anpumpen!«

Kaum war die Arbeit mit den Kissen getan, kam etwas auf ihn zu, das er auch nicht gerade liebte: das besagte *Anpumpen*. Ihr Dilemma war nämlich, daß das Wasser im Steigrohr ihrer grünen Handpumpe über Nacht immer bis zum Grundwasser hin absackte, und das war in diesem heißen Sommer ziemlich weit unten. Sosehr man sich nun auch mit dem Pumpenschwengel abmühte, immer wieder auf und nieder, es reichte nicht, das Wasser in der Tiefe anzusaugen. Die elektrische Pumpe einzuschalten brachte auch nichts, denn die hing am selben Brunnenrohr.

»Dieses bescheuerte Rückschlagventil!« Manfred schimpfte wie ein Rohrspatz, hatte sich auch schon, wie eigentlich immer, den Finger geklemmt. An diesem Scheißding lag es nämlich, daß sie sich jeden Morgen so abquälen mußten; es war irgendwie undicht, schloß nicht mehr richtig, ein neues aber ließ sich nirgendwo beschaffen.

Also mußte angegossen werden, das heißt seine Oma kam mit einem vollen Wasserkessel aus der Küche, nahm den Tüter ab und goß dann nach und nach den ganzen Inhalt oben in die Pumpe, während Manfred wie ein Irrer den Schwengel auf- und niedersausen ließ.

Nach dem dritten Kessel war es dann endlich geschafft, und sie hatten frisches Wasser zum Kochen ihres *Muckefucks*.

Gegen neun waren alle zur Stelle, die liebe Tilly sauber und adrett, Tante Trudchen, aus dem Wald zurück, seine Oma in ihren Kittelschürzen und er selber in einer Trainingshose, die ihm zu klein, und einem Khakihemd, das ihm viel zu groß war. Irgendein russischer Soldat hatte es bei Kriegsende im Wald vergessen, und seine Oma hatte es aufgelesen, als noch brauchbar eingestuft und mitgenommen, für ihn, davon ausgehend, daß es bei jeder Wäsche mehr und mehr einlaufen würde, während ihr Enkel ja zunehmend an Größe und Dicke gewann.

Sie hatten genügend Brot und Brötchen und geradezu ein Schlemmermahl, was den Belag anging. Da waren nicht nur drei Messerspitzen Leberwurst für jeden, sondern auch zwei Sorten Marmelade, Stachelbeer und Kirsch, und ein wenig Himbeergelee. Genug, um vier Menschen glücklich zu machen.

Und Manfred mochte dieses Sonntagsfrühstück ganz besonders, weil die drei älteren Damen ihm sehr gerne zuhörten, wenn er ihnen Proben seiner Gelehrsamkeit gab, über S-, U- und Straßenbahn dozierte und ihnen lange Vorträge hielt über dieses und jenes und vor allem das, was er tags zuvor in *Brehms Tierleben* entdeckt hatte.

»Der letzte Bär im Harz ist um das Jahr 1700 angetroffen worden ...«

Seine Oma hatte gleich nach dem Krieg fünfzehn Original-Heftchen von *Brehms Tierleben* zu einem dicken Buch binden lassen und so ein schönes Weihnachtsgeschenk für ihn gehabt:

»Möge Dir, mein lieber Manfred, beim Lesen dieser Geschichten ein gutes Verständnis für unsere Tiere kommen und Dir das Lesen recht viel Freude bereiten. Zum Andenken gewidmet von Deiner Dich liebhabenden Schmöckwitzer Oma. Weihnachten 1946.«

Da las er nun auch diesen Morgen wieder drin, lang hingestreckt auf einer Pferdedecke, zwischen Haus und Laube, während die drei Damen den Tisch abräumten und mit dem Abwasch begannen.

Das Schönste waren die Titelbilder, so bunt und einprägsam wie Kinoplakate.

Das Deckblatt von Heft 1, den Löwengeschichten, war leider abhanden gekommen, dann aber ging es los:

Heft 2. Jedes Heft ist in sich abgeschlossen. 30 Pf. Das stand ganz oben drauf. Dann kam ein Kästchen und in dem stand in schwarzer Schrift: *Die schönsten Schilderungen aus* – und nun in Rot und groß – *Brehms Tierleben. Neu bearbeitet und herausgegeben von B. Merker.* Zwischen diesem Kästchen und dem Action-Bild darunter war fett gedruckt, um welches Tier es ging, hier also stand: *Elefantengeschichten.* Acht, neun Männer, schwarz wie Ebenholz und in knallig rote und gelbe Tücher gehüllt, lange Messer in den Händen, umringten einen erregt davonstampfenden Elefanten, dessen schweren Säulenbeine gerade einen von ihnen zu zermanschen drohten. Dies alles mit dem folgenden Kommentar am unteren Ende des auf Glanzpapier gedruckten Bildes: *In demselben Augenblicke sprengten die Schwertjäger über die sandige Fläche (Seite 28).*

An diesen Zeichnungen konnte sich Manfred stundenlang belümmeln.

Seine Spitzenreiter waren die Menschenaffen-Geschichten *(Wütend und brüllend näherte sich der Gorilla)*, die Tigergeschichten *(Der Engländer hatte Geistesgegenwart genug, die Pistole abzuschießen)* und das Heft 15 mit der Walfischjagd *(Der Harpunier wirft mit voller Kraft das scharfe Eisen in den Leib des riesigen Tieres).*

Es wurde zehn, bis er wegkam, um mit Tante Trudchen zusammen seine Schlüssel zu suchen. Da ihr nicht zuzumuten war, mit ihren kleinen, krummen Beinen, nachdem sie schon stundenlang zum Kienäppelsammeln unterwegs gewesen war, auch noch die drei Kilometer nach Richtershorn zu laufen, schlug er ihr vor, vorn auf seinem Rennwagen Platz zu nehmen und sich schieben zu lassen.

Dieser Rennwagen in Anführungsstrichen war den späteren Berliner Seifenkisten nach- bzw. vorempfunden, ein wirklich abenteuerliches Gefährt.

Er hatte zwei Bootswagen genommen, den seiner Eltern und den von Tante Gerda und Onkel Gerhard, und darauf ein Chassis aus alten Latten und Brettern montiert, und zwar derart, daß der hintere Bootswagen festgeschraubt, der vordere aber drehbar angebracht war und sich mit Hilfe zweier Seile lenken ließ, Modell Olympia-Bob. Er saß nun hinten auf seinem schnellen Schlitten, mit dem Rükken zur Fahrtrichtung, stieß sich mit den Beinen kräftig ab und brachte sie auf diese Art in Schwung, während Tante Trudchen, klein wie sie war, die Knie angezogen, vorn auf einem Kissen hockte und die Steuerseile hielt. Nun waren diese Wägelchen aber alles andere als stabil, waren eher filigran zu nennen: eine dünne Achse, ein paar lackierte Hölzer, zwei hohe Speichenräder. Sie sollten ja, zusammengeklappt und in die *Gummidampfer* gelegt, nicht viel wiegen, nicht viel Platz wegnehmen, und so kam es, daß Manfred und sein Tante Trudchen auf jedem Meter ihrer tollkühnen Fahrt mit dem großen Crash zu rechnen hatten.

»... und hatte ich große Angst um meine beiden Lieben, wie sie da auf Manfreds Kalesche den Bürgersteig langsausten«, sollte seine Oma später in ihr Tagebuch schreiben, und die liebe Tilly, die am Zaun stand, ihnen nachzuwinken, meinte, daß dies fürwahr ein Bild für Götter sei.

Zuerst ging es, schnurgerade durch den Wald, in Richtung Grünau. Sie kamen gut voran, denn die Bürgersteige waren hier vor dem Krieg bereits gepflastert worden, doch zum Häuserbauen war keiner mehr gekommen.

»Siehste was!?« rief Manfred nach vorne.

»Nee!«

»Ich auch nicht.«

Sie waren ja nicht aus Spaß an der Freud unterwegs, sondern um seine Schlüssel zu suchen, strengten auch die Augen an, ließen keinen Meter Strecke außer acht.

Auf den Tag genau vor zwei Jahren hatten sie denselben Weg genommen, um seinen Urgroßvater, Großvater Quade, zum Friedhof zu kutschieren, er, tot, verhungert, in einer dunkel gefärbten Holzkiste auf ihrem klapprigen Handwagen oben, seine Oma und seine Mutter an der Deichsel vorn, Manfred hinten zum Schieben.

Das fiel ihm jetzt wieder ein, als sie, am Ortsbeginn Karolinenhof, Vetschauer Allee, das Waldstück passierten, in dem die Gräber lagen, ein wenig abseits von der Straße. Es waren nicht mehr als zwanzig, dreißig geworden, und man hatte diesen Notfriedhof schon wieder aufgegeben, bevor er auf den Stadtplänen vermerkt worden war, glattweg vergessen, auch nicht daran gedacht, die Toten umzubetten.

Manfred kam ins Schwitzen, denn es war ziemlich anstrengend, was er da machte: immer die Hacken in den Boden zu rammen und sich abzustoßen. Die Oberschenkel schmerzten schon, und es würde einen Muskelkater geben, der sich gewaschen hatte.

Plötzlich hörte er es wie aus einem Bahnhofslautsprecher: *Jede körperliche Anstrengung vermeiden – Kinderlähmung!* Frau Fahlenberg hatte es erst in der letzten Stunde wieder allen eingebleut: Absolute Sauberkeit! Bei Benutzung öffentlicher Toiletten Hände waschen. Nichts essen, wo Fliegen drauf gesessen haben. Kein Wasser aus Flüssen, Kanälen oder Teichen trinken! Keine Überanstrengung beim Sport, beim Baden oder Schwimmen! Keine plötzliche Abkühlung!

Jetzt, wo ihm der Fahrtwind den Schweiß auf Stirn und Körper trocknete, mußte es geschehen sein, so Manfreds große Angst, und er sah sich schon im Krankenhaus liegen, drinstecken in der »Eisernen Lunge« und nachher an Krücken und mit zuckenden Beinen durch die Straßen laufen, so wie Onkel Jochen etwa. Jeder Spaß am Dahinrasen in seinem komischen Gefährt war ihm nun vergangen.

Es kam die große Kurve, denn wie die Straßenbahn mußten sie nun nach rechts in die Vetschauer Allee hinein, und da geschah dann das, was an sich schon lange fällig war: Sie kippten um. Das große Plus dieser Art von Bootswagen war es ja, daß sich die Räder schnell von ihrer Achse lösen ließen, man nichts weiter machen mußte, als eine runde Feder, eine Klammer, hochzuschnipsen. Deren stählerner Nippel nämlich lief in einer kleinen Nut, die ins Achsenende eingefräst worden war, um das Rad am Abgehen zu hindern. Ließ die Kraft dieser Feder nun nach oder war der Boden ein wenig zu holperig, dann passierte es eben.

Platsch, da lagen sie nun, Tante Trudchen und Manfred, ein wenig geschockt, und rieben sich die abgeschürften Ellenbogen mit Spucke sauber.

»Haste dir was gebrochen?« fragte Manfred.

»Nee, Unkraut verjeht nich!«

Das abgegangene Rad war weitergerollt, erst in den Rillenschienen der Bahn zur Ruhe gekommen, und sie sahen es nicht, als sie sich nun wieder vollends aufgerappelt hatten und nach ihm Ausschau hielten.

»Es kann doch nicht weg sein ...?«

»Hier im Graben liegt es auch nicht ...« Tante Trudchen hatte sich schon waldwärts gewandt.

In diesem Augenblick kam eine überfüllte 86 von Grünau angerumpelt, und der Fahrer – war es seine mangelnde Erfahrung mit diesem Typ von Wagen, war es die überalterte Technik – bekam den Zug nur mit einer Art Bruchlandung an der gegenüberliegenden Haltestelle zum Stehen. Was Wunder, daß Manfreds Blicke nun in diese Richtung gingen, krachte und staubte es doch, gab unter dem Wagen einen wunderschönen Funkenregen und stank auch sofort nach verglühendem Eisen.

Dann sah er sein Bootswagenrad direkt vor dem Fallgitter des Triebwagens liegen, jener Vorrichtung, die der Fahrer von drinnen her blitzschnell herablassen konnte, wenn ein Passant knapp vor der Bahn auf die Schienen geriet.

Es wurde gerade abgeklingelt, und der Wagen ruckte auch schon an, als Manfred ebenso mutig wie leichtsinnig auf die Schienen sprang, sein Rad zu retten. Trotz sofortiger Notbremsung wurde er leicht am Hacken erwischt, stürzte auch aufs Pflaster, blieb aber, von seinen Knien abgesehen, die nun wie die Ellenbogen aufgeschrammt und blutig waren, im wesentlichen unverletzt.

»Idiot, du!« schimpfte der Fahrer.

»Selber einer!« schrie Manfred zurück.

Ihr Rennwagen war nun im Handumdrehen wieder repariert, und sie setzten ihre Suche fort, immer noch hoffend. Doch alles, was sie fanden, waren zwei Groschen, etliche Schrauben und Muttern, eine zerbrochene Brille, der Griff eines Schirms, der Bügel einer Rattenfalle und noch viele andere Dinge, doch seine Schlüssel nicht.

Müde und bedrückt kehrten sie in die Heimat zurück, und Tante Trudchen wurde sofort zum Beerenpflücken eingesetzt, während Manfred spielfrei bekam, doch keine Lust zu etwas hatte.

So kletterte er in sein Baumhaus hinauf, ein paar Bretter, in die Gabelung eines Ahorns gelegt, knapp über Laubenhöhe, und dennoch vom Rufe seiner Oma begleitet, daß er ihr ja nicht runterfallen möge.

»Und wenn schon ...«, brummte Manfred und überlegte lange, ob er nicht wirklich fallen sollte. Mit einer kleinen Gehirnerschütterung oder einer angebrochenen Rippe war er raus aus allem, hatte er von seiner Mutter Mitleid zu erwarten statt Strafe. *Mein armer Junge!* und nicht: *Wenn Dummheit weh tun würde, müßtest du pausenlos schreien! Ab in den Schuppen, ich will dich nicht mehr sehen!*

Nicht schlecht, dieser Gedanke. Oder einfach runterhechten und sich das rechte Handgelenk brechen. Damit kam er nicht nur um die Strafe wegen der verlorenen Schlüssel herum, sondern auch noch wochenlang um alle Haus- und Klassenarbeiten, des Gipses wegen.

Ja, Hand war besser als Kopf oder Rippe.

Er schaute nach unten und zögerte noch. Zwei Meter nur bis unten, und da war kein harter Beton, sondern weiche Erde, das Erdbeerbeet, an dessen hinterem Ende Tante Trudchen jetzt nach späten Früchten suchte.

Sollte er oder sollte er nicht?

Und wenn er nun so dumm unten aufkam, daß er ins Krankenhaus mußte? *Wenn man Pech hat, verliert man das Wasser aus der Kiepe.* Das wußte er schon.

Er legte sich flach auf sein Podest, hing mit dem Oberkörper weit hinaus, hielt sich aber noch an Zweig und Blättern fest.

Dieses Affentheater, wenn sie erfuhr, daß die Schlüssel abermals verschwunden waren!

Das hast du doch nur getan, um mich zu ärgern!

Ich werd' mit dem Jungen alleine nicht mehr fertig; morgen bring' ich ihn in die Erziehungsanstalt!

So stürzte er sich denn tatsächlich kopfüber hinunter.

Tante Trudchen schrie auf und erstarrte dann, war unfähig, sich zu rühren und zu ihm hinzueilen.

Die liebe Tilly, die sich gerade Gustav Freytag hingegeben hatte, seinem *Soll und Haben* (»Die Baronin hörte verwundert den Erguß Antons und betrachtete den gefühlvollen Tänzer mit einer Neugierde, die nicht ohne leises Unbehagen war ...«), die liebe Tilly, im Liegestuhl genießend, fuhr steil in die Höhe, und ihr Entsetzensschrei hallte bis zum Wasser hinunter.

»Mariechen, der Junge hat sich zu Tode gestürzt!«

Seine Oma, gerade mit dem Richten ihres Leib- und Bruchbandes befaßt, kam aus dem Zimmer gelaufen, außer sich vor Angst und Schrecken, und zu dritt hoben sie ihn schließlich aus dem Beet.

Manfred, ebenso bleich wie dreckig, begann langsam wieder zu sich zu kommen.

Beine nicht gebrochen, Rippen auch nicht, der Kopf in Ordnung, und die Handgelenke? Höchstens leicht verstaucht, mehr nicht.

»Gott sei Dank!« rief seine Oma und vergaß vollkommen, daß sie Atheistin war. »Fehlt dir was, mein Junge?«

»Nein ...«

Sie umarmte ihn, preßte seinen Kopf an ihre Kittelschürze, hüllte ihn mit Kampferdämpfen ein. »Wie ist denn das passiert?«

»... ich muß plötzlich das Gleichgewicht verloren haben ...«

»O Menschenherz, was ist dein Glück!« rief die liebe Tilly aus.

»Soll ich nicht doch lieber Dr. Schuchardt holen?« Seine Oma war noch sehr besorgt um ihn, und es tat ihm leid, daß er sie so erschreckt hatte.

»Nein, nein, mir fehlt doch wirklich nichts!« Zum Beweis dafür machte er einige gymnastische Verrenkungen und gab damit den Erdbeerpflanzen, die er eh schon plattgedrückt hatte, vollends den Rest.

»Du Unart, du!« hätte seine Oma ausgerufen, wenn sie geahnt hätte, was hier die Wahrheit war; tat sie aber nicht.

»Na, dann können wir dem Schicksal ja noch mal dankbar sein, daß nichts Schlimmeres passiert ist«, sagte sie, gab ihm einen dicken Kuß auf die Backe und fragte ihn dann, ob er nicht draußen an der Haltestelle auf seine Mutti warten wolle, die müsse ja jeden Moment kommen und würde sich sicher sehr freuen, wenn er sie schon erwartete.

»Ja, mach ich!« Manfred stob davon, denn Tante Trudchen hatte zwar die ganze Zeit geschwiegen, aber auszuschließen war ja nicht, daß sie plötzlich doch von den Schlüsseln anfangen würde.

So saß er denn drüben an der Haltestelle im lichten Kiefernwald auf der kleinen Anhöhe vorn, Straße und Grundstück immer im Auge. Die Grillen zirpten, und der Duft von Gras und Kiefernharz war ungemein beruhigend, fast gleichmütig sah er nun dem Schicksal ins Auge. *Nichts wird so heiß gegessen, wie es gekocht wird.*

Bahn auf Bahn rollte heran, brachte die sonnenhungrigen Berliner raus »int Jrüne«, war noch hier kurz vor der Endstation knackend voll, und Manfred dachte schon mit Schrecken an das Chaos bei der Heimfahrt abends, wenn zwischen sechs und sieben Uhr all die Massen, die von frühmorgens an peu à peu nach Schmöckwitz und Umgebung rausgekommen waren, fast schlagartig wieder heimwärts strebten. Private Autos gab es ja nicht viele, so wenige sogar, daß es mitunter kein Risiko war, mit Tante Gerdas Tennisball und -schläger mitten auf dem Fahrdamm zu spielen.

Manfred freute sich, denn durch das riesige Fahrgastaufkommen war man gezwungen, auch die allerletzten Heuler von Wagen auf die Strecke zu schicken, Typen, die man sonst in Schmöckwitz, wo die umgebauten Maximum-Triebwagen aus den Jahren 1910 bis '19 absolut das Bild beherrschten, selten sah: als Einsetzer das von ihm so sehr geliebte Paar T 24/B25 und sogar ein Triebwagen vom Typ T 33 U, mit »Stube und Küche« also, Raucher- und Nichtraucherabteil, obwohl fast auf der ganzen 86 das Rauchen im Wald und seiner Nähe wegen der großen Trockenheit und der Waldbrandgefahr strengstens untersagt war. Sosehr er diese Wagen schätzte, so ungern fuhr er hier mit ihnen, denn auf der kurvenreichen Uferbahn mit ihren ausgeleierten Schienen hatten es alle Fahrzeuge ohne Drehgestelle furchtbar schwer, warfen ihre Passagiere durcheinander, senkten sich und hoben sich, drohten dauernd zu entgleisen, umzukippen oder schlapp zu machen.

Kein Wunder, daß da alle mächtig stöhnten, wenn sie endlich draußen waren, diese Fahrerei, mein Gott!

Onkel Berthold kam als erster und natürlich »mit Greten zusammen«, wie seine Oma immer schrieb (»...und aßen wir Fisch mit Greten zusammen ...«); Manfred half ihnen aus dem B 25-Beiwagen heraus.

Onkel Berthold hatte gleich nach dem Krieg das Neuköllner Lebensmittelmagazin geleitet, das sich im ehemaligen Kaufhaus Friedland befunden hatte. Manfred kannte es unter der Bezeichnung *Tietz*, und bald danach sollte es *Hertie* werden. Obwohl sie in der Schule und auch sonst überall abfällig über alle Kommunisten sprachen: Für Manfred war sein Onkel so etwas wie ein Heiliger, auf alle Fälle war er ein Mann mit dem Charisma eines Märtyrers, einer, der für seine Sache – so fragwürdig sie auch sein mochte – zwölf Jahre lang fürchterlich gelitten hatte.

Die 86 fuhr weiter Richtung Endstation.

»Das ist heute voll gewesen, was«, sagte Manfred.

»Nein, nein, wir sind nicht voll Wasser«, lachte Tante Grete. »Wir haben nur so geschwitzt.«

»Du mußt lauter sprechen«, riet ihm Onkel Berthold. »Hier, kannst du mal das Essen nehmen ...«

»Bestimmt wieder alles ausgekippt!« barmte Tante Grete.

Kartoffeln gab es gratis und Kompott zuweilen auch, doch Fleisch, seinen Sonntagsbraten, hatte sich ein jeder selber mitzubringen, kam mit einem kleinen Töpfchen oder einem Essensträger an, brachte meistens falschen Hasen oder Kohlrouladen mit.

»Nun werden wir mal sehen, was meine älteste Schwester so macht ...«, sagte Onkel Berthold.

»Die macht beim Kacken krumme Knie!« lachte Manfred, der dachte, seinem Onkel Berthold, an sich ja Großonkel, eine kleine Freude zu machen, wußte er doch, daß das ein Kommunist war und damit, so schloß er messerscharf, auch das, was sie einen Pro... Pro... na, wie denn? ... also, einen Proletarier nannten. Stand doch überall dran: Proletarier aller Länder vereinigt euch. Und Proleten, das hatte ihm seine Mutter erst neulich wieder anhand seines eigenen Benehmens vorgehalten, sprachen immer nur von Scheißen und Pissen, hatten ihre Freude daran.

Doch Onkel Berthold freute sich gar nicht, sondern sah ihn nur still-mißbilligend an und meinte: »Das sind also die Söhne von Sozialdemokraten ...«

Hier paßte Manfred nun vollends und lief nur noch wortlos zum Gartenzaun hinüber, um Sturm zu klingeln und die ersten Sonntagsgäste anzusagen.

Als er sie brav abgeliefert hatte, sah er, daß im Gartentor noch die Schlüssel steckten, die Schüssel für die Veranda und das Tor. Da kam ihm eine Idee: Wenn er sich nun eine Strippe suchte und sich diese Schlüssel ...? Mensch!

Als er dann fünf Minuten später wieder drüben auf den Karnickelbergen saß und wartete, baumelten ihm die beiden Schmöckwitzer Schlüssel täuschend echt auf seiner blassen Knabenbrust. Zeit gewonnen, viel gewonnen. Angenommen, seine Mutter merkte bis zur Heimfahrt nichts von seinem Schwindel, dann konnte er zu Hause in der Ossastraße ganz erstaunt tun, daß die Schlüssel plötzlich weg waren, und alles auf die überfüllten Bahnen schieben. Was konnte er denn dafür?

Köpfchen muß man haben!

Seine Kohlenoma kam, und mit derselben Bahn, ohne daß sie sich vorher gesehen hätten, auch Tante Claire.

»Ach, Annekin, wenn das der Dicke wüßte! Kein Auto mehr und keine Kutsche, mitten drin im Plebs!« Sie war unheimlich echauffiert. »Und plattgedrückt wie 'ne Flunder!«

Seine Kohlenoma stöhnte ebenfalls. »O du, mein himmlischer Herrgott! Da fallen einem alle seine Sünden wieder ein!«

»Kommt erst mal rein«, sagte Manfred.

Tante Claire lobte ihn. »Du machst das ja wie der Empfangschef vom Adlon. Als wir da unsere Verlobung gefeiert haben, da ...«

»Laß doch die ollen Kamellen, Claire, vorbei ist vorbei!«

»Nun ja, man kann halt nicht gegen die Klistierspritze pupen«, sagte Tante Claire beim Überqueren des Dammes. »Und denkt mal, was auch so manche Königin hat durchmachen müssen, Maria Stuart zum Beispiel, die Ärmste.«

»Kenn ick nich!« sagte seine Kohlenoma. »Hat sich bei mir nich vorgestellt!«

Kaum hatte er die beiden ungleichen Damen, Frau Generaldirektor, deutschnational und monarchistisch, und Frau Kohlenhändlerin a.D., Sozialdemokratin, aufs Grundstück geleitet, da traf auch schon das nächste Pärchen ein: Erich Mücke mit Frau, beide in den dreißiger Jahren aus tiefster Überzeugung zu den Russen nach Moskau gegangen und dann wieder heimgekehrt, Jugendfreunde seiner Oma, ohne daß der Mücke nun, was die liebe Tilly gar nicht recht verstand, zum Bonzen aufgestiegen wäre.

Erich Mücke hatte beim Aufräumen etwas gefunden und als »Andenken an damals« seiner Oma etwas mitgebracht, das auch Manfred spannend fand, eine grüne Pappkarte, in der Mitte gefaltet und mit schön verzierter Schrift bedeckt:

Tanzschule Albert Fricke.

Einlass-Karte
zur
Weihnachts-Feier
verbunden mit gegenseitiger Bescheerung
am
Freitag, den 26. Dezember 1902
in

R. Gansewig's Festsäle,
Reichenberger Strasse 147.
Anfang präc. 6 Uhr.
Billet 75 Pfennig.

Das Programm bot in den ersten *Theilen* (mit h noch) viel Musikalisches, zum Beispiel *Madrilena, einen spanischen Tanz, einen steyrischen Ländler* oder, aha, dachte Manfred, *Pas de deux (Liebesglück-Gavotte von Thormann),* dann, vor dem *Tanz-Kränzchen* und der *großen Verloosung* (mit zwei o's tatsächlich), ein Theaterstück: *Das erste Weihnachtsgeschenk* oder *Ein Mann, der seine Frau liebt.*

Er oben auf der Bühne, als Dienstmann No. 7 zum Beispiel, und seine Schmöckwitzer Oma unten im Parkett, ihm Beifall klatschend.

Das Interessanteste an diesem Programm-Heftchen war aber zweifellos die letzte Seite:

Während der Kaffeepause
Schelmenstreiche
oder *Fix-fertig-abgemacht.*

Kommerzienrath Korn	Hr. Ad. Schattan
Elsa, dessen Tochter	Frl. Marie Quade
Julia, dessen Nichte	Frl. Clara Quade
Schäfcken, Factotum bei Korn	Hr. Willy Krüger
Caroline, Mädchen bei Korn	Frl. Frieda Stange
Flatter	Hr. Erich Mücke
Sanft	Hr. Oskar Schattan

Es wird höflichst gebeten,
während der Vorträge nicht zu rauchen.

Anfang Januar beginnen wieder *neue Tanz-Unterrichts-Kurse*
und bitte ich um gütige Empfehlung.

Manfred war entzückt; da hatte er ja seine ganze *Mischpoke*, wie Tante Claire immer sagte, so ziemlich beisammen. Ad. Schattan war Tante Trudchens Mann, Marie Quade seine Schmöckwitzer Oma, Clara Quade seine Tante Claire, Oskar Schattan sein kurz vor seiner Geburt verstorbener Großvater mütterlicherseits, der Schmöckwitzer Opa sozusagen, und Erich Mücke, der war ja auch dabei, mußte wohl damals schon so große Töne gespuckt haben wie heute, sonst hätten sie ihm nicht die Rolle als *Flatter* gegeben.

Das alles war also 1902 gewesen, zu Kaisers Zeiten, und Manfred hatte Mühe, zu begreifen und zu glauben, daß es vor dem Krieg Zeiträume von solcher unendlichen Länge gegeben hatte, für ihn waren es von den Tagen Caesars bis zu denen Hitlers nicht Jahrtausende, sondern dies alles lief zusammen in der einen Größe: vor dem Krieg – und die war gleichermaßen unendlich wie auf eine einzige Sekunde zusammengeschrumpft, eine einzige Gedankenlänge.

Und erst recht absurd fand er die Vorstellung, daß seine Oma, Tante Claire, Tante Trudchen und so weiter, daß sie alle auch einmal eine andere Existenz gehabt hatten als die, die er hier und jetzt wahrnehmen konnte. Unmöglich, so etwas gab es doch nicht!

Er litt unter dem Gedanken, daß die Welt nicht so bleiben würde, wie sie jetzt war, daß in hundert Jahren nichts mehr da war von dem, was er jetzt liebte, wie ja hundert Jahre zuvor manches nicht dagewesen war, hatte keinen Appetit, wollte nicht einmal seine frisch gepflückten Himbeeren essen, konnte erst wieder lachen, als Else Mücke von ihrem Sohn erzählte, der Step-Tänzer war, und Erich Mücke ihm vormachte, wie das so ging.

Es folgten nun als nächste Gäste ein Herr Krüger, Meister in einem Betrieb, in dem auch Oskar Schattan einmal gewirkt hatte, und die jüngste Schwester seiner Oma, Tante Martha, mit Onkel Erich.

»O Mariechen!« Tante Martha zeigte sich empört. »Sieh nur meine weißen Handschuhe an, wie beschmutzt sie wieder sind!«

Onkel Erich, trotz der Hitze schwarz gekleidet, in einer Art *Bratenrock,* wie die liebe Tilly das nannte, hatte andere Probleme. »Heiß ist es hier im Süden! Wir als Leute aus dem hohen Norden ...« Aus Tegel kamen sie.

»Erich, du transpirierst ja heftig!«

»Ja, ja, Martha, das kommt eben vom Schwitzen!« Onkel Erich, Oberingenieur bei Siemens, war souverän genug, sich über die Macken seiner Gattin lustig machen zu können; sehr bewundert von Manfred.

Er zog ihn zum Schuppen. »Onkel Erich, ich hab hier 'nen alten Klingeltrafo gefunden; kannst du mir den wieder ganz machen? Dann hab ich Licht für meine U-Bahn zu Hause ...«

»Mal sehen, was sich machen läßt ...«

Und während ihm Onkel Erich nun beim Reparieren die Funktionsweise eines solchen Gerätes erklärte, vergaß Manfred eine seiner vielen Pflichten, die nämlich, an der Haltestelle draußen auf seine Mutter zu warten und ihr beim Tragen zu helfen, hatte sie doch eine große Tasche Groß Pankower Kartoffeln mit rausbringen wollen.

So war das Klima schon mal schlecht, als sie jetzt plötzlich vor ihm stand, schwer beladen.

»Da hat man nun so'n großen Jungen – und keine Hilfe von!«

»Entschuldige bitte, ich ...«

»Fehlt bloß, daß deine Schlüssel wieder mal verschwunden sind!«

Gemäß ihrer Devise *Ich sage immer, was ich denke* kam sie sehr schnell zur Sache, machte diese Schlüssel zur essentiellen Frage, brachte es damit auf den Punkt, ob er nun wirklich *ein lieber Junge* war und *artig* oder ihr *immer nur Schande bereitete.*

»Die sind alle da, was'n sonst!« log Manfred dreist und frech wie Oskar und ließ die beiden Schlüssel seiner Oma unterm Hemd so kräftig hin und her schaukeln, daß es deutlich hörbar klimperte.

»Na, dein Glück!«

Und das hatte er wirklich, denn gerade griff sie nach ihm, um die Schlüssel auch wirklich zu sehen, da kam Karlchen angewackelt, Onkel Karl, ihr Cousin und Tante Trudchens Sohn, ihr ganzer Stolz, Sproß einer Putzfrau aus dem Wedding und nun in der SBZ zum Studium zugelassen, auf dem Wege, diplomierter Ökonom zu werden; wenn das nichts war!

Karlchen und seine Mutter waren schon seit ihrer Kindheit an immer *ein Kick und Ei* gewesen und begannen auch sofort wieder zu kichern. Wie Karlchen damals beim Geburtstag von Großmutti Quade immer herumgezogen war, als Schornsteinfeger verkleidet, und gerufen hatte: »Das Arschloch zu!« Statt Aschloch. Und wie sie dann gedichtet hatten: »Tante Trudchen guckt nur scharf, gleich weiß Karlchen, ob er darf.« Oder: »Unsere Margot, diese derbe, machte schon so manche Scherbe.«

»Und weißt du noch, wie du mal dein Ei nicht essen wolltest, weil es da angeblich drin gepiept hatte?«

»War aber gar kein Küken drin, sondern nur heiße Luft, die entwichen ist!«

Manfred schaffte es, sich unbemerkt davonzustehlen und Tante Claire zu helfen, die schon seit geraumer Zeit das Klo blockierte, aber nicht zu einer Sitzung, sondern um es gehörig auszuschmücken. Zwei ihrer Schwägerinnen hatten vor dem Krieg Zeitungen vertrieben, und da waren ihr jetzt beim Aufräumen ihrer demolierten Wohnung Plakate in die Hand gefallen, lustige und knallig-bunte, die sie nun mit Hilfe rarer Reißnägel an den Bretterwänden des Schmöckwitzer Toilettenhäuschens anzubringen suchte.

Das schönste trug die Überschrift *Onkel Otto und seine sieben Frauen* und zeigte einen flotten Mann, seinem Vater schon ein wenig ähnlich, wie ihm schien, inmitten totschicker Damen. Es fiel ihm schwer, sich vorzustellen, wie sein Vater denn nun wirklich ausgesehen hatte.

»Die beste Zeitung kann nichts nützen, tut sie der Leser nicht besitzen!« reimte Tante Claire. »Hab Sonne im Herzen und Zwiebeln im Bauch, dann kannste gut ferzen – und stinken tut's auch.« Fuhr dann, als sie Manfreds leuchtende Augen bemerkte, mit anderem fort: »Gefährlich ist der Furz der Sachsen, denn der kann im Darme wachsen – und beendet seinen Marsch mit 'nem lauten Knalle aus'm ... Mimmtata!«

Damit ging sie in die Küche zurück, wo sich die anderen Damen inzwischen beim Essenzubereiten drängten, und schimpfte über ihre Tochter Liselotte, Lolo genannt, weil die inzwischen einen Flitz gekriegt hätte und danach schielte, sich ein Landhaus zu kaufen. »Keine Laus auf der Naht, aber 'ne Villa in Frohnau!«

Dies alles im Eingang und unter einem kleinen selbstgestickten Bildchen mit dem schönen Text: *Wer jemals diese Schwelle mit Klatscherei betritt, den wünschen wir zur Hölle, erledigt, weg damit!* Für Manfred immer wieder ein Anlaß zum Schmunzeln, denn hier war seiner Meinung nach der größte Umschlagplatz von Klatsch und Tratsch in allen vier Sektoren Berlins, wenn auch seine Oma nie selber über andere herzog, nur immer gut von allen Menschen sprach, immer nur Ohr war und niemals Mund. Aber gerade das war es, warum halb Schmöckwitz zu ihr kam, um ihr sein Leid zu klagen; dazu die große Schar ihrer Freundinnen und Verwandten aus vielen anderen Teilen Berlins.

Dann wurden die Männer gebeten, doch alle verfügbaren Tische auf der *Platte* zusammenzustellen, denn für insgesamt sechzehn Personen war nun Platz zu schaffen, sauber aufzudecken. Manfred machte mit und bekam zudem die Weisung, eine große Karaffe mit Brunnenwasser vollzupumpen, später gefärbt und gesüßt mit einem Fingerhut voller Kirschsaft, gewonnen aus den Schattenmorellen, die in Schmöckwitz, im Gegensatz zu anderem Obst, prächtig gediehen.

Eine halbe Stunde später gab es dann Atzung für alle, wie Onkel Berthold sagte, saßen sie beisammen und schnabulierten sie.

Die liebe Tilly hatte die Hände gefaltet, wagte aber nicht, laut ihr Tischgebet zu sprechen, weil ja so viele Kommunisten anwesend waren.

Tante Claire war da anders, betonte immer wieder, daß es nach wie vor ihr großer Traum sei, im Buckingham Palast zu essen, vom englischen Königshaus zu Tische gebeten zu werden.

»Da paß aber auf, liebe Klara, daß dein Unterrock nicht so weit rausguckt wie heute«, sagte Onkel Berthold. »Schwester, Schwester!«

»Vielleicht kannst du mir mal einen neuen mitbringen, wenn du bei Stalin bist!« lachte Tante Claire.

Herr Krüger, zufällig hier in Schmöckwitz, zuckte zusammen. »Richtig, wehrt euch gegen die rote Gefahr!«

»Nun eßt mal alle!« mahnte seine Oma. »Und stopft euch das Muul.« Sie kam von einem Bauernhof im Wartheland und hatte ab und an noch ein paar plattdeutsche Brocken parat.

Manfreds Mutter machte ein sehr finsteres Gesicht, hatte Angst davor, daß es nun politisch würde.

»Mir geht das alles nichts an!« erklärte seine Kohlenoma mit der ihr eigenen schlichten Feierlichkeit.

»Erich, würdest du mir freundlicherweise bitte einmal das Schälchen mit den Kartoffeln zureichen ...«, flötete nun Tante Martha, die Frau Oberingenieurin.

»Aber gerne!« sagte Onkel Erich. »Dir zu dienen, Martha, ist mir immer eine Freude!« parodierte sie, ohne daß es ihr auffiel.

Onkel Berthold lachte. »Ich seh' euch beide immer noch im Ruderboot sitzen. Erich an den Riemen und Martha hinten am Steuer, in ihrem schön geschnitzten Lehnstuhl. Und was ruft meine Schwester Martha? Sie ruft: ›Erich, zieh durch!‹«

»Ja, ja«, seufzte da die liebe Tilly und zitierte Kant: »Leuchtende Tage, nicht weinen, daß sie vergangen, sondern lachen, daß sie gewesen.«

»So leuchtend fand ich Adolf und seinen Krieg nun gar nicht!« ließ sich Onkel Karl vernehmen. »Was allein leuchtet, ist unsere Zukunft, und zwar hier im Sozialismus.«

»Darauf laßt uns alle trinken!« sagte seine Oma und erhob ihr Glas. »Feierlich mit Herz und Hand. Unser Brunnenwasser hier wird euch allen guttun, so eisenhaltig wie es ist. Auf eine bessere Zukunft, ja!

Und: Kinder, vertragt euch! Trinken wir auch auf alle die, die heute noch nicht unter uns sein können ...«

»... unter uns ...?« Manfred hob das Tischtuch hoch. »Hier ist keiner weiter.«

Peng! Schon hatte er eine geklebt bekommen, die nicht von schlechten Eltern war. »Benimm dich bitte!« sagte seine Mutter.

»Mein armes Mannilein!« Seine Kohlenoma zog ihn an sich und strich ihm tröstend übers Haar, und er konnte wieder einmal den dumpfen Geruch von Briketts erschnuppern. »Imma uff die Kleenen!«

Auch Tante Trudchen half ihm. »War doch lustig! Wenn ick Montag beim Doktor gehe, die Praxis aufwischen, werd ick ihm det jleich erzähl'n; bei solche Sachen muß der imma lachen.«

Seine Schmöckwitzer Oma lächelte ihm zu. »Hat doch der Junge nicht so gemeint ...«

»Ja, gemein ist er immer, der Manfred!« rief Tante Grete, deren Hörgerät, Kriegsproduktion, wieder einmal einen Aussetzer hatte.

»Ruhe im Puff!« Tante Claire schlug mit der flachen Hand auf den Tisch. »Mariechen hat immer noch das Wort!«

»Trinken wir also ...«, fuhr seine Schmöckwitzer Oma nun fort, unerschütterlich in ihrer Geduld, »auf unsere Lieben ... Auf unsere Gerda, auf unseren Otto, auf unseren Helmut. Prosit!«

Es wurde ein Prost so laut, daß Lottchen Liebetruth drüben auf dem Nachbargrundstück mitten aus dem Mittagsschlaf gerissen wurde und »Schnauze halten!« schrie, zum Zaun hinhumpelte und voller Wut mit ihren Krücken auf den Birnenbaum seiner Oma schlug.

»Das arme Menschenkind«, sagte die indessen nur. »Sie kann doch nichts dafür.« Und sie stand auf, um Lottchen eine Schale mit Kompott hinüberzureichen, mit ihrem berühmten geschmorten Rhabarber. »Hatte wieder Flammeri gekocht und Rhabarber dazu geschmort«, sollte sie abends in ihr Tagebuch schreiben, »welchen mit einer Handvoll Himbeeren verfeinert, und aßen alle mit viel Behagen davon, worüber ich mich freute und auch Lottchen davon eine Portion zum Kosten brachte.«

Die jedenfalls war hochbeglückt und gab nun wieder Ruhe, zog sich, aufrecht gehend und dennoch dabei robbend, in ihre Hütte zurück.

»Die hätte Adolf auch gleich mit ...«, brummte Herr Krüger, und sein kantiges Vorgesetztengesicht war krebsrot angelaufen, paßte jetzt zum kurzen grauweißen Haar. »Da vergeht einem ja der Appetit dabei ...«

Onkel Berthold, Onkel Karl und Erich Mücke, die das gehört hatten, ohne sich wohl ganz sicher zu sein, sahen sich an, sagten aber nichts weiter, außer daß das mit dem Essen hier in Schmöckwitz so sei wie damals bei den alten Griechen das mit den Olympischen Spielen: Während des Festes hatten die Waffen zu ruhen.

Der Nachtisch, der Rhabarber wurde richtig zelebriert, und alle genossen sie ihn.

»Das ist ja wie himmlisches Manna!« rief die liebe Tilly aus.

»Mariechen, du hättest auch am Kaiserhofe kochen können!« lobte Tante Claire.

»Stimmt!« nickte seine Kohlenoma. »Schmeckt wie Titte mit Ei!«

»Mutter!« fauchte Manfreds Mutter. »Der Junge!«

Manfred feixte und tat gut daran, sofort in Deckung zu gehen, bekam nur einen Streifschuß ab, ein bißchen Fingernagel an die Backe.

»Anstatt mir bei der Erziehung zu helfen, da ...«

»Nun baut mal schnell die Liegestühle auf!«

Nach über drei Jahrzehnten Schmöckwitz hatten sich zwar mehr Liegestühle angesammelt als in manchem Kurhotel, doch die Stoffbezüge der meisten von ihnen waren derart mürbe, die Holzgestelle derart wacklig, daß nicht jeder jeden nehmen konnte, sondern die Ver- beziehungsweise Zuteilung nach Körperlänge und -gewicht vorgenommen werden mußte; etwas, was Karlchen gerne machte, studierte er doch derzeit solche Dinge.

»Tante Mary bekommt den hier ...« Er rückte ihr Großvater Quades Prunkstück hin, einen Liegestuhl aus Holz mit einem noch intakten Lattenrost. »Weil wir ihr den schönen Rhabarber verdanken ...«

Seine Oma bedankte sich und ließ sich umständlich-würdevoll nieder, streckte sich aus, begann ihr gewohntes Hüsteln und schnarchte schon, ehe die letzten Gäste einen eigenen Liegestuhl ergattert hatten.

Tante Trudchen legte keinen Wert auf einen, war vom Zwange besessen, erst abwaschen zu müssen, stand am Bassin, auf dessen Rand sie ihre Schüsseln aufgestellt hatte, und machte sich nützlich.

Auch Manfred kam heute nicht dazu, sich hinzulegen und in *Brehms Tierleben* zu blättern: Seine Kohlenoma hatte ihn schon abgeschleppt, um mit ihm zu spielen, *Bubenanlegen*, denn das Würfeln beim *Mensch-ärgere-dich-nicht* hätte die anderen zu sehr gestört.

Die liebe Tilly erbat sich »ihren« Liegestuhl, den mit den Rollen und dem Baldachin darüber, und bekam ihn auch, hatte aber Pech, denn kaum war sie in die Horizontale geglitten, da machte es Ratsch, und sie plumpste auf den Rasen runter.

»Oh, was haben wir denn da für'n gefallenes Mädchen!« lachte Tante Claire.

Die liebe Tilly fand das sehr genierlich und verschwand in ihrem Zimmer, als die Männer ihr schnell hochgeholfen hatten, migräneleidend.

Schließlich aber hatten alle ihr Plätzchen gefunden, die einen in der Sonne, die anderen im Schatten, seine Mutter unterm Birnenbaum an Lottchen Liebetruths Zaun. Tante Claire stieß die Luft aus wie ein Wasserkessel, der langsam unter Druck geriet, Tante Grete ließ ein überaus regelmäßiges Pfü-hüt ertönen, seine Schmöckwitzer Oma gab Schnarchtöne zum Besten, die manchen Holzfäller neidisch gemacht hätten, seine Mutter röchelte nur leise vor sich hin, und Erich Mücke sprach im Schlaf, hielt irgendwelche Reden und sang dann: »Völker, hört die Signale ...«

Nun war auch Tante Trudchen mit Spülen und Abtrocknen fertig, holte ihre Hängematte aus dem Schuppen und band sie zwischen Apfelbaum und Laube fest, kletterte hinein, strahlte wie ein satter Säugling und wiegte sich ins Reich ihrer Träume hinüber, in einen Film mit Albers oder Rühmann.

Eine knappe halbe Stunde lang herrschte tiefer Friede, war es so idyllisch wie im Bilderbuch ...

... bis sich dann eine frühreife Birne vom Baum löste und seiner Mutter direkt auf die Nase knallte.

Sie fuhr hoch, sah ihren Sohn grinsen und wußte sofort, daß nur er schuld haben konnte.

»Ich kann dich nicht mehr ausstehen!«

»Ich war es wirklich nicht, Mutti!«

»Nun auch noch lügen! Die ganze Woche muß ich mich abrackern, und wenn man sonntags mal ein bißchen schlafen will, dann ... Andere Jungen in deinem Alter sind doch auch nicht so!« Sie drehte ihm den Rücken zu und gab sich alle Mühe, wieder einzunicken.

»Immer bin ich an allem schuld!« maulte Manfred. »Auch noch, wenn's nachher zu regnen anfängt.«

Ihm zum Troste sang seine Kohlenoma leise Lieder aus ihrer Dienstmädchenzeit: »Jungfer Anna, kocht der Kohl? Ja, Madamm, Sie riechen's wohl! Hast die Messer du jeputzt? Nee, Madamm, die sind verrußt! Haste denn den Tisch jedeckt? Nee, Madamm, det Tuch is weg! Haste deinen Schatz jesehn? Jawoll, Madamm, det is jeschehn!«

Sie schreckten alle hoch, mit Herzrasen und Schweißausbrüchen zum Teil, als plötzlich die Luftschutzsirene zu heulen begann, auf der alten Schule hinten.

»Nichts weiter, nur 'n Waldbrand!« rief Onkel Karl.

»Du bist gut!« sagte seine Oma. »Womöglich müssen wir nun alle wieder mit Schippe und Spaten losziehen, um Gräben auszuheben und die Flammen zu erschlagen.«

»Warum willst du die Flamen erschlagen?« fragte Manfred, der in der Schule gerade über Belgien, die Flamen und Wallonen, aufgeklärt worden war.

»Der mit seiner Kodderschnauze!« schimpfte Tante Grete.

»Haltet euch bereit, auf alle Fälle ...« Seine Schmöckwitzer Oma lief schon zum Schuppen, um zu sehen, ob sich nicht aus Besenstielen und Putzlappen Feuerpatschen machen ließen. Sie hatte vor drei Wochen bei einem Großeinsatz mitmachen müssen und wußte, was da nötig war. »Da wird wieder einer im Wald geraucht haben! Einsperren sollte man den!«

»Ich bleibe liegen«, sagte Tante Claire.

»Alle machen mit!« Da kannte seine Oma nichts.

Manfred sah darin die Chance, nun eines höheren Zweckes willen endlich das zu tun, was er bislang nicht gewagt hatte, sich nämlich nach Indianerart von hinten anzuschleichen und mit zwei schnellen Griffen einen Liegestuhl zum Einsturz zu bringen. Das war immer wieder schön, wenn die älteren Herrschaften dann flach auf dem Boden lagen wie ein Käfer auf dem Rücken und hilflos mit den Beinen strampelten.

Und Tante Claire gab insofern auch ein gutes Opfer ab, als sie so herrlich kreischen konnte, wie eine Dame bei Hofe, wenn ihr ein Jagdhund untern Reifrock fuhr.

Das tat sie dann auch, als Manfreds Anschlag gelang, in einem solchen Maße, daß Lottchen Liebetruth wütend schrie, sie würde jetzt doch zur Polizei laufen und Anzeige erstatten.

»Lieber nicht, die behalten dich gleich da!« Tante Claire war auch nicht auf den Mund gefallen.

Lottchen knallte die Tür so wutentbrannt hinter sich zu, daß ihre Hütte ins Wanken geriet.

»Die ist ja bloß neidisch, daß sie nie Besuch kriegt«, nannte die liebe Tilly, als eifrige Leserin schöngeistiger Bücher wie kein Zweiter in Fragen der Seele bewandert, das wahrscheinliche Motiv.

»Da magst du recht haben …«, sagte seine Schmöckwitzer Oma. »Das arme Menschenkind. Aber jetzt will ich erst mal wissen, wo der Schlüssel zum roten Schuppen wieder hin ist … Manfred …?«

»Ja …?«

»Hast du den gehabt?«

»Nein …«

»Aber du hast doch Schlüssel um …?«

»Das sind unsre von zu Hause.«

»Red doch nicht: Das sind doch die vom Gartentor und von unserer Veranda hier; die kenn' ich doch!«

Wumm! dachte Manfred. Volltreffer! Die Katastrophe war da, denn schon hatte seine Mutter begonnen, hellhörig zu werden.

»Was ist mit seinen Schlüsseln los?«

Jetzt erst begriff seine Schmöckwitzer Oma, was sie da ohne jede Absicht angerichtet hatte. »Da bin ich ja ganz schön ins Fettnäpfchen getreten …«, murmelte sie und versuchte dann zu retten, was zu retten war. Rechts um, kehrt, Marsch! »Entschuldige, mein Junge, natürlich sind das deine eigenen … Ohne Brille, da … Renn mal schnell ins Haus, die Brille holen, sonst fall' ich noch und …«

So gut das auch gemeint war, ihr Rettungsmanöver, so leicht durchschaubar war es, und als Manfred nun davonstürzen wollte, riß ihn seine Mutter am Ärmel zurück.

»Hiergeblieben, Bürschchen! Sind das die Schlüssel von Oma?«

»Ja …« Da half nun nichts mehr, das war zu offenkundig.

»Und wo sind deine eigenen?«

»Im Zimmer oben, in'er Mappe.«

»Dann geh rauf und zeig sie mir!«

»Ja.« Manfred rannte ins Haus. Zeit gewonnen, alles gewonnen! Denkste, Puppe!

Eingesunken saß er auf dem Bett, voller Verzweiflung, suchte da nach einem Ausweg, wo es keinen mehr gab.

Irgendwer hatte seine Schlüssel gefunden und stand jetzt am Schraubstock zu Hause, um sie zurechtzufeilen für seine eigenen Türen. Schlüssel waren begehrte Objekte, und kaum einer war bereit, sie zu irgendwem ins Fundbüro zu geben. Da war keine Hoffnung mehr.

Sollte er mannhaft sein und ein volles Geständnis ablegen? Um dann vor all den anderen abgekanzelt zu werden, Backpfeifen zu kriegen, heulend dazustehen …? Nein.

Aber …

Wenn man was ausgefressen hat, dann muß man auch dazu stehen! Die Suppe, die man sich eingebrockt hat, die muß man auch auslöffeln!

»Na, du kannst die wohl nicht finden, was!?«

Da war sie schon, die scharfe Stimme seiner Mutter. Sie stand schon unten am Fuße der Kommandobrücke, wie die steile Treppe hieß, die von der Küche, mit einem winzigen Podest noch, in die oberen Gemächer führte.

»Gleich …! Ich hab sie ja …!« schrie Manfred, nein, schrie irgendwer aus ihm heraus. »Die Strippe hat sich nur verknotet hier …«

»Ich warte!«

Manfred begriff, daß er sich nun den Weg zum Geständnis total verbaut hatte, nichts mehr war mit der Formel: *Na, weil heute Sonntag ist, werden wir noch mal Gnade vor Recht ergehen lassen.*

Schlüsselrolle und Schlüsselgewalt … Jahre später verstand er dann auch, um was es hier ging. Sein Vater in Rußland, seine Mutter verzagt und voller nagender Zweifel, ob sie es allein auch schaffte, mit ihm fertig zu werden, dabei, sich immer stärker einzureden, er sei ein schwer erziehbares Kind, über das sie langsam jede Macht verlor. Da bekamen diese Schlüssel alsbald die Funktion eines Tabus, wie es die Südseevölker einmal kannten. Sagten da die Häuptlinge: »Wenn du durch den Schatten dieser großen Palme gehst, dann ist das ein Affront gegen mich, ein Versuch, mich zu stürzen!«, so sagte seine Mutter: »Wenn du diese Schüssel verlierst, dann ist das ein Aufstand gegen mich!« *Und ich lasse nicht zu, daß mir der Junge über den Kopf wächst!*

Davon mal ganz abgesehen: Es war in diesen Zeiten außerordentlich mühsam, neue Schlüssel zu beschaffen, und bei einer 48-Stunden-Arbeitswoche blieb ihr, die Hausarbeit dazugerechnet, keine Zeit, in Berlin herumzugondeln und nach einem Schlosser zu suchen, der ihr neue machte. Und wie viele Tüten Groß Pankower Mehl das wieder kostete … Hungern würden sie.

Daß er damals beim Einsturz der Ruine Pech gehabt hatte, war ihm gerade mal verziehen worden, obwohl: *Ich hab dir ja immer gesagt, daß du dich da nicht rumtreiben sollst!*

Aber heute nun gab es keinerlei Entschuldigung: Er hatte seine Schlüssel glattweg verloren oder irgendwo, der Geier wußte wo, liegengelassen, ohne jede Chance, sie jemals wiederzusehen.

»Na, wird's bald, Freundchen!?«

Was nun? Sollte er aufrecht und erhobenen Hauptes zur Richtstätte schreiten? Sollte er heulend und demütig winselnd nach unten schleichen und um eine milde Strafe bitten? Was blieb ihm weiter übrig?

»Ich will's auch ganz bestimmt nicht wieder tun!«

Abbitte leisten nannte man das.

Sie schleppten ihn, wehe den Besiegten, zum roten Schuppen und warfen ihn förmlich hinein.

Er fiel auf etwas, das er in seinem ersten Schrecken für ein Rattennest hielt, so weich und haarig war es, und warf sich, sofort wieder in die Höhe geschnellt, nun mit aller Kraft gegen die Tür.

»Laßt mich raus! Laßt mich bitte wieder raus!«

»Da kannst du lange bitten!«

Da war ihm alles egal, und es brach aus ihm heraus. »Ihr seid ja doof alle!«

»Gleich kriegst du auch noch 'ne Tracht Prügel, du!«

»Dann hau' ich wieder!«

Er hatte sich einen alten Spatenstiel gegriffen und war bereit, auf alles loszuschlagen, was nach ihm langte.

»Laßt ihn!« mahnte seine Schmöckwitzer Oma, riß die zurück, die den Schuppen aufreißen wollten. »Der kommt schon wieder zu sich, der meint es doch nicht so.«

»Den schlag' ich windelweich!« hörte er seine Mutter schreien. »Jetzt ist Schluß mit meiner Geduld!«

Sein Schicksal schien besiegelt, doch er wurde noch einmal gerettet, wenn auch durch kein Wunder, sondern allein durch die deutsche Geschichte.

Plötzlich gab es draußen ein helles, jungmädchenhaftes Kichern, verhalten, unterdrückt, die liebe Tilly wohl. Als die anderen mit einfielen, die Männer auch, wurde das Kichern zu schallendem Gelächter, bei Onkel Berthold fast zu einem Wiehern; die Spannung löste sich in eruptiver Heiterkeit. Was war geschehen? Manfred sprang zur Bretterwand, von einem schmalen Band aus hellem Sonnenlicht geleitet, fand ein Astloch, polkte es aus und konnte endlich in den Garten sehen.

Worüber lachten sie um alles in der Welt?

Über den Herrn Krüger, über dessen Mißgeschick.

Wie Manfred aus dem, was er hörte und sah, bald folgerte, war Herr Krüger, urkomisch sicherlich mit seiner Hindenburg-Figur, über die Steine gestolpert, die den Rasen umfaßten, lang hingeschlagen und hatte sich dabei verletzt … Nein, die Sohle war ihm abgegangen, vom rechten Schuh und fast zur Gänze. Nun hüpfte er auf einem Bein umher und schimpfte, immer lauter, je mehr die anderen lachten.

»Hören Sie doch endlich auf, wir sind doch nicht im Kindergarten!«

»Wie Sie da umherspringen, das ist wirklich umwerfend! Sie sollten in der Scala auftreten!«

Das war Tante Claire, und Onkel Berthold meinte, daß er ein besserer Steptänzer sei als Else Mückes Sohn.

Herr Krüger hielt inne und starrte ihn an. »Sie können gut lachen, Sie mit Ihren nagelneuen Schuhen an! Und unsereins kriegt keine. Weil sie euch Kommunisten alles in den Rachen werfen!«

Sofort war seine Oma da, die Schmöckwitzer. »Erlauben Sie mal: Mein Bruder hat zwölf Jahre im KZ gesessen!«

»Meinen Sie denn, liebe Frau Schattan, an der Ostfront da haben wir's leichter gehabt? Da ist genauso gestorben worden!«

»Das ist ja nun wirklich hanebüchen, erlauben Sie mal! Der eine für, der andere gegen Hitler!«

»Ich hab mir jedenfalls nicht von den Kommunisten meine halbe Lunge wegschießen lassen, damit sie sich nachher hier in Deutschland breitmachen können!« rief Herr Krüger.

»Verlassen Sie sofort mein Grundstück!« schrie seine Oma. So hatte er sie nie zuvor erlebt.

»Nur allzugerne!«

Herr Krüger spuckte auf den Boden und lief dann auf die Straße hinaus.

Seine Oma sank in ihren Liegestuhl. »Da fehlen mir die Worte …«

»Laß ihn doch«, sagte seine Kohlenoma. »Wer nicht kommt, braucht auch nicht gehen!«

Onkel Berthold war äußerlich ruhig geblieben, gestattete sich nur, als einziges Anzeichen seiner hohen Erregung die Luft flußpferdhaft, so schien es Manfred, durch die Nase zu blasen. »Die braunen Wurzeln sitzen allzu tief …«

Es entspann sich nun eine Diskussion, die ziemlich hitzig war, aber nichtsdestoweniger für Manfred wenig brachte; ihn interessierte einzig und allein die Frage, ob er eine Chance zum Türmen hatte. Abgelenkt waren ja alle, und zudem konnte er voller Freude den Abgang seiner Mutter registrieren; sie war zu Fräulein Kühnemund geeilt, sich einen neuen Hüfthalter anmessen zu lassen.

Manfred stieß beim Tasten mit dem Fuß gegen etwas Hartes, einen Kuhfuß, wie er mit großer Freude bemerkte, ein Stemmeisen.

Den Seinen gibt's der Herr im Schlafe!

Damit war innerhalb weniger Minuten ein Brett aus der Rückseite des Schuppens gebrochen, und er hatte wenig Mühe, sich hinaus ins Freie zu zwängen. Zwar guckten sie alle mächtig dumm aus der Wäsche, als er plötzlich wieder unter ihnen war, doch die Sache mit Herrn Krüger hatte sie das andere fast vergessen lassen, und außerdem war er auch nicht auf den Kopf gefallen, sank sogleich seiner Schmöckwitzer Oma in die immer offenen Arme und stammelte genauso theatralisch: »Entschuldigung!«

»Bei deiner Mutti mußt du dich entschuldigen ...« Sie strich ihm die blonden Haare aus der Stirn. »Aber laß man: Schwamm drüber! Es wird sich schon alles wieder einrenken. Geht doch mal alle runter zum Wasser, und wer baden will, soll baden!«

Das war das erlösende Wort, und wenig später zog die ganze Karawane zum Langen See hinunter, nicht zum Zeuthener See, denn dort an der Badewiese hinter der Brücke war es sonntags immer viel zu voll, nein, quer durch den Wald zu einer Stelle, die so einsam war, daß es fast einem privaten Badestrand glich.

»Wir gehen zu *Tourensegler* runter!« heiß es dann auch, denn ihre Stelle lag an der Grenze dieses weithin bekannten Segler-Vereins.

Sie kamen nahe *Waldidyll* vorbei, dem beliebten Restaurant am Wasser, von wo aus auch die Fähre nach Krampenburg ging, und dem nur halb gesprengten Schmöckwitzer Bunker, in dem Manfred allerdings nur selten drin gewesen war.

Onkel Berthold versäumte es nicht, ihm das nationale kulturelle Erbe vorzuführen, die Geschichte zu erzählen, die Schmöckwitz, dank Theodor Fontane, weithin bekannt gemacht habe.

Von Thane ...? Ob das 'n Adliger gewesen sei, fragte Manfred.

Nein, ein durchaus bürgerlicher Mensch sei das gewesen, ein scharfer Kritiker degenerierter preußischer Junker, was allerdings für das, was er, Berthold, hier meine, belanglos sei, die Geschichte des *Fischers vom Kaniswall*, der seine bildhübsche Frau zur Zeit der napoleonischen Besatzung auf einer kleinen Insel nahe Schmöckwitz jahrelang versteckt gehalten habe, aus Angst, sie könnte ihm mit einem der sehr propperen Franzosen auf und davongehen.

»Das hätt'st du mit Tante Grete nicht machen können«, kommentierte Manfred.

»Wieso? Als junges Mädchen, in Breslau damals, war sie durchaus ...«

»Nee, das nicht! Aber, weil du doch immer so doll schreien mußt, da hätten's ja alle gemerkt ...«

Es gab viele Lacher, aber auch mahnende Worte, daß man sich über der Gebrechen anderer Leute nicht lustig machen dürfe.

Ans Wasser gehen hatte für sie alle eine quasi-religiöse Bedeutung, glich einem Pilgerzug, war archaische Erinnerung, ohne Wasser kein Leben, hin zum Wasser, um zu trinken und zu fischen, in den Genen übriggebliebenes Muß, die Götter des Flusses zu ehren.

Kein Wunder, daß die liebe Tilly nun, als sie am anderen Ufer des Langen Sees beziehungsweise Dahme-Flusses das Massiv der Müggelberge sahen, Fontane zitierte, seine *Semnonen-Vision*:

Über den Müggelsee setzt mich der Ferge.
Nun erklettr' ich die Müggelberge,
Mir zu Häupten rauschen die Kronen
Wie zu Zeiten der Semnonen,
Unsrer Urahnen, die hier im Eichenwaldschatten
Ihre Gottheitsstätten hatten.
Und die Spree hinauf, an Buchten und Seen,
Seh ich wieder ihre Lager stehn,
Wie damals, beim Aufbruch, Tausend ziehn
Hin über die Dahme ... Der Vollmond schien.

»Äh ...« Weiter kam sie nicht, doch Karlchen wußte noch vier weitere Zeilen:

Auf Flößen kommen andre geschwommen,
Haben den Weg bis Schmöckwitz genommen,
Bis Schmöckwitz, wo, Wandel der Epochen,
Jetzt Familien Kaffee kochen.

»Das macht ja jetzt Mariechen für uns!« rief die liebe Tilly.

Ja, das ließ sich seine Oma nie nehmen, den Kaffeetisch zu decken, wenn die anderen zum Baden gingen. Nie war sie glücklicher, als wenn sie alle um sich hatte, für sie sorgen konnte, dann strahlte sie.

Sie erreichten *ihre* Badestelle und ließen sich nieder, teils auf mitgebrachten Tüchern und Decken, teils auf dem Gras des ausgespülten Ufers.

»Nicht gleich ins Wasser; erst abkühlen!«

Hatten die Kiefern eben die Hitze des Tages eher noch verstärkt, so war es unter den Erlen und Eichen hier fast frisch. Das Wasser blühte, war eine algengrüne Suppe und roch nach Tang und Modder. Wie eine Schneise war ihre Badestelle ins Gelände der Seglervereine geschlagen, und an den Stegen ringsum herrschte reges Treiben, fuhren ständig Schifflein los, während andere gerade von ihrem Törn zurückkamen und die Segel fallenließen. Die unbenutzten Boote hatte man mit grauen Planen abgedeckt, und mit ihren Masten sahen sie, fand Manfred, wie badende Nashörner aus, dümpelten träge dahin, schaukelten nur, wenn Dampferwellen sie trafen. Und fast regelmäßig zogen draußen die weißen Dampfer vorbei, Fahrgastschiffe, von Manfred früher mal *Menschendampfer* genannt, und es war ein großer Spaß für ihn, die anderen zu foppen, was die Schärfe seiner Augen betraf.

»Da hinten von Karolinenhof, da kommt 'n Dampfer, siehste den ...? Kannste schon lesen, wie der heißt?«

»Nee ...«

»Nein ...«

»Bedauere sehr ...«

Manche hatten Mühe, den weißen Strich ohne Brille überhaupt richtig wahrzunehmen, andere ahnten nur in etwa, wo die schwarzen Buchstaben waren.

»Der heißt ...« Manfred kniff die Augen zusammen. »Der heißt ... Äh ... Es-e ... und hinten ein Te... Ja, jetzt hab ich's: *Seid Bereit* ...«

»Das ist doch völlig unmöglich!« rief Onkel Karl.

Und sie hielten ihn alle für einen Angeber und Spinner, verstummten aber dann, als der Dampfer schließlich vor ihnen vorüberstampfte und tatsächlich so hieß, wie Manne es ihnen vor Minuten schon verkündet hatte.

»Großartig, der Junge!«

»Zufall, hat er nur geraten!«

Doch wie staunten sie erst, als auch die nächsten Vorhersagen alle Treffer waren, er die *Arcona*, die *Schneewittchen* und die *Spreetal I* fehlerfrei bestimmen konnte.

»Wie kann das sein?« fragte Tante Claire. »Wie kommt Kuhkacke aufs Dach?«

»Der Junge hat wirklich noch so scharfe Augen!« fand die liebe Tilly. »Wie mein Vater früher auch.«

»Ja, ja«, nickte Tante Grete. »Mit der *Vaterland* sind wir früher auch viel gefahren.«

Manfred feixte, verriet aber keinem das große Geheimnis seines Erfolges. Es lag einzig und allein darin begründet, daß er die Konturen, die Silhouetten der einzelnen Dampfer genauestens kannte und auseinanderzuhalten verstand, was zu dieser Zeit allerdings so schwierig nicht war, denn es gab noch keine Serienbauten mit einheitlichen Formen, sondern einzig und allein Individualisten, uralte Kästen zumeist, und oft hatte man aus zwei kriegszerstörten Schiffskörpern einen neuen Dampfer zusammengeflickt und -geschweißt.

Drüben, an die vierhundert Meter entfernt, lag *Krampenburg*, auch ein altbekanntes Gartenlokal, weithin erkennbar an seinem hübschen Türmchen, und dahinter dehnte sich der Schlauch der Großen Krampe. Zwischen *Waldidyll* und *Krampenburg* huschte eine graue Fähre, immer vollbeladen, übers Wasser, und Onkel Karl meinte, daß er immer noch jung genug sei, daß zu können, was die Fähre konnte: von einem Ufer ans andere schwimmend zu gelangen.

Doch Tante Trudchen verbot es ihm sofort. »Haste nich genug, daß de einmal fast abjesoffen bist!« So um 1930 sollte das gewesen sein.

»Lang, lang ist's her ...«, sagte Onkel Erich und erzählte von den Zeiten, wo er den Ruderverein *Markomannia* mitgegründet hatte.

»So, nun jehn wa endlich in't Wassa rin!« rief Tante Trudchen.

Doch alle folgten ihr nicht; die liebe Tilly, Tante Claire, Else Mücke, Tante Grete und auch Tante Martha hatten keine Badesachen mitgebracht oder waren nicht willens, ihre Körper so weit zu entblößen, daß die anderen ganz genau ihr »Baujahr« mitbekamen, wie Tante Claire das nannte: »Und da sind wa doch alle vorijet Jahrhundert!«

Krampfadern, welke Haut und dicke Bäuche blieben also bedeckt, und die fünf Grazien, so Tante Grete, lehnten es auch ab, sich an seiner Kohlenoma beziehungsweise Onkel Berthold ein Beispiel zu nehmen; die hatten nämlich Schuhe und Strümpfe ausgezogen und sich bis ans Knie ins Wasser gewagt, schrien ständig auf (»Huuch!«), wenn eine Welle kam und drohte, ihre höheren Regionen zu benetzen. Auch fürchteten sie, von Krebsen gezwickt zu werden.

»Komm Se man auch rein, Fräulein Tilly«, rief seine Kohlenoma, doch die liebe Tilly zierte sich weiter.

»Ich nicht mit meinem Hammerzeh.«

Manfred stellte sich vor, wie das aussehen mußte, vorne einen kleinen Hammer am Zeh zu haben. Wenn sich bei ihnen in der Klasse jemand blöd benahm, dann rief man schon: »Du hast ja 'n Hammer!«, aber einen am Zeh zu haben, war schon komisch.

Als dritte Gruppe waren die Schwimmer zu nennen, die sich entengleich zum Geleitzug formierten, um ein Stückchen rauszuschwimmen. Das waren Onkel Karl, Tante Trudchen und der Erich Mücke.

Manfred hatte sich ein Sitzkissen aufgeblasen und um die Brust geschnürt, aus dem Faltboot seiner Eltern stammend und wie eine Acht geformt, und übte kräftig, immer parallel zum Ufer und mit einem Bein noch auf dem Grund.

Onkel Erich war zwischenzeitlich verschwunden, und man entdeckte ihn dann auf einem der Stege beim Inspizieren eines dort abgelegten Achters.

»Ein richtiges Kaiserwetter haben wir heute!« schwärmte Tante Claire. »Ach, muß das damals schön gewesen sein, als unser Kaiser immer bei der Ruderregatta dabeigewesen ist, hinten in Grünau!«

»Hätte unsere Mutter zehn Kinder statt sechs gehabt, wäre er vielleicht sogar dein Pate geworden!« spottete ihr Bruder Berthold. »Arme, Klara ...!«

»Ja und früher konnte man mit die Dampfer auch bis nach Teupitz fahren!« sagte seine Kohlenoma. »Schmöckwitz, Zeuthener See, Neue Mühle, Krüpelsee und Dolgensee, Groß-Köris ...«

»Auf'm Dolgensee, da wär'n Vati und Mutti fast mal beim Paddeln ertrunken!« wußte Manfred zu berichten. »Der soll immer ganz bösartig sein, wenn plötzlich Sturm ist.«

»Hört mir auf damit, ich bitte euch!« Tante Martha wies auf ihre Gänsehaut und mußte sich schütteln. »Am 23. August 1902 ist doch bei uns in der Scharfenberger Enge der Dampfer ›Grebin‹ gesunken, und wir haben vom Ufer aus die Schreie der armen Menschen mit anhören müssen ...!«

Wie auf das Stichwort hin schrie plötzlich seine Kohlenoma auf.

»O du mein himmlischer Herrgott! Nein ...!«

Mit ihrem dunkelblauen Seidenkleid, dem weißgepunkteten, stürzte sie der Länge nach ins Wasser, tauchte völlig unter, war ohnmächtig, konnte von Manfred, der in ihrer Nähe schwamm, und Onkel Berthold nur mit Mühe wieder hochgerissen werden, wurde richtig erst geborgen von einem schlanken jungen Mann, der mit weiten Sätzen angesprungen kam.

»Helmut!« schrien sie alle.

Kaum wieder in Berlin, gerade aus der Kriegsgefangenschaft entlassen, war er sofort nach Schmöckwitz rausgekommen.

Onkel Helmuts Heimkehr wurde gebührend gefeiert, und irgendwie schmeckte der Muckefuck heute wieder so richtig nach Kaffee.

»Alles Einbildung!« sagte Tante Claire.

War es aber nicht, denn Manfreds Schmöckwitzer Oma hatte vom Care-Paket Weihnachten extra ein paar Bohnen für solchen Anlaß aufgehoben.

Manfred war nun gänzlich aus dem Schneider, niemand dachte mehr an seine Missetaten, nicht mal seine Mutter, inzwischen von Erna Kühnemund zurück.

»Ich muß immer wieder an Helmut denken, wie er noch kleiner war ... Du bist ja sechzehn Jahre jünger als Otto, und was hat der als junger Mann immer geschimpft, wenn er dich im Kinderwagen spazierenfahren mußte. Weil ja alle gedacht haben, daß das schon sein eigenes Kind gewesen ist ...«

»Mein Sohn, mein Helmut!« Seine Kohlenoma, in geborgten Sachen jetzt und leidlich erholt, strahlte übers ganze Gesicht. »Aber deine Haare hast du ja fast alle verloren ...!«

»Das ist vom Stahlhelm und vom Bergwerk unten ...« Onkel Helmut sprach nicht viel, wollte nichts erzählen.

»Wo sind deine Haare, August ...?« sang Tante Claire.

Und Onkel Erich, selber kahlköpfig, meinte: »Wo Verstand und gute Sinne walten, können Haare sich nicht halten!«

»Ja«, fügte Manfreds Mutter hinzu. »Haare sind Sumpfpflanzen; sie gedeihen nur auf Wasserköpfen.«

Tante Trudchen lachte. »Frankreich, ja ja ...! Wer in seiner Jugend viel bürstet, braucht nachher keine Haare mehr kämmen!«

Seine Mutter schlug mit der flachen Hand auf den Tisch. »Tante Trudchen, bitte, was soll denn der Junge ...«

»Noch jemand Kaffee, bitte?« Seine Schmöckwitzer Oma hielt schnell die Kaffeekanne hoch, zu schnell, denn durch den starken Ruck löste sich die angeklebte Tülle samt ihres patentierten *Tropfen-*

fängers von der Kanne, fiel auf eine Untertasse und wurde noch um einige Grade schartiger.

»Macht nichts, Mariechen!« rief ihr Schwester Martha zu. »Ich bring dir beim nächstenmal eine Kunststofftülle mit raus, die kannst du dann raufstülpen!«

Onkel Karl erhob sich nun, klopfte mit dem Löffel an die blau geblümte Kaffeetasse und wurde richtig feierlich.

»Heute hat eine Mutter ihren Sohn zurückbekommen, und das ist ein wunderbarer Augenblick für uns alle. Ich möchte zu diesem Anlaß gerne Tucholskys Gedicht *Mutterns Hände* allen vortragen. Also ...« Er holte noch mal Luft. »*Mutterns Hände ... Äh ... Hast uns Stulln jeschnitten / un Kaffee jekocht / und de Töppe rübajeschohm – / un jewischt und jenäht / un jemacht und jedreht ... / alles mit deine Hände ...*«

Manfred hatte ja nun weiß Gott genügend Dreck am Stecken und hätte jetzt wirklich den Mund halten sollen, doch bei Tante Trudchen, da mußte er ganz automatisch an deren Dackelbeine denken, und so entfuhr ihm denn der Satz: »Warum denn alles mit den Händen, mit den Füßen doch auch ...!?«

Peng! Da bekam er eine gewienert, daß ihm der Kopf nach hinten flog.

»Immer wieder dieser vorlaute Bengel! Los, ab in den Schuppen! Wenn du denkst, das mit den Schlüsseln ist schon vergessen, dann ...!«

So saß er denn wieder im Kerker, bekam keinen Schlagschaum zu essen, keinen Kuchen mit Johannisbeeren, sondern hatte nur sein kleines Guckloch, mußte tatenlos zusehen, wie Lottchen Liebetruth seinen Stuhl besetzte. Um die glücklichen Nachbarn zu ärgern, hatte sie begonnen, Jauche auf ihre Beete zu kippen, und war von seiner Oma, damit sie das nicht länger riechen mußten, kurzerhand mit eingeladen worden.

Der mit seinem frechen Mundwerk!

Laß man, Margot, auch er wird noch einmal Lehrgeld zahlen müssen!

»Wo gibt es denn gute Heime für schwer erziehbare Kinder?« Seine Mutter weinte wieder. »Ich werd' doch alleine mit dem Jungen nicht mehr fertig, ihr seht das ja!«

Nun heulte auch Manfred, ohne indessen viel von dem zu haben, was die Großen Reue nannten oder Schuldempfinden, fragte sich nur immer wieder, was er denn gar so Schlimmes getan hatte. Daß die

Schlüssel weg waren, lag nicht an ihm, daß lag an der gerissenen Strippe. Und das mit den Füßen ...? Himmel, Arsch und Zwirn, man würde doch noch mal 'n kleinen Scherz machen dürfen! Und wenn Tante Trudchen putzen ging, dann rutschte sie doch schließlich auch auf den Knien herum und mußte den ganzen Tag auf den Beinen sein; warum denn da nicht auch die Beine erwähnen ...?

Die Sonne senkte sich langsam hinterm Reifenwerk in den Grünauer Wald, löste mit ihren wechselnden Pastelltönen die Ah's und Oh's in Reihe aus, von Schwefelgelb bis zur Nelkenfarbe, und es wurde langsam Zeit, ans Nachhausefahren zu denken, doch sie alle schreckten noch davor zurück, denn die nach vorn geschickten Späher berichteten laufend, daß die Straßenbahnen allesamt furchtbar überfüllt seien und keine hier an ihrer Haltestelle auch nur bremste.

»Alle fahr'n se durch!«

»Dann müssen wir eben zur Endhaltestelle hochlaufen und sehen, daß wir da in die leere 86 reinkommen!«

»Und dann noch die S-Bahn in Grünau. In Viererreihen werden sie da wieder auf'm Bahnhof steh'n!«

»Der Kavalier zahlt, schweigt und weint zu Hause«, sagte Tante Claire.

Seine Oma schnitt schon Blumen ab, plünderte ihr ganzes Blumengärtchen, wollte jedem ein kleines Sträußchen mitgeben, als draußen auf der Straße eine Horde Jungen lärmte und beim Sturmklingeln den Zaun einzudrücken drohte.

Es waren, wie sich alsbald herausstellen sollte, Manfreds Klassenkameraden: Bimbo, Werner Ritter, Kuki und Dieter Purwin.

Seine Schmöckwitzer Oma eilte der Bande entgegen.

»Wir waren alle an der Badewiese unten und wollten nur schnell Manne seine Schlüssel bringen. Hatta Sonnabend in'ne Klasse liejenlassen ...!«

»Fein! Dann lauft man schnell zum roten Schuppen hin und holt ihn raus!«

Das Drama mit der Blumenbank

Der Montag fing für Manfred mit dem größten Schrecken seiner Schulzeit an: dem Turnen. Das lag nicht nur daran, daß er als steifer Bock verschrien war, sondern vor allem an Kwasseloftski, Herrn Kwasniowski, der sie wie ein Feldwebel scheuchte und herumkommandierte.

»Im Gleichschritt ... Und Grundstellung einnehmen! Keine Müdigkeit vorschützen, meine Herren! Euch werd ich die Hammelbeine langziehen!«

Nach der Gymnastik ging es ans Reck. Manfred kam nicht von selber hoch, Jünne Hahn und Dieter Purwin mußten ihn quasi nach oben heben.

»Du hängst ja da wie ein nasser Sack!«

Manfred hatte Angst, vornüber abzukippen und sich sonstwas zu brechen.

»Gesäß und Beine hoch – und dann eine Bauchwelle!« befahl Kwasseloftski.

Manfred gab sich alle Mühe, doch er klatschte nur wie eine abgeschossene Ente auf die Matte.

Herr Kwasniowski winkte Klaus Zeisig herbei. »Zeig's ihm mal!«

Für Klaus Zeisig, untersetzt und kräftig, war das ein Klacks.

Manfred stand bedeppert da. In Bälde sollte der neue Vertrauensschüler gewählt werden, und er wußte, daß seine Chancen rapide sanken, wenn er hier versagte. Wollte er bei seinen Kameraden Pluspunkte machen, mußte er sich in dieser Situation etwas einfallen lassen. Und instinktiv wußte er auch schon, in welcher Richtung das zu gehen hatte.

Herr Kwasniowski stieß ihn unters Reck. »Du noch mal!«

»Erst Sie ...« Manfred sah den Sportlehrer herausfordernd an.

Alles hielt den Atem an. Der Mensch versuche die Götter nicht; und das hier war eine Gotteslästerung. Kwasniowski, ein alter Kommißkopp mit einem kurzen grauen Haarschnitt wie weiland Reichspräsident Hindenburg, stand sekundenlang wie zur Salzsäule erstarrt, dann brach es aus ihm heraus: »So viel Frechheit ist mir noch nicht begegnet. Dumm wie Bodenstroh, aber frech wie Oskar! Komm!« Er packte Manfred am Schlafittchen und brachte ihn zum Rektor, und Kohlenklau hatte ihn ja eh gefressen.

»Warum hast du das getan?« fragte Schaller.

Manfred schluckte. »Um zu sehen, wie es richtig geht.«

»Das hab ich schon den Klaus Zeisig vormachen lassen«, sagte Herr Kwasniowski.

Manfred versuchte, ganz klein und harmlos zu wirken. »Frau Fahlenberg macht uns auch immer alles vor.«

Schaller schnauzte los. »Das ist doch beim Rechnen und Schreiben ganz etwas anderes. Und du weißt doch genau, daß Herr Kwasniowski eine Kriegsverletzung hat ...«

Ja, am Kopf, dachte Manfred. Alle wußten, daß Kwasseloftski viel zu unsportlich war, um ihnen am Reck, am Barren oder an den Ringen etwas vormachen zu können, aber auch zu bequem erschien, um sich richtig umzuziehen. Aber das sagte er natürlich nicht, sondern beteuerte nur, daß er das mit der Kriegsverletzung nicht geahnt habe und ihm alles furchtbar leid tue.

Kohlenklau schickte ihn hinaus, und er hörte durch die Tür hindurch, wie Herr Kwasniowski sagte, daß dieser Matuschewski ein durchtriebenes Früchtchen sei. Manfred hatte Angst, daß sie nun wieder seine Mutter oder seine Schmöckwitzer Oma in die Schule holten und denen alles brühwarm erzählten. Und das konnte dann nur eines heißen: *Erziehungsanstalt*. In Panik klopfte er an die Tür des Rektors und rief, ohne sie aufzudrücken: »Ich bitte um Entschuldigung, es war nicht so gemeint, ich will es auch nie wieder tun!«

So kam es zum Gnadenerlaß, und er bekam lediglich eine Strafarbeit aufgebrummt, hatte hundertmal zu schreiben: *Ich soll meine Lehrer nicht immer provozieren!* Was provozieren heißt, mußte er erst im Duden nachschlagen: herausfordern, reizen.

Als er mit Kwasseloftski in die Turnhalle zurückkehrte, sah er seinen Klassenkameraden an, daß sie am liebsten Beifall geklatscht hätten. Er war der Held und er genoß es.

Für den Rest der Turnstunde verzichtete Herr Kwasniowski auf das Reck und ließ sie Völkerball spielen, was sie außerordentlich gerne taten. Das war ein weiterer Pluspunkt für Manfred.

In der zweiten Stunde hatten sie Heimatkunde, und Frau Fahlenberg erzählte ihnen etwas über die Eiszeit im Berliner Raum und die an dessen Ende entstandenen Urstromtäler.

»Die Landschaft hier in der Mark Brandenburg ist in der letzten Eiszeit, dem Pleistozän, geprägt worden. Entstanden ist damals eine typische Glaziallandschaft mit kuppigen Grundmoränenplatten aus Geschiebemergel und hügeligen Endmoränenzügen ...«

Manfred fand das stinklangweilig, und so wandte er sich wieder seiner Lieblingsbeschäftigung zu: dem Zeichnen von Gleisharfen und Gleisplänen. Gleisharfen, das waren die großen Weichenstraßen der Güter- und Verschiebebahnhöfe, und dafür eigneten sich die alten Tische und Pulte seiner Schule am besten. Das Holz war wunderschön gemasert, und man konnte die weichen Teile mit dem Ende des Federhalters oder einem Nagel nach innen drücken, so daß eine Rinne entstand, in der die imaginären Züge fahren konnten. Die harten Grate zwischen den einzelnen Rinnen, sprich: Gleisen, mußten dann mit dem Taschenmesser durchtrennt werden, um regelrechte Weichenstraßen zu erhalten. War dies erst einmal geschafft, konnte man in jeder Stunde spielen, was man wollte. Voraussetzung war natürlich, daß man immer denselben Klassenraum hatte und dort denselben Tisch. Mit der Bleistiftspitze ließen sich dann die tollsten Rangierfahrten inszenieren. Den meisten Spaß aber machte es, die Gleisanlagen immer weiter auszudehnen. Erreichte man das Territorium seines Nebenmannes, gab es zwei Möglichkeiten: Krieg oder Frieden. Entweder man einigte sich auf ein gemeinsames Anschlußgleis und fuhr über die Grenze hinweg, oder man verbot jede Grenzüberschreitung und haute dem anderen kräftig auf die Pfoten, wenn er es wagte, mit seiner Bleistiftspitze in die eigenen Gleise einzufahren.

An diesem Morgen hatte Manfred allerdings eine böse Überraschung erlebt: der Hausmeister hatte übers Wochenende ausgerechnet seinen Tisch repariert und die Rillen mit Kitt verschmiert. Der ließ sich zwar wunderschön herauskratzen und zu kleinen Wurfgeschossen formen, doch besser war es, die glatte Fläche zu nutzen und die Netzspinne der Berliner U-Bahn zu zeichnen. Das war leichter gedacht als getan, denn dazu brauchte er fünf Farben: Rot für die Linie A, grün für die Linie B, lila für die Linie C, blau für die Linie D und braun für die Linie E. Er selber besaß jedoch nur einen grünen Buntstift, mehr einen Stummel von kaum Daumeslänge, der noch dazu in einem *Bleistiftverlängerer* steckte, doch rot ließ sich von

Werner Ritter und blau von Bimbo borgen – die Linien C und E konnte es infolge Materialmangels leider nicht geben, höchsten dünn mit dem Kopierstift gezogen.

So fing er mit der Strecke Warschauer Brücke – Uhlandstraße bzw. Innsbrucker Platz an, der Linie A.

Warschauer Brücke, Osthafen (Stralauer Tor) – zur Zeit außer Betrieb –, Schlesisches Tor, Görlitzer Bahnhof, Kottbusser Tor – Umsteigen zur Linie D, Gesundbrunnen – Leinestraße. Manfred kannte alle Bahnhöfe der Berliner Hoch- und Untergrundbahn in der richtigen Reihenfolge. Görlitzer Bahnhof mußte er aussteigen, wenn er zu seiner Kohlenoma wollte. Er fuhr aber erst einmal weiter bis Kottbusser Tor, und zwar als Fahrer vorn im Führerstand. Beim Kottbusser Tor war die Linie D zu zeichnen, also mußte er sich zu Bimbo nach vorne beugen.

»Kannste mir mal deinen blauen Bleistift borgen?«

»Nee.« Bimbo erklärte, den Stift zu brauchen, um für seine Mutter ein Bild zu malen. »… zum Geburtstag, mit Kornblumen drauf …«

»Mensch, nur mal 'n Moment! Malste 'ne Mohnblume.«

Ihre Verhandlungen wurden immer lauter und zogen sich so lange hin, bis Frau Fahlenberg neben ihnen stand und Manfreds grüne U-Bahnstrecke sah.

»Narrenhände beschmieren Tisch und Wände!«

Manfred bekam die Weisung, auf sein Taschentuch zu spucken und die U-Bahnlinie B wieder aufzulassen. Widerwillig tat er es. Für den Rest der Stunde mußte er sich damit begnügen, den Deckel seiner Bleistiftschachtel mit dem Gleisplan des S-Bahnhofs Ostkreuz zu verzieren.

Frau Fahlenberg mährte sich weiter aus. »Es bildeten sich am Ende der Eiszeit sogenannte Gletscherzungenbecken mit großen, flachen Seen. Wer kennt solche Seen …?«

Bimbo schnipste mit den Fingern sein berühmtes Ich-weiß-was.

»Ja, Stier …«

»Der Scharmützelsee.«

»Richtig.«

»Da hat vorm Krieg mal Max Schmeling gewohnt«, wußte Klaus Zeisig.

»Gut.«

Kuki fiel auch etwas ein: »Weeßte schon det Neueste? Schmeling boxt mit Fäuste.«

Jünne ergänzte: »Weeßte schon det Alte? Schmeling hat im Arsch 'ne Falte.«

»Ruhe!« Frau Fahlenberg war entsetzt. »Das letzte will ich nicht gehört haben. Und wenn Schmeling schon boxt, dann mit Fäuste***n***. »Wer kennt denn noch einen See?«

Natürlich kannte Manfred eine Menge märkischer Seen, war er doch mit seinen Eltern vor dem Krieg jedes Wochenende im Faltboot umhergefahren und studierte jetzt immer wieder die alten Karten der *Stern- und Kreisschiffahrt*, doch er fand das alles furchtbar langweilig, und so ritt ihn wieder mal der Teufel. Sein Finger schoß hoch, und prompt kam er ran.

»Der Matze!« Das ze wie See gesprochen.

»Welcher Matt-See?« fragte Frau Fahlenberg, sichtlich irritiert. »Du meinst den Latt-See – der ist nördlich von Strausberg gelegen.«

»Nein, den Matze ...«

»Wie ...? Wo liegt denn der ?«

»Na, im Bett!« Manfred freute sich, und die anderen lachten kräftig mit, weil Frau Fahlenberg nun wirklich ziemlich dumm aus der Wäsche sah.

»Im Flußbett?« fragte sie.

»Nein, im Federbett!«

Endlich fiel bei ihr der Groschen, und sie gab sich alle Mühe, nicht loszupoltern, sondern die Sache gelassen zu nehmen. »Ach so, du meinst den Matthias Ackermann aus der 3a, den sie alle Matze nennen ...?«

»Ja.«

»Na schön ... Nun aber echte Seen ...«

Manfred rasselte sie nur so herunter. »Wannsee, Müggelsee, Seddin-See, Crossin-See, Langer See, Zeuthener See, Dämeritzsee, Krüpelsee, Schermützelsee, Zermützelsee ...«

»Danke, das reicht, zeig uns die mal alle auf der Karte.«

Manfred konnte auch dies und hatte damit wieder einmal eine Eins eingeheimst.

Es klingelte zur Pause.

In der nächsten Stunde hatten sie Deutsch, wiederum bei Frau Fahlenberg, der Klassenlehrerin. Deutsch, o Gott! Grammatik war etwas, was Manfred geradezu haßte, und in Diktaten und Aufsätzen bekam er bestenfalls eine knappe Zwei, weil er eine Sauklaue hatte und die

Rechtschreibung auch nie so recht beherrschte. Ein bißchen machte er das dadurch wieder wett, daß er beim Vorlesen große Klasse war, manchmal sogar zu hören bekam, daß er doch Schauspieler werden sollte. Und das, obwohl ihn seine Mutter dauernd ermahnte: *Schrei nicht so!* Nach der Pleite mit dem Krippenspiel war ihm allerdings die Lust, Dramatiker oder Schauspieler zu werden, gründlich vergangen.

Ihre Fibel hieß von *Menschen und Tieren*, und Manfred mußte anfangen, die Geschichte von der *Hexe Kaukau* vorzulesen.

»In der engsten und schmutzigsten Straße wohnte sie und noch dazu in dem winkeligsten und häßlichsten Hause ...« Der Held der Geschichte hieß Martin, und er hatte als einziger den Mut, die Hexe Kaukau zu besuchen. Doch als er in ihr Haus getreten war, bekam er es mit der Angst zu tun. »›Ach Gott‹, seufzte Martin für sich, ›jetzt wird sie mich sicher fressen!‹ Er dachte ans Weglaufen, aber da kam die gräßliche Hexe schon wieder auf ihn zugehumpelt ...« Manfred schnürte es fast die Kehle zu. »Dann humpelte die Alte zum Schrank, und mit Entsetzen sah er ein blankes Messer in ihrer Hand blitzen. Vor Grausen konnte er nicht schreien.«

»Danke, Manfred. Bimbo, bitte weiter.«

Es dauerte eine Weile, bis Peter Grau als Letzter zum Ende der Geschichte kam. Es stellte sich heraus, daß die Hexe gar keine war, sondern eine nette alte Dame, die von allen nur verkannt wurde. Bald hatten alle die neue Tante ganz lieb.

»Was hat Euch denn an dieser Geschichte besonders gut gefallen?« fragte Frau Fahlenberg.

»Det se 'n jroßet Messer hat«, trompetete Jünne.

»Daß sie 'n eigenes Haus hat und nich nur 'ne kleene Wohnung«, sagte Klaus Zeisig.

Bimbo knipste solange mit dem Zeigefinger, bis er aufgerufen wurde. »Daß wir nicht glauben sollen, wenn andere sagen: das ist eine Hexe. Wir sollen uns alle Menschen genau ansehen und selber feststellen, ob sie gut oder schlecht sind.« Er hatte die Geschichte schon vorher gelesen und mit seinen Eltern durchgesprochen. »Die Hexe Kaukau steht für die Juden und daß sie umgebracht worden sind.«

Das war genau das, worauf Frau Fahlenberg hinaus wollte, und sie gab Bimbo eine Eins plus.

»Sehr schön, Stier, weiter so. Und Ihr alle schreibt als Hausarbeit eine Zusammenfassung der *Hexe Kaukau.* Für den Rest der Stunde gibt es noch zweierlei zu erledigen: Unsere Tabelle und die Ausschmückung des Klassenzimmers.«

An der Wand neben der Tür hing eine von der 3 c selbstgebastelte Stecktafel mit fünf Kategorien. Wie auf dem Zeugnis war das zu verstehen: 1 = Sehr gut, 2 = Gut, 3 = Befriedigend, 4 = Mangelhaft und 5 = Ungenügend. Einmal in der Woche wurde in einer Klassenkonferenz entschieden, wer wo zu plazieren war. Dies ganz demokratisch per Abstimmung. Frau Fahlenberg moderierte nur. Manfred fand, daß das wie beim Fußball war. Man konnte Meister werden, aber auch absteigen in immer tiefere Ligen und Kreisklassen. Er selber stand immer an vierter oder fünfter Stelle, also noch in der ersten Gruppe, und wäre liebend gern ganz vorn gewesen, doch Riese & Rose, aber auch Horst Rüscher waren vorerst nicht zu schlagen. Die beiden ersten waren, was Betragen, Aufmerksamkeit und Fleiß betraf, einfach unerreichbar, hatten eine Handschrift, von der alle nur mit den Worten *wie gestochen* schwärmten, und waren auch in punkto Sauberkeit große Klasse. *Wie die ihre Bücher eingeschlagen haben, da nehmt euch mal ein Beispiel dran.*

»Bimbo soll vor Manne!« rief Krücke.

Manfred zuckte zusammen. Das war gemein, denn Krücke war sein großer Konkurrent bei der in vierzehn Tagen anstehenden Wahl zum Vertrauensschüler, der Gegenkandidat, und je mehr er, Manfred, nach hinten fiel, desto größer wurden Krückes Chancen, denn er stand lediglich in der Mitte der zweiten Gruppe. Und je näher sie rückten, desto schwächer wurde das Argument von Manfreds Partei, daß Manfred als Vertrauensschüler bei den Lehrern mehr erreichen könnte, weil er als Schüler so viel besser sei.

Nun begann ein mächtiges Palaver. Manfreds Clique zählte lautstark alle Heldentaten auf, die er in der letzten Woche begangen hatte, und Bimbos Gruppe schrie aus vollem Halse zurück.

»Bimbo hat 'ne Eins in Deutsch.«

»Und Manne hat alle Seen gewußt.«

»Bimbo hat in Geschichte die beste Arbeit geschrieben.«

»Und Manne hat am besten vorgelesen.«

»Bimbo ist in den Chor gekommen.«

»Manne hat beim Völkerball alle abgeworfen.«

So ging das eine Weile hin und her, und als allen die Munition ausgegangen war, wurde abgestimmt.

»Wer ist dafür, daß Manfred Vierter wird?« fragte Frau Fahlenberg.

Viele Arme schossen hoch. Manfred erkannte aber mit einem Blick, daß es sehr knapp werden würde. Vielleicht half es, wenn er sich selber ...? Nein. Ja, denn: *Bescheidenheit ist eine Zier, doch weiter kommt man ohne ihr.* Doch es half ihm nichts, denn er bekam lediglich 15 von 33 Stimmen, und die Gegenprobe erbrachte prompt 18 für Bimbo.

»Gratuliere«, sagte er und schlug Bimbo anerkennend auf die Schulter, obwohl er ihm lieber ganz woanders hingeschlagen hätte.

Frau Fahlenberg ging zum Tableau und nahm den Tausch der Namensschildchen selber vor. »Also: Bimbo ist jetzt Vierter und Manfred Fünfter und Letzter der ersten Gruppe. Paß mal auf, daß du nicht absteigst beim nächsten Mal ...«

Manfred senkte den Kopf.

Es dauerte eine geraume Weile, bis alle ihre neuen Rangstufen hatten. Frau Fahlenberg war sich sicher, den Jungen wieder einmal gezeigt zu haben, wie das Leben war: Die einen standen oben, die anderen unten, und die eigene Leistung entschied darüber, wo man letztendlich landete.

»So, das wäre wieder einmal geschafft.« Sie setzte sich. »Wer hat denn nun eine Idee, wie wir unser Klassenzimmer ausschmücken können? Herr Schaller hat für den schönsten Klassenraum einen Preis ausgesetzt: Zehn Mark für die Klassenkasse. Wenn wir den Ausflug nach Sanssouci machen, dann ...« Der Jubelsturm war so stark, daß sie abbrechen mußte. »Aber noch haben wir ja nicht gewonnen ...«

Das war richtig, denn keinem fiel groß etwas ein, zumindest nichts, was machbar war.

»Wir kleben Tapete auf die Wände«, rief Krücke.

»Sehr schön«, beschied ihn Frau Fahlenberg, »doch a) haben wir keine Tapete und b) ist das verboten hier.«

»Wir machen Gardinen an«, schlugen Riese & Rose vor.

»Eure von zu Hause, wa?« lachte Jünne Hahn.

Das war die Gelegenheit für Manfred, noch einen draufzusetzen und sich zugleich an Bimbo zu rächen für die Niederlage im Leistungswettkampf eben. »Ja, und Bimbo bringt sein H*o*rmonium von zu Hause mit und orgelt uns hier immer was vor!« Natürlich wußte er, daß das Instrument Harmonium hieß, aber wenn er Hormonium sagte, wurde immer erheblich mehr gelacht.

Jünne zögerte nicht, den Ball sofort aufzunehmen und verkündete fast feierlich: »Die Orgel durch die Kirche braust – der Onanist tut's mit der Faust.«

Frau Fahlenberg sprang auf, und eine unheilvolle Stille erfüllte den Raum. Daß jetzt ein fürchterliches Donnerwetter kam, war klar wie Kloßbrühe, die Frage war nur, ob es alle traf oder nur Hahn selber. Im ersten Falle konnte das nur kollektives Nachsitzen heißen, und vorher holte sie noch Kohlenklau, um sie so richtig zusammenzuscheißen.

Zum Glück entschied sich Frau Fahlenberg heute für die individuelle Lösung, und Jünne Hahn wurde für den Rest der Stunde in die Ecke geschickt. Rechts vorn mußte er stehen, das Gesicht zur Wand gerichtet. »Wer so sittlich verkommen ist, wie du ... Montag will ich deinen Vater hier sehen.«

»Der ist doch gefallen ...«, murmelte Krücke.

»Dann deine Oma ...« Frau Fahlenberg war noch rechtzeitig eingefallen, daß Jünne auch keine Mutter mehr hatte. Um die Diskussion nicht wieder entgleisen zu lassen, kam sie nun mit einer eigenen Vorgabe. »Am einfachsten ist doch, wir bringen alle einen Blumentopf mit und stellen sie hier vorne auf.« Sie zeigte auf den Raum zwischen Klassenschrank, Tafel und Lehrertisch.

»Det is doch bekloppt!« rief Klaus Zeisig ganz spontan. »Da fall'n wa doch nur alle drüber.«

»Ja, keene Blumentöppe.« Die anderen stimmten ihm zu.

Frau Fahlenberg fühlte die Notwendigkeit, einen kleinen Vortrag über den hohen kulturellen Wert der Blume zu halten und begann mit einer Sentenz aus dem *Arturo Ui*: »›Böse Menschen lieben keine Blumen‹, heißt es bei Bert Brecht, einem unserer großen neuen Dichter. Und umgekehrt gilt ja dann, daß die Menschen ganz lieb werden, wenn sie von Blumen umgeben sind. Was meint ihr dazu ...?«

Manfred meinte: »Rosen, Tulpen und Narzissen – das ganze Leben ist beschissen.« Das hatte er von seiner Tante Claire.

Frau Fahlenberg überhörte es und sah Bimbo an.

»Ich bringe Montag eine Geranie mit!« rief Bimbo, wobei er sich derart erregte, daß er spuckte wie ein Schauspieler auf der Bühne beim großen Monolog.

»Mann, ich hab keine Brause bestellt.« Klaus Zeisig wischte sich die Sprühspucke von der Backe.

»Ich muß doch sehr bitten!« Frau Fahlenberg schlug mit der flachen Hand auf den Lehrertisch. »Wunderbar: Bimbo bringt eine Geranie mit. Wer noch?«

»Wir bringen eine Hortensie mit«, riefen Riese & Rose.

»Und dann stellta euch vorne hin an'e Tafel und haltet die die janze Stunde lang!« freute sich Klaus Zeisig.

»Das nicht, aber ...« Frau Fahlenberg sah ein wenig ratlos ihre Jungen an.

»Stelln wa se uff de Fensterbretta«, schlug Krücke vor.

»Denn könn' wa die Fenster nich uffmachen hier und erstinken alle!« rief Dieter Purwin.

Frau Fahlenberg mußte zugeben, daß das stimmte. Auch war zu befürchten, daß ein plötzlicher Windstoß, war das Fenster nicht hundertprozentig geschlossen, die Töpfe auf den Boden fegte. Was nun? Sie überlegten lange, ohne eine Lösung zu finden. Und die wurde immer dringender gesucht, denn nach und nach hatten sich mehr als zehn Jungen verpflichtet, von zu Hause Blumentöpfe mitzubringen.

Schon nahte das Ende der Stunde und damit die Notwendigkeit, endlich zu Potte zu kommen.

Manfred überlegte fieberhaft. Wenn ihm jetzt etwas einfiel, dann war er der große Retter in der Not und hatte bei der Wahl zum Vertrauensschüler die besseren Karten. Blumen ... Wo bewahrte man die Blumen auf, wo gab es die in Mengen? In Blumenläden, Blumenbeeten, Blumenvasen, Blumenkästen ... Nein, das brachte ihn nicht weiter. Wo gab es die meisten Blumen? In Schmöckwitz. Seine Oma pflanzte sie in Mengen und schnitt jeden Sonntag Riesensträuße ab, um sie allen mitzugeben, wenn sie abends nach Hause fuhren. Schmöckwitz, Blumen, seine Oma ... Er sah sie morgens die Fensterläden aufstoßen und ihm zulächeln, wenn er schon im Garten spielte. Unter ihrem Fenster stand die Blumenbank, von Großvater Quade vor dem Krieg aus stabilen Latten gebaut und feuerrot gestrichen. In vier Etagen übereinander, terassenförmig angeordnet, standen da die Blumentöpfe.

Das war es!

Wenn er die Bank hierher in die Schule mitbrachte, war er der große Sieger und die 3 c würde ihn einstimmig zum Vertrauensschüler wählen. Gleichzeitig war ihm klar, daß seine Oma ihre Blumenbank nie und nimmer herausrücken würden. Warum sollte sie auch, denn ohne die Blumenbank würde es vor ihrem Fenster fürchterlich kahl aussehen. *Kind, ich bin doch nicht meschugge!* hörte er sie sagen.

»Na, was ist nun?« fragte Frau Fahlenberg mit dem Blick auf ihre Armbanduhr.

Da fuhr Manfreds Finger hoch, irgendwie gegen seine Willen, aber eben doch.

»Ja, Manfred ...«

»Ich kann 'ne Blumenbank mitbringen, von meiner Oma.«

»Ganz herrlich!« rief Frau Fahlenberg, und auch die anderen freuten sich.

»Das ist das Ei des Klumbumbus!« rief Dieter Purwin.

Nur Krücke hatte einen Einwand. »Der verspricht doch imma allet und hält dann nischt. Oda die Luft is imma raus – wie bei dem Fußball da von sei'm Opa.«

»Ehrenwort!« rief Manfred.

Es klingelte, wie um die Sache zu besiegeln.

Manfred stiefelte nach Hause, mehr als bedrückt. Wenn er die Blumenbank nicht binnen einer Woche mit in die Klasse brachte, war er erledigt. Das war so sicher wie das Amen in der Kirche. Gleichzeitig erschien es ihm als absolut sicher, daß seine Oma die Blumenbank nie und nimmer rausrücken würde. *In der Schule, da geht die bloß kaputt.* Von seiner Mutter war keine Hilfe zu erwarten. Die würde ihn nur ausschimpfen, warum er so dämlich gewesen war, sich auf so was einzulassen. Am besten, er ging ins Wasser. Die Erwachsenen sagten das immer, wenn sie weder aus noch ein wußten. Seine Tante Emma in Steinau an der Oder, wo sie zuerst evakuiert gewesen waren, hatten immer davon gesprochen, daß sie ins Wasser gehen würde, wenn die Russen kämen. Nun lebte sie gesund und munter in Essen.

»Lieber Gott, bitte, hilf mir«, flüsterte Manfred und hörte zugleich die Stimme seiner Schmöckwitzer Oma: *Hilf dir selbst, dann hilft dir Gott.* Da kam er prompt auf die Idee, einfach mal die Schule zu schwänzen und tagsüber, wenn seine Oma etwas in Köpenick zu tun hatte, nach Schmöckwitz rauszufahren und die Blumenbank ganz einfach zu klauen. In die Schule kam sie ja nie, und seine Klassenkameraden konnten auf keinen Fall etwas von dem Diebstahl ahnen.

Manfred war unendlich erleichtert, fast sprang er nun die Weserstraße entlang.

Da löste sich an einem der zerbombten, aber noch nicht eingerissenen Mietshäuser ein großer Flatschen Putz und knallte direkt auf seinen Rücken. Er stürzte in einen Strudel aus wogenden weißgrauen Nebelschwaden.

Manfred lag im Bett und wollte nicht aufstehen. Sein Rücken tat ihm mächtig weh. Vielleicht war da doch was gebrochen. Der Putz. Für ein paar Sekunden war er ja bewußtlos gewesen. Kuki und zwei andere Klassenkameraden hatte ihn gefunden und nach Hause gebracht.

»Ist dir nicht gut?« fragte seine Mutter.

»Doch …«, log Manfred. Er traute sich nicht, ihr vom dem heruntergefallenen Putz zu erzählen, weil sie doch nur gesagt hätte: *Warum hast du denn nich nach oben gesehen, als es passiert ist?* Und außerdem hatte sie furchtbar schlechte Laune, weil Frau Meißner, ihre neue Untermieterin, zuerst mit ihrem nicht abgedeckten Pinkeleimer über den Korridor gegangen war und nun schon seit Minuten die Toilette blockierte. Seit sie im Schlafzimmer wohnte, stank es bei ihnen in der gesamten Wohnung wie in einem Karnickelstall.

»Raus jetzt!« Seine Mutter zog ihm die Bettdecke weg und scheuchte ihn zum Zähneputzen und zur Katzenwäsche in die Küche. In diesem Moment beschloß Manfred, heute die Schule zu schwänzen und den Tag zu nutzen, um nach Schmöckwitz zu fahren und die Blumenbank zu klauen. Wenn er sie im Keller versteckte, konnte er sie schon nächsten Morgen mit in die Schule nehmen. Er hörte bereits, wie die Klassenkameraden jubelten, und sah Frau Fahlenberg mächtig strahlen.

»Nun beeil dich mal 'n bißchen – oder willste zu spät kommen heute?« Zu spät zu kommen, war eine der größten Sünden, die es gab. *Wer nicht pünktlich ist, hat einen schlechten Charakter und wird es im Leben nie zu etwas bringen.*

»Ich mach ja schon.« Manfred war bemüht, sich von seiner besten Seite zu zeigen. Damit sie erst gar keinen Verdacht schöpfen konnte. Er würde bis zur Ecke Weser- und Rütlistraße gehen und dann wieder umkehren. Wenn er dann zurückkam, war sie schon längst zur Arbeit gefahren, zu ihrer Krankenkasse am Oranienplatz.

Der Entschuldigungszettel …! Als er an den dachte, schwankte er wieder. Frau Fahlenberg würde nicht darauf verzichten wollen, und wenn er sagte, er hätte ihn verloren, half das wenig. Und die Schrift seiner Mutter nachzumachen, das schaffte er nicht. Was nun? Blieb ihm nichts anderes, als auf krank zu machen. Es mußte so schlimm sein, daß er nicht zur Schule brauchte, aber wiederum nicht so dramatisch, daß sie ihn zur Kinderärztin schleppen würde, zur Frau Dr. Felicitas Narius in der Karl-Marx-Straße oben. Am besten waren Magenschmerzen, aber so, daß die Ärztin nicht auf die Idee kam, es könnte der Blinddarm sein.

»Mir ist so schlecht, Mutti ...«, stöhnte er. »Mein Magen.«

Sie sah ihn prüfend an. »Hast du schon gebrochen?«

»Nein. Aber ich ...«

»Und Fieber ...?«

»Ja ....«

Sie legte ihm die flache Hand auf die Stirn. »Ja, du bist wirklich ganz heiß ...«

Das kam vom Lügen und der Angst, dabei ertappt zu werden, und führte dazu, daß er auch mächtig zu schwitzen begann.

»Dann bleib im Bett!« Sie brachte ihm sogar eine Schüssel, in die er brechen sollte. »Und wenn es ganz schlimm wird, dann klingelst du bei Frau Lewandowski.«

Er versprach es ihr. Sie suchte ihm noch das Fieberthermometer heraus und machte sich dann auf den Weg zur Arbeit.

Manfred war allein, und ein nie gekanntes Glücksgefühl erfaßte ihn. Am liebsten wäre er auf den Balkon gelaufen und hätte gesungen. Das ging nicht, aber eine Platte konnte er sich auflegen. Er wählte eine Operette, *Maske in Blau*. Da war das Lied von der Julischka dabei, aus Buda-Buda-Pest, von der Onkel Max so heftig schwärmte.

Es war ein wunderschöner Morgen. Wenn er jetzt daran dachte, wie die anderen in der Schule saßen und sich von Kohlenklau und Kwasseloftski quälen ließen.

Aber irgendwie war es doch ein komisches Gefühl, so einfach nur im Bett zu liegen, ohne richtig krank zu sein. Na ja, der Putz, der ihm auf den Rücken gefallen war, aber ... *Ein gutes Gewissen ist ein sanftes Ruhekissen*. Ein schlechtes war es offenbar nicht. Außerdem: Was er heute alles versäumte, und vielleicht stieg er deswegen beim nächsten Mal in die zweite Gruppe ab.

Also nahm er seine Fibel und machte sich an die Nacherzählung der *Hexe Kaukau*. Erst schrieb er alles ins Unreine, und zwar mit einem Kopierstift auf den Rand der *Berliner Zeitung* vom Vortage, dann mit Federhalter und Tinte ins linierte Heft. Dessen Deckblatt war mit einem Kornfeld und einem Traktor geschmückt und dem friedlichen Aufbau Deutschlands gewidmet.

Draußen rumorte Frau Meißner. Das paßte Manfred gar nicht, daß diese *alte Kuh* in der Wohnung war. Schön, er mußte keine Angst mehr vor Einbrechern und Kindermördern haben, aber wenn er in der Küche seine Experimente machen wollte, dann stand sie immer da und verbot ihm alles. Außerdem stand sie im Verdacht, im Schreibschrank seiner Eltern herumzuschnüffeln, wenn seine Mutter arbeiten und er in der Schule war.

Der Schornsteinfeger erschien auf dem Hof und ließ seine Stentorstimme erschallen.

»... die Schieber zu! Es wird gefegt!«

Manfred eilte in die Küche und legte die Klappe am Ofenrohr um, die verhindern sollte, daß der gelockerte Ruß in die Küche wehte.

Wenig später hörte er, wie Kugel und Besen durch die engen Schornsteinöffnungen nach unten glitten. Das war unheimlich und hörte sich sehr nach Poltergeist an. Manfred beschloß, bei Gelegenheit einmal in die Ruinen zu gehen und Schornsteinfeger zu spielen.

Am Briefschlitz klapperte es, und Manfred lief auf den Flur. Es war eine Karte seines Vaters aus Rußland. Er freute sich und hängte sie wie immer gleich hinter der Wohnungstür auf, damit seine Mutter sie sofort entdeckte, wenn sie abends gegen halb sieben nach Hause kam.

Plötzlich hatte er Langeweile. Ob er tatsächlich nach Schmöckwitz fahren sollte, um die Blumenbank zu holen? Nein, es war zu früh. Wenn seine Oma wirklich zum Einkaufen nach Köpenick fuhr, dann höchsten gegen zwölf. Und er brauchte nur eine gute Stunde bis draußen.

Was tun? Er schaltete das Radio an. Im RIAS spielten sie den Schlager vom »kleinen Gustav«.

Kenn'n Sie den kleinen Gustav?
Wenn ja, dann sag'n Sie's der Bewag nicht.
Rückwärts und ohne Fehler
Dreht sich der Zähler
Und Sie hab'n Licht.

Der »kleine Gustav« war ein Wundergerät, das man auf den Zähler legen mußte, damit der rückwärts lief. Wenn der Bewag-Mann zum Ablesen kam, hatte man dann kaum etwas verbraucht. Die Bewag und die Polizei waren natürlich wie wild hinter diesen Stromsündern her, aber viele hatten einen »kleinen Gustav« zu Hause. Von Kukowskis wußten sie es alle. Andere zapften die Hausleitung an und zogen sich – an ihrem Zähler vorbei – eine eigene Leitung in den Korridor.

Manfred ging in den Korridor, knipste das Licht an und stellte sich vor ihren Zähler. Im kleinen Fenster drehte sich die silberne Scheibe, schwarz geriffelt und mit einer roten Markierung versehen, langsam um die Achse. Bei Frau Meißner lief das Radio. Wenn er nun einen Magneten nahm, vielleicht stoppte der die Scheibe im Zähler ...?

Er holte den größten, den er hatte, und begann mit seinem Versuch. Hm, viel brachte es nicht, jedenfalls blieb die Scheibe nicht stehen, wie er es insgeheim erhofft hatte. Aber anders als mit einem Magneten konnte doch auch der »kleine Gustav« gar nicht funktionieren. Vielleicht war sein Magnet nur nicht stark genug. Wenn sein Vater dagewesen wäre, der hätte das gewußt.

Mächtig enttäuscht ging er in die Küche und setzte sich zum Grübeln auf den Kohlenkasten. Sein Blick fiel dabei auf die Schüssel mit klarem Spülwasser, die seine Mutter vergessen hatte auszugießen. Zugleich fiel ihm ein, daß er neulich im Schulfunk gehört hatte, wie man das Wasser in Sauer- und in Wasserstoff zerlegt: indem man Strom hineinleitet. Vielleicht schaffte er das auch. In der Bastelkiste seines Vaters steckten zwei dicke Kupferkabel, blau isoliert, aber an den Enden blank. Die führte er nun in die weiße Emailleschüssel und steckte sie nacheinander in die Steckdose. Was er erwartet hatte, war ein fürchterlicher Blitz, aber es gab lediglich da, wo die blanken Drähte ins Wasser ragten, schöne und leicht blubbernde Blasen.

Erst als er durch ungeschicktes Hantieren dafür sorgte, daß die beiden Drahtenden aneinandergerieten, zischte es gewaltig, und die Sicherung flog raus.

Frau Meißners Radio verstummte.

Manfred öffnete die Tür zum Korridor und rief »Stromsperre!« Sie akzeptierte es und schimpfte leise vor sich hin.

Manfred wußte, daß eine kaputte Sicherung eine Katastrophe war, weil es keine neuen gab. Man bekam sie nur, wenn man sie gegen Mehl oder etwas anderes eintauschen konnte. Wenn seine Mutter das merkte, sperrte sie ihn bestimmt für den Rest des Abends ins Kackhaus ein. Aber zum Glück wußte er sich Rat. Irgendwo in den Tiefen des Küchenschrankes mußte doch noch das Staniolpapier liegen ... Von der Tafel Schokolade, die Onkel Gerhard im Krieg mal aus Paris mitgebracht hatte. Er fand es und umwickelte damit die defekte Sicherung. Das Licht ging wieder an, und Frau Meißners Radio dudelte weiter. Manfred strahlte.

Beim Suchen nach dem Staniolpapier hatte er auch eine alte Schachtel Streichhölzer gefunden. Eines war noch drin. Das hieß, daß er Feuerwehr spielen konnte. Zwar hörte er die Stimme seiner Mutter – *Hör auf zu kokeln! Wenn ich dich noch einmal dabei erwische, dann ...!* –, aber das schreckte ihn nicht. So leerte er die Abwaschschüssel, trocknete sie ab, legte zerrissenes Zeitungspapier hinein und steckte es an. Herrlich schoß die Flamme hoch. Mit Tatü-tata lief er nun zum Wasserhahn, drehte ihn auf und regulierte den Strahl mit seinem Daumen so geschickt, daß er ins Feuer fuhr.

Leider störte Frau Meißner die Löscharbeiten. Plötzlich stand sie in der Tür und keifte los: »Das werd ich deiner Mutter sagen!«

»Alte Ziege«, knurrte Manfred, denn der Spaß war ihm nun gründlich verdorben.

»Das sag ich ihr auch! Du bist ja wirklich ein schwer erziehbares Kind.« Damit zog sie wieder ab.

Manfred zeigte ihr einen Vogel. »Na warte, Rache ist süß!« Und die nächste Stunde verbrachte er damit, Frau Meißner das Leben zu vermiesen. Zuerst kippte er ihr aus seinem Kaufmannsladen eine Ladung Kümmel in den Topf, dann drehte er ihr das Gas ab, das heißt den Haupthahn zu, und schließlich schloß er sie in ihrem Zimmer ein. Warum ließ sie den Schlüssel auch draußen stecken.

»Laß mich raus!« Frau Meißner bummerte von innen gegen ihre Zimmertür.

»Ja, gerne, aber wie denn?«

»Du hast doch von außen abgeschlossen!«

»Hier steckt kein Schlüssel drin«, sagte Manfred. Was in diesem Augenblick auch stimmte, denn er hatte ihn ganz leise abgezogen und in seiner Hosentasche verschwinden lassen.

»Das sag ich deiner Mutter!« drohte Frau Meißner von neuem.

»Sagen Sie's doch!«

Manfred war sich sicher, daß seine Mutter ihn mit Lob überschütten würde, wenn sie davon hörte, wie sehr er Frau Meißner geärgert hatte. Nur so war die doch wieder wegzugraulen. Klar, daß Wohnungsamt hatte sie eingewiesen, aber nur, weil ihre Kinder sie nicht aufnehmen wollten. Die wohnten gar nicht weit weg auch in Neukölln. Sollten die doch, das war schließlich ihre Pflicht. Und außerdem war sie eine alte Petze.

Frau Meißner zeterte noch eine Weile, dann gab sie endlich Ruhe. Manfred fand, daß er das toll gemacht hatte.

Plötzlich aber klingelte es. Mehrmals und immer stürmischer. Die Polizei! Manfred machte sich vor Schreck fast in die Hosen. Zum Glück war es aber nur Frau Reinicke.

»Machst du mal bitte auf!« verlangte sie.

»Ich darf keinen Fremden reinlassen«, gab ihr Manfred Bescheid.

»Ich bin keine Fremde, ich bin Frau Reinicke aus dem Vorderhaus.«

»Meine Mutter ist nicht da.«

»Du möchtest bitte mal Frau Meißner aus dem Zimmer lassen.«

Erst jetzt ging Manfred das Licht auf: Die Frau Meißner hatte der Frau Reinicke über den Hof hinweg etwas zugerufen. Einen Augenblick lang geriet er in Panik. *Jetzt kommst du aber doch in die Erziehungsanstalt!* Schon hatte er die Lösung: Er ging zum Küchenspind, zog das Fach mit den Kramsachen auf und ließ den Schlüssel zum Zimmer von Frau Meißner« verschwinden. Was hieß: »das Zimmer von Frau Meißner«, ihr Schlafzimmer war das, das die alte Planschkuh ihnen weggenommen hatte.

Er zog die Kette zurück, schloß auf, zog die Tür nach innen und sah Frau Reinicke ganz artig an. »Frau Meißner hat von innen abgeschlossen und dann ihren Schlüssel verlegt. Das macht sie immer, ich kann wirklich nichts dafür.«

Frau Reinicke glaubte ihm. »Dann müssen wir die Feuerwehr holen und die Tür aufbrechen lassen.«

Es war ein doppelter Riesenschreck, den Manfred nun bekam. Wenn das passierte, dann war wirklich Polen offen. Quatsch, da konnte ja gar nichts passieren, wenn Frau Reinicke den Schlüssel im Küchenschrank fand und Frau Meißner befreite.

»Ich glaub, wir haben noch 'nen zweiten Schlüssel«, fiel Manfred ein und er führte Frau Reinicke zur Schublade, um mit ihr gemeinsam zu suchen.

Fünf Minuten später war Frau Meißner befreit, und sie schwor, gleich ins Amt zu gehen und zu sehen, daß sie hier wieder rauskam aus dieser Wohnung.

Manfred fühlte sich als Held, und erst knappe zwanzig Jahre später, als er dreißig wurde und aus diesem Anlaß auch durch die Ossastraße spazierte, sollte ihm dies alles herzlich leid tun.

Frau Meißner zog mit Frau Reinicke ab, beide wollten irgendwie im frühlingshaften Weichselpark spazierengehen, und Manfred war wieder allein.

Jetzt nahm er sich die elektrische Küchenuhr vor. Deren Rückwand war abnehmbar, und wenn man ganz geschickt an dem Bindfaden zog, mit dem sie ansonsten angeworfen wurden, konnte man es schaffen, daß sie rückwärts lief. Nach zehn Minuten gelang es ihm, und er freute sich schon diebisch darauf, wie seine Mutter am Abend wieder einmal nicht merkte, daß es immer früher wurde.

Als nächstes fiel ihm ein, daß er sich ja eigentlich einmal Räder für seinen schon lange geplanten selbstzubauenden U-Bahnwagen gießen konnte. Einer von seinen Klassenkameraden hatte erzählt, wie sowas ging. Man muß sich eine Form aus Sand anfertigen und dann das flüssig gemachte Blei hineingießen. Sand hatte er auf dem Balkon, und als Form ließ sich die alte Aluminium-*Kastrolle* – eigentlich Kasserolle, aber er sagte immer so – verwenden, ein kleiner Topf mit Stiel. Das nötige Blei lieferte ihm ein großer Indianerhäuptling, den er vor Wochen einmal Bimbo gegen ein Cigarettenbildchen seines Vaters abgetauscht hatte. Der Indianer kam in einen großen Löffel, den er über die vollaufgedrehte Gasflamme hielt. Doch er hatte kein Glück. Beim ersten Versuch verbrannte er sich die Finger, beim zweiten gelang es ihm zwar, das flüssige Blei in die Form zu gießen, doch das Ganze wurde leider kein Rad, sondern mehr ein Klumpen, der aussah wie ein zermanschtes silbernes Ei.

Ende der Vorstellung. Als unten auf dem Hof auch noch Kinder lachten, fühlte er sich verhöhnt. Er riß einen Fensterflügel auf und sah, daß sie einem Leierkastenmann gefolgt waren, der nun auch zu spielen anfing. Als die ersten Mieter Geld nach unten warfen, stürzten die Kinder hin, um es auszuwickeln und dem Künstler in den kleinen geflochtenen Korb zu werfen, der oben auf der Drehorgel stand. Dabei wollte Kukis jüngerer Bruder immer der Erste sein, und er stieß die Kleineren beiseite, wenn die ihm in die Quere kamen. Offenbar hoffte er darauf, daß ihm der Leierkastenmann nachher zur Belohnung ein paar Groschen schenken würde. Für ein paar Bonbons vielleicht, von denen andere selten und Manfred nie welche abbekam. Ihn ärgerte das, und Kuki gehörte außerdem zu denen, die Krücke zum Vertrauensschüler wählen wollten und nicht ihn. Also hatte Kukis Sippe einen kleinen Denkzettel verdient. Manfred lief in das Klo und zog aus dem Werkzeugschränkchen seines Vaters eine kleine Flachzange heraus, deren Griffe gut isoliert waren, wahrscheinlich um keinen

Schlag zu kriegen, wenn man damit an Leitungen arbeitete, die noch unter Strom standen. Für ihn aber war diese Isolierung aus einem ganz anderen Grunde von Bedeutung: Sie verhinderte nämlich, daß er sich die Pfoten verbrannte, wenn er – wie jetzt – einen eisernen Groschen in die Gasflamme hielt und solange wartete, bis der rotglühend geworden war. Als er das geschafft hatte, lief er zum Fenster und ließ den Groschen nach unten fallen, und zwar Freund Kukis Bruder direkt vor die Füße. Der war hocherfreut, daß das Geldstück diesmal nicht in ein Stückchen weißes Papier eingewickelt worden war – so hatte es der Leierkastenmann glatt übersehen, und auch nicht gehört, weil es nicht auf den betonierten Weg, sondern in die lockere Erde gefallen war. Das war sein's! Schon schossen die Finger des kleinen Kukowski nach unten – und Sekunden später hing sein Schmerzensschrei im tief eingeschnittenen Cañon zwischen Hinterhaus, Vorderhaus und Seitenflügel.

Manfred feixte. Das geschah diesem Gierschlund ganz recht.

Als der Leierkastenmann mit seinem Troß wieder abgezogen war, hinüber zum nächsten Hof, kam die Langeweile zurück. Es hatte also auch seine Vorteile, tagsüber in der Schule zu sein.

Erneut erwog er, zur 95 zu gehen und sich auf den Weg nach Schmöckwitz zu machen, aber wieder hielt ihn eine ungewisse Angst zurück. *Wenn das man gut gehen würde ...* Wenn seine Oma merkte, daß er ihr die Blumenbank gemopst hatte, würde ihn seine Mutter vielleicht nie wieder nach Schmöckwitz fahren lassen. Doch was blieb ihm weiter übrig, wollte er Vertrauensschüler werden. Wenn er das nicht wurde, so schien es ihm, brauchte er auch gar nicht mehr zu leben.

Er setzte sich an die uralte Schreibmaschine seiner Mutter und spielte U-Bahn. Wenn er auf die Leertaste drückte, glitt oben der Schlitten ein Stückchen weiter nach rechts, und nach drei, vier oder fünf Anschlägen – je nach Länge des Abstandes in der Wirklichkeit – kam der nächste Bahnhof. Grenzallee, Neukölln (Südring), Karl-Marx-Straße, Rathaus Neukölln ... Das war der U-Bahnhof, auf dem er immer ein- und auszusteigen hatte. Blau-graue Kacheln hatte der, und hier auf der Linie C fuhren immer die *Tunneleulen*, das waren Wagen, die an den Führerständen zwei ovale Fenster hatten.

Als er genug davon hatte, U-Bahnfahrer zu sein, ging er zur alten Singer-Nähmaschine und trat mit aller Kraft auf die Fußplatte unten, deren Wippbewegungen mittels einer ledernen Pese auf die Achse übertragen wurden. Mit einem silbernen Rädchen rechts außen konnte man sie von der Nadel abkoppeln und so ganz wunderbar Radrennfahrer spielen. Leider riß die Pese nach einiger Zeit. *Ich bin's nicht gewesen.*

In der nächsten halben Stunde sah er sich DIE WELT IN BILDERN an, das Album, in dem sein Vater, obwohl er nicht rauchte, viele kleine bunte Cigaretten-Bildchen gesammelt hatte, kaum größer als eine S-Bahnfahrkarte. Das war immer unheimlich spannend. Was es da alles gab. *Berühmte Dirigenten.* Blech hieß einer, Furtwängler ein anderer. Dann gab es eine Seite mit der Überschrift *Volkstümliche Fußballer.* Da war auch Hanne Sobeck von Hertha BSC dabei. In der Rubrik *Beliebte Schriftsteller* fand er Thomas Mann, in der Abteilung *Brennmaterial in fremden Ländern* sah er Araberfrauen Kamelmist tragen, und auf der Seite mit der *Fruchternte in den Tropen* entdeckte er Bilder mit der Unterschrift »Bananenschnitt auf Trinidad«, »Einsammeln der Dattelfrüchte in Vorder-Indien« und »Ananas-Ernte auf Hawai«. Wie diese Früchte schmeckten, wußte er nicht, obwohl seine Mutter behauptete, er hätte in seinem ersten Lebensjahr – vor dem Krieg – öfter geschlagene Banane bekommen. Und hätte ihm jemand gesagt, daß er einmal Bananen, Datteln und Ananas bergeweise kaufen und essen können würde, er hätte ihm nur 'nen Vogel gezeigt. Das war so utopisch, als hätte er sich vorgnommen, einmal Kaiser von China zu werden.

Manfred liebte diese fünf Bände mit den Cigaretten-Bildchen, die seine Eltern besaßen, und er verschlang sie immer wieder, und wenn ihm Frau Fahlenberg und andere Lehrer nachsagten, daß er ein bemerkenswertes Allgemeinwissen und eine ziemlich einmalige Neugier auf die Welt besäße, dann lag das nicht nur an seinem Vater und seiner Schmöckwitzer Oma und ihren vielen Büchern, sondern auch – und vielleicht sogar im wesentlichen – an diesen rührend kitschigen Bildchen.

Im Augenblick aber war Manfred der unglücklichste Junge auf der ganzen weiten Welt. Kam er nicht an die Blumenbank, war das sein Ende. Die ganze Klasse würde ihn als Großmaul verspotten und Krücke zum Vertrauensschüler wählen. Aber er konnte doch seine Oma nicht bestehlen. Und freiwillig, da gab sie ihm das Ding doch niemals raus. Er war so traurig wie erst wieder knappe zwanzig Jahre später, als er merken mußte, daß es mit der ersten große Liebe seines Lebens nie etwas werden konnte.

Er schloß ihr Zimmer ab, damit Frau Meißner nicht wieder schnüffeln konnte, und floh aus der Wohnung. Eine Ewigkeit saß er unten auf den Mülltonnen, und wenn keiner vorbeikam, weinte er auch. Alles hing an dieser Blumenbank. Blamierte er sich damit bis auf die Knochen, gab ihm Frau Fahlenberg ganz sicher keine guten Noten mehr und er fiel von der ersten Leistungsgruppe in die zweite zurück, in die dritte, in die vierte. Da war dann nichts mehr mit der höheren Schule. Und er wollte doch was werden im Leben, vielleicht sogar im Lexikon stehen.

Aber nun – vielleicht war schon übermorgen alles aus ...

Am besten war es, die Müllabfuhr kam und nahm ihn mit.

Langsam wurde ihm bewußt, daß sich sein Problem nicht löste, wenn er weiterhin hier saß und Trübsal blies. Er mußte etwas tun. *Sich regen, bringt Segen* stand ja auch bei seiner Kohlenoma auf einem selbgestickten Wandbehang, und auf den alten Operetten-Platten seines Vaters sang immer einer: »Wer sich die Welt mit einem Donnerschlag erobern will, der darf nicht warten, bis ein anderer vor ihm blitzt«.

Er sprang von der Mülltonne, und sein Entschluß stand fest: Ich fahr' nach Schmöckwitz raus und klau' mir die Blumenbank.

Jetzt war alles so furchtbar leicht, und es kam ihm vor, als würde er wie ein Adler durch die Lüfte fliegen. Gleichzeitig wußte er, daß er nun ganz ruhig bleiben und alles sehr sorgfältig planen mußte. Angenommen, er konnte seiner Oma die Blumenbank aus dem Garten entwenden und erst mit der 86, dann mit der S-Bahn und schließlich bei Einbruch der Dunkelheit mit der 95 bis zur Ossastraße bringen – was dann? Sie mit in die Wohnung nehmen, war ausgeschlossen, denn seine Mutter durfte ja nichts von allem wissen. Und wenn er sie im Hof hinter die Sträucher stellte, war sie garantiert am nächsten Morgen weg. Er überlegte lange. Blieb also nur, sie in den Keller zu stellen. Da kam seine Mutter ganz bestimmt nicht hin. Nur, da mußte er vorher einiges beiseite räumen, damit sie auch hineinpaßte.

O Gott, nein, bloß nicht in den Keller, allein und ohne Licht! Er zögerte minutenlang. Doch es blieb ihm keine andere Wahl. Die Kellerschlüssel hatte er in der Hosentasche stecken. Das war ein gutes Omen. Warum eigentlich hatte er sie in der Hosentasche stecken ...? Er mußte lange überlegen. Ach ja, er hatte doch letzte Woche den Auftrag bekommen, die beiden Stühle für den Balkon nach oben zu holen ... Zum Glück hatte seine Mutter das ebenso vergessen wie er selber.

Noch einmal tiefes Durchatmen, dann stieg er die Kellertreppe nach unten und öffnete die Tür. Als er in den dunklen Stollen trat, hustete er ganz laut. Das vertrieb die Ratten. Er kam an der ersten Nische vorbei. Da lauerte bestimmt einer, um ihn zu erschlagen oder sich an ihm zu vergehen. So stand des immer in den Zeitungen, ohne daß er sich genau vorstellen konnte, was das heißen mochte. Irgendwie war das aber von seinem Gefühl her dasselbe, was die Russen in Groß Pankow mit den Frauen gemacht hatten, und es mußte etwas ganz Schreckliches sein.

Er schaffte es bis zu der Tür, die die Kellerverschläge der Mieter vor unberechtigten Zugriffen schützte. Es war völlig dunkel, und er brauchte eine Weile, bis er den richtigen Schlüssel ertastet hatte. Als er ihn ins Schloß gesteckt und herumgedreht hatte, bemerkte er, daß gar nicht abgeschlossen war. Hatte es mal wieder einer vergessen, na ja. Ungewöhnlich war das nicht, und Frau Roggensack schimpfte auch ständig darüber. Die Tür quietschte gewaltig, als er sie aufzuziehen versuchte. Seine Tante Claire sagte immer, das seien die unerlösten Geister der Toten. Unsinn! Oder?

Am Ende des langen Ganges war ein winziges Lichtpünktchen zu sehen. Immerhin ein Orientierungspunkt. Er tastete sich langsam nach vorn und war auch schon fast an ihrer Kellertür, als er über etwas Weiches stolperte, das den Eingang blockierte. Erst dachte er, daß es sich um einen alten Teppich handeln würde, den einer hier abgelegt und vergessen hatte, dann aber, als er ihn zur Seite schieben wollte, bemerkte er, daß er einem Menschen in den Mund gefaßt hatte.

Der Schrei, mit dem er aus dem Keller rannte, war so schrecklich, daß den Frauen noch im vierten Stock die Suppenkellen aus den Händen fielen. Alles stürzte nach unten, und sie fanden Frau Roggensack, die Hauswartsfrau, tot im Keller liegen. Herzschlag, hieß es.

Als Manfred wieder richtig zur Besinnung kam, saß er bei Fräulein Krahl im Laden und hörte seine Oma sprechen.

»Ich hab da bei mir draußen in Schmöckwitz so einen Animus gehabt und mich in die Bahn gesetzt, um mal zu sehen, wie es meinen Kindern geht.«

Manfred starrte sie an. *Der Mensch denkt, Gott lenkt* sagten sie immer, und vielleicht stimmte es sogar. Langsam erholte er sich wieder, und sie gingen in die Wohnung nach oben. Zeit seines Lebens sollte er sich später fragen, warum er es in diesem Moment nicht schaffte, sie ganz offen nach der Blumenbank zu fragen, ob es nicht möglich wäre, sie ihm für ein, zwei Jahre abzulassen, wie der Ausdruck dafür war. Da war eine unerklärliche Sperre. Vielleicht die Angst, daß sie nein sagen könnte. Daß er dann das verlor, was ihn recht eigentlich trug? Er wußte es nicht.

Nahm man es ganz genau, so war sie gekommen, um ihrer Tochter die Arbeit mit der Wäsche abzunehmen, das heißt, sie zum Rollen zu bringen.

»Da komm ich mit!« rief Manfred. Die elektrische Rolle, das war etwas, was ihn schon als Kleinkind fasziniert hatte. Die Rolle stand in der Drogerie von Kraft, ein paar Häuser weiter, und war ein großer Holzkasten, der quasi aus zwei Teilen bestand: dem stabilen Untergestell, das einem Billardtisch ähnlich sah, und einem beweglichen Kasten, in dem schwere Feldsteine lagen. Dieses wuchtige Gebilde ruhte auf zwei Stäben, gute anderthalb Meter lang, die Manfred an überdimensionale Nudelhölzer erinnerten. Wunder der Technik – ein Elektromotor sowie mehrere Transmissionsriemen, Schalter und Gestänge – sorgten nun dafür, daß sich der steinbeschwerte Kasten wie ein Schlitten mal nach rechts, mal nach links bewegte, im letzten Augenblick immer wieder wie durch Zauberhand gestoppt wurde, ehe er auf den Boden stürzen konnte. Legten die Frauen nun, wenn der Kasten im Stillstand weit außen hing, ihre großen Wäschestücke, insbesondere Tischdecken, Bettücher und Gardinen, unter die runden Hölzer, und der schwere Schlitten ging nachher einige Male über sie hinweg, das heißt über die Wäsche, so bekamen sie wunderbar geglättete Stücke.

Komm nicht mit den Fingern unter die Rolle!

Das hatte Manfred Zeit seines Lebens zu hören bekommen, obwohl ein herunterklappbares hölzernes Gitter, wenn die Rolle eingeschaltet war, den Griff in die Gefahrenzone nahezu unmöglich machte.

Manfred durfte nun zweierlei machen: einmal die Rolle mit einem imposanten An-Aus-Schalter in Bewegung setzen und wieder stoppen und zum anderen die Wäsche, hatte seine Oma sie auf dem großen Brett unter dem Kasten ausgebreitet, mit einer Art Puderzuckerstreuer vorher noch ein wenig naß machen.

Während sie da beide eifrig werkelten, wäre allemal Gelegenheit gewesen, zum Thema Blumenbank zu kommen, doch mehr als einen kurzen Anlauf wagte er nicht.

»Großvater Quade hat viel gebaut in Schmöckwitz, nich ...?« August Quade war der Vater seiner Schmöckwitzer Oma, also sein Urgroßvater.

»Die Laube, die Veranda, die Schuppen alle ...«

»Die Blumenbank auch ...« Endlich war das Wort heraus!

»Ja, die auch«, nickte seine Oma.

»Da könnteste dir doch mal 'ne neue hinstellen ...«

»Die ist doch noch gut, und ich hänge sehr an ihr.«

Schluß, aus, vorbei. Manfred überlegte, ob er nicht seine Hände unter die Rolle legen sollte. Mit zerquetschten Fingern hätte er wochenlang nicht mehr in die Schule gemußt.

Bald war das letzte Wäschestück gerollt, und sie trugen den Korb wieder nach oben. Als sich seine Oma in den Sessel gesetzt hatte, um Strümpfe und zerrissene Hemden und Hosen zu stopfen, was sie mit Hilfe eines hölzernen Pilzes meisterhaft wie keine zweite konnte, blieb Manfred ein Weilchen neben ihr stehen.

»Gibt's noch was, mein Junge ...?« fragte sie und sah ihn mild und gutherzig von unten her an.

Jetzt war der Augenblick gekommen ...! Nein, wieder schaffte er es nicht. Später, es war ja noch Zeit, denn seine Mutter war zum Betriebsausflug nach Werder an der Havel gefahren und würde erst wieder spät abends in der Ossastraße sein.

So kam statt der Frage nach der Blumenbank nur die, ob er noch nach unten auf die Straße dürfe. »Fußball spielen ...«

»Ja, selbstverständlich.«

Unten aber waren nur welche beim Trieseln und beim Hopsespielen, die Mädchen vor allem, die aber unter sich bleiben wollten. Manfred nahm es gelassen hin, denn beim Trieseln stellte er sich immer ziemlich dämlich an, schaffte es nie, den bunten auf den Kopf gestellten hölzernen Kegel mit seiner Peitsche länger als fünf Sekunden am Rotieren zu halten. Bumms, schon schlitterte das blöde Ding übers Pflaster, und die anderen lachten.

Hopse war für ihn ein Buch mit sieben Siegeln. Dennoch sah er zu, wie zwei der Mädchen es spielten, denn wenn sie ihre kleine Kette in eines der Felder zwischen ERDE, HÖLLE und HIMMEL warfen und dann breitbeinig in bestimmte Felder hopsen, konnte man öfter einmal ihre Schenkel bis zum Schlüpfer hinauf bestaunen, und da war offenbar die Stelle, um die sich bei den Männern später alles drehte. So wie Scott und Amundsen nichts anderes mehr im Kopf gehabt hatten, als zum Südpol zu gelangen. Da war eine mit langen Zöpfen, er wußte nicht einmal, wie sie hieß, und er stellte sich vor, so auf ihr zu liegen, wie er es mal im Kino in Köpenick gesehen hatte. Als sie ihn dann fragte, ob er mitspielen wollte – *Mutter, Mutter, wie spät ist die Uhr?* –, bekam er einen roten Kopf und stotterte herum. »Nein ... Doch ... Ja.«

Sie hieß Hannelore und war die Mutter, die zehn Meter vor den anderen stand, ein Dutzend Jungen und Mädchen, die zumeist aus der Ossastraße kamen. Manfred war als erster dran.

»Mutter, Mutter, wie spät ist die Uhr?«

»Vier!« rief Hannelore.

Manfred konnte nun vier Schritte in Richtung Hannelore machen, und in gleicher Weise rückten alle anderen vor. Hannelore richtete es so ein, daß er sie als erster erreichte und nun im nächsten Spiel selber »Mutter« sein konnte. Er verstand nicht, was das hieß, und verabschiedete sich schnell von ihr und den anderen, als seine Clique um die Ecke bog – Kutte, Jünne, Kuki, Krücke und die anderen – und ihn fragte, ob er nicht zum Maybachufer mitkommen wolle, zum Fußballspielen.

»Um die Straßenmeisterschaft jegen die Fuldastraße!«

»Na klar.«

Doch als sie auf dem Sportplatz am Maybachufer ankamen, war die Enttäuschung groß, denn wegen eines nachzuholenden Punktespiels der Männer durften sie nicht auf den Platz. *Funjum* verjagte sie. Keiner wußte, woher der kleine, verwachsene Platzwart seinen Spitznamen hatte, aber er war *die* Feindfigur ihrer Fußballerzeit. Immer vertrieb er sie. Auch wenn keine Erwachsenen hier spielen wollten oder mußten.

»Det jibt Rache!« rief Jünne prompt, und als *Funjum* kurz einmal verschwand, machten sie sich ans Werk.

Wegen des absoluten Brennstoffmangels konnte es sich zu dieser Zeit das Sportamt nicht leisten, die hölzernen Torpfosten und -latten auf den Plätzen stehenzulassen, sie wären noch in der ersten Nacht, nachdem man sie aufgebaut hatte, abgesägt und dann verfeuert oder zumindest für den Winter eingelagert worden. Um aber trotzdem einen regelgerechten Spielbetrieb durchführen zu können, war man auf die Idee gekommen, auf jeder Torauslinie im Abstand von genau 7,32 Metern zwei armlange Löcher in den Boden zu treiben und sie mit Brettern auszukleiden – dies genau in der Größe, die die weißen

Torpfosten hatten. Diese wurden – ebenso wie die beiden Latten – in einem Lokal in der Pannierstraße aufbewahrt, fast vierhundert Meter entfernt, und mußten vor jedem Spiel auf den Platz und nach dem Schlußpfiff wieder zurückgetragen werden. Immer zu zweit die beiden Pfosten und die Latte, so daß sich jeweils sechs Spieler jeder Mannschaft als Träger zur Verfügung stellen mußten. Auf dem Platz angekommen, war es dann gar nicht so einfach, die Pfosten so zu halten – genau senkrecht mußte es sein –, daß sie in die Öffnungen rutschten. Das ging selten ohne drastische Vergleiche ab, die den Jungen mehr Aufkärungsunterricht boten als Schule, Eltern und alle verschämten Schriften zusammen.

»Schieb det Dings mehr nach links und dann ging's!« sang einer der Männer.

Diesmal aber hatten die Spieler, die den Aufbau besorgen mußten, ganz besondere Mühe, denn es waren, wie Manfred und seine Kumpane mit Staunen bemerkten, Männer vom Gehörlosensport, die sich nur per Gesten und Handzeichen verständigen konnten. Als sie dann ihre beiden Pfosten endlich in den Senklöchern hatten und auch die Latte glücklich festgeschraubt war, mußten sie eine sehr betrübliche Entdeckung machen: War die vorgeschriebene Höhe eines Fußballtores 2,44 Meter, so war ihres gut und gerne zwanzig Zentimeter höher, und ihr ohnehin nicht eben großer Torwart kam nicht mehr mit den Fingerspitzen an die Unterkante. Großes Palaver. *Funjum* kam herbeigestürzt, die Hose nicht ganz zugeknöpft, und verstand die Welt nicht mehr.

»Tor nicht gut!« schrie er immer wieder. »Verstehen Sie nicht?« Dabei hüpfte er wie ein Gummiball auf und ab, um den Gehörlosen das klarzumachen, was sie lange wußten.

Manfred und die anderen bogen sich vor Lachen. Ihre Rache war geglückt. Sie hatten einige Steine in die Pfostenlöcher geworfen … *Funjum* lag nun auf dem Bauch und versuchte, sie wieder herauszuklauben. Und das war gar nicht einmal so einfach, auch wenn er das Abbrechen mehrerer Fingernägel riskierte.

Wenn Manfred ein schlechtes Gewissen hatte, dann nicht wegen des Platzwartes, von dem sie oft genug geärgert und gegängelt worden waren, sondern wegen seines Onkels. Die Mannschaft, die sich auf der anderen Seite des Platzes ebenso mit dem Toreaufrichten abmühte wie auf ihrer Seite die Gehörlosen, war nämlich der spätere BBC Südost, bei dem der Halbbruder seines Vaters, Onkel Helmut, seit kurzem als Linksaußen spielte. Und Onkel Helmut hatte sich auch schon um seine Mannschaft verdient gemacht – und zwar durch eine geradezu geniale Idee. Einheitliche Jerseys gab es nach dem Krieg für die unterklassigen Mannschaften längst noch nicht, sondern jeder trug das, was er so besaß und '45 gerade man gerettet hatte. Es gab also Jerseys und Hosen in allen Formen, Längen und Farben. Sah der rechte Verteidiger in blauem Hemd, roten Hosen und gelben Stutzen so aus wie der jüngst verstorbene Kanarienvogel seiner Tante Irma, so erinnerte der linke Verteidiger derselben Mannschaft in gänzlich weißer Kluft an einen Arzt oder Sanitäter. Onkel Helmut nun hatte den Vorschlag gemacht, sämtliche Kleidungsstücke der Spieler von Südost einzusammeln und geschlossen schwarz färben zu lassen. »So seh'n wa wenigstens alle einheitlich aus.« Gesagt, getan.

Und so kam es, daß Südost im heutigen Spiel dem Gehörlosen-Verein einiges an Geschlossenheit voraus hatte, obwohl Manfred den kleinen Denkfehler in der Strategie seines Onkels nicht ganz übersehen konnte: Dadurch, daß die Südostler so einheitlich gekleidet waren, wußten natürlich auch die anderen viel eher, wer zu wem gehörte, als das der Fall gewesen wäre, wenn sich alle bunt gemischt auf dem Platz getummelt hätten. Südost führte bald mit 2:0. Dies vor allem, weil das Tor der Gehörlosen eben die entscheidenden Zentimeter zu hoch geraten war, aber auch, weil Schreie wie »Hintermann!«, »Ran!«, »Deck deinen Mann!« oder »Spiel doch endlich ab – nach rechts!« mehr brachten als stumm hochgerissene Hände oder böse Blicke. Manfred hatte Mitleid mit den Gehörlosen.

Auch sein Onkel Helmut war nicht so glücklich, wie er es eigentlich hätte sein müssen. Das lag einmal daran, daß er – zu lange hatte er als Kriegsgefangener in französischen Bergwerken schwere Helme tragen müssen – für sein Alter, fünfundzwanzig, schon eine ziemlich kahle Bomme hatte und ein bißchen nach Opa aussah, vor allem aber lag es an den beiden Buchstaben auf seinem schwarz gefärbten Jersey. Hinten kamen nämlich – Rückennummern kannte man in jenen Jahren nicht – immer wieder dick und glänzend ein »P« und ein »G« heraus, was für Kriegsgefangener stand (prisonnier de guerre). Die Zuschauer, die sich inzwischen reichlich eingefunden hatten, interpretierten dies allerdings ganz anders, nämlich als PG = Parteigenosse.

»Nazi, Nazi!« schrien sie immer wieder, wenn sein Onkel auch nur in Ballnähe war. Der Spott traf aber auch deshalb Onkel Helmut, weil man in dieser Zeit immer den schlechtesten Spieler beziehungsweise größten Deppen auf Linksaußen stellte, und er spielte Linksaußen.

Nun, Onkel Helmut, derart verunsichert, vergab nicht nur drei glänzende Torgelegenheiten, sondern schoß in der zweiten Halbzeit, als die Gehörlosen auf 1:2 herangekommen waren, sogar noch ein Eigentor, so daß das Spiel schließlich unentschieden endete.

Insoweit konnte Manfred beruhigt nach Hause traben. Zwei Stunden blieben ihm noch, die Sache mit der Blumenbank zu klären. Erst aber setzte er sich auf den Balkon, um sich ein wenig zu erholen. Seine Schmöckwitzer Oma war ohnehin in der Küche, Flammeri zu kochen.

Die Einladung zum Betriebsausflug seiner Mutter lag auf dem Klapptisch herum. Manfred nahm sie und fand das alles köstlich, was da stand, wäre liebend gern schon erwachsen gewesen und hätte mitgemacht, das mußte ungeheuer spannend sein:

Betr.: Dampferfahrt der VAB nach Werder/Havel

Den Bediensteten ist die Möglichkeit gegeben, unter Abgabe folgender Marken

200 g Kartoffeln
50 g (1 Stck.) oder 100 g (2 Stck.) Fleisch
50 g Nährmittel
5 g Fett

1 x Kartoffelsalat und 1 bzw. 2 Würstchen
1 x Gemüseeintopf (3/4 l)

zu erhalten. Der Preis beträgt bei 1 Würstchen 2,00 RM
2 Würstchen 2,30 RM

Die Marken und das Geld müssen bis spätestens am Montag vor der Dampferfahrt bei Frl. Dammeier, Zimm. 311, abgegeben werden. Besteck ist unbedingt mitzubringen.

Für je 4 Bedienstete steht 1 Flasche Schnaps zur Verfügung, der Preis dafür beträgt ca. 40,– bis 50,– RM.

> Um zu vermeiden, dass 10,– RM Korkengeld je Flasche verlangt werden kann, wird vorgeschlagen, die Flaschen vorher zu teilen, so dass jeder Bedienstete sein Teil selber mitbringt.
> Wir bekommen diese Schnapszuteilung nur gegen Abgabe leerer Flaschen. Aus diesem Grunde wird gebeten, schnellstens, d.h. bei Abgabe der Lebensmittelmarken, die leeren Flaschen abzugeben (4 Ang. 1 Flasche), gleichzeitig ist das Geld dafür zu entrichten.
>
> Der Unkostenbeitrag für diese Fahrt beträgt 4,– RM. Teilnehmerkarten sind ebenfalls im Zimm. 311 zu haben.
>
> Wir weisen nochmals darauf hin, dass der Dampfer um 9.00 in Wannsee abfährt, Rückkehr gegen 20.00 in Wannsee. Während der Fahrt und in Werder/Havel spielt die bekannte Tanzkapelle Axel't Holt mit ihren 6 Solisten.
>
> Lt. Zeitungsnotiz ist mit herrlichem Wetter zu rechnen, so daß zumindest Sonnenbaden in Betracht gezogen werden kann.

»Manfred, möchtest du den Topf auslecken?«

Und ob er mochte! Er stürzte in die Küche. Für die Kinder seines Alters war es das höchste Glück auf Erden, Töpfe auszulecken. Beim Kochen und Backen lauerten sie auf nichts anderes. Griespudding, Flammeri, von seiner Schmöckwitzer Oma mit einem Stück guter Butter abgezogen, waren dabei eine besondere Delikatesse. Als Manfred vierzig Jahre später einen Hund hatte und der ihn beim Essen ständig angierte, mußte er des öfteren an sich und die Jahre nach Kriegsende denken: so hatte er auch geguckt und sich gefreut, wenn er etwas abbekam.

Jetzt wäre Zeit gewesen, von der Blumenbank zu reden, und er traute sich auch.

»Du, Oma …?«

»Ja, mein Junge …?«

Da kam seine Mutter vom Betriebsausflug zurück, früher als erwartet und ziemlich angeheitert.

»Du, Mutti«, sagte sie zu ihrer Mutter, »ich hab so 'n schlechtes Gefühl Otto gegenüber … Der schuftet im Steinbruch, ist vielleicht gerade zusammengebrochen und wird ausgepeitscht – und wir sitzen da auf dem Dampfer, trinken und lachen ...«

»Kind ...! Du mußt hier durchhalten – für Otto und den Jungen. Und darum war es richtig, daß du mitgefahren bist.«

Seine Oma hatte noch genug zu tun, seine Mutter wieder zu beruhigen. Dann fuhr sie trotz der späten Stunde wieder nach Schmöckwitz zurück, weil sie am nächsten Morgen ganz früh zu Dr. Schuchardt gegen wollte, und Manfred fühlte sich noch elender als ehedem.

Vielleicht wäre es doch am besten gewesen, wenn sich seine Mutter damals mit ihm zusammen das Leben genommen hätte.

Das Einzige, was ihm blieb, war ein Schlager aus der Nazizeit, den viele noch auf ihren Plattenspieler legten: *Es wird noch mal ein Wunder gescheh'n ...*

Doch auch in seinem Falle geschah das Wunder nicht. Die von Frau Fahlenberg gesetzte Frist verging, ohne daß er in der Lage gewesen wäre, die begehrte Blumenbank ins Klassenzimmer der 3 c zu stellen. Er hatte es ebensowenig fertiggebracht, sie zu stehlen wie sie seiner Oma in langen Gesprächen abzuluchsen.

Morgen, Sonnabend, war der Tag, wo er mit der Blumenbank erscheinen mußte – oder alles war verloren, und er konnte sich gleich einen Strick nehmen, wie's die Erwachsenen immer formulierten.

Den Freitagnachmittag verbrachte er, um sich abzulenken, mit allerlei Aktivitäten. Zuerst erledigte er das, was ihm Frau Fahlenberg schon lange aufgetragen hatte und was zu den tragenden Säulen ihrer modernen Pädagogik gehörte: die Betreuung leistungsschwacher Schüler durch die Besten der Klasse. In seinem Karree gab es zwei Abstiegskandidaten, um die er sich kümmern sollte. Der erste war Hartmut, dessen Eltern eine Drogerie betrieben und wenig Zeit aufbringen konnten, ihrem Sohn bei seinen Hausaufgaben zu helfen. Er klingelte am Hintereingang, wurde eingelassen und hatte der Mutter mitzuteilen, daß Hartmut wieder einige Fünfen geschrieben hatte und seine Versetzung stark gefährdet sei. Dann ging er mit Hartmut schnell die aktuellen Hausarbeiten durch, gab ihm ein paar Tips und verabschiedete sich mit ein paar trostreich-salbungsvollen Worten. Dasselbe wiederholte sich wenig später bei Thomas, dessen Eltern im Krieg umgekommen waren und der nun von seinen mehr oder minder hilflosen Großeltern aufgezogen wurde.

Manfred erfüllte diese Missionen stets mit gemischten Gefühlen. Einerseits war er glücklich darüber, auf der Sonnenseite des Lebens zu sein, zumindest was die Schule betraf, und er genoß es förmlich, besser als andere dazustehen, ja, er suhlte sich, wenn er ehrlich war, fast ein wenig im Elend der anderen, andererseits aber litt er auch an und unter dieser Rolle, Besserwisser zu sein und den anderen Hiobsbotschaften überbringen zu müssen. Er fühlte sich manchmal als elender Büttel seiner Lehrer, arrogant, altklug und eitel.

Als die Besuche bei Hartmut und Thomas erledigt waren, ging er zu Tietz, dem Friseur in der Weichselstraße, der gleich neben Rausch, dem Schlächter, seinen Laden hatte.

Wie seh'n denn deine Haare wieder aus!

Zum Artigsein gehörte es, kurze und hinten sauber geschnittene Haare mit einem akkurat gezogenen Scheitel zu haben. Daran konnte man die Güte und den Charakter eines Menschen erkennen. Mit langen und ungekämmten Haaren war man automatisch ein Rumtreiber und verkommenes Subjekt. Diese Sicht der Dinge führte dazu, daß die Jungen jede Woche zum Friseur geschickt wurden und dort auf ständig überfüllte Räume trafen, zumal auch die Männer dauernd dort saßen. Und da die Erwachsenen im Zweifelsfalle immer Vorrang hatten, mußten Manfred und seine Kameraden oft lange Wartezeiten in Kauf nehmen, vor den Feiertagen sogar ganze Ewigkeiten. Er selber haßte das Haareschneiden aus tiefstem Herzen, war schon als Kind nur heulend und schreiend und mit viel Gewalt dahingebracht worden, sich in den speziellen Stuhl zu zwingen, immer in der Angst, daß man ihm ein Ohr, wenn nicht gar den ganzen Kopf abschneiden würde. *Sitz doch endlich mal still!* Auf der anderen Seite ging er ganz gerne zu Tietz und wartete ganz gottergeben, bis er an der Reihe war, weil es immer interessante Gespräche zu verfolgen gab, insbesondere wenn größere Jungen und Männer an der Reihe waren oder gar bei den Frauen in der separaten Abteilung. Da erfuhr er alles über die Politik, über krumme Geschäfte und über Fußballspiele und hörte eine Reihe von schweinischen Witzen, die ihm zu der Erkenntnis verhalfen, daß der *Puscher* von der Natur nicht nur zum *Puschen* geschaffen worden war.

Nachdem ihn der Friseurgehilfe mit einem ordentlichen Haarschnitt entlassen hatte, eilte er in die Ossastraße zurück, immer noch in der Hoffnung auf das Wunder, daß die Blumenbank vor der Nummer 39 stand und seine Oma von Gott die Weisung bekommen hatte, sie nach Neukölln zu bringen. Doch Gott mußte gerade etwas anderes zu tun gehabt haben. Was er statt dessen sah, war der Bauer aus Rudow oder Britz mit seinem Gummiwagen.

Brennholz für Kartoffelschalen!

Manfred rannte nach oben, um den Eimer mit ihren Schalen zu holen. Wer sich nicht beeilte, mußte dem Wagen bis an die nächste Straßenecke folgen, und möglicherweise lauerten dort Jungen aus einer Clique, mit der man sich gerade im Kriegszustand befand. Versäumte er es, den Tauschhandel abzuwickeln, war mit seiner Mutter nicht gut Kirschenessen.

Bis sie nach Hause kam, hatte er alles erledigt: das Brennholz beschafft, die Küche ausgefegt, das Wohnzimmer aufgeräumt, seine Schularbeiten gemacht und die Schuhe geputzt.

Kurz vor sieben kam seine Mutter von der Arbeit zurück, wie immer ziemlich erschöpft. Es gab Abendbrot, zwei Stullen mit ein wenig Butterschmalz und Spuren einer bräunlich-grauen Teewurst, die sie Fensterkitt nannten. Was das Trinken betraf, hatte er die Wahl zwischen dem Wasserhahn, Leitungsheimer hieß das bei den Erwachsenen, wenn sie das stark gechlorte Wasser aus Weingläsern tranken, und Kamillentee, dessen Blüten aus Groß Pankow stammten. Den Tee haßte er, weil er ihn an Bauchweh denken ließ, also ging er mit seinem Glas zur Leitung.

Nach dem Essen wurde gemeinsam abgewaschen, dann setzten sie sich ins Wohnzimmer und machten es sich gemütlich. Seine Mutter holte Wolle und Nadeln hervor und fuhr fort, einen Pullover für ihn zu stricken, und er nahm sich seine Bildersammlung vor. Das waren seine absoluten Schätze. Die *Natur-Bilder* und *Welt-Karten der Berliner Morgenpost* hatte er nahezu vollständig, von den *Welt-* und *Deutschen Kulturbildern* leider nur wenige. Es waren wunderbar bunte und kunstvolle Zeichnungen, die er sich immer wieder ansehen mußte. Am schönsten fand er das Bild Nr. 4 aus der Natur-Bilder-Serie. Es trug die Überschrift *Die Anziehungskraft der Massen* und zeigte einen Mann, dem Kuchen, Messer, Geschirr, Blumenvasen und Stühle um die Ohren flogen. In der Bildunterschrift erfuhr man, warum das so war: »Wenn die Erde einen Augenblick ihre Anziehungskraft verlöre, würden sich alle Sachen gegenseitig anziehen und einander zufliegen.« Länger verharrte er auch bei den Bildern Nr. 28 (*Aufstieg eines Heißluft-Ballons*), Nr. 38 (*Das Kohle-Bergwerk*) und Nr. 43 (*Erdöl-Quellen*), vor allem aber bei den Nummern 10

(*Die Schwung-Kraft*), wo ein Radfahrer auf einer Art Achterbahn ein Looping drehte, 12 (*Berlin in 300 000 Jahren*), wo der Schloßplatz infolge der sich senkenden norddeutschen Tiefebene total überflutet war, und 13 (*Das Beharrungs-Streben*), auf dem ein herrlich durch Wiesen und Felder dahindampfender Zug zu sehen war, aus dem eine Weinflasche flog: »Infolge der Beharrung fliegt ein aus dem fahrenden Zug geworfener Gegenstand (anfangs) mit Zug-Geschwindigkeit, besitzt demnach eine gefährliche Flug-Schnelle. Also: Nichts aus dem Zug werfen!« Auch die Länder Südamerikas lernte er für immer und ewig anhand der *Welt-Karte* Blatt 15 kennen. Von vielleicht größtem Einfluß auf sein Fühlen und denken aber war das *Natur-Bild* Nr. 52, das zwei Indianer zeigte, die mit ihren Speeren auf einen Zeppelin zielten, der hoch über ihren Köpfen schwebte. »Wer ist nun glücklicher?« wurde gefragt. »Die harmlosen, nackten Wilden, die in inniger Berührung mit der Natur leben, ohne sie meistern zu können, oder wir hochzivilisierten Menschen, die wir die Natur in unsern Bann geschlagen, aber an Naturnähe verloren haben?«

»Wollen wir was spielen?« fragte seine Mutter.

»Ja.«

Nach einigem Hin und Her einigten sie sich auf ein Quartett, das Manfred wegen seiner wunderschönen Zeichnungen so liebte, alles Jugendstil. Die einzelnen Viererblöcke hießen Ausreise, Verkehrsmittel, Baudenkmäler, Leben im Orient, Nomaden, Naturschönheiten, Im fernsten Osten, In Indien, Hafenplätze und Heimreise.

»Hast du Verkehrsmittel – *Zebugespann*?« Manfred hatte davon nur *Deckszene*.

»Ja.« Seine Mutter gab ihm die Karte.

»Und *Im Pullman* auch?«

»Ja.«

Sie merkten bald, daß Quartett zu zweit nicht sehr spannend war, und hörten wieder auf damit.

»Wenn Vati da wäre, dann ...«

»Halma?« fragte seine Mutter.

»Nein.« Das war das einzige Spiel, das seine Mutter virtuos beherrschte, und Manfred hatte keine Lust, dauernd zu verlieren.

»Dann wird aufgeräumt«, sagte sie und zeigte in die Ecke hinterm Sofa, wo er wieder einmal seine Hochbahnstrecke zwischen Warschauer Brücke und Wittenbergplatz aufgebaut hatte. »Morgen wird gesaugt.« Um mit guten Beispiel voranzugehen, machte sie sich daran, die Kramecke im Schreibschrank unten rechts einmal auszumisten. Dabei fand sie zwei Kinderbücher, die Manfred einmal sehr gern gehabt hatte: *Die Spatzenfahrt* und *Die Geschichte vom Osterhäschen Hoppel.* Leider war alles in altdeutscher Schrift gehalten, und Manfred hatte Mühe, die Texte zu entziffern. Bei Spatzens ging es lustig zu:

Endlich ist der Winter aus,
Kinderchen, schnell aus dem Haus!
Und der strenge Vater Spatz,
Hebt sich auf von seinem Platz,
Leert sein Krüglein Spatzenwein:
Raudi, Rudi, spannet ein!

Und im Wagen, gezogen von der Henne Gack, ging es mit der Spatzenfahrt hinaus in die Mutter Natur. Manfred mußte unwillkürlich an Schmöckwitz denken – und die Blumenbank.

Er hatte das Gefühl, daß dies der letzte Abend in seinem Leben war. Morgen da ... Irgendwie sah er sich in einem schwarzen Trichter verschwinden.

Er griff zum zweiten Bilderbuch und las es durch.

Hoppel, kauf zur Osterfeier
bei Frau Henne tausend Eier.
Gib ihr diesen Brief von mir.
Sei recht brav. Das rat ich Dir!

Hoppel zog los, den Brief des Vaters im Tragekorb hinten auf dem Rücken. Und was passierte? Er schlief ein im Wald, und als er wieder aufwachte, war der Brief verschwunden.

Vaters Ostereier-Brief ist fort!
Frau Henne glaubt nicht Hoppels Wort.

Hoppel brach in Tränen aus. Es würde keine Ostereier geben, das ganze Osterfest drohte auszufallen. Hoppel flehte die Vöglein an, ihm doch bei der Suche nach dem Brief zu helfen. Endlich meldete der Zaunkönig, wo er war: Die diebische Elster hatte ihn in einem

Baumstumpf versteckt. Hoppel eilte zur Henne – ein Fuchs drohte, ihn totzubeißen. Doch er schaffte es schließlich, die Eier zu beschaffen und sie nach Hause zu bringen, wo alle – die Sonne war am Untergehen – mit ihren Farben und Pinseln schon warteten: die tausend Eier mußten ja alle noch bemalt werden. Und was machte der Vater? Anstatt Hoppel zu belobigen, zog er ihm die Ohren lang.

Der Vater recht voll Ärger ist:
Wie lang du ausgeblieben bist!

Letztendlich aber klappte doch noch alles, und die Kinder konnten am Ostermorgen froh ihre Eier suchen, aber Manfred fühlte sich durch dieses Happy-End – einen Ausdruck, den er natürlich damals noch nicht kannte – wenig getröstet.

»Weißt du eigentlich noch, daß Vati *Die Spatzenfahrt* mit dir auf einer Schallplatte aufgenommen hat?« fragte seine Mutter.

»Ja …« Da waren sie zu einem Kollegen vom RPZ gefahren, dem Küster, und da hatte er vor einem großen Mikrophon *Die Spatzenfahrt* aufsagen müssen.

»Die Platte haben die Russen mitgenommen.«

Manfred stellte sich vor, wie Stalin im Kreml saß und seiner *Spatzenfahrt* lauschte.

Seine Mutter fand *Das Buch der Kindheit* wieder, und er griff mit großer Neugierde nach der grauen Broschüre mit den ersten Daten seines Lebens. 3030 Gramm hatte er gewogen und war neunundvierzig Zentimeter groß gewesen. Eine Reihe von interessanten Fragen gab es auf den ersten Seiten:

Was sprach das Kind Ende des ersten Jahres? Papa, Mama, Gerda
Wie verhielt es sich gegen ein anderes Kind und gegen Erwachsene? Gegen Kinder und junge Menschen freundlich, gegen alte Leute ablehnend
Wann konnte das Kind frei gehen? Mit 13 Monaten allein
Wann sprach es geläufig? Mit 2 Jahren
Womit spielte das Kind am liebsten? Mit Autos

Manfred verspürte den Impuls aufzustehen und zu seiner Mutter zu gehen, um sich an sie anzukuscheln und lange mit ihr auf der Couch zu sitzen und zu schmusen. Und dann zu sagen: »Du, da ist das mit der Blumenbank, ich weiß da nicht mehr ein und aus, was soll ich da bloß machen?« Dann würde alles wieder gut. Er schnellte hoch und ging zu ihr hin. Sie war in der Küche, um für morgen Wirsingkohl zu kochen.

Doch sie schrie ihn an, als er dicht vor ihr war: »Wo ist denn der ganze Kümmel geblieben!? Hast du den wieder getauscht gegen deine ›Morgenpost-Bilder‹?« Und sie hob die Hand, um ihm einen Katzenkopf zu geben.

Der Kümmel! Manfred fiel mit Schrecken ein, daß er ihn Frau Meißner ins Essen geschüttet hatte, um sie aus ihrer Wohnung rauszuekeln. Wenn das herauskam, war er der Erziehungsanstalt wieder ein Stückchen näher gekommen. Also log er: »Den wird Kohlenoma mitgenommen haben.« Die war weit weg, und bis sie mal kam, das konnte dauern. Und ein Telefon hatte natürlich keiner in der Familie.

Damit waren die Würfel gefallen; Manfred mußte allein mit allem fertig werden. Als er im Bett lag, hoffte er, daß es den nächsten Morgen nie geben würde. Vielleicht gab es wieder Krieg, vielleicht war die Schule abgebrannt, vielleicht schaffte ihm ein Zauberer die Blumenbank herbei, vielleicht ... Trotz allem schlief er ein, seinen Bären Uschi an sich gepreßt.

Am nächsten Morgen war alles wie immer, und nichts war geschehen, was ihn gerettet hätte. Eines stand fest: Ohne Blumenbank durfte er sich in der 3 c nie mehr sehen lassen. Aber seiner Mutter vorschwindeln, er sei furchtbar krank, das ging nicht mehr, da durchschaute sie ihn. Was tun? Die Sprüche der Erwachsenen fielen ihm ein: *Abwarten und Tee trinken* und *Kommt Zeit, kommt Rat*. Also erst einmal warten, bis seine Mutter losgegangen war. Auch am Sonnabend wurde ja bis mittags feste geschuftet, die 40-Stunden-Woche gab's noch lange nicht.

»Ich muß heute erst zur zweiten Stunde«, sagte er, als sie ihn fragte, warum er sich nicht mehr beeilte, und ihm war erheblich unwohl dabei, denn: *Lügen haben kurze Beine*. Egal, sie glaubte es und zog erst einmal ab zur Straßenbahn – nicht ohne ihn noch gehörig zu ermahnen.

»Vergiß nicht abzuschließen, wenn du nachher gehst! Unser Wohnzimmer auch. Sonst geht Frau Meißner nachher rein und wühlt alles durch.«

»Ja«, versicherte er und hatte Mühe, nicht vor Glück zu strahlen, denn unwissentlich hatte sie ihm nun den einzigen Ausweg gewiesen, den es noch gab: Wenn ihr Wohnzimmer nicht abgeschlossen war, durfte er die Wohnung nicht verlassen und zur Schule gehen. Also mußte er nur dafür sorgen, daß das Zimmer nicht abzuschließen ging. Und das war einfach genug: er hatte nur den Schlüssel so zu verbiegen, daß er nicht mehr ins Schloß reinpaßte. Da brauchte er ihn nur in den Schraubstock seines Vaters zu spannen und kurz mit dem Hammer raufschlagen.

Hurra, das war die Rettung für heute!

Kaum war seine Mutter weg, hatte er es schon gepackt. Auch heute fiel für ihn die Schule aus.

»Mutti«, sagte er am frühen Nachmittag zu ihr, »ich bin heute früh aus Versehen auf den Schlüssel getreten und da hat der sich so verborgen, daß ich nicht abschließen konnte. Und da bin ich hier geblieben, damit Frau Meißner nicht ins Zimmer rein konnte.«

Seine Mutter lobte ihn dafür, daß er sich so umsichtig verhalten hatte und bat Herrn Lewandowski, den Schlüssel wieder in Ordnung zu bringen.

Manfred konnte erst einmal aufatmen. Morgen war Sonntag, und gleich fuhren sie nach Schmöckwitz raus. Vielleicht ließ sich doch noch ein Dreh finden, an die Blumenbank zu kommen.

Das Wochenende in Schmöckwitz war ihm gründlich verdorben. Zu allem Überfluß hatte seine Oma die Blumenbank gerade mit etlichen neuen Töpfen und Stauden bestückt und war sehr stolz auf ihre Pracht.

Am Abend spielten sie alle *Bimbo*, ein Kartenspiel, das mit seinem Klassenkameraden nichts zu tun hatte. Jeder bekam zehn Karten, auf denen verschiedene Buchstaben standen, und mußte versuchen, damit sinnvolle Worte zu bilden, wobei es auch einige Joker gab, die *Bimbos*, die dem ganzen Spiel seinen Namen gegeben hatten. Alle, das waren an diesem Samstagabend seine Schmöckwitzer Oma, seine Mutter, die liebe Tilly, Tante Trudchen und er.

Manfred siegte oft bei diesem Spiel, und auch diesmal hatte er gleich in der ersten Runde Glück, denn mit Hilfe eines *Bimbos* gelang es ihm nach einigen Runden, das Wort BLUMENBANK auszulegen. Dabei sah er seine Oma an und versuchte, sie zu hypnotisieren. Jetzt gleich mußte sie sagen: »Ich hab gestern nacht geträumt, daß Mannichen meine Blumenbank für seine Klasse haben will; natürlich geb ich sie ihm gerne mit.«

Doch seine Oma merkte nichts, obwohl sie gerade gute Laune hatte, weil es ihr gelungen war, aus vielen schlechten Buchstaben, die gar nicht zueinander passen wollten, doch noch ein Wort zu legen.

»Ich habe endlich meine DIARRHÖE«, sagte sie.

»Dann aber schnell aufs Klo!« rief Tante Trudchen. »Bevor's in 'n Schlüpfer geht.«

Die liebe Tilly war pikiert. »Über so etwas spricht man nicht.«

Seine Oma begann zu rezitieren. »Kennst du das nicht, Tilly: ›Zwei Damen saßen einst in einem Coupé, und von denen hatte die eine Diarrhöe. Da sprach die andere zu der einen: Na, weißte, auf der nächsten Stadion, da sch...«

»Mutti!« warnte sie seine Mutter.

Manfred konnte sich nicht mehr bremsen und ergänzte den Satz mit »... da scheißte!« Und schon war seiner Mutter wieder mal die Hand ausgerutscht.

»Mädel!« Seine Oma sah das gar nicht gerne. »... da steigste aus, wollte ich sagen.«

Seine Mutter lenkte ab. »Außerdem schreibt man Diarrhöe ohne e am Ende.«

»Nein.«

»Natürlich!«

»Schließlich hab ich mal bei Großvati Schulze in der Buchdruckerei gearbeitet und oft genug Korrektur gelesen«, sagte seine Oma.

»Und ich bin bei der Krankenkasse und lese immer, was die Ärzte schreiben«, rief seine Mutter.

So ging es Weile hin und her, bis Manfred in das kleine Zimmer eilte, um einen Duden zu holen. Der sah beides vor, und so kehrte wieder Friede ein. Zumindest solange, bis Tante Trudchen ein anderer Vers eingefallen war, als Manfred das Wort RECK ausgelegt hatte.

»Zwei Turnerinnen hingen einst am Reck, die eine kühn, die andere keck. Da sprach die Kühne zu der Kecken: ›Du kannst mich mal ...‹«

»Trudchen!« Die Stimme seiner Mutter überschlug sich fast, und auch die liebe Tilly litt ersichtlich.

Tante Trudchen guckte ganz arglos. »... du kannst mich mal am Asch ..., am Asch ..., am Aschermittwoch besuchen.« Und da sie am Nachmittag bei Else Zastrow einen selbstgemachten Schnaps nach dem anderen getrunken hatte, sang sie nun auch, schmetterte los, diesmal mit deutlichem »r«: »Wir lassen uns fotografieren … am Arsch …, am Arsch …, am Aschermittwoch um Vieren!«

Und da nun doch alle lachten, wagte es Manfred, etwas nachzumachen, was er in der Schule bei Jünne Hahn bewundert hatte: Er rülpste ganz laut und zog den Rülpslaut in das Wort hinein. »…schinger Brötchen gefällig!«

»Raus!« Die Hand seiner Mutter war schon wieder erhoben.

So durfte er die nächste Runde im Garten verbringen. Als er durch das Fenster ins Zimmer sah, stieß er mit den Knien gegen die Blumenbank. Da schoß es ihm durch den Kopf: Sie jetzt nehmen und im Wald verstecken. Dann am Montagfrüh heimlich in die Schule bringen … Doch als er sie anheben wollte, war sie zu schwer, und er mußte erst alle Blumentöpfe runternehmen. Als er beim vierten angekommen war, stand Else Zastrow hinter ihm.

»Was machst du'n da?«

»Mir ist mein kleiner Ball hier reingeflogen«, log Manfred sie an.

Damit war auch diese Chance vertan. Sie nahm ihn mit ins Haus, und er wurde amnestiert.

Else Zastrow stöhnte, daß sie heute vormittag beim Friseur in Köpenick Pech gehabt hätte.

»Ist es so voll gewesen, daß du nicht mehr rangekommen bist?« fragte die liebe Tilly.

»Nein, für Haarewaschen und einmal Dauerwelle muß man Seife, Handtuch und fünf Stück Holz mitbringen. Handtuch und Holz hatte ich mit, aber keine Seife, weil man ein Stück Seife nur für drei Kilo Knochen bekommt. Wo aber kriege ich drei Kilo Knochen her?

»Das eine Bein amputieren lassen«, schlug Manfred vor. »Wozu hat man denn zweie.« Doch sein Vorschlag wurde verworfen.

Tante Trudchen wußte zu berichten, daß sie ein neues Scheuertuch, schließlich ihr unerläßliches Handwerkszeug, nur gegen Abgabe von zwei Kilo Lumpen erhalten habe. »Und der Doktor, wo ich jetzt reinemachen gehe, der hat einen Zentner Lumpen für seinen neuen Anzug geben müssen.«

»Lumpen haben wir viele in diesem Land«, sagte Else Zastrow und berichtete von einem Nachbarn, einem Schildermaler, der früher ein großer Nazi gewesen sei und jetzt … »Früher hat er Transparente gemalt wie *Ein Volk, ein Reich, ein Führer!* – heute malt er *Einheit der*

Arbeiterbewegung – Einheit Deutschlands! Und kriegt sein Geld dafür. Zwei Kilo Altpapier muß man anschleppen, damit man ein Buch bekommt, und was macht er: Kommt mit einem Stapel *Völkischer Beobachter* und kriegt dafür 'n Buch von Wilhelm Pieck.«

»Fett schwimmt immer oben!« rief seine Oma.

Sie brauchten lange, um sich wieder abzuregen. Danach spielten sie noch eine gute Stunde, dann wurde schlafengegangen.

Schon kurz vor Sonnenaufgang wurde er wach und konnte lange nicht begreifen, was da war. Alles war naß. Sein erster Gedanke war, daß er draußen im Garten eingeschlafen war, im Liegestuhl, und daß es zu regnen angefangen hatte. Nein. Dann träumte er noch und lag an der Schmöckwitzer Badewiese im Wasser. Auch nicht. Was dann? Ob es durchgeregnet hatte. Wie denn? Da erst begriff er die volle Wahrheit: Er hatte eingepuscht. Wie ein Baby. Es war eine schreckliche Erkenntnis. Er hörte es ganz deutlich, wie sie ihn alle auslachten. Bis zum Morgen versuchte er, Laken, Bettzeug und Nachthemd mit der flachen Hand wieder trockenzureiben. Das ging nur sehr langsam und stank gewaltig. Ganz leise mußte er auch noch sein, da seine Mutter keine anderthalb Meter von ihm entfernt im Ehebett schlief. Er selber lag auf der Couch, die dicht am Fenster stand.

Natürlich bekam er nicht alles trocken, und es war unvermeidlich, daß sie am Morgen das Malheur bemerkte.

Bloß schnell abhauen, dachte Manfred, ganz leise raus aus dem Zimmer und dann in den Wald …

Am Montag morgen hatten sie in der ersten Stunde Musik. Frau Fahlenberg hatte ihre Blockflöte mitgebracht und wollte mit der 3 c das Lied *Wir tanzen im Maien* einüben.

Zuerst aber griff sie zum Klassenbuch, um alle aufzurufen.

»Bachmann?«

»Hier!«

»Grau?«

»Hier!«

»Hahn?«

»Hier!« schrien alle im Chor, lachten aber so laut dabei, daß Frau Fahlenberg hellhörig wurde.

»Was ist denn daran so lustig?« fragte sie. »Wo ist denn Hahn? Ich sehe keinen Hahn …«

Da ertönte ein dumpfes Kikeriki. Das Gelächter schwoll an.

»Günther!« rief Frau Fahlenberg. »Kommst du wohl unter den Bänken hervor!«

Diejenigen der Jungen, die in Hahns Nähe saßen, bückten sich und sahen überall nach, konnten aber nur melden, keinen Günther Hahn zu sehen. Gleichzeitig aber ertönte wieder das dumpfe Kikeriki.

Da stürzte Frau Fahlenberg zum Klassenschrank und riß ihn auf. Günther Hahn sprang heraus.

»Bei dir ist wirklich Hopfen und Malz verloren«, sagte Frau Fahlenberg und schickte ihren schlechtesten Schüler für den Rest der Stunde in die Ecke. Dann setzte sie sich wieder, um die anderen aufzurufen.

»Matuschewski?«

»Fehlt!« rief Werner Ritter.

»Der wird ja nicht auch noch im Schrank stecken ...« Frau Fahlenberg sah aber sicherheitshalber noch einmal nach. »Nein. Weiß einer, was mit ihm ist? Das ist ja nun schon der dritte Tag, an dem er fehlt.«

»Der traut sich nicht her, weil er keine Blumenbank hat!« rief Krücke. »Und ihn keiner wählt als Vertrauensschüler.«

»Immer 'n großet Maul und nischt dahinter!« fügte Kuki hinzu.

»Die Blumenbank, ja ...« Frau Fahlenberg erinnerte sich und hatte dabei kein gutes Gefühl. Der Vater in Gefangenschaft, der Junge ein Schlüsselkind ... Hoffentlich war da nichts passiert. Aber was blieb ihr, als den Rest der Klasse aufzurufen und danach ihre Musikstunde abzuhalten.

Und bald sangen sie alle:

Wir tan-zen im Mai-en den lu-sti-gen Rei-gen,
es sin-gen und jauch-zen die Flö-ten dar-ein.
Die Fie-del er-tö-net, und tief brummt der Baß.
Wir tre-ten den Rei-gen auf knos-pen-dem Gras ...
Wir fas-sen in Rei-hen uns fest bei der Hand
und tan-zen im Mai-en, im Mai-en durchs Land.
Wir tan-zen im Mai-en den lu-sti...

Da klopfte es an der Tür. Sie brachen ab.

»Ja, bitte!« rief Frau Fahlenberg.

In der Tür stand Manfred, neben sich die Blumenbank.

Die ganze Klasse jubelte.

Nach dem Bettnässen hatte seine Oma seinen Kummer bemerkt

und mit ihm gesprochen. Allein und ohne seine Mutter. Sie hatte seinen Kopf gegen ihre Kittelschürze gedrückt und ihn gefragt, was denn sei.

»Weil du deinen Vati nicht hast?«

»Nein, wegen der Blumenbank ...«

Da war dann alles herausgekommen.

»Du bist mir ein Strick! Aber nimm dir die Bank und zieh mit ihr dahin in Frieden.«

Eine Stunde später hatten sie ihn auch zum Vertrauensschüler gewählt.

Such' deinen Vati!

Wenn Otto nicht bald aus der Gefangenschaft zurückkommt, dann muß der Junge in die Erziehungsanstalt; ich werde nicht mehr fertig mit ihm.

Manfreds Angst vor *der Erziehungsanstalt* war ebenso stark wie die der Erwachsenen vor Krieg und Tod, davor, ausgebombt zu werden, tagelang verschüttet zu sein, dahinzusiechen, zu verhungern oder an Typhus zu sterben. Sie war so groß, daß sein Organismus auf Dauer nur noch eine Möglichkeit zu kennen schien, diese Angst aus der Welt zu schaffen, die nämlich, Manfred wirklich in einer Erziehungsanstalt leben zu lassen. Das war derselbe Mechanismus, der manche Menschen aus Angst vor dem Tod Selbstmord begehen ließ. Anders ließ sich sein Handeln in diesem Sommer nicht erklären.

Manfred fühlte, daß dies ein ganz besonderer Sonntag war. Auf der Couch saß ein Kriegskamerad seines Vaters. Er war vor vier Wochen aus einem großen Lager in der Nähe Orels entlassen worden und zog nun durch Berlin, um den Frauen zu erzählen, wie es um ihre Männer wirklich stand, denn die wenigen Karten, die sie schreiben durften, unterlagen ja strengster Zensur und es durfte nur berichtet werden, daß es einem bestens ginge.

Der Mann, der zu ihnen gekommen war, sah allerdings aus wie der Tod auf Latschen, war furchtbar schwach und ausgemergelt und hätte zweimal in seinen dunkelgrauen Anzug gepaßt. Er erzählte, wie sie in den Steinbrüchen geschuftet hätten. »... bei kaum etwas zu essen. Immer nur Kascha, einen Klacks ins Kochgeschirr rein. Aber der Russe selber hat ja nichts. Manchmal kommen die Bauern aus dem Dorf zum Lager und stecken uns Brotkanten durch den Zaun. Und wer geschickt ist, kann bei der Wachmannschaft was eintauschen, ein bißchen Zucker, ein bißchen Butter. Ihr Mann, Frau Matuschewski, hat ihnen einmal Schachfiguren geschnitzt und dafür ...« Weiter kam er nicht, weil er sich schier die Lunge aus dem Halse husten mußte.

Manfred wurde von seiner Mutter in die Küche geschickt, ein Glas Wasser zu holen, was aber nur ein Vorwand war, denn der Mann hatte ganz offensichtlich Tbc und sie wollte verhindern, daß ihr Sohn sich ansteckte. Sie selbst ging zur Balkontür und zog sie auf. Manfred kam zurück und stellte dem Mann das Wasser hin.

»Danke.« Er trank es mit gierigen Schlucken.

»Was meinen Sie denn, wann mein Mann entlassen werden wird?« hörte Manfred seine Mutter fragen.

Der Heimkehrer schluckte. »Ersparen Sie mir bitte eine ehrliche Antwort auf diese Frage ... Die einen kommen aus dem Lager, wenn sie gestorben sind und draußen begraben werden, die anderen, wenn sie todkrank und nicht mehr arbeitsfähig sind. Die wenigsten schaffen es dann in die Heimat zurück.«

Seine Mutter weinte. »Mein Otto kommt bestimmt nicht wieder zurück.«

Der Mann stand auf, ging zu seiner Mutter, zog sie vom Stuhl und umarmte sie. »Ich darf Sie doch trösten, Frau Matuschewski, liebe Margot ...« Dabei machte er, ohne daß sie es sehen konnte, zu Manfred eine Bewegung mit dem Kopf, die heißen sollte: Los verschwinde!

Seine Mutter riß sich los. »Was fällt Ihnen denn ein, lassen Sie mich los! Ich bin nicht so eine ...«

Manfred ahnte in etwa, was das hieß, ohne es genau zu wissen. Er erinnerte sich, daß seine Mutter im Winter nicht mehr zu Bethke, dem Kohlenhändler in der Weichselstraße, gehen wollte, weil der etwas von ihr gewollt hatte. »Da hätte ich dann einen Zentner Briketts für haben können ...« Manfred hatte so eine ungewisse Vorstellung davon, daß sich unter den Röcken der Frauen etwas verbarg, was für die Männer so verlockend sein mußte wie für ihn eine Tafel Schokolade.

Seine Mutter kam zurück, und sie beschlossen, erst schnell Mittag zu essen und dann noch nach Schmöckwitz rauszufahren. Es gab Tomatensuppe und Lungenhaschee, allgemein als *Bismarcks letzter Husten* bekannt. Die Kartoffeln dazu hatten sie von Martin Blumenhagen bekommen, und weil es Groß Pankow gab, brauchten sie eigentlich nie so richtig zu hungern.

Margot Matuschewski strich ihrem Manfred über die blonden Strubbelhaare. »Du wirst deinen Vati nie wiedersehen ...«

Manfred nahm sich am nächsten Tag, als er aus der Schule zurückgekommen war, die Fotoalben aus dem Bücherschrank, um sich seinen Vater anzusehen. Zum Glück waren sie nicht ausgebombt worden, und alles war noch da. Sehr viele Bilder gab es nicht, denn in seiner Familie hatte keiner das Geld gehabt, sich großartig Rollfilme zu kaufen, und auch wenn es darum ging, sich Abzüge machen zu lassen, wurde auf den Pfennig gekuckt. Beim Knipsen war mit jedem Bild zu geizen, und außerdem hatte nur sein Vater einen Fotoapparat sein eigen genannt – jenen, den sie in Groß Pankow vor dem Einmarsch der Russen vergraben hatten und nicht mehr wiederfinden konnten.

Und war das Leben seiner *Mischpoke*, wie Tante Claire immer sagte, schon sehr unzulänglich dokumentiert, so war sein Vater von allen Familienmitgliedern auch noch am allerwenigsten abgelichtet worden, weil er meistens selber geknipst hatte. Am meisten war er noch beim Paddeln zu sehen, wie er in der *Snark* saß, das Paddel in den Händen, einmal sogar in einer Schleuse, die sehr gefährlich aussah. Wenn man da ins Wasser fiel und an den haushoch aufragenden Betonwänden keinen Halt mehr fand … Manfred hatte Angst vor Schleusen. Mächtige Muskeln hatte sein Vater. Auf einem Foto saß er ausnahmsweise mal im Einer, und neben ihm paddelte sein alter Freund Erwin Krause. Der trug ein Trikot, auf dem ein Bär mit einem Posthorn drauf war. *Erinnerungen an eine schöne Zeit* stand darunter. Das älteste Foto zeigte Otto Matuschewski als jungen Mann vor dem Kohlenkeller in der Manteuffelstraße. Die Kohlenoma stand daneben und sah aus wie die Zarin Katharina die Große. Koks schrieb man damals noch *Coacs*, was komisch war. Am Hochzeitsfoto seiner Eltern fiel ihm der kleine Krater am Kinn seines Vaters ganz besonders auf, etwas, das sie Grübchen nannten. Auch war sein Vater da von so gedrungener Statur, daß es Sinn machte, wenn seine Kohlenoma immer sagte: *Otto – vorne rund, hinten rund, in der Mitte wie ein Pfund.* Meist stand unter den Bildern ein Hinweis oder kleiner Spruch. *Otto als Telegraphenbauhandwerker* zum Beispiel oder *Helmuts Hochzeit*. An die konnte sich Manfred noch erinnern. Da saßen sie alle in der guten Stube seiner Kohlenoma und warteten, daß der Blitz losging. Das war damals Magnesiumpulver, das auf einer Blechschale aufgehäuft war, die man oben an einem Besenstiel festgemacht hatte. Mit einer Zündschnur wurde alles angesteckt, und es gab ein richtiges Feuerwerk, wenn das Pulver abbrannte, gleißend helles Licht, Krach und Rauch. Alles schrie wie in der Achterbahn. Onkel Helmut war auch bald wieder geschieden, und alle sagten, daß seine erste Frau nichts getaugt habe. Einen Sohn hatte er auch, aber der war nie wieder aufgetaucht. Manfred fand das alles ziemlich spannend. Von Postkartenformat war allein ein Foto, das alle bei einer Silvesterfeier zeigte: Tante Gerda, die jetzt in Polen lebte, Onkel Gerhard, der gefallen war, seine Schmöckwitzer und seine Kohlenoma, Onkel Helmut und Tante Friedel und Onkel Paul. Onkel Paul hatte als Ingenieur bei der Fahrstuhlfirma *Flohr & Otis* gearbeitet, und von Tante Friedel erzählten sie, daß sie gerne einen gezwitschert hatte und immer gesagt haben sollte: »Goldenes Papachen, öffne dein Likörschränkchen!« Manfred hielt einen Augenblick mit dem Weiterblättern inne. Die Fotos zeigten zwar, daß es die Welt schon gegeben hatte, bevor er geboren worden war, aber so richtig glauben wollte er es nicht. Seine Schmöckwitzer Oma sagte immer: Ich glaube nur, was ich mit meinen eigenen Augen sehe. Das bestärkte ihn in seiner Sicht. Etwa die Hälfte der Fotos, auf denen sein Vater drauf war, hatte mit Schmöckwitz zu tun. Da sah er ihn mit Großvater Quade und seinem Schwiegervater, mit Oskar Schattan, beim Skat und mit den anderen Männern der Familie beim Kuchenessen und beim Scheibenschießen. Zweimal erblickte er seinen Vater in einer Uniform: einmal als Soldat und das andere Mal als Reichsbanner-Mann. Zuerst hatte Manfred gedacht, sein Vater sei nicht nur bei der Post, sondern auch bei der Eisenbahn gewesen, ein Reichsbahner eben, bis man ihm klargemacht hatte, daß der Reichsbanner eine Kampforganisation von Sozialdemokraten und Liberalen gegen die Nazis gewesen war. Sein Vater trug ihn Huckepack, hielt ihn fest, als er, gerade aus den Windeln raus, in Schmöckwitz auf dem Zaun oben saß und nach den Straßenbahnen sah. Mehrere Male hatten sie ihn in seinem meistgehaßten Kleidungsstück fotografiert, dem blauen Bleyle-Anzug, und unter ein Bild hatte sein Vater mit weißem Bleistift *Ein Lausejunge* geschrieben. Manfred freute sich darüber. Da guckte er auch ganz besonders schelmisch. So wie er aussah, da hätte seine Mutter wirklich stolz auf ihn sein können – war sie aber nicht. Sonst hätte sie sich nicht immer gewünscht, daß er so wie Peter Lewandowski sein sollte. Das letzte Foto hatte Otto Matuschewski aus der Kriegsgefangenschaft geschickt, aus einer Stadt namens Orel. Da trug er eine russische Pelzmütze und sah so aus wie Manfred, wenn er kurz davor war loszuheulen.

Manfred stellte das Album wieder in den Schrank. Er wünschte sich die Gabe, das, was er auf den Fotos gesehen hatte, wieder mit Leben zu erfüllen, also daß alles wie auf einer Bühne ablief, wenn er die Bilder nur lange genug angestarrt hatte, daß sie alle wieder umherliefen, tranken, aßen und lachten. Die Toten wie die, die noch am Leben waren.

Was er sich am meisten wünschte, war aber, tagsüber nicht mehr allein zu sein und keine Angst mehr zu haben. Eine wunderbare Welt mußte es sein, wenn man eine Mutter hatte, die zu Hause war.

Er ging zum Bett seiner Mutter. *Der Milchreis steht am Fußende.* Er zog den Aluminiumtopf heraus, entfernte das Zeitungspapier und setzte sich zum Essen an den Küchentisch. Mißmutig schaufelte er den weißen Brei in sich hinein und hörte dabei die Stimme seiner Mutter: *Sei nicht so kiesätig. Sei froh, daß du überhaupt was zu essen hast, andere Kinder müssen hungern.*

Es war alles so fürchterlich langweilig. Er hatte keinen Menschen zum Reden und zum Spielen. Und als Trost nur das, was seine Tante Claire immer sang: *Es geht alles vorüber, es geht alles vorbei – und im nächsten Dezember gibt's wieder ein Ei.*

Er tat so, als säße seine Mutter nebenan auf dem Klo. »Mutti, ich hab so Langeweile – was soll ich'n spielen?«

Mach deine Schularbeiten.

»Ich hab heute keine auf.«

Dann bring den Mülleimer runter.

Und paß auf, daß du dir nicht wieder die Hosen dreckig machst!

Manfred dämmerte, daß es eigentlich ein Segen war, Schlüsselkind zu sein.

»Mutti, kann ich runter spielen?«

Nein, erst wird dein Schubfach aufgeräumt.

»Denkste! Du bist ja doof!«

Kaum hatte er den letzten Löffel Milchreis gegessen, nahm er sein Rennauto und stürzte nach unten. Wolfgang, Kuki und ein paar andere trugen schon ihre Rennen aus, und Manfred mußte warten, bis neu gestartet wurde. Man kniete sich auf den Fahrdamm und versuchte, seinen Wagen so weit wie möglich den Kantstein entlangzuschieben. Geriet er auf die Pflastersteine, auf den Bürgersteig also, oder fiel er gar auf den Asphalt hinunter, dann war man *aus* und mußte, wenn man wieder an die Reihe kam, da beginnen, wo man den Fehlversuch gestartet hatte. Nur wer auf dem Kant- oder Rinnstein blieb, der durfte weitermachen und vermochte so sehr schnell seinen Vorsprung zu vergrößern, weil er von keinem mehr behindert oder gerammt werden konnte. Die Rennautos glichen den Silberpfeilen, mit denen Rudolf Caracciola und Bernd Rosemeyer vor dem Krieg gesiegt hatten, mit der Ausnahme allerdings, daß sich die Jungen zwischen den beiden Achsen ein Stück Knete unter das Bodenblech geklebt hatten, einen geschickt geformten Block von Radiergummigröße, der den Sturz vom Rinnstein verhindern sollte. Dabei mußte man höllisch aufpassen, denn war zuviel Knete, schleifte sie über die Strecke und bremste den Wagen, war hingegen zuwenig, geriet das stolze Gefährt dennoch vom Kurs.

Manfred hatte keine Chance und wurde immer wieder Letzter. Das lag daran, daß seine beiden Achsen furchtbar eierten. Außerdem hatte er links hinten keinen schwarzen Gummireifen auf der Felge, sondern einen mehrmals verschlungenen roten Schießgummi, der von einem Geleeglas aus Schmöckwitz stammte. Da half es auch nicht, daß ihm Wolfgang mit ein paar Tropfen Öl aushalf.

Immer zu verlieren machte keinen Spaß, und so steckte er seinen Mercedes in die Hosentasche. Das gab erst einmal eine Riesensauerei, denn er hatte – wie bei den großen Jungen üblich – keinen alten Putzlappen dabei, um sein Auto vorher einzuwickeln. Schon hatte er das übliche Verhör im Ohr.

Wo kommt denn der Fleck in deiner Hose her?

Was …?

Wie bitte!

Wie bitte …?

Wo kommt der Fleck in deiner Hose her?

Welcher Fleck?

Tu doch nicht so! Der hier an der Tasche.

Ach, der …

Ja, der!

Das ist … wo ich Oma die Nähmaschine geölt habe.

Oma war doch gar nicht hier.

Bei ihr in Schmöckwitz draußen.

Ich frag sie Sonntag – und wenn das nicht stimmt, du, dann …!

Manfred schlenderte zum Kanal hinunter. Seine Kohlenoma sang hin und wieder *Es schwimmt eine Leiche im Landwehrkanal,* sehr zum Ärger von Onkel Berthold, Onkel Albert und seiner Schmöckwitzer Oma, die meinten, das sei ein Spottlied der Nazis, die damit Rosa Luxemburg und Karl Liebknecht meinten, die sie vorher ermordet hatten, aber so genau wußte es keiner. Es war ihm streng verboten worden, am Kanal zu spielen.

Du ertrinkst mir da noch mal!

Aber auf dem Kanal kamen ab und an Motor- und Schleppkähne vorbei, und er hoffte, daß Zieglers auch mal dabeisein würden, die Verwandten seines Vaters aus Steinau an der Oder. Das war in der Nähe von Breslau, wo sie im Krieg zuerst evakuiert gewesen waren. Bei Tante Emma. Vor Zieko und Groß Pankow.

An der Böschung standen Jürgen und Axel, zwei Jungen seines Alters, die vor kurzem erst in die Ossastraße gezogen waren. Ihr Vater war Arzt, und wie ein Arzt in diese Gegend kam, das wußte keiner so genau, vielleicht weil er mit einer viel jüngeren Frau zusammen war.

Axel schwang gerade den Arm nach hinten, bog sich wie ein Speerwerfer und feuerte einen Pflasterstein in die schräge Böschung gegenüber.

»Schaffste's auch bis ans andere Ufer rüber?« fragte Jürgen. »Bis an das Schild.«

»Welches Schild?«

»Das da ...« Axel zeigte auf das große weiße Schild an der Lohmühlenbrücke, das die Grenze zwischen dem amerikanischen Sektor, dem Bezirk Neukölln, und dem sowjetischen Sektor, dem Bezirk Treptow, markierte. YOU ARE LEAVING THE AMERICAN SECTOR stand oben und unten VOUS SORTEZ DU SECTEUR AMÉRICAIN, in der Mitte das Ganze noch auf russisch. Obwohl der deutsche Text fehlte, wußten alle, was das hieß.

»Na, triffste?«

»Nee ...« Manfred war nicht gut im Werfen.

»Wenn de Anlauf nimmst ...« Jürgen hielt ihm einen Pflasterstein hin.

Manfred konzentrierte sich, ging ein paar Schritte zurück, lief los, warf mit aller Kraft, rutschte aus – und fiel ins Wasser.

»Matuschewski ist im Kanal ertrunken«, hieß es wenig später in der Ossastraße, was aber nicht stimmte, da ein gerade vorbeikommender und von Axel und Jürgen alarmierter Briefträger ihn noch herausziehen konnte, ehe ihm die Sinne schwanden. Obwohl er sich bei den beiden neuen Freunden die Sachen trocknen konnte und deren Stiefmutter sie sogar noch glatt bügelte, erfuhr seine Mutter sehr schnell von seinen Tauchversuchen, wie Jürgen es nannte, und zwar bei Fräulein Krahl im Laden.

»Immer mußt du mir nur Kummer machen«, schimpfte sie, klebte ihm ein paar, und er bekam zwei Wochen Stubenarrest, das heißt, er mußte nach der Schule sofort nach Hause kommen und durfte die Wohnung nicht mehr verlassen.

Seine Schmöckwitzer Oma aber küßte und herzte ihn. »Sei doch froh Margot, daß er dir nicht genommen worden ist.«

»Unkraut vergeht nicht«, sagte seine Kohlenoma.

Als Manfred seine Strafe verbüßt hatte, hielt er es in der Wohnung überhaupt nicht mehr aus und führte nach der Schule ausschließlich ein Leben auf der Ossastraße.

Oft spielten sie *Kante*, was so hieß, weil ein Tennisball so geschickt gegen die Hauswand zu werfen war, daß er die Kante des Mauersokkels traf und in hohem Bogen zurückgeflogen kam. Fing man ihn dann nicht, war man draußen und der nächste kam ran. Fing man ihn aber, gab es Punkte – und zwar gestaffelt nach Schwierigkeitsgraden beim Fangen. Alle hatte die Zahlen im Kopf: Für das Fangen mit beiden Händen, was ja das Einfachste war, durfte man fünf Punkte verbuchen, mit einer Hand gab es zehn (rechts) und zwanzig Punkte (links) und bei gekreuzten Händen fünfzig Punkte. Daß einer die nächsthöheren Schwierigkeiten schaffte – Fangen mit verschränkten Armen (hundert Punkte) und mit beiden Händen auf dem Rücken, das heißt mit dem Rücken zur Wand –, kam nur alle Jubeljahre einmal vor.

Manfred hatte heute kein Glück und belegte hinter Jürgen, Axel und Kuki nur den vierten Platz.

Beim anschließenden Fußballspiel ging er ins Tor und warf sich ohne Rücksicht auf seine Ellenbogen und Knie nach dem heranfliegenden Ball, denn sein großer Traum war es, einmal Torhüter in der Stadtmannschaft zu werden.

Vorlage Kuki, Schuß Kutte – und Manfred flog in die linke Ecke, um den Ball ins Feld zurückzuklatschen. Das geschah aber mit so großer Kraft, daß er in die offene Tür des Milchgeschäfts rollte. Kuki lief noch hinterher, das Schlimmste zu verhindern – zu spät.

»Hab ich euch nicht gesagt, daß ihr woanders spieln sollt!« schrie Fräulein Krahl und nahm den Ball wieder einmal vorübergehend in Verwahrung. »Heute abend könnt ihr ihn wieder abholen bei mir.«

Da kein anderer Ball vorhanden war, mußte ihr Spiel abgebrochen werden. Sie verzogen sich in die Ruine an der Fuldastraße und überlegten, wie sie sich an Fräulein Krahl rächen konnten.

Manfred hatte die Idee des Tages. »Wir werfen ihr 'ne Stinkbombe in'n Laden?«

Kuki tippte sich an die Stirn. »Woher willsten den Film dafür haben?«

»Ich hab welchen.« Er stürzte nach oben, nestelte seine Schlüssel hervor, schloß auf und holte die kleine Rolle Film aus seinem Versteck im Werkzeugkasten. Kutte wickelte sie in ein Stück Zeitungspapier. Das Ganze sah jetzt aus wie ein Knallbonbon.

»Los!« befahl Kutte, und sie schlichen sich zum Laden von Fräulein Krahl. Axel hatte Streichölzer bei sich, und die Stinkbombe wurde an einem Ende angezündet und dann auf den Boden geworfen. Nun mußte man so lange warten, bis der Film Feuer fing – und in derselben Sekunde mit dem Fuß drauftreten. Nur so gab es die erhoffte Rauchentwicklung. Tat man es zu früh, war der Effekt gleich null, tat man es zu spät, war der Film schon verbrannt, ehe die Stinkbombe ins Ziel geflogen war. Doch Kutte war der beste Stinkbombenwerfer im gesamten Karree, und er erwischte auch diesmal genau den rechten Augenblick.

Aber denkste! Fräulein Krahl hatte aufgepaßt, und als die Stinkbombe auf ihren Laden zugeflogen kam, warf sie schnell die Tür ins Schloß, so daß das Ding zu Boden fiel und der Rauch schnell im Winde verwehte.

Die Jungen fluchten und zogen sich zur erneuten Beratung zurück.

»Wir knallen bei ihr an der Tür«, schlug Kutte vor und zog einen großen Schlüssel aus der Tasche, dessen Rohr er nun mit abgeschabten Streichholzköpfen füllte. Das ging genauso, wie man früher Schießpulver vorn in den Gewehrlauf hineingeschüttet und dann mit einem Ladestock festgestampft hatte. Diese Funktion übernahm bei Kutte ein langer Nagel, der an einer Strippe hing, die am Schlüssel oben festgebunden war. Diese Schnur mußte man dann so schwingen wie die Peitsche beim Trieseln. Machte man es ganz geschickt, so schlug der Kopf des Nagels mit großer Wucht gegen die Wand und bewirkte damit, daß die Zündholzmasse im Innern des Schlüssels explodierte.

Sie schlichen zum Milchladen, und Kutte holte aus. Es hörte sich an wie ein richtiger Schuß. Fräulein Krahl schrie auf und brach über ihrem Mehlsack förmlich zusammen. Der Krieg war noch nicht lange vorbei. Sie stoben davon.

Manfred traute sich heute nicht nach Hause und stromerte eine Weile durch Neukölln. Vielleicht war Fräulein Krahl wirklich gestorben. Dann hörte er von seiner Mutter ein Leben lang: *Ihr habt Fräulein Krahl auf dem Gewissen!*

Fuldastraße, Sonnenallee, Karl-Marx-Straße.

Fulda-/Ecke Weserstraße war das Pferd zusammengebrochen, das »ihren« Wagen mit *Brennholz für Kartoffelschalen* zog. Er kannte es aus der Ossastraße. Der Bauer und seine Frau gaben sich alle Mühe, es wieder auf die Beine zu bringen; doch vergeblich. Es hatte Schaum vor dem Maul und schlug derart um sich, daß die umstehenden Männer nicht einzugreifen wagten. Die Polizei kam, und sie wurden alle abgedrängt. Dann fiel ein Schuß.

Ein Muttchen weinte. »So'n schöner Brauner wie bei uns früher in Nikolaiken ...«

»Freu dich doch«, sagte ihr Mann in ebenso breitem Ostpreußisch. »Was meinste, was das für Würste gibt.«

Manfred zog weiter. Was ihn am meisten interessierte, waren die Straßenbahnen. In der Sonnenallee fuhr die 95. Wenn er die in Richtung Köpenick nahm und Lindenstraße in die 86 umstieg, war er in anderthalb Stunden draußen in Schmöckwitz. Nein, das war zu weit für heute. Er ließ sich treiben. Über die Donau-, die Ganghofer- und die Richardstraße kam er zur Passage. Diesen Durchgang zur Karl-Marx-Straße kannte jeder in Neukölln. »Wo treffen wa uns?« – »An'a Passage«. Das hörte man allenthalben. Für Neukölln waren das richtig feudale Fassaden an der Passage. Schicke Läden soll es vor dem Krieg gegeben haben, Kinos und Säle für festliche Stunden. Manfred hörte die Erwachsenen oft darüber reden.

In der Karl-Marx-Straße hatte sich vor dem Fischladen von Renziehausen eine lange Schlange gebildet, die ihm den Weg versperrte. Wahrscheinlich gab es wieder eine Sonderzuteilung. Die kleine Tochter des Fischhändlers hatte zwei Hunde und führte der wartenden Menge deren Kunststücke vor. Manfred kämpfte sich zur Bordsteinkante durch und sah nach der nächsten Straßenbahn. Hier fuhr die 47 (Hermannplatz – Rudow), der Wüstenexpreß. Er hoffte, ein paar originelle Fahrzeugtypen zu sehen. Vielleicht als Anhänger jenen Niederflurbeiwagen, den sie in der Zeitung als U-Boot bezeichnet hatten, oder einen neuen Zug vom Typ TF 50, der richtig stromlinienförmig wirkte und vorne über dem Zielrichtungsschild nur eine Liniennummer hatte, wohingegen es bei den anderen Baureihen immer viere waren. Auch fehlte ihm die schwarze Scheuerleiste am Wagenkasten unten. Das waren Details, die Manfred wahnsinnig faszinierten. In der Gegenrichtung kam gerade ein Zug aus zwei Verbundtriebwagen vorüber, und er merkte sich sogar die Nummern: 3412 und 3480. Einen solchen Wagen hätte er auch gerne erwischt, weil es für ihn auf der ganzen Welt keinen schöneren Platz gab als den hinten auf dem leeren Fahrersitz.

Doch nein, es kam ein alter Triebwagen, ein T 24. Den allerdings liebte er am meisten. Vielleicht, weil ihn das breite Gesicht mit den vielen Nieten an seine Schmöckwitzer Oma erinnerte. Die Nieten waren wie ihre vielen Warzen.

Manfred stieg ein und fuhr mit der 47 zum S-Bahnhof Neukölln hinauf. Wieder einmal war es ein herrliches Vergnügen, hinter dem Fahrer zu stehen und auf die Straße hinunterzusehen. Wie sich die Rillenschienen hinter der Post sanft zur Kurve bogen oder gleich an der Erkstraße die Weichen Richtung Treptow abgingen. Schade, daß hier kein Weichensteller auf seinem kleinen Stühlchen saß, um den heranrollenden Bahnen den richtigen Fahrweg einzustellen. Neulich hatte er auf dem Spittelmarkt einen gesehen. Manfred hätte ein Königreich dafür gegeben, groß zu sein und an der Stelle dieses Mannes die Weichen stellen zu dürfen.

Peng, aus, die Bahn blieb stehen. Wieder mal die Oberleitung gerissen oder der Strom ausgefallen, wie es nach dem Krieg häufig passierte. Der Wagenführer, der aussah wie anno dunnemals der Reichspräsident Hindenburg, fluchte mächtig, sicherte seinen Wagen, indem er eine Art Fahrradschlüssel vom Vorwärts-Rückwärts-Schalter zog, und sprang auf die Straße hinaus, um nachzusehen. Vielleicht war auch die Rolle von der Oberleitung gesprungen. Nein. Das war alles in Ordnung, auch nichts gerissen. Ein Stückchen weiter vorne allerdings war ein Einsetzer zu sehen, der langsam Richtung Südring rollte.

»Kein Strom im Streckenabschnitt, alle aussteigen und schieben!« rief der Führer, und nach und nach stiegen alle aus. Nur die Alten und Gebrechlichen brauchten nicht, alle anderen mußten mit anpacken, Manfred auch. Die kräftigsten Männer wurden an die Griffstangen neben die Türen gestellt, die anderen hatten sich vorstehende Teile am Wagenkasten zu suchen. »Und aufpassen, daß keinem 'n Bein abgefahren wird!«

Das war es, wovor Manfred Angst hatte, ansonsten war es ein Heidenspaß. Auf jeder Seite schoben an die zwanzig Menschen, der Führer und die drei Schaffner eingeschlossen, und sie schafften es in der Tat, wenn auch ziemlich schwitzend, den Trieb- und die beiden Beiwagen an die zweihundert Meter die Karl-Marx-Straße entlang zu schieben, sogar noch ein wenig bergauf. Nicht umsonst war es ja bis vor kurzem die Bergstraße gewesen. Vor heranrasenden Autos brauchten sie keine Angst zu haben, da kam nur alle Jubeljahre eines vorbei.

»Alles einsteigen wieder!«

Weiter ging es, und Manfred genoß die Welt so wie sie war.

»Noch jemand ohne Fahrschein?«

Manfred hatte keine Lust, sein weniges Taschengeld der BVG in den Rachen zu werfen und sprang rechtzeitig ab, als die Bahn kurz vor dem U- und S-Bahnhof Neukölln (Südring) ihr Tempo ein wenig verlangsamen mußte.

Was nun? Ihm fiel ein, daß olle Jürgen etwas von einem Rummel erzählt hatte, den sie am Hermannplatz aufgemacht haben sollten. Olle Jürgen. Langsam wurde es üblich, daß man den Vornamen der Jungen automatisch das *olle* vorstellte, was Manfred sehr an Old Shatterhand und Old Firehand erinnerte. Er lief in die U-Bahn hinunter. Der Zug war voll, aber Manfred schaffte es noch, sich hineinzudrängeln. Es waren ja nur drei Stationen, nach Karl-Marx-Straße und Rathaus Neukölln kam ja schon der Hermannplatz.

In der Hasenheide war kein Rummel. Manfred war traurig. Jetzt wollte er doch wieder nach Hause zurück. Vielleicht war Fräulein Krahl gar nicht tot, sondern nur ins Krankenhaus gekommen. Mit der 95 fuhr er die Sonnenallee bis zur Ecke Fuldastraße hinauf und schlich sich dann die Ossastraße entlang. Den ersten Kumpanen, den er sah, war Kuki.

»Isse tot?«

»Nee, meine Mutter hat schon wieder Mehl bei ihr jekooft.«

Dennoch traute sich Manfred nicht an ihrem Laden vorbei, sondern zog es vor, sich der Haustür Ossastraße 39 von der anderen Seite her zu nähern, lief also über Fulda-, Weser- und Weichselstraße einmal ums Karree herum. Im Hausflur traf er olle Axel.

»Kommste mit rauf zu uns?«

»Ja.«

Axel und Jürgen hatten ihrem Vater Zigaretten geklaut, und nun rauchten sie der Reihe nach. Danach gingen sie zu ihm hinunter und tobten auf den Betten herum. Beides waren absolute Todsünden, das wußte er, aber es scherte ihn wenig.

Jürgen hatte eine weitere Idee. »Wir schleichen uns in den Keller und gucken den Frauen unter die Röcke.«

Nach dem Tod von Frau Roggensack herrschte im Vorder- wie Hinterhaus keine rechte Ordnung mehr, und die Kellertüren standen meistens offen. So kamen sie ohne weiteres in den Gang, der sein Licht durch ein Fenster erhielt, das genau unterm Eingang lag. Wenn man es aufzog, konnte man in einen schmalen Schacht gelangen, den oben ein Eisenrost verschloß – und das war der Fußabtreter für die, die ins Haus hinein wollten. Selbstverständlich mußten auch die hinüber, die auf die Straße traten.

»Guck mal!«

Sie fanden drei Groschen, zwei Knöpfe, eine Menge vergilbter Fahrscheine, einen verrosteten Schlüssel, einige Murmeln, ein Stückchen Kreide, einen Triesel, den Reifen eines ihrer Rennautos und noch einigen Krimskrams mehr. Dann legten sie sich auf die Lauer. Doch der erste, der oben das Gitter passierte, war ein Mann. Er schien über ihnen zu schweben. Doch dann kamen die Frauen. Was sie sahen, waren Schlüpfer und Strumpfbänder und zumeist fette weiße Wülste dazwischen. Das war schon sehr enttäuschend. Dann aber kam Fräulein Seehaus aus dem zweiten Stock, und die trug einen weiten Rock und war jung und schön. Und zu allem Überfluß blieb sie auch noch direkt über ihnen ein Weilchen stehen, um mit Fräulein Krahl zu tratschen.

Jürgen, zwei Jahre älter als Manfred, konnte nicht mehr an sich halten und stöhnte laut. Als Fräulein Seehaus das hörte, begriff sie sofort, wie und woher das kam und lief zur Kellertür. Die drei saßen in der Falle.

»Los, an ihr vorbei!« rief Jürgen.

Er und sein Bruder schafften es auch, doch Manfred erwischte sie.

»Dich prügle ich windelweich!« Und sie tat es auch.

Manfred hatte ein dickes Auge, das immer mehr blau und lila wurde. Jürgen und Axel kamen zurück und bekundeten ihr Mitgefühl. Das tat gut, doch davon bekam er auch kein normales Auge zurück. Sie wollten ihn zur Praxis ihres Vaters bringen, doch die war irgendwo am Bayerischen Platz, also ewig weit entfernt.

»Wenn meine Mutter das sieht ...« Ihren eigenen Bekundungen zufolge saß sie ja nur mit einem einzigen Gedanken im Kopf den ganzen Tag über am Schalter: *Was wird der Junge zu Hause wieder angestellt haben.* Manfred fand das hochgradig idiotisch: Als könnte er ganz Neukölln in Brand stecken oder dafür sorgen, daß die Sonne vom Himmel fiel. Was er da von seiner Mutter dachte, wagte er – auch Jürgen und Axel gegenüber – aber dennoch nicht mal auszusprechen: *Selig sind die Bescheuerten, denn sie brauchen keinen Lappen mehr.* Und: *Selig sind die Bekloppten, denn sie brauchen keinen Hammer mehr.*

Wolfgang kam die Ossastraße lang, der Enkel von Frau Karras. Auch das noch! Den hatte er von der Schule her sowieso schon auf dem Kieker. Diese Petze die! Wenn der erfuhr, woher er sein blaues Auge hatte, dann hinterbrachte er es auf der Stelle seiner Oma – und die Karrassen wiederum lauerte hinter der Tür, um es seiner Mutter brühwarm zu erzählen, wenn sie abends nach Hause kam. Also mußte er verhindern, daß Wolfgang ins Haus und zu seiner Oma kam.

Manfred verstellte Wolfgang den Weg. »Hier kommste nicht rein!«

Doch Wolfgang nahm den Kampf nicht an, sondern lachte nur. »Ich will ja gar nicht rein: meine Oma ist ja bei Kraft rollen.«

Manfred mußte seine Taktik ändern. »Lachste wegen mei'm Auge …?«

Und Wolfgang tappte prompt in Manfreds Falle. »Klar. Mann, sieht det komisch aus!«

»Paß mal uff, wie deins aussieht!« Und schon war er über Wolfgang hergefallen. Feige war das nicht, denn der Enkel der Karrassen war größer und stärker als er, aber, wie alle wußten, ein Angsthase wie er im Buche stand. Zwar nahm er die Fäuste hoch und fummelte dabei in der Luft herum, doch als Manfred, der im Radio jeden Boxkampf atemlos verfolgte, Wölfchens Arme mit der linken Führhand nach oben schlug und einen rechten Haken auf Wolfgangs Bauchdecke landete, schrie der auf und wandte sich zur Flucht. Es wäre auch gar nichts weiter passiert, wenn nicht in diesem Augenblick das *Wittler-Brot*-Auto vor Fräulein Krahls Laden gehalten und der Brotfahrer die Hintertür aufgeklappt hätte. Der kleine braune Lastwagen wurde mit Akku und Elektromotor in Bewegung gesetzt und kam immer so langsam angefahren, daß man ihn kaum hören konnte. So rannte Wölfchen mit voller Wucht gegen die offene Tür und holte sich eine ziemliche Brüsche am Kopf, fast wäre ihm die Augenbraue aufgeplatzt. Es blutete auch so nicht eben wenig. Aufheulend rannte er ins Seifengeschäft, um seine Oma zu holen.

Manfred ergriff die Flucht und zog sich bis weit in die Fuldastraße zurück. Dort waren vor dem Milchgeschäft von Vater – der Mann hieß so komisch – einige der Jungen aus der Nachbarschaft beim Klimpern. Wer mitspielen wollte, mußte einen Groschen nehmen und versuchen, ihn so dicht wie möglich an die Hauswand zu werfen. Wer am dichtesten dran war, durfte dann als erster die Groschen der anderen aufheben und hatte die große Chance, alles zu gewinnen. Dazu mußte er sich alle Münzen übereinander auf die Fingerspitzen legen, sie in die Höhe schnellen lassen, mit dem Handrücken auffangen und nochmals hochwerfen und dann allesamt mit einem Rollgriff auffangen, das heißt, von oben nach unten greifen. Alle Münzen, die er gefangen hatte, waren sein Gewinn. Der zweite konnte dann das zur Erde gefallene Geld aufheben und es ihn gleicher Weise versuchen. Als Variante konnte man sich das Geld auch auf den Ellenbogen legen und versuchen, es mit dem Rollgriff aufzufangen. Manfred hatte oft genug zu Hause geübt, aber selten war es im geglückt, mehr als fünf, sechs Münzen aufzufangen. Das sah so leicht aus, war aber fürchterlich schwer. Die Kunst bestand darin, die Münzen in der Luft nicht zu weit auseinanderdriften zu lassen. Da aber bereits elf Jungen mitspielten, hatte es eigentlich für ihn keinen Sinn, da mitzumachen. Andererseits konnte man ja eine ganze Mark gewinnen.

Alles kam, wie es kommen mußte, und Manfred hatte bald sein Taschengeld verspielt und eigentlich Schluß machen müssen. Aber wie auf Befehl hingen plötzlich ein paar Mütter in den Fenstern und schrien ihr ewiges *Raufkommen!*, manche auch *Dieter, komm oben, Papa is da!*, so daß sich die Zahl der Mitspieler im Nu auf sieben reduzierte, Manfreds Chancen also wuchsen. Aber mitmachen konnte er nur, wenn er das Geld seiner Mutter nahm, das Geld, das sie ihm am Morgen zum Einholen gegeben hatte. Bei Fischer sollte er Kartoffeln holen, und auf irgend einem Sonderabschnitt ihrer Lebensmittelkarte war Rhabarber aufgerufen worden. Wenn er das richtig behalten hatte. Vielleicht auch etwas anderes.

In einer halben Stunde hatte er siebzig Pfennige verloren. Für seine Mutter fast ein kleines Vermögen.

Jetzt aber lachte ihm das Glück, denn sein Groschen lag am dichtesten an der Wand, und er konnte genau acht Münzen auf seinen Handrücken legen.

Lieber Gott, laß es mich schaffen!

Das war eine leichte Version dessen, was er auf Geheiß seiner Mutter jeden Abend betete: *Lieber Gott, mach mich fromm, daß ich in den Himmel komm – und daß mein Vati wieder aus der Kriegsgefangenschaft zurückkommt.*

Und es klappte in der Tat. Er hatte gewonnen und war mit einem Schlag wieder schuldenfrei ... Besser: Er wäre schuldenfrei gewesen, wenn nicht in diesem Augenblick seine Mutter vorbeigekommen wäre. Und zwar aus der anderen Richtung, vom Weichselplatz her. Von daher hätte er sie nie und nimmer erwartet.

»Ich hab dir doch verboten zu spielen! Sofort gibst du das Geld wieder zurück!«

Ach, du grüne Neune!

»Was ist denn mit deinem Auge los?« Noch auf der Straße begann sie mit ihrem strengen Verhör. Jetzt nahm das Schicksal seinen Lauf.

»Ich bin gegen die Tür gelaufen?«

»Wo?«

»Unten im Keller.«

»Was hast du im Keller zu suchen gehabt?«

»Ich wollte ... ich wollte ...« Kohlenholen ging ja nicht, jetzt im Sommer. »Ich wollte sehen, wo ich die Kartoffeln nachher reintuen kann.«

»Hast du die noch immer nicht geholt?«

»Nein ...«

»Dann gib das Geld her, dann mach ich das selber.«

Manfred schluckte. »... das Geld, das hab ich verloren.«

»Beim Spielen, na klar!« Und – peng! – da hatte er schon die erste gewienert bekommen. »Immer mußt du mich anlügen!«

Doch als sie ihm noch eine runterhauen wollte, wehrte er sich und schlug in seiner Not zurück auf ihre Hand. Zugleich erstarrte er, denn wie hieß es immer: *Wer seine Hand gegen seine Eltern erhebt, dem wird sie abfallen.* Er fühlte direkt, wie das geschah und sah sich wie einer der vielen Kriegsinvaliden, die nur einen leeren Ärmel hatten.

Das Urteil war im Nu gesprochen: »Los, ab nach oben und in die Toilette!«

Das war für ihn und seine Kameraden die übliche Arrestzelle. Manfred nahm es gleichmütig hin. Er hatte ja nichts anderes verdient. Viel schlimmer wäre es gewesen, wenn sie ihn in den Keller gesperrt hätte, zu den Spinnen und Ratten.

So saß er denn im Dunkeln auf dem Klodeckel und betete, daß seine Mutter – über die Karrassen oder durch Fräulein Krahl – nicht auch noch etwas von seinen anderen Schandtaten erfuhr. Das war schon eine ganze Latte heute: Rauchen mit Axel und Jürgen, Stinkbomben in den Laden von Fräulein Krahl, Knallen mit dem Schlüssel und Fräulein Krahl zu Tode erschrecken, den Frauen unter die Röcke gucken und die mächtige Ohrfeige von Fräulein Seehaus, die Brüsche von Wölfchen und das beim Klimpern verspielte Einkaufsgeld.

Plötzlich kam das nach oben, was er die ganze Zeit über verdrängt hatte, die Angst vor der *Erziehungsanstalt*. In seiner Vorstellung saß man da den ganzen Tag über in einer Zelle, noch enger und dunkler als ihre Toilette hier, bekam nur wenig Wasser und Brot, wurde aber dafür reichlich geschlagen. Und wenn man die Zelle mal verlassen durfte, dann nur, um auf den Feldern Kartoffeln auszubuddeln. Außerdem hatte man andauernd Sprüche aufzusagen wie sonst nur Weihnachten: *... stecke deine Rute ein, ich will auch immer artig sein!*

Daß er wenig Spielsachen hatte und nichts Richtiges zu essen, das machte ihm nichts aus, was ihn quälte, war der Zwang, immer artig sein zu müssen. Dauernd hielt ihm einer vor, daß er wieder mal unartig gewesen sei. *Du Unart du!*

Zugleich fühlte er aber doch so etwas wie Reue. Das lag vor allem an den Worten seiner Schmöckwitzer Oma, die immer wieder betonte, wie schwer es seine Mutter doch hatte allein ohne Mann. Den ganzen Tag über in der Krankenkasse schwer schuften und dann abends noch kochen und mit ihm Schularbeiten machen.

»Bitte, Mutti, mach doch auf, ich will's auch nie wieder tun!«

Doch sie kam nicht aus dem Zimmer, um ihn wieder rauszulassen. Wahrscheinlich wußte sie – wie er auch –, daß er nicht anders konnte, daß es gelogen war, was er da gerufen hatte. Erst als seine Kohlenoma sie besuchte, konnte er wieder ein wenig Hoffnung schöpfen, denn vielleicht mußte die nach dem langen Marsch von der Manteuffel- bis zur Ossastraße dringend aufs Klo, und dann kam er automatisch frei.

Nein, Mist, sie ließ sich erst in der Küche nieder, um mit seiner Mutter zu quackeln. Endlos ging das. Na, wenigstens konnte er fast jedes Wort verstehen, und das war so, als ob er Radio hätte.

»Meine Ration ist schon wieder alle, aber unter der Hand kriegt man ja jetzt schon 'ne ganze Menge zu kaufen«, sagte seine Kohlenoma.

»Ja, die *freien Spitzen*«, ergänzte seine Mutter. »Grüne Gurken zu zwei Mark fünfzig das Pfund, Blumenkohl vier Mark pro Kopf.«

»Ich hab gestern meinen Waschzuber verkauft, für die Gurken. Für Euch hab ich noch 'n kleinen Topf Schmorgurken mitgebracht.«

Manfred haßte Schmorgurken, seit sie in Groß Pankow damit vollgestopft worden waren, und stöhnte auf, als er an das Theater dachte, daß es morgen geben würde, wenn er sich weigerte, sie zu essen – trotz allen Hungers.

Seine Kohlenoma begann nun, von den alten Zeiten zu schwärmen. »Als ich bei Direktor Grüneberg in Stellung war, hat ein Pfund Butter eine Mark zwanzig gekostet und der Tilsiter Käse achtzig Pfennig, der Kopf Blumenkohl vierzig ...«

»Und jetzt sieben Mark für ein Pfund markenfreies Waschpulver!« rief seine Mutter.

»Auf Abschnitt 9 des 2. Haushaltsausweises gibt es Stopftwist.«

»Und auf Abschnitt 11 Gummiringe für Weckgläser.«

So ging es eine ganze Ewigkeit lang, obwohl Manfred immer wieder Stoßgebete Richtung Himmel schickte. »Lieber Gott, laß sie endlich müssen.«

Erst als sich seine Kohlenoma für den langen Heimweg zu rüsten begann und noch einmal prophylaktisch Wasser lassen wollte, schlug die Stunde der Befreiung für ihn.

»Sofort ins Bett!« rief seine Mutter, als sie die Klotür wieder aufgeschlossen hatte. »Mutter, ich werd mit dem Bengel nicht mehr fertig ..., er kommt in die Erziehungsanstalt, wenn das so weitergeht.«

Manfred gelobte, sich zu bessern.

Am nächsten Tag mußte er erst zur dritten Stunde in die Schule, und wollte die Zeit nach Kräften nutzen, um alles wieder gutzumachen.

Kaum war seine Mutter gegangen, machte er sich an die Reparatur ihres Radioapparates. Der Knopf mit der Sendereinstellung ließ sich nicht mehr drehen, so daß sie nur den *Berliner Rundfunk* empfangen konnten. Manfred zog den Stecker raus, entfernte die vier Schrauben, die die Rückwand hielten, und studierte das Innenleben des Geräts. Sein Vater hatte es im Krieg aus Teilen des RPZ selber gebaut. Auf den ersten Blick war zu erkennen, daß der Seilzug vorn hinter der Skala gerissen war. Manfred brauchte nur einen starken Zwirnsfaden aus dem Nähkasten seiner Mutter zu holen – und schon war die Sache geritzt. So gut, so schön, doch leider riß er beim Zusammenknoten einen der roten Drähte ab und mußte nun löten. Einen elektrischen Lötkolben aber hatten sie nicht, sondern nur einen, den man in die Gasflamme legen mußte. Das tat er dann auch, doch es dauerte lange, bis das Riesendings so richtig glühte, und als er damit im Radioapparat herumzufummeln begann, löste er zwei weitere Drähte von ihren Kontakten, ehe das vorhandene Lötzinn an der eigentlichen Problemstelle so flüssig geworden war, daß der rote Draht wieder kleben blieb. Dieses Spielchen wiederholte sich in den nächsten Minuten immer wieder, und der Strippensalat versetzte ihn zunehmend in Panik. Zudem stank es langsam bestialisch in der Küche, weil er mit dem glühenden Lötkolben immer wieder gegen Bakelitteile kam, die gleich zu rauchen anfingen. Endlich aber waren alle Drähte wieder festgelötet, und der Seilzug funktionierte auch. Stolz drehte er am Knopf. Der Zeiger hinter der grünen Skala lief wieder hin und her. Er trug den Radioapparat ins Wohnzimmer zurück und stellte ihn so auf den großen runden Tisch, daß seine Mutter ihn sofort sehen mußte, wenn sie von der Arbeit kam. Das hatte er für sie getan. Ab heute war er ein ganz anderer.

Vom Sessel aus bestaunte er sein Werk. Womit konnte er seiner Mutter noch eine kleine Freude machen? Er überlegte lange und kam dann auf die Idee, ihr eine Geburtstagskerze zu gießen und nachher eine große 37 in das Wachs zu ritzen. Seit Jahren wurde bei ihnen jeder Kerzenstummel gesammelt, denn wenn Stromsperre war, brauchte man jedes bißchen Licht. Er riß die Schubladen des Küchenspinds auf, wühlte im Schreibtisch herum, fand auch im Werkzeugschrank seines Vaters einige Reste und warf alles – rote, weiße, gelbe Kerzenreste – in die kleine Kaserolle, in der sie ansonsten Grießpudding kochten. Während das Wachs nun langsam schmolz, gab es zwei große Probleme zu lösen. Woher bekam er die Form für die Kerze, und was nahm er am besten als Docht? Ein Wollfaden ging, aber auch ein kurzes Stück Strippe. Er entschied sich für einen blauen Wollfaden, den er leicht aus seinem Strickpullover herausziehen konnte. Schwieriger war es schon, etwas zu finden, in das sich das heiße Wachs hineingießen ließ. Zuerst schnitt er sich ein Stück Pappe zurecht und formte es zu einer Röhre, doch für die ließ sich partout kein Boden finden. Wie den unten ankleben, wo er keinen Klebstoff hatte. Er war schon am Verzweifeln, da fiel ihm ein Trinkglas ins Auge, das seine Mutter zum Abwasch hingestellt hatte. Er tippte sich mit dem Zeigefinger an die Stirn, so wie es an den Giebeln bei der Schuhwichs-Reklame überall zu sehen war: *Urbin – ich hab's!* Er stellte das Glas aufs Fensterbrett und fragte sich, wie er nun den Docht, das heißt den Wollfaden, genau in die Mitte bekam. Schön, er konnte ihn mit der linken Hand festhalten, während er mit der rechten das Wachs eingoß, aber doch nicht ewig warten, bis das Wachs erkaltet war. Also bog er sich aus Kupferdraht eine Art Gitter, das er über das Glas legte und den Wollfaden daran befestigte. Das hätte sein Vater sehen sollen. Oder Frau Fahlenberg. Für diese Konstruktion hätte er glatt eine Eins bekommen. Seine Schmöckwitzer Oma hätte gesagt: »Manfred ist der geborene Erfinder.« Und seine Mutter hatte endlich etwas, auf das sie stolz sein konnte: »Guck mal, Lenchen, diese Kerze hat mir mein Sohn zum Geburtstag gegossen, ganz alleine.« Von diesen Gedanken beherrscht, nahm er die Kaserolle vom Herd und kippte das siedende Wachs mit einem großen Schwall in das Glas. Das jedoch zersprang in tausend Stücke, und das Wachs versaute seine Hose und verbrannte ihm den rechten Oberschenkel. Schreiend lief er zum Wasserhahn, um die schmerzenden Stellen zu kühlen. Dann nahm er Mehl, ein altes Hausmittel, und schmierte es auf seine Wunde.

Was blieb ihm, als sich in den Sessel zu setzen und abzuwarten, bis der Schmerz ein wenig nachgelassen hatte. Und die Sauerei draußen in der Küche. Wenn seine Mutter das sah, gab es wieder ein Riesentheater. Manfred war den Tränen nahe. Um sich etwas abzulenken, schaltete er das Radio ein. Es gab ein kleines Feuerwerk im Innern des Kastens, dann flogen hintereinander drei Sicherungen raus: die kleine im Innern des Apparats, die an ihrem Zähler im Korridor, die er neulich mit Staniolpapier geflickt hatte, und die Haussicherung im Keller. Die Ossastraße 39 war gänzlich ohne Strom.

Ehe man sich auf ihn stürzen konnte, floh Manfred in die Schule.

Zuerst hatten sie Religion bei Emil. Das war ein sanfter Mensch, der die Gabe hatte, auch die spannendsten Geschichten der Bibel so vorzutragen, daß es alle furchtbar langweilig fanden. Außerdem war es eine Zeit, in der es schick war, sich über das Christentum lustig zu machen.

»Herr Reuter«, fragte Jünne Hahn. »Wer war der erste Kellner in der Menschheitsgeschichte?«

Der Religionslehrer fuhr sich durch sein schütteres krauses Haar. »Ich weiß es nicht.«

»Gott!«

»Wieso?«

»Na, in der Bibel steht doch: Er nahte mit Brausen.«

Emil sah ihn mit milder Nachsicht an. »Du sollst den Namen des Herrn, deines Gottes, nicht unnütz im Munde führen. Und strenge wird er verfahren mit allen Spöttern.«

Während er dies sprach, hatte er seine Hände ineinander verschränkt und hielt sie, mit den offenen Flächen nach unten, so vor seinen Unterbauch, daß es aussah, als sei er mitten beim Urinieren.

»Psssssscht ...« machte dann auch die ganze Klasse, und einer formulierte es als Zeitungsüberschrift: »Religionslehrer pinkelt während des Unterrichts in den Klassenraum.«

Emil überhörte es. »Kommen wir nun zum NT.«

»Zur Ente!« rief Klaus.

»Das NT, das Neue Testament.«

»Was war das erste Auto in der Bibel?« fragte Jünne Hahn und gab gleich selber die Antwort darauf: »Adam und Eva – denn sie sündigten in einem fort.«

Da Emil nicht recht wußte, was ein *Ford* war, verpuffte auch dieser Scherz.

»Wer war der erste Fußballer?«

»...?«

»Na, Jesus doch! Denn er stand mit seinen Jüngern abseits vor dem Tor.«

Der Religionslehrer hatte kein Rezept, die Jungen aus ihrem Abseits herauszuholen. Am ehesten schien ihm noch Matuschewski einen Sinn für sein Anliegen zu haben. Er sah Manfred an.

»Von dir weiß ich, daß du vor dem Einschlafen immer betest ...«

Alle sahen Manfred an und lärmten los. Er bekam einen roten Kopf und wußte nicht, was er machen sollte. Einerseits fand er lächerlich, was Emil machte, und war in seinem Leben nie in der Kirche gewesen, andererseits hatte er eine dunkle Ahnung, daß da etwas unbegreiflich Großes war, dem man hilflos ausgeliefert schien; schon wenn er draußen in Schmöckwitz im Garten stand und die Sterne alle sah. Und zugleich fühlte er, daß er irgendwie anders war als seine Klassenkameraden.

Und so sagte er: »Ja, der Mensch denkt und Gott lenkt.«

Das Gelächter der anderen war so stark, daß er meinte, es würde ihn aus dem Klassenraum wehen. Und da Kuki nun rief, es sei wohl an der Zeit, ihn als Vertrauensschüler abzuwählen, mußte er sich für den Rest der Stunde etwas einfallen lassen, um die Gunst seiner

Wähler zurückzugewinnen. Er überlegte ein Weilchen, dann hatte er eine Idee. Als Emil kurz die Klasse verließ, um für alle das NT zu holen, lieh er sich von Werner Ritter einen großen Kamm und kroch unter die Bank. Nach wenigen Minuten hatte er es geschafft, aus seinen glatten Haaren eine Negerkrause zu machen – und sah nun aus wie Emil.

Als er in die Bankreihe trat, gluckten schon alle, und erst recht, als er die Hände wie Emil vor dem Geschlechtsteil faltete. Auch von der Stimme und der Wortwahl her traf er den Ton des Religionspädagogen recht gut.

»Herr Jesus Christus, laß diese verderbten Kinder der 3c die Wahrheit deiner Verheißung erfahren ...«

In diesem Moment stand Frau Fahlenberg in der Tür. Sie brauchte nur Sekunden, um zu begreifen, was hier geschah.

»Raus!« schrie sie Manfred an. »Wenn du in einer Minute nicht wieder ganz normale Haare hast, dann kannst du was erleben!«

Es war totenstill, und er hatte das Gefühl, daß sie plötzlich alle eingefroren waren, in einem Rieseneisblock steckten. Bis auf ihn. Er lief, als wäre in ihm ein Uhrwerk aufgezogen worden.

Draußen auf dem Flur, wo in den Pausen immer Hunderte von Schülern tobten, war es jetzt erschreckend still. Manfred kam sich wie Robinson vor, einsam und verlassen auf einer abgelegenen Insel. Doch für solche Gefühle war wenig Zeit, denn er mußte sich mit Hochdruck die Krause aus den Haaren kämmen, und das ziepte nicht nur, das schmerzte regelrecht. Büschelweise hielt er seine Haare in der Hand.

Da hatte Frau Fahlenberg auch schon die Tür geöffnet, um nach ihm zu sehen. Er ließ Kamm und ausgerissene Haare in der Hosentasche verschwinden und ging ihr mit gesenktem Kopf entgegen.

»Von dir bin ich maßlos enttäuscht. Ich hab dich immer anders eingeschätzt. Weißt du, was ›Herzensbildung‹ ist?«

»Nein.«

Frau Fahlenberg strich ihm über die Haare. »Ein guter Mensch wird man nur, wenn man es schafft, die Welt auch mit den Augen anderer zu sehen. Nur so kann man sie und alles verstehen. Das nimm dir bitte mal vor.«

»Ja«, sagte Manfred, schwor sich aber, ihr diese Demütigung baldmöglichst heimzuzahlen, denn als er jetzt wieder in den Klassenraum trat, gab es Kommentare, die viel mehr schmerzten als das Haareglätten. Besonders, als er sich vor versammelter Mannschaft bei Herrn Reuter entschuldigen mußte.

»Es tut mir leid, und ich will es auch nie wieder tun.«

Kuki zischte: »Geh doch nach Hause, Mammi will dir den Bauch waschen!«

Jünne setzte noch einen drauf: »Weich wie Pudding! Als wenn de in 'nen Haufen Scheiße treten tust.«

Manfreds Zorn auf Frau Fahlenberg wuchs noch um einiges, als sie, nachdem Emil den Raum verlassen hatte, plötzlich »Buchkontrolle« rief. Sie hatten nun ihr Lesebuch vor sich auf die Bank zu legen, und Frau Fahlenberg ging durch die Reihen, um nachzusehen, ob es auch alle, wie gestern aufgegeben, sauber eingeschlagen hatten.

Manfred hatte das natürlich verschwitzt. Was nun? Er saß in der zweiten Reihe am Fenster, und wenn er sich von Bimbo, der rechts hinten in der Ecke saß, unbemerkt den Buchumschlag lieh, nachdem Frau Fahlenberg dessen Bank passiert hatte ...? Ja, das mußte gehen. Und als es soweit war und sie ihm den Rücken zudrehte, konnte er sich tatsächlich zu Bimbo schlängeln und ihm zuflüstern, er möge bitte den blauen Schutzumschlag von seiner Fibel abziehen und ihm geben.

»Spinnst du?« Bimbo hatte nicht nur Angst davor, erwischt zu werden – mitgefangen, mitgehangen –, sondern fürchtete auch, den Ruhm für den saubersten Umschlag mit Manfred teilen zu müssen.

Manfred versuchte es mit Drohung und Erpressung. »Wenn nicht, kriegste in der nächsten Sportstunde den Medizinball an'n Kopp!«

Bimbo konterte geschickt. »Mein Vater is bei der Polizei.«

Manfred mußte es mit Zuckerbrot versuchen. »Von meinem Vater 'ne Briefmarke ...« Die ließ sich aus dem Album entwenden, ohne daß seine Mutter das merkte.

»Abgemacht!« Bimbo zog den Schutzumschlag ab und gab ihn Manfred.

Als Frau Fahlenberg dann Manfreds Lesebuch in Augenschein nahm, steckte es fein säuberlich in blauem Papier. Manfred hielt den Atem an, als die Klassenlehrerin immer skeptischer wurde und sogar daran schnüffelte.

»Ah, derselbe Duft wie bei Bimbo eben ...«

»Wir haben zusammengearbeitet«, sagte Manfred schnell.

Frau Fahlenberg lachte. »Ja, eben.« Und damit ging sie nach vorne zum Lehrertisch.

Manfred war damit nicht nur um eine Eintragung ins Klassenbuch reicher (Betrug beim Vorweisen des Schutzumschlages), sondern auch um eine Briefmarke ärmer, denn Bimbo bestand auf ihrer Auslieferung und hatte den Rest der Klasse hinter sich. Geschäft war Geschäft.

»So ...« Frau Fahlenberg war's zufrieden. »Da Herr Kwasniowski heute krank ist und ich ihn in den beiden letzten Stunden ohnehin vertreten müßte, nutzen wir das und gehen ins Heimatmuseum in der Emser Straße.«

Die einen schrien freudig »Ah!«, denn das erschien ihnen allemal besser, als hier in der Klasse zu hocken, die anderen aber »Och«, denn entweder waren sie schon mit ihren Eltern dortgewesen, oder aber sie haßten Museen.

»Immer zu zweit!« mahnte Frau Fahlenberg. »Manfred und Dieter in der ersten Reihe, Bimbo und Krücke am Schluß. Keiner rennt über die Straße, ohne daß ich das ausdrücklich sage. Und nach der Führung durch das Museum, geht mir keiner nach Hause: Wir kehren alle hierher in die Schule zurück. Der Unterricht ist erst hier auf dem Schulhof zu Ende. Habt ihr das alle verstanden?«

»Ja!«

Los ging es. Von der Rütlistraße bis zum Bahnhof Neukölln hinauf war es ganz schön weit, aber sie waren es gewohnt, große Strecken zu laufen. Keiner von den Eltern hatte ein Auto und die meisten nicht das Kleingeld für eine Fahrt mit Bahn oder Bus. Ohnehin war alles besser als Schule, sogar ein Museumsbesuch, wo man sich immer die Beine in den Bauch stehen mußte. Es war verdammt heiß heute, und sie hätten liebend gerne Halt gemacht und eine Brause getrunken, aber dafür war keine Zeit, und Frau Fahlenberg wußte genau, daß es nur wieder Neid und Streitigkeiten geben würde, weil etliche der Jungen die nötigen Groschen nicht hatten.

Obwohl einige schon kräftig murrten, mußten sie noch einen Umweg über die Kopfstraße machen, weil ihnen Frau Fahlenberg unbedingt das Haus zeigen wollte, in dem der *Hauptmann von Köpenick* gewohnt hatte, der Schuster Wilhelm Voigt.

»Hier in der Kopfstraße 27 hat er 1906 bei seiner Schwester Bertha Menz gelebt. Nebenan in der Nummer 26 hat seine Braut gewohnt, die Witwe Louise Riemer.« Frau Fahlenberg sah in die Gesichter ihrer Jungen. »Wer weiß denn, was am 16. Oktober 1906 in Berlin und in Köpenick passiert ist?«

Bimbo wußte es. »Da hat der Schuster Wilhelm Voigt sich 'ne Uniform gekauft und sich als Hauptmann 'n paar Soldaten gegriffen ... und is dann nach Köpenick gefahren mit denen, und da hat er dann den Bürgermeister verhaftet und die Stadtkasse geklaut.«

»Ja. Richtig. Setzen.« Alles lachte, da sie ja mitten auf der Straße standen. »An sich hatte er es gar nicht auf das Geld abgesehen gehabt, sondern auf einen Paß, damit er endlich in Preußen bleiben konnte und nicht immerfort ausgewiesen wurde. Die Polizei ist dann hierher in die Kopfstraße gekommen und hat die Schwester nach Wilhelm Voigt gefragt. Zwar war ihr Bruder schon weggezogen, aber sie hat gewußt, wo er inzwischen als Schlafbursche untergekommen war.«

»Und da hat 'sen verraten?«

»Ja.«

»Die alte Ziege die!«

Für die meisten war die Sache klar, und Frau Fahlenberg hatte eine Menge Mühe, ihnen klarzumachen, daß es die Pflicht jedes Staatsbürgers war, ein Verbrechen anzuzeigen und der Polizei bei der Verfolgung von Verbrechern zu helfen.

»Aber der Hauptmann von Köpenick, das war doch keen Vabrecha«, rief Manfred empört.

»Kein Verbrecher«, korrigierte ihn Frau Fahlenberg. »Doch. Aber darüber ein andermal mehr ... Kommt jetzt!«

Manfred maulte. Wenn ein Armer den Reichen etwas wegnahm, fand er das gut, und ein Verbrechen war das nicht, weil die Reichen den Armen ja vorher ihrerseits alles weggenommen hatten. Und seine Schmöckwitzer Oma meinte immer, man sollte dem Hauptmann von Köpenick ein Denkmal errichten.

Sie waren schon ziemlich erschöpft, als sie ins Museum kamen. Und so kühl, wie sie es erwartet hatten, war es nun in dessen Räumen auch wieder nicht. Manfred taten mächtig die Beine weh, aber setzen durften sie sich nicht. Für alle hätten die paar Stühle ohnehin nicht gereicht. Die Führung begann.

Der Museumsmann mährte sich fürchterlich aus. Daß Neukölln bis 1920 eine selbständige Gemeinde gewesen war und den Namen Rixdorf getragen hatte, war ja noch halbwegs spannend, zumal er auch noch sang »In Rixdorf is Musike ...«, dann aber verlor er sich doch zu sehr in Einzelheiten, die kein Schwein mehr interessierten. »Rixdorf kommt von Richardsdorf her, das als einziges märkisches

Dorf über eine Gründungsurkunde aus dem Jahre 1360 verfügte. Auch im Landbuch Kaiser Karl IV. vom Jahre 1375 finden wir es als Richardstorpp angegeben und zwar mit fünfundzwanzig Hufen. Eine deutsche Besiedlung darf aber in der Umgebung des Dorfkerns schon um 1200 mit Sicherheit angenommen werden …«

Manfred trat langsam zur Seite und hörte nicht mehr hin. Aber auch das, was in den Schaukästen ausgestellt war, konnte ihn nicht vom Hocker reißen. Faustkeile, Speerspitzen und ein Riesenhaufen alter Scherben. Müll alles. Viel lieber hätte er jetzt in der Ossastraße *Kante* gespielt oder in Schmöckwitz seinen Zoo um ein neues Elefantenhaus vergrößert.

Mehr aus Langeweile denn aus Neugierde zog er an einem Vorhang und entdeckte, als der ein wenig zur Seite rutschte, daß sich dahinter der Notausgang verbarg. Es juckte ihn mächtig in den Fingern, es einmal zu versuchen. Und wirklich: Die Klinke ließ sich nach unten drücken, und die Tür sprang auf. Vorsichtig schloß er sie wieder. Keiner hatte etwas gemerkt. Wenn er es geschickt anstellte, konnte Frau Fahlenberg unmöglich was bemerken … Nein. Doch. Eine Weile kämpfte er mit sich und entschied sich dann dafür, nicht zu türmen. Allerdings schaffte er es nicht, den Mund zu halten, sondern zeigte Kuki und Jünne, was er da entdeckt hatte. Beide waren begeistert und sofort bereit, mit ihm zusammen abzuhauen. Und Manfred spürte genau, daß er bis zum Ende ihrer Schulzeit der Held sein würde, wenn ihm dieser Coup gelang.

Die Versuchung war zu groß. Als Frau Fahlenberg und der Museumsführer die Klasse in die hinteren Räume geleiteten, nutzten sie die Gunst der Stunde und schlüpften alle drei hinter den Vorhang. Das konnte doch unmöglich auffallen, wenn von fünfunddreißig Schülern dreie fehlten.

Eine Minute später standen sie unten auf der Straße. Mit dem Hochgefühl von Sträflingen, denen die Flucht aus Sing-Sing gelungen war. Sie umarmten sich und liefen zur Karl-Marx-Straße hinunter.

Eine halbe Stunde später saßen Manfred, Kuki und Jünne auf dem Oberdeck des 4er Busses und fuhren Richtung Schöneberg. Das war eine herrliche Sache, oben in der ersten Reihe zu sitzen und durch die Welt zu fahren. Rang, erste Reihe. Der Bus selber war ein alter Kasten, ein Dreiachs-Doppeldeck-Autobus vom Typ Bü D 3 aus dem Jahre 1935, einer mit Riesenschnauze vorn. Auch dies wußte Manfred, obwohl er sich bei den Bussen nicht so gut auskannte wie bei den Straßen- , U- und S-Bahnen. Unten erinnerten ihn die Busse immer an das Innere einer Laube, soviel Holz und Holzverstrebungen gab es da. An denen stand, immer abwechselnd, *Stehen im Gang polizeilich verboten* und *Ausgang nur vorn*. Der Fahrer saß in einer abgetrennten Kabine, und sein Lenkrad war so groß, daß er fast hindurchgucken mußte, wollte er die Fahrbahn erkennen. Der Einstieg war hinten, und dort führte auch eine steile Treppe nach oben. Da es keine Türen gab, hing man, war der Bus überfüllt, immer halb draußen und war in Lebensgefahr, wenn es in die Kurve ging.

»Kiek ma da!«

Sie kamen am Flugplatz Tempelhof vorbei und sahen, wie eine zweimotorige amerikanische Militärmaschine gerade auf die Rollbahn niederging. Manfred dachte daran, wie sie in Groß Pankow von Tieffliegern beschossen worden waren und wandte sich ab.

»Noch jemand ohne Fahrschein?« Der Schaffner, mit seinem schweren Schnellwechsler vorm Bauch, kam nach oben geklettert.

Das war Manfreds großer Traum: einmal einen solchen Apparat zu besitzen. Oben warf man die Münzen in die Schächte – Sechser, Groschen, Markstücke –, und unten kamen sie einzeln wieder heraus, wenn man auf ein Metallplättchen drückte. Überhaupt, so ein Schaffner, der imponierte ihm. Wenn einer nicht bezahlen wollte oder randalierte, konnte er anhalten lassen und ihn mir-nichts-dir-nichts auf die Straße setzen. Und von sich aus entscheiden, ob sie schon abfahren oder noch warten sollten, wenn einer im letzten Augenblick zur Haltestelle angelaufen kam. Am schönsten war es sicherlich, auf den kleinen Knopf über dem offenen Einstieg zu drücken und dem Fahrer vorn das Signal zum Losfahren zu geben. Manfred spielte das immer bei sich zu Hause an der Wohnzimmertür.

Am Rathaus Schöneberg stiegen sie aus und fuhren wieder nach Neukölln zurück. Als sie Sonnenallee Ecke Erkstraße ankamen, trafen sie auf Kutte und seinen Freund Adolf. Dessen Vater war Apotheker, und so kam er hin und wieder an Chemiekalien heran, mit denen sich Knall- und Sprengkörper basteln ließen. Auch heute wieder hatte Adolf ein fingergroßes Staniolpäckchen in der Hosentasche.

Eine 95 ratterte vorüber, ein Trieb- und zwei Beiwagen.

»Wer legt 'n das auf die Schienen?« fragte er und hielt Jünne, Kuki und Manfred das Päckchen vor die Nase. »... wird einen ganz schönen Knall geben!« Adolf grinste.

»Ick nich.« Kuki wich zurück.

Auch Jünne hatte Bedenken. »Wenn die entjleist, dann ...«

»Wir hau'n doch vorher ab«, sagte Kutte.

»Mach du et doch!«

»Adolf selba«, schlug Manfred vor.

Der wehrte ab. »Ich hab's schon hergestellt. Aber wie wär's denn mit dir?«

Manfred wurde siedendheiß. Einerseits wollte er nicht als Feigling dastehen, und es machte ja auch Spaß, andererseits ... *Immer mußt du was ausfressen! Wenn das so weitergeht mit dir, dann kommst du in die ERZIEHUNGSANSTALT.*

Noch wußte Manfred nicht, daß der Augenblick, wie er jetzt gekommen war, bei den alten Griechen *Kairos* hieß, die Sekunde, in der sich alles entschied.

»Komm, gib her!«

Er hatte es gesagt, ohne es zu wissen. Es war einfach so gekommen, er hatte sich nur sprechen hören. Es war mit ihm geschehen. Von der Fuldastraße her nahte die nächste 95 Richtung Köpenick. Die Sonnenallee hatte in der Mitte eine breite Promenade, auf der noch etliche Bäume den Krieg und alle nachfolgenden Abholzaktionen überstanden hatten. Die Straßenbahngleise waren an den Rändern dieser Promenade verlegt.

Manfred schlenderte über den südlichen Fahrdamm und verlor das Staniolpapier mit Adolfs Sprengstoff ganz zufällig, als er über die Schienen schritt. Er brauchte es mit der Fußspitze nur noch in die Rille zu stoßen. Niemand hatte es gesehen. Im Hausflur drüben winkte er die anderen vier herbei.

Dicht gedrängt standen sie dann da und erwarteten den großen Knall. Gänzlich unverdächtig.

Die Straßenbahn kam immer näher. Manfred dachte nichts mehr und fühlte nichts mehr, kam sich wie ein toter Käfer vor.

Der Fahrer war deutlich zu erkennen. Wie er aufrecht stand und stolz mit der linken Hand die Kurbel hielt, während seine Finger rechts die Bremse umklammerten. Er bemerkte nichts von dem Staniolpapier in seinen Rillenschienen. Er erinnerte Manfred an den Grafen Zeppelin, so wie der immer auf den Fotos zu sehen war.

Da kam die Explosion. Sie war so heftig, daß die Leute ringsum aufschrien und sich eine ältere Frau sogar auf den Boden warf, als wäre der Krieg zurückgekommen.

Notbremsung der 95. Entgleist war sie nicht, aber die Leute waren kräftig durcheinandergepurzelt.

Der Fahrer sprang auf die Straße, sah die fünf Jungen drüben im Hausflur und wußte sofort, wer ihnen das alles angetan hatte.

»Los, faßt sie, die da!«

Als Manfred kurz vor dem Dunkelwerden nach Hause kam, saß Frau Fahlenberg bei seiner Mutter. Ein Polizeibeamter war gerade wieder gegangen. Seine Mutter weinte, und auch die Klassenlehrerin hatte ziemlich gerötete Augen. Wie bei einer Bindehautentzündung. Das große Tribunal begann.

»Warum hast du mir das angetan?« schluchzte seine Mutter. »Was sollen bloß die Leute von uns denken ...!?«

Das war Manfred piepwurschtegal, aber was nutzte das.

»Was da alles hätte passieren können«, hielt ihm Frau Fahlenberg vor. »Die Bahn hätte entgleisen und es hätte Tote geben können. Und wenn ihr überfahren worden wärt oder euch einer verschleppt hätte, als ihr euch klammheimlich aus dem Heimatmuseum davongestohlen habt ...«

Auch das fand Manfred nicht sehr überzeugend, denn nachweislich war ja nichts passiert. Die Straßenbahn kurvte längst wieder zwischen Neukölln und Köpenick herum, und die Fahrgäste waren putzmunter – ebenso wie Kuki, Jünne und er. Das wohl nicht ganz, denn wahrscheinlich wurden die jetzt zu Hause ebenso zur Sau gemacht wie er .

Frau Fahlenberg sah ihn eindringlich an. »Siehst du nicht, wie deine Mutti um dich weint.«

»Entschuldige bitte ...« Er ging zu ihr hin und gab ihr einen Kuß auf die Backe.

Sie ließ es geschehen, doch damit war die Sache noch nicht ausgestanden. Jetzt bekam er sein ganzes Sündenregister zu hören. Alles wußte sie.

Das Zigarettenrauchen mit Jürgen und Axel (»... da hätte alles abbrennen können hier in der Wohnung, und deine Lunge ...«).

Die Stinkbombe und das Knallen bei Fräulein Krahl vor dem Laden (»... die hätte fast einen Herzschlag bekommen«).

Daß sie den Frauen vom Keller aus unter die Röcke gesehen hatten (»Schämt Ihr euch denn gar nicht, Ihr werdet noch mal richtige Sittenstrolche: Früh krümmt sich, was ein Häkchen werden will!«).

Wie er Wolfgang, dem Enkel der Karrassen, den Kopf blutig geschlagen hatte (»... daß er fast ins Krankenhaus gekommen wäre!«).

Das Klimpern mit dem Geld seiner Mutter (»Mich bestehlen, das hätt ich nie von dir gedacht!«).

Das kaputte Radiogerät (»Wie oft hab ich dir verboten, da ranzugehen!«)

Das ausgekippte Wachs (»Die schöne Tischdecke, die rettet man nun über den Krieg, und dann kommt so ein Nichtsnutz wie du und macht alles kaputt!«).

Die Negerkrause in der Schule (»Herr Reuter hat das nicht verdient, das ist so ein lieber Mensch, aber Euch wird das schon noch mal alles heimgezahlt werden!«).

Kamen nun als Krönung, wie die beiden Frauen sagten, die Sache mit dem Heimatmuseum und der Knallkörper auf den Schienen der 95 dazu.

Das war wirklich eine ganz schön lange Latte, Manfred mußte es sich eingestehen. Daß er aus dem Briefmarkenalbum seines Vaters eine Marke geklaut hatte, wußte sie zum Glück noch nicht. Doch das machte den Kohl nun auch nicht mehr fett.

»Was hast du dir bloß dabei gedacht?« fragte Frau Fahlenberg.

»Nichts ...«, erwiderte Manfred und bekam dafür eine geschallert.

Daraufhin weinte er. Nicht, weil es besonders weh getan hätte, da war er von den Keilereien unter seinesgleichen ganz anderes gewohnt, nein, es gehörte einfach dazu. Man mußte es tun, um den anderen zu zeigen, wie leid es einem tat, so unartig gewesen zu sein, und daß man Schmerzen litt, also für sein Vergehen tüchtig büßte. Es schützte auch vor weiterer und noch schwererer Strafe. Gleichzeitig fühlte er sich hinterher viel wohler.

Doch diesmal wurde es nichts mit dem altgewohnten Ritual. Auch als er jetzt das sagte, was er am Schluß immer vorgebracht hatte, nämlich, daß es ihm leid täte und er es ganz bestimmt nicht wieder tun würde, entspannte sich die Lage nicht.

»Ich werde mit dem Jungen nicht mehr fertig«, sagte seine Mutter.

»Wir mit ihm auch nicht«, fügte Frau Fahlenberg hinzu.

Manfred verstand das alles nicht so recht. Was konnte er dafür, daß alles so war, wie es war, daß sich sein Vater noch in Gefangenschaft befand und sie, seine Mutter, arbeiten gehen mußte und nicht den ganzen Tag über auf ihn aufpassen konnte. Und andere waren viel schlimmer als er, Kutte oder Jünne beispielsweise, ohne daß deren Mütter so 'n Jewese machten. Außerdem war er – im Gegensatz zu ihnen – ein geradezu fabelhafter Schüler. Daß das nicht zählte!

Alle drei schwiegen sie nun. Es war langsam dunkel geworden, ohne daß einer Licht gemacht hätte. Im Hof waren die letzten Vögel verstummt. Es war absolut still, nur das helle Tick-tack der Aufziehuhr, die im Gegensatz zur Küchenuhr so hieß, war zu hören.

Manfred betete: »Lieber Gott, laß bitte ein Wunder geschehen.« Dabei hatte er keine rechte Vorstellung davon, worin dieses Wunder denn bestehen sollte. Daß Frau Fahlenberg, die immer sehr mütterlich zu ihm gewesen war, vielleicht sagte, daß sich alles schon wieder einrenken werde. Oder seine Schmöckwitzer Oma plötzlich erschien und versprach, nach Neukölln zu ziehen, damit immer einer zu Hause war, wenn er aus der Schule kam.

Doch nichts geschah.

»Heime für schwer erziehbare Kinder gibt es nicht viele«, sagte Frau Fahlenberg, als die Uhr zehn geschlagen hatte. »Aber ich werde mich darum bemühen, für Manfred einen Platz zu finden.«

»Da wäre ich Ihnen sehr dankbar dafür, denn es muß jetzt etwas geschehen. So kann es nicht mehr weitergehen. Ohne meinen Mann schaffe ich es nicht.« Sie wandte sich zu Manfred. »Du hast Stubenarrest, und Kohlenoma wird dich von der Schule abholen, damit du nicht wieder auf dumme Gedanken kommst. Wenn die großen Ferien anfangen, bringt sie dich nach Schmöckwitz, und dann kommst du in die *Erziehungsanstalt.*«

Manfred saß im Sand und baute eine S-Bahnunterführung. Wagen, geschweige denn ganze Züge hatte er keine, aber er konnte sich vorstellen, wie es gewesen wäre, wenn er welche gehabt hätte. Durch seine Bauten blockierte er den halben Weg zwischen Haus und Laube, aber seine Oma schimpfte nicht, sondern freute sich nur, daß er so schön spielen konnte. Sie war zum Einholen in den Konsum gegangen und wollte auch noch zur Post, um mit seiner Mutter in der Krankenkasse zu telefonieren.

Er hatte sie deswegen angefleht, und sie hatte auch mit ihrer Tochter gesprochen, aber das mit der *Erziehungsanstalt* war beschlossene Sache, da ließ sich nicht mehr dran rütteln.

Immer wieder dachte Manfred daran, einfach wegzulaufen, aber gleichzeitig spürte er auch, daß er das nie schaffen würde. Dazu waren seine Ängste viel zu groß. Von Männern weggefangen, gequält und geschlachtet zu werden. Sein Schmöckwitz nicht mehr wiederzusehen, seine Oma hier. Nicht zur höheren Schule gehen zu können, sondern vielleicht irgendwo als Gullitaucher, Müllfahrer oder Ritzenschieber zu enden.

Neben dem S-Bahnhof Manfredshausen baute er nun eine *Erziehungsanstalt*, und seine bunten Halmafiguren waren die Jungen. Sie mußten sich in Reih und Glied aufstellen und marschierten über den Hof. Wenn einer stürzte, kam Herr Knoch und sperrte ihn in eine Höhle. Herr Knoch war ein ehemaliger Wehrmachtssoldat aus Pappmaché, den seine Oma mit Messer und Feile zum Zivilisten gemacht hatte. Das Gewehr war abgebrochen worden, und Kragenspiegel und Schulterstücke hatte sie abgekratzt. Militärisches wollte sie auf ihrem Grundstück nicht dulden, andererseits wäre es schade gewesen, ihn einfach wegzuwerfen.

Manfred war die rote Halmafigur, deren Kopf er auf der einen Seite zu einem Gesicht plattgefeilt hatte. Sie schoß mit einem kleinen Kieselstein auf Herrn Knoch und traf ihn am Bauch. »Eingraben!« schrie Herr Knoch. Manfred wurde genommen und in ein tiefes Loch gesteckt. Nur sein Kopf guckte noch heraus. Die Sonne knallte vom Himmel. Er hatte furchtbaren Durst, aber keiner durfte ihm einen Schluck zu trinken bringen. »Dir werd ich die Flausen schon noch austreiben!« schrie Herr Knoch. »Jetzt sprichst du bis zum Sonnenuntergang: ›Ich will meiner Mutter keine Schande mehr machen!‹« Manfred schrie, bis er nicht mehr konnte und ohnmächtig wurde. Herr Knoch kippte ihm einen Eimer Wasser auf den Kopf.

Manfred sprang auf. Plötzlich wußte er, was er machen mußte, um der *Erziehungsanstalt* doch noch zu entgehen: nach Groß Pankow flüchten. Edith würde ihn schon in der Scheune verstecken und mit Essen versorgen. Und sie würde sagen, daß sie ihn nie gesehen hätte, wenn sie nach ihm fragten. Seine Mutter würde große Angst um ihn haben und schwören, daß er nicht in die *Erziehungsanstalt* käme, wenn sie ihn nur lebend wiederhätte.

Er ging zum Zaun und sah auf die Straße hinaus, das Adlergestell. Wie kam man von Schmöckwitz nach Groß Pankow? Ganz einfach: mit der 86 zum Bahnhof Grünau, dann mit der S-Bahn bis Lehrter Bahnhof und von da mit der Eisenbahn nach Wittenberge, wo man in den Zug Richtung Pritzwalk umzusteigen hatte. Und die Fahrkarte? In der Rommékasse seiner Oma war bestimmt Geld genug. Richtig.

Insgesamt waren das vierzehn Reichsmark und fünfundzwanzig Pfennig. Das mußte dicke reichen. Mitzunehmen brauchte er ja nichts.

So lief er zum Gartentor. Die Straßenbahnen fuhren 12 – 32 – 52. Eben auf der großen Uhr seiner Oma war es zehn nach zehn gewesen. Schon hörte er die 86 hinten am Konsum. Doch als er auf die Straße trat, sah er seine Oma mit ihren beiden sackartigen Taschen.

»Wo willst du denn hin, du Strick?« fragte sie.

»Dir tragen helfen«, log Manfred.

Die Straßenbahn hielt. Tw Nr. 5263, umgebauter Maximum-Triebwagen vom Typ TD. Manfred registrierte es, als sei dies das Wichtigste in seinem Leben.

Als seine Schmöckwitzer Oma das Gartentor hinter sich geschlossen hatte, blieb sie stehen, und es war richtig feierlich, wie sie ihn musterte. Manfred setzte die beiden schweren Taschen auf dem Boden ab. Er wußte es: Jetzt kam der Augenblick, wo sie ihm eröffnete, daß Frau Fahlenberg einen Platz in einem Kinderheim für ihn gefunden hatte, daß es morgen abging in die *Erziehungsanstalt*.

Die Bienen summten fröhlich herum. Die Eichhörnchen zerknackten ihre Haselnüsse. Seine neuen Schmöckwitzer Freunde Jörg und Robert lachten an der Ecke und kamen, um ihn abzuholen. Eine seiner geliebten Straßenbahnen rauschte von Grünau heran und bremste röhrend. Hinter ihm im Schuppen lag das Boot, mit dem er im nächsten Jahr herumpaddeln wollte. Und an einem solchen Tage, wo das Leben so reich war und so ungemein verlockend, sollte es nun heißen: »Manfred, dein Todesurteil ist da!«

»Was wünschst du dir am meisten?« fragte seine Oma.

»Daß ich nicht in die *Erziehungsanstalt* komme!«

Sie schmunzelte. »Ich glaube, daß das in Erfüllung gehen wird.«

Er weinte, und sie nahm ihn in die Arme.

Nach einer Weile, sie hatten reglos unter den beiden großen Birken gestanden, fragte sie ihn, ob er denn gar nicht wissen wolle, wie das denn anginge.

»Doch. Du ziehst nach Neukölln zu uns ...?«

»Nein.«

»Mutti hört auf zu arbeiten ...?«

»Nein.«

Er riet noch einigemal das Falsche, bis sie ihn fragte, ob er seinen Vater ganz vergessen habe.

»Nein, wieso?«

»Er ist aus der Gefangenschaft zurück und liegt im Hedwigskrankenhaus.«

Am Nachmittag fuhren sie hin. Das war ein bißchen umständlich von Schmöckwitz aus, weil sie seine Mutter, die direkt von der Krankenkasse kam, auf dem U-Bahnhof Jannowitzbrücke treffen sollten. Die 86 brauchte zwanzig Minuten bis Grünau, und mit der S-Bahn waren es von dort bis zur Jannowitzbrücke auch noch einmal knappe vierzig Minuten. Zeit genug für Manfred, sich innerlich auf alles einzustellen.

Er hatte seinen Vati zweieinhalb Jahre lang nicht zu Gesicht bekommen, und es war eigentlich mit ihm nicht viel anders als mit Onkel Gerhard und Onkel Rudi, die im Krieg gefallen waren: Alle drei existierten nur, indem über sie gesprochen wurde. Da war es gleich, ob einer schon im Grabe lag oder in Gefangenschaft war, zumal seine Mutter ja immer gefürchtet hatte, daß ihr Otto längst gestorben sei und sie bloß noch keine Nachricht aus Rußland erhalten hätten. Eigentlich war es mit seinem Vater ebenso wie mit dem lieben Gott. Die einen glaubten, daß es ihn gab, die anderen nicht. Aber wenn er dann wirklich auf die Erde kam, war das sicher auch nicht gut für a l l e Menschen, denn er liebte ja wahrscheinlich eh nur die, die immer artig waren und an ihn glaubten, und strafte die ganz fürchterlich, die nicht an ihn glaubten und viele böse Taten aufzuweisen hatten. Manfred dachte an all das, was er ausgefressen hatte, und erschrak. Aber das wußte er aus seinen Büchern über Indianer und andere Eingeborene: die brachten ihren Göttern Opfern, um sie milde zu stimmen, und so hatte er wahrscheinlich sehr klug gehandelt, indem er zu seiner Oma sagte: »Ich esse heute meinen Maisgries nicht, nimm ihn Vati mit.« Dieser sattgelbe Maisgries war seine absolute Lieblingsspeise.

Mit seiner Oma konnte er nicht sprechen, denn in der Straßen- wie in der S-Bahn hatte sie einen Sitzplatz bekommen, er aber mußte stehen, stand auch lieber hinter dem Fahrer vorn beziehungsweise, was die Stadtbahn betraf, direkt an der Tür. Aber bis dahin hörte er, wie seine Oma den Frauen, die neben ihr saßen und die sie nie zuvor gesehen hatte, die ganze Geschichte ihres Lebens erzählte. Daß ihre Tochter in der Krankenkasse arbeitete, daß ihr Schwiegersohn gerade aus der Kriegsgefangenschaft heimgekehrt sei, daß ihr Enkel fast in die *Erziehungsanstalt* gekommen wäre, daß sie dieses Jahr nur wenig Erdbeeren habe ernten können, daß ihre Freundin Erna Kühnemund gerade wieder über Land fahre, um Korseletts zu verkaufen, daß sie letzte Woche zweimal *Durchmarsch* gehabt habe – und und und ...

Manfred stand in der S-Bahn in Fahrtrichtung links und sah auf die Spree hinunter. Hinter dem Fluß lag Kreuzberg, und er erkannte die Thomas-Kirche am Mariannenplatz. Dahinter zogen sich die Manteuffel- und die Muskauer Straße entlang, dort waren seine Eltern und Großeltern aufgewachsen. Irgendwie wünschte er sich, daß es jetzt einen Ruck gab und sie das Jahr 1906 hatten. Da war sein Vater geboren worden. Warum lebten die Menschen nur einmal und konnten keine Ausflüge in die Vergangenheit machen. Einen Tag im Kohlenkeller seiner Oma, wenn sein Vater dort Briketts auflud. Einen Tag dabeisein, wie seine Schmöckwitzer Oma im Ruderboot saß und die Spree abwärts fuhr, bis nach Schöneweide hinunter. Oder da, wo jetzt die S-Bahnbögen waren, im Flußbad schwimmen lernte, mit verlöteten Blechbüchsen um den Bauch gebunden, damit sie nicht unterging. Wie sie es gerade ihrer neuen Banknachbarin erzählte.

Jannowitzbrücke stiegen sie aus und gingen zur U-Bahn hinunter, wo sie auf seine Mutter warten mußten. Manfred fragte sich, ob das wirklich alles stimmte mit der Heimkehr seines Vaters. Vielleicht war es auch bloß ein Trick seiner Mutter, um ihn in die *Erziehungsanstalt* zu bringen, ohne daß er groß Theater machte. Oder er hatte alles nur geträumt ...

Seine Mutter kam mit dem nächsten Zug aus Richtung Leinestraße, sie sah sehr mitgenommen aus. Warum eigentlich, wo ihr Mann jetzt zurückgekommen war; da hätte sie Manfreds Ansicht nach so richtig strahlen müssen. Das machte ihn stutzig.

Seine innere Erregung wurde dadurch etwas abgemildert, daß er die U-Bahnlinie D (Gesundbrunnen – Leinestraße) – blau im Liniennetz – wenig benutzte und folglich die hier eingesetzten Wagen vom Typ C tüchtig bestaunte. Mit ihrer hochgesetzten Zielanzeige und den kleinen Lampenrundungen hatten sie ein sehr hochmütiges Gesicht, und er mochte sie nicht sonderlich. Es waren nur zwei Stationen. Nach Alexanderplatz kam schon Weinmeisterstraße, blau gekachelt wie ein Schwimmbad.

Es war ein Sommertag, wie er im Buche stand. Die Sonne knallte vom Himmel. Das St.-Hedwigs-Krankenhaus lag in der Großen Hamburger Straße, aber sie verliefen sich ein wenig und landeten zuerst in der Gipsstraße.

»Gips gib's bei Mutter Gips in der Gipsstraße«, sagte seine Oma, die einen großen Blumenstrauß, frisch im Garten geschnitten, und den Essensträger mit dem Maisgries mit sich herumschleppte.

Endlich hatten sie das Krankenhaus gefunden. Seine Mutter sagte, daß sie gestern schon hiergewesen wäre und den Weg kennen würde.

»Er wird seinen Vater bestimmt nicht wiedererkennen«, sagte sie.

Manfred war schon zweimal in einem Krankenhaus gewesen, 1942, als er wegen eines Lippenfurunkels fast gestorben wäre, und wenig später, als seine Tante Gerda eine Fehlgeburt gehabt hatte, doch er konnte sich an nichts mehr erinnern und fand das Ganze ziemlich schrecklich. Wie das schon roch, so chemisch und nach Kacke überall.

Sie stiegen viele Treppen hinauf und liefen x Gänge hinunter, und wieder hatte Manfred die dunkle Furcht, daß sich hinter einer der vielen geheimnisvollen Türen doch der Eingang zur *Erziehungsanstalt* befand, doch endlich hielten sie vor einem Riesenkrankensaal, in dem gut und gerne dreißig Männer lagen.

»Hier muß es sein«, sagte seine Mutter und gab Manfred einen kleinen Stoß. »Geh: Such' deinen Vati!«

Da stand er in der Tür und starrte fassungslos auf etwas, das für ihn die Hölle war. Ausgemergelt waren die Männer, nur noch Haut und Knochen, hatten keine Gesichter mehr, sondern nur noch Totenköpfe. Und alle sahen sie sich zum Verwechseln ähnlich. Nur, daß die einen noch etwas mehr lebten als die anderen. Welche saßen aufrecht im Bett und hatten eine Emailleschale vor sich, in die sie ohne Unterlaß Schleim absonderten. Andere schrien und stöhnten vor Schmerz. Wandschirme standen da, hinter denen es schon still geworden war. Schwestern liefen umher und brachten Wasser und Tabletten, Verbände wurden gewechselt. An einigen Betten saßen Angehörige und lachten mit den Kranken.

Die Männer, die noch wach genug waren, hatten die Köpfe gehoben und sahen Manfred an. Sie hatten die Worte »Such' deinen Vati!« gehört, und das Ganze wurde eine Schlüsselszene für sie. Manfred spürte das.

Sein Blick glitt über die vom Leben und Sterben hingerichteten Gesichter. Seine Halmafiguren standen ihm vor Augen: eine war genauso wie die andere. Unmöglich, da seinen Vater zu finden. Keiner von den Männern hatte Ähnlichkeit mit den Fotos des Otto Matuschewski, die er neulich noch im Album gesehen hatte.

Doch da geschah das Wunder. Es war, als sei er ein Nagel, der von einem Magneten angezogen wurde. Zum fünften Bett rechts außen zog es ihn hin.

»Vati!!«

Er flog über den brauen Linoleumboden.

Und es war in der Tat sein Vater.

Wachse, blühe und gedeihe

Bald wurde sein Vater in ein anderes Krankenhaus verlegt, ins Oskar-Helene-Heim. Das war unten in Dahlem, weit draußen im Grünen und in einer Gegend, in der ein Neuköllner Hinterhofkind, wie Manfred es war, eigentlich nichts zu suchen hatte. Sicher war das auch Berlin und sogar, wie Neukölln, amerikanischer Sektor, aber dennoch eine gänzlich andere Welt. Villen protzten unter alten Bäumen, und Ärzte wohnten hier, Rechtsanwälte, Kaufleute, Unternehmer, Schauspieler und alle, die was Besseres waren. Auch die Amerikaner hatten hier, ihr Hauptquartier errichtet. Manfred war einerseits fasziniert von der Welt der Reichen und verspürte den heißen Wunsch, dermaleinst auch in Dahlem zu wohnen, kam aber andererseits aus einer roten Familie, haßte die Paläste und träumte davon, ihre Eigentümer zum Teufel zu jagen und auf den Grundstücken Wohnhäuser für die Armen aus Neukölln und Kreuzberg zu bauen.

Viel wichtiger als die klassenkämpferischen Impulse waren für ihn allerdings die neuen U-Bahnfahrten, die sich nun zweimal wöchentlich ergaben, wenn er entweder mit seiner Mutter oder seiner Schmöckwitzer Oma ins Krankenhaus fuhr. Kam er von zu Hause, dann liefen sie die Fuldastraße entlang und stiegen in der Karl-Marx-Straße in den U-Bahnhof Rathaus Neukölln hinunter, um in einer *Tunneleule* der lila Linie C bis zur Station Stadtmitte zu fahren.

»Geh nicht so dicht an die Bahnsteigkante ran!« warnte ihn seine Mutter.

Letzten November waren auf der Station davor – Karl-Marx-Straße – einem 16jährigen Jungen aus der Erlanger Straße beide Beine abgefahren worden, als er versucht hatte, auf einen fahrenden Zug zu springen.

»Und zum Spielen bleibst du mir jetzt immer in der Ossastraße, damit nicht noch was passiert, bevor Vati wieder zu Hause ist, im letzten Moment ...« Sie rekapitulierte alles, was im letzten Jahr in Neukölln Jungen seines Alters zugestoßen war. »Wie in der Brockenstraße ...« Da war letzten September beim Spielen auf einem Schuttabladeplatz einer von einem Sprengkörper zerrissen worden.

»Mir passiert schon nichts!« Manfred verscheuchte diese Bilder und konzentrierte sich auf den U-Bahnzug, der jeden Augenblick im Tunnelmund auftauchen mußte, ein warmer Luftstrom kündigte sein Kommen an. Es erregte ihn, wenn die *Tunneleule* sich unaufhaltsam durch die Röhre schob, wenn plötzlich etwas da war, wo es vorher nichts gegeben hatte, aus der Leere ein Etwas wuchs, das unheimlich faszinierend war. Wo eben nur ein schwarzes Loch gewesen war, erschien nun der Zug, in den man einsteigen und wegfahren konnte, aus dem Stillstand wurde Bewegung, entstanden ungeahnte Chancen des Erlebens, begann das Abenteuer.

Die U-Bahn kam, und zischend entwich die Luft beim Bremsen. Köstlich war der Duft von heißem Öl und verbranntem Eisenstaub. Die Türen gingen auf, er konnte hinein. Schlagartig wich die Spannung. Er fühlte sich im Wagen sicher und geborgen und erfreute sich am Rütteln, Schütteln und Vibrieren.

Bis zum Bahnhof Stadtmitte war es nicht weit. Hier war der Übergang zur roten Linie A (Pankow – Krumme Lanke), aber die beiden Bahnhöfe lagen sehr weit auseinander, und man mußte durch einen langen, schmalen und niedrigen Tunnel laufen, den sogenannten *Mäusegang*. Die Strecke zwischen Stadtmitte und Oskar-Helene-Heim war das herrlichste, was man sich denken konnte, insbesondere wenn er im letzten Wagen den freien Sitz des Zugschaffners erobern konnte. Von da aus ließ sich die Strecke wunderbar beobachten. Man wurde wie durch ein Kaleidoskop gezogen. Dunkelheit, scheinbar ohne Ende, dann flammten plötzlich rote Lichter auf und grüne, die Signale, und manchmal gab es auch einen weißen Blitz aus Tageslicht, wenn sie einen Notausstieg passierten. Verlangsamte sich die Fahrt, kam der nächste Bahnhof mit einer Helligkeit, die fast in den Augen biß, obwohl überall nur trübe Funzeln brannten. Was die Fahrt aber so sensationell für Manfred machte, war die Tatsache, daß die Bahn gleich hinter dem Potsdamer Platz nach oben strebte und zur Hochbahn wurde. Unten fuhr die Straßenbahn, und man konnte den Leuten in die Fenster sehen. Wenn ihre Häuser noch standen. Aber Feldbahngleise und Trümmerfrauen bei der Arbeit sah er nicht mehr. Dann kam die Rampe zum Wittenbergplatz, und es ging wieder unterirdisch weiter. Kurz vor Podbielskiallee wurde es dann wieder hell, und sie fuhren den Rest der Strecke auf der Sohle eines Einschnitts.

Viel Grün gab es jetzt, und oben sah er die schönsten Villen stehen, nicht eine einzige zerbombt. Wenn die Mondmenschen hier landen würden, dachte Manfred, hätten sie keine Ahnung, daß ein paar U-Bahnstationen weiter eine Trümmerwüste war.

Das Krankenhaus Oskar-Helene-Heim war weiträumig angelegt, und seine Mutter hatte ihm erzählt, daß es im Bereich der Orthopädie einen gute Ruf hätte, sein Vati also ganz bestimmt wieder gesund werden würde mit seiner Hüftgelenk-Tbc.

»Jetzt ist er aber noch ans Bett gefesselt.«

Beim Wort »fesseln« dachte Manfred automatisch an Old Shatterhand und Winnetou und fand es abscheulich, daß sie mit seinem Vater ebenso verfuhren, wußte aber nicht, wie er das ausdrücken sollte. »Das ist doch Tierquälerei«, sagte er schließlich.

Als er dann am Krankenbett stand, stellte sich heraus, daß da keinerlei Riemen zu entdecken waren. Der Irrtum klärte sich auf und alles lachte. Hier war es längst nicht so schlimm wie im Hedwigs-Krankenhaus, viele Männer waren sogar ausgesprochen lustig.

Herr Wiese, der neben seinem Vater lag, sah ihn flehend an. »Manfred, bitte, hilf mir, sie wollen mich hier umlegen – die Schwestern und die Ärzte.«

Manfred zuckte zusammen. Umlegen, das hieß, daß man einen Menschen töten wollte, erschießen oder erstechen. War der Herr Wiese also so krank, daß er nicht mehr gerettet werden konnte und sie ihn lieber vorher umbrachten. Das war doch furchtbar. Warum aber lachten sie da alle: sein Vater, seine Mutter und Herr Wiese selber ...?

»Er wird ins Nachbarzimmer umgelegt«, sagte sein Vater. »Laß dich nicht verscheißern, mein Junge.«

Schwester Waltraut kam und brachte ihm Tee. »Ist er Ihnen noch warm genug?« fragte sie.

Sein Vater sah sie an. »Schwester Waltraut, halten Sie die Schnauze ...«

Die Krankenschwester, eine strenge ältere Dame, hielt den Atem an, und eine Welt schien für sie zusammenzubrechen. Ganz entgeistert sah sie seinen Vater an. »Herr Matuschewski, ich habe Sie doch immer als einen ehrenhaften Menschen kennengelernt, und jetzt ...«

»... wollte ich Sie nur fragen: Halten Sie die Schnauze oder die Haxe eines Schweines für schmackhafter?«

Alles lachte, und auch Schwester Waltraut sah nicht mehr so verhärmt aus wie eben noch.

»Sie Schelm Sie«, sagte sie und strich das Bett seines Vaters glatt.

Manfred fühlte sich immer wohler hier, zumal ihm Herr Wiese nun noch ein Stückchen Schokolade schenkte. Er hatte vor dem Krieg ein Lokal besessen und erzählte, was seine Kellner gemacht hatten, wenn ein Gast gegangen war, ohne sein bestelltes Bier ausgetrunken zu haben. Was hätte man damit machen sollen, schal und ohne Blume sei es gewesen, ein finanzieller Verlust.

»... also sind sie in die Küche gegangen, haben einen Schluck Bier genommen und dann mit viel Luft ins Glas zurückgeblasen. Da war dann wieder eine wunderschöne weiße Schaumkrone drauf, und der nächste Gast hat es mit viel Wohlbehagen ausgetrunken ...«

Manfred fand das zwar ausgesprochen lustig, war aber noch vierzig Jahre später ein gewisses Mißtrauen gegen frisch gezapftes Bier nicht losgeworden.

Noch den ganzen Herbst über pilgerten sie ins Oskar-Helene-Heim und vertrieben sich und den Kranken auf diese Art und Weise die Zeit, dann endlich bekam sein Vater einen sogenannten Gehgips verpaßt und wurde nach Hause entlassen. Manfred durfte ihn im Krankenwagen begleiten. Es war die zweite Autofahrt seines Lebens. Die erste hatte er nicht einmal richtig erlebt, da hatte ihn seine Mutter nach der Geburt mit einer Taxe von der Klinik in Köpenick nach Neukölln gebracht.

Durch diese Autofahrt wurde die Heimkehr seines Vaters wirklich eine Zeremonie. Zu Hause in der Ossastraße brannte eine Kerze, und zur Feier des Tages gab es abends Kuchen und Kakao.

Für Manfred begann eine neue Phase seines Lebens.

»Das Essen ist fertig: Trag alles zum Tisch und mach hinne!«

Wenn Manfred vor der Heimkehr seines Vaters aus der Schule nach Haus gekommen war, hatte er nach Herzenslust herumtrödeln können, jetzt mußte er spuren.

»Was is?«

»*Wie bitte?*«

»Wie bitte?«

»Die Brühnudeln stehen auf dem Herd: Du sollst den Topf auf'n Tisch stellen und die Teller aus'm Küchenschrank nehmen.«

»Ja.« Manfred warf seine Schulmappe in die Ecke und machte sich ans Werk. Sie aßen am Küchentisch. Das war eine eigenartige Konstruktion, da sich unter der Platte zwei herausziehbare Schüsseln befanden, eine zum Abwaschen und eine zum Spülen des Geschirrs. Es dauerte seine fünf Minuten, bis er alles fertig hatte. Es war schon ein komisches Gefühl, nicht mehr allein am Tisch zu sitzen und zu essen. Jetzt ging es nicht mehr, alles möglichst schnell in sich hineinzuschaufeln und dabei zu lesen.

»Schmatz' nicht so!« mahnte sein Vater.

Manfred stöhnte leise auf. Noch einer mit seinen dauernden Ermahnungen! Da war er ja ganz schön vom Regen in die Traufe gekommen. Außerdem ging es ihm auf die Nerven, daß sein Vater beim Essen vor lauter Wohlbehagen so brummte wie ein Bär, der in der Sonne lag, ein bißchen aber auch an einen Kater denken ließ, der schnurrte, wenn er gestreichelt wurde.

Da war sein Vater nun wieder zu Hause, endlich, und nun ... *Vorfreude ist die schönste Freude* ... Manfred hatte kein gutes Gefühl, als er dies dachte. Wenn das im Leben immer so war, dann ... Vielleicht war es wirklich beschissen, Erwachsener zu sein ...

Während er darüber nachdachte, krähte Kuki unten auf dem Hof. »Herr Matuschewski, kann Manne runtakomm'n, Fußballspielen uff'm Maybachplatz ...?«

Schon das ärgerte ihn, daß sie erst seinen Vater fragten, als ob er ein Baby wäre. Natürlich schrie der sein Nein nach unten. Normalerweise hätte Manfred alles stehen und liegenlassen und wäre nach unten gestürzt. So aber mußte er erst noch seine wäßrigen Brühnudeln in sich hineinlöffeln.

»Sag mal: Hast du dir die Hände gewaschen, mein Sohn?«

»Nö ...«

»Dann ab. Denn ...?«

Manfred wußte es inzwischen. »Nach dem Stuhlgang, vor dem Essen Hände waschen nicht vergessen.«

Der Ausguß war zum Glück gleich neben dem Tisch.

»Wie war's in der Schule?« fragte sein Vater.

»Ich hab im Diktat 'ne Eins.«

»Sehr schön. Das macht sich schon bezahlt, daß wir Montag 'ne Stunde lang geübt haben.«

»Ja ...« Das Ja kam aus ganz bestimmten Gründen so gedehnt, und Manfred hatte allen Grund, das Thema schnell zu wechseln. »Weißte schon das Neueste: Am Zickenplatz kann man jetzt Schienen kaufen zum Selberbauen ...«

Mehr brauchte er nicht zu sagen, denn sein Vater wußte längst, wovon er träumte: von einer elektrischen Eisenbahn. Doch abgesehen davon, daß es in den Geschäften noch kaum etwas zu kaufen gab – das wenige Geld, das seine Mutter verdiente, hätte dafür niemals ausgereicht. Aber Manfred wußte, daß sein Vater gelernter Maschinenbauer war und alles konnte: Sägen, Feilen, Bohren, Löten, Radios bauen und elektrische Sachen reparieren. Er stand auf, umarmte seinen Vati, schmuste mit ihm und fragte dann: »Baust du mir 'ne elektrische Eisenbahn.«

Sein Vater überlegte einen Augenblick: »Alles kann ich auch nicht, ohne Drehbank schon gar nicht. Keine Räder abdrehen, keinen Motor wickeln ... Die Lokomotive ganz bestimmt nicht.«

»Dann die Schienen und die Weichen.«

Sein Vater nahm das Kinn zwischen den Daumen und den Zeigefinger seiner rechten Hand und zwirbelte es. Das machte er immer, wenn er beim Nachdenken war. »Nun ja ...«

»Bitte!«

»Das liegt ganz bei dir ...«

»Was denn?« fragte Manfred.

»Ob du zu deinem nächsten Geburtstag 'ne elektrische Lokomotive bekommst – und 'n paar Wagen dazu – und wir vorher die Schienen dafür bauen ...«

»Wieso?«

»Weil du dazu mindestens tausend Punkte haben mußt.«

Manfred verstand das nicht und starrte seinen Vater an. Was er dann in den nächsten fünf Minuten zu hören bekam, erfüllte ihn ebenso mit Hoffnung wie mit Bangen. Bis zu seinem nächsten Geburtstag waren es noch fünfzig Wochen, und in jeder Woche konnte er maximal dreißig Punkte bekommen. Deren richtige Berechnung war unschwer zu begreifen. Für alles, was er gut erledigte und für alle guten Noten in der Schule gab es Pluspunkte, für alles, wo er Mist gebaut hatte, und für schlechte Leistungen in der Schule erhielt er entsprechend Minuspunkte.

»Da du kein Engel bist, verlange ich nicht die Höchstpunktzahl von dir, also tausendfünfhundert Punkte«, erklärte ihm sein Vater abschließend, »sondern bin schon mit tausend zufrieden.«

Den ersten Pluspunkt bekam Manfred schon im Anschluß an ihr Brühnudelessen, denn ohne Murren zog er den Küchentisch auf und machte sich ans Abwaschen und Abtrocknen.

Sein Vater strebte indessen zur Toilette. »Der Morgenschiß, der kommt gewiß – und wenn es spät am Abend is.«

Hinterher stank es im *Kackhaus*, wie die Toilette bei seinem Vater hieß, wahrhaft bestialisch, doch als Manfred sich darüber beschwerte, hieß es nur: »Kann ja gar nicht stinken, war ja ganz frisch.«

Mitunter spielte sein Vater bei solchen Gelegenheit auch *Darmol-Werbung*. Da kam er mit langen weißen Unterhosen, einem Unterhemd mit langen Ärmeln und einem Kaffeewärmer auf dem Kopf aus der Toilette und trug – wie der Mann auf der Abführmittelwerbung – eine Kerze vor sich her und eine Zeitung unterm Arm.

Für das Hinuntertragen des Mülleimers wurde Manfred ein weiterer Pluspunkt gutgeschrieben, doch die Tageswertung endete dennoch mit einem Minus von acht, denn als seine Mutter von der Arbeit kam, gab es einen großen Krach. Sie hatte in der Straßenbahn Frau Fahlenberg getroffen, und die hatte ihr von einem der größten Betrugsskandale in der Geschichte der Neuköllner Grundschulen erzählt, Manfred natürlich darin verwickelt. Beim letzten Diktat – nach einem Text im Lesebuch der Jungen – habe sie die Bücher vorher alle eingesammelt, um zu verhindern, daß unter der Bank wortwörtlich abgeschrieben wurde. Einige der Jungen hätte nun die entsprechende Seite herausgerissen und somit trotz der eingesammelten Lesebücher alles richtig gehabt und eine Eins bekommen …

Jetzt, wo sein Vater wieder zu Hause war, mußte er auch da die Erlaubnis einholen, wo es vorher durchaus ohne gegangen wäre – und zudem schwebte nun ständig das Damoklesschwert des Punktabzugs über ihm.

Sein Vater stand am Schraubstock, feilte an einem Stück Schiene herum und sah Manfred an. »Du kommst ja so herangeschlichen wie Möros oder Damon damals …«

»Wer …?«

Sein Vater rezitierte mit Pathos: »Zu Dionys, dem Tyrannen schlich Damon, den Dolch im Gewande. Ihn schlugen die Häscher in Bande. ›Was wolltest du mit dem Dolche? Sprich!‹ – ›Kartoffeln schälen, verstehste nich!?‹«

So machte er Manfred mit Schillers *Bürgschaft* bekannt.

Manfred hörte sich die Geschichte vollends an und trug dann – ein wenig drucksend – seine Bitte vor. »Krieg ich Geld?«

»Wozu?«

»Ich möchte mit ins Kino?«

»Was'n: ›Schneewittchen‹?«

»Nee ... 'n Wildwestfilm im ›Rollkrug‹ hinten.«

Sein Vater war nicht eben begeistert, gab ihm aber das Geld für eine Kinokarte. »Geh mit Gott, dann gehste mit keinem Spitzbuben.«

Kutte, Kuki und ein paar andere aus der Ossastraße warteten schon bei Kuschel an der Weichselstraße, am Blumenladen. Sie zogen los zum Hermannplatz. Es war der zweite Sonntag im Januar 1948, und zur 15-Uhr-Vorstellung sollte Manfred den ersten richtigen Film seines Lebens sehen. Es war ein Western von Cecil B. de Mille und hieß »Die Frau gehört mir«.

Draußen war es furchtbar kalt, aber drin im Kino hatten sie so einigermaßen geheizt. Sie bekamen schöne Plätze in der vierzehnten Reihe, und Manfred saß genau in der Mitte. Es ging um den Bau der großen Eisenbahn vom Atlantik zum Pazifik hinüber, und Jünne saute schon gleich am Anfang herum. »Der größte Fick ist der Pazifik«, sagte er, und alle lachten. Die Hauptdarsteller hießen Joel McCrea und Barbara Stanwyck. Um Liebe ging es auch, vor allem aber um die Eisenbahn. Helden waren sie alle, und am schönsten waren die hölzernen Brücken, die sie bauten.

Manfred genoß das alles, wie sie sich küßten und aufeinander ballerten ..., wenn er nur nicht so dringend gemußt hätte. Irgendwo mußte er sich die Blase erkältet haben. Vielleicht am letzten Sonntag beim Spiel von Wilmersdorf gegen ...

Er hielt es nicht mehr länger aus, obwohl er sich schon die Hand auf den *Puscher* gepreßt hatte, um alles zuzuhalten. Aber unmöglich, jetzt aufzustehen und sich zur Toilette durchzukämpfen. Die anderen Jungen, denen er die Sicht wegnahm und auf die Füße trat, würden fürchterlich schimpfen und ihm mit den Fäusten in den Rücken und die Nieren boxen. Und ihn auslachen, was das Schlimmste war. Das wäre wie ein Spießrutenlaufen gewesen. Also blieb ihm nichts anderes übrig, als alles einzuhalten und auf das Ende des Films zu warten. Bis dem Helden die Frau endlich gehörte.

Aber das dauerte, denn natürlich waren da die Schurken, die das große Werk verhindern wollten. Und als sie eine der Brücken sprengten und der herannahende Zug in die Tiefe zu stürzen drohte, da war es so spannend, daß Manfred seine Blase vergaß. Und als der erste Tropfen herausgekommen war, erfolgte der Dammbruch, ohne daß er es noch verhindern konnte – oder wollte, denn es war wie eine Erlösung. Keine stechenden Schmerzen mehr und keinen fürchterlichen Druck. O war das schön!

Erst langsam begann er zu realisieren, daß er dafür etwas sehr Unangenehmes eingetauscht hatte: eine nasse Hose. Zwei sogar, denn seine Unterhose gab sehr bald einen Teil der Flüssigkeit an die braune Winterhose weiter. Der Flatschen zwischen seinen Beinen wuchs immer schneller. Schön, er konnte ihn noch mit dem Mantel verdekken, dann aber nach Ende der Vorstellung ...

Wie befürchtet: es war schauderhaft, mit der nassen Hose nach Hause zu laufen. Sie hatten gut und gerne zehn Grad Kälte, und es schien ihm unten alles abzufrieren. Jedenfalls hatte er das Gefühl, daß sich an seinem *Puscher* Eiszapfen bilden würden.

Und wenn sie zu Hause erfuhren, daß er sich in seinem Alter noch in die Hosen gemacht hatte, gab es viele Minuspunkte.

Was tun? Zu seiner Kohlenoma laufen und sehen, daß man dort alles trocknen konnte. Nein, dann wäre er zwei Stunden zu spät nach Hause gekommen und hätte deswegen noch mehr Minuspunkte bekommen.

So blieb ihm nur, kaum war er in der Wohnung, ins Schlafzimmer zu laufen und zu sehen, daß er seine Sachen unbemerkt wechseln konnte.

Das gelang, obwohl seine Mutter schrie, wo er denn solange bliebe, das Abendbrot stünde doch schon auf dem Tisch.

»Ja-ha, ich komm ja schon!«

Wohin aber mit den vollgepuschten Sachen? Wenn er sie hier liegen ließ, hatte sie seine Mutter bald entdeckt, denn sie stanken schon gehörig.

Da hatte er die wunderbare Idee, das Schlafzimmerfenster zu öffnen und die beiden nassen Hosen auf den Balkon zu werfen, also sozusagen außen an den Eltern vorbei. Es gelang ohne große Mühe. Unterhemd und *Leibchen* hatten auch ein bißchen abbekommen, aber das trocknete irgendwann am Körper.

Er war sehr stolz auf diese Lösung. Er schlief ja jetzt auf der Couch im Wohnzimmer und konnte die Hosen dann später reinholen und die Nacht über am Ofen trocknen lassen.

Seine Rechnung ging auf, nur mußte er damit leben, daß sein Vater in den nächsten Tagen hin und wieder meinte, bei ihnen in der Wohnung würde es müffeln wie in einem Karnickelstall, und auch Frau Fahlenberg riß in der 3 c öfter als sonst das Fenster auf.

Am schönsten war es, wenn er nachmittags Unterricht hatte oder erst zur zweiten oder dritten Stunde in die Schule mußte. Dann lag er im Bett seiner Mutter, kuschelte sich ein, wartete auf das Heraufziehen des Tages und genoß es, einen Vater zu haben.

Gemeinsam amüsierten sie sich über die jetzt massiv einsetzende Werbung. *Um jedermann gut anzuzieh'n, ist BRUMMER fünfmal in Berlin.* So ging das jeden Morgen. *KAJOTT gekleidet, flott gekleidet* oder *MÖBEL-KUNST, der wohnt, das weiß ich, Blücherstraße 32 – zwischen Südstern und Halleschen Tor.* Das flochten sie dann den ganzen Tag über in ihre Unterhaltung ein. Sprach man über einen neuen Schlager, kam gleich: *Schallplatten, die du gerne hast, führt RADIO-BREE am Sportpalast.*

Meistens lagen sie auch im Bett, wenn der RIAS die großen Kundgebungen vom Platz der Republik übertrug. Wie Franz Neumann, der Vorsitzende der Berliner SPD, vor fünfzigtausend Demonstranten schrie: »Wir wollen keine zweite Dikatatur! Wir fordern unsere Verschleppten zurück! Freiheit …! Freiheit …! Freiheit …!«

Im Bett lasen sie auch jeden Tag den *Telegraf*, für den sich sein Vater alsbald entschieden hatte. Am 25. Januar 1948 gab es eine Rubrik: Zehn Berliner sagen ihre Wünsche.

»Lieselotte K.«, las sein Vater. »Angestellte in einem Suchdienst: ein Zimmer ganz für mich allein.«

»Für mich auch eins!« rief Manfred, der etwas anderes gefunden hatte, was ihm gefiel. »Unbekannter Schriftsteller wünscht sich Holz, Kohlen und einen kleinen Ofen …«

»Um seine Manuskripte zu verbrennen …? Nee … Hier: Gundel, Christa und Karli wünschen sich jeder für sich allein ein Paar Schuhe.« Obwohl das ja eine todernste Sache war, mußten sie lachen, als sie sich vorstellten, wie Gundel, Christa und Karli alle drei im selben Augenblick mit nur einem Paar Schuhen durch die Straßen liefen.

Manfred fuhr fort. »Heimkehrer Franz P.: ›Herzenswunsch ist meine alte Arbeit als Möbeltischler.‹«

»Wird er derzeit nur als Sargtischler arbeiten …«

Was gab es noch …?

Horst M., Technischer Zeichner: Ein Klavier und eine Geige.

Student, junger Mensch mit altem Gesicht: Daß die Universitätsbibliothek wieder richtig geheizt wird.

Zwei alte verarmte Menschen, fast 70 Jahre alt, Mutter näht, Vater klopft Teppiche, hausen zur Untermiete: Wieder ein Heim!

Heidi, 8 Jahre: Ich wünsche mir einen Papa.

Schalterbeamtin mit zwei Kindern, 14 und 16 Jahre: Daß mein Mann bald zurückkehrt.

Einen Tag zuvor, am 24. Januar, hatte sein Vater Geburtstag gehabt, war 42 Jahre alt geworden, für Manfred schon ein biblisches Alter.

»Weißt du, was am 24. Januar 1712 gewesen ist ...?« fragte sein Vater.

»Nein ...?«

»Da ist Friedrich II. von Preußen, der sogenannte Große, in Berlin geboren worden.«

»Ah ja ...« Manfred beschloß, sich das zu merken.

»Und was ist am 24. Januar 1722 gewesen ...?«

»Keine Ahnung.«

»Schwache Leistung, mein Sohn.«

»Ich kann doch nicht alle Geschichtsdaten im Kopf haben.«

»Ganz einfach: am 24. Januar 1722 ist Friedrich der Große zehn Jahre alt geworden ...«

»Ööhhh!« Er fiel über seine Vater her, um ihn abzukitzeln.

Am meisten aber faszinierten Manfred die selbsterfundenen Helden seines Vaters. Da war vor allem ein gewisser Balthasar Bullenpup.

»Was hat'n der gemacht?«

»Das ist der Erfinder der Brotsuppe ohne Krümel.«

Bullenpups Freund war Hieronymus Hintenauf, angeblich ein Kollege seines Vaters bei der Post.

»Einmal haben wir in der Ebertystraße Telefon gelegt, in dem Haus da, wo Bugsins wohnen. Es war Winter, und wir haben mächtig gefroren. Aber kein Pfennig Trinkgeld oder 'ne Tasse heißen Tee. Die Leute in den Wohnungen unter uns haben mächtig geheizt. Da nimmt Hieronymus Hintenauf seinen Monteurkasten und stellt ihn auf den Schornstein rauf. Fünf Minuten später hatten alle ihre Fenster aufgerissen und fürchterlich geflucht, weil sie dann genauso gefroren haben wie wir.«

Ein andere Person machte Manfred, obwohl eigentlich zu diesem Zweck geschaffen, weniger Freude, das war: der *Hannewackernazevizekockepiepenatzepiepeneidau* von der Alm Juchhöh. Sein Vater sprach den Namen mit unglaublicher Geschwindigkeit aus, und Manfred schaffte es bis zu seinem zwölften Lebensjahr nicht, ihn fehlerfrei zu wiederholen.

Wenn der Hannewackernazevizekockepiepenatzepiepeneidau abgehakt war, begannen die Denksportaufgaben.

Sein Vater sah ihn an. »Was ist das: Steht in der Wüste, ist schwarz und hat ein Bein?«

Manfred zögerte nicht lange. »Ein einbeiniger Neger!«

»Nein«, belehrte ihn sein Vater. »Nein. Ein Bechstein-Flügel, dem zwei Beine fehlen. Aber, was ist das: Steht in der Wüste und hat zwei Beine?«

Manfred frohlockte: »Zwei einbeinige Neger!«

»Irrtum! Ein ganz normaler und gesunder Neger mit zwei Beinen. Was du immer denkst. – Ist schwarz, steht in der Wüste und hat drei Beine ...?«

Wieder wollte Manfred nicht in die Falle tappen und spontan das sagen, was so nahe lag (»Ein Bechstein-Flügel«). »Ein einbeiniger und ein zweibeiniger Neger.«

»Wieso? Nein. Ein ganz normaler Bechstein-Flügel. – Aber: Ist schwarz steht in der Wüste und hat vier Beine ...?«

»Zwei Neger.«

»Nein! Ein einbeiniger Neger an einem Bechstein-Flügel.«

So ging das noch ein Weilchen, bis sein Vater umstieg auf das Spielchen *Wir stehen beide auf'm Dach.*

»Ich hab heute nacht geträumt: Wir stehen auf'm Dach vom roten Schuppen in Schmöckwitz und unten sind zwei große Fässer. In einem ist Jauche und in dem anderen Honig drin. Da kommt ein Windstoß und fegt uns beide hinab ...«

»Ja«, schrie Manfred dazwischen. »Du fällst in die Jauche und ich in den Honig.«

Sein Vater tat erstaunt. »Woher weißt du, was ich geträumt habe ...? Ja. Aber egal: Dann haben wir uns beide abgeleckt: ich den Honig und du die Jauche ...«

Sein Vater, obwohl Kriegsgegner, wußte auch etliche Einzelheiten aus dem militärischen Bereich.

»Wer hat im Ersten Weltkrieg den ersten Schuß auf bulgarischer Seite abgefeuert?«

»Keine Ahnung ...«

»Na: Yordan Todoroff. Und bei den Russen?«

»Stalin«, vermutete Manfred.

»Nein: Iwan Palapomkin.«

Viele Viertelstunden lang ging es aber auch sehr ernsthaft zu, und Manfred lernte nicht nur die wichtigsten Staaten der Erde und ihre Hauptstädte kennen, sondern auch viele politische und ökonomische Zusammenhänge. Sein Vater war lange Jahre in der SPD gewesen und hatte im *Reichsbanner Schwarz-Rot-Gold* gegen die Nazis gekämpft.

Ebenso profitierte Manfred von seinen handwerklichen Künsten. Wenn sie aufgestanden waren und gefrühstückt hatten, ging sein Vater zum Schraubstock, der in der Küche trotz aller Proteste seiner Mutter am breiten Fensterbrett dauerhaft festgeschraubt worden war. Lange konnte er mit seiner steifen eingegipsten Hüfte nicht stehen, aber dennoch bastelte er fast täglich an den Schienen, Weichen und Signalen von Manfreds erträumter Eisenbahn. Manfred durfte tüchtig mithelfen, und waren es anfangs auch nur das Schruppen mit der groben Feile und das Bohren großer Löcher. Sie spielten richtig Lehrling und Meister.

»Säg mal die Schiene da ab, ich brauch nur 2,5 Zentimeter.«

Manfred wollte zu schnell fertig sein, und das Stück geriet ihm etwas zu kurz.

»Paßt wie Arsch mit Friedrich«, kommentierte sein Vater Manfreds Mißgeschick. »Haste dich wieder mal nicht richtig konzentriert. Merk dir mal: Eile mit Weile. Zwei Minuspunkte.«

Manfred lernte es auf diese Weise, sehr präzise zu arbeiten. Um ausprobieren zu können, ob die selbstgebauten Weichen und Schienen auch die richtige Spurweite hatten, war sein Vater durch Berlin gezogen, hatte nach alten Wagen gesucht und in Steglitz einen Bierwagen der Firma Trix gefunden. Er stammte aus den letzten Jahren vor dem Krieg und bestand aus weißem Blech, auf dem die Holzlatten und Türen mit feinen schwarzen Strichen angedeutet waren. Es gab auf jeder Längsseite die Aufschriften TUCHERBRÄU und kleiner NÜRNBERG und DEUTSCHE REICHSBAHN 2064. Das schönste aber waren vier Mohrenköpfe mit Ohrringen und roten Lippen, alle in einer gelben Umrandung, die oben verziert war wie eine Königskrone. Das Gefährt hatte ein abnehmbares Dach, dicke schwarze Bakeliträder und eine echte Bügelkupplung. Es wog an die fünfzig Gramm und maß keine zehn Zentimeter, aber für Manfred war es ein Triebwagen der 86, und er spielte, kaum waren die ersten Schienen gebaut, stundenlang Straßenbahn damit, fuhr immer wieder von Grünau nach Schmöckwitz und zurück. Dieser Bierwagen wurde *die* Reliquie seiner letzten Kindheitsjahre.

Zwar hatte sein Vater nie selber Fußball gespielt, doch sein Interesse daran war so groß, daß Manfred jetzt jederzeit einen kompetenten Gesprächspartner hatte, wenn es um das Schicksal seiner Lieblingsmannschaft ging, um den BSV 92. Noch vierzig Jahre später war er in der Lage, die meisten Namen seiner Idole vom Berliner Sportverein von 1892 wiederzugeben: Schadebrodt, Gärtner, Nell, Zunker, Kippel, Schmiege, Ley, Ritter, Niedzwiadek, Paul, Sendrowski. Sein Traum war es, einmal als rechter Außenläufer des BSV 92 ins Olympiastadion einzulaufen.

Noch immer hießen die Vereine offiziell nach den Stadtteilen, in denen sie angesiedelt waren, aber die alte Berliner Tradition brach unaufhaltsam durch, und sogar in den Zeitungen stand manchmal schon wieder BSV 92 statt Wilmersdorf, Tennis Borussia (TeBe) statt Charlottenburg, Wacker 04 statt Reinickendorf und Union statt nur Oberschönweide.

Natürlich hatte Manfred die Tabelle der Fußball-Stadtliga genau im Kopf. Es führte Wilmersdorf vor Charlottenburg und Oberschönweide, während Köpenick und Mariendorf ganz weit hinten waren. Neukölln war leider nicht mehr dabei.

Der absolute Höhepunkt aber waren die Städtespiele, und als am 6. März 1948 der 51. Städtekampf Berlin gegen Hamburg angepfiffen wurde, stand Manfred natürlich in der nördlichen Kurve des Poststadions. Da war es immer besonders witzig, weil gleich hinter den Zuschauerrängen ein Gefängnis aufragte und man hinter den Gittern die Köpfe der Insassen erkennen konnte. In der Hamburger Elf standen die besten Spieler des HSV und des FC St. Pauli, und die bekanntesten Leute waren Spundflasche und Appel. Die Aufstellung der Berliner Stadtmannschaft hatte Manfred natürlich im Kopf: Kebschull; Strehlow, Gärtner; Hinz, Kippel, Brand; Sowade, Hampel, Graf, Paul und Wenske. Das waren elf Götter für ihn, und sozusagen der Zeus unter ihnen war der Mittelläufer Rudi Kippel vom BSV 92. Auch Männe Paul von den »Störchen« schätzte er sehr. Trotzdem gab es eine fürchterliche Niederlage, 7:2 gewannen die Hamburger Gäste. Wie geprügelte Hunde zogen Manfred, Kutte, Kuki und die anderen aus der Ossastraße wieder nach Hause.

Dennoch: kaum war Manfred am nächsten Tag aus der Schule zurück, machte er sich daran, die achte Runde seiner Berliner Fußballmeisterschaft zu Ende zu spielen. Zu diesem Zwecke hatte er sich im Wohnzimmer hinter der Sofaecke ein kleines Stadion errichtet, das heißt einen umgedrehten kleinen Teppich, eine sogenannte Brücke, mit Kreidestrichen versehen, mit Seiten- und Torauslinien, einer Mittellinie mit ordungsgemäßem Anstoßkreis und mit jeweils einem Straf- und Torraum. Alles genau abgemessen und maßstabsgerecht. Die Tore bestanden aus zurechtgebogenen Eisenbahnschienen, und die Netze waren aus Resten dünner Mullbinden zusammengenäht. Zwei »Bälle« hatte er auch; der eine stammte aus einem zerbrochenen Kugellager, den anderen, den mit den beiden Löchern, hatte er vom Ende einer Sicherheitsnadel abgezogen.

Das Beste aber waren seine zwölf Mannschaften mit jeweils elf Spielern, die ganze Berliner Stadtliga. Halma-Figuren, aber keine mit runden Köpfen und kegelförmig nach unten gehenden Leibern, sondern Kriegsersatzfiguren, das heißt, runde Holzstäbchen von fünfzehn Millimetern Länge. So als würde man von einem runden Bleistift immer neue Scheiben absägen. Diese Fußballer gab es in acht verschiedenen Farben, und um die restlichen vier Mannschaften als solche kenntlich zu machen, hatte er nur ihre Köpfe beziehungsweise Rücken, also die runden Flächen oben, mit Tusche färben müssen. Mit dem Füller seines Vaters waren dann die Rückennummern raufgemalt worden. Das hatte allerdings dessen Feder nicht heil überstanden – gleich zwanzig Minuspunkte.

Auf der Tribüne, die er aus seinem Anker-Steinbaukasten errichtet hatte, waren alle seine Mannschaften vollzählig versammelt. Auf den Ehrenplätzen sein BSV 92, dann der Reihe nach Tennis Borussia, Union Oberschönweide und die anderen Stadtteilmannschaften, die alsbald auch offiziell wieder ihre alten Namen tragen sollten: Alemannia 90, Viktoria 89, Wacker 04, VfB Pankow, SC Südring, Minerva 93, Spandauer SV und schließlich Lichtenberg 47. Hinzukommen sollten später noch Tasmania 1900, der Neuköllner Eliteverein, der 1. FC Neukölln, Hertha BSC und Kickers 1900.

Heute baute er den BSV 92 und Tennis Borussia unten auf dem Spielfeld auf, das von der blechernen, aber beweglichen Nähmaschinenlampe seiner Schmöckwitzer Oma hell beleuchtet wurde. Beide Mannschaften wurden nun fein säuberlich nach dem damals so hochgeschätzten WM-System aufgebaut und ausgerichtet: Der rechte und der linke Verteidiger bildeten die unteren Punkte des W und die drei Läufer – rechter Außenläufer, Mittelläufer und linker Außenläufer – die oberen. Das M ergab sich aus den drei Spitzen im Sturm: Rechtsaußen, Linksaußen, Mittelstürmer sowie den etwas zurückhängenden beiden Halbstürmern, halblinks die Nummer 10 und halbrechts die Nummer 8. Der Torwart zählte nicht bei diesem Schema.

Jedes Match hatte bei Manfred eine Länge von zweimal fünf Minuten, was sich aus der Natur seiner Eieruhr ergab.

Die wurde nun in dem Augenblick umgedreht, wenn er, er war auch der Schiedsrichter, das Spiel angepfiffen hatte. Jetzt führte er mit der linken Hand jeweils eine der lila gefärbten Figuren von TeBe, die von links nach rechts spielte, und mit der anderen einen der schwarz-weißen Akteure des BSV 92.

Vom Anstoß kam der Ball zu Männe Paul, und der schoß sofort aufs Tor von TeBe, wo der schnell von Manfred mit Zeigefinger und Daumen gegriffene Keeper machtlos war. Tor und 1:0 für seinen Club. Mit dem Mund machte Manfred das Röhren der Zuschauer nach, wie es immer aus dem Radio kam, war aber zugleich auch als Reporter aktiv, sprach pausenlos in ein imaginäres Mikrofon.

Doch trotz des frühen Führungstores, und obwohl er ja das Schicksal seiner Lieblingsmannschaft voll und ganz in der Hand hatte, gelang den »Störchen« nicht mehr als ein müdes 2:2. »Die Störche«, so hieß der BSV 92 bei den Leuten, weil zum Schwarz und Weiß von Hemd und Hose noch rote Stutzen kamen.

»Das war's aus dem Poststadion – Funkhaus bitte melden!«

Manfred war wütend, denn beim Ausrechnen der neuen Tabelle ergab sich, daß der BSV 92 nun auf Platz 3 zurückgefallen war. Zur Strafe dafür mußte die Mannschaft die ganze Nacht auf dem Fußballplatz verbringen.

»Manfred, Besuch, mach mal bitte auf!«

Nun, wo sein Vater wieder da war, kamen auch wesentlich mehr Gäste ins Haus. Für Manfred war das immer ein halber *Reichsparteitag*, das heißt ein Riesenereignis. Bis auf das Ende … Aber der Reihe nach.

Zu Manfreds Leidwesen hatten viele der befreundeten Ehepaare keine Kinder. So auch Blöhmers, Erna und Waldemar, die in Rahnsdorf ein Häuschen hatten. Rahnsdorf gehörte – wie Schmöckwitz – zum Bezirk Köpenick und war damit Teil des russischen Sektors. Manfred mußte zu ihnen, obwohl in keinster Weise mit ihnen verwandt, Tante und Onkel sagen. Seine Mutter und Tante Erna waren vor dem Krieg Kolleginnen gewesen und hatten sich auch nicht aus den Augen verloren, als seine Mutter wegen ihres jüdischen Großvaters entlassen worden war. Onkel Waldemar hatte bei Siemens Mechaniker gelernt und war nach dem Kriege zum Gewerbelehrer umgesattelt. Seitdem gebärdete er sich wie ein Theaterschauspieler, und Manfreds Schmöckwitzer Oma hatte einmal gesagt, er bramarbasiert ja schrecklich. Manfred hatte im Duden nachschlagen müssen, wo sie das mit »prahlen, aufschneiden« übersetzt hatten.

»Mein Waldi hat wieder einen Aufsatz für die Imkerzeitschrift geschrieben.«

Waldemar hatte Bienen hinten im Garten, brachte aber nie ein Glas Honig mit nach Neukölln, was sie immer etwas ärgerte.

»Wir brauchen keine Bienen«, sagte sein Vater. »Bei uns hat Margot Hummeln im Hintern.« Das bezog sich darauf, daß seine Mutter nie stillsitzen konnten, sondern immer in Bewegung war.

Seine Mutter hatte eine Schüssel voll Kirschen organisiert, Schattenmorellen, und damit alle die gleiche Anzahl bekamen und nicht die im Vorteil waren, die schnell und gierig alles hinunterschlangen, wurde ausgemacht, daß jeder nach Verzehr einer Kirsche den Kern vor sich auf die Wachstuchdecke hinzulegen hatte. So war die Kontrolle jederzeit gegeben. Alle lobten seinen Vater, der diesen Einfall gehabt hatte, wegen seines ausgeprägten Sinns für Gerechtigkeit.

Dennoch schaffte es Manfred, fünf Kirschen mehr im Bauch zu haben als die anderen. Wie er das gemacht hatte? Ganz einfach: Er hatte die Kerne hinuntergeschluckt.

Manfred mochte Waldemar. Vielleicht lag das daran, daß den Mann aus Rahnsdorf eine gewisse Aura des Geheimnisvollen umgab. »Er heißt Waldemar, weil es im Wald geschah«, pflegte sein Vater des öfteren zu sagen, und Manfred wußte inzwischen von der Straße, daß das was mit *Wichsen* zu tun haben mußte. Kutte hatte neulich beim Pinkeln gesungen: »Ich hab den Dicksten, ich hab den Dicksten ... ich hab den dicksten Mann der Welt geseh'n ... Und der konnte wichsen, und der konnte wichsen ... der konnte wichsen seine Schuhe blank ...« *Wichsen* hieß, so hatte Manfred auf seine Nachfrage hin erfahren, »wenn ihn einer seiner Ollen vorne reinsteckt«. Daß das Kinder gab, hatte Manfred dem Gesundheitslexikon seiner Schmöckwitzer Oma entnommen. Bei Onkel Waldemar war das also im Wald passiert. Wo es wohl bei ihm gewesen war ...? Er sah seinen Vater auf seiner Mutter liegen, schämte sich und wollte weg.

»Kann ich ins Schlafzimmer gehen – lesen?«

Seine Vater nickte. »Geh mit Gott, dann gehste mit keinem Spitzbuben.«

Manfred ging hinüber. Dadurch, daß sein Vater nun wieder da war, hatten sie es geschafft, Frau Meißner loszuwerden. Das Zimmer hatte natürlich neu gemacht werden müssen. Tapete war zu teuer gewesen, und ein Bekannter hatte es lediglich gerollt. Das war für Manfred ein sehr interessanter Vorgang gewesen. Der Maler hatte – nach einem Grundanstrich mit hellblauer Farbe – einen zusammengedrehten alten Waschlappen in einen Eimer mit dunkelblauer Farbe getaucht und dann die Wand hinabgerollt, was ein hübsches Muster ergeben hatte.

Manfred spielte Straßenbahn, hörte aber durch zwei Türen hindurch Waldemar erzählen. Sie waren viel mit dem Faltboot unterwegs gewesen und gewandert, so richtig als Wandervögel mit offenem Schillerkragen.

»Die schönste Reise war die nach Wippeteno ... Und dann bin ich Soldat geworden.«

Sein Vater lachte. »Kein Mensch kann gegen die Klistierspritze pupen.«

Sie tranken einen Likör, den sein Vater aus Sprit und einer im Laden gekauften Essenz selber fabriziert hatte.

Seine Mutter hatte alsbald einen sitzen und klagte später über Magenschmerzen.

»Hoffentlich hat sie keinen Kirschkern verschluckt«, sagte sein Vater. »Das gibt die schönste Blinddarmentzündung.«

Manfred zuckte zusammen. Auch bei ihm rumorte es schon rechts unten über der Leiste. Er sah sich bereits im Krankenhaus. Noch in der Nacht würden sie ihm den Bauch aufschneiden. Sollte er hinauslaufen zu seinen Eltern und ein Geständnis ablegen ...? Nein, das brachte ihm auf der Punkttabelle seines Vaters bestimmt acht Minuspunkte ein. Er lief aufs Klo. Vielleicht konnte er die Blinddarmentzündung noch verhindern.

Lange saß er da und drückte. Dabei hatte er ausgiebig Zeit, die Stuhlgangkontrolltabelle seines Vater zu studieren. Seitdem die Krankenkasse ein Merkblatt veröffentlicht hatte, daß regelmäßiger Stuhlgang der Schlüssel zur Gesundheit war, mußte jeder hier vermerken, wann und wie er *niedergekommen* war, wie sein Vater dazu sagte. Pro Wochentag gab es da für jeden von ihnen ein längliches Kästchen, das noch einmal unterteilt worden war: normal, zu dünn, zu hart. Für seine Mutter gab es noch eine gesonderte Rubrik: Margot im Dienst. Da er in der Schule nie auf die verdreckten Toiletten ging, konnte dies bei ihm entfallen. Schmöckwitz zählte auch als zu Hause.

Während er sich um eine Darmentleerung mühte, griff er zu einer der Zeitungen, die auf einer alten ausrangierten Anrichte reichlich lagen. Er stieß unter der Überschrift »Jugend ohne Jugend« auf den Lebenslauf eines Jungen, der kaum älter war als er:

»... so blieben wir bis zum August 1947 in Königsberg, dann wanderten meine Großmutter, meine Tante und ich nach Litauen, weil wir sonst verhungert wären. Wir waren viele Tage unterwegs. Wir hatten Glück! Wir fanden alle drei auf einer Kolchose in Schaulen Arbeit. Da ich für andere Arbeit noch zu klein war, mußte ich 50 Kühe und einen Bullen hüten. Dafür erhielten wir zu essen. Unsere Hütte lag sehr einsam. Statt Betten hatten wir einige Ziegelsteine und Bretter. Darauf lagen wir, und mit Mänteln deckten wir uns zu. In der Frühe lag Schnee in unserer Hütte. Während meiner freien Zeit mußte ich Holz besorgen. Ich mußte sehr weit gehen. Ein Litauer Junge, der in meiner Nähe Schafe hütete, wurde von Wölfen zerrissen.«

Manfred war glücklich, daß er Manfred war und hier in Berlin leben konnte. Und seine Mutter hatte schon recht, wenn er über Kleinigkeiten jammerte und sie dann sagte: *Versündige dich nicht!* Und bei Frau Fahlenberg hatte sie einmal über einen Kalenderspruch diskutieren müssen: *Glück ist die Summe des Unglücks, dem wir entgangen sind.* Schön und gut, aber wie sollte einer glücklich sein, dem sie am nächsten Tag den Bauch aufschnitten, um ihm den Blinddarm rauszunehmen ...?

Seine Mutter, der jetzt richtig schlecht geworden war, kam und vertrieb ihn. Er hörte sie brechen.

Waldemar Blöhmer und sein Vater diskutierten dann darüber, wie es in der Politik weitergehen sollte.

»Es sollten doch jetzt alle Vernunft annehmen und begreifen, daß uns nur die Einheit Deutschlands weiterbringen kann.«

»Versuch du mal, in einem runden Saal in die Ecken zu kacken«, erwiderte sein Vater.

Zwei Stunden später trat das ein, was Manfred den ganzen Abend lang gefürchtet hatte: er mußte Blöhmers nach unten bringen. Klar kannte er das Märchen *Von einem, der auszog, das Fürchten zu ler-*

nen, aber was waren schon dessen Abenteuer gegen das, was ihn nun erwartete. Runter war natürlich kein Problem, da waren ja die Gäste dabei, aber wieder rauf ... Die Haustür hatte einen sogenannten Durchsteckschlüssel. Den wieder aus dem Schloß zu ziehen, dauerte ewig, da er überall hakte. Heute peterte er solange am Schloß herum, daß das Licht wieder ausging. Ehe er den unbeleuchteten Schalter gefunden hatte, stand er schon tausend Ängste aus. Hinter dem Pfeiler lauerte mit Sicherheit schon ein Mann mit einem Beil, um ihn zu schlachten. Alle erzählten sie ja, daß in Notzeiten wie dieser mit Menschenfleisch gehandelt wurde. Endlich: das Licht flammte wieder auf. Nun kam der dunkle Hof mit den Mülltonnen und den vielen Ratten. Überall raschelte es. Jeden Augenblick rechnete er damit, daß ihn eine anfiel und ihm ins Hosenbein schlüpfte. Er begann zu rennen. Die Tür zum Hinterhaus klemmte. Wahrscheinlich stemmte sich von innen einer gegen, und wenn er jetzt dagegen drückte, warf sich einer auf ihn, drückte ihn zu Boden und erwürgte ihn. Die Tür sprang auf, und er schoß in den Hausflur, stoppte aber sofort. Hinter der ersten Tür rechts sollte einer wohnen, der schon mal gesessen hatte, ein Mörder womöglich. Manfred rechnete jedesmal damit, daß der Mann die Wohnungstür aufriß und ihn in seinen Korridor zerrte, ohne daß er noch um Hilfe schreien konnte. Sollte er es wagen oder nicht? Am liebsten wäre er auf den Hof zurückgekehrt und hätte nach seiner Mutter gerufen. »Komm doch bitte runter und geh mit mir zusammen hoch!« Das ging natürlich nicht. Schließlich faßte er sich ein Herz und raste los. An der Mördertür vorbei. Ein Sprung – und er war auf der Treppe. Jetzt war alles überstanden.

Immer noch mit weichen Knien kam Manfred in die Wohnung zurück. Und seine ganze Wut ließ er nun an Tante Erna aus. »Alles wegen der mit ihrem Ziegenkopf.«

»Wie?« Seine Mutter glaubte ihren Ohren nicht zu trauen.

»Na ist doch wahr!« Manfred mußte bekennen, daß er – immer, wenn er Tante Erna sah – an eine Ziege denken mußte.

»Das ist doch die Höhe!« rief seine Mutter.

Sein Vater ging zur Punkttabelle. »Das will ich nicht noch einmal hören von dir! Zehn Minuspunkte!«

Manfred wußte, daß er die laufende Woche mit einem erheblichen Defizit abschließen würde. Aber wenigstens bekam er keine Blinddarmentzündung. Die fünf Kirschkerne lagen am nächsten Tage mitten in seinem Haufen.

Vieles war jetzt anders. Nicht nur, weil sein Vater wieder zu Hause war, sondern wegen der Blockade. Die Westsektoren Berlins wurden seit dem 10. Juli 1948 ausschließlich aus der Luft versorgt, und wenn Manfred am Sonntag mit seinem Vater beim Heimspiel des SC Südring auf dem Platz an der Züllichauer Straße stand, dann sahen und hörten sie nebenan auf dem Tempelhofer Feld alle paar Minuten die *Rosinenbomber* landen. Manfred lief mit seinen Schulkameraden auch einige Male zur Einflugschneise am St.-Thomas-Friedhof an der Hermannstraße oben, ohne daß ihnen aber die Piloten jemals durchs offene Fenster ihrer Kanzel Beutel mit Bonbons zugeworfen hätten, wie man das später oft auf Bildern sehen sollte.

Richtig hungern brauchte keiner, aber die Lebensmittelrationen wurden wieder wesentlich knapper, und Manfred mußte beim Einkaufengehen an vieles denken: an Haushaltsausweise, an Bezugsausweise und an die Lebensmittelkarten vor allem, auf die es pro Monats-Dekaden genaue Zuteilungen an »Nährmitteln« (weiße Bohnen, Teigwaren und Haferflocken), Zucker und Fetten gab. Auch war es seine Aufgabe, den *Telegraf* ständig auf die aufgerufenen Zuteilungen hin durchzusehen. Da standen dann Mitteilungen wie diese:

> *Es wird verteilt!*
> Auf Abschnitt 1 des Bezugsausweises, 7. Ausgabe,
> Gruppe Kleinkinder, werden
> 1 Lage = ca. 100 gr Handarbeitsgarn
> verteilt.
> Auf Abschnitt 34 des Berliner Haushaltsausweises
> (4. Ausgabe) an Haushalte mit 3 und 4 Personen
> 1 Kärtchen Stopftwist
> Haushalte mit 1 und 2 Personen werden in Kürze
> berücksichtigt.
>
> Ab sofort je 1/2 kg Gemüse auf Abschnitt d 4 der Juli-Kartoffelkarte und e 1 und e 2 der August-Kartoffelkarte sowie auf Abschnitt Diab. O, P, R, S und Bsp. 9, 10, 11, 12 der Zusatzkarten August.

Die Sensation Pfingsten 1948 war die Ausgabe je einer Zitrone pro Kopf der Westberliner Bevölkerung. Das Hauptemährungsamt hatte dies ganz groß verkündet. Im Dezember wurden mit den Lebensmittelkarten auch Bezugsmarken für Weihnachtsbäume ausgegeben, in grün für Haushalte mit einem Kind, in braun für solche mit zwei und mehr Kindern. Die braunen Bezugsmarken wurden ab 1. Dezember beliefert, die grünen erst nach besonderem Aufruf.

Sein Vater erinnerte ihn daran, daß er schon im Kriege sehr an den bunten Lebensmittelkarten interessiert gewesen sei.

»Ich war nicht in der NSDAP, nicht in der SA oder SS, nirgends drin – und dazu noch Muttis nicht-arische Abstammung –, da mußte ich was tun für Volk und Vaterland, um nicht ins KZ zu kommen und hab mich einteilen lassen zum Austragen der Lebensmittelkarten. Da sind wir dann nach Feierabend und auch mal sonntags hier herumgezogen in der Gegend und haben den Leuten die Karten gebracht. Du immer mit dabei.«

Manfred erinnerte sich. »Ja, das war schöner als mit den Briefmarken bei der Post.«

Die Blockade machte sich im Alltag anfangs vor allem dadurch bemerkbar, daß es viele Stromsperren gab. Vor der Blockade war es ja mit den Abschaltungen noch gegangen, Ende Juni 1948 gab es aber an manchen Tagen nur für zwei Stunden Strom am Tag. Manchmal auch nur in der Nacht, so daß von Frauen berichtet wurde, die nachts zwischen zwölf und zwei zum Friseur gingen, um sich eine neue Dauerwelle machen zu lassen. Immer nach einzelnen Plangruppen wurde an- und abgeschaltet. Weil man auch kein Radio mehr hören konnte, fuhren Lautsprecherwagen des RIAS durch die Stadt, und an den Ekken wurden die neuesten Nachrichten verlesen. »Weitere Verstärkung der Luftbrücke auf 100 Flugzeuge täglich. Das Baden in freien Gewässern ist verboten, da infolge der Stromsperren eine Verunreinigung durch Abwässer zu befürchten ist. Weitere Verhaftungen im Ostsektor von Inhabern Deutscher Mark.« Manfred und sein Vater brauchten aber nicht nach unten zu gehen, um das zu hören, sie hatten ihren alten Detektor wieder instand gesetzt.

Am schönsten fand Manfred beim RIAS den Namen des Chefs, denn der hieß Mister Heimlich und konnte große Reden schwingen: »Mögen Berlin und die Ostzone im RIAS ihre Waffe für Freiheit und Demokratie sehen!« Der RIAS wurde Teil seines Lebens wie die Ossastraße oder wie sein Name auf den Heften vorne.

Der Vorteil der Stromsperren war, daß sie es zu Hause sehr gemütlich hatten. Da saßen sie dann im Schlafzimmer an einem kleinen Tisch beisammen und lasen. Das nötige Licht spendete eine Petroleumlampe. Die allerdings war ein Dauerproblem. Nicht nur, daß es in der ganzen Wohnung ständig penetrant nach Petroleum roch.

»Manfred, spiel nicht dauernd an der Lampe rum!« mahnte seine Mutter.

»Ich dreh ja nur am den Docht.«

Der Docht, ein schlauchartiges Gebilde aus Baumwollgewebe, mußte mit Hilfe eines kleinen Messingrädchens alle naselang nach oben gedreht werden, damit man halbwegs ausreichend Licht hatte, von »hell« konnte allerdings nie die Rede sein. Bei zu langem Docht aber begann die Lampe fürchterlich zu rußen. Dann mußte der Glaszylinder abgenommen und mit einer runden Bürste gereinigt werden, was oft dazu führte, daß er einen Sprung bekam.

»Mach den Zylinder nicht kaputt!« mahnte seine Mutter.

Sein Vater sang: »Lampenputzer ist mein Vater am Berliner Hoftheater. Meine Mutter wäscht Manschetten für die Berliner Hofkadetten ...«

»Schade, daß man das Radio nicht anmachen kann«, klagte Manfred. Am meisten hörten sie RIAS. Nachmittags – wenn Strom war – lag er oft auf dem Teppich und wartete auf eine ganz bestimmte Erkennungsmelodie: »Der Onkel Tobias vom RIAS ist da ...« Das war der Kinderfunk. Und Jürgen Graf und Sammy Drechsel hießen die tollsten Reporter, die sie hatten.

Manfred las in seinem Lieblingsbuch, den *Heiden von Kummerow* von Ehm Welk. Letztes Jahr Weihnachten hatte er es geschenkt bekommen und seitdem so oft verschlungen, daß er es fast auswendig hersagen konnte. Martin Grambauer, das war er selber, und so erlebte er auch all die anderen in diesem vorpommerschen Dorf: Johannes, den Freund aus dem Armenhaus; den Vater, Gottlieb Grambauer, der seinem eigenen so ähnlich war; Pastor Breithaupt; Schulze Wendland und seinen grobschlächtigen Sohn Hermann, der Martin stets die Führerschaft im Dorfe streitig machen wollte; Kantor Kannegießer und Ulrike. Doch hier wurde es schmerzlich, denn eine Freundin wie Ulrike hatte er nicht, auch keine Schwestern wie Anna oder Lisa. Dennoch: Kummerow, das irgendwie auch eine Mischung aus Schmöckwitz und Groß Pankow war, wurde seine zweite Heimat. Gerade war er beim Kapitel über das *Heiden-Döpen*, die Heiden-Taufe, ein Wettbewerb, wo die Jungen ewig lange im eiskalten Mühlbach stehen mußten und der der Sieger wurde, der als Letzter nicht umgefallen war.

Da sie in diesen Wochen und Monaten viel Mehlspeisen und noch mehr Weiß- und Wirsingkohl aßen, mußte man andauernd hinaus. Manfred fand das ziemlich ärgerlich, hieß es doch ein jedes Mal, die Lektüre abzubrechen, auch wenn sie noch so spannend war. Also versuchte er, die Luft vom Magen nach oben zu holen, so daß sie gar nicht erst in den Darm hinab gelangen konnte, rülpste mithin. Das war gerade noch statthaft und rief lediglich ein unwirsch-tadelndes Kopfschütteln seiner Mutter hervor, die gerade ein Rundschreiben ihrer Krankenkasse las.

»Ein Rülpser ist ein Magenwind, der nicht den Weg nach hinten find'«, sagte sein Vater. »Hat er 'n aber doch gefunden, so ist er mit Gestank verbunden.«

Dreimal war Manfred in der letzten halben Stunde draußen gewesen, um abzublähen, und er hatte es nun satt, immer wieder von seinem Martin Grambauer ablassen zu müssen. So riskierte er beim nächsten Druck im Darm: alles oder nichts.

Damit es nicht totenstill im Zimmer war, begann er plötzlich zu singen, und zwar ebenso laut wie falsch: »Das ist die Berliner Luft, Luft, Luft ... mit ihrem ganz besonderen Duft, Duft, Duft ...«

»Hier stinkt es!« rief seine Mutter.

Manfred versuchte, sich mit kühner Vorwärtsverteidigung zu retten. »Wer 'n zuerst gerochen, dem ist er aus 'm Arsch gekrochen!«

Seine Mutter holte aus, um ihm eine zu schallern. Doch Manfred, zweifellos ein echtes deutsches Torwarttalent, war schnell genug, um ihre Hand noch abzufangen. Und damit sie nicht noch einmal ausholen konnte, hielt er ihre Hand mit seiner fest.

»Läßt du wohl los, du Lümmel!« Wobei das »Lümmel« nicht als Kosewort zu nehmen war, sondern durchaus im Sinne von Strolch und »undankbares Subjekt« verstanden werden mußte.

»Nein.«

»Laß Mutti los!« forderte sein Vater ultimativ.

»Damit sie mich dann haut ...« So dämlich war er nicht.

»Jetzt hab ich aber die Faxen dicke!« Sein Vater holte aus, um Manfred mit ziemlicher Wucht auf den Unterarm zu schlagen, damit er die Hand seiner Mutter wieder fahren ließ.

Doch reaktionsschnell riß Manfred seine Hand zurück, und sein Vater traf seine Mutter mit solcher Kraft, daß sie zuerst befürchtete, ihr sei der Handwurzelknochen gebrochen worden; jedenfalls mußte sie ihre Hand die ganze Nacht über kühlen und den ganzen nächsten

Tag über einen Verband tragen, so daß sie am Kassenschalter kaum den Kopierstift halten konnte.

Das hieß Höchstrafe für Manfred: Neben einer Woche Stubenarrest gab es 50 Minuspunkte auf der Tabelle – und die Lokomotive von TRIX rückte damit in unerreichbare Ferne.

Vierzehn Tage später war große Wäsche, und zu diesem Anlaß kamen immer Tante Trudchen aus Siemensstadt und seine Kohlenoma aus der Manteuffelstraße. Am Abend vorher mußte er mit seiner Mutter in die Waschküche hinauf, um vorher alles einzuweichen. Hier unterm Dach war es zwar nicht ganz so unheimlich wie im Keller unten, aber immerhin ... Die Angst, so weit überm Erdboden zu sein. Und wenn gerade ein Flugzeug kam und ins Dach reinkrachte ... Und dann war da vor allem noch der geheimnisvolle Sog, den die Dachluke auf ihn auszuüben begann. Hochklettern, sie öffnen, aufs Dach hinausklettern, dann die Arme ausbreiten und – einem Vogel gleich – auf die Ossastraße hinunterfliegen ... Er wagte sich nicht mehr dichter als zwei Meter an sie heran. Wenn die Wäsche in der trüben Lake schwamm, kam der angenehmere Teil ihrer Vorbereitungsaktion, dann ging es nämlich auf den Hängeboden hinüber. Das war geradezu ein Saal, in dem man richtig rennen konnte. Der eigentliche Spaß aber war ein anderer. Wenn die Wäscheleine gespannt war, hatte er eine wunderschöne Oberleitung, um Straßenbahn zu spielen. Der große Holzlöffel, mit dem die kochende Wäsche umgerührt wurde, war die Kontaktstange.

»Manfred, komm rüber – abseifen!«

Seine Mutter wartete in der Waschküche drüben. Dieses Abseifen, wenn er nackend vor ihr stehen mußte, haßte er. Normalerweise fand *die Etagenwäsche*, wie seine Schmöckwitzer Oma dazu sagte, unten in der Küche statt, aber hier oben in der Waschküche gab es natürlich keine so große Überschwemmung.

»Bitte laß mich in die Badewanne«, bat Manfred. Neben dem Hängeboden befand sich die Gemeinschaftsbadewanne für die Mieter des Hinterhauses Ossastraße 39, über vierzig Männer, Frauen und Kinder.

»Kommt nicht in Frage«, lautete der abschlägige Bescheid seiner Mutter. »Da holt man sich doch sonstwas für Krankheiten.«

So mußte er auch heute wieder jene widerwärtige Prozedur über sich ergehen lassen, über die sie auf der Straße immer spotteten, wenn einer sehr weichlich war: *Geh zu Mama nach oben – Bauch waschen.*

Am nächsten Tag hatte dann seine Mutter ihren Haushaltstag und stand zusammen mit Tante Trudchen und seiner Kohlenoma ab sieben Uhr oben in der Waschküche. Als Manfred aus der Schule kam, war alles in dichten Dampf gehüllt. Was ihn am meisten faszinierte, war aber die Wringmaschine. Das war ein vorsintflutliches Gebilde, das man an die Waschwanne anschrauben konnte. Es bestand im Grunde nur aus zwei großen Gummirollen, die durch starke Federn fest aneinander gepreßt wurden und mittels einer riesigen Eisenkurbel gegeneinander bewegt werden konnten. Manfred durfte nun an dieser Kurbel drehen, während Tante Trudchen Bettbezüge, Tischdecken und Laken zwischen die beiden Gummirollen steckte, die das Wasser aus den Wäschestücken preßten. Das machte einen Heidenspaß, insbesondere dann, wenn Tante Trudchens Finger ein wenig in die Rollen gerieten.

Doch Tante Trudchen konnte gar nicht anders, als fröhlich zu sein. Ständig sang sie Altberliner Lieder, wie dieses, das Manfred ganz besonders gefiel:

Wenn eener eene jerne hat
Un kann se jut verknusen,
Un wenn se ooch 'n Puckel hat,
Er jloobt, det is der Busen.

Seine Kohlenoma hingegen rezitierte gerne: »Ick sitze da und esse Klops, mit eenmal klopt's. Ick kieke hoch un wundre mir, mit eenmal jeht se uf, die Tür. Ick stehe uf und denk: Nanu, jetz is se uf, erst war se zu. Ick jeh hinaus und kieke: Un wer steht draußen? Icke!«

Und auch sonst war das, was da geredet wurde, für Manfred von hohem Unterhaltungswert.

»Meine Nachbarin is gestorben«, sagte seine Kohlenoma, die nur wenig berlinerte. »Die Zobeln ...«

»Hat se noch sehr leiden müssen?«

»Nee, sie hat einen leichten Tod jehabt – viel Geist hatte se nich abzugeben.«

»Wat jibt's denn heute zu essen, Annekin?« fragte Tante Trudchen. »Negerpimmel wieda?«

»Tante Trudchen!« fuhr seine Mutter dazwischen. Gemeint war Blutwurst, die seine Kohlenoma wunderbar in der Pfanne braten konnte. Die Empörung seiner Mutter rührte aber nicht von der Diskriminierung der Farbigen her, wie man fünfzig Jahre später hätte denken können, zumal ja auch noch alle von Negerküssen sprachen und der Kaffee im Volke weithin Negerschweiß hieß, sondern der Gebrauch des Wortes *Pimmel* war es, der sie so in Rage versetzte.

Manfred wurde schließlich entlassen, und als ihn alle wegen seiner Mithilfe in der Waschküche lobten, bekam er von seinem Vater sage und schreibe vierzig Punkte gutgeschrieben. Und es sollten noch zwanzig mehr werden, aber das war mehr oder minder Schmerzensgeld und fast eine tragische Sache …

Da Manfred so fleißig gewesen war, durfte er sich vor den Schreibschrank setzen und in einem Album blätterte, das sein Vater wie seinen Augapfel hütete. Sein Einband war zwar nur aus dicker Pappe, aber diese war von einem edlen Gelb, wie Manfred es von den Schlössern Sanssouci und Charlottenburg her kannte. Erhaben geprägt und in Gold gehalten waren ein stolzer Adler und ein breiter Sockel, auf dem groß zu lesen stand: BILDER DEUTSCHER GESCHICHTE. Zigaretten-Bildchen waren das, die sein Vater vor dem Krieg gesammelt hatte, obwohl seine Eltern nicht rauchten. Aber Tante Gerda, Onkel Gerhard, Tante Irma und Onkel Helmut hatten es getan. Das ganze Geschichtspanorama reichte von Bild 1 – STURZ DER IRMENSÄULE DURCH KARL DEN GROSSEN. 772 – bis zum Bild 200 – AUF DER VERFOLGUNG DER SIMON-COPPER-HOTTENTOTTEN IN DER WÜSTE KALAHARI. 16. März 1908. Manfreds Lieblingsbilder waren die Nummern 79 und 94.

> BILD 79. FRIEDRICH DER GROSSE ENTGEHT DURCH GEISTESGEGENWART EINER GEFAHR. 1758. *(Gemälde von C. Röchling.)* Auf einem Erkundungsritt in Mähren bemerkte der König plötzlich, wie ein Kroat das Gewehr auf ihn anlegte. Rasch gefaßt rief Friedrich: »Kerl, Er hat ja gar kein Pulver auf der Pfanne!« Der Soldat ließ verblüfft seine Waffe fallen und nahm Reißaus.

Auch das andere Bild hatte mit dem berühmtesten oder – wie sein Onkel Berthold immer meinte – berüchtigsten Preußenkönig zu tun.

> BILD 94: KÖNIG FRIEDRICH UND DIE POTSDAMER SCHULJUGEND. *(Gemälde von C. Röchling.)* Friedrich II. förderte außerordentlich das damals sehr darniederliegende

> Schulwesen. Bei einem Ausritt rief er einst übermütigen Jungen zu: »Macht, daß ihr in die Schule kommt.« Darauf erhielt er die Antwort: »Der Alte Fritz will König sein und weiß nicht, daß Mittwoch nachmittag keine Schule ist.«

Nicht nur diese beiden, auch alle anderen 198 bunt gedruckten Bildchen konnte Manfred stundenlang betrachten, und viele der Bildunterschriften vermochte er bald auswendig herzusagen.

So hockte er auch an diesem Nachmittag unter dem Schreibschrank seines Vaters. Der hatte dort am Vormittag bei heruntergelassener Platte gesessen, um seine Briefmarken zum x-ten Male neu zu ordnen, und dabei am Ende wohl vergessen, nach dem Wiederhochklappen den Schlüssel richtig herumzudrehen. Jedenfalls kam diese Schreibschrankplatte plötzlich heruntergesaust und knallte, mit dem Schlüssel voran, Manfred auf den Kopf. Der schrie auf und stürzte in die Küche, wo sein Vater am Schraubstock stand.

»Mein Kopf! Der Schlüssel!«

Er blutete, so sollte er es später selber formulieren, wie ein abgestochenes Schwein. Ganz so schlimm war es objektiv wohl nicht, denn es reichte nachher schon ein rundes Pflaster, was ihn aber in eine gewisse Panik versetzte, war die Tatsache, daß sich der obere, kunstvoll geformte Teil des Schlüssels nicht mehr finden ließ. Er selber, seine Mutter, Tante Trudchen, seine Kohlenoma, alle suchten sie unter dem Schrank, auf dem Teppich, hinter der Scheuerleiste und allen sonstigen möglichen und unmöglichen Orten, ohne jedoch den abgebrochenen Schlüssel jemals wiederzufinden.

Sein Vater grinste. »Wahrscheinlich steckt er noch bei dir im Kopf ...«

Eines Tages konnte der Gehgips abgenommen werden, und sein Vater bekam einen *Gehapparat*, ein Gestell aus schwarz lackiertem Stahl und vielen ledernen Riemen und Manschetten. Er mußte abends vor dem Zubettgehen abgeschnallt werden, lag dann bei seinem Vater vor dem Bett. Einmal kippte seinetwegen die Ente um, in die sein Vater immer pinkelte, um nachts nicht extra aufstehen zu müssen. Der Gang zur Toilette ohne Gehapparat hätte seine kranke Hüfte zu stark belastet. Obwohl sie steif geblieben war, konnte er nun mit Hilfe eines Stockes auch schon wieder etwas längere Strecken laufen, wobei Manfreds Schmöckwitzer Oma neulich gesagt hatte, daß ihr Schwiegersohn ein Krüppel sei, was seine Mutter sehr geärgert hatte.

Dieser Stock jedenfalls spielte im Leben seines Vaters – und damit auch in Manfreds – stets eine Rolle. Auf den sandigen Wegen in Schmöckwitz benutzten sie ihn als Schläger, wenn sie mit einem kleinen blauen Gummiball Minigolf spielten. Einmal durfte Manfred ihn auch mit nach unten auf die Straße nehmen, um ihn als Schlagballkeule zu nutzen. Wenn sein Vater ihm etwas zu erklären suchte, und das war andauernd der Fall, war es ein guter Zeigestock. Und wenn die Tauben ihn ärgerten, legte sein Vater mit ihm an und schoß auf die Vögel. Aus hellem Hartholz gefertigt – vermutlich Hickory, wie Onkel Albert meinte –, hatte er sich diesen Stock vor dem Krieg in seiner Wandervogelzeit gekauft und damit den Brocken bestiegen und den Rennsteig erkundet. Teils waren die von diesen Touren mitgebrachten Blechplaketten noch fest angenagelt, andere wieder hatten sich gelöst und helle Stellen hinterlassen, aber auch kleine Löcher und Splitter, an denen man sich ganz schön die Haut aufritzen konnte. Entfernt worden war natürlich die eiserne Spitze. An ihrer Stelle saß nun ein schwarzer Gummipuffer. Und dieser Gummipuffer hatte eine fatale Affinität für Berliner Hundekacke.

Als sie Görlitzer Bahnhof aus der Hochbahn stiegen, in die Manteuffelstraße einbogen und sich fragten, wo sie für seine Kohlenoma, also die Mutter seines Vaters, noch einen kleinen Blumenstrauß auftreiben konnten, passierte es: der Gunmmipuffer rammte in einen wahren Doggenschiß.

»Hih!« schrie Manfred und setzte sich nach hinten ab.

»Was willst du denn?« fragte sein Vater in aller Ruhe und hielt den derart geschmückten Stock wie eine Fahnenstange in die Höhe. »Kacke am Stock ist auch ein Bukett.«

»Was ist denn ein Bukett?«

»Ein Blumenstrauß.«

Manfred trat hinter seinen Vater und schob dessen Hutrand hoch, so daß ihm der Hut vorn über beide Augen rutschte. »HO senkt die Preise.«

Sein Vater spielte mit und tastete sich nun wie ein Blinder die Straße entlang. Manfred wußte, daß seine Mutter wieder furchtbar schimpfte, wenn sie von solchem Treiben erfuhr, denn ihrer Meinung nach war sein Vater nur deswegen mit einer steifen Hüfte aus Rußland zurückgekommen, weil er als junger Mann immer den Lahmen gespielt und dabei gesagt hatte: »Durch mich werden die Lahmen wieder sehen und die Blinden wieder gehen können.«

Sein Vater zeigte ihm die Naunynstraße. »Hier links ist die Naunynritze und ganz hinten der Bullenwinkel.« Da hatte er gegen die Nazitrupps gekämpft und war sogar in einem ihrer Hetzblätter namentlich erwähnt worden. Er zeigte Manfred die Stelle, wo sie sich geprügelt hatten.

»Und wo ist das mit deinem Boxkampf gewesen?«

»Da am Ballhaus hinten.« Sein Vater hatte als junger Mann viel trainiert, bevor er in den Ring geklettert war. »... da hab ich meinen ersten – und letzten Kampf – bestritten: ich hab gleich einen auf'n Nischel bekommen und bin weggetragen worden.«

Sie redeten eine Weile vom Boxen. Manfreds absoluter Liebling war der deutsche Mittelgewichtschampion Fritz Gahrmeister, dessen Thron aber nunmehr immer stärker von Dietrich Hucks gefährdet wurde, dem *Hufschmied vom Niederrhein*. Bei Boxkämpfen lag Manfred immer auf dem Teppich und hörte die Radioreportage. Am spannendsten war es im letzten Herbst zugegangen, als Gahrmeister Hucks in der Berliner Waldbühne geschlagen hatte. Adolf Witt war auch nicht schlecht, obwohl der im Januar gegen Adolf Heuser nach Punkten verloren hatte. Richard Vogt war noch zu beachten, ebenso Erich Campe, die Berliner Hoffnung im Mittelgewicht, wie auch Carl Schmidt, Heinz Seidler, Fanzlau und Jean Kreitz. Manfred kannte sie alle und hatte ihre Fotos ausgeschnitten.

»Ich bin mehr für Conny Rux«, sagte sein Vater. »Für die Halbschwergewichtler ...«

»Der hat doch sogar gegen Strelecki verloren und sich dabei den Oberkiefer und die Nase gebrochen.«

»Das ist aber der kommende Mann.«

»Nee, Hein ten Hoff!« Der hatte Arno Kölblin ausgeknockt. Im *Telegraf* wurde darüber immer mit so schönen Sätzen wie diesen berichtet: »In der vierten Runde traf Heins Rechte voll auf den Punkt. Doch noch einmal bekam Kölblin eine Gnadenfrist von einer Runde. Nach einer krachenden Rechten saß Arno Kölblin dann im Ringstaub und kam nur noch einmal hoch, um den ›Fangschuß‹ zu erhalten.«

Vom Boxen kamen sie wieder zurück auf die Zeit, als sein Vater als junger Mann ganz SO 36 unsicher gemacht haben mußte. Auch als Filmkomparse hatte er es nur zu einem Auftritt gebracht. »Ein Klavier hab ich in 'ne Villa reintragen müssen.«

»Und mit deiner Geige ...?«

»Als Geigenvirtuose dasselbe: ein Auftritt und Schluß. Ich hab da auf der Bühne vor lauter Aufregung so mit dem Bogen gekratzt, daß die Leute im Saal sich halb tot gelacht haben.«

Dann erzählte er von *Nit-to-doll*, einem offenbar geistig etwas zurückgebliebenen Jungen, der von den Größeren immer verprügelt worden war. »Da hat er sich dann auf den Rücken gelegt und rufen wollen: ›Nicht so doll‹, was sich aber, weil er 'ne Hasenscharte hatte, angehört hat wie ›Nit to doll‹. Und so hieß er denn auch immer bei uns.«

Manfred erfuhr an diesem Tage viel von seinem Vater. Daß seine Kohlenoma, die Anna Walter, eine schöne, aber bettelarme Bauerstochter gewesen war, hinten an der Oder, aber noch im Brandenburgischen. Ein reicher Bauerssohn namens Wilhelm Schwalbe hatte sie heiß und innig geliebt. »... unter anderem auch im Kornfeld«, wie sein Vater sagte. »Ja, und plötzlich war ich da, und sie durfte ihren Wilhelm nicht heiraten, sondern wurde abgefunden, das heißt, sie bekam einen Batzen Geld für meine Erziehung. Und die hat ihre Schwester übernommen, meine Tante Emma in Steinau an der Oder, bei Breslau unten.« Als seine Mutter dann in Berlin *in Stellung* war, also als Dienstmädchen tätig, hatte sie den Holzarbeiter Friedrich Matuschewski kennengelernt und mit ihm – und ihrem Geld – einen Kohlenhandel aufgemacht, verbunden mit einem Fuhrgeschäft. »Und da mußte ich dann immer die Gäule füttern, tränken und striegeln. Auch sonntags, wenn meine Freunde mit ihren Bräuten draußen im Jrünen waren.« Seitdem haßte sein Vater alle Pferde von Herzen. »Ernährt hab ich mich damals hauptsächlich von den Pferdebuletten, die ich immer für unsern Hund kaufen mußte. Alle haben gestaunt, wie mager der Troll immer gewesen ist ...« Sein Vater zeigte auf die Ruine des Hauses Nummer 33. »Da ist unser Kohlenkeller gewesen, und hier die Manteuffelstraße lang hab ich immer deinen Onkel Helmut schieben müssen.« Der war sechzehn Jahre jünger als sein Vater, und die Leute hatten immer gedacht, er sei sein Sohn.

»Dann müßtest du ja eigentlich Walter heißen und nicht Matuschewski«, sagte Manfred. »Und ich auch.«

»... oder Schwalbe. Aber der alte Matuschewski hat mich adoptiert, als ich acht geworden bin.« Er haßte seinen Stiefvater und den Namen Matuschewski geradezu. »... dieses alte versoffene Miststück das ...! Wir haben alle schuften müssen, und das Geld hat er versoffen und beim Pferderennen verspielt.«

Sie konnten so gemütlich miteinander reden, denn auf den Straßen war ja kaum Verkehr. Auf den Hauptstraßen wurde Fußball gespielt, zwischen den Straßenbahnschienen rollerten Kinder, auf dem Asphalt waren mit Kreide Autorennbahnen aufgemalt und es reichte völlig, wenn einer gelegentlich mal »Achtung, Auto!« schrie. Die Autofahrer konnten eh kein Gas geben, weil überall noch Riesenlöcher in der Fahrbahn waren und die Ruinen ihre Trümmerzungen weit in die Straßen ragen ließen. Am schönsten fand Manfred die Lkw, die einen großen Kessel hatten und mit Treibgas, Holz oder Kohle fuhren.

In diesem Augenblick hatte seine Kohlenoma sie entdeckt. Den halben Tag lag sie im Fenster, ein Kissen unter die Ellenbogen gelegt, und beobachtete das Treiben auf der Straße unten.

»Kommt mal nach oben, ihr Scheesenbeutel«, rief sie ihnen zu.

In ihrem Wohnzimmer roch es noch immer stark nach Kohlenkeller, obwohl sie ja seit Ende 1944 keinen mehr hatte, sondern nur gelegentlich in einer Brennstoffhandlung auf dem Gelände des Görlitzer Güterbahnhofs Briketts verkaufte. Es hing in ihren schwarz-seidenen Kittelschürzen, und sie kämpfte dagegen mit vielen Mottenkugeln an.

Sie setzten sich hin und spielten Mensch-ärgere-Dich-nicht. Seine Kohlenoma erzählte wieder einmal, wie sie ausgebombt worden war.

»Ach du, mein himmlischer Herrgott, wenn ich daran denke! Zuerst brannte ja nur das Nebenhaus. Aber dann sind die Funken auf unser Haus rübergeflogen. Das Treppenhaus brannte zuerst. Und ich mutterseelenallein – beide Söhne standen ja im Feld, mein Otto und mein Helmut. Da hat mir der Herr Meier aus'm ersten Stock noch geholfen, die Sachen runtertragen. Der is dann später noch mal ruffgerannt und wollte die Bücherkiste von Helmuten holen, die sollte Manfred mal bekommen, da hat aber die Treppe schon gebrannt, und er kam nicht mehr runter. Da hat die alte Grabowski, den Meiern seine Schwester, die Feuerwehr mit'm Sprungtuch geholt, aber was dem Meiern seine Olle war, die hat keinen Finger krumm gemacht, die war froh, daß sie den ollen versoffenen Kerl endlich loswerden konnte. Aber den ham se denn doch noch gerettet.«

Manfred und sein Vater verdrehten die Augen, denn sie hatten diese Geschichte schon zum x-ten Male gehört.

Um seine Oma ein wenig zu necken, bat er sie, ihm doch bitte einmal zu sagen, wie denn der französische Hochkommissar für Deutschland hieße. »Ich hab das vergessen und muß das morgen für die Schule wissen ...«

»... der heißt Frangze Pongze von Pusseh.«

Der Mann hieß eigentlich André François-Poncet, und sie hatten immer wieder ihren Spaß daran, wie sie den Namen verdrehte.

»Manfred muß noch zum Schwimmunterricht«, sagte sein Vater.

Nachher stand seine Oma wieder am Fenster und winkte ihnen hinterher, bis sie an der Skalitzer Straße waren. Ihr Gesicht war nicht mehr zu erkennen, nur ihr schlohweißes Haar.

Manfred nahm sein Taschentuch heraus und schwenkte es. Plötzlich wurde es an seinem rechten Bein ein wenig feucht. Er sah hinunter. Ein schwarzer Schnauzer hatte ihn angepinkelt.

»Vieh, verdammtes!« Manfred scheuchte die Töle über die Straße.

Sein Vater lachte. »Der hat dich für 'n Baum gehalten.«

Manfred schimpfte. Seine weißen Kniestrümpfe hatten etwas abbekommen, ebenso seine Sandalen. Aber was sollte man anders machen, als warten, daß es in der warmen Luft wieder trocken wurde. Sie lösten sich ihre Fahrscheine und stiegen zur Hochbahn hinauf.

Die Stromschienen der Berliner Hochbahn und der anderen Kleinprofillinien wurden von oben bestrichen, das heißt, die Stromabnehmer, die an den Drehgestellen der Wagen angebracht waren, rutschten auf ihnen entlang, die Oberfläche der schmalen Schienen lag also offen da, und nur seitlich angebrachte Holzleisten schützten vor tödlicher Berührung.

»Daß du mir nicht auf die Idee kommst, da raufzupinkeln«, warnte ihn sein Vater.

Manfred zuckte zusammen. Neulich hatten sie das mal auf dem Bahnhof Krumme Lanke gemacht.

Die Leute unterhielten sich darüber, daß man auf dem Bahnhof Gesundbrunnen die erste Rolltreppe in Betrieb genommen hatte. »... nach dem Krieg wieder.«

Sein Vater ging auf den großen Stadtplan zu, um Manfred zu erzählen, wo er in seiner Zeit als Telegraphenbauarbeiter bei der Post überall Kabel verlegt hatte. Dabei fuhr er mit dem rechten Zeigefinger durch ganz Berlin spazieren und merkte – versunken in seiner eigenen Vergangenheit – gar nicht, wie Manfred Zentimeter für Zentimeter zur Seite hin entwich. So stand er minutenlang da, sprach mit sich selber und schien ohne Pinsel und Farbe ein Genrebild malen zu wollen. Die Leute blieben stehen.

»Der arme Mann«, sagte ein altes Muttchen. »Sicherlich ist er bei einem Bombenangriff verschüttet gewesen.«

»Oder hat bei der Invasion der Amis in der Normandie im Bunker gesessen – immerzu die Granaten uff'n Beton ruff: Wumm, wumm!«

Manfred hielt sich so lange vor Lachen den Bauch, bis ihm einfiel, daß ihm das sicher zehn Minuspunkte brachte, wenn sein Vater merkte, wie er ihn hier zum Gespött der Leute machte. Also schlich er sich klammheimlich zurück.

Die Minuspunkte bekam er dennoch, wenn auch drei Minuten später. Die Hochbahn Richtung Innsbrucker Platz war nämlich krachend voll, und sie standen wie die Heringe. In diesem Moment ließ einer der Reisenden einen ziehen, und zwar einen leisen Schleicher der übelsten Sorte. Das waren die Rieselfelder pur, und die Leute ließen die Haltestangen los, um sich die Nasen zuzuhalten.

»Fenster auf!« schrien welche, aber die standen allesamt schon offen. Gegen einen Furz dieses Kalibers half reineweg nichts.

»Puh, mir wird schlecht!« stöhnte ein jüngere Frau und suchte vergeblich an ihr Handtäschchen zu kommen, um sich ein Taschentuch zu greifen und gegen die Nase zu pressen.

»Das is ja 'n richtiger Giftgasangriff!« kommentierte ein gewesener Soldat.

»Die Sau, die det jemacht hat, sollte man jleich uff de Schienen schmeißen!« forderte ein Arbeiter.

»Hier riecht's nicht nur nach Fäulnis, sondern auch nach Lynchjustiz«, ließ sich ein junger Mann mit Bart und Nickelbrille leise vernehmen.

Es war also der denkbar ungünstigste Augenblick, als Manfred jetzt sagte: »Vati, mußteste denn schon wieder ...?«

Der ganze Wagen starrte auf seinen Vater. Der bekam einen furchtbar roten Kopf und wäre am liebsten vor Scham in der Erde versunken. Womit für die anderen seine Schuld absolut schlüssig bewiesen war. Dabei hatte er wirklich keinen ziehen lassen. Doch bis zum nächsten Bahnhof mußte er es notgedrungen ertragen, sozusagen mit Blikken hingerichtet zu werden. Und das Aussteigen geriet erst recht zum Spießrutenlaufen.

Kottbusser Tor, beim Umsteigen in die Linie D, bekam Manfred seine Strafe verpaßt und wurde gehörig angeschnauzt. Im Gedränge gelang es ihm aber, seinem Vater für Augenblicke zu entkommen:

der geriet in den Strom, der zur Rolltreppe wollte, er selber trieb mit der Schar derer, die lieber liefen.

Kottbusser Tor war für Manfred immer ein gewisser Höhepunkt seines Lebens. Der Hochbahnhof als solcher, nüchtern und zweckmäßig wie ein Fabrikgebäude, interessierte ihn wenig, doch wenn er ostwärts blickte, Richtung Görlitzer Bahnhof, gab es da ein Aufstellgleis, auf dem zumeist ein Kehrzug stand und auf seinen Einsatz wartete. Wunderschön aber war es, wenn er die Hochbahn entlang sah und sich hinten, wo alles immer kleiner wurde und zusammenlief in einem einzigen Punkt, die Züge wie gelbe Würmer krümmten. Das andere, was ihn am Kottbusser Tor immer wieder faszinierte, war die Treppe nach unten. Mit ihr kam man über einen Absatz, der eine wunderschöne Aussicht bot, erst einmal auf ein Rondell hinunter, das sich durch die Kreuzung mehrerer Straßen gebildet hatte: der Kottbusser, der Skalitzer, der Reichenberger, der Dresdner und der Adalbertstraße. Natürlich war der Verbindungsweg zwischen den U-Bahnlinien B und D mit Gittern abgesichert, so daß keiner ohne zu bezahlen hineinkam. Beiderseits dieses Ab- und Aufgangs waren früher die Straßbahnen gefahren und hatten das grasbewachsene Rondell durchschnitten, doch nach dem Krieg war der Betrieb noch nicht wieder aufgenommen worden, und Manfred sehnte den Tag herbei, an dem es endlich wieder so weit sein würde, daß er einem T 24 aufs Dach schauen konnte.

Beim Umsteigen auf dem Bahnhof Hermannplatz sprach sein Vater kein Wort mit ihm, auch nicht, als sie Rathaus Neukölln die U-Bahn verließen. Manfred fürchtete schon, das würde wieder ein paar Tage so gehen, doch vor der Post Karl-Marx- Ecke Anzengruberstraße passierte es abermals, daß der Gummipuffer am Stock seines Vaters in einen Haufen Hundekacke fuhr.

»Das ist noch zum Wahnsinnigwerden mit diesen Kötern«, schimpfte sein Vater und schaffte es nicht, seinen Gummipuffer angemessen zu reinigen. Wie auch, wo es hier weder Gras gab noch lockeren Sand oder gar eine Pumpe mit scharfem Wasserstrahl.

So erreichten sie die Badeanstalt in der Ganghofer Straße – ein Gebäude, das Manfred aus tiefstem Herzen haßte. Wie dem Pawlow'schen Hund schon beim Ertönen der Glocke die Spucke im Maul zusammenlief – in Vorfreude auf sein Freßchen –, so zitterten ihm die Knie, wenn er in der Vorhalle das Chlorwasser roch – allerdings weniger aus Vorfreude, sondern mehr aus Angst. Fast war es Todesangst, die ihn da befiel, denn er war sich sicher, diesmal wirklich zu ertrinken. Zweimal in seinem Leben wäre er es schon um Haaresbreite, einmal als Baby in der Badewanne und einmal im Dorfteich in Groß Pankow.

»Auf die Badeanstalt hier hätt ja nun auch noch 'ne Bombe fallen können«, erklärte er seinem Vater, »wo doch schon soviel kaputtgegangen ist.«

»Red nich: ein richtiger Junge muß auch schwimmen können.«

Das Schlimmste am Schwimmunterricht war die Angel, eine Art Galgen, der am Beckenrand hing und unten eine Gummischlaufe trug, in der Manfred steckte und verzweifelt Arme und Beine bewegte, während der Bademeister oben stand und immer nur schrie: »So nicht, so nicht!« Wie es aber richtig war, erklärte er nicht, weil er schon wieder zu anderen Anfängern eilte, die an dicken Brettern hingen oder sich bereits ins Tiefe wagten.

Immer wenn Manfred Luft einatmen wollte, war gerade einer vom Einmeterbrett gesprungen, und er bekam dessen Eintauchwelle ins Gesicht, mußte also mächtig Wasser schlucken. Zudem drohte er ständig von der Gummischlaufe zu rutschen, mal nach vorne, mal nach hinten. Dann würde er unweigerlich ertrinken, denn daß der Bademeister ihn n i c h t retten würde, stand für Manfred völlig außer Frage. Und auch die Leute, die um ihn herumschwammen, waren viel zu sehr mit sich selber beschäftigt, um zu bemerken, wenn da ein Schuljunge am Rand des Beckens am Absaufen war.

»Von der Angel weg!« schrie der Bademeister, ein alter Feldwebel, jetzt in Weiß. Er hievte Manfred zum Beckenrand, wo der sich festklammern mußte und im Nu vergessen war. Es waren keine drei Meter bis zum Grund des Beckens, doch Manfred kam es vor, als würde er über der tiefsten Stelle eines Ozeans hängen. An die zehn Kilometer sollten das ja sein. Langsam und in panischer Angst, dabei abzurutschen, hangelte er sich der rettenden Treppe entgegen.

Da war sein Vater über ihm. Zwar ohne Straßenschuhe, aber ansonsten mit Hut und Anzug.

»So geht das nicht, so lernst du doch nie und nimmer schwimmen«, rief er hinunter. »Los, ab jetzt!«

Damit hielt er Manfred seinen Stock vor die Nase.

»Nur Mut! Fünfzig Punkte plus gibt's dafür.«

Manfred fand, daß er als Wasserleiche nicht mehr viel davon haben würde.

»Hundert Punkte plus!«

Das war der halbe Weg nach Rom, das hieß, damit war er der begehrten Lok ein erhebliches Stückchen nähergekommen.

Laß es lieber!

Mensch, mach es!

Da ließ er los und schwamm zum ersten Mal in seinem Leben ohne Angel. Ein Meter, zwei Meter. Paddelte wie ein Hund. Fühlte sich wie ein Stein, konnte gar nichts anders als unterzugehen. Schnaufte, schluckte Wasser, konnte seine Beine nicht mehr oben halten. Der Unterkörper sackte unaufhaltsam ab. Seine Augen gingen noch einmal zum Hallenhimmel hinauf, schon war der Kopf unter Wasser geraten. Ein letztes Aufbäumen, und das einzige, was er mit seinem Tunnelblick noch sah, war der Stock mit dem schwarzen Gummipuffer vorne dran. Und der Hundekacke. Er schnellte hoch und bekam ihn gerade noch zu packen. Fast hätte er seinen Vater ins Wasser gerissen, doch er war gerettet.

»Hinterher war die Hundekacke ab«, erzählte sein Vater, als sie nach Hause kamen.

Das ganze Jahr war geprägt von Manfreds Kampf um eine gute Punktebilanz, und demgemäß fügte er an sein allabendliches Routinegebet: *Lieber Gott mach mich fromm, daß ich in den Himmel komm!* nun die Formel an: ... *und mehr Plus- als Minuspunkte kriege.*

Pluspunkte gab es insbesondere für die Verrichtung seiner Standardpflichten, als da waren:

– einmal die Woche ohne Murren nach unten zu laufen, wenn *Brennholz für Kartoffelschalen* kam.

– Kartoffeln schälen, Kohlen hochholen, Heizen und Asche runterbringen, die schweren Sachen einholen, Abwaschen und Abtrocknen, Staubsaugen und Schuheputzen für alle drei, und zwar auf dem Balkon, um nicht alles dreckig zu machen.

Dazu kamen stets diverse Pluspunkte für die guten Schulnoten, die er regelmäßig einheimsen konnte (über die Geldbeträge hinaus, die er für sein Zeugnis erhielt, für eine Eins beispielsweise eine Mark). Auch wenn er etwas reparierte, die Klingel beispielsweise, oder seinen Vater beim Renovieren kräftig unterstützte, wurde er mit reichem Punktesegen belohnt. Zu Buche schlug auch, wenn er etwas fand, was seine Eltern zuvor verloren hatte. So war er im Oktober einen halben Tag lang durch die Straßen gelaufen, weil sein Vater den legendären schwarzen Gummipuffer vom Stock verloren hatte, ohne es zu merken. In der Fuldastraße hatte er dann im Rinnstein gelegen, in einem Hundehaufen ... Hundert Punkte!

»Das läppert sich langsam zusammen«, sagte sein Vater. »Aber ...!«

Tja, obwohl er alles daran setzte, Minuspunkte zu vermeiden, kassierte er Monat für Monat eine Menge von ihnen. Da spielte er – trotz eindringlicher Ermahnungen, es doch bitte zu lassen – mit seinen neuen Stiefeln Fußball auf der Straße und ruinierte sich prompt die schönen Kappen. Da sagte er zu seiner Mutter »alte Ziege«, als sie ihn zu Hannchen Schröder schickte, ihr neu genähtes Kleid zu holen, obwohl er mit seinen Klassenkameraden verabredet war und sie ins Poststadion wollten, wo der BSV 92 spielte. Da hatte er, obwohl es ihm verboten worden war, seine Ritterburg, aus der er sich nie etwas gemacht hatte, gegen ein paar Bleiindianer eingetauscht.

Auch die Gäste brachten meistens Minuspunkte ein, weil immer irgend etwas war, was er falsch gemacht hatte.

Mit Ausnahme von Albert Schirrmeister. Das war ein alter Kollege seines Vaters aus dem RPZ, der nach dem Krieg in Groß Pankow hängengeblieben und Lehrer geworden war. Anschließend hatte er seine Haushälterin geheiratet, lebte jetzt in einem der südlichen Vororte Berlins und kam öfter nach Neukölln, um mit Manfreds Vater über die alten Zeiten zu plaudern.

Albert Schirrmeister war ein sympathischer Mensch und erinnerte Manfred immer an eine Mischung von Albert Einstein und Goethe, doch er hatte einen entscheidenden Fehler: er fraß, um hundert zu werden, soviel Knoblauch in sich hinein, daß er meilenweit stank und man die Wohnung ein paar Tage nicht benutzen konnte, wenn er zu Besuch gewesen war. Beim letzten Mal waren sie nach Schmöckwitz geflüchtet. Als Albert Schirrmeister nun an der Wohnungstür klingelte, hatte Manfred die geniale Idee, ihn sofort auf den Balkon zu lotsen. Zwar war es schon Mitte Oktober, und Albert Schirrmeister erkältete sich die Blase, aber Manfred wurde von seinen Eltern ob seiner Umsicht belobigt und erhielt eine Gutschrift von vierzig Punkten.

Anders war es, als Hannchen und Erich Schröder plötzlich vor der Tür standen, um sie abzuholen. Man wollte gemeinsam nach Treptow zu Bugsins laufen. Manfred zuckte zusammen, denn Schröders wegen hatte er erst letzte Woche dreißig Minuspunkte einstecken müssen.

Erich Schröder war ein alter Freund von Max Bugsin und so wortkarg und unbeholfen, was das Mundwerk betraf, daß er als junger Mann zu einem Rendesvouz nie ohne seinen Freund Max gegangen war, weil der »mit den Mädels quatschen« mußte. Schröders hatten zudem einen Sohn mit Namen Horst, dessentwegen Manfred viel zu leiden hatte.

Zwanzig Minuspunkte hatte er kassiert, als seine Eltern beim Abendessen Horst Schröder erwähnt hatten.

»Hannchen sagt, daß Horst Schröder mal Elektriker lernen will.«

Eine ganz nüchterne und sachliche Aussage, und trotzdem war Manfred aufgesprungen und hatte Haltung angenommen, das heißt, er hatte die Hand an einen imaginären Mützenrand gelegt und salutiert. »Heil Horst!« Dies, weil Horst Schröder als der absolute Musterknabe galt und für ihn – weit mehr noch als Peter Lewandowski von nebenan – als großes Vorbild herhalten mußte. Horst Schröder war immer *wie aus dem Ei gepellt*, gab *keine Widerworte*, riß nichts kaputt, verhunzte nichts, *stellte nie was an*, und seine Mutter brauchte nicht andauernd auszurufen: »Was soll'n denn bloß die Leute von uns denken!« Um nun Horst Schröder dadurch vom Sockel zu holen, daß er ihn verscheißerte, stand Manfred – ebenso wie sein Freund Gerhard, der ebenso zu leiden hatte – stets auf, wenn sein Name fiel. Seine Eltern werteten das als Angriff auf ihre Autorität und reagierten mächtig sauer darauf.

Erich Schröder hatte ihm die restlichen zehn Minuspunkte eingebracht – und zwar mit seiner Standarderzählung von der Schlacht um Neutomischel (oder so ähnlich), einem Städtchen in Pommern, jedenfalls jenseits der Oder im Gebiet, das jetzt zu Polen gehörte. Bei Inge Bugsins Geburtstag war das gewesen.

»Wir Deutschen haben in Neutomischel gesessen«, hatte Erich Schröder gesagt und dies mit seinem Kuchenteller deutlich gemacht. »Die Russen draußen ... Und dann haben die Russen reingeschossen und wir rausgeschossen.« Den ballistischen Flug der Geschosse hatte er ihnen mit Hilfe seiner Kuchengabel verklart. »Die Russen haben reingeschossen, und wir haben rausgeschossen.« Dies alles leise erzählt, mit schleppender Stimme, genuschelt. »Die Russen haben reingeschossen, und wir haben rausgeschossen.«

Alle wußten, daß Erich Schröder entschlossen war, den Verlauf der Schlacht um Neutomischel in Originalzeit wiederzugeben, und sie hatte mindestens drei Tage und Nächte gedauert.

»Die Russen haben reingeschossen, und wir haben rausgeschossen.«

Manfreds Vater war ein Schelm, und ganz ernsthaft fragte er: »Wie war das, Erich, noch mal ...«

»Also, Otto: Die Russen haben reingeschossen, und wir haben rausgeschossen.«

»... reingeschi*i*ssen!« rief Manfred dazwischen.

Das brachte ihm – obwohl alle froh darüber waren, daß Erich Schröders exquisite Kriegsberichterstattung auf diese Art und Weise ein unerwartetes Ende gefunden hatte – Tadel und Minuspunkte ein, denn *wenn Erwachsene reden, haben sich die Kinder da nicht einzumischen.*

Nun, da Schröders vor der Wohnung standen und darauf warteten, eingelassen zu werden, wurde Manfred angst und bange, und er fürchtete, erneut Minuspunkte zu machen. Und um das zu verhindern, schlug er ihnen mit den Worten »Moment, meine Eltern sind gleich fertig!« die Tür vor der Nase zu.

Das brachte ihm nachher wegen *Unhöflichkeit gegenüber Gästen* sage und schreibe vierzig Minuspunkte ein.

Bei Neutigs, die kurz vor Silvester kamen, waren es sogar noch zwanzig mehr, weil die auf der Rangskala seiner Eltern erheblich höher standen.

Herbert Neutig war ein Kollege seiner Mutter. Irgendwie war er schon ein faszinierender Mann, hatte sogar, wie Manfred später finden sollte, eine gewisse Ähnlichkeit mit Humphrey Bogart. Seine Souveränität rührte daher, daß er vor dem Krieg in einer Bank angestellt gewesen war, und sie hatte auch nicht unter der Tätigkeit gelitten, mit der er sich nach Krieg und Kriegsgefangenschaft über Wasser gehalten hatte: dem Handel mit Glasaugen. Damit war er als Vertreter über Land gefahren; es bestand ja ein erheblicher Bedarf danach. Hin und wieder zog er eines aus der Hosentasche und legte es beim Essen neben seinen Teller, was alle heftig aufschreien ließ. Sein Gesicht wirkte insbesondere durch eine überdimensionierte Nase, einen Riechkolben von seltener Größe, so imposant, aber auch wegen seiner Elefantenohren. »Der hat bei der Verteilung der Ohren zweimal hier gerufen«, meinte Manfreds Kohlenoma immer, wenn sie Herbert Neutig sah. Gerda Neutig war figürlich klein geraten und fiel vor allem dadurch auf, daß sie beim Essen immer mäkelte. Da sie an allen Speisen erst einmal roch, bevor sie sie aß, hatte Manfred anfangs geglaubt, eine Blinde vor sich zu haben. Sie hatte – wie seine Mutter – jüdische Vorfahren, und Herbert Neutig sprach oft von *die Lait*.

Neutigs, die im Wedding wohnten, aber nicht in irgend einem proletarischen Hinterhaus, sondern im vergleichsweise vornehmen »Afrikanischen Viertel«, den Rehbergen gegenüber, hatten ihren Keller ausgemistet und dabei ein Tischbillard entdeckt und mitgebracht, als Geschenk für ihn. Sein Vater, der als Jüngling in den Kreuzberger Kneipen oft am Billardtisch gestanden hatte, zeigte ihm, was ein Nachläufer war, wie man mit Effet zu spielen hatte und was man tun mußte, um die drei Bälle an der Bande zusammenzuhalten.

»Wem gehören die meisten Kneipen in Berlin?« fragte sein Vater.

»Weiß ich nicht.«

»Na, dem Franz Billjard ...«

»Versteh ich nicht.«

»Steht doch überall dran: *Franz. Billard.*«

Herbert Neutig erinnerte an die Eindeutschungswut der Nazis. »Bei denen sollte das Billard *Stoßtisch* heißen.«

Darauf lachten die beiden Frauen, und Manfred, der schon sehr wohl wußte, worum es dabei ging, senkte errötend den Kopf, zumal Herbert Neutig noch sagte, daß es etwas sehr Schönes sei, ein Stößchen zu machen.

Seinem Vater fiel noch ein, daß man für Elektromotor nach dem Endsieg *Bernsin* vorgesehen hatte, für den Verbrennungsmotor *Zerknalltreibling* und für den Aperitif *Vortrunk.*

Nachdem sie ein Weilchen Billard gespielt hatten, gab es etwas zu trinken. Manfred bekam ein Glas giftgrüner Brause, Neutigs und seine Eltern tranken den Bittermandellikör, den sein Vater selbst angesetzt hatte. Nach einiger Zeit begann Herbert Neutig von seiner Jugend zu erzählen. Fußball hatte er gespielt, und zwar bei Viktoria 89, einem Tempelhofer Verein, der es in grauer Vorzeit sogar einmal bis zur Deutschen Meisterschaft gebracht haben sollte.

»... und da haben wir immer gesungen: ›Hipp, hipp, hurra, Viktoria. Wir halten treu und fest die Stangen, hipp, hipp, hurra, Viktoria.‹«

Mit »den Stangen« verband Manfred anfangs ganz eindeutig die Assoziation »die Torstangen«, bis dann die Frauen zu kichern anfingen und sein Vater und Herbert Neutig einen anderen Text zu singen anfingen: »Wir halten treu und fest die Stangen – im Pissoir, im Pissoir!«

Zum Abendbrot setzten sie sich an den runden Tisch unter dem Kronleuchter, ihrer fünfschaligen Lampe, in der müde 15-Watt-Birnen mehr glimmten als brannten.

Hauptthema waren die Kontrollen in der S-Bahn. Wenn man aus

Ostberlin kam, wurde man auf dem letzten Bahnhof »drüben« kräftig gefilzt.

»Wir hatten 'n Sack Kienäppel aus Schmöckwitz mit und mußten Baumschulenweg raus damit«, erzählte Manfred. »Da hat dann einer von der Markgraf-Polizei kräftig mit'm Fuß gegengetreten.« Der Chef der Polizei im Osten hieß Markgraf, der im Westen Stumm.

Herbert Neutig machte Walter Ulbricht nach. »Genossinnen und Genossen, Schluß mit dem Raubzug gegen Holz, Kohlen und Kartoffeln!«

Seine Mutter berichtete von dem, was Inge Bugsin dabei erlebt hatte. »Die mußte raus, weil sie aus der Laube in Karolinenhof was mithatte, Erdbeermarmelade. Zwei Gläser. Eine Volkspolizistin hat 'n Protokoll darüber geschrieben. Mit fünf Fehlern drin – und die hat Inge alle angestrichen. Die haben vielleicht getobt. Vier Stunden hat sie dann auf'm Revier gesessen, bis Max sie abgeholt hat.«

Herbert Neutig kam auf seine Zeit als Lehrling in der Bank zu sprechen. Daß sie ihm, um seine Ehrlichkeit zu prüfen, »aus Versehen« einen Geldschein ins Hauptbuch gelegt hatten ..., aber er brach ab, als er sah, daß es Quark mit Leinöl gab. »Da könnte ich mich dumm und dämlich dran essen.«

Manfred, der Herbert Neutig mochte, meinte es wirklich nicht bös, sondern sagte es nur um des Gags willen: »Da haben Sie bestimmt schon viel Quark in Ihrem Leben gegessen ...?«

Eisiges Schweigen, lähmendes Entsetzen. *Was maßte sich dieser Dreikäsehoch da an!?* Für seine Mutter war es so, als hätte sie mit den Neutigs Besuch vom englischen Hofe erhalten, und was Manfred da getan hatte, war somit Majestätsbeleidigung. So brach sie auch in Tränen aus, während sein Vater, immer leicht zum Jähzorn neigend, losschrie: »Raus! Ich will dich nicht mehr sehen hier!«

Damit begann für Manfred erneut die Zeit des Bettnässens. Am liebsten hätte er sich vor dem Einschlafen ein Stück Strippe um den *Puscher* gebunden. Seine größte Angst war, daß seine Mutter morgens etwas merkte und losschimpfte. ... *wieder zu faul gewesen, nachts aufzustehen und auf die Toilette zu gehen!* Im Winter schlief er auf einem Aufstellbett im Schlafzimmer seiner Eltern, in dem sie sich auch den ganzen Tag über aufhielten, weil das eigentliche Wohnzimmer wegen des allgemeinen Brennstoffmangels nicht zu heizen war. Es war aber nicht seine Furcht, seine Eltern zu stören, wenn er aufstand und rausging, nein, er merkte es immer erst, wenn es schon geschehen war. Es passierte nicht jede Nacht, aber doch zwei- bis dreimal in der Woche. Weite Teile seiner Schlafanzughose waren naß, ebenso wie Laken und Bettbezug. Dann versuchte er, mit den Händen alles trocken zu reiben. Es stank gewaltig, und die Handflächen wurden rauh und rot. So sehr er auch rieb, um Wärme zu erzeugen, es gelang nur selten, am Morgen alles trocken zu haben. Dann half nur noch, den klammen Schlafanzug schnell ans Fenster zu hängen, aber zu oft waren draußen Minusgrade. Zum Arzt brachte ihn keiner, denn den Erwachsenen war allen klar, warum er das tat: Um sich nach der Heimkehr seines Vaters wieder in den Mittelpunkt zu bringen. Oder aus reiner Faulheit. Vielleicht auch, weil er so boshaft war und seine Mutter ärgern wollte. Deshalb gab es für jedesmal *Einpuschen* auch fünf Minuspunkte. Manfred bedauerte, keinen Bruder zu haben und mit dem im selben Bett zu schlafen – dem hätte er dann immer alles anhängen können.

Der Stichtag zum Erreichen der notwendigen tausend Punkte war von seinem Vater festgelegt worden: »Zwei Wochen, bevor du Geburtstag hast.« Ein Mittwoch war das, und am Morgen dieses Tages bekam Manfred den Auftrag, die neuen orthopädischen Schuhe seines Vaters abzuholen. »Karl-Marx-/Ecke Reuterstraße. Bis achtzehn Uhr will sie der Meister fertig haben. Fünf vor Sechs bist du also da. Vorher hat es keinen Zweck, und nachher hat er zu.«

Manfred sah auf das Tableau mit seinen guten und den schlechten Taten, hätte das aber auch ebenso gut sein lassen können, denn er wußte nur zu genau, daß er 990 Punkte hatte. Fehlten ihm noch zehn – und das Abholen der Schuhe brachte fünfzehn Punkte, so war es festgelegt. Das war also alles kein Problem, und er sah sich schon mit seiner stolzen Trix-1 B 1 rangieren und die Züge durch das Zimmer ziehen.

Schiefgehen konnte absolut nichts. Dachte er. Aber es war schon so, wie seine Tante Claire immer sagte: *Der Mensch denkt, und Gott lenkt.* Mehr irdischer gesehen, war es seine Liebe zur Bahn, die ihm zum Verhängnis wurde. Um ja sicher zu gehen, war er schon anderthalb Stunden vorher losgegangen und von der Ossastraße zum Schuster getrabt, dort jedoch vertröstet worden. »Komm noch mal in 'ner Stunde wieder. Ich hab doch deinem Vater gesagt: Punkt sechs!«

Was tun? Kleingeld hatte er neulich beim Klimpern gewonnen und konnte sich somit eine Fahrt im Wüstenexpreß leisten, der 47. Nein, besser mit der 27, die nach Buckow fuhr, die Hermannstraße hinauf. Die 27 war insofern die interessantere Linie, weil sie sich zwischen

Hermannplatz und Flughafenstraße teilte, das heißt, stadtauswärts ging es durch die Wißmannstraße den Rollberg hinauf, zurück aber kam sie die Hermannstraße herunter. Die 27 also. Auf der fuhren meistens T 24-Triebwagen, seine großen Lieblinge, ab und an aber auch Verbundtriebwagen vom Typ TM 36.

Manfred hatte aber heute noch mehr Glück, erwischte einen der seltenen Mitteleinstiegswagen vom Typ T 33 U und konnte den freien Fahrersitz erobern. Bis zum U-Bahnhof Leinestraße fuhr er mit.

Als er oben auf der Hermannstraße stand, flogen ihm die zweimotorigen Dakotas, die *Rosinenbomber,* direkt über den Kopf hinweg. Alle Minute kam eine. Ein bißchen unheimlich war es schon, aber wenigstens waren es keine Tiefflieger, die ihn beschossen – so wie in Groß Pankow damals.

Einen Augenblick überlegte er, ob er nicht zum Stadion Neukölln laufen sollte. Vielleicht trainierten dort welche von den Radrennfahrern. Nein, nicht um diese Jahreszeit. Er hätte sie zu gerne gesehen: Heinrich Schwarzer, den deutschen Meister, Preiskeit, den Ostzonenmeister, und Werner Bunzel im Fliegerrennen. Schade. Oder wieder einmal ein Mannschaftsrennen miterleben. Bunzel-Jährling gewannen öfter, aber auch Voggenreiter-Kalb, Hoffmann-Wiemer und Preiskeit-Golz waren gar nicht so schlecht.

Das nächste Flugzeug dröhnte über den St.-Thomas-Friedhof hinweg, der hier die Einflugschneise bildete. Manfred stellte sich vor, selber einmal in so einem Flieger zu sitzen, und fand, daß es idiotisch war. Wie sagte Emil, der Religionslehrer immer: »Eher kommt ein Kamel durch ein Nadelöhr als ein Reicher in den Himmel.« Manfred variierte das: »Eher kommt ein Kamel durch ein Nadelöhr als ich jemals in ein Flugzeug rein.« Das war ebenso unvorstellbar für ihn wie ein Auto zu haben oder ein Häuschen im Grünen. Für ein Neuköllner Hinterhofkind war das alles eine Welt, von der es nicht einmal zu träumen wagte. An der Grenze aller Träume lag eine elektrische Lokomotive von Märklin oder Trix. Er schrak zusammen. Wie spät war es wohl schon? Eine Armbanduhr hatte er nicht, natürlich nicht, und auf den Straßen gab es ebenso wenig Uhren wie in den Geschäften ringsum. Erwachsene Männer anzusprechen, wagte er nicht, und die beiden Frauen, die er fragte, hatten keine Uhr. Was blieb ihm, als in den U-Bahnhof Leinestraße hinunterzulaufen, da war sicher eine. Und dann konnte er ja auch gleich mit der U-Bahn zurück zum Hermannplatz fahren.

Doch mit des Geschickes Mächten / Ist kein ewger Bund zu flech-

ten. Hatte Frau Fahlenberg vormittags in der Schule rezitiert. Schillers *Lied von der Glocke.* Manfred wußte auch, wie es weiterging: *Und das Unglück schreitet schnell.* In der Schule war es für Jünne Hahn ganz besonders schnell geschritten, denn auf ihre Frage, wer das Gedicht schon könne, hatte er gerufen »Icke!« und dann, zum Vortrag aufgefordert, nur gesagt: »Loch in die Erde, Bronze rin. Glocke fertig: Bimm-bimm-bimm!« Auch den *Taucher* könne er noch. »Gluck, gluck, weg war' a!«

Das alles ging Manfred durch den Kopf, als er mit einigen anderen zum U-Bahneingang lief. Ein BVG-Bediensteter kam ihnen entgegen: »Stromausfall – derzeit kein Zugverkehr. Benutzen Sie die Straßenbahn!«

Das hätten sie ja liebend gerne getan, doch auch die 27 kam nicht weiter. Vor dem Friedhofseingang stand zwei Züge und warteten auf Strom.

Manfred geriet in Panik, als ihm ein Schaffner der 27 die Zeit verriet: »Zehn vor sechs.« Ach, du heiliges Kanonenrohr! Mit der Bahn hätte er es gerade so geschafft, nicht aber zu Fuß. Doch was blieb ihm anderes übrig. Einen Bus gab es hier nicht, und von den wenigen Autos, die vorüberkamen, hielt sicher keines an, ihn mitzunehmen. Und wenn, hätte er es nicht gedurft. *Wenn du da einsteigst, machen sie Hackepeter aus dir!* Ein Fahrrad hatte er nicht, und hätte er sich wirklich eines klauen können, so wäre das sinnlos gewesen, weil er immer noch nicht radfahren konnte. Also blieb ihm nichts anderes, als zu Fuß den Rollberg hinunterzulaufen. Aus kannte er sich hier, das war nicht das Problem. Das lag darin, daß auch ein ausgezeichneter Läufer wie er die gut und gerne anderthalb Kilometer nicht in zehn Minuten schaffen konnte. Doch er mußte! Vielleicht ging es, wenn er immer im Zickzack lief – das kürzte ab. Also die Hermannstraße ein Stückchen runter, dann rechts in die Werbellinstraße rein und weiter: Falkstraße, Mainzer Straße, Flughafen-, Reuter- und Karl-Marx-Straße. Da war der Laden mit den orthopädischen Schuhen.

Und er lief, als ob es um sein Leben ginge. Ging es irgendwie ja auch, denn es schien ihm, als würde er ohne diese Lok nicht weiterleben können. Wie einer in der Wüste, wenn er kein Wasser bekam.

Herr Kwasniowski hätte ihm in Sport sicher eine Eins plus gegeben, wenn er diesen Lauf gesehen und die Zeit genommen hätte. Halbtot und furchtbar keuchend kam Manfred unten an und riß an der Klinke des Schuhmachermeisters.

Zu!

Er rüttelte an der Klinke, bummerte und flehte den Schuster an. »Mein Vater braucht die Schuhe, bitte! Es ist doch erst zwei Minuten nach sechs.«

Der Mann, der einen Borstenkopf wie Hindenburg hatte, blieb indessen ungerührt. »Laß dir das eine Lehre sein! Ohne Pünktlichkeit erreicht man nichts im Leben.« Damit verschwand er in den hinteren Räumen.

Die Schuhe für seinen Vater standen auf dem Ladentisch. Schwarzglänzend, der Hacken des rechten Stiefels war gute zwei Zentimeter höher als der des linken.

Manfred überlegte. Vielleicht bekam man die Ladentür mit einem Dietrich auf. Aber er hatte keinen Dietrich. Doch nebenan in der Reuterstraße gab es Ruinen über Ruinen. Und dunkel geworden war es schon lange. So ging er hin und suchte nach einem passenden Draht. Der war bald gefunden. Er besann sich nicht lange, verdeckte die Tür mit seinem Körper und peterte im Schlüsselloch herum.

Wenn jetzt der Schuhmachermeister kam ... Wenn die Polizei ihn sah ... Manfred war alles egal. Aber – war es nun Glück oder ein Unglück für ihn? – er bekam das Schloß nicht auf. Wütend warf er den Draht aufs Pflaster. Was jetzt? Die Tür einschlagen ...? Er zog auch das in Betracht, ließ es aber, denn ehe er sich die Schuhe geschnappt hätte, wäre auch der Schuster im Laden gewesen.

Der Schuster ... Vielleicht war Hindenburg doch noch rumzukriegen, wenn er weinte und Besserung schwor. So ging Manfred ins Haus und klingelte am Hintereingang des Schuhmacherladens. Doch ihm wurde gar nicht erst geöffnet, sondern nur der Schieber vom Guckloch genommen.

»Bitte, bitte, lieber Herr Zumpe!« flehte Manfred. »Geben Sie mir doch die Schuhe noch heraus. Ich will auch immer pünktlich sein, und mein Vater kann sonst morgen nicht zu meiner Oma zur Beerdigung gehen.« Das hatte sich Manfred schnell so ausgedacht, weil das bei den Erwachsenen immer die beste Ausrede war.

»Du lügst!« Das war alles, was der Schuhmachermeister noch sagte, ehe er wieder im Innern seiner Wohnung verschwand.

Aus und vorbei.

Manfred schlich nach Hause und gab zu Protokoll, welch Pech er gehabt habe: die Stromsperre in der Hermannstraße.

Doch sein Vater glaubte ihm nicht. »Zehn Punkte Abzug für Unzuverlässigkeit. Damit sind die tausend Punkte nicht erreicht. Aber tröste dich: Ohne Schuhe hätte ich die Lok ohnehin nicht kaufen können ...«

In dieser Nacht machte Manfred gleich zweimal ins Bett, und da half kein Trockenreiben mehr. Immerhin, so sagte er sich, kam er nun nicht gleich in die Erziehungsanstalt.

»Aufstehen, liebes Geburtstagskind!«

Manfred schreckte hoch, und sein erster Gedanke war: Hab ich wieder *eingepuscht* oder nicht? Nein, er hatte nicht. Gott sei Dank!

Als er ins Wohnzimmer kam, brannten auf dem Couchtisch zwei Kerzen, jede mit einer dicken »1« verziert. Elf war er nun.

»Herzlichen Glückwunsch«, sagte seine Mutter und küßte ihn.

»Mein Junge ...« Sein Vater nahm seinen Kopf, drückte ihn gegen die Brust und strich ihm über die Haare. »Wachse, blühe und gedeihe. Und mache uns weiterhin soviel Freude wie bisher.«

Manfred dachte das, was Frau Fahlenberg immer sagte, wenn ihr jemand verkündete, er hätte zu Hause tüchtig gelernt: *Die Botschaft hör ich wohl, allein mir fehlt der Glaube*. Daß er seinen Eltern jemals Freude gemacht haben sollte, war ihm ziemlich neu. Und ihre Geschenke waren ihm piepwurschtegal, denn ohne Lok war ja der ganze Geburtstag im Eimer.

Eher mürrisch machte er sich ans Auspacken. »Ein Buch ...« Und freute sich nicht einmal, als er sah, daß es *Die Gerechten von Kummerow* waren, die Fortsetzung der *Heiden*.

»Antiquarisch«, sagte sein Vater.

»Guck mal hier!« seine Mutter wies auf das nächste Geschenk. Es war ein selbstgestrickter Pullover. Manfred registrierte es ohne jede Regung.

»Lach mal«, sagte sein Vater. »Kriegste 'n Keks.«

Manfred gab sich alle Mühe, um seine Eltern nicht zu sehr zu enttäuschen. Plötzlich wurde ihm heiß, und sein Herz geriet ein wenig aus dem Takt. Dieses kleine Päckchen da, wenn da nun doch die Lok drinsteckte? Mit fiebrigen Fingern riß er es auf.

Nur Bonbons. Himbeeren, Maiblätter, Brustkaramellen, Gaumenreißer alles.

»Dann werden wir mal frühstücken«, sagte sein Vater, und alle gingen in die Küche.

Als Manfred sich hinsetzen wollte, schrie sein Vater: »Paß auf, setz dich nicht rauf!«

Auf den Stuhl lag ein weiteres Päckchen.

»Das müssen wir wohl vergessen haben«, sagte seine Mutter.

Manfred riß es auf. Es war die Lok. Er fiel beiden um den Hals und küßte sie ab. Auf dem Fensterbrett hatte sein Vater schon ein paar Schienen aufgebaut und an einen behelfsmäßigen Trafo angeschlossen. »Setz sie mal rauf ...«

Manfred tat es, und es war einer der größten Augenblicke seines Lebens.

»Jetzt kommt der große Augenblick, wo der Elefant sein Wasser läßt«, sagte sein Vater und gab Saft.

Schnarrend setzte sich die 1 B 1 in Bewegung. Manfred ging in die Knie, um mit den Augen auf gleicher Höhe zu sein. Es war ein Wunder, wie die roten Räder sich drehten. Er konnte sich gar nicht satt sehen daran.

Sein Vater klatschte in die Hände und sagte: »Donnerndes Ablausen der Menge!«

Das Dumme am Geburtstag war, daß zwischen der kleinen Feier am Morgen und der großen nachmittags Schule war. Frau Fahlenberg überreichte jedem Geburtstagskind ein kleines Geschenk, Manfred zum Beispiel bekam einen neuen Federhalter, und ließ die ganze Klasse ein Ständchen singen. Das Schönste aber war das anschließende *Teekesselraten* – für die anderen jedenfalls, denn das Geburtstagskind selber konnte sich dabei furchtbar blamieren.

»Mein Teekessel sitzt im Büro«, sagte Riese, der im Klassenzimmer auf der linken Seite saß.

Manfred kam noch immer nicht drauf, obwohl es schon ein Weilchen so ging. Er wandte sich hilfesuchend an Klaus Zeisig, der seinen Platz auf der rechten Seite hatte. »Und deiner ...?«

»Mein Teekessel sitzt manchmal fest und manchmal locker.«

Alle wußten es und lachten, nur Manfred nicht. *Mann, ist der blöd!* stand in den meisten Gesichtern zu lesen, und wenn er so weitermachte, stieg er am Wochenende durch dieses bekloppte Teekesselraten noch in die zweite Leistungsliga ab.

Sein Freund Werner Ritter machte es leicht, um ihn zu retten. »Mein Teekessel kann Kuchen backen.«

»Eine Mutter!« rief Manfred und war endlich erlöst. Drei Runden gab es noch, und beim Hahn, bei der bzw. beim Kiefer und bei der Birne stellte er sich ein wenig besser an, ohne aber so zu glänzen, wie er es vorgehabt hatte. Doch wegen der Lok war er so selig, daß es ihn nicht weiter wurmte.

Als er nach Hause kam, saß seine Schmöckwitzer Oma schon im Sessel. Von ihr bekam er ein paar graue Turnhosen (»Zerreiß sie in Gesundheit!«) und ein belehrendes Buch geschenkt, das er alsbald lieben lernte: *Die seltsamen Geschichten des Dr. Ulebuhle* von einem gewissen Bruno H. Bürgel, von dem seine Oma sagte, er sei ein »Arbeiterastronom« gewesen.

Er bedankte sich und suchte nach der Post. Da gab es etliche Glückwunschkarten und -briefe. Als ersten öffnete er den von Tante Martha und Onkel Erich, denn dort steckte immer ein Geldschein drin, und auf einem Zettel stand: »Mach dir eine kleine Freude.« Auch diesmal wieder.

Dann kamen seine Kohlenoma, die ihm ein paar selbstgestrickte dicke Strümpfe schenkte, und Tante Trudchen, die als einzige das Recht hatte, mit leeren Händen zu kommen, da sie zu arm zum Schenken war. Niemand nahm ihr das übel, das war halt so. Dafür machte sie sich in der Küche nützlich, kochte Kaffee, schnitt den Kuchen, trug das Geschirr erst ins Zimmer und später auch wieder hinaus und wusch dann ab.

Im Pulk stampften Bugsins und Matuschewskis die Treppe herauf. Manfreds Geburtstagsgeschenke vermehrten sich um ein Buch (Karl May *Unter Geiern*) und einen »Ölwagen«, eigentlich: Kesselwagen, von Trix, der blaugelb gehalten war und die Aufschrift OLEX trug.

Nach dem Kaffeetrinken gingen »die Kinder« – also neben Manfred noch Inge, die vier Jahre älter war als er, und Gerhard und Peter, die jünger waren als er – ins Schlafzimmer, um zu spielen. Zuerst *Ja-Nein-Gummibauch*, dann *Jule hat 'n Schwein geschlachtet*, was so ähnlich ging.

Inge sah Manfred an. »Hast du eben Kuchen gegessen?«

»Ja.«

»Hat er dir geschmeckt?«

»Nein.«

»Was habt ihr gestern gegessen?«

Das war die erste Falle, aber Manfred hatte aufgepaßt. Statt »Wirsingkohl!« zu rufen, wie es ihm schon auf der Zunge gelegen hatte, rief er: »Gummibauch!«

Der Witz an der Sache war, daß man immer in derselben Reihenfolge antworten mußte, was immer man gefragt wurde.

»Bist du doof?«

Manfred tat sich schwer. »Ja!«

Alle schrien vor Lachen und verhöhnten ihn. Aber hätte er mit Nein geantwortet, wäre er der Verlierer gewesen.

Inge knackte ihn schließlich ein paar Minuten später, als er auf die Frage, ob er nachts immer ins Bett machte, »Nein!« schrie, obwohl er das hätte bejahen müssen, um im Rennen zu bleiben. Ihren Bruder Gerhard legte sie mit der Frage hinein, ob er wieder Geld verteilt habe.

»Nein!« rief Gerhard, obwohl er nach »Gummibauch« auch mit »Ja« hätten antworten müssen.

Was war passiert? Gerhard hatte im Wäscheschrank seines Vaters einen Haufen Geld gefunden, alles Scheine, die Onkel Max vermutlich auf dem Schwarzen Markt eingenommen hatte. Um sich nun in seiner Klasse beliebt zu machen, hatte Gerhard begonnen, allen Geld zu schenken. Das hatte allen gehörig imponiert und viel Freude gemacht und wäre auch noch länger so gegangen, wenn nicht eines Tages ein Klassenkamerad seine Mutter, also Tante Irma, vor dem S-Bahnhof Treptower Park angesprochen und sich bitterlich beklagt hätte. »Frau Bugsin, ich hab nur zehn Mark bekommen, die anderen alle schon zwanzig.« Die Strafe war noch heftiger ausgefallen als damals in der alten Wohnung von Bugsins in der Ebertystraße, wo Gerhard auf dem Balkon gesessen hatte und Mohrrüben in sich hineinschaufeln mußte. Er haßte die rötlichen Dinger, aber seine Mutter hatte sie mühsam genug organisiert und zubereitet. Sie saß im Zimmer und überwachte seinen Eßvorgang, doch Gerhard schaffte es dennoch, sie zu täuschen. Jeden zweiten Löffel schob er nicht, wie sie glauben mußte, in den Mund, sondern schnipste seinen Inhalt auf die Straße hinunter. Im dritten Stock wohnten sie, und es klappte wunderbar. Bis ein erzürnter Mann nach oben kam und klingelte. Er hatte eine Ladung auf den Hut bekommen ...

Das erzählten sie nun mehrmals und lachten sich halbtot darüber. Dann kamen sie zum nächsten Spiel – *Jule hat 'n Schwein geschlachtet, was willste davon haben?* –, wo man immer nur, was man auch gefragt wurde, antworten mußte: *Linken verkrüppelten Backenzahn.* Als auch dessen Reiz verflogen war, spielten sie *Schwarzer Peter* und *Galopprennen*, wo zu würfeln war. Und obwohl Manfred das Geburtstagskind war, verlor er immerzu, so daß ihm nur der Kommentar blieb, den er von seiner Kohlenoma immer hörte: »Mir ist das Glück im Hintern verfroren.«

Bei den Erwachsenen drüben im Wohnzimmer hatte die Stimmung inzwischen ihren ersten Höhepunkt erreicht. Der selbst angesetzte Mandelbitterlikör seines Vaters tat seine Wirkung.

Gerhard kam auf die Idee, dies für eine Rundfunkübertragung zu nutzen. Manfreds Vater hatte damals bei der Post, im RPZ, so einiges organisiert, darunter auch ein altes Mikrofon aus einem Feldposttelefon. Mit Hilfe eines ausgesägten Stullenbrettes und eines angelöteten Kabels hatte er daraus ein Rundfunkmikrofon gebastelt. Steckte man es hinten in einen Radioapparat, so konnte man durch den Lautsprecher die eigene Stimme hören, ziemlich echt sogar. Gerhard wurde nun als Reporter zu den Erwachsenen geschickt, während Inge, Manfred und Peter im Schlafzimmer vor dem Radio saßen und mit gut gespielter Begeisterung der Reportage lauschten. Dann wollte jeder mal Reporter sein.

Als Manfred ins Wohnzimmer kam, stand Onkel Helmut auf einem Stuhl, hatte die Hose seines Anzug heruntergelassen und den Hintern rausgestreckt.

»Mein Furz gibt 'ne blaugrüne Stichflamme – wetten?«

Die meisten wollten es nicht glauben, doch Manfreds Vater griff schon nach dem Feuerzeug von Tante Irma und ließ es hinter seinem Bruder hoch aufschießen.

»Nun mußte aber auch einen lassen!« schrien alle.

Manfred gab sich alle Mühe, wie Sammy Drechsel zu klingen. »Verehrte Hörerinnen und Hörer, Sie sehen, was Sie nur hören können: die größte Sensation seit der Erfindung des Reißverschlusses! In Zukunft wird es keine Finsternis mehr geben, jeder erzeugt sein eigenes Leuchtgas!«

Onkel Helmut drückte so sehr, daß ihm der Kopf zu platzen schien, so rot war er schon.

»Deckung, Flammenwerfer!« rief Onkel Max.

Endlich konnte Onkel Helmut einen gewaltigen Kracher ablassen, und es gab in der Tat eine Stichflamme von bläulicher Farbe.

Alles raste vor Begeisterung. Der Nachbar klopfte gegen die Wand, und Tante Trudchen machte sich naß vor lauter Lachen. Sie mußte schnell ins Klo, die *Schinkensäcke* wechseln, wie alle ihre Schlüpfer nannten.

Jetzt war auch Onkel Max nicht mehr zu halten. Er knöpfte sich die Hosenträger ab, zog seinen Anzug aus, kletterte auf den Tisch und begann, in langen Unterhosen zu tanzen. Dabei sang er wunderschöne

Lieder. Manfred sprang hinzu und hielt ihm das Mikrofon unter die Nase.

»Im Mai, da isset wieder schön, da blöhn die Böhm ...« und »Am Arsche lecken können sie mich alle – Führer, Generale, Feldmarschalle ...« Er war gerade bei der letzten Strophe – »... in jedem Strumpf hat sie ein Loch, aber geheiratet wird se doch!« –, da geschah es: Das Gummiband seiner langen weißen Unterhose riß, und er stand plötzlich mit nacktem Hintern im Zimmer. Das wäre ja noch nicht so schlimm gewesen, wenn er nicht wegen seiner quälenden Hämorrhoiden ein dickes Wattebällchen in seiner Kimme stecken gehabt hätte.

Alle lagen sie vor Lachen unterm Tisch.

Bis auf Tante Irma, die wütend aus dem Zimmer lief, und Manfreds Mutter, die wieder einmal rief: »Was sollen bloß die Leute von uns denken!«

»Hol sie rauf und frag sie alle!« sagte sein Vater, und das allgemeine Gebrüll verstärkte sich noch. Schöner konnte kein Geburtstag sein.

Manfred brach die Reportage ab und ging zu seiner Mutter und Tante Irma in die Küche. Beide waren Schulfreundinnen und hatten sich in der zweiten Klasse kennengelernt, als Tante Irma seiner Mutter ein Tintenfaß übers neue Kleid gegossen hatte.

»Mach Abendbrot, Margot«, sagte Tante Irma. »Damit die wieder zu sich kommen. Und Manfred holt mal den Nähkorb, damit ich Max' Gummiband zusammennähen kann.«

Manfred lief ins Schlafzimmer und suchte im Nähschränkchen, das ein kunstvoller Eigenbau seines Urgroßvaters war – eine wunderschöne Intarsienarbeit –, nach Nadel und Faden. Weil er so in Eile war, kippte er alles aus und ließ dann die Hälfte auf der Erde liegen. Aufräumen konnte er auch morgen noch.

Als sie am Abendbrottisch Platz genommen hatten, war auch die Unterhose von Onkel Max wieder in Ordnung, und es ging jetzt sehr gesittet zu. Wie immer gab es Würstchen mit Kartoffelsalat und Früchtetee Marke *rund um Schmöckwitz*.

Nach dem Abendbrot spielten sie Eisenbahn, Manfred, Gerhard und Peter. Dazu wurde im Schlafzimmer auf dem Teppich aus den Schienen, die sein Vater schon fertig hatte, eine kleine Strecke zusammengesteckt, etwa eine Null mit zwei geraden Stücken, vergleichbar einer 400-Meter-Bahn in einem Leichtathletikstadion.

Anfangs machte es allen einen Riesenspaß, die Lok schnurren zu lassen, doch bald war der Reiz des Neuen dahin und Peter regte an, ein Wettrennen zu veranstalten. »Jewonnen hat, wer am schnellsten fünf Runden rum ist, ohne det se entjleisen tut.«

Manfred tippte sich an die Stirn. »Wo willsten 'ne Stoppuhr herhaben?«

»Ihr habt doch 'ne elektrische Uhr in'a Küche, die jeht.«

Und mit deren großen Sekundenzeiger ging es tatsächlich. Gerhard begann und brauchte einundvierzig Sekunden, dann kam Peter und schaffte es in fünfunddreißig.

»Nu du.«

Manfred war ganz sicher, bei diesem Zeitfahren, wie es in der Sprache der Radrennfahrer hieß, der große Sieger zu sein, kannte er doch den alten RPZ-Schiebewiderstand seines Vaters, mit der die Geschwindigkeit der Lok zu regeln war, am besten.

Gerhard machte den Starter. »Auf die Plätze ... Fertig ... Los!«

Manfred schob den Regler abrupt nach links, und mit einem kleinen Sprung nach vorn schoß seine nagelneue Lok auf die erste Kurve zu. Reaktionsschnell nahm er die Geschwindigkeit zurück und beschleunigte erst wieder, als sie den Scheitelpunkt der Kurve hinter sich hatte. So ging das drei Runden lang.

»Neuer Rekord!« jubelte Manfred.

Doch da flog seine Lok aus der Kurve. Was aber noch keine Tragödie sein mußte, denn sein Vorsprung war riesig, und wenn er sie schnell genug wieder auf die Gleise setzte, hatte er noch immer eine Chance. Er sprang zur Unfallstelle, warf sich auf die Knie und ...

... schrie fürchterlich auf.

Im Teppich hatte – mit der Spitze nach oben – eine der vorhin ausgekippten Nähnadeln gesteckt, und die saß nun bei ihm im Knie, steckte wie ein eingeschlagener Nagel fest im Knochen drin.

Ich führe euch herrlichen Zeiten entgegen!

Manfred hatte seinen Federkasten in der Schule vergessen und war am späten Nachmittag noch einmal in die Rütlistraße gelaufen, um ihn zu holen. Mutterseelenallein durch das leere Gebäude zu gehen, war schon ein komisches Gefühl. Wie ein Einbrecher kam er sich vor.

Da stutzte er. Im Lehrerzimmer schrie der Rektor herum. Schaller, der Kohlenklau. Manfred blieb stehen. Er mußte nicht einmal ein Ohr an die Tür legen, um alles zu verstehen.

»Und ich sage Ihnen, Frau Fahlenberg, Matuschewski bekommt keine Empfehlung für den Wissenschaftlichen Zweig!«

Manfred zuckte zusammen. Er hatte es die ganze Zeit über befürchtet. Doch Frau Fahlenberg verteidigte ihn.

»Er ist der wacheste meiner Schüler.«

»Er ist schludrig, und es fehlt ihm jede Disziplin.«

Der Lauscher an der Wand hört seine eigne Schand.

Kohlenklau gab noch immer keine Ruhe. »Letzte Woche hat er mir vor der Schule mit dem Ball den Hut vom Kopf geschossen. Zum wiederholten Male schon.«

»Das ist sicher Zufall gewesen.«

»Das ist kein Zufall gewesen, da hat die Absicht hintergesteckt, mich lächerlich zu machen. Da ist etwas Anarchistisches in diesem Jungen.«

»Nein, er bemüht sich wirklich, immer brav und ordentlich zu sein.«

Schaller lachte. »Wie man an seinen Heften sieht. Hyroglyphen sind das und keine Buchstaben. Und dieses Geschmiere erst.«

Manfred schwankte: Sollte er sich davonmachen oder weiterlauschen? Kam Schaller plötzlich zur Tür gestürzt und erwischte ihn, hatte er seine letzten Chancen verspielt. Aber andererseits war es schon gut zu wissen, was Kohlenklau gegen ihn vorzubringen hatte.

»Sein Wissen auf allen Gebieten ist weit überdurchschnittlich«, sagte Frau Fahlenberg. »Nur in Mathematik vielleicht und seiner Aussprache im Englischen sehe ich gewisse Defizite ... Das Abitur schafft er sicherlich ohne Probleme.«

»Wie gesagt: Mir gefällt die ganze Art dieses Burschen nicht. Er ist mir zu aufsässig, und überall eckt er nur an.«

»Seine Mutter ist eine tadellose Frau.«

»Aber sein Vater steckt voll von kommunistischem Gedankengut.«

»Das ist ein alter Sozialdemokrat, nichts weiter, Herr Schaller.«

»Ich sage nur eines: Volksfront! Aber nicht mit mir.«

Manfred verstand das alles nicht so recht, aber weil hinten im Gang der Hausmeister mit seinem Werkzeugkasten aus einem der Klassenräume kam, mußte er 'ne Fliege machen. Er holte sich seinen Federkasten und schlich nach Hause. Dabei kam er sich vor wie bei einem Fußballspiel, wo man im entscheidenden Spiel um den Aufstieg rettungslos hinten lag, mit 0:5 vielleicht. Und es war keiner da, mit dem er sprechen und bei dem er sich ausweinen konnte.

Der aufgequollene Milchreis stand im Bett. *Mach dir selber Zukker und Zimt.*

Abermals war Manfred Schlüsselkind, denn im Spätsommer 1949 hatte es sein Vater zu Hause nicht mehr ausgehalten und wieder bei der Post begonnen; in Charlottenburg saß er jetzt, in der Störungsstelle. Auch sonst war eine Menge passiert. Die Blockade war im Mai 1949 zu Ende gegangen, und neues Geld gab es jetzt. In Berlin hatten sie zwar auch dieselben neuen Scheine wie im Westen, die von der Bank Deutscher Länder, aber nur mit einem B raufgestempelt. Seine Eltern hatten jeweils sechzig D-Mark umgetauscht bekommen, und sie hatten abends lange am runden Tisch gesessen und die neuen Scheine bestaunt. Mit den Worten: Hier mein Junge, hast du was, auf daß es sich kräftig vermehre! hatte Manfred einen Zwei-Mark-Schein geschenkt bekommen.

Irgendwie gehörten sie jetzt zur neuen Bundesrepublik Deutschland mit dem Adenauer als Kanzler, wenn auch nicht so richtig, aber im Schulaufsatz bekam man gute Noten, wenn man schrieb, daß West-Berlin wie eine Insel im roten Meer des Kommunismus liege, und ringsum war ja die DDR mit diesem komischen Spitzbart Walter Ulbricht an der Spitze. Manfred hatte oft auf dem Teppich gelegen und den Rundfunkreportagen gelauscht. Wie die SED die Stadtverordnetenversammlung gestürmt hatte und die anti-kommunistischen Abgeordneten nach West-Berlin gegangen waren. Das Aufregendste aber war die Rede von Ernst Reuter gewesen, dem West-Berliner Oberbürgermeister, als er am 9. September 1948 vor dem zerbombten Reichstagsgebäude ausgerufen hatte, heiser und wie mit zugehaltener Nase: »Heute ist der Tag, wo das Volk von Berlin seine Stimme erhebt ... Ihr Völker der Welt, ihr Völker in Amerika, in England, in Frankreich, in Italien! Schaut auf diese Stadt und erkennt, daß Ihr diese Stadt und dieses Volk nicht preisgeben dürft und preisgeben könnt!« Und je älter Manfred wurde, desto stärker bemerkte er, wie das, was die Erwachsenen als *die große Politik* bezeichneten, auch sein Leben und das Geschehen in seiner Familie bestimmte.

Hatte früher die *Erziehungsanstalt* im Mittelpunkt seines Denken und Handelns gestanden, so war es jetzt die *höhere Schule*. Sollte er, wollte er, durfte er? Diese Fragen prägten die Zeit bis zum Juni 1950, wo sich dies alles entscheiden sollte. Die *höhere Schule* war gleichermaßen Schreckgespenst wie Verheißung für ihn. Alles drehte sich darum, und nichts konnte er mehr tun, ohne daß es hieß: *Hast du deine Schularbeiten schon gemacht?* Alles, was er sonst noch tat, mußte daran gemessen werden, ob es ihn von der Beschäftigung mit der Schule abhielt oder nicht. Das wäre alles nicht so schlimm gewesen, wenn der Schaller, der Rektor, nicht so gegen ihn gewesen wäre. Warum das so war, das wußte der Geier, jedenfalls schien es ihnen so, als würde Schaller mit aller Macht verhindern wollen, daß Manfred auf die *höhere Schule* kam, das war in diesem Falle die II. Oberschule Wissenschaftlichen Zweiges Berlin-Neukölln, die nachmalige Albert-Schweitzer-Schule, in der Karl-Marx-Straße gleich am Hermannplatz.

Doch der Reihe nach ...

Manfred saß auf dem Balkon und machte Schularbeiten. In der letzten halben Stunde hatte er mit Tinte und einer kratzenden Feder schon folgendes zu Papier gebracht:

Wörter, die ihre Bedeutung verschlechtert haben:

Das Wort	ursprüngliche Bedeutung	jetzige Bedeutung
Hakenkreuz	Glückszeichen vieler Völker	durch Hitler zum Kriegszeichen gemacht
Weib	Ehefrau	heute ein Schimpfwort
Perücke	zur Verschönerung	heute zum Gelächter

1.) Das Hakenkreuz war das Glückszeichen der Finnen, heute hängen viele Tote an ihm.

2.) Weib war früher die Ehefrau, heute ist es ein Schimpfwort.
3.) Im Mittelalter trug man Perücken, heute lacht man über sie.

Damit verließ ihn jede Lust und er hatte furchtbare Langeweile. Sein Vater fehlte ihm. Er hatte genau im Ohr, wie ihr Dialog verlaufen wäre: »Vati, was soll ich'n machen?« – »Geh auf die Straße runter, zieh dich aus – und paß auf deine Sachen auf.« Zum Glück mußte er nun einen Haufen machen und hatte damit eine guten Grund für eine kleine Pause. In Büchern las er immer wieder, daß hochgestellte Männer stundenlang in ihrer Bibliothek saßen und lasen. Bei ihnen in der Zwei-Zimmer-Wohnung diente das Klo als Bibliothek. Oft saß er da auf der Brille und studierte alte Zeitungen.

> 25.10.1949 – Die Ruine des Warenhauses Karstadt in Neukölln wird jetzt enttrümmert. Im kommenden Frühjahr soll mit dem Neubau begonnen werden.

Das war gut, vielleicht hatten die 'ne große Modellbahnabteilung.

> 18.11.1949 – Wer es noch nicht weiß, hat Gelegenheit, die Neuköllner Ölmühle in der Teupitzer Straße 104 am Sonnabend, den 19. November, 12.30 Uhr, mit dem Emil-Fischer-Museum zu besichtigen. Es wird gezeigt, wie man aus Raps-, Mohn- und Leinsamen das begehrte Öl schlägt.

Manfred schluckte. Sein Vater hatte an dieser Besichtigung teilgenommen und eine kleine Flasche Leinöl mit nach Hause gebracht, weil er sich an Quark mit Leinöl regelrecht belümmeln konnte. Er selber hatte sich beim Kosten fast übergeben müssen.

> 30.11.1949 – Schwere Mädchen. Exemplarische Strafen verhängte die Fünfte Strafkammer in Moabit gegen eine weibliche Räuberbande, die jahrelang in der Neuköllner Gegend ihr Unwesen getrieben hat.

Schade, daß die nicht aus der Ossastraße kamen, Manfred kannte sie nicht.

> 23.4.1950 – Rathausneubau in der Karl-Marx-Straße wächst von Tag zu Tag. Er soll im Herbst bezogen werden.

Bezogen, bezogen ... Seine Mutter hatte gesagt, daß ihre Sessel bezogen werden müßten.

16.5.1950 – »Volkspolizei – eine SS für die Sowjets«. Dr. Schumacher sprach über den RIAS zur Ostzone.

In Schmöckwitz durften er und sein Vater den RIAS nur noch ganz leise hören. Wie früher bei den Nazis die BBC …

21.5.1950 – Brückeneinweihung mit Volksfest. Neuköllner Buschkrugbrücke fertig – General Taylor vollzog Taufakt.

Da war er als Auserwählter seiner Schule mitmarschiert. Ganz stolz, aber fürchterlich schwitzend und mit müden Beinen.

31.5.1950 – Ohne Putsch nach Hause. Friedliche Pfingsten in Berlin – Fackelzug beendete FDJ-Treffen.

Er beneidete die Jungen, die schon alt genug waren dafür.

20.11.1949 Höchstpreise für Brennholz. Für den auf Abschnitt 77 des Bezugsausweises aufgerufenen Kasten Brennholz dürfen folgende Höchstpreise nicht überschritten werden: für Stubbenholz, gesägt, 2,75 DM-West, ofenfertig gehackt 2,95 DM-West je Kasten. Für Waldbrennholz aus dem Interzonenabkommen … gesägt 3,10 DM-West, ofenfertig gehackt 3,30 DM-West je Kasten.

Manfred zuckte zusammen und konnte es nicht fassen: Unten auf dem Hof schepperte die Glocke.

»Brennholz für Kartoffelschalen!«

Schnell wischte er sich den Hintern ab, zog sich die Hosen hoch, rannte in die Küche, riß den Eimer mit den Kartoffelschalen hoch und stürzte aus der Wohnung. Als er unten angekommen war, stand der Gummiwagen des Britzer Bauern, obwohl er sich so beeilt hatte, schon hinten an der Ecke Fuldastraße. Aber immerhin.

Als er wieder oben war, ließ sich leider Gottes kein Grund mehr finden, den Rest der Schularbeiten noch weiter aufzuschieben. Er stöhnte auf. Jetzt galt es, noch mindestens drei Worte zu finden, deren Bedeutung sich im Laufe der Zeit verschlechtert, und weitere drei, deren Bedeutung sich verengt hatte. Alles Kacke! Er warf den Federhalter hin und starrte in den märkisch blauen Himmel. Warum saß er eigentlich hier und schrieb diesen Quatsch ins Heft, anstatt unten Fußball zu spielen …?

Bevor du deine Schularbeiten nicht gemacht hast, wird nicht unten gespielt!

Wenn er so nachdachte, kam ihm sein ganzes bisheriges Leben wie ein einziges Gefängnis vor – die ewigen Ermahnungen waren seine Gitterstäbe. Er schrieb alle auf, die ihm einfielen.

Schmatz nicht so!
Sitz gerade!
Hample nicht soviel herum!
Lauf nicht übern großen Onkel!
Schlurf nicht so übern Boden, heb die Beine!
Mach nicht auf, wenn's klingelt!
Geh mit keinem mit!
Pople nicht immer!
Wasch dir die Hände!
Mach dir die Fingernägel sauber!
Paß auf deine Schlüssel auf!
Mach nur weiter so ...!
Muß du immer das letzte Wort haben!?
Du wirst auch noch mal Lehrgeld zahlen müssen!

Das war noch nicht alles, aber er machte Schluß und begann, den Totoschein auszufüllen. Seit August 1949 gab es das. Und seitdem hockte er jeden Sonntagabend mit noch größerer Aufmerksamkeit vor dem Radioapparat. Da kamen immer die Toto-Ergebnisse, und ewig hatte er diesen Klang im Ohr: Schalke 04 – VfL Benrath – Eins. Spielvereinigung Herten – Fortuna Düsseldorf – Null. Borussia Dortmund – Kickers Offenbach – Zwei. Kickers Schöneberg – Viktoria 89 – Eins. Ihr größter Gewinn waren bisher leider nur neun Mark vierzig in der »Zweiten Klasse« gewesen.

Jetzt gab es auch offiziell die alten Namen wieder. Und zum BSV 92, zu Tennis Borussia und Union Oberschönweide waren unter anderem noch Blauweiß 90, Hertha BSC, Minerva 93, Cimbria, der VfB Britz, Meteor 06 und – aus Neukölln – Tasmania 1900 dazugekommen. Sein Lieblingsverein war der BSV 92 geblieben, obwohl die dieses Jahr im entscheidenden Spiel um die Berliner Meisterschaft 1:3 gegen Tennis Borussia verloren hatten. Manfred hätte vor Wut darüber das ganze Stadion zertrümmern können. Erst gegen zwei Uhr nachts war er eingeschlafen. Er träumte davon, so mächtig zu sein wie Nero damals und einfach die Welt so zu machen, daß immer nur seine Lieblingsvereine die Sieger waren. Bei ihm auf dem Teppich hatten ja auch die »Störche« durch die großartigen Leistungen von Rudi Kippel und Männe Paul – aber auch von Schmiege, Kohlmeyer, Nickel, Gärtner und Nell – haushoch 4:0 gegen TeBe gewonnen, und deren Mittelstürmer – Hanne Graf – war schon in der achten Minute mit einem Beinbruch ausgeschieden.

Manfred fuhr hoch. Unten auf dem Hof stand Kuki und schrie nach oben: »Manne, kommste runta, Fußball spieln?«

»Ja-ha ...«

Manfred ließ alles stehen und liegen, griff sich seine Schlüssel und stürzte nach unten. Fußball war weiterhin seine große Leidenschaft, aber er traute sich noch nicht, in den 1. FC Neukölln einzutreten und bei »95«, wie die Blau-Gelben aufgrund ihres Gründungsjahres (1895) hießen, auf dem Hertzbergplatz und am Dammweg zu spielen, denn in seinem rechten Knie steckte ja die abgebrochene Nadel vom Wettrennen mit der neuen Lok, und die Ärzte wußten nicht so recht, ob sich die Nadelspitze – von anderthalb Zentimeter Länge immerhin – nicht plötzlich aus dem Knochen lösen konnte. Der Chirurg in der Karl-Marx-Straße hatte sie bei einer kleinen Operation nicht herausholen können. Er meinte zwar, sie würde da für immer und ewig bleiben, kam sie aber in die Blutbahn und gelangte ins Herz, dann war Manfred auf der Stelle tot. Trotz dieser Gefahr konnte er es nicht lassen, wenigstens auf der Straße und mit seinen Kumpanen aus der Ossastraße auch auf dem Sportplatz am Maybachufer einfach so Fußball zu spielen. Einen neuen Lederball besaß er zwar noch immer nicht, aber wenigstens ließ sich jetzt auf dem Acker am Neuköllner Schifffahrtskanal das Uralt-Sportgerät seines Großvaters wieder verwenden, denn zu Ostern hatte man seinen Wunsch erfüllt: *Lieber guter Osterhase, schenk mir eine Fußballblase!* Auf einen Zettel hatte er es geschrieben und unten an die Wohnungstür geklebt.

Jetzt aber ging es erst einmal los, die beiden Mannschaften zu wählen. Alle wollten Fritz Walter sein. Nur Manfred nicht, der schwärmte für den Linksaußen des VfR Mannheim, weil der den schönen Namen de la Vigne trug. Und so stürmte er als de la Vigne über den schwarzgrauen Asphalt der Ossastraße und schoß drei Tore.

Es wären noch mehr geworden, wenn nicht die Mehrheit plötzlich dafür gewesen wäre, Radrennen zu spielen. Seit es die gewaltige Radrennbahn aus Zement im Neuköllner Stadion gab, seit Mai 1948, war das die große Mode bei den Jungen. Nur, keiner von ihnen besaß ein Rad ... Von einem eigenen Fahrrad zu träumen wagten sie nicht.

Es wäre einfach blödsinnig gewesen. Man hatte einfach kein Rad, das war's. Und wenn man dennoch »Wüste« Hoffmann sein wollte oder Benno Funda, »das kleine Wunder«, dann lief man eben zu Fuß, rannte um die Bahn, die mit Trümmerbrocken auf den Asphalt aufgemalt war, manchmal die Hände so gestreckt, als würde man einen Lenker umfassen. Sogar Steherrennen gab es in der Ossastraße: da lief ein Kleinerer im Windschatten eines Großen um die Bahn. Verfolgungsrennen aber waren am beliebtesten: da starteten zwei jeweils in der Mitte einer Graden und mußten versuchen, sich gegenseitig einzuholen. Beim Fliegerrennen ging es eine Runde lang Mann gegen Mann, und beim Straßenrennen Berlin-Cottbus-Berlin hatten die Teilnehmer einmal ums Karree zu laufen, das heißt von der Ossa- in die Fulda-, von da in die Weser- und über die Weichsel- zurück zur Ossastraße.

Die Jungen hatten eine ziemlich festgefügte Hackordnung, und da sich Manfred in ihr so etwa im unteren Mittelfeld befand, kam er nie in den Genuß, Saager, Schwarzer, Voggenreiter, Werner Bunzel, Ziege, Huschke, Lohmann oder »Wüste« Hoffmann sein zu dürfen, sondern war immer nur einer von denen, die in Wirklichkeit, bei den richtigen Radfahrern also, immer unter »ferner liefen« einkamen: Knöchelmann zum Beispiel, Bartkowski, Dorn oder Grigat.

»Manne is Grigat!« bestimmte Norbert, der wegen seiner Prothese zwar nicht mitlaufen konnte, aber immer noch das Sagen hatte.

Manfred maulte.

»Dann biste ebent Bartkowski, basta!«

So hatte er im ersten Lauf des Verfolgungsrennens – als Bartkowski – gegen den ebenso langen wie starken Kutte – als Lorke – anzutreten. Sie stellten sich hinter ihrer Startlinie auf, die Blicke über die ganze Breite der Straße funkelnd aufeinander gerichtet. Norbert gab den Startschuß ab, indem er zwei alte Küchenbretter aufeinanderschlug. Manfreds Sandalen stampften den Asphalt. Wenn die Riemen rissen, war zu Hause wieder Polen offen. Da er kleiner war, kam er schneller in Fahrt als sein Gegner, hatte auch die bessere Kurvenlage. Zu absolvieren waren fünf Runden von zirka fünfzig Metern, doch das Rennen konnte schon viel eher zu Ende sein, wenn nämlich einer den anderen ein- und überholt hatte. Das zu schaffen, war für Kutte selbstverständlich und Ehrensache, war er doch gute drei Jahre älter als sein Gegner. Doch Manfred verlor keinen Boden, im Gegenteil. Zum ersten Mal in seinem Leben merkte er, wie gut er rennen konnte. In der dritten Runde war er schon auf derselben Geraden wie Kutte, und zwanzig Meter weiter fand er dessen Rücken fast schon zum Greifen nahe. Euphorie erfüllte ihn, ein wahnsinnig schönes Gefühl: *Ich kann auch Sieger sein in dieser Welt!* Seine Mutter hatte ihn immer kleingehalten und ihm beibringen wollen, daß man sich unauffällig geben mußte, wenn man überleben wollte, jetzt sprengte er die Ketten. Kutte riskierte nun alles und ging, um der drohenden Schmach des Überholtwerdens zu entgehen, die letzte Kurve mit einem wahren Wahnsinnstempo an – und stürzte prompt dabei.

Manfred riß die Arme hoch.

»Hast du meine Röntgenaufnahmen aus dem Oskar-Helene-Heim abgeholt?«

Manfred fuhr herum. Hinter ihm stand sein Vater, den hölzernen Gehstock wie zum Schlage ausgeholt.

Manfred hatte es vergessen, und er wußte, daß das ein furchtbares Verbrechen war.

»Los, rauf!«

Und oben im Wohnzimmer begann dann ein weiteres Verfolgungsrennen. Manfred lief vorneweg und sein Vater hinter ihm her, um ihn zu verprügeln. Das heißt, sein Vater hinkte, und wenn Manfred die Nerven behielt, konnte das tagelang so gehen, denn Otto Matuschewski hatte nie eine Chance, Manfred Matuschewski einzuholen. Wer die Sache aus dem Vorderhaus durch das Fenster verfolgte, mußte sie für Slapstick nehmen, und im nachhinein schien das auch so, aber in diesen Sekunden war alles bitterernst für beide. Sein Vater, ansonsten herzensgut und einfühlsam, konnte auch verdammt jähzornig werden.

»Bleibst du wohl stehen, du dreibastiger Lümmel du!«

»Nein!« Manfred wäre schön dumm gewesen, wenn er es getan hätte, denn so war der große runde Tisch als Schanze, als Brustwehr zwischen ihnen.

Sein Vater tobte weiter. »Große Stullen essen und dicke Haufen kacken, det kannste, aber wenn man dich mal um was bittet, dann ...« Er versuchte, den Tisch zum Bücherschrank zu schieben, um Manfred den Fluchtweg abzuschneiden, schaffte es aber mit seiner steifen Hüfte nicht.

Weiter liefen sie, Manfred ohne Mühe, wenn auch mit leicht zitternden Knien, während der Gehapparat seines Vaters schon zu quietschen anfing. Für die Scharniere war es gar nicht gut, wenn er jetzt nicht zur Ölkanne griff, doch natürlich unterließ er es.

Die Patt-Situation hätte gar nicht klassischer sein können. Starrköpfig, wie sie beide waren, drehten sie Runde um Runde. Und mit jeder Runde, die sich Manfred weigerte, seiner bedingungslosen Kapitulation zuzustimmen, also stehenzubleiben und sich verprügeln zu lassen, wurden ihm schärfere Strafmaßnahmen angedroht.

»Wenn du jetzt nicht stehenbleibst, gehst du mir nie wieder zum Radrennen!«

Manfred blieb nicht stehen, verlegte sich aber doch aufs Verhandeln. »Ich fahr gleich morgen früh vor der Schule zum Oskar-Helene-Heim hin.«

»Da muß ich schon beim Vertrauensarzt sein.«

»Dann jetzt noch.«

»Die haben zu!« Sein Vater mobilisierte noch einmal alle Kräfte.

Manfred rechnete. Bis seine Mutter nach Hause kam, konnte noch gut und gerne eine Stunde vergehen.

»Bis Weihnachten gibt es kein Taschengeld mehr!« schrie sein Vater. »Bleib jetzt endlich stehen!«

Manfred war in seinem Leben oft genug verprügelt worden, von Größeren auf dem Schulhof wie bei ihren Straßenschlachten, und er wußte, was Schmerzen waren. Und er konnte dieses Verfolgungsrennen so lange fortsetzen, bis sein Vater erschöpft zu Boden fiel und ... womöglich starb, krank wie er noch war. Das war kein schöner Gedanke und allemal ein Grund, doch noch aufzugeben. Für's Kapitulieren sprach auch die Tatsache, daß er damit Langzeitstrafen wie zwei Wochen Stubenarrest oder mehrwöchigem Taschengeldentzug entging.

Es waren sicher die Runden vierzehn oder fünfzehn, mitgezählt hatte sie keiner, als Manfred einem plötzlichen Impuls folgte, stehenblieb und sich auf den Rücken warf. Wie ein Hund, der im Zweikampf mit einem anderen Rüden unterlegen war. Die bekannte Demutsgeste, von der Frau Fahlenberg in der letzten Woche in Bio berichtet hatte. Aber während jeder Hund auf die angeborene Beißhemmung seines Rivalen vertrauen konnte, begann sein Vater wirklich, mit dem Stock zuzuschlagen und traf dabei die zur Abwehr ausgestreckten Arme und Beine.

Manfred schrie wie am Spieße. Nicht so sehr, weil es höllisch schmerzte, da war er anderes gewohnt, sondern um bei seinem Vater Mitleid zu erwecken. Es nutzte wenig. Da ließ ihn sein Instinkt das einzig richtige tun.

»Nit to doll!« rief er. Einmal, zweimal. Und sein Vater mußte in Erinnerung an den Nit-to-doll seiner eigenen Jugend wirklich grinsen und brach die Züchtigung ab.

Manfred durfte mit seiner Clique losziehen, rauf ins Neuköllner Stadion zum großen Steherrennen. Anfangs waren die Asse auf der alten Aschenbahn gefahren, jetzt aber gab es die große Zementbahn, die mit ihren 500 Metern Länge Aschenbahn wie Fußballfeld umschloß. Das Tollste aber waren die steilen Kurven.

Sieben Jungen aus der Ossastraße waren sie, und schon der Marsch ins Stadion war ein Abenteuer für sich. Kutte machte den Anführer und war sich sicher, den kürzesten Weg zu kennen. Die Weser bis zur Inn hoch – das »Straße« ließen sie, wenn sie miteinander sprachen, immer weg –, über die Sonnenallee rüber, durch die ›Passage‹ zur Karl-Marx hin und an mehreren Friedhöfen vorbei zur Hermann hoch, dann über die Warthe bis zur Oder, wo der Eingang zur »Werner-Seelenbinder-Kampfbahn« war, wie das Stadion Neukölln offiziell hieß. Der Eintritt war ein Klacks. Sie bekamen sogar noch einen Platz oben auf der Zielgerade. Gleich hinter ihnen begann der Flugplatz Tempelhof.

»Wüste« Hoffmann fuhr sich schon ein. Er war der absolute Liebling hier. Sein Spitzname erklärte sich aus seiner »wüsten« Fahrweise, was soviel wie wild und ungezügelt meinte. Vor zwei Jahren war Hoffmann bei einem Steherrennen in Erfurt schwer gestürzt und eine zeitlang mit Krücken herumgehumpelt, hatte dann aber in Neukölln sieben Bahnrekorde aufgestellt. Heute sollte er gegen Lohmann, Kilian, Bethery und Schorn an den Start gehen.

Während sie auf das erste Rennen warteten, geschah etwas, das für Manfreds Leben nicht ohne Folgen bleiben sollte. Links von ihnen, in der wenig gefüllten Nordkurve unten, begann ein kleiner, schwarzhaariger Mann, der ganz offensichtlich zu viel getrunken hatte, zu randalieren. Er hob den rechten Arm und spielte Hitler.

»Hier ist Euer Führer!« schrie er. »Heil!«

Die Leute verfolgten es mit wachsendem Amüsement. Sie waren beileibe keine Nazis und nahmen das Ganze als Parodie, so als wäre Charlie Chaplin nach Neukölln gekommen. Der Mann fühlte sich im Mittelpunkt und zögerte nicht, nun noch einen draufzusetzen.

»Die Welt soll wissen, daß Widerstandswille und Opfermut des deutschen Volkes ungebrochen sind. Nun ist es soweit: Der Deutsche Volkssturm ist gebildet.«

»Alles Akademiker!« rief einer dazwischen, doch keiner der Umstehenden verstand den Witz dabei.

Der Führer ließ sich nicht beirren. »Es geht um das Leben unseres Volkes! Es geht um die Existenz unserer Heimat! Alle heim ins Reich!«

Die Leute lachten und jubelten, und ein knorriger Rentner schrie: »Lieber reich ins Heim!« Womit er das Altersheim meinte. Das kapierten alle, und die Stimmung stieg weiter.

Der Mann, der Hitler spielte, kletterte auf einen Stein. »Ein Volk, ein Reich, ein Führer! Ich erwarte von Euch die bedingungslose Hingabe an den Führer und den fanatischen Glauben an den Sieg ...«

»... von Wüste Hoffmann!« lachten die Leute.

»Ich führe Euch herrlichen Zeiten entgegen!«

Neuer spöttischer Jubel, und dann war der Auftritt des Betrunkenen beendet. Dies aus zweierlei Gründen. Einmal rollten nun die Rennfahrer unter Führung von »Wüste« Hoffmann zum Start, und zum anderen fiel der Hitler-Darsteller urplötzlich zur Erde, blieb auf dem Rücken liegen, streckte alle Viere von sich und begann zu schnarchen. Der Höhepunkt seiner Vorstellung kam aber erst ein paar Minuten später, als die Fahrer schon um den *Nudeltopp* flitzten, da bepißte er sich nämlich. Der dunkle Flatschen auf seiner hellen Hose wurde immer größer. Man ließ ihn die ganze Veranstaltung über so liegen.

Als Manfred eines Morgens aufwachte, war sein Bett wieder einmal feucht und ein bißchen blutig auch. Zuerst dachte er, er habe wieder einmal *eingepuscht*, aber das war ja eigentlich seit einem Jahr vorbei. Zugleich roch es auch ganz anders. Da fiel ihm ein, was passiert war. Er hatte von Marianne geträumt, wie sie durch einen Bach gewatet war, den Rock so weit hochgehoben, daß er ihre weißen Schlüpfer gesehen hatte. Es hatte weh getan unten am *Puscher*, war dann aber ein wunderschönes Gefühl gewesen, als er später selbst daran gerieben hatte und es ihm noch einmal gekommen war. Jetzt hatte er wieder etwas trocken zu reiben, denn er wußte nicht, wie seine Eltern reagieren würden, wenn sie etwas merkten. Klassenkameraden hatten berichtet, daß sie aufgrund des Flecks im Bett mit dem Aufschrei »Du Schwein!« verprügelt worden waren und nun streng darauf geachtet wurde, daß sie beim Schlafengehen immer die Hände überm Deckbett hatten. Auch daß sie *davon* krank werden würden, hatte man ihnen prophezeit, was mit dem Rückenmark kriegten. Andere Erwachsene tuschelten da etwas von einem feuchten Traum, für den keiner etwas konnte; und das wollte Manfred dann sagen, wenn seine Eltern alles entdeckten. Aus einem stark vergilbten Aufklärungsbuch seiner Schmöckwitzer Oma wußte er theoretisch schon, wie das alles so ging, doch wenn er an Marianne dachte, dann kam ihm nie in den Sinn, sie wirklich nackend zu sehen, geschweige denn ... Das war für ihn zu schweinisch, um es überhaupt auch nur zu denken.

Aber dennoch, jedenfalls hatte er jetzt etwas, um besser über langweilige Schulstunden hinwegzukommen, beispielsweise die ersten an diesem Morgen, wo sie Vertretung bei Kohlenklau hatten. Frau Fahlenberg hatte zu irgend einem Arzt gemußt und konnte erst zur dritten Stunde in der Schule sein.

»Gut aufgemerkt!« rief Kohlklau, nachdem er anhand des Klassenbuchs die Anwesenheit der nunmehrigen 6 c festgestellt hatte. »Beginnen wir mit Geschichte, né ...! Was ist das ›Imperium Romanum‹?«

»... 'n Kino am Kudamm«, trompete Jünne.

Bimbo schnipste mit dem Finger. »Das Römische Reich.«

Manfred fand das alles mehr als langweilig, hatte es schon x-mal gelesen und gehört. Wie sie Cäsar ermordet hatten, das mit Varus und seinen verlorenen Legionen im Teutoburger Wald, und daß Sulla sage und schreibe achtundachtzig Mal zum Konsul gewählt worden war.

Schaller zeigte auf Kuki. »Du weißt bestimmt was von ...« Weiter kam er nicht, denn in diesem Augenblick klatschte ihm eine rötliche Papierkugel auf den Hinterkopf, der nach den vielen Stahlhelmjahren nicht mehr allzu viele Haare trug.

»Das ist ja wohl eine bodenlose Frechheit, né ...! Wer von euch ist das gewesen?«

Niemand hob die Hand. Es herrschte absolute Stille.

»Ihr seid eine Bande von Feiglingen!«

In seiner Erregung vergaß er sogar sein obligatorisches »né ...!?«, und Manfred mußte sich sehr auf die Zunge beißen, um es nicht an seiner Stelle hinzuzufügen.

Der Rektor drehte sich um, denn es war sicher, daß jemand von hinten mit der Papierkugel auf ihn geschossen hatte, und riß die Schranktür auf, da sich der Übeltäter nur dort versteckt haben konnte. Aber der Klassenschrank war leer.

Schaller flüchtete sich ins Poetische. »Erkläret mir, König Örindur, diesen Zwiespalt der Natur ... Das muß doch eine Ursache haben, denn von nichts kommt nichts, né ...?«

Bimbo, der eine angeborene Ader hatte, sich Autoritäten geneigt zu machen, zeigte zur Decke. »Da haben welche ausgekaute Kugeln aus Löschpapier hochgeschossen, und die bleiben da kleben und kommen wieder runter, wenn die Spucke ausgetrocknet ist.«

»Das ist eine Schweinerei und hiermit strengstens verboten, né ...! Weiter im Text.« Schaller zeigte mit dem Finger auf den Erstbesten. »Du weißt bestimmt was von Cäsar, né ...!«

Kuki stand auf. »Ja, da hab ick 'n Fülm drüba jesehn.«

»Einen Film, né ...!«

»Sag ick doch!«!

Schaller beschloß, die Hände vorerst vom Imperium Romanum zu lassen und den Jungen lieber das Berlinern auszutreiben. »Es heißt nicht Mülch, sondern: Milch, né ...!? Alle im Chor!«

»Milch!«

So ging es weiter mit Eimer statt Eima und Wasser für Wassa, dann kehrte Schaller wieder zu seinen alten Römern zurück.

Manfred lehnte sich zurück und dachte an Marianne. Sie wohnte irgendwo am Hermannplatz, und er hatte sie nur kurz gesehen, als die 6 c aus der Rütlistraße eine Stunde in der Oberschule in der Karl-Marx-Straße zugebracht hatten, um mal zu schnuppern, wie es da so war. Seine Sehnsucht nach Marianne war so groß, daß er beschloß, ihr einen Liebesbrief zu schreiben. Selbstverständlich nicht, um ihn Marianne zu schicken, das hätte er nie gewagt, sondern nur, um sie intensiver vor sich zu haben. Auch wegen des schönen Gefühls, siehe letzte Nacht. Um seinen Text so richtig zu würzen, griff er auf gängige Schlager zurück.

> Liebe Marianne,
> Du bist der Traum meiner schlaflosen Nächte, und ich kann Dir gar nicht alles schreiben, was ich mit Dir machen möchte. Kannst Du noch einmal Deinen Rock hochheben? Wenn ich könnte, wie ich möchte, wäre heut die Nacht der Nächte für uns zwei. Mariandl, ...andl, ...andl, Du hast mein Herz am Bandl, Bandl. Ich liebe Dich, seit ich Dich in der Schule gesehen habe ...

Weiter kam er nicht, denn in diesem Augenblick war Schaller zu seiner Bankreihe hingesprungen und hatte ihm den Liebesbrief aus der

Hand gerissen. Manfred fürchtete nun ein Riesendonnerwetter. »Ich werd mit deinen Eltern sprechen, né ...!? Ich werd mit deiner Klassenlehrerin sprechen, né ...!? So was wie du gehört nicht auf die höhere Schule, né ...!?« Und Kohlenklau bekam auch schon einen roten Kopf, mußte jede Sekunde explodieren. Doch nichts passierte. Der Rektor steckte den Brief in die rechte Seitentasche seines Jacketts und machte weiter, als sei nichts gewesen.

»Ihr habt lange kein Diktat geschrieben, né ...!? Hefte raus!« Und dann begann er zu diktieren. Thema: Unterscheide zwischen gs, chs, äcks, äx und x. »Auf dem Bauernhof. Die Jungen füttern flugs die Füchse. Felix mengt reichlich Häcksel unter den Hafer. Max trägt auf der Achsel ein großes Bündel herbei. Davon sollen auch die Kühe und Ochsen etwas bekommen. Der Bauer will ins Holz fahren. Ist alles fix und fertig? Schmiert die Achsen gut! Hängt auch Ketten an die Deichsel. Vergeßt nicht, die Äxte mitzunehmen ...«

Es klingelte, und sie waren erlöst. Kohlenklau machte sich davon und verzichtete sogar darauf, die Hefte einzusammeln.

In der zweiten Stunde hatten sie Englisch bei Mistress Hohmann, einer jungen Lehrerin. Wenn Mistress Hohmann die Hand hob, um etwas an die Tafel zu schreiben, und die schon etwas älteren Jungen ihre schwarzen Haarbüschel in der Achselhöhle sahen, begannen sie leise zu stöhnen. Mistress Hohmann schien das nicht ohne Freude zu hören, ging aber niemals darauf ein.

»Coal ist the basis of our economic life.«

Bimbo sollte den Satz, den sie soeben an die Tafel geschrieben hatte, wiederholen und machte verzweifelte Versuche, gegen seine fürchterliche Aussprache anzukommen.

»Die Grundlage unserer Wirtschaft ist nicht der K o h l«, stöhnte die Englischlehrerin, »sondern die Kohle, englisch: k o u l.«

»Aus K o u l s dorf!« rief Jünne. Kaulsdorf, das war ein Stadtteil im Osten Berlins, und dort hatten die Hahns ihre Laube. »Aber Kohlengruben gibt's da nicht.«

»Ah, der Jünne, auch mal wieder da. Ich bin erfreut, dich zu sehen. Auf Englisch?«

»I'm afraid to see you.«

Alles lachte sich halbtot, und Mistress Hohmann hatte Mühe, die 6 c wieder in den Griff zu kriegen. »Und, Bimbo: t h e – das ist ein Tiäitsch und ist nicht zu sprechen wie Glatze ...«

»Und auch nicht wie Votze«, sagte Jünne.

»Raus!« schrie Mistress Hohmann. »Du meldest dich sofort beim Rektor!«

Jünne zog davon, und es war ein klarer Sieg für ihn. Mistress Hohmann ließ für den Rest der Stunde das Ti-äitsch üben, was dazu führte, daß sie sich alle gehörig vollspuckten und einen Riesenspaß dabei hatten.

Es klingelte zur großen Pause. Sie stürzten auf den Hof hinunter. Manfred lief in die Ecke, wo man sich im allgemeinen zum *Köppen* traf. Immer zwei gegen zwei. Er mußte warten und stellte sich zu Werner Riese, um in dessen HÖR ZU hineinzusehen. Das war im Augenblick die absolute Sensation. Manfreds Eltern kauften sie nicht, weil sie ja ihren Lesezirkel hatten. Allerdings bekamen sie ihre Hefte immer erst, wenn sie vorher schon von drei anderen Abonnenten gelesen worden waren. Da waren zwar die meisten Ereignisse schon wieder vergessen, fast alle Rätsel gelöst, einige Seiten rausgetrennt und viele andere mit Fettflecken verziert, aber es war erheblich billiger. »Die aktuellen Hefte nehmen wir erst, wenn wir mal im Toto gewinnen«, sagte sein Vater. Die Tototips besprach Manfred mit Klaus Zeisig. Mit dem zusammen trat er dann auch zum *Köppen* an und gewann gegen die Mannschaft Jünne/Peter Grau mit 5:4. Das ließ beide mächtig jubeln. So ging die Pause viel zu schnell zu Ende.

Oben in der Klasse warteten sie auf Frau Fahlenberg, doch die wollte und wollte nicht kommen. Wahrscheinlich hatte es beim Arzt doch länger gedauert, und Kohlenklau war anderswo beschäftigt und hatte von ihrem weiteren Fehlen nichts bemerkt. Die 6 c begann ihre unerwartete Freiheit auf bewährte Art und Weise zu nutzen. Einige spielten zwar vergleichsweise leise *Mau-Mau*, kauten – nach dem Erfolg mit Kohlenklau – neues Löschpapier aus und katapultierten es zur Decke hinauf oder dösten ganz einfach selig vor sich hin, die meisten aber tobten herum und bemühten sich nach Kräften um größtmöglichen Lärm. Da wurde geboxt und gerungen, mit viel Geschrei über Tische und Bänke gesprungen, und Jünne nutzte das Wasser, das zum Gießen der Pflanzen auf Manfreds Schmöckwitzer Blumenbank reichlich vorgehalten wurde, um seine Gegner zu bespritzen.

Dieses Tohuwabohu – und die Erinnerung an den gestrigen Renntag im Neuköllner Stadion – brachte Manfred auf die verhängnisvollste Idee der letzten Jahre. Es geschah ganz einfach mit ihm. Teils wollte er selber im Mittelpunkt stehen und die anderen jubeln hören, teils war es die unschuldige Reaktion des geborenen Komödianten, ganz einfach Lust und Drang, aus einer tollen Sache Kapital zu schlagen. Jedenfalls riß er sich vom Deckel seines Schreibheftes ein Stückchen schwarze Pappe ab und klebte es sich mit etwas Spucke als Bart unter die Nase. Auch die Haare waren schnell in die richtige Form gebracht. Dann sprang er auf den Lehrertisch und spielte Hitler.

»Rrrruhe! Euer Führer spricht zu Euch!«

Was auch immer seine Klassenkameraden gerade getan hatten, sie brachen ihre Tätigkeiten ab und nahmen Haltung an.

Und dann wiederholte Manfred das, was er auf der Radrennbahn gehört wie gesehen hatte. »Die ganze Welt soll wissen, daß Widerstandswille und Opfermut des deutschen Volkes ungebrochen sind. Nun ist es auch hier in dieser Klasse soweit: Der Deutsche Volkssturm wird gebildet. Ich frage Euch, die 6 c: Wollt Ihr da beseite stehen ...!?«

»Nei-en!« schrien alle.

Manfred legte die rechte Hand an einen imaginären Mützenrand und grüßte die Menge, so wie er es in den Wochenschauen oft gesehen hatte. Und sofort streckten sich ihm dreißig erhobene Hände entgegen. »Es geht um das Leben unseres Volkes! Es geht um die Existenz unserer Neuköllner Heimat! Wollt ihr den totalen Krieg!?«

»Jaaa ...!« brüllten alle, und Jünne fügte noch hinzu: »Und alle Schulen kaputt!«

Manfred kam zum Höhepunkt seines Auftritts. »Ein Volk, ein Reich, ein Führer! Heil!«

»Heil Hitler!« kreischten alle.

Manfred ließ sich richtig mitreißen und hatte wirklich feucht schimmernde Augen, als er es voller Pathos verkündete: »Ich führe Euch herrlichen Zeiten entgegen!«

»Frau Fahlenberg kommt!« Bimbo, immer überaus vorsichtig, hatte in der Tür gestanden, um das rechtzeitig melden zu können.

Manfred sprang vom Tisch herunter, und ehe Frau Fahlenberg den Klassenraum betreten hatte, waren sein Hitler-Bart wieder verschwunden und die Haare ordentlicher als je zuvor gekämmt.

Frau Fahlenberg hatte nichts mitbekommen von allem, entschuldigte sich für ihre Verspätung und begann sofort mit ihrem Deutschunterricht. »Deutsche Sprache, schwere Sprache, wie Ihr wißt: Sehen wir uns also noch einmal an, wo ein x stehen muß und wo c-h-s richtig ist.«

Keiner aus der Klasse hatte mitbekommen, daß der Rektor vom gegenüberliegenden Büro aus alles genau beobachten konnte ...

Sofort nach der Schule war Manfred nach Schmöckwitz gefahren.

Bei der Fahrt den Langen See entlang fragte er sich, ob sein Vater nicht doch zu überreden war, das Faltboot aus dem Schuppen zu holen und mit ihm eine kleine Tour zu machen. Schwimmen konnte er ja nun dank des Hallenbades in der Ganghoferstraße und der altbewährten Angel.

Seine Oma kam ihm entgegen, als sie hörte, wie er das Gartentor aufklinkte. Drei Kittelschürzen übereinander. »Schön, daß du da bist, mein Junge!« Sie umarmte ihn. Zeit für ihn hatte sie im Augenblick leider keine, denn in der Laube tagte das Konsumkomitee, in dem sie Mitglied war. Es ging um ein Thema, das ihr sehr am Herzen lag: Daß die Verkäuferinnen im Konsum drüben endlich Häubchen tragen sollten, der Hygiene wegen, aber auch um hübscher auszusehen.

Manfred zog sich um, legte sich ins Gras und schlug »Ein Sohn der Sonne« auf. Mit Jack London begann er ansonsten immer erst in seinen großen Ferien, aber heute war ihm so zumute, und außerdem waren es ja nur noch wenige Wochen bis zum ersten Ferientag. Obwohl sein Vater ihm schon angekündigt hatte, daß es diesmal ein wenig anders sein würde, im Hinblick auf die höhere Schule nämlich. In anderen Schulen seien sie weiter und besser. Nun ja: *Kommt Zeit, kommt Rat.* Manfred lockte Sultan herbei, den Kater der Nachbarn, und ließ sich von ihm seine Warzen ablecken. Das sollte helfen, damit sie wieder weggingen. Dabei begann er zu lesen. Schon der erste Satz der ersten Geschichte ließ ihn davonfliegen von Schmöckwitz zu den Salomon-Inseln.

> Die Willi-Waw lag in der Durchfahrt zwischen Küstenriff und Außenriff, wo das leise Murmeln der trägen Brandung erklang; aber die Wasserfläche, die keine hundert Schritte weit bis zu dem weißen Strande aus feingemahlenem Korallensand reichte, war glatt wie ein Spiegel ...

Gleichzeitig aber träumte er davon, daß sein Vater eines der beiden Faltboote, die auf dem Grundstück lagerten, endlich flottmachte und mit ihm zum Seddin-See fuhr.

In der engen Durchfahrt lag das Schiff an einer Stelle verankert, die ihm kaum erlaubte zu schwojen …

Was mochte das heißen: zu schwojen? Während Manfred darüber nachdachte, erklang draußen auf der Straße ein Hilfeschrei. Er fuhr hoch, und mit ihm taten das die fünf Frauen vom Konsumkomitee.

Es war jedoch nichts weiter: lediglich Tante Trudchen, die das Gartentor nicht aufbekam, weil er vorhin beim Kommen aus Versehen abgeschlossen hatte.

»Warum hast du denn nicht geklingelt?«

»Hab ich doch, Sturm sogar.«

Es stellte sich heraus, daß die Klingel nicht funktionierte, was allerdings des öfteren geschah.

»Manfred macht sie wieder ganz«, sagte seine Oma.

Das war nun leichter gesagt als getan, denn von der Veranda, wo der Klingeltrafo hing, bis zum Zaun waren es gut und gerne vierzig Meter. Die Klingelleitung war zwar ein bleistiftdickes Bleikabel von Vorkriegsqualität, aber auch das war kein wirksamer Schutz gegen Manfreds Spaten und Schippen. Zwar lag sie, wie es Vorschrift war, ihre achtzig Zentimeter tief im märkischen Sand, doch wenn er seine Tunnelröhren für S- und U-Bahn baute, kam es schon vor, daß sie ihm im Wege war. Ab und an durchstieß er sie und hatte dann alle Mühe, die Drähte wieder zusammenzuknüppern, ehe jemand vorne auf den Klingelknopf drückte und seine Oma etwas merkte. Wenn nun der Kupferdraht im feuchten Boden Grünspan ansetzte oder das Wurzelwerk ihn übermäßig spannte, war bei nur zwölf Volt Spannung der Kontakt schnell unterbrochen.

Manfred holte Spaten und Schaufel aus dem großen Schuppen und begann, überall da zu graben, wo er in den letzten Jahren bei seinen Bauarbeiten Pech gehabt hatte. Das war eine Menge Arbeit, und es lobten ihn sowohl die Konsumdamen, die nun wieder nach Hause gingen, als auch die liebe Tilly, die gerade aus Lichtenberg kam. Nach einer guten Stunde hatte er die schadhafte Stelle entdeckt und den Fehler behoben. Stolz eilte er nach vorn, um den Klingelknopf zu drücken.

»Sie geht wieder!« riefen Tante Trudchen und die liebe Tilly von hinten.

Manfred genoß es, von allen bewundert zu werden.

»Laß die Grube gleich offen«, bat ihn seine Oma. »Da kommt der ganze *Kareix* hinein.« Damit meinte sie alte Töpfe, zerbrochene Tassen und alles mögliche Gerümpel. Manfred tat ihr den Gefallen und freute sich über die Gesichter, die die Archäologen nach 10 000 Jahren machen würden, wenn sie dies alles wieder ausbuddelten. Wie Schliemann in Troja.

Schwül war es schon die ganze Zeit über gewesen, nun aber zogen über dem Seddin-See dicke Wolken auf, und ein Gewitter drohte. Schnell mußten die Kissen von den Stühlen losgebunden und ins Haus getragen werden, in die Veranda wenigstens, wo aber Manfreds Spielsachen auf den Bänken lagen. Es stürmte und donnerte schon mächtig, als sie die letzten Liegestühle und Tischdecken geborgen hatten.

»Da vorn unter der Birke steht noch meine Tasche«, rief Tante Trudchen, und Manfred rannte nach vorn, um sie zu holen. Gerade hatte er sie aufgenommen, da stürzte das Wasser vom Himmel, und zehn Meter weiter schlug der Blitz in einen Mast der Straßenbahn. Es knallte kurz und trocken, die Elektrizität ließ ihm die Haare hochstehen, es schien keine Luft mehr zu geben, die er atmen konnte, und eine Druckwelle fegte über die Erdbeerbeete Richtung Haus. Im ersten Augenblick glaubte Manfred, der Blitz wäre in die Birke neben ihm gefahren und hätte ihn getroffen. Mit weichen Knien kam er in die Veranda gestürzt.

»Ich hab vielleicht einen Todesschreck bekommen ...«

Seine Oma, die gerade beim Saftmachen war, tröstete ihn und gab ihm einen Schluck ihrer einmaligen Mischung Rhabarber, Stachel-, Johannes- und Himbeere zu trinken.

»Schmeckt prima«, sagte Manfred. »Und im Verhältnis 1:100 000 verdünnt, hat die Familie bis zum Jahre 2000 immer was zu trinken.«

»Du Strick du«, lachte seine Oma.

»Das hätte dem Jungen das Leben kosten können«, meinte die liebe Tilly.

»Wie ...?« fragte Manfred. »Daß ich den Saft getrunken habe.«

»Nein, der Blitz.«

»Unkraut vergeht nicht«, merkte Tante Trudchen an.

Manfred wurde nun zum Abpulen der vorhin geernteten Johannisbeeren eingesetzt. An sich machte das Ritual des Saftkochens ja Spaß. Die gesäuberten und entstielten beziehungsweise entkernten Früchte wurde oben in einen Aluminiumtopf getan, der fast die Größe eines der Essenskübel hatte, wie sie in der Schulspeisung üblich waren. Unten, in einem Extrateil, wurde Wasser zum Kochen gebracht, und der heiße Dampf löste oben den Saft aus den Früchten. Nach einiger Zeit konnte man Saft dann mittels eines schmalen roten Schlauchs in die vorher sorgfältig ausgespülten Flaschen füllen. Dazu mußte man eine Klemme öffnen, die ihn verschlossen hielt. Über die Flaschenhälse wurde ein rotes Gummihütchen gestülpt, um alles luftdicht abzuschließen. Die ganze Sache war nicht ungefährlich, denn wenn man auch nur eine Sekunde lang nicht aufpaßte, konnte man sich an dem kochend heißen Saft höllisch verbrühen. Die Flaschen wurden dann mit wunderschön beschriebenen Etiketten versehen – etwa »Johannisbeere – 3. Juli 1950« – und weggestellt. Nur die, auf denen sich trotz aller Vorsichtsmaßnahmen Schimmel zeigte, wurden frühzeitig freigegeben, alle anderen für den Winter und zum Verschenken aufgehoben, und alle lieben Menschen durften damit rechnen, zum Geburtstag oder zu Weihnachten eine Flasche Saft aus Schmöckwitz zu bekommen. Wenn seine Oma dabei war, mußte man ihn trinken wie göttlichen Nektar und dabei sagen »Oh, die vielen Vitamine«. Teilweise wurde aus dem Saft auch noch Gelee gemacht, wozu es aber nicht immer genügend Zucker und *Opekta* gab, und aus den entsafteten Früchten noch Marmelade gekocht. Anschließend meinten dann alle, daß es in der kleinen Küche aussähe wie im Schweinestall.

Der starke Regen hatte es in der Laube wie auf der Veranda durchregnen lassen, und Manfred mußte nun auf die Dächer klettern, um die undichten Stellen mit heiß gemachtem Teer wieder auszubessern. Obwohl es schon später Nachmittag war, knallte die Sonne noch immer und wieder vom Himmel, und alles war so schnell wieder abgetrocknet, daß er bald beginnen konnte.

Es war spannend, die Welt von oben zu sehen. Ein bißchen Höhenangst hatte er aber, und da er ein furchtbar schlechter Turner war, war er vor allem beim Hinauf- und Hinabklettern von schweren Stürzen bedroht. Auch der kochende Teer war eine ständige Gefahr. Mit ein paar Dachpappennägeln wäre der Schaden schnell behoben gewesen, aber diese gab es ebenso wenig wie Dachpappe selber, zumindest nicht in Ostberlin. So mußte Manfred mit einem alten Handfeger Teer in großen Mengen verstreichen, und der Eimer war schon ziemlich leer und die Masse weithin erkaltet, als er ihn mit einer selten ungeschickten Bewegung doch noch umkippte. Wie Lava und ebenso unaufhaltsam lief der Teer das Verandadach hinunter, und obwohl

Manfred sofort eine schrille Warnung ausstieß, bekam die liebe Tilly eine Ladung auf den Kopf.

»Wie seh ich denn jetzt aus!« Sie war entsetzt, denn mit Wasser und Seife ließ sich der Teer nicht entfernen, und Chemikalien hatten sie keine.

»Macht nichts«, sagte Manfreds Oma tröstend. »Hast du wieder so wunderschöne schwarze Haare wie in deiner Blütezeit ...«

Doch die liebe Tilly wollte sich weder mit der Verfärbung ihrer weißgrauen Haare abfinden noch zur Schere greifen, um sich die schwarze Strähne herauszuschneiden, und ging in den großen Schuppen, um dort nach vergessenen Flaschen zu suchen. »Vielleicht gibt es ja doch noch Benzin oder Terpentin, um den Teer aus meinen Haaren zu entfernen.«

Manfred bot sich an, ihr dabei zu helfen. Doch lange hielt er nicht durch, denn als sie sich durch das Gerümpel bis zu einem ausrangierten Küchenschrank durchgekämpft hatten, fiel ihm ein alter Diskus in die Hand. Er wußte, daß sein Großvater, sein Vater, Onkel Gerhard und andere vor dem Krieg immer die »Schmöckwitzer Sportspiele« veranstaltet hatten, und im Rahmen eines Zehnkampfes hatte es auch die Disziplin Diskuswurf gegeben. Allerdings auch Handgranatenweitwerfen und Scheibenschießen, was Manfred erstaunlich fand, weil doch alle immer sagten, Krieg und Waffen seien etwas Fürchterliches.

Manfred freute sich über den Diskus und begann sofort mit dem ersten Versuch. Die kleine Sandfläche vor dem hölzernen Toilettenhäuschen eignete sich bestens dafür. Im Geschichtsbuch war zu sehen, wie die alten Griechen bei den Spielen in Olympia ihren Diskus geschleudert hatten. Wurf ... und die schönen Hortensien seiner Oma – die, die gleich links neben der Zementplatte standen, wo sie immer saßen – waren zu zwei Dritteln abrasiert. Manfred eilte hin und steckte die abgetrennten Stiele so geschickt in den Boden, daß sie wie echt aussahen. Als die Hortensien dann in den nächsten Tagen ihre Blätter hängen ließen, schimpfte seine Oma heftig über Blattläuse und den nährstoffarmen Boden.

Manfred schlich zum Schuppen, um den Diskus wieder einzumotten. Die liebe Tilly kam ihm mit einem panischen Aufschrei entgegengesprungen: »Ein Wespennest!« Dies zu beseitigen, war eine höchst gefährliche Sache, und schaffte er es, dann war das eine angemessene Wiedergutmachung für die geschändeten Hortensien.

Es mußten umfangreiche Vorbereitungen getroffen werden. Wasser war in großen Mengen heiß zu machen, und er mußte sich angemessene Schutzkleidung beschaffen, was dauerte. Schließlich steckte er in einer zerschlissenen Joppe seines Urgroßvaters und den weggeworfenen Hosen eines Wehrmachtsoffizier, die seine Oma im April 1945 im Wald nahebei aufgesammelt und grundgereinigt hatte. Auf den Kopf kam ein alter Filzhut, den Tante Gerda hinterlassen hatte, und sein Gesicht schützte ein Stück Tüllgardine. Als Handschuhe dienten zwei wasserdichte Gummibeutel, in denen seine Eltern beim Faltbootfahren ihre Wertsachen mitgenommen hatten. So ausgerüstet, stellte er eine große Schüssel mit kochendem Wasser direkt unter das Wespennest und stieß das seidig-graue Gebilde dann mit einem zusammengesteckten Paddel von der Schuppenwand hinunter. Tür zu und Flucht durch den halben Garten. Er entkam ohne einen Stich. Die drei Frauen hatten sich in die Veranda begeben und empfingen ihn nun wie einen aus der großen Schlacht heimkehrenden Helden. Manfred genoß es.

Nachdem er mit einem Glas Saft belohnt worden war – ein Zehntel Himbeere, neun Zehntel frisch gepumptes Brunnenwasser –, kamen Jörg und Robert, seine neuen Schmöckwitzer Freunde. Jörg wohnte im selben Haus wie Else Zastrow, das heißt, in der Post an der Brücke hinten, und Robert war zu Besuch bei Erna Kühnemund. Er kam aus einem Dorf irgendwo im tiefen Süden Brandenburgs, wo Erna Kühnemund seiner Mutter ein gutsitzendes Korsett verkauft hatte; Beginn einer lebenslangen Freundschaft.

Zuerst spielten sie Tischtennis auf einer Platte, die im Krieg als Decke eines Bunkers gedient hatte, eines Unterstandes, den Onkel Gerhard und sein Vater für die Familie aufgrund irgend eines NS-Erlasses in schweißtreibender Buddelarbeit vorn im Garten hatten anlegen müssen. Manfred konnte sich noch gut daran erinnern: es hatte herrlich weißgelben Buddelsand gegeben. Das Gewicht der aufgeschütteten Erde und die Feuchtigkeit hatten die zusammengenagelten Bretter ein wenig verformt, so daß die ohnehin schon stark lädierten Zelluloidbälle stets in die Richtung sprangen, an die man am wenigsten gedacht hatte. Das war nur anfangs ein Riesenspaß, doch als es dann um die Wurscht ging und beim 19:20 die Bälle versprangen, schimpften sie gehörig, denn der Sieg war das wichtigste am Spiel, obwohl seine Oma sie ständig an die olympische Devise erinnerte, daß die Teilnahme das Entscheidende sei, der Spaß an der Sache.

Sie warfen die Kellen in den Sand und zogen sich nach vorne zurück. Was tun mit dem Rest des Tages? Robert wollte zum See runter und Baden gehen, Jörg *Schwarzer Peter* spielen, Manfred mit alten Krückstöcken ein Hockeyturnier veranstalten. Sie konnten sich nicht einigen. Da standen sie nun am Zaun, wußten keinen Rat und sahen zu den Radfahrern hinüber, die auf dem gegenüberliegenden Bürgersteig des Adlergestells heimwärts zogen.

»Ich muß mal pinkeln«, sagte Robert, knöpfte seine Hose auf und zielte auf die Himbeersträucher.

»Bist du bescheuert!« Manfred riß ihn zurück. »Geh auf die Toilette!«

Das war Robert aber zu weit. »Dann pinkle ich eben in die Flaschen hier.«

Am Gartentor stand eine Tasche mit leeren Flaschen. Wenn Manfred sich recht erinnerte, waren sie am frühen Nachmittag von Friedchen Honka gebracht worden, der Kassiererin des Demokratischen Frauenbundes, dem seine Oma selbstverständlich angehörte. So als kleine Aufmerksamkeit und damit es zur Weihnachtsfeier wieder eine kleine Spende aus dem Garten gab: Himbeere-Rhabarber-Johannisbeere.

Und Robert pinkelte tatsächlich in eine Flasche aus tadellos weißem Glas.

»Sieht aus wie Apfelsaft!« rief Jörg. »Trink mal!«

Robert schüttelte sich, aber Manfred hatte daraufhin *die* Idee des Tages: »Da kleben wir 'n Etikett von meiner Oma rauf und legen sie drüben auf die Straße. Und wenn dann einer kommt und findet sie ...«

Es dauerte eine Weile, bis sie ihre Vorbereitungen getroffen hatten. Manfred mußte sich erst zum Spind seiner Oma schleichen und ihr eines der Etiketten stiebitzen, ebenso einen der roten Gummiverschlüsse. Das wäre normalerweise nicht zu deichseln gewesen, aber sie hatten Glück, denn zwei der vielen Freundinnen seiner Oma machten gerade ihren Abendspaziergang und wollten eben mal vorbeischauen: Frau Parow vom Veteranenheim am Schmöckwitzer Hafen und Trudchen Krummhauer, die hinten an der Brücke wohnte. So war seine Oma gehörig abgelenkt. Frau Parows Mann war nämlich einer ihrer Lehrer gewesen, und sie erinnerte sich sehr gern an ihn. Noch mehr Aufmerksamkeit verlangte ihr aber die andere Freundin ab, respektive Bimbo, deren Hund, der sich ständig von seiner Leine losriß, um im Garten nach Mäuschen zu suchen. Dabei zerwühlte er die frischen Beete und legte das Wurzelwerk der Bäume frei. Vor einem Jahr hatte Bimbo Durchfall gehabt, und Trudchen Krummhauer war mit ihm und ihrem Mann nach Köpenick zum Tierarzt gefahren. Bimbo schien die Staupe zu haben, und sie fürchtete schon, ihn zu verlieren. Unterwegs war ihrem Mann schlecht geworden, und sie hatte ihn aussteigen lassen. »Setz dich da auf die Bank; ich geh schnell zum Tierarzt und hol dich nachher wieder ab.« Als sie zurückkam, war ihr Mann gerade an einem Herzanfall gestorben. Dem Hund aber ging es bestens.

Über dieses schicksalhafte Ereignis mit allem Hätte, Wenn und Aber diskutierten die fünf Frauen – Tante Trudchen und die liebe Tilly waren noch hinzukommen – auch heute wieder mit vielen Emotionen. So schaffte es Manfred, sich Etikett und Flaschenverschluß ungesehen anzueignen. Auch einen Kopierstift hatte er mitgebracht, mit dem sie kunstvoll und in Nachahmung der Handschrift seiner Oma das Wort Apfelsaft auf das Etikett malten.

Die Frage war nun, wer die Flasche mit Roberts Pisse drüben auf die Straße legte.

»Du natürlich!« Manfred zeigte auf Jörg, denn er, Manfred, hatte schließlich die Idee dazu gehabt und Etikett wie Verschluß organisiert, und von Robert stammte immerhin der Inhalt der Flasche.

»Na schön ...« Jörg trabte los. Die Gefahr für ihn war denkbar gering, denn drüben wohnte ja keiner, da ragten nur die Karnickelberge mit ihren fünfundzwanzig Metern Sand und ihren Kiefern in den märkischen Himmel, der sich langsam rötlich-gelb zu färben begann. Ohne Mühe gelang es ihm, die Urin-Apfelsaft-Flasche zwischen zwei Radler-Pulks an den Rand des Radfahrweges zu legen, und zwar so ins dichte Gras, daß man sie zwar noch sehen konnte, aber auch glaubhaft erschien, daß sie jemandem vom Rad gefallen war, ohne zu zerbrechen.

Jörg kam zurück, und sie legten sich flach wie die Indianer hinter den Zaun, um auf ihr Opfer zu warten.

Jeder malte sich aus, daß ausgerechnet jetzt sein Erzfeind vorüberkam und die Flasche fand.

»... dann angesetzt und ausgetrunken, in einem Zug!« Robert wünschte sich das für seinen älteren Bruder.

»Mein Mathelehrer«, stieß Jörg hervor.

»Der Schaller müßte jetzt kommen«, hoffte Manfred.

Doch sie warteten lange Zeit vergeblich. Entweder die Radler fuhren vorbei, ohne die Flasche zu sehen, oder sie hielten zwar an und hoben sie auf, ließen sie dann aber wieder fallen, weil sie der ganzen Sache doch mißtrauten. Apfelsaft war zwar heiß begehrt und sie jieperten danach, aber sich vielleicht vergiften: nee …

Dann kam eine vierköpfige Familie: Vater, Mutter, Sohn und Tochter. Die Frau schrie: »Da liegt 'was!«, und alle hielten an. Der Mann stieg ab, um die Apfelsaft-Urin-Flasche aufzuheben.

»Was is'n das?«

»Apfelsaft. Muß einer verloren haben.«

»Prima, steck ma' ein, haben wir was zu trinken heute abend.«

Der Mann bog sich nach hinten und steckte die Flasche in den großen Korb, den er auf seinem Gepäckträger festgebunden hatte. Dann fuhren die vier weiter Richtung Berlin.

Nie sollten die drei Jungen erfahren, was sich beim Abendessen der glücklichen Finder abgespielt hatte, aber noch fünfundvierzig Jahre später mußte Manfred schmunzeln, wenn er sich vorstellte, wie sie ihre gefüllten Becher an die Lippen setzten und … Gott, das Urintrinken war ja inzwischen fast zur Mode geworden.

Jörg und Robert zog es nun wieder nach Hause, und Manfred wurde zum Sprengen eingesetzt. Danach gab es Abendbrot, und dann kamen Else Zastrow und Erna Kühnemund zum Romméspielen. Für Manfred war das Leben wunderschön und die Welt total in Ordnung. Da er mit Tante Trudchen unter dem Tisch heimlich die passenden Karten austauschte, war er, auch nachdem er den Gewinn mit ihr geteilt hatte, zudem noch der große Sieger dieses Abends.

Fast war es Mitternacht, als die beiden Freundinnen seiner Oma gegangen waren und sie alles verrammelt hatten. Dann lag er oben im Bett, schwitzte gehörig und kämpfte gegen die Mücken, die tagsüber durch das brüchige Gazefenster eingedrungen waren. Seine Lektüre war eines der älteren Tagebücher seiner Oma, das er ihr stiebitzt hatte.

> 25°, sonnig und warm. Sehr schlecht geschlafen. Um 1/2 8 aufgestanden und Strümpfe gestopft. 3 Pfund Erdbeeren abgenommen und mit Rhabarber geschmort. 3 Heringe saubergemacht, davon 2 eingelegt. Liegestühle mit neuem Stoff versehen. Plättete mein braunes u. mein blaues Kleid. Zum Friedhof gegangen und Gräber begossen. Nähte Ottos Nachthemd ganz. Else Zastrow schickte 1 Liter Milch zu 1,50, welche abkochte. Zum Mittag Milchreis mit br. Butter, Zuk-

ker und Zimt. Für Manfred Windjacke, Strümpfe und Turnhose gewaschen. Von 1/2 2 bis 1/2 4 im Garten Unkraut beseitigt. Wieder große Schmerzen in der Schulter gehabt. Um 1/2 1 ging mit dem Heizkissen schlafen.

Manfred nahm sich vor, ihre Tagebücher später einmal zu parodieren und das dann vorzutragen, wenn sie 75 wurde. Das tat er dann auch, und dieses nachempfundene Tagebuch war eigentlich typischer für seine Schmöckwitzer Oma als das Original. Manfred wußte, daß Schmöckwitz ein Paradies auf Erden war und daß er sein Leben lang daran leiden würde, es verloren zu haben. Und erst knappe fünfzig Jahre später sollte er den Begriff für das finden, was ihn in seinen Schmöckwitzer Tagen immer wieder erfüllte: FLOW, das absolute Einssein mit Gott und der Welt. So schlief er dem Sonntag entgegen.

Er erwachte, als ein Eichhörnchen den herabhängenden Kiefernast verfehlte und auf das Flachdach plumpste, genau über seinem Kopf. Die Elstern nebenan im Wald veranstalteten ein Riesenspektakel und unterdrückten die zarten Töne von Amseln, Meisen und Spatzen. Als sie kurz verstummten, hörte er das Sirren der Mücken, die – vollgetankt mit seinem Blut – durch das löchrige Gazefenster zu entkommen suchten. Eine 86 kam von Grünau und hielt mit dem typischen *Öööö h* vor der Tankstelle. Er stand auf und zog sich das vielfach geflickte Nachthemd aus. Es sollte von einem Onkel namens Salo stammen, aber der war seit Jahrzehnten tot. Er trat ans Fenster und sah in den Garten hinunter. Halb sieben war es, und der Tau hatte noch alles – Gräser, Pflanzen, Stühle und Tische – mit seinem Firniß überzogen; die Sonne stand erst knapp über den Pappeln am Schmöckwitzer Hafen. Erste Radfahrer huschten an den Karnickelbergen vorbei, nur wenige Autos.

Manfred zog sich an. Waschen und Zähneputzen waren hier nicht nötig, Schmöckwitz war die reine Natur. Die Zähne wurden sauber, wenn er nachher frühstückte, und da er mindestens einmal am Tag zum Baden ging, roch er auch nicht. Seine Turnschuhe waren furchtbar ausgelatscht und hatten eine Sohle aus einem Stück Linoleum unbekannter Herkunft. Seine kurze Hose war von feldgrauer Farbe, schlotterte mächtig und reichte bis zum Knie hinunter. Bei den Klassenkameraden hießen solche Modelle immer *Dynamo Moskau*. Passend dazu war sein Oberhemd. Es kam aus den Beständen der Roten

Armee, und seine Oma hatte es '45 für das Nähen roter Sowjetfahnen bekommen. Kurzum, er sah schon *verboten* aus.

Ohne seine Oma, Tante Trudchen und die liebe Tilly zu wecken, schlich er sich aus dem Haus und ging in den Wald, Kienäppel sammeln. Seine Mutter hatte in der nächsten Woche Geburtstag, und da wollte er ihr seine Liebe dadurch beweisen, daß er sich genau fünfhundertmal bückte.

Gleich nach Kriegsende und in den kalten Wintern 1945/46 und 1946/47 wäre es unmöglich gewesen, in absehbarer Zeit hier am Rande der Stadt einen großen Beutel voll Kienäppel mit nach Hause zu bringen, da waren die Wälder wie leergefegt gewesen, jetzt aber ließ sich das schon schaffen, obwohl nur die wenigsten Zentralheizung hatten und immer noch Kienäppel und Kleinholz brauchten, um Feuer zu machen. Das Brennholz, das man für seine Kartoffelschalen bekam, reichte da zumeist nicht aus.

Manfred arbeitete sich langsam durch den Wald zwischen Schmöckwitz und Karolinenhof, einem vergleichsweise schmalen Streifen, der eingeklemmt war zwischen den Seglerheimen am Langen See und dem Adlergestell, der Ausfallstraße nach Königs Wusterhausen und Cottbus. Nachdem er zweihundert Kienäppel im Beutel hatte, entschloß er sich, in *Waldidyll* eine kleine Rast zu machen. Gerade tuckerte die erste Fähre nach *Krampenburg* hinüber. Ansonsten war der See noch ruhig. In der muschelförmigen Bucht zwischen den Inseln vor der Schmöckwitzer Brücke und Karolinenhof hingen noch die Nebelschleier, und wie schwarze Pappmachéfiguren saßen Angler in ihren Kähnen und starrten auf die weiß-roten Schwimmer am Ende ihrer Schnüre. Manfred verspürte eine unbändige Lust, jetzt in einem kleinen Boot zu sitzen und mit seinem scharfen Bug das Wasser zu zerschneiden, das wie ein grünschwarzer Bogen Pappe vor ihm lag. Ob sich sein Vater überreden ließ, wenn er nachher nach Schmöckwitz kam? Manfred setzte sich für einen kurzen Augenblick auf das Geländer des Stegs. Linkerhand hinter dem See zog sich der blaugrüne Kiefernrücken der Müggelberge Richtung Wendenschloß. Dies alles war die Welt, die er noch erobern konnte, wollte, mußte. Er kam sich vor wie Robinson, gerade gelandet. Alles war noch neu. Doch irgendwie fühlte er schon, dazu las er zu oft Zeitung und hörte RIAS wie *Berliner Rundfunk*, daß alles anders kommen sollte, hatte eine ungewisse Vorahnung von Passierscheinen und Mauer, davon, in seiner Heimat ein Ausländer zu sein. Es war die vorweggenommene Trauer um eine verlorene Zeit. Natürlich hätte er es nie in Worte kleiden können, was ihn da bewegte, aber es ließ sich nicht verleugnen, daß er als Westberliner in seinem Schmöckwitz immer mehr ein Fremder wurde.

Er sprang auf, um weiter Kienäppel zu sammeln. Bald war er auf Höhe des Bunkers und sah in scheuer Angst hinüber. Im Krieg war er nur einmal drin gewesen und vermochte sich kaum noch an die engen grauen Gänge zu erinnern, daher konnte seine Furcht nicht rühren. Aber jetzt: Wahrscheinlich hausten Verbrecher in den Höhlen, die sich nach der mißglückten Sprengung reichlich gebildet haben mußten, oder Sittlichkeitsverbrecher, die es auf Jungen wie ihn abgesehen hatten, vielleicht auch versprengte Russen oder deutsche Soldaten, die man noch suchte und erhängen wollte. Natürlich war das alles Quatsch, aber dennoch machte er einen weiten Bogen um den zusammengesackten grauen Koloß.

Vierachtundneunzig – vierneunundneunzig – fünfhundert. Endlich hatte er sein Soll erreicht. Als er auf das Grundstück zurückgekehrt war, begannen sie, alles für einen wunderschönen Sonntag herzurichten. Erst waren die immer mülligen Wege zu sprengen, ja, fast unter Wasser zu setzen, damit es nachher nicht so staubte und alle sofort dreckige Füße bekamen, dann mußten Tischdecken und Kissen aus der Veranda geholt und ordentlich verteilt und festgebunden werden, Liegestühle waren aufzustellen und der Toiletteneimer zum Kompost zu tragen und auszuleeren. Viele neue Nutzer waren zu erwarten, und es sollte nachher nicht oben rüberlaufen.

Beim Frühstück ging es um Themen wie die große Maikundgebung in West-Berlin (»Gegen Einheit in Ketten, für Frieden und Freiheit«), Adenauers Rede im Titania-Palast und das Deutschlandtreffen der FDJ in Ost-Berlin, aber auch um die Fragen, wer an diesem Tage in Schmöckwitz die Kartoffeln schälte, wer die Erdbeeren pflückte und wer die Laube saubermachte, in der man – des herrlichen Schattens wegen – Mittag essen wollte.

Was die politische Diskussion betraf, war seine Oma – als ehemaliges SPD-Mitglied seit der Zwangsvereinigung mit der KPD in der SED – in der Minderheit, denn er und Tante Trudchen kamen aus West-Berlin, und die liebe Tilly, obwohl in Ost-Berlin zu Hause, war bedingungslose Anhängerin Konrad Adenauers und des Westens.

»Im Westen ist auch nicht alles Gold, was glänzt«, sagte seine Oma und erinnerte daran, daß viele arme West-Berliner, ihre Schwägerin

Trudchen beispielsweise, ihr Fleisch immer noch im Osten kauften, weil es dort viel billiger war, und in den Westen schmuggelten.

»Aber nicht zwischen die Beine gebunden«, erklärte Tante Trudchen, und Manfred erfuhr zum ersten Mal etwas von dieser merkwürdigen Art, Lebensmittel von einem Teil der Stadt in den anderen zu verbringen.

Die liebe Tilly schwärmte vom Flughafen Tempelhof, von dem aus man mit der *Air France* – sie ließ sich das Wort auf der Zunge zergehen – jetzt über Frankfurt nach Paris fliegen könne, und von der bevorstehenden Wiedereröffnung des KaDeWe.

»Wie schön für uns mit unserer kleinen Rente«, sagte Manfreds Oma.

Manfred erinnerte sich an eine Sendung der *Insulaner*, wo der SED-*Funzionär* Walter Gross im Gespräch mit »seine lieben Jenossinnen und Jenossen« folgendes gesagt hatte: »Herrscht denn in West-Berlin wirklich so große Not? Also Leute, ick will nich übertreiben, aber wat ick in West-Berlin jesehen habe: Menschen, denen ... wenn se vor Hunger umjefallen sind, noch die volljefressenen Kapitalisten auf de Neese rumtrampeln!‹ – ›Det haben Sie in West-Berlin jesehen? ... Wo soll denn das gewesen sein?‹ – ›In Hauptmanns *Weber*, ins Schillertheater.‹«

»Der kleine Mann auf der Straße muß immer alles ausbaden«, sagte seine Oma.

»Und die kleine Frau?« fragte Manfred mit Blick auf Tante Trudchen.

Um vom Politischen wegzukommen, erzählte Tante Trudchen von Onkel Adolf, ihrem längst verstorbenen Mann, und dessen Pech. »Vatertag 1928, wo wir nach Erkner rausgefahren sind, an die Löcknitz. Überall das Geld zusammengepumpt, damit Adolf 'n neues Gebiß kriegen kann. Hatten ja alle nichts damals. Ich sag zu ihm: ›Trink nich so ville, du verträgst das nich!‹ – Er aber muß sein Rüssel überall reinhalten. Und als wir denn mit 'm letzten Zug zurück sind nach Berlin, muß er brechen. Kurz vor Karlshorst. Fenster auf und raus. Und dabei verliert er sein Gebiß, unsan ganzen Reichtum. Wir dann am nächsten Morgen die Strecke abgeklappert, jeden Meter abjesucht.«

»Und?«

»Natürlich nichts jefunden.«

»Das wird 'n anderer gefunden und sich zurechtgebogen haben«, war Manfreds Vermutung. »In den Notzeiten damals.«

»Kinder!« rief seine Oma. »Habt ihr nicht was anderes zu bereden?«

»Nein.« Manfred hatte Spaß an diesem Thema, schon deswegen, weil er glaubte, daß es für ihn bis in alle Ewigkeiten nie eins sein würde. »Was macht denn deine Zahnprothese?« Diesen Ausdruck hatte er bei seiner Mutter aufgeschnappt. Im Deutsch der Krankenkassen hieß das so. Und seine Oma hatte ständig Schwierigkeiten damit.

»Meine zweiten Zähne«, stöhnte sie denn auch, »das ist ein Kapitel für sich ...« Tragen konnte sie nur ihr Oberteil, das Unterteil, das sie fürchterlich drückte, lag lediglich im Schrank. Diese Einschränkung hatte für ihr Erscheinungsbild wie für die Dauer ihrer Mahlzeiten erhebliche Folgen, zumal sie – um hundert Jahre alt zu werden – fast ausschließlich Knäckebrot aß. Um dessen harte, stets knochentrockene Scheiben hinunterschlucken zu können, mußte sie es lange in der Mundhöhle hin und her bewegen und mit viel Milchkaffee, das heißt Muckefuck, durchsetzen. Das dauerte nicht nur, sondern verlieh ihr auch den Ausdruck einer selbstzufrieden mümmelnden Häsin, wie Manfred fand. Und Fleisch und andere zähe Nahrung mußte sie sich immer erst in winzig kleine Bissen zerschneiden.

Die liebe Tilly dagegen freute sich, daß ihr neues Gebiß kaum drückte, wollte es aber dennoch nach dem Frühstück erst einmal wieder in die Schale legen, um ihrem Gaumen Zeit zu geben, sich zu erholen.

Ein Pfauenauge war auf der Suche nach einer geeigneten Blüte und landete auf dem geblümten Kissen eines der überzähligen Stühle.

»Ist der nicht wunderschön!« rief seine Oma. »Was die Natur so zaubert!«

Die liebe Tilly merkte an, daß sie sieben dieser wunderschönen Schmetterlinge bei sich zu Hause habe. »... unter Glas auf meinem Tablett, auf dem ich meinen Gästen immer Likör serviere.«

»Das ist doch Tierquälerei!« rief Manfred.

»Die sind doch längst tot.«

Seine Oma erzählte noch, daß ihre Kinder – gemeint waren Manfreds Eltern – in diesem Jahr, und zwar zum ersten Male nach dem Kriege – wieder verreisen wollten. »... nach Parten-Garmischkirchen soll es gehen.«

»Garmisch-Partenkirchen, Oma!«

»Na, sag ich doch!« Damit leitete sie über zu dem, was bei keiner

Mahlzeit fehlte: dem ausführlichen Bericht der einzigen Urlaubsreise, die sie je in ihrem Leben unternommen hatte. »Ich erinnere mich noch gut daran, wie ich damals mit Großmutti Schulze in Bad Altheide gewesen bin ...« Ihre Schwiegermutter hatte sie im Sommer 1925 eingeladen, sie zu einer kurzen Kur ins Gebirge zu begleiten. Zu anderen Reisen hatte es nie gereicht, zwei Kinder und das Grundstück in Schmöckwitz hatten alles verschlungen.

Nachdem sie Bad Altheide abgehakt hatte, erklärte sie das sonntägliche Frühstück für beendet.

Tante Trudchen stand auf. »Jetzt geh ich Kienäppel sammeln.« In Kittelschürze und mit Klotzpantinen zog sie los.

»Zum Bunker hin hab ich alles abgesucht«, sagte Manfred.

»Dann geh ich über die Straße rüber.«

Manfred sah ihr hinterher. Sie war eine kleine liebe Hutzelfrau, vergleichbar der Brezelschulzen in den *Heiden von Kummerow*.

Nachdem er das schmutzige Geschirr zum Abwasch getragen hatte, fragte Manfred noch, ob er seiner Oma und der lieben Tilly irgendwie helfen könne, doch glücklicherweise verneinten sie das. So hatte er Zeit, seinen Zoo ein wenig vom Unkraut zu säubern und ein paar von der Nachbarskatze Sultan umgeworfene Blei-Elefanten wieder aufzurichten, vor allem aber die Straßenbahnstrecke zum Zoo weiter auszubauen. Dazu war eine Menge Beton erforderlich. Den mischte er sich in einem alten Eimer aus grauem Zuckersand und hochgepumptem Wasser, und als die liebe Tilly fragte, ob er schön mit Eierpampe spielte, wurde er richtiggehend böse. Sein Beton wurde zuerst auf die vorbereitete Trasse gegossen und dann mit einer Maurerkelle glattgestrichen. Da er keine Schienen hatte und der Begriff »Garteneisenbahn« noch nicht erfunden worden war, mußte er sich damit behelfen, mit den HO-Rädern seiner U-Bahnwagen Vertiefungen in den hart gewordenen Sand zu fräsen. Das ergab dann stilechte Rillenschienen.

Nachdem er die verkehrliche Anbindung seines Bleitierzoos an das Berliner Straßenbahnnetz hergestellt hatte, plagte ihn die Langeweile. Zum Lesen hatte er keine rechte Lust, und Jörg und Robert kamen noch nicht. Hätte er ein Rad gehabt und schon radfahren können, hätte er schnell einmal einen Abstecher nach Karolinenhof machen können, um mit Gerhard und Inge zu spielen, doch so ... Er beschloß, über die Straße zu gehen und sich drüben am Hang der Karnickelberge niederzulassen, um auf seine Eltern zu warten. Er sagte seiner Oma Bescheid und ging dann los. Als er das Gartentor hinter sich zuzog, sah er drüben Tante Trudchen Richtung Eichwalde verschwinden. Sie zog einen sackartigen grauen Beutel hinter sich her und hatte in ihren zu großen Klotzpantinen keinen rechten Halt.

Manfred liebte es, im Sommer hier auf halber Höhe zu sitzen und zu sinnieren. Das Gedicht fiel ihm wieder ein, das ihnen Frau Fahlenberg übers Wochenende aufgegeben hatte. *Mittag* von Theodor Fontane. Jünne hatte geschrieben: Theodor von Tane.

Mittag
Am Waldessaume träumt die Föhre,
Am Himmel weiße Wölkchen nur;
Es ist so still, daß ich sie *höre*,
Die tiefe Stille der Natur.

Die zweite Strophe konnte er noch nicht, und mit der Stille hier war es auch nicht so weit her, denn alle naselang kamen Autos vorbei, und auch die 86 röhrte gewaltig, und hinten auf der Dahme tuteten die Dampfer, wenn sie in die Nähe der Schmöckwitzer Brücke kamen oder bei Kilometer 44, einer unübersichtlichen Ecke, vom Seddin- in den Langen See biegen wollten. Dazu kamen Nachbarn, die auch sonntags hämmerten und sägten, und Wassersportler und Ausflügler aller Art, die lärmend nach *Waldidyll* zur Fähre zogen. Noch wußte Manfred nicht, wer Shakespeare war, und hatte erst recht nichts von dessen Satz gehört *Die ganze Welt ist eine Bühne*, doch in dieser Manier genoß er schon jetzt das Leben: sehen und registrieren, was ringsum passierte.

Und kaum hatte er zehn Minuten an der Straße gesessen, ertönte direkt unter seinem Hochsitz ein schriller Schrei – und Manfred glaubte zu träumen. Was er da sah, war gleichermaßen schrecklich wie komisch. Von Grünau her war ein Motorrad mit Beiwagen herangerauscht gekommen, ein junges Paar, und plötzlich hatte sich der Beiwagen von der eigentlichen Maschine gelöst. Nun schlitterte die Braut mit wehendem Haar wie in einer Stullenbüchse über das Pflaster, während der Fahrer sich verzweifelt bemühte, sein nunmehriges Nur-noch-Zweirad wieder halbwegs zu stabilisieren. Das Ganze sah so aus wie im Film, wie in Zeitlupe. Doch knallten sie gegen einen der Oberleitungsmasten der Straßenbahn, war es wohl um sie geschehen. Manfred wollte die Augen schließen, doch gleichzeitig unbedingt auch alles genauestens verfolgen.

Gott sei Dank ging alles gut. Die junge Frau prallte, nachdem sie durch ihre lange Rutschfahrt genügend kinetische Energie abgebaut hatte, nach einem scharfen Ruck nach rechts zum Glück nur gegen eine umgestürzte Kiefer, während er seine Maschine doch noch in den Griff bekam und schon wendete, um nach seiner Freundin zu sehen. Das gewaltige Scheppern hatte auch seine Oma auf den Plan gerufen, und so konnten sie alsbald zu dritt die junge Frau aus ihrem nur leicht zerbeulten Beiwagen ziehen. Zum Glück war ihr nichts weiter passiert.

»... nur der Schreck.«

»Legen Sie sich ein Weilchen bei mir in den Liegestuhl ...«

Die jungen Leute wurden über die Straße geführt, und ihr abgebrochener Beiwagen stand noch wochenlang auf dem Grundstück herum. So schnell ließ sich auch niemand finden, der ihn wieder festschweißen konnte. Sie selber fuhren eine halbe Stunde später schon wieder weiter Richtung Spreewald. Sie jetzt hinten auf dem Sozius. Manfred sah ihnen hinterher, stellte sich vor, wie sie nachher im Zelt liegen würden, und wünschte sich sehnsüchtig, auch schon achtzehn zu sein.

Wieder saß er im Gras am Fuße der Karnickelberge. Jetzt war es schon Zeit, auf seine Eltern zu warten. Doch die schienen heute lange geschlafen zu haben. Aber die Wartezeit verging ihm wie im Fluge, denn wegen des starken Ausflugsverkehrs an diesem Sonntag mußte man auch die letzten museumsreifen Triebwagen aus den Depots holen und als Einsetzer auf die Strecke schicken.

Dennoch: bei aller Freude über die exotischen Typen war sein Sinn heute auf anderes gerichtet. Das Faltbootfahren ließ ihn nicht mehr los. Bei jedem Dampfertuten zuckte er regelrecht zusammen. Seinem Vater ging es ja gesundheitlich schon wieder gut, und wenn er seinen *Gehapparat* vorher abschnallte, kam er ganz sicher schon wieder in ein schmales Faltboot hinein. Man mußte ihm die Sache nur gehörig schmackhaft machen. Vielleicht, indem man das Boot schon aus dem Schuppen holte ... Jörg und Robert kamen drüben die Straße herunter – das war der Wink des Schicksals!

»Kommt mal, mir helfen, das Boot aus'm Schuppen holen!«

Die beiden maulten zwar ein wenig und wollten viel lieber zu dritt mit Else Zastrows Angelkahn nach »44« fahren, doch Manfred ließ nicht locker und köderte sie mit dem Versprechen, morgen mit ihnen Eis essen zu gehen.

Seine Oma wollte es nicht so recht erlauben. »Da mußt du doch erst deinen Vati fragen.«

Lügen wollte Manfred nicht, sich aber auch nicht von vornherein alle Chancen verbauen. So kam er auf eine Antwort, die wohl jedem Politiker zur Ehre gereicht hätte. »Der freut sich doch, daß er wieder mal Boot fahren kann.«

»Da hast du recht, mein Junge.« Manfred bekam Handfeger und Wischtuch ausgehändigt.

Seit 1943 lag die *Snark*, ein breites Klepper-Boot von rotbrauner Farbe, hier auf dem Grundstück, und viele Generationen von Spinnen aller Art hatten sie zu ihrem Domizil erkoren. Als die Jungen die Abdeckplatten herunterhoben und gegen die Haselnußsträucher lehnten, kamen sie ihnen in heller Panik entgegengekrochen.

»Hoffentlich nisten keine Ratten drin«, hoffte Robert nur.

»Oder 'n toter Soldat is noch drin versteckt«, fürchtete Jörg.

Als sie das Boot zu dritt herausgehoben und auf dem Weg vorn umgedreht hatten, gab es natürlich nichts von alledem. Spinngewebe, Staub und Dreck, das war schon alles. Und wie sich bei der näheren Inspektion ergab, hatte auch kein Flaksplitter die Gummihaut durchlöchert.

Manfred jubelte, und was er in der nächsten Stunde fühlte, das ähnelte dem, was Columbus vor seiner ersten Fahrt nach Amerika bewegt hatte. Ein Schiff wurde ausgerüstet für eine große Fahrt in unbekannte Welten, und es gab ungeheuer viel zu tun. Der Staub war aus dem Boot zu saugen, die Spritzdecke abzuwaschen, und vor allem mußte die Gummihaut mit viel Wachs behandelt werden, da war viel zu reiben und zu wienern. Jörg und Robert verdünnisierten sich schnell, und er mußte alles selber machen, zumal auch Tante Trudchen noch immer Kienäppel sammeln war. Aber was machte das schon. Die Paddel waren noch allesamt vorhanden, nur mußte er einige der Messinghülsen, mit denen man die Hälften aneinander stecken konnte, reparieren. Auch der Bootswagen war noch voll verwendungsfähig. Ohne ihn ging es nicht, denn bis zum Wasser bei *Waldidyll* waren es ja gut und gerne vierhundert Meter.

Plötzlich standen seine Eltern hinter ihm. Im Eifer des Gefechts hatte er gar nicht mehr auf die ankommenden Straßenbahnen geachtet.

»Was ist denn das hier!?« rief seine Mutter.

»Na, euer Boot. Ich will mit Vati nachher fahren.«

Seine Mutter hatte einen starren Blick. »Otto, auf keinen Fall! Wenn du umkippst und ertrinkst!«

Sein Vater grinste. »Einen Tod kann der Mensch nur sterben ... Willste nich mitkommen?«

»Die Zeiten sind vorbei.«

Sein Vater zog sich um, schlüpfte in seine alte Trainingshose und sein himmelblaues Jersey, Marke Schalke 04, und Manfred hob die *Snark* ohne Mühe auf den Bootswagen hinauf. Dann griff er sich das Steuer und zog das Boot zum Gartentor. Seine Mutter half, es über die gemauerte Schwelle zu heben. Schräg durch den Wald ging es auf einer schmalen Schneise dem Wasser entgegen. Einen Weg mit Schotter oder Pflastersteinen gab es nicht, nur einen Pfad, in fünfzig Jahren von vielen Füßen festgetreten. Immer wieder blieben die dünnen Räder des Wagens an hervorstehenden Kiefernwurzeln hängen, und das Faltboot drohte herunterzurutschen.

Manfred war es, als würde er träumen. Unzählige Male hatte er beim Einschlafen dieses Bild überaus plastisch vor Augen gehabt, und nun war alles wahr geworden. Er konnte es nicht glauben. Irgendwie begriff er, daß es Leben eigentlich nicht gab, daß alles immer nur eine Vorstellung war, eine Vorstellung davon, wie es denn sein würde, oder aber die Erinnerung.

Schweigend zogen sie durch den lichten Kiefernwald. Die Sonne ließ die herabgefallenen Nadeln gleichsam glühen. Vor Waldbränden war gewarnt worden. Für Manfred waren es das Paradies auf Erden und sein Weihrauchduft.

Sie kamen ans Wasser, und es gab noch viel zu tun, ehe die *Snark* endlich startklar war. Die Leute auf dem Fährsteg, bestimmt fünfzig an der Zahl, denn sie standen dicht bei dicht in Zweierreihen, hatten viel zu gaffen. Manfreds Mutter war das furchtbar peinlich. Vor allem, als sich sein Vater nun den *Gehapparat* abzuschnallen begann.

Manfred hatte schwer zu schuften. Das Boot war vom Wagen zu heben, dann mußten die Räder abgeclipst und zusammen mit dem Gestell so kunstvoll hinter dem Rücksitz verstaut werden, daß die freigelegten Achsen nicht gegen die Gummihaut stießen. Manfred schaffte es zur Zufriedenheit seines Vaters, auch wenn er sich die Finger fürchterlich schmutzig machte. Dann wurden die Paddel zusammengesteckt und das Boot ins Wasser gehoben und ein paar Meter weit ins Flache geschoben. Die *Snark* schwamm wieder, fünf Jahre nach Kriegsende, sieben Jahre nach ihrer letzten Fahrt.

»Daß ich daß noch erleben durfte«, meinte seine Oma, die noch nachgekommen war.

Jetzt aber kam der kritischste Augenblick des ganzen Unternehmens. Ob es sein Vater tatsächlich schaffen würde, sich ins Boot zu hieven? Alle zogen sich Schuhe und Strümpfe aus, und Manfred, seine Mutter und seine Oma hielten das schwankende Boot so gut wie möglich fest, während sein Vater den hölzernen Süllrand wie ein Barrenturner packte.

»Auf *Los!* geht's los«, sagte er und pumpte Luft in die Lungen. Die Leute auf dem Steg hielten den Atem an. Viele waren voller Mitgefühl mit ihm, dem Krüppel, andere wieder hätten sich diebisch gefreut, wenn er ins Wasser gefallen wäre, in voller Länge. Schon setzte er an zum großen Schwung, da kam eine Dampferwelle herangerollt und ließ ihn wieder zögern.

»Otto, laß es!«

Manfred hätte seine Mutter am liebsten genommen, ins Wasser gestoßen und untergetaucht, für ein paar Sekunden jedenfalls.

Sein Vater sah ihn an. »Und daß du mir die Briefmarkensammlung weiterführst, wenn ich hier absaufen sollte.«

»Otto!« Das Entsetzen seiner Mutter wuchs.

»Jetzt kommt der großen Augenblick, wo der Elefant sein Wasser läßt ...«

Sein Vater setzte an, schaffte es, die Beine über den Süllrand zu ziehen und plumpste auf das bereitgelegte Kissen vorn im Boot.

Auf dem Steg klatschten sie Applaus. Sein Vater verbeugte sich.

»Sieg für Wilhelm Pieck«, rief einer, und alle lachten. Es ließ sich nicht leugnen, daß sein Vater dem Präsidenten der DDR schon ein wenig ähnlich sah. Mit den dünnen weißgrauen Haaren und der Platte auf dem Kopf, der Tonsur, wie das bei den Mönchen hieß. Auch von der Figur her glichen sie sich, Pykniker beide.

Jetzt mußte Manfred ran. Auf dem Grundstück hatte er es schon einige Male üben können. Aber er war ja ein elend schlechter Turner.

»Immer auf den Steg in der Mitte treten«, wies ihn sein Vater an. »Nie daneben in die Gummihaut.«

Manfred bekam nun doch weiche Knie und fürchtete den Spott der Menge auf dem Steg. Die Fähre wollte und wollte nicht kommen und sie mitnehmen nach Krampenburg rüber.

»Nun mach schon«, drängte sein Vater. »Da hinten kommt die Fähre – und die woll'n wir nicht gerade in 'n Grund bohren.«

Manfred nahm allen Mut zusammen, wagte es und fiel auf seinen Sitz.

»Wie ein Mehlsack«, sagte seine Mutter, während sie ihren beiden Männern die zusammengesteckten Paddel reichte.

Manfred stellte sich das Fußsteuer ein, dessen Bedienung Sache des Hintermannes war, während sein Vater als Schlagmann vorn das Tempo zu bestimmen hatte.

»Viel Glück und allzeit gute Fahrt!« rief seine Oma und gab dem Boot noch einen Schubs. Und mit den ersten kräftigen Paddelschlägen seines Vaters kamen sie schnell in Fahrt.

Sie winkten noch einmal zum Ufer zurück. Seine Mutter hatte den *Gehapparat* seines Vaters unter den Arm geklemmt und erklomm mit schnellen Schritten die Uferböschung, ohne sich nach ihnen umzudrehen. Dafür winkte seine Oma mit beiden Armen.

In den nächsten Minuten lernte Manfred das Paddeln. Es war doch nicht ganz so leicht, wie es aussah, wenn man am Ufer stand. Man durfte das Blatt nicht zu tief ins Wasser tauchen, das kostete nicht nur enorme Kraft, sondern beschwor auch die Gefahr des Kenterns herauf, andererseits, wenn man das Wasser nur touchierte – einen Krebs fangen nannte man das –, dann kam man nicht voran und spritzte sich naß. Außerdem genügte es nicht, mit dem unteren Arm das Paddel durch das Wasser zu ziehen, man mußte auch zugleich den oberen Arm nach vorne stoßen, wenn das Boot wirklich nach vorne schießen sollte. Das Schwierigste für ihn war aber, immer im gleichen Rhythmus wie sein Vater zu paddeln. Gelang das nicht, stießen ihre Paddel in der Luft zusammen, und es krachte ganz gewaltig. Anfangs geschah das noch ziemlich oft, denn sein Vater legte ein Tempo vor, dem Manfred nicht so richtig folgen konnte. Allmählich ging es aber.

Sie waren mit Kurs Nordost gestartet, als sie aber die erste Landzunge erreichten, drehte Manfred den Bug der *Snark* nach Süd/Südost. Linkerhand lagen, wie eine Barriere zum Seddin-See hin, zwei kleine Inseln, Werderchen und Weidenwall, doch für Manfred waren das Fuatino und Goboto, Südsee-Inseln, die im *Sohn der Sonne* eine große Rolle spielten.

»Achtung!« rief sein Vater.

Ein Ausflugsdampfer kam durch die Brücke hindurch und schoß wie ein weißer Hai auf sie zu. Manfred erschrak und sah sich schon unter den Schiffsrumpf gepreßt, wo er in Sekundenschnelle ertrank. In seiner Panik verwechselte er links und rechts und zog am falschen Steuerseil. Sie hielten unbeirrbar auf den Dampfer zu. Als hätten sie es partout darauf angelegt, versenkt zu werden.

»Die Füße vom Steuer weg!« schrie sein Vater. Und mit ein paar kräftigen Paddelschlägen auf der Steuerbordseite rettete er sie und ihr Boot. Die *Snark* bäumte sich erst auf, ließ sich dann aber doch noch herumreißen und in sicheres Fahrwasser lenken.

Aber schon brachte die Bugwelle des Dampfers neue Gefahr. Bekam man sie als volle Breitseite ab, war ein Kentern kaum noch zu vermeiden.

»Die Wellen immer schneiden!« brüllte sein Vater, und diesmal reagierte Manfred richtig.

Die Leute auf der *Friedenswacht*, so hieß das weiße Ungetüm, winkten ihnen zu. Teils höhnisch, teils fröhlich.

Sie kamen an der *Palme* vorbei, dem legendären Restaurant am Ortsende von Schmöckwitz, und fuhren dann unter der Brücke hindurch. Die alte Schmöckwitzer Brücke aus Stein und Stahl war in den letzten Kriegstagen gesprengt worden, und jetzt gab es nur eine Notbrücke aus Balken und Bohlen. Über ihnen ratterten die Autos, Lastwagen und Busse hinweg, was sehr bedrohlich war. Wie früher, wenn sie mit der Schule eine Dampferfahrt zur Woltersdorfer Schleuse gemacht hatten, stieß Manfred laute Schreie aus. Das hallte so schön, war aber auch gut gegen die ganz gewisse Angst, die man unter Brükken immer hatte. Wenn sie nun gerade einstürzten in dem Moment, da man … Aber alles hielt. Die *Snark* fraß sich mit ihrem scharfen Bug in das glatte Wasser des Zeuthener Sees hinein.

Durch dichtes Buschwerk hindurch sahen sie die alten Häuser am Dorfanger von Schmöckwitz. Nun war ganz scharf um eine Ecke zu biegen, und Manfred hatte das rechte Bein mit dem Seilzeug seines Steuers so weit auszustrecken, daß er seinem Vater in den Allerwertesten trat. So rauschten sie in die Grimnitz, eine Ausbuchtung des Zeuthener Sees, die Alt-Schmöckwitz zur Halbinsel machte. Zwischen der Tankstelle und dem Imkerweg war das Adlergestell im Grunde nur ein Damm, und es war schon komisch, die 86 aus dieser so ganz anderen Perspektive oben entlanghuschen zu sehen.

Die erste Rast war fällig. Sie ließen sich treiben, und sein Vater erzählte ihm von seinen Faltbootabenteuern.

»Einmal waren wir Pfingsten am Gosener Graben und wollten Mittag essen. Deine Mutter hatte alles mitgenommen: den Spirituskocher, Blechteller, Besteck, einen zusammenklappbaren Tisch, Kartoffeln, Fleisch, Tomaten und noch einiges andere. Beim Aussteigen hat sie sich aber dann so ungeschickt angestellt, daß das ganze Boot umgekippt ist. Mit mir noch drin. Ich bin gar nicht mehr hochgekommen, soviel Tang und Entengrütze war da im Wasser. Als ich dann den Kopf endlich wieder über Wasser hatte, hing mir das ganze grüne Zeug vom Kopf herab, und ich hab wie Neptun ausgesehen.«

Manfred träumte davon, selber einmal zum Zelten zu fahren. Erst hier in der Nähe Berlins, dann sogar in Finnland oben, am Inari-See.

Sein Vater kam auf ihn zu sprechen. »Du warst gerade drei Jahre alt, da sind wir den Seddin-See hoch, durch den Gosener Graben und die Müggelspree zum Kleinen Müggelsee. Gebratene Koteletts hatten wir mit und Kartoffelsalat. Wir steigen aus und sehen uns nach einer Stelle um, wo man gut Rast machen konnte. Vor ein paar Büschen. Wir packen alles aus und wollen gerade anfangen zu essen, da sagt deine Mutter plötzlich: ›Otto, hier stinkt es!‹ Und wirklich: das hat gerochen wie auf den Rieselfeldern. ›Das kommt aus den Büschen hier, da hat sich einer hingesetzt und ...‹ Naja, wir ziehen weiter. Mit der Decke, mit dem Essen. Ganz weit weg von den Büschen, wo nur Sand ist. Aber auch hier stinkt es gewaltig. Wir gucken uns an. Und weißt du, was das war ...?«

»Nein, woher denn ...«

»Du bist das gewesen.«

»Ich ...?«

»Ja, du hattest dir nämlich in die Hosen gemacht. Im Boot. Wahrscheinlich aus Angst, daß ich wieder meckere. Dauernd mußten wir ja ans Ufer und anlagen, weil du pinkeln oder kacken wolltest.«

Manfred konnte sich dunkel an diese Sache erinnern, es fiel ihm aber schwer zu glauben, daß er damals derselbe Mensch gewesen sein sollte wie heute.

»Dann man weiter im Text ...« Sein Vater tunkte die Paddel wieder ins Wasser. Sie kreuzten das Fahrwasser, glitten an der Schmöckwitzer Badewiese vorüber und passierten abermals die Schmöckwitzer Brücke. Oben standen Kinder, spuckten herunter und sangen das Lied von der Spucke, die sich freute, daß sie Kahn fahren kann. Manfred spürte den Neid der anderen und genoß es, zu den Privilegierten zu zählen: ein eigenes Grundstück zu haben und dazu noch das Boot.

Rechts zog sich nun der Seddin-See vier Kilometer weit nach Gosen hin, und sie fuhren ihn bis zum Oder-Spree-Kanal hinauf.

Sein Vater zeigte auf die dichtbewachsene Insel, die sich hinten und näher zum anderen Ufer hin aus dem Seddin-See erhob. »Das ist der Seddin-Wall, und wenn ich mich nicht irre, ist das bei Fontane die Insel, auf die sich der ›Fischer vom Kaniswall‹ zurückgezogen hat. Mit seiner hübschen Frau, damit die nicht mit den Franzosen mitgeht.«

»Ja, da hat mir schon Onkel Berthold von erzählt, als du noch in Gefangenschaft gewesen bist.«

Sie diskutierten lange, ob das nun echte Liebe war oder Freiheitsberaubung. Manfred fand keine klare Antwort darauf. Sowohl als auch.

Sie paddelten nun quer über den See, gute siebenhundert Meter, und dies mit Volldampf voraus, weil es durch die Fahrrinne der Ausflugsdampfer ging und stets den Segelbooten auszuweichen war. Sie kamen glücklich in der Kleinen Krampe an, die aber schon zu einem erheblichen Teil mit Berliner Trümmerschutt zugeschüttet worden war. Von hier hatten sie die Gosener Berge im Blick, auf deren höchstem Sandrücken die Schiller-Warte stand, ein Aussichtsturm, der an eine Burg erinnerte. Weiter! Sie hielten auf ›44‹ zu, offiziell der Windwall, jene allen Wassersportlern bekannte Landzunge an der Stelle, wo Seddin- und Langer See zusammenstießen. Es war der Kilometer 44 der Spree-Dahme-Wasserstraße, und diese Zahl wurde schwarz auf weiß auf einer großen Tafel angezeigt.

»Hallo!« Else Zastrow und Erna Kühnemund lagen kugelrund in ihren Liegestühlen und freuten sich des Lebens. Sie fuhren hoch und staunten, Manfred auf dem Wasser zu sehen. Man rief sich ein paar muntere Worte zu und winkte. Weiter ging's. An Wald und Schilf vorbei. Rechts tat sich nun die Große Krampe auf, eine schlauchartige Ausbuchtung des Langen Sees, die sich auf vier Kilometer Länge bis Müggelheim nordwärts zog und Manfred irgendwie an den Mississippi erinnerte, wo bei Gerstäcker die Flußpiraten zu Hause waren. Wieder ging es einen halben Kilometer über das offene Wasser hinweg, dann hatten sie *Krampenburg* erreicht, eine Landzunge mit einem Restaurant, das ein wenig wie ein Schlößchen aussah. Genau gegenüber lag jetzt *Waldidyll* mit seinen Stegen, ihr Ausgangspunkt, und schräg vorn, ebenfalls am gegenüberliegenden Ufer, sahen sie die Häuser von Karolinenhof.

»Muß schön sein da drüben in Schmöckwitz«, lachte Manfred, leicht spöttisch.

»Und die da drüben am Ufer stehen, wollen nach Krampenburg rüber. Ja, ja, wie sagt der Philosoph: ›Das Glück wohnt immer am anderen Ufer.‹«

»Wollen wir mal Onkel Max besuchen?« fragte Manfred. Er kannte die Badestelle, wo Bugsins immer waren.

»Ja, gute Idee.«

Wieder mußten sie durch die Fahrrinne hindurch, und Manfreds

Herz schlug noch immer etwas schneller, denn wegen der ganz besonderen Perspektive auf dem Wasser sah es ständig so aus, als würden Dutzende von Ausflugsdampfern, Motorflitzern, Segel- und auch Ruderbooten mit ihren Spitzen auf sie zielen und nichts anderes im Sinn haben, als sie in Grund zu bohren. So blieb ihm kaum die Zeit, den Blick auf Müggelturm und Müggelberge so richtig zu genießen. Unfaßbar war noch immer alles. Daß er jetzt selber auf dem Wasser war und nicht nur davon träumend auf dem Turm oben stand.

Onkel Max stieg gerade aus dem Wasser, Gerhard und Inge folgten ihm. Peter, ihr Dackel, kläffte wie von Sinnen. Nur Tante Irma war zu Hause geblieben.

»Hallo!« rief sein Vater. »Is dort die Firma Bugsin & Co ...?«

Onkel Max fuhr herum und entdeckte seinen besten Freund und schon zogen sie ihre altbewährte Show ab.

»Wilhelm!« rief er und sprang ins Wasser, um die *Snark* an Land zu ziehen.

»Bruno!« schrie Manfreds Vater. »Mein Gott!«

Max Bugsin stand bis zum Bauch im Wasser, als er Otto Matuschewski zu packen bekam. Stürmisch umarmte er ihn.

»Wilhelm, daß du noch lebst!? Bist du auch aus Gefangenschaft zurück.«

»Ja, du auch, Bruno?«

»Gestern angekommen!« Onkel Max ließ den Kopf seines Vaters gar nicht mehr los. »Wilhelm, als wir uns zuletzt gesehen haben, sind die Granaten neben uns eingeschlagen, und nun ...«

Manfred sah, daß die Leute, die am Ufer lagen, Tränen der Rührung in den Augen hatten. Sollte er ihnen sagen, daß die beiden Freunde die ganze vorletzte Nacht über beisammen gesessen und Karten gespielt hatten ...? Und daß Onkel Max beim Kuß auf die Backe seinen bekannten Schüttelreim gemurmelt hatte: ›... noch einen Bus auf die Kacke?‹ – Nein.

Sie stiegen aus, gingen an Land und setzten sich auf die Kaimauer aus Grasbüscheln und Sand. Onkel Max erzählte von seiner Jugend in Dramburg, einer kleinen Stadt in Pommern, und seinen Freunden Ebels Ete, Papsteins Trunsel, Spietjammers Aula und Lüttens Liete. Wie er drei Minuten lang mit dem Kopf nach unten an einer Brücke gehangen hatte – und seine Großmutter schreiend vor Angst angerannt kam. Nicht um ihn, sondern um seine neue Mütze. Bei Kriegsende war seine Familie nach Rockow evakuiert worden, einem Gut irgendwo in der Mark Brandenburg nahe Guben, und dahin hatte er sich als Deserteur geflüchtet. Wenn die SS ihn erwischt hätte, wäre er erschossen worden. Vorher aber war er als Kurier in Budapest gewesen und hatte dort die Julischka kennengelernt. Die war dann nach dem Krieg in Berlin aufgetaucht, hatte bei ihm geklingelt und, als Tante Irma aufgemacht hatte, gefragt: »Wo ist die Max?« Manfred, der solche Geschichten immer aufsog wie ein Schwamm das Wasser, hätte gerne weiter zugehört, doch Gerhard wollte mit ihm Boxen spielen. Der Kampf Schmeling gegen Joe Louis sollte nachgespielt werden, und da Manfred von der Sonne ziemlich braungebrannt war, fiel ihm die Rolle des farbigen Amerikaners automatisch zu.

»Ich hab aber keinen Bademantel mit«, beklagte sich Manfred. Zu einem stilechten Boxer gehörte unabdingbar der knallbunte Bademantel.

»Nimm den hier!« Gerhard warf ihm einen zu.

Manfred zog ihn an und begann, um sich aufzuwärmen, mit dem Schattenboxen. Gerhard markierte schnell mit der Fußspitze den Ring im gelb-weißen Sand, dann begann auch er herumzutänzeln und zu fintieren.

Manfred schnüffelte. Es roch fürchterlich nach ranzigem Fett, als ob sich jemand seit Weihnachten nicht mehr gewaschen hätte. Richtig eklig war das. Wer mochte hier so bestialisch stinken?

Da kam Inge mit dem Dackel aus dem Wasser und wollte ihn abtrocknen. »Manfred, ziehste mal bitte Peters Bademantel aus!«

Manfred riß sich das Ding vom Körper und sprang ins Wasser.

»Sieger durch Aufgabe vor der ersten Runde!« schrie Gerhard und riß die Arme hoch.

Eine halbe Stunde später stiegen sie wieder ins Boot, und Manfred paddelte die *Snark* alleine nach Schmöckwitz zurück, es war nur noch ein knapper Kilometer in einer stillen Bucht. Als sie wieder in den heimatlichen Hafen einliefen, Port Waldidyll, kam er sich vor wie James Cook nach der Entdeckung Hawaiis. Es war ein herrliches Gefühl.

Zu Hause auf dem Grundstück waren sie indessen weniger glücklich. Manfred und sein Vater hatten gehofft, daß das Essen schon auf dem Tisch stehen würde, doch drei Umstände hatten die Frauen daran gehindert.

»Die liebe Tilly kann ihr Gebiß nicht finden, wir haben schon den ganzen Vormittag danach gesucht«, erklärte seine Oma.

Manfred lachte. »Vielleicht hat sie's im Mund ...?« Das war ja manchmal bei Leuten so, die ihre Brille suchten, daß sie ihnen auf der Nase saß.

»Nein!«

»Dann hat es eine Elster geklaut, weil es so schön geglitzert hat in der Sonne«, war Manfreds nächste Vermutung, aber das wurde als Legende abgetan.

»Und Tante Trudchen ist verschwunden«, nuschelte die liebe Tilly.

»Sie wird noch nicht genügend Kienäppel gefunden haben.«

»Kind! Seit fünf Stunden ist sie weg!«

Jetzt kam auch seine Mutter zu Wort. Sie sah Manfred prüfend an. »Frau Fahlenberg war hier ...«

»Und ...?« Manfred war sich keiner Verfehlung bewußt.

»Weiß ich nicht, ich war ja gerade mit euch am Wasser unten ...«

»Sie hat nichts hinterlassen«, sagte die liebe Tilly. »Sie wollte eine Freundin in Eichwalde besuchen und kommt nachher noch mal vorbei. Bitte, sucht doch mal mein Gebiß!«

»Erst wird Trudchen gesucht!« ordnete seine Oma an, und sein Vater legte fest, wer wo in welchem Waldstück zu suchen hatte. »Und immer zu zweit, damit dann einer loslaufen kann, um Hilfe zu holen, wenn ihr sie gefunden habt. Sie wird sich den Fuß verknackst haben und irgendwo liegen, wo keiner sie hört.«

»Wenn sie überhaupt noch rufen kann ...« Die liebe Tilly hatte das sichere Gefühl, daß Tante Trudchen ermordet worden war, und brach in Tränen aus.

»Mädel!« rief Manfreds Oma. »Hör auf, den Teufel an die Wand zu malen!«

Sie zogen los, Tante Trudchen zu suchen. Manfred mit seiner Oma, seine Mutter mit der lieben Tilly und sein Vater mit sich selber.

Manfred und seine Oma hatten das Planquadrat zwischen Schmöckwitz/Reifenwerk, Langem See, Karolinenhof und Eichwalde zugewiesen bekommen. Das waren gute drei Kilometer, die sie abzusuchen hatten.

»Vielleicht ist Trudchen hinten zum Friedhof gegangen«, sagte seine Oma, als sie losmarschierten.

Am Bunker vorbei ging es zur Vetschauer Allee hinauf und dann links in den Wald hinein. Hier gab es auf Berliner Gebiet noch eine Siedlung, genau an der Grenze zur eigentlichen DDR, zu der Eichwalde schon gehörte, aber auch heute am Sonntag waren nur wenige

Leute zu sehen. Manfred hatte in der Zeitung von Rudolf Pleil gelesen, dem *Totmacher*, der 46/47 eine ganze Reihe von Frauen, vierzig mindestens, beim Übertritt von der russischen in die englische und amerikanische Besatzungszone ermordet hatte, und ab und an gelang es ihm auch, heimlich an den Bücherschrank seiner Oma zu gehen und das Buch vom Berliner S-Bahnmörder zu lesen. Und die Bahnstrecke war ja gar nicht weit von hier …

Keine Spur von Tante Trudchen. Trotz der Sommerhitze fror Manfred, als sie zu dem kleinen Friedhof kamen. Da war kein Krematorium, nicht einmal ein Zaun, lediglich zwei Dutzend mehr oder minder verwahrloster Gräber waren zu sehen. Unter einem der unregelmäßig aufgeschütteten Hügel lag sein Urgroßvater, und wenn man sich Mühe gab, konnte man auf dem verwitterten Grabkreuz noch den Namen *August Quade* lesen. Es war so still, daß man nur die Mücken sirren hörte. Manfred erinnerte sich an den August 1945, als sie seinen toten Urgroßvater auf dem Handwagen hierher gebracht hatten. Wie er jetzt wohl aussehen mochte? Wie eine Mumie – oder waren da nur noch die Knochen? Er beschloß, eines Tages einmal einen Spaten zu nehmen und hier nachzugraben. Vielleicht nicht allein, aber mit Jörg und Robert zusammen.

Plötzlich knackte es in den Zweigen. Manfred fuhr zusammen und hatte weiche Knie.

»Irgendein Karnickel«, sagte seine Oma, hielt aber sicherheitshalber ihren großen Schlüssel bereit, um ihn als Waffe zu benutzen.

Manfred hörte seinen Urahnen wispern. »Schön, daß ihr mich auch mal wieder besucht.«

»Vater«, sagte Manfreds Oma. »Hast du Trudchen hier gesehen?«

»Nein …«, ertönte leise eine tiefe, dumpfe Stimme.

»Hilfe!« schrie Manfred.

Doch es war nur sein Vater, der sich von der anderen Seite her genähert und Tante Trudchen bislang auch noch nicht gefunden hatte.

»Otto!« rief seine Oma. »Du Strick! Aber langsam mach ich mir wirklich Sorgen um unser Trudchen.«

»Vielleicht haben sie die anderen schon gefunden«, sagte sein Vater, und man beschloß, wieder zum Grundstück zurückzukehren.

Doch auch seine Mutter und die liebe Tilly waren ergebnislos zurückgekommen. Schweigend saßen sie in der Laube und überlegten, was zu tun sei. Manfred mit ihnen. An Spielen war da nicht zu denken.

»Allmählich glaube ich wirklich, daß ihr etwas zugestoßen ist«, sagte seine Oma, und seine Mutter und die liebe Tilly begannen wieder zu weinen.

Die Minuten verrannen, und keiner sprach aus, was alle dachten: Tante Trudchen ist ermordet worden. Diese Vermutung wurde zur Gewißheit, als es klingelte und ein Polizist am Gartentor stand.

»Frau Schattan!« rief er. »Ihre Schwägerin ...«

Die Zeit stand still, als seine Oma nach vorne ging. Manfred lief mit, die anderen blieben wie gelähmt zurück.

»Ihre Schwägerin sitzt bei uns in Eichwalde auf dem Revier, und da sie keine gültigen Personaldokumente bei sich führt, wollen Sie bitte mitkommen, um sie zu identifizieren.«

Was war passiert? Tante Trudchen, eine Bürgerin West-Berlins, hatte ohne Ausweis die Grenze zur gerade gegründeten DDR überschritten und war von einem eifrigen Volkspolizisten aufgegriffen und erst nach Eichwalde und dann nach Schmöckwitz gebracht worden. Drei Kilometer Fußmarsch in Klotzpantinen und Kittelschürze, nicht einmal der Sack mit den Kienäppeln war ihr abgenommen worden.

Beim Kaffeetrinken, das Mittagessen hatten sie ausfallen lassen müssen, wurde das dann eifrigst diskutiert. Inzwischen hatte sich – wie an Sonntagen mit viel Sonnenschein und Hitze üblich – nahezu die gesamte Familie in Schmöckwitz versammelt.

Mit an den drei Tischen, die man zusammengestellt hatte, damit alle einen Platz bekamen, saß natürlich auch die liebe Tilly, die sich auch als erste über Tante Trudchens Schicksal erregte.

»Die DDR, was ist denn das für ein Staat, der eine alte Frau so behandelt! Als hätte sie eine Bombe auf die S-Bahnschienen legen wollen!«

»Tilly, denk an deine Rente!« warnte seine Schmöckwitzer Oma.

Onkel Berthold schnaubte, seine Polypen wollte er sich nicht herausnehmen lassen, laut und vernehmlich durch die Nase. »In Korea zeigt sich doch gerade, daß die imperialistischen Kriegstreiber wieder im Vormarsch sind, da ist auch für unsere DDR höchste Aufmerksamkeit geboten. Wer hat sich denn geweigert, die Oder-Neiße-Linie als Staatsgrenze zwischen der DDR und Polen völkerrechtlich anzuerkennen: der Bonner Bundestag doch! Wenn das kein Revanchismus ist!«

»Hört doch auf mit eurer Politik!« rief Manfreds Mutter. »Laßt euch lieber den Kuchen schmecken.«

»Stellt euch doch bloß mal vor, was sie mit Jochen gemacht haben«, warf Tante Eva ein. Die DDR hatte ihren Mann wegen angeblicher Spionage für die Franzosen eingesperrt. Er sollte dem Westen verraten haben, wieviele Lastkähne täglich die Zehdenicker Schleuse passierten.

Onkel Berthold beharrte auf dem, was er seinen »Klassenstandpunkt« nannte: »So wie Hitler die Sowjetunion überfallen hat, so will der Westen auch über die DDR herfallen, und seine Geheimdienste sammeln dazu jede nur denkbare Information.«

Onkel Albert verkündete den Text eines Plakats: »Zwischen Deutschen eine Mauer, neue Trümmer, neue Trauer, neuen Krieg will Adenauer!«

Onkel Berthold sah Manfreds Vater an. »Das glaubst du doch auch, Otto ...!?«

»Ich glaube nur, daß zwei Pfund Rindfleisch eine gute Brühe ergeben«, erwiderte sein Vater.

Manfred verfolgte ihre Debatte, als würde ihr Riesenkaffeetisch der Bundestag sein.

Die Erwachsenen redeten sich immer mehr in Rage, und Manfred fürchtete schon, daß einige aufspringen würden, um nach Hause zu fahren.

»Adenauer, das sind doch die alten Nazis wieder, die da das Regiment führen: der Globke zum Beispiel!«

»Und die Kommunisten, was machen die denn: Da wo früher das KZ Sachsenhausen war, steht heute das Sonderlager Nr. 7 des NKWD – und da wird genauso ...«

»Pssst, die Nachbarn.«

»Na, ist doch wahr.«

»Wir lassen uns nicht schon wieder den Mund verbieten!«

»Berthold hat schließlich im KZ gesessen!«

»Und Jochen sitzt jetzt im Gefängnis!«

»Da ist doch wohl noch 'n Unterschied!«

»Und die Blockade, was war denn das: Zwei Millionen Menschen wolltet Ihr verhungern lassen!«

»Berthold hat nach dem Krieg mit verhindern helfen, daß die West-Berliner verhungert sind.«

»Und Ihr hättet euch ja in Ost-Berlin anmelden können!«

»Lieber tot als rot!«

Es ging heiß her zwischen Ost und West, und Manfred hatte Mühe, die Fronten auszumachen, denn einige der SED- bzw.- DDR-Sympathisanten wohnten in West-Berlin, wohingegen es auch Pro-Westler unter den anwesenden DDR-Bürgern gab.

Seine Schmöckwitzer Oma rang die Hände: »Kinder vertragt euch!«

Seine Kohlenoma preßte ihre schwarze Handtasche auf den Schoß und sagte mit bewußt starr-ausdruckslosem Gesicht: »Mir geht das nichts an.«

Manfred hatte immer mehr das Gefühl, daß dieses Spiel kurz vor seinem Abbruch stand, und fürchtete, daß trotz dieser beiden Appelle jeden Augenblick die ersten Kaffeetassen fliegen würden, da kam weiterer Besuch, und man mußte sich notgedrungen wieder friedlich geben.

Zuerst erschien Onkel Max mit seiner Familie, und er war es auch, der alle wieder lachen ließ. Als er nämlich dringend mußte und im kleinen Klohäuschen vergaß, den Deckel vom Pinkelkasten zu nehmen, kam er mit vollgespritzter Hose wieder heraus – ohne aber etwas von seinem Unglück zu merken. Alle jubelten, zumal er einen hellgrauen Anzug trug, auf dem man alles sah.

»Wenigstens haste den Hosenstall vorher aufgemacht.«

Onkel Max nahm es gelassen. »Das ist das neue Muster der Saison, die gesprenkelte Mode.«

Für das nächste große Hallo sorgte Onkel Kurt. Weil ihm in seinem dunklen Anzug zu heiß geworden war, hatte er alles ausgezogen und war in Netzunterhosen in den Wald gegangen. Haare guckten ihm raus, und als ihm Tante Lolo eins ausgerissen hatte, schrie er auf. Beide verkehrten in Künstlerkreisen und durften das, sich so benehmen.

Für einen weiteren Skandal sorgte ihr Hund, ein grauer Mittelschnauzer namens Herr Piefke, der jedes sich bietende Bein nutzte, um daran hochzuspringen und zu juckeln, wie sie das nannten. Flohen die Opfer seiner Begattungsversuche aufs Sofa oder eine Bank, so sprang er ebenfalls hinauf und stürzte sich auf ihre Oberarme. Zwischen Männlein und Weiblein unterschied er nicht, verdrehte aber bei einigen der Frauen regelrecht die Augen, wenn er seine Nase da hineingesteckt hatte, wo sie ganz besonders kreischten.

Onkel Helmut erzählte, wie sie in französischer Kriegsgefangenschaft einem Bauern, von dem sie schlecht behandelt worden waren, alles heimgezahlt hätten. »Sauerkraut stampfen mußten wir, mit den nackten Füßen in den Fässern. Und da haben wir dann reingepinkelt ...«

Manfreds Vater unterhielt die Runde mit Geschichten über eine

Kollegin, die sie alle *Atombusen-Anna* nannten. »Neulich haben wir der ein Schild hinten auf den Rücken geklebt, eines aus 'ner Telefonzelle, und damit ist sie dann durch halb Kreuzberg gelaufen.«

»Was hat denn draufgestanden?«

»*Vorübergehend außer Betrieb.*«

Der Stimmungspegel stieg wieder, zumal die meisten – auch die SED-Mitglieder – von dem echten deutschen Weinbrand tranken, den Onkel Kurt aus seiner Firma mitgebracht hatten, *Scharlachberg Meisterbrand.* Es gab ja im Westen wieder alles.

Erwin Krause kam als Nächster, mit ihm Tante Erna, die gehbehindert war. Erwin war wie Manfreds Vater bei der Post, bei der Ost-Post allerdings, hatte eine heisere Stimme, war im Postsport-Verein und konnte am Tag fünfzig Kilometer paddeln, ohne müde zu werden. Er war ein *Bolzer.* Seine Frau saß hinten im Boot und hielt tapfer mit. Sie hatten ihren Zweier in *Waldidyll* unten in der Obhut ihrer Vereinskameraden zurückgelassen und mußten bald wieder los, um ihr Streckensoll auch heute zu erfüllen.

»Wo kommt ihr denn her?«

»Von Märkisch-Buchholz. Die Dahme hoch, Streganzer See, Prieros, Dolgensee, Krüpelsee, Neue Mühle, Zeuthener See ...«

Manfreds Vater rechnete nach. »Das sind ja an die vierzig Kilometer ...!«

»Und noch sieben ins Bootshaus ... Nicht mal fünfzig heute.«

Streganzer See, Prieros – für Manfred klang das so verlockend wie Capri oder Lago Maggiore.

Als Krauses gingen, gaben sie den Mückes die Klinke in die Hand. Er, Erich Mücke, war, so Tante Claire, der »größte Kommunist von allen« und hatte die dreißiger Jahre sogar in Moskau verbracht. Die alte Diskussion schien wieder aufzuflammen, doch da sorgte Onkel Erich für Heiterkeit.

»Auf dein Wohl, Mariechen!« Er erhob seine Kaffeetasse in Richtung seiner Schwägerin. In diesem Augenblick löste sich der Henkel, vor Jahren abgebrochen und immer wieder mit *Dextrin* geklebt, und er bekam alles auf die helle Sommerhose.

Tante Martha war pikiert und stieß mit spitzem Gouvernantenmund ihr »Aber, Erich!« hervor. »So fahre ich nicht mit dir nach Hause. Das ist ja ekelerregend!«

Onkel Berthold parodierte seine jüngere Schwester. »Man muß ja denken, daß er eingekotet hat, pfui Deibel!«

»Halb so schlimm!« rief Manfreds Schmöckwitzer Oma, und Onkel Erich bekam eine karierte Decke um die Hüften gewickelt, so daß er aussah wie ein Schotte, während seine Hose ausgewaschen und zum Trocknen aufgehängt wurde.

»Onkel Erich hat ja ein ganz schönes Bäuchlein gekriegt«, sagte Manfreds Mutter.

»Weil er immer so viele RIAS-Enten ißt«, lachte sein Vater.

Manfred genoß das alles, als würde er im Kino sitzen. Gleich folgte der Höhepunkt des Tages: Gemeinsam marschierten sie zur Badestelle hinter der Schmöckwitzer Brücke, und unterwegs aßen sie noch Eis bei *Petsch*.

»Wer kommt mit?«

Natürlich kamen alle mit, und es wurde ein großer Aufbruch. Die einen mußten noch aufs Klo, die anderen die Schuhe wechseln, die dritten das Geld für das Eis suchen, und die übrigen stritten sich um ein Plätzchen, wo sie sich ungesehen zum Baden umziehen konnten. Es dauerte ewig, bis sich die Karawane in Bewegung setzte. Manfred war glücklich, als sie so durch Schmöckwitz zogen.

Er lief mit Gerhard und Inge an der Spitze des Zuges, so daß er gar nicht gleich merkte, wie Frau Fahlenberg aus der Goulbierstraße bog und seinen Vater begrüßte. Als er sie dann sah und sich umdrehte, um zu ihr hinzulaufen, erschrak er: Sie sah so aus, als käme sie gerade von einer Beerdigung.

Als Manfred heran war, sah ihn sein Vater an. »Du kommst nicht auf die höhere Schule, weil du Hitler nachgemacht hast.«

Manfred empfand es wie ein Todesurteil.

Es war wie im Gericht. Manfred vergaß ganz, daß sie nur im Lehrerzimmer saßen. Der Rektor war Staatsanwalt und Richter zugleich, Frau Fahlenberg war als Zeugin geladen, und sein Vater hatte den Verteidiger zu spielen. Unten auf dem Hof lärmten seine Klassenkameraden, aber Manfred hatte das Gefühl, daß sie sich ganz weit weg befanden, wie auf einem anderen Planeten.

Schaller fixierte ihn. »Was hast du dir dabei gedacht?«

»Nichts.«

»Wenn man eine Führerrede hält, muß man sich doch etwas dabei gedacht haben, né …!?«

Manfred sah hilfesuchend zu seinem Vater hinüber. »Ich hab doch nur nachgemacht, was ich da gesehen habe.«

Nun, so Manfreds Gefühl, stieß der Rektor auf ihn herab wie ein Bussard auf einen kleinen Hasen. »Wo – zu Hause, né …!?«

Manfreds Vater fuhr auf. »Herr Schaller, ich muß doch sehr bitten!«

»Er hat es im Neuköllner Stadion bei einem Radrennen gesehen«, sagte Frau Fahlenberg.

»Und Sie konnten nicht verhindern, Herr Matuschewski, daß er es in die Schule mitbringt und mir damit eine ganze Klasse verdirbt, né …!?«

»Er hat es nicht erzählt zu Hause.«

»Es muß ihm wohl selbstverständlich vorgekommen sein, né …?«

»Ich verbitte mir diesen Ton!« rief sein Vater und schlug mit seinem Stock auf einen der freien Lehrerstühle. Manfred wußte, wie jähzornig er schon mal werden konnte.

Frau Fahlenberg legte sich noch einmal für Manfred ins Zeug. »Es war eine Parodie, Herr Schaller, genau das Gegenteil einer Propagandarede für die Nazis.«

»Das gibt's in meiner Schule nicht, diese Töne, né …!?«

»Wenn er auf der Oberschule wissenschaftlichen Zweiges ist, hat er ja mit Ihrer Schule nichts mehr zu schaffen«, argumentierte sein Vater.

»Es geht mir um das Prinzip, né …!?«

»Mir auch!« Sein Vater schlug abermals mit dem Stock auf den Stuhl neben sich. »Meine Frau ist Vierteljüdin und unter die ›Nürnberger Gesetze‹ gefallen, gemaßregelt worden, unsere Verwandten haben im KZ gesessen, und ich habe mir im Kampf gegen die Nazis mehr als einmal 'ne blutige Nase geholt – und da soll nun meinem Sohn Manfred wegen angeblicher Verherrlichung des Führers der Zugang zur höheren Schule verwehrt werden – das ist doch wohl hanebüchen!«

Manfred schluckte und hatte Tränen in den Augen. »Ich hab doch nicht gewußt, daß das so schlimm ist und … Ich will es bestimmt nicht wieder tun …«

»Dazu ist es nun zu spät.«

Da verlor Otto Matuschewski die Contenance und schrie los. »Ich weiß doch, daß Sie meinen Sohn schon lange im Visier haben, weiß der Geier warum. Aber ich kann Ihnen nur versichern, daß wir Eltern Sie noch länger auf dem Kieker haben. Sie hätten Schweißer bleiben sollen und nicht Lehrer werden nach Krieg, né …!?«

Der Rektor sprang auf.

»Wir Eltern haben nicht nur Beweise dafür, daß Sie ein miserabler Lehrer sind, sondern auch dafür, daß sie den Lehrerinnen andauernd unsittliche Anträge machen ...«

Die entscheidende Weichenstellung im Kampf Schaller gegen Matuschewski war erfolgt. Herr Schaller ließ sich an eine Schule im Süden Deutschlands versetzen. Das geschah, um ganz genau zu sein, wegen der Neugestaltung des Berliner Schulsystems formal erst ein wenig später, und es gab noch eine Zeit des Übergangs. Manfred aber kam auf die höhere Schule.

Am letzten Schultag in der Rütlistraße – die anderen sangen gerade »Heute wer'n die Fenster aufgerissen und die Lehrer rausgeschmissen!« – schenkte ihm Frau Fahlenberg zum Abschied ein kleines Buch mit Zitaten aus wichtigen Werken großer Dichter und Denker. Eines stammte von Pedro Calderón de la Barca und war unterstrichen:

Was ist Leben? Raserei!
Was ist Leben? Hohler Schaum,
ein Gedicht, ein Schatten kaum!
Wenig kann das Glück uns geben;
denn ein Traum ist alles Leben,
und die Träume selbst ein Traum.

Sie strich ihm über die hellen Struppelhaare. »Ich wünsche dir, daß alle deine Träume in Erfüllung gehen. Und denk daran: Paß auf deine Schlüssel auf, wo immer du bist und was immer du tust.«